光尘
LUXOPUS

向庸 著

罪妄书

CRIME AND DELUSION

北京联合出版公司
Beijing United Publishing Co.,Ltd.

**图书在版编目 (CIP) 数据**

罪妄书 / 向庸著 . -- 北京：北京联合出版公司 , 2023.7
ISBN 978-7-5596-6653-6

Ⅰ . ①罪… Ⅱ . ①向… Ⅲ . ①长篇小说－中国－
当代 Ⅳ . ① I247.5

中国国家版本馆 CIP 数据核字 (2023) 第 027779 号

**罪妄书**

作　　者：向 庸
出 品 人：赵红仕
产品经理：王清宇
责任编辑：李艳芬
出版统筹：慕云五 马海宽

北京联合出版公司出版
（北京市西城区德外大街 83 号楼 9 层　100088）
北京联合天畅文化传播公司发行
三河市中晟雅豪印务有限公司印刷　新华书店经销
字数 484 千字　880 毫米 ×1230 毫米　1/32　15.5 印张
2023 年 7 月第 1 版　2023 年 7 月第 1 次印刷
ISBN 978-7-5596-6653-6
定价 :68.00 元

# 目录

# 楔 子

　　我大伯打完"对越自卫反击战"回来，进派出所当了一辈子警察。退休了，他坐在阳台上给我讲他经手的案子。这样坐在夕阳下讲故事不是头一次，这次他不轻松，说因为现在 DNA 技术的运用，他感觉三十年前定的一个案子不牢靠。我掐指一算，那时候应该在搞"严打"。

　　大伯还想得起自己去看行刑的场面，还想得起那个人倒下去的样子。讲完这些，他有些发痴，在我的呼唤下才回过神来，从兜里掏出一个红皮日记本交给我。他知道，这个对写文字的我或许用得上。

　　我这个跑政法口的记者坐不住了，去找表哥说事儿。表哥是个缉毒警，四十出头，离婚后就不肯再婚。我见到他时，他正在江滩公园石桌旁谈事，对面坐着一个面色苍白的女孩。他事后说是同事，但我看她不像一般的警察。

　　等女孩走后，表哥也掏出一个日记本，我发现这本跟大伯给我的看上去是一样的。我们一个拿笔杆子一个拿枪，他给我们来个一式两份，不知道他心里怎么想的，里面的内容会不会不同。

　　大伯的老家在辛吴岗。清末，从汉阳天主堂来了一个传教士，给饥饿的人祈福吃薄饼干，全村人就这么信了教，这个传统延续下来。大伯是个老党员，1979 年攻打越南老街时就入党了，一辈子在外搞革命工作。落叶归根了，他的骨灰下葬在辛吴岗家族墓地，做告解的神父给他主持了葬礼。

　　在葬礼上，我又见到了表哥，他说大伯的死不一般。

# 第一篇　错案

# 一、铁 路

闷锅一样的水塔里，电风扇嗡嗡响着，李明杰坐在椅子上，身子尽量往后仰，让风吹着下巴以下。他一只手反复抚摸另一只手小指根上的疤痕，微笑着问："怎么样？这里还吃得消？"

"这有什么吃不消！"刘浩说着，鼻子呼噜一下，似热伤风。他笑着望向李队，像他的粉丝。

"有两次，我们追几个嫌疑人，到这一带就消失了，出奇巧了！还有几批'白货'，我一直觉得是从这个关口进来的。"李明杰一脸细汗，望着窗外。

好像李队说的嫌疑人马上就要现身，刘浩俯身把眼睛凑到望远镜上。

这里是个高点，地势不高，塔高。许多水塔都拆掉了，心安渡仅存这一座，在烈日里蒸腾如锅。

刘浩伏在取景框上，眯眼，半按快门，再用力全按下去，快门发出清脆的咔嗒声。他下垂相机，从液晶屏回溯刚拍的几张照片：一辆翻斗车由远及近，车牌清晰可见。

对面堆沙场形似帝王冢，两面环河，一面接铁路，一面是无尽的河滩，须柳和芦苇丛生。

刘浩站直身体，望了一眼眯眼沉思的李队，拿起望远镜从水塔口居高临下扫视平原。

汉丹铁路像一道褐色拉链，把西边的平原切成南北两块，沦河再斜着来一刀，大地上出现了一个不易觉察的"X"。

沦河以西属云中和汉流两县所辖；沦河以东则属临西区心安渡街道，曾经叫心安渡农场。

李明杰派刚从警校毕业的刘浩在"X"交会处蹲点，既是实习也是某种实战演练。他一直强调不可小看蹲点，这是个动静等观的活儿，人没动，脑子必须飞转。

铁路与沦河的交会点是一座钢梁大桥，蓝灰色防腐漆上点缀着随时间钻出的锈迹，拼贴出老桥的肤色。蘑菇状铆钉在铁桥刚强的骨架边缘整齐排列，如同牛仔裤缝粗犷的线脚。

记忆似乎有防腐的效果，打李明杰记事起，桥就是这样子。


从水塔下来，两人走在桥上，热浪围着人升腾。

"我只有这么点儿高，跟我爸上街，刚走到桥中间火车来了，赶紧跑到这个凹槽里站着，眼睛朝外，不敢看。火车到桥上，地动山摇，震得牙齿打架，胳膊抱住铁栏杆，像在等死。"

李明杰扭头，用手齐腰比画小时候自己的身高。

刘浩始终笑着，不忘四处看。他挺拔，脸上带粉刺，一股新警察的鲜劲儿。

铁轨上始终有爆米花开锅后的那股气味，诱人，虚幻。

正走着，火车来了，一列红皮客车，发出一声长啸，疯牛般冲过来，两人赶紧跨进凹槽里。

铁兽挟风碾过，头发像铁屑追赶磁石样倒伏。刘浩面朝火车坚持了几秒，转身脸朝外冲着沦河，一心一意煎熬时间。

李明杰直面火车，眼半眯着，脸皮随机震颤，那种带有儿时印记的痛苦或享受，只有他知道。

火车过后，耳朵失聪，四周一片死寂，有声音也是失真的。两人一声不吭，继续往前走。

左前方是个货运站，里面堆满待运走的南北物资。李明杰提前跟老板打过招呼，借货运站里一个废弃的水塔做观察点，这是附近的最高视点。

李队说堆沙场是个监控盲点，需要踏踏实实盯一段时间，记录进出的人和车，车要看清车牌，人要看清割没割双眼皮。

李队还说，百分之九十的案子都是用笨办法破的，挨家挨户摸排，看一个月的监控录像，沿街翻垃圾桶，这都是家常便饭。

刘浩笃信，警校毕业生正确的打开方式，就是从扎实的基本功开始，蹲点对自己再好不过了。他每天写一篇蹲点日志，有疑则长无疑则短。每个从堆沙场进出的人，他都偷偷拍下了他们的肖像照。长焦可以抵达货车司机驾驶室里，能看清驾驶台上放的烟是什么牌子。来来往往的人和毫不相干的人有了合影。从不当主角的手提包被拍了特写。这些照片都传到李队可以查看的一个网盘，密码是131466，刘浩希望一生顺利。

晚上刘浩就住镇上一家快捷酒店，他这条单身狗正悉心体会一名警察为了工作有家不归的感觉。

李明杰办案顺道就过来，今天是第二次，对于一个新人他多少有些不放心。好在刘浩只需像个摄像头安在这里，没有多余动作。

蹲点和蹲监狱一样都是苦活儿，晚上李明杰犒劳刘浩。街边小店，荆州炒菜，大青花瓷盆牛杂占了桌面一半，麻小、花生、毛豆，还要了银龙泉啤酒，上书"含微量元素锶"。

李明杰啜了一大口金黄泡沫，开腔道："有什么异常吗？"

"好像没有！"刘浩想了想，微笑着，有点拿不准的样子。

"没有是好事，也不能掉以轻心，尤其是个人安全，我最看重的是安全作业。"

刘浩目光水分足，亮度高，专注地看着李队面授机宜。

"蹲点，是磨耐心、练眼力的好机会。看似你在暗处，敌人在明处，这个关系随时转换，所以时刻需要注意安全！"李明杰再次提到安全。

"敌人"是从辛叔那儿借来的词，"作业"是自己发明的。李明杰曾经做过卧底，怕说漏嘴，后来把处理所有警情统一叫作业。作业是个万能词，覆盖各类工种，包括学生。

刘浩点着头，笑容有些生。

他是嫌自己碎碎念，年轻人都这样。见这个脸部进入青春痘晚期、身高一米八的帅小伙有一丝紧张，李队端起酒杯来。

"这都是经验之谈，不等你慢慢积攒经验，为了安全我就直说了。"

"多谢李队！"

"玩摄影多久了？"

"有个两三年吧，大二就开始了。毕业前忙，就放了放。"

"拍什么？"

"什么都拍！"

"有没有拍美女图鉴？警校附近的凯德广场可是繁华地段咧！"

"嘿嘿！"刘浩捏了下鼻翼，低头一笑，他没料到李队会来这么一句。

李明杰目光专注，等着答案。

"也拍吧，不敢多拍，要是被她们发现，骂得挺难听！"刘浩说完又摸了下鼻头。

"有没有觉得，拍照和打枪是一个感觉？瞄准，射击！"

"没怎么打过枪。"

"警校没练过？"李队倒酒，刘浩意识到了，起身抢着倒酒，李队坚持让刘浩坐下。李队倒了一半，歪停杯口等刘浩话。刘浩望了李队一眼，李队的提问不好躲。

"练得不多，还没找到感觉。"刘浩回答完，不好意思补了个笑。

两人碰了一下，各进半杯。

"你为什么选择当警察？"

分配来后，李明杰还没有机会好好跟刘浩聊过。他带出来的警员，好多升到市局去了。每个深聊不过关的，他都不爱带，怎么才算过关全凭感觉。

刘浩还是笑，像所有新警察一样谦卑，他还多些腼腆。

李明杰从刘浩的羞怯中看出了名堂，仰下巴鼓励道："照直说，千万别给我打折。"

刘浩端起酒杯来，摸了下鼻头。李明杰觉得这个小伙有点逗乐，也故意打破问题的严肃性，说："该不是看了《福尔摩斯探案集》吧？"

刘浩没被他的笑话打断，举杯说："李队，我先干了这杯酒，说了实话您别笑我。"

"说，莫滴哆（啰唆）！"李明杰也爽快地干了杯中酒。

"我想合法地拥有一把枪！"说完，小伙子还是郑重其事的样子，眉眼间看不出稚嫩，而是执拗。

李明杰喜欢上这个小伙了。他知道枪对警察意味着什么，如果警察一人揣一根擀面杖执勤，哪里还有执法的威严。沿着枪说下去，警队规定什么情况下配枪，子弹如何按编号到人，枪弹如何分离，怎样使用及保管，那就太琐碎了。但枪这个话题躲不过去，说到这儿了，拣要紧的给小伙子说两句。

"欲思其利，必虑其害。简单说，刀子小时候咱们都玩过，反正我小时候特别喜欢小巧可爱的刀子，白天揣兜里，晚上压枕头底下，时刻准备着坏人来。坏人一直没来，可总有时候刀就伤到手了，如果不是兜里总揣把刀子，肯定不会伤到自己的手！"

说到这里，李明杰专注地望着刘浩。刘浩始终保持着微笑，点头在听。

"枪总会有的！认识枪，可能比用枪更加要紧。"李明杰完整表述自己的想法后，喝光了杯中酒。刘浩也跟着干掉，这回他掌握好时机，起身一把抓住酒瓶脖子赶紧给李队斟酒。

"不多喝了，最近身体瘀了，不想多喝，我得赶回去了。你一个人，没事儿尽量少去不熟悉的地方！"

李明杰叮嘱完叫服务员来结账，刘浩要结，被李明杰挡回去。

开了门，两人走进夜色里。刘浩回酒店，李明杰开车回市区家里，空气灼热，月光浩荡。

杨局长打来电话时，李明杰正在理发，他让师傅三下五去二收尾，扯了黑围布，开车直奔铁路桥。

到达时，围观人群散得差不多了。刑警队周副队长向他点头。警车和法医车停在不远处，警灯刻板地闪着。刘浩的遗体——谈不上遗体，各部分已经被现场勘查人员收集完毕。

警戒线拉了一个椭圆形，围着地上血迹最浓重的一片，除了血迹什么也没有。轨道枕木间的碎石缝隙不忍细看。

李明杰憋回去打转的眼泪，还是不放心，又蹲下来仔仔细细搜寻了一遍，没有发现任何可疑物证。

"李队，火车来了！"小戴亮嗓门大喊。

李明杰不慌不忙退进凹槽里躲避。剧烈的气浪震天价响，五脏六腑撕扯着，他一转身冲向河面，抖抖索索打理眼泪。

收拾好情绪，他往法医厢车走去。车里有几个长条状的白色保温密封盒子，他知道是什么，没打开看。

"谁先看见的？"他望着戴蓓蕾，内勤的她出来练手练眼，拿着笔录本，肩带上别着录音笔。

"一个赶集的爹爹！"

"他怎么知道往派出所报案？"

"他只告诉了铁道口的那个小卖部，小卖部的人就拨打了'110'。"

"他们怎么知道是刘浩？"

"他们不知道，只说有人被火车撞死了，现场捡到了刘浩的身份证和警察证。"

"火车呢？"

"走了，开到邻站西辛店机车场了。"

"司机看见了什么？"

"看见一个影子就撞上了，来不及刹车。"

"还有人看见吗？"

"只有爹爹！"

被阳光染褐的老人一直站在离警车十多米的地方，他显得疲倦，没了目击之初的兴奋。

"您看见的？"李明杰尽量平静，还掏出一颗烟递给他。

"个杂（方言，语气助词，无实际意义），我从铁道口过，火车来了；个杂，一阵红雾，飞出来血糊糊的东西；个杂，我莫敢走近，腥得捂鼻子，看到一截胳膊；个杂，看得人发慌！"老人说着，又激动起来，不停眨眼睛。

"周围还有其他人看见吗？"

"不知道！"

"火车呢？"

"冲蛮远才停。"老人大部分牙没了，瘪嘴反复咀嚼着空气。

李明杰望了望小戴，问："记了老人家的电话号码没有？"

"记了。"戴蓓蕾晃了一下手上的笔记本。

"你拨打一下！"李明杰说。

戴蓓蕾拨打老人留下的号码，老人机发出震耳的铃声，是一首《你的承诺》。

李明杰对老人说："那好，您可以走了，还有不清楚的，会给您打电话。"

老人眨了下眼，沿着铁路开始走，几步后扭头望，又回头继续走。过了铁路桥，那边就是汉流地界。


水塔里电风扇还在转，望远镜和相机都在该有的位置。

李明杰在瞭望口往四周看，从这个角度只能看见一半铁路桥，堆沙场则尽收眼底。他走出水塔俯瞰着货运站，里面堆放着原木、螺纹钢、沙子、不同标号的水泥，甚至还有西瓜。

一个矮胖的男人走出房间，把衣服卷到肚脐以上散热，肚皮白得耀眼。

"褚老板，你上来一下！"

"么事？"

"你上来再说！"李明杰用力挥手。

褚老板沿着铁锈斑斑的楼梯爬上来，嘴里还喘着气，问："么样了？"

李明杰没有马上回答，转头望了一眼塔内。褚老板看了一眼空荡荡的水塔内部，问："咦，今天小刘不上班？"

"他今天上来过没有？"李明杰反问。

"我没注意咧，联系车皮，只顾忙了，怎么了？"褚老板瞪大眼睛看着他。

"让你保密，你保密了没有？"李明杰板着脸。

"我有跟任何人说！"褚老板摊手叫屈。

"好了，你去忙吧！"李明杰说。

褚老板屁股朝外下楼，手紧紧抓住扶手，每一步楼梯都震动一下。

李明杰扔掉烟蒂，俯身开始收拾。他将相机镜头和机身分开，盖好盖子，小心放进器材包里，望远镜用外罩套好，塞进一个腰子形黑包里，像收拾遗体。然后他坐在椅子上，望着白亮亮的瞭望口愣神，手捂在额头上缓慢往下抹，扫过脸，抹到下巴再到脖子。

回到所里，李明杰像被一根线牵着，线的另一端是分局杨忠平局长的办公室门。他径直走进去，忘了敲门。

杨局长看着他走进来，他一直等着李明杰来给个说法。

"一个新人，交给你不到一个月，化作一团红雾，你怎么交代？"杨忠平中气十足，声调不高却似闷雷，足以让李明杰感到他的震怒。

李明杰深吸了一口气，又长呼出来，目光微垂，不说话。

"坐下来说！"杨局伸手示意。

"没什么好说的，您处分我吧！"李明杰努力保持平视，头却又下落。

杨局长声音短快："车祸！怎么处分？"

"我不认为是车祸，我一定要查清楚！"李明杰望着杨局长，目光闪亮。

"谁这么大胆？敢这么大动静杀警察？"杨局长盯着李明杰，直接否定了这种可能。

李明杰沉默了一会儿，说："您还是给我个处分吧！"

"处分能随便给的？"

"这样释放一个车祸意外的信号，让嫌疑人放松警惕！"

"那是后话，处分不能随便给的！火车撞死了一个警察，我只能先认为是车祸！你最近怎么变得毛毛躁躁，派小刘一个人蹲点？"杨忠平言辞刚硬，目光却松了。

李明杰缓缓低下头，他觉得杨局长的话说在点上了。

场面沉寂，空气窒息。杨局长掏出一颗烟缓缓点燃，轻声问："你的嘴怎么乌米黑紫？"

"不打紧，冇休息好！"李明杰低着头回答。

"那你休息几天，刘浩这个事情，我会派人去好好查！"杨局长平静地说。

李明杰缓缓起身，望了一眼杨忠平，什么也不再说，从办公室往外走。到门口，他觉得眼前一黑，人似一根木头扑倒在地上。

# 二、深林

两人一前一后走着。前者中等个儿，细瘦身材，背一长形袋，上书"黑无情钓具"。另一人方脸浓眉，头发卷曲，身材魁梧，似从事某种创意工作，或干脆是艺术家。

蝉噪无风，林中幽静，构树、马尾松以及荆条，七弯八曲遮挡着大片墓碑。他们往深处走。

时有鸟鸣，尖厉婉转，像发问亦自答。规律浑浊的"咕咕"声，由珠颈鸠发出，宣示游人已进入冥界，肃静回避。

穿过密林，前方有一团光，是一处洼地，盛满清泉。

细瘦个儿继续走。艺术家意式尖头皮鞋站定，左右往后撩了下白色燕尾衬衣下摆，蹲下身用双手捧水洗脸。

听见水声，细瘦个儿转身回来，把钓具推到后背也蹲下来洗脸，动作比艺术家急。

"皮筋，还有多远？"艺术家边揩边问。

"超哥，翻过前面这个山包就到了，放心，那地方鬼都不会去。"

穿过清泉边的杉树林，腐殖层已可没脚背，踩上去松软飘忽，仿佛离开人间。头顶是墨绿色大锅盖，没有阳光漏进来，皮肤丝丝凉。

两人走上一道隆坡，下去后消失，一直没再翻上来。坡下是一条自然形成的沟，沟形规整，像某种历史遗迹，或是古人村寨防卫盗匪的壕沟，抑或引泉生活的明渠。细杂灌木满沟满坡，没有一张废纸，也没有用过的避孕套，干净如初。他们选择走沟底。

"这里就是落豹沟？"超哥把手插在白裤口袋里，两头看。

"嗯！估计过去猎人用这条深沟下套，抓老虎、豹子。"皮筋一脸没精打采，好像他经常来这里。

超哥绕圈子踱步，恰似有张无形的网罩着他。

皮筋从肩上拿下钓具袋，袋子一沉抵在地上。他拉开钓具袋拉链，掏出一支结构简易的长枪，像从课文"三元里抗英"那一节直接扒下来的。

"别看不起眼，这个打钢珠，以面带点火力蛮猛。"皮筋说着把枪口冲天递给超哥，十分小心。超哥专注地接过枪，平端着来回打量，又用一只手和肋窝夹着枪，另一只手拉动铁栓，回位后问："这个多少？"

"六千！还砍了一千！"皮筋说。

"认识人吗？"超哥逼视着皮筋。

"不认识，网上约的，就一次性交易。"皮筋故意说得轻巧。

"干这种事应该找熟人！"

超哥把枪递给皮筋，皮筋熟练地套上钓具外套。超哥双手扑打手上尘土的工夫，皮筋从左屁股后掏出一把手枪，看上去比例怪异，枪柄偏大，枪管迅速变细。

超哥接过来在手里掂了掂，拉枪栓扣动扳机，枪发出"嗒"的一声，虽无子弹亦有后坐力顶来。

"这个用什么子弹？"

"自制的，不是正规制式。"皮筋脸皮皱着，有点歉意。

"弹药呢？"

"黑火药，雷管用的，好找！"

超哥垂眼继续看枪，又拉了枪栓，说："吓唬人还行，还有别的吗？"

皮筋整理了下皮带，从右腰窝掏出一把乌黑的家伙，枪管方头方脑。超哥接在手里掂了掂，熟练拉动枪栓，发出的噎噎声在林中放大回响。

超哥用手指头穿在扳机孔里，说："玩具枪也算？"

"不可能！"皮筋一抖擞，忙从超哥手里抽过枪来，来回拉几次栓扣动扳机，枪发出咔嗒声。

"这个仿92式仿得很用心，不过除了长得像，其他感觉都不到位，颜色都不对。92式在国际上也小有名气，我玩得多。"

"不可能啊！"皮筋纳闷，翻来覆去地看枪。

超哥拽过枪来，说："你看，真枪拉开这个，全部可以拆卸，这里是通的。这个都拉不动，连膛线都没有，完全打不了子弹。"

皮筋脸上发热、心里发凉，头上还冒出了汗。

"枪还要抓紧，最近会有大动作。"超哥说着又拿过 92 式，举起来对准树杈上的一朵蘑菇。

"在国外玩这些玩得多，什么枪什么脾气，我熟得很。"超哥闭着一只眼睛瞄准。

"超哥，你在德国读博士学什么？"皮筋谨慎地问，眼睛专注地看超哥耍枪。

"什么都学！"说完，超哥把枪抬起来对着皮筋。

皮筋歪头躲着，说："超哥！超哥！"

"假枪，你怕什么？"超哥握枪，随皮筋移动瞄准。

皮筋满头出汗，还是不相信那把枪是假的，开始左右碎步躲起来，尽管他知道里面没有子弹。

超哥想起什么来，缓缓放下枪，问："打火机呢？"

皮筋掏出一个塑料打火机来。

"我问的不是这个，别给我装马虎！"

"超哥，那个我拿到又弄丢了！"皮筋一脸惭愧，不敢正眼看超哥。

"丢了？"超哥举着枪。

"真丢了！"

"丢哪儿了？"

"不知道什么时候从裤子口袋溜出去了。"

"丢了就丢了吧，别回去找了，我这个人有点强迫症，目的达到就行了。"超哥又举枪说，"你觉得被枪指着可怕吗？"

"黑（吓）死我了！"皮筋人瘦，笑起来满脸褶皱。

"我们要的就是这种威慑力，有枪没枪是完全不同的。"

皮筋眼巴巴看着，超哥把假枪还了回来。

"皮筋，这个名字，谁给你取的？"

"不知道，大家就一直这么叫，我也想不起来谁最先叫的了。"

"皮少军挺好听啊，这帮人真没素质，瞎起绰号。你在外人面前就叫我大卫，记住了，别叫超哥，没层次。"

皮筋连连点头说："有个变魔术的也叫大卫！"

大卫瞪着皮筋说："你知识蛮丰富咧，还有谁叫？"

皮筋笑着，掏出一盒颗粒糖来递给大卫。

大卫摇头，眼睛更亮了，盯着皮筋问："你现在还吸吗？"

皮筋嚼着戒烟糖，笑得不置可否。

"皮筋，不是我看不起你，是因为你管不住自己！"大卫的眼神有些鄙夷。

"我懂，我恨自己！"皮筋麻木地咀嚼着糖。

"如果有一天你走在大街上，浑身哆哆嗦嗦，还有一个人叫你皮筋，我作为警察看见你，首先就会怀疑你吸粉！"

大卫故意放慢声音，像林中有一只蚊子坚定地扑上来。皮筋只是点头。

"皮筋，我不是要你马上停，那样你毒瘾上来不得满地爬？你要慢慢降下来，看上去像个正常人，做不做得到？"

皮筋摸了下脖子，勉强点头。

"你没有一点儿汇报意识，我不问你也不给我说，梅姐以前让你捣鼓的厂在哪儿？"

大卫提高了音量，皮筋认真望着超哥，感觉他的眼睛带着一层若有若无的绿光，像某种美瞳效果。

"青陂！山里头！绝对是个出其不意的地方。"

"青陂具体什么地方？"

"棺材山！"皮筋抱歉地一笑。

"听上去不吉利！"

"吉利吉利，棺材发财嘛，旁边还有个观音沟镇着。"皮筋解释。

"沟里有水吗？"

"有水！"

"那就省事儿多了，你小心点儿，废渣废料一定要处理好，别把这么好的地方污染了，许多事情都是因为甲出了问题带出乙来！"大卫又接着说，"你这个后面要升级，我还保留这块，你知道为什么吗？"

"知道，梅姐信任我！"

"那我就不信任你了？"

"当然，当然，绝对的！"皮筋不自觉地颤抖。

"你觉得梅姐这个人怎样？"大卫定住眼神望着皮筋。

"挺好的。"

"怎么个好法？"

"我挺感激她！"

"不谈感激，谈感情，我说的你应该懂！"大卫口气急促，脸盘紧绷。

"谈什么感情？"皮筋歪着头抠脖子。

"你知道我在问什么！"大卫语气发狠。

"我觉得梅姐人不错！"

"不跟你啰唆了，你对梅姐有感情吗？"

"怎么说呢？"

"直接说，我不喜欢猜。"

"我们感情挺好！"

"怎么个好法？能为悦己者死吗？"

"超哥，你别问了，男女那点儿事儿你还不懂？"

"你还叫超哥！你还叫！你个大男人要学会用脑子，不要用感情！"大卫突然抓住皮筋的衣领，从自己后腰掏出一把枪来把皮筋抵在树上，举起枪来扣动扳机，打飞了树杈上的那朵蘑菇。

枪声巨大，林间一层寂静被震碎，瞬间失去了安全感。

"超哥——大卫饶命！大卫误会了！"皮筋大叫起来。

大卫瞬间由怒转笑，情绪亢奋，鼻孔、嘴里突突呼气。他拿出一个小瓶，往嘴里喷出雾气一样的东西，往后仰了一下脖子又回正头，说："好，好极了，妈的，不就是男女那点儿事儿吗，你说实话就好。这么说我们就是 Family，干这种事情，必须是家族才可以干好！"

大卫说完松开皮筋衣领，好像使出了浑身力气，开始大口喘气。

皮筋眼珠要掉出来一般，张着嘴瞪着超哥，他不明白超哥为什么发这么大火，为什么火又瞬间熄灭。

"好了，皮筋，梅姐总提你可以重用，我前段时间对你种种考验也好刁难也好，都叫天将降大任于斯人。你听好了，从现在开始，我不再安排你一些杂七杂八的事情，你就全心全意搞好你的生产线。"

"大卫，绝对的，我的特长就是一心一意！"皮筋来回摸着领口，笑着使劲点头，看大卫目光中绿光闪烁。

"听说西边火车撞死了一名警察！"大卫盯着皮筋说。

"真的？听谁说的？"皮筋心里一慌，茫然望着大卫，额头开始冒汗。

"不该问的不问！我只是觉得怎么这么巧！"大卫自言自语般把枪插回腰间，拉一下衬衣下摆盖好枪。

皮筋还在愣神，大卫走得离他远一点儿，用尖头皮鞋踢了踢缠在脚上的树枝，两腿叉开站着。

"皮筋，你记住今天，从今天开始，大卫我要带你好好干一番事业！"

皮筋皱眉认真听着，神儿还没回来。

"我为什么去德国读书，你知道吗？"

"不知道！你知道死的那警察叫什么吗？"

"我没细问，你还想那个事儿呢，跟你没关系吧？"

"没关系，绝对没关系！"

"那别跟丢了魂似的，注意听：德国的化学工业极其发达，一些超级制药公司顺带手就发明了这些五彩缤纷的药丸，它们本来都是为人类造福，结果都被玩儿坏了，物极必反就是这个道理。"

大卫说着，手伸进裤兜又抽出来，向树林胡乱弹出一些粉色和蓝色药丸。

皮筋专注地听着，又像听不明白似的，身体条件反射般冲那些药丸去，被大卫一脚踹倒。大卫生气地说："你看你这个样子，像不像一条狗见到了一泡屎！"

"大卫，有时候我也觉得自己蛮不是个东西。"皮筋苦着脸。

"知道就好，要痛改前非！"大卫说着，而皮筋口渴一样不停舔嘴唇望着他。

大卫望着头顶树叶的缝隙，那些迷离的光让人着迷，大卫昂头旋转着轻声自语："我们必须要和旧的分道扬镳，要建立一个全新的模式，为什么还用那么笨的方法，为什么没有更好的方法？"

皮筋似懂非懂："大卫，你这好像和梅姐想的不一样。"

大卫做出蔑视的表情，正要说话，落豹沟外火光一闪，随之伴有一声巨响，两人同时蹲下。

等了半天又没有声响，两人警觉地往沟外探头看去，远远地，有个人端着一支长枪在林中搜寻，身后还跟着一只猎狗。

大卫坐在腐烂的落叶上，望着皮筋说："这地儿不要再来了！"

# 三、路 之 虎

一群人雕塑般坐着。负责刘浩案件的牵头人、刑警队副队长周宏拍了拍眼前的话筒，清了清嗓子说："杨局特别重视这个案子，今天专门请市局的陈博士给大家做尸检分析，大家欢迎！"

掌声稀稀拉拉走完过场就消失了，大家无心鼓掌。

主任法医师陈峥嵘梳着紧致的马尾，目光沉静，眼睛盯着参会的人群，又似盯着大家头上的空气，周宏的话把她拽进会议进程。

陈峥嵘是江东医科大学毕业的医学博士，曾代表中国法医最高水平参加过联合国国际刑事犯罪鉴定交流项目，经手的尸检案例过百。

在与罪犯较量的过程中，缉毒警牺牲比例最高，在牺牲的警员中死法如此惨烈的并不多见。陈博士陈述刘浩的尸检报告时，偶尔会停下来寻词索句，唯恐说得过于残忍，又怕不够准确。

"死者从头到脚被分成了三大部分，尸块截面和边缘，不似利器切割整齐，符合大型机械碾轧拖行所致，不排除部分被重复碾轧。"

大屏幕上播放着照片，放大的人体组织让人极度不适，几名年轻警员捂着嘴，有的不自觉低下了头。

戴蓓蕾负责做会议纪要。现场除了陈峥嵘清晰的声音之外，唯有戴蓓蕾敲击电脑的咔嗒声，二者形成了尸检报告"二重奏"。

照片中的一个黄铜打火机引起了李明杰的注意。

陈博士继续："从尸体特征、血型和DNA比对来看，死者正是实习警察刘浩。

血液里测出酒精浓度严重超标，说明刘浩在遇害前曾大量饮酒。最关键的是，在胃液和血液里都含有超出一般药物含量的氯胺酮和甲基苯丙胺，说明死者生前摄入了高纯度管制类精神药品。"

听者面面相觑。李明杰记得刘浩在出事前鼻子呼噜呼噜响，难道是吃了伤风感冒药？也不对，一般感冒药里不会有氯胺酮。如果只是吃麻黄素类感冒药，也不会有甲基苯丙胺，两者之间还多着一个氧分子式呢。一两杯啤酒就表征出大量饮酒？李明杰更加疑惑。

多人看向李明杰，还有人看向周宏副队长。

作为缉毒大队长，李明杰本不在刘浩案件组。他找杨局长申请旁听，当他出现在报告会场时，刑侦组的人还是有些意外。

李明杰曾经是刑侦"老司机"，那时候缉毒、刑侦没有分那么清，他两头都在行。后来缉毒大队成立，他当了首任大队长，还兼任过一段刑侦队长。后来遇到大案要案，杨局长总喜欢拉他过来旁听，他时不时给出神鬼般的直觉判断，经常"点穴"成功，在局里跨部门作业闻名。慢慢地，一是精力不济，二是吃力不讨好，他就很少掺和其他部门的案子了。案情分析会，在案件告破前有时候是个舌战群雄的智力活动，队长副队长们怎会缺指手画脚的外援，如果不是杨局长打招呼，没人愿意让他横插一杠子。大家都知道李明杰是杨局的徒弟，他什么都可以给杨局长直说，如果自己在他面前露了怯，就等于光屁股在杨局长面前跳舞，太没有安全感了。

李明杰开始掏烟，脑海里反复出现那天晚上与刘浩吃饭的情景：刘浩说话的神态、节奏都显正常，包括摸鼻子的小动作，都是最常见不过的微小紧张感所致。下级跟上级、学生跟老师、孩子跟家长说话时，不经意就会有这样的动作。

那天两人只要了一瓶 490 毫升的银龙泉纯生啤酒，李明杰记得酒瓶上写着"含微量元素锶"，这种摄入量肯定不会对人体产生明显的行为失控作用。

"李队、李队，听说那天晚上你跟刘浩在一起吃饭，你可以说说那天的情况吗？"周宏叫了两声李明杰。李明杰点点头，把那天晚上和刘浩进餐的情况做了说明。

陈博士接上说："周队，银龙泉是本地品牌啤酒，主打清淡活力，在我主检的许多案例中，涉事人摄入一瓶啤酒，没有出现过精神失常或失智的情况。锶只是人体必需的一种微量元素，跟钙的作用很相似。有一点，锶的一些同位素具有放射性，因此锶可以用作止痛，比如锶-89 常作为化疗药剂的主要成分。"

陈博士话音落下，会议室静默了十几秒钟，冷气出风口咝咝的声音让屋子里增添了几分凉意。

"我估计都是营销的噱头，问题肯定不在啤酒里，含不含锶鬼知道，含少了感觉不到，含多了就成了化疗！"周宏说完望了李明杰一眼。

戴蓓蕾这时起身，微微点头，说："李队、周队、各位，我们从刘浩蹲点水塔和居住的快捷酒店，以及周围两公里范围，收集到了三天内的监控视频。从海量数据里，我们找到刘浩生前最后三天内的活动影像做了一个初步分析，也请大家一起来看一下。"小戴说着拿起一个移动硬盘接上电脑，将影像投射到大屏幕上。

监控画面颗粒粗糙，广角四周变形严重，刘浩好像生活在一个异化的世界里。影像无声流动，三天内刘浩的作息非常有规律，早上 7 点就从快捷酒店昏暗的走廊深处走过来，可以看见他从房间出来关房门的动作。在前台还可以看见他下楼梯，迎面走来，侧脸无限靠近摄像头，然后鲜亮出画。晚上 8 点，人生的忠实演员刘浩回来了，后脑勺冲镜头重走一遍。

接下来，监控扩大到街头，在交通要道有刘浩行走的身形。他的步伐有特色，喜欢将手前后甩得老高，一副兴高采烈的样子，确信他走好了人生每一步。

蹲点所处位置偏僻，那一片没有监控画面，这也是李明杰派刘浩在那里蹲点采集基础数据的原因。

画面一直正常，刘浩作为主演一直无情节地上下班走来走去。

在刘浩出车祸的前一天晚上，画面时间显示 19 点 38 分，一辆新款"北京"牌SUV—BJ40 出现在快捷酒店门口，从车里走出了刘浩。几秒钟后，又从驾驶室下来一个平头中年男子，两个人在酒店门口说了几句，男子驾车离开。

李明杰看到这里，眼睛不自觉眨动两下，戴蓓蕾望了他这边一眼，平头男子正是李队。

"停，停，这个人好面熟！"周宏让戴蓓蕾停住播放器。

"这就是我！"李明杰自顾自点了一颗烟，没有望周宏一眼。

"李队怎么会出现在案发现场附近呢？"周宏故意提高音量问。

"你真是贵人多忘事，我刚才不是说我晚上请刘浩一起吃饭，完事后顺路带刘浩回酒店吗？"

"哦哦！"周宏如梦方醒。

戴蓓蕾用激光笔圈住画面上的李明杰和刘浩，显得有些着急。

接下来，画面显示 20 点 14 分，天已经完全黑下来，酒店门口仅凭门灯照明，远一点的地方清晰度不够。这时候，一辆方屁股的 SUV 驶入画面，车头顶到酒店门前，车尾大部分进入画面，车牌号也清晰可辨。

车停稳后，从车里出现一名细瘦男子，个子中等，下车后有一个甩胳膊关车门的夸张动作。他动了一下耳朵上的蓝牙耳机，拨通了手机，头一动一动在说话，不到一分钟，就往酒店里走，边走边说。

男子消失后，酒店门口一直空镜，没有活物出现。大家就这么看着画面数秒，就像侏罗纪公园的游客等待从酒店深处冲出来一只恐龙。小戴按四倍快进，李明杰举手说不用，小戴又恢复正常播放速度。大家一声不吭地看着，似在给刘浩默哀。

十分钟左右，细瘦个儿出来，手勾在刘浩肩上，两个人还在说话，看上去关系很铁。

出酒店门，刘浩转过去坐进副驾，细瘦个儿夸张拉门，坐进驾驶位。不一会儿，倒车，前引，转弯，车闪着改装后发弧光、红得刺眼的尾灯消失在画面里。

戴蓓蕾用激光笔指着大屏幕说："这是刘浩最后一次出现在监控画面里，他再也没有回过酒店。离开酒店后十二个小时左右，刘浩被火车撞飞在心安渡铁路桥上。"

场面凝固，大家似乎等待着什么，这时李队问；"这辆车查过吗？"

小戴连忙回答："这是一辆蓝灰色路虎揽胜传世加长版，进口起步价 157 万元，从上市起，在江东市销售了 207 辆。车牌是套牌，真牌车是一辆两厢老款富康，这两者看不出任何联系。"

"幸好只卖出 207 辆，不是两万辆！"有人低声说。

周宏连忙接着说："不好说，还有可能是外地进江东市的车。小吴，你对接市交管局，将车辆排查范围扩大到外地牌照，所有同款车型，不管是什么颜色。另外，从主机厂那里拿到该车从进入中国市场以来全部的销售记录，包括平行进口数据。"

坐后排戴眼镜的警员小吴回应"是"，用小本记录下来。

李明杰望了望周副队长，用谨慎的口吻说："我建议，摸排心安渡路面所有监控，排查细瘦男子踪迹。在进出心安渡路口，重点排查同款车型监控情况，时间往前延一个月，看看这辆车是否经常来往市区和心安渡。"

"好的，李队！"小戴目光晶亮地看着李明杰，点头。

周宏干咳了两下说："这个我早已经安排了。"


散会后，大家没有马上离场，都在低声议论。通常来说，尸检分析会只是漫长的侦破过程中的第一步，而这第一步可能会影响后面的每一步。破案，如同科学家在宇宙中寻找一颗尚未命名的超新星，双方用无限可能应对无限可能，最后剩下的往往是意志力，是心魔！

李明杰思虑重重，皱着眉头回到办公室，从手机里调出刘浩给的网盘地址，用电脑登录，仔细看他拍的照片和写的日志。在一堆毫无指向的照片里看出个所以然来，他信不过别人，甄别可疑照片这种工作，他决定亲为。

从照片上显示的人和车看不出明显破绽，这是一个正常运营的堆沙场。刘浩的日志属极简风格，摘一二如下：


### 8月7日 晴朗 无风 酷热

共计翻斗车89台、轿车4台、面包车1台，多为每天往来轿车和面包车。行人如昨。在此上班，于我无二。


### 8月8日 响晴 微风 酷热

共计翻斗车101台、轿车2台、面包车3台。来一辆灰色路虎，突停道边，出来一人，用门挡着路边小解，侧脸看似许久未见的某人。此人很快进车，往堆沙场里去，至天黑未见出。

# 四、打火机

李明杰翻看了一会儿日志，去了趟洗手间，把手好好洗了几遍，出来时在走廊遇到戴蓓蕾。

戴蓓蕾笑着主动迎上来，说："李队，这个案涉毒，您可以正大光明参加进来了！"

李明杰笑着点头，什么也没说，向物证科走去。每次去物证科，李明杰都会反复洗手，尽管物证科会给他一双崭新的白手套。

科主任黄练像个当铺老板，把黄铜打火机递给已经戴好白手套的李明杰。李明杰接过打火机仔细端详，拨开盖子查看，这是一个带烟盒的打火机，形状方正。李明杰掏出自己的烟来，让黄练给他一个镊子，他用镊子把烟夹着放入烟槽，里面可以收纳十五颗烟。再细看，烟槽顶端还横卡着一个短小的便利烟嘴。打火机用来打火的部分很小，跟街头卖的一元丁烷打火机差不多大，但这个可以反复充液。

李明杰对这个样子的打火机记忆深刻，那是几年前在辛叔家拜年。辛叔拿着一个黄铜打火机，一边点烟一边说："这是你燕燕姐从德国给我寄回来的，你看，这里面可以装差不多一盒烟咧，还有个小烟嘴，这外国人想得真周到。"

辛叔含着烟嘴吸烟，顺手把打火机递给李明杰。李明杰接过来开合，左右翻看，底下有一行小字"Made in China"——国人在打火机创新上乐此不疲。李明杰什么也没说，笑了笑，把打火机递给辛叔。

"这是在哪里发现的？"李明杰问黄练。

"刘浩住的快捷酒店房间。"

"上面有指纹吗？"

"上面有三种指纹，但没有刘浩的，也有可能是以前住店的客人留下的。不过，打火机表面含了微量的氯胺酮。"

"哦，这个打火机能够借我用几天吗？"

"那不行，李队，这肯定不行。"黄练不好意思地摇头笑。

李明杰想了想，拿出手机来给打火机仔细拍照。

"黄主任，指纹一定保留好。"李明杰意识到说了句多余的话。

"那是当然，采集的指纹已经电脑入库了。"黄练笑着。

"老黄，有什么对比结果，马上告诉我。"李明杰再叮嘱一句，迅速离开了物证科。


火车出了临西站，不紧不慢继续往西，这是从江东市到云中的一趟绿皮慢车。李明杰带着满腹疑问去见辛叔，除了打火机的疑问，还有另外一个心愿，一直忙就搁置了。父亲多次在电话里催促李明杰，说辛叔的时间不多了，应该抓紧时间去看看他。李明杰没想到辛叔的病恶化得这么快。

辛叔不是李明杰的师父，胜似师父，是辛叔领他入的行。在警察这个职业上，他全面受辛叔影响。

父亲叮嘱他去时带一本《圣经》。李明杰在地摊上见过，再去看时还在，黑塑料皮烫金字，书页边缘刷成红色，合上看是黑书皮包着一本红书。没有定价，从印刷质量看像正版，按说这种经济价值不大的书没人盗版。

慢车，坐着一车老人，谁也不赶时间。李明杰无事翻起《圣经》来，不知道要看什么，随机停在一段上：


银子有矿，炼金有方。铁从石中熔化。认为黑暗定界限，查究幽暗阴翳的石头，直到极处。在无人居住之处刨开矿穴，过路的人也想不到他们；又与人远离，悬在空中摇来摇去。至于地，能出粮食，地内好像被火翻起来。地中的石头有蓝宝石，并有金沙。矿中的路鸷鸟不得知道，鹰眼也未见过。狂傲的野兽未曾行过，猛烈的狮子也未曾经过。人伸手凿开坚石，倾倒山根。在磐石中凿出水道，亲眼看见各样宝物。他封闭水不得滴流，使隐藏的物显露出来。然而，智慧有何处可寻？聪明之处在哪里呢？

正看着，旁边一个清瘦老人问他："你是辛吴岗的？"

李明杰摇头。他知道辛叔是辛吴岗的。辛吴岗的人，家里都贴圣母马利亚的年画，每年都有江东市天主堂的人送画来。有人送新的马利亚来，意味着就要过新年了。

火车只开两站就到西辛店。经过心安渡铁路桥时，李明杰仔细打量这个钢铁巨人，第一次觉得它有一把年纪了。

太阳还没把露水烤成烟。李明杰下了车，站台人不多，他随着稀稀拉拉的老人出了站台，左转进入一条老街。一边是院墙，一边是平房，这里一直没变，院墙外刷着猪饲料广告，里面是机关大院。

很小的时候，父亲带李明杰到辛叔家里玩，第一次吃橙子，不是橘子。他一连吃了三个，记住了橙瓣比橘瓣黏手，味儿更厚。

还是那个院门，辛叔退休后换了楼层，为了腿脚方便，他住到一楼了。

紧里头一个院子，辛叔靠在一把竹躺椅上，大夏天腿上盖着毛毯。他两鬓灰白，闭着眼睛，像在睡觉也像在等一个人。

李明杰敲了栅栏门，辛叔没有反应。他伸手把铁艺搭闩抬开，进了院子。

辛叔缓缓睁开了眼，转了头看他，像只病鸟缩起羽毛在那里发呆。

"辛叔，我来看您！"李明杰故意抬高声调，显得愉快。

"你来了！小杰！"辛叔声音沙哑，显得更加苍老，癌细胞压迫喉返神经，让一辈子的声音在最后一刻失真，连自己都惊讶。

小时候辛叔叫他小杰，之后就一直叫他小杰。从摸头到摸肩，到远远看着他，欣赏他穿的新款警服，辛叔总是一副笑脸。

李明杰把刚在街上买的果篮放在已经发黑的松木桌上，拉过旁边一把竹椅坐下。

院子被一棵满是瘿疤的老楝树撑住了太阳，有几片阴凉。

辛叔从躺椅上坐起来，两眼望着他，他也望着辛叔，两个人在辨认彼此的变化。辛叔脸盘四周发黑，在颧骨凸起处一片潮红，一举一动都有三思而行的迟疑，显示出从神经到肌肉的衰败。

"喝水吗?"辛叔望了一眼屋里。

李明杰起身走进客厅倒了两杯凉白开,端出来放在木桌上。

"辛叔,您还好吧!"

辛叔开合着嘴,思考了一会儿才说:"万事皆休,我快走完一辈子了。"他说话的表情不悲不喜。

李明杰拖了竹椅坐到辛叔跟前,握住他的一只手。

"阿姨呢?"他问的是辛婶。

"在辛吴岗,她喜欢热闹,这两天是圣母升天瞻礼。"

辛叔好像记起什么来,望着他问:"你饿了吧?"他抬手看了下手表,表盘已经磨毛。

"我不饿,叔叔,您看我给您带了一本《圣经》来,我爸叮嘱的。"他从包里掏出书来递给辛叔。

辛叔伸出青白的手接过来,书往下一沉,他帮忙托住。

辛叔把书斜搁在椅子扶手上,随意翻看,自语:"我小时候见过这个,村里族长爹爹有一本,他每个礼拜在祠堂里给大家念,有时候江东来的神父也念。后来搞'四清',祠堂拆了,又搞'社教',他也不念了。再后来,我离开那里,回去少,不知道他们现在怎么弄的。"说完,辛叔又自顾自翻起《圣经》来,好像在里面寻找儿时的记忆。

有几声鸟鸣,翅膀扑动的声音,像小孩子嬉闹的声音,仿佛三十年前。嘈杂各不相同,寂静是一样的,会让人产生时光倒流的错觉。

"我们'唯物',不信这个。有一天,我突然想起小时候的事情了,族长爹爹手里那本书,我一直好奇。我知道叫《圣经》,小时候总想'剩经'是什么意思啊,特别想翻一下子。那天你爸爸来看我,我跟他说了,他就放心上了。这里面有没有讲地狱?我想看,在哪一章?"

辛叔和所有话多的老人那样话多起来,把书递给李明杰。他接过来,翻到目录来回看,也没有发现地狱在哪一章,他想地狱应该通篇都有。他把书还给辛叔,说:"里面肯定有地狱,需要慢慢找。"

辛叔发软的目光看着他，这目光非常熟悉，小时候就是这目光带给他安全感，身为公安的辛叔还带给他几分荣光。后来考学选警校，也是受了辛叔的直接影响。他小时候作为目击证人，帮辛叔破了一桩人命案，这让他每次见到辛叔，两人就有种默契，好像他是辛叔的编外，等他长大了就会归队。

"最近，工作顺利吗？"辛叔眼里含着担忧。

"不怎么顺！"换作其他时候，他肯定一脸淡定说顺利。这次见到辛叔，他有种复杂的心迹，十几年警察生涯画出来的，这个时候他不想跟辛叔说套话了。

"你爸爸跟我说了，你最近容易发脾气，睡不着，还晕倒了，到底遇到了什么事情？"辛叔的目光再次询问他，不容回避、不容撒谎，警察看人的目光融入辛叔血液了。

"叔，您放心，就是缺觉，没什么事儿！"

"没事儿就好！"

李明杰掏出一颗烟来，打火机打了几下才点燃，只抽了一口，辛叔剧烈咳嗽起来，他连忙把烟掐了。抽了一辈子烟的辛叔，因为肺出了问题，已然连一丝烟味儿都闻不得了。

"小杰，我倒是有个好打火机，你燕燕姐从德国托人带给我的，现在我抽不了烟了，回头我拿给你！"辛叔慢条斯理地说着。

李明杰看辛叔这么虚弱，没打算这么快就跟辛叔聊打火机的事情，既然辛叔提到了，他掏出手机来，身子往前探，把拍摄的打火机照片递给辛叔看。

"辛叔，您那个打火机长这个样子吧？"

辛叔冻住一样停下来仔细端详了一会儿，说："一模一样！"

"您那个打火机还在吧？"

"在，在，我去拿给你！"辛叔要起身，却起不来。

"您别急，慢点儿！"李明杰连忙扶住辛叔的胳膊，他借力慢慢从躺椅里站起来，两人缓慢走进屋，辛叔摸着墙往厕所转。

"您自己可以吧？"李明杰在辛叔身后问。

辛叔缓慢点头，颤巍巍往厕所里走。厕所地上还放着个大红塑料盆，里面两条大乌鳢惊跃起来又跌下去。

李明杰不放心，还是从后扶着辛叔的胳膊肘送他到马桶边，再退出去半合上门，他能看见辛叔半边身子。

辛叔以比常人缓慢得多的速度完成小解，出来时往院子走，他已经忘记了打火机的事情。

"辛叔，您那个打火机还能用吗？"李明杰提醒。

"哦，我差点儿忘了，能用，好用得很！"辛叔说毕转身往客厅去，手扶在沙发背上仔细打量茶几、电视柜，还有其他地方，像在回味自己曾经在这里度过的时光，准备随时向这一切告别。

李明杰也将注意力集中在客厅每个可能放打火机的地方，甚至走过去蹲下来，拉开电视柜下面的每个抽屉。

"想不起来放哪儿了！等阿姨来了，我让她帮忙找！"辛叔缓缓说着。

"东西是这样，用的时候就找不到！"李明杰虽然嘴里这么说，还是尽可能把客厅每个犄角旮旯扫了一遍。这时候有人走进来，是保洁阿姨。

"翠姐，你收拾东西见过打火机吗？"辛叔问保洁阿姨。

李明杰正趴在地板上看沙发下面，听辛叔说话连忙抬头望去，一个四十多岁的妇女正看着客厅里的一切发愣，马上又转笑脸。

"打火机？"说着，翠姐从围裙口袋里掏出红色的一次性打火机来。

"不是这样的，那个方方的，铜的！"辛叔用手比画着。

"那没见过，从我来就没见过！"翠姐一副无辜的表情。

李明杰觉得翠姐否定得太快，他走到翠姐旁边，亮出手机上的照片，说："这个样子的，收拾屋子见过没有？"

"哦，好像在哪里见过！"翠姐一边看照片一边看李明杰，表情再次呈无辜状。

"那你收拾屋子时留意一下！"李明杰叮嘱。

"好的，我又不抽烟，要着也有得用。"翠姐讪讪笑着，转身去忙，又回头说："辛叔，中午吃面哈，财鱼（乌鳢）面！"

# 五、错案

回到院里，空气微热了，辛叔坐回躺椅。

李明杰还是不死心，希望发现点什么线索，借去找水喝起身进了厨房。翠姐正在用餐刀切鲜红的西瓜，一块块放进玻璃果盘里。

"你们热了哟，正给你们端西瓜！"翠姐惊停两秒，马上习惯性笑着在围裙上揩手。

"你细心了，我来拿！"李明杰端起玻璃盘往外走，出厨房门时听见嘭嘭响，他连忙回头，看见翠姐在水槽里抓一条乌鳢。那条肥壮的鱼挣扎时，尾巴奋力拍打着不锈钢水槽抗议。

饭后辛叔要午睡，李明杰扶着辛叔进了卧室，边走边不忘四处看。

安顿好辛叔，李明杰进到书房里，有一股樟脑丸的香味，让人镇定。李明杰马上找起打火机来，拉开了书桌的每个抽屉仔细查看，其中一个抽屉上面挂了一把红漆皮锁，李明杰拽了一下没有开——他家里也曾总有一扭就开的坏锁，以掩人耳目。他扭头四处搜寻，翠姐突然进来了，端了一杯泡好的绿茶。

"您就放桌上吧！"李明杰挥手示意。

"还在找打火机？不晓得么时候就出来了！"翠姐笑着。

李明杰说："这里冇得事了，谢谢你！"

翠姐退出去，李明杰站起身想了想，喝了口茶后四处打量，想象着辛叔可能随手放置打火机的地方，又接着无死角式寻找。为了可以物归原处，他在动手挪移时先打量好物品的原位，这么地毯式找了一遍，依然没有发现打火机踪迹。他坐在沙发转椅上休息，眼睛望着书柜格子，那里到处摆着奖杯和奖章。毋庸置疑，他刚才把这些物品挪移了一遍，因心中只有打火机，他并没有注意到它们，还有一些颇具人生意义的照片。

李明杰轻轻呷了一口茶，开始认真浏览起辛叔的工作照，那多是他获得嘉奖的高光时刻，许多照片以前看过，现在又觉得新鲜起来。最终，李明杰的目光停在一枚"自卫还击—保卫边疆"的奖章上。他起身走过去，拿起这枚奖章来仔细端详：黄铜色底盘，红色五角星覆盖了奖章正面，星中间的地方也是黄铜色，上面凸出来几个字"一等功"。奖章下有个冲压鼓出来的戴顶古建，估计是友谊关。翻过来，见背面贴着白色医用胶布，上面写着"辛传斌"三个字，圆珠笔写的，已经洇开。当时省或县里发一等功臣勋章估计有一批，怕发错就在后面写了名字。旁边还有几枚奖章，大同小异，只是没这一枚精致，可能是不同级别的政府颁发的。

不知道什么时候辛叔进来了，他脸上变得红润，动作也似乎像被按了快进键，午休让他满血复活。

辛叔稳稳坐在黑色沙发转椅上，李明杰欠身要站起来，辛叔抬手让他坐着别动。

"小杰，我有一件事情，要当面告诉你！"从辛叔的表情和李明杰的职业嗅觉判断，这是一件非比寻常的事情。李明杰缓缓调整坐姿，身体微倾向辛叔。

"小杰，你还记得小时候，你目击的那个焚尸案吗？"

"记得！当然记得！"他小时候也就撞见过一次，自然记得。

"那时候你多大？"

"九岁！"李明杰回答得干脆，这事儿在他大脑里不知道翻过了多少遍。

翠姐端了两杯茶水进来搁在书桌上，又拿走先前那杯李明杰喝剩的，室内顿时飘起一股清香。

辛叔郑重地对翠姐说："不需要拿东西进来了，你把门带上！"

翠姐带上门，门锁发出清晰的咔嗒声，两人的目光都在门上停留了一会儿。

辛叔回过头来接着说："那个案子，人证物证都有，凶手张德才在口供上按了红手印。他是个二流子，自己承认杀了汪俊华，稳稳当当的案子，没想到这都快三十年了，前阵子又发现了新的尸骨。"

辛叔的话让李明杰浑身发紧，他知道凶手当时被从重从严处置，枪毙了。

"又一个汪俊华的尸骨？"李明杰眉头皱起川字纹。

"前阵发洪水时，汉北河决堤，把明月闸给冲垮了。从断裂面发现了一个人的遗骨，可能是密闭的关系，还发现了衣服纤维、皮带头——军用的那种，'八一'大白铁头，背面刻着三个字：汪俊华。"

李明杰注视着辛叔，他说的每个字都带着余响。

"这也不能肯定吧！"李明杰不自觉说着。

"我们当兵时，除了领章后面写名字，也喜欢这样刻，阵亡了好认遗体。法医从遗骨里提取出 DNA，去查对汪俊华父亲的 DNA，确定这具尸骨正是汪俊华的！"

说完，辛叔瞬间又疲惫不堪，眼睛微闭着。

李明杰深吸一口气。那意味着当年杀害汪俊华的另有其人！

"汪俊华当时是个知名人物。铁道南边有两个村庄，一个大汪垱、一个小汪垱，全村人都姓汪，汪俊华是大汪垱的。他是个战斗英雄，从战场上回来，已经安排到汉流县水利局上班，就等县里安排令下来就去报到，可就在这当口，他被杀焚尸了。"

"那会是谁害了他呢？"李明杰摸着下巴，喉咙发干。

"这就是我叫你过来的原因，这个案子已经销案三十年了，哪一天我一歪，连当时主事的警察都不在了。"

"张德才的家属怎么没想要还他清白？"李明杰补充道。

"如果真是错案重查，依据办案原则，在没有结论前，这个新情况也不能马上跟家属说，怕给办案添乱。不过，张德才也谈不上绝对是冤死吧！他当时有几起调戏妇女的流氓罪在身，其中有一个强奸致残，私下赔了钱，后来听说他被枪毙了才传出来。因为他老子是干部，张德才犯的事情许多都私了了。这些案底，我都整理得很详细，以那时候从重从快的政策，这些也足够他死。不过一码是一码，以这具焚烧的尸体定张德才罪有些不稳妥，可能他是真正的凶手，可能真正的凶手还逍遥法外，对我来说，不弄清楚进了棺材也不心安！"

"这个事情我也有责任，当时我是最直接的目击证人，这一点可能误导了您！"李明杰坦诚地望着辛叔。

"你那时还太小，谈不上责任。今天我给你说出来，算是对后人有个交代。你可以把这个旧案放在心里。狗改不了吃屎，罪犯无论隐藏得多深、多久，总会露出蛛丝马迹。"

"我知道您的意思！您别想太多，这个案子交给我来处理，您要保重身体。"李明杰脑子里有些乱，只是顺嘴安慰着辛叔。

"癌细胞已经扩散了，没啥保重的，迟早见马克思的。我反反复复思考这么久，最终觉得应该告诉你，只有你才懂得我这个无用的退休公安的想法。"

"辛叔，您放心！"李明杰热忱地望着辛叔，在辛叔面前，他随时可以是个孩子，毫不掩饰自己的感情。

辛叔看了看窗外，吞咽了一下，脖子上的皱皮嚅动，他缓缓地说："我当时定那个案子，也是立功心切！"

"您别自责了，这里面一定不是那么简单！"李明杰抑制不住，脑袋里回想起那个夜晚，辛叔是如何骑着自行车来家里问询的，自己可是真真切切看见了那一幕，案子到底在什么地方出了问题呢？

辛叔叹了口气说："我在派出所工作了一辈子，这个地方的人，好多家庭的祖孙三代我都熟悉，我看他们就像看我的掌纹一样清楚，可也经常看走眼。人一旦当了警察，就以悲观的角度看人了，善和恶一眼看不穿，这很可怕，有时候会感到浑身乏力。听老李说，你最近吃不下睡不着？也要注意调节自己啊。"辛叔不自觉地反复唠叨起来。

"我爸是个敏感的人，我觉得还好。"李明杰微笑着，他心里清楚，杨局长强制他休假几天，也是以前从未有过的。

辛叔缓慢起身，慢慢走到书柜旁，突然又蹲下来，颤巍巍的，最后干脆跪在那里，探着头从柜子下面拖出一口表皮龟裂的皮箱来。

李明杰连忙起身跑过去，也跪下一条腿帮辛叔把皮箱完全拉出来。皮箱上并没有灰尘，看来辛叔经常擦拭它。

辛叔滚动了皮箱中间的三轮数字密码，然后在两端按动镀铬按钮，两个搭扣砰的一声跳起来。辛叔把箱盖翻开，揭起一块略显奢华的红色天鹅绒布，露出下面折叠整齐的警服。辛叔翻动了一下，说："你帮我把它们拎出来。"

李明杰先把辛叔扶到椅子上，然后问："您要看哪一套？"

"全部都拿出来！"辛叔抬了一下手。

李明杰把几套警服抱出来，放在宽大的书桌上。

辛叔随意摸着其中一套说："这些可是我特意留下来的，让你辛婶洗得干干净净收起来的，怕虫蛀还放了樟脑丸。干一辈子警察，我就落下了这几套制服。"

李明杰注意到有五套警服，在皮箱里受了挤压都服服帖帖的。

"这四套是我穿过的，有一套不是我的。"面对警服，辛叔的思维一下子又活跃起来。"这一套我最喜欢！"辛叔摸着一套藏蓝色的警服说，"这是我当警察穿的第一身警服，这种蓝感觉总是很新，让人显得精神。那个时候的社会情况，好像我也最懂，我穿着这身衣服走村串巷，非常受人欢迎。那时候调解的事情多，有警察出面，大家都给面子，退一步海阔天空。"

李明杰在警校里学习过新中国警察发展简史，这一套藏蓝色的应该是72式警服，一直到1983年"严打"后，国家才换了新的警服，橄榄绿色的，跟武警警服很像。

辛叔说累了，目光依然很亮，喝了口水接着说："这是1983年后换的警服，跟武警的容易混，当然，武警也是因为'严打'形势才从部队转换过来的。你细看，这个颜色比武警的深，1989年又改款，去掉了红领章，还有红色裤线，和部队区分开。我记得那个时候没日没夜地工作，每根汗毛都是紧张的。"

李明杰认真听着——此时只需认真听着，脑海里翻起时间的波澜。多少罪案随时间流逝了，可每个案子在受害者及其家人心里，可能会留下一辈子都无法愈合的伤口。

辛叔接着说："你上班直接就穿99式了吧，这一套，我就是穿这套退休的。从72式藏蓝参加工作到99式警蓝，我就退休了。"

"我在警校时，作训服还穿的89式，那个橄榄绿，毕业上岗就是99式了。我们那时候挺喜欢83式，就因为这个裤腿边带红线。"李明杰摸着83式，笑着说。

辛叔戴上老花镜，仔细摸着83式那套肩口，上面有一道明显的切痕，只是被粗线缝合着。

"这件是破的，这一刀，我记得是个铁匠戳的。也是调解的时候，一个屠户和一个铁匠结了仇。我去调解嘛，两个人谈得好好的，屠户占了铁匠老婆的便宜，给铁匠赔十斤肉，扔给铁匠，加了一句话：吃了这不长毛的肉，你那个还是软的。铁匠是个结巴，给憋急了，从肉案上抢起一把刀就砍，我挡了一下，就扎在我肩上了。"

　　"真危险！不过您那时候，案子还是单纯些吧？"

　　"那时候，爱恨情仇都直接，仇杀情杀多，为一句话打架过失伤人的多。经济案件都是小偷小摸，也有挪用公款，毒品没怎么听说过。等我当了所长，在一线的时间少了，每天听到的就是新情况、新问题。"

　　"这一身看着很有历史，不像您穿过的！"李明杰拿起一套豆黄色制服的袖子看。

　　"这一身都快七十年了，我父亲的。"辛叔笑着，像个孩子。

　　"您父亲也是警察？"李明杰第一次听说。

　　"他当了三天警察就殉职了。"辛叔轻描淡写，像在说别人的事情，已经没有失去亲人的那种痛了。

　　见李明杰听了发呆，辛叔微微一笑，说："一生真快，几套衣服就过来了，我时日不多了，想把这几件警服转交给你保管！"

　　李明杰拢着几套制服，连连点头，用手一件件摩挲着。

# 六、燕燕

　　辛叔在记忆里乘胜追击，打开那把红漆皮锁，拉开抽屉翻找着，说："我办案这么多年，经验谈不上，有些事情过不去，就会记下来接着想。"

　　他从抽屉里掏出一个绛红皮日记本来，红皮上还有凸起的毛主席像，周围有一圈光芒线，下面是一行烫金大字——"提高警惕，保卫祖国。"

　　"这个你也拿着，睡不着就翻翻，兴许就睡着了。"

　　李明杰接过日记本，郑重地翻了翻又合上，放进公文包里。

　　辛传斌好像一副重担落地了，身体往后微微靠紧，平静地望着李明杰，显得力不从心，一句算一句说："我就一个闺女，现在她人在德国教书，一别几年见不上一面。你是我打小看着长大的，又做了警察，就像我的儿子。我死了，有些事情女儿都不清楚，你最清楚，悼词你来写！"

　　李明杰微笑望着辛叔，不停点头，内心却无法平静。

　　辛叔托付完这两件东西，神情轻松许多，长舒一口气，这时阿姨做完晚餐来叫他们吃饭。

　　两人对坐在一张小圆桌旁，桌上摆了四菜一汤。辛叔表情活泛："小杰，平时我吃得简单，今天特意让翠姐烧了几个菜，要不要喝点儿？"

　　"那就随便喝点儿！"李明杰笑着，他知道这时候需要营造些气氛。

　　辛叔让翠姐从酒柜里拿出一瓶"白云边"来，他握着酒瓶说："这个有年头了。那年我追一个小卖部被盗的案子，抓了一个惯偷，小卖部老板来给我拜年时送的。"

　　李明杰看了看，一瓶普通的白云边，年头却很长，打开后有一股奇香。李明杰拧开酒瓶，在两个小口杯里注满酒，举起酒杯来。

"辛叔，平时我也忙，今天陪您好好喝几杯。我尽兴，您要是身体不允许就随意。"

辛叔精神头上来，说："我年轻时也是海量，喝酒可以破案，许多知情人喝多了就口无遮拦！"说完，辛叔直乐。

就这样一老一少喝起来，李明杰注意观察着辛叔的状态，没有刻意拦他。两人喝了半瓶，菜也吃得差不多了，停下来歇息。翠姐以为他们吃好了，走上来收拾空了的菜碗。辛叔冲翠姐说："翠姐，我们叔侄今天喝得高兴，歇会儿再喝，先不收了，时间不早了，你先回去吧。"

翠姐放下刚刚端起的菜碗，说："要不我给你们再热一下菜？"

"不用了，我们接着吃时再热，这不有我侄儿在这儿。"

翠姐不再勉强，自己去玄关处换装，不一会儿就出门了。

辛叔对李明杰说："来，你扶我一下，我们去书房。"

进了书房，辛叔迫不及待地说："我的事情交代完了，该说你的事情了！"

"什么事情？"

"打火机啊！我那个没找到吧？"辛叔一副警察才有的兴奋劲儿。

"没找到。"

"那就是丢了。"辛叔沉吟着，好像在回忆，接着说，"快说说打火机什么情况吧！翠姐在这里，我就没有多跟你聊打火机。"

李明杰感叹，辛叔虽然退休多年，身体状况这么差，警察意识却一点儿也没松懈。

"那我就直说了！"

"说吧！"辛叔容光焕发，摆开听案情的架势。

"我刚带的一个新警察刘浩，在心安渡蹲点被火车撞死了，在他住的快捷酒店里捡到一个打火机，就是这个。"

李明杰点开了打火机照片。

辛叔凑上去看了一眼说："哎呀，这么大个案子，你怎么还跟我客气呢。"

"辛叔，不是客气，您这种打火机，温州生产得挺多的。"

"我那个可是燕燕从德国寄回来的，先不管那个了，你们在打火机上发现了什么？"

"发现三个人的指纹，但是没有刘浩的。"

"这个好办嘛，你别找了，现场遗留的打火机是不是我的，你把我的、翠姐的指纹都拿一份回去比对嘛。我让翠姐赶紧走，就是想着留她最新的指纹。"

"辛叔，您都给我想着呢！"李明杰灿烂一笑。

"那当然！"说着，辛叔抽开抽屉，拿出一摞带单位抬头的古老信纸铺平在桌上，又拿出印泥盒来，将两只手的大拇指在信纸上连按了三个指纹印，又将其他几个指头都按了印。

"这个应该够！"辛叔欣赏刚按下的指纹说，"这个玻璃杯，还有外面翠姐刚刚端过的几个碗，指纹在这种材质上留存最完整，你都带走取指纹。"

李明杰笑着说："我这一来就翻箱倒柜的，怕碍着您的面子，还偷偷摸摸的，没想到您三下五除二就落实了。"

"碍着我什么面子？你这是在办案呢！"辛叔笑着说，"丢了就可惜了，那是燕燕专门给我六十五岁大寿寄的。"

"燕燕姐在德国还好吧？"李明杰随口问一句，儿时懂事的带头姐姐，现在俨然只是个符号。

听李明杰这么说，辛叔想起什么来，按亮书桌上一体机电脑的开关，机器自检屏幕很快亮了。

"现在德国是中午，燕燕该吃午饭了，好长时间没有跟她视频了，刚好你在，可以跟她聊一下，她一个人在那边也挺孤单的！"辛叔说。

马上就要面对阔别多年的燕燕姐，李明杰心里有点小紧张，小时候，他特别在意燕燕姐对他的评价。他暗自算了一下，跟辛燕姐有快二十年没见面了。这个大姐姐曾经是他学习的偶像，他还记得她时不时用手拢头发的样子，给家里来的几个小客人分糖果的样子，总之是一个姐姐该有的模样。

在李明杰分神的当口，辛叔已经熟练地点开聊天软件，屏幕显示正在连线中。

等了几十秒，还一直在连线，辛叔说："我已经几年没有见过她真人了，在电脑上跟她说话就跟真人见面一样，有时想摸摸她的头发摸不着，反倒越聊越想这个丫头了。"

"她应该回来看看您。"

"她说很忙，要升个什么 AP，我搞不懂，这一别几年不见真人，幸亏还有视频聊天！"

正说着，屏幕突然一道闪，出现一个变形的人样，马上稳定了，是一个中年女子，烫着大波浪鬈发，发色栗黄，穿着乳白色西装上衣，胸前别着徽章，像是校徽。她只是半身，像坐在办公室或家里的书房里，后面是一个蓝灰色格子书架——德国人喜欢的那种不饱和色。屏幕上女人的模样跟辛叔放在书桌上的照片一样，她是燕燕姐。

李明杰在心里努力接受燕燕姐的新形象，确定现在这位阔唇深目、笑容可掬的女人就是燕燕姐。

辛叔少见得开心，笑得五官往中间聚集，他反复念叨着："燕燕，忙吗，吃饭了吗？"

"吃了，刚刚吃完！"燕燕姐的中文不怎么流利。

"工作还是蛮忙？"辛叔用浓重口音的普通话问。

"开了一门新课，所以要忙一阵子！"燕燕姐一副干练的语气，"您血压、血糖控制得好吗？要不要我再给您寄药？"

"不用啦，国内的药又便宜又好，换药还让人难受几天。"辛叔乐呵呵说着。

毋庸置疑，眼前这个女人就是那个为了安全曾经背自己过铁路口的燕燕姐，那个头发随风拂面让他脸皮发痒的燕燕姐。

双方热热闹闹聊了一阵，辛叔才想起什么来，转身拍了拍站在一旁的李明杰的背说："燕燕，你看看，这是谁？"

屏幕中的女人愣了一下，接着说："爸爸，让他往中间站一下。"从屏幕里看，李明杰只是露出了半边肩。

李明杰微微蹲下，头往屏幕中间凑，他想说燕燕姐好，但始终无法开口。眼前这个女人无论是模样还是语气，跟二十年前的燕燕姐差别太大。可能是长期在德语环境中的缘故，她的口音居然很难听出乡音，哪怕是尾音。这种距离感让李明杰说话就像强颜欢笑。

辛叔却和她畅聊自如，丝毫没有陌生感。他们毕竟是亲人，经常在屏幕上见面，岁月渐变产生的累积效果，他们毫无觉察。

见燕燕半天猜不出李明杰是谁，辛叔开口了："这是你小杰弟弟，小时候还帮我破过案的，过年经常来家里拜年，你们一起放烟花的！现在他也当警察了，还是缉毒英雄呢！"

辛叔叔补充了一大堆信息，燕燕姐更加迟疑了，或许是信号延迟，她嘴一直张着，似乎想说什么，然后嘴脸扭曲就黑屏了。

# 七、罪忘录

李明杰猜想自己在燕燕姐眼里变化更加大，毕竟，跟着父亲来参加燕燕姐出国欢送宴席时，自己又瘦弱又傻呆呆的呆萌，并有了青春期躁动，顾不得别人。

辛叔张着嘴等着，屏幕上圆圈一直在转。辛叔转过脸来说："这个跨国信号就是不稳定，经常这样。燕燕挺忙，有时候话说到一半就要去上课了，她说离当教授就差一点点儿了。"

李明杰一直无法代入儿时的情感，就无话找话。

"您得这个病的事情，跟燕燕姐说了没有？"

"没说！你辛婶要跟她说，我坚决不让，这是我的事情，不要影响大家的心情。"

"跟她说说，她从德国或许还可以搞一些特效药。"

"不做指望，肯定没有特效药，有就不叫绝症了。"辛叔眼神黯淡，却不似对疾病的担忧，带着无奈的神情说，"人这一辈子，哪里有事事如意的，她能够在德国大学里当老师，也是她的造化了。她那个大学很好咧，亚琛工业大学，据说清朝时就成立了。"

"她有几年没有回来看您了？"李明杰认真地问。

"几年？至少五年了。"辛叔迟疑了一下，在脑子里核数。

"那不短了，她应该有休假吧？"

"他们不放春节，在那边过日子，哪里没有事情的。"

"那她应该有圣诞长假，她结婚有孩子了吧，带孩子回来看看您。"李明杰刻意问。

"离婚了！没有孩子！所以我更加不能拖累她，让她有一些时间，安排自己的生活。"辛叔的神色明显变得黯然。

屏幕上圆圈还在闪烁中，辛叔关闭了电脑屏幕，那个无法实现团圆的圆圈应该还在后台转着。

燕燕姐留校任教的学校叫亚琛工业大学。德国闻名的城市有柏林、汉堡、慕尼黑、科隆，甚至有人知道杜塞尔多夫，但知道亚琛的很少。李明杰一开始以为亚琛工业大学是所野鸡大学，后来专门查阅了资料，才知道那是德国最老牌的大学之一，创建于1870年，号称欧洲的麻省理工，包括中科院院长、清华大学校长都在那儿留过学。尤其是，亚琛工业大学的化学专业在全世界排名很靠前，燕燕姐在这所学校博士毕业后当了一名化学助教。

李明杰看见辛叔疲惫地窝在沙发里，轻轻说："辛叔，不早了，我送您去房间休息吧。"

辛叔点头，李明杰搀起辛叔的胳膊慢慢往他的卧室走去。

回到客厅，李明杰掏出来时准备好的指纹采集粉，在翠姐拿过的玻璃杯和碗上采集到清晰的纹样。为了不至于动静过大惊动辛叔，这次他没有带人来，一人把取指纹的活儿包办了。

李明杰坐在客厅里，刚才燕燕姐的形象始终在脑海里挥之不去，不知是信号延迟还是其他原因，他有一刻感觉这个燕燕姐不是二十年前的那个燕燕姐，当听说他是小杰时，她的眼中是空洞的，甚至有一丝不自在，或者羞愧。燕燕姐是个配得起任何幸福的人，他为还孑然一身的燕燕姐心疼。

此外，李明杰还觉得燕燕姐有些不大正常，似乎有些刻意或夸张。他知道自己或许有些职业病，看谁都不大正常。为了停止这种强迫症，他打开电视，刚好是一个法制节目，市局副局长张东强在接受采访，向市民介绍过去一年毒品泛滥势头被扼制住。但他知道现在新型毒品花样翻新，有点防不胜防的态势。

李明杰关了电视起身去了书房，打开那一箱子警服，挨个儿翻着看，摸着那刀口被缝合的警服若有所思。就像人类永远看不见月球背面，警察内心都有一个不为人知的暗面，那儿要么铭刻着一件非比寻常的案子，要么是一个无法释怀的人。辛叔说的这个错案，像沉睡在时间里的毒孢子，在合适的温度和湿度下，似乎又在恢复活性膨胀。辛叔的打火机不翼而飞让他有一种直觉，刘浩死亡案和辛叔间有不可忽视的关联，或许下一个受害者就是辛叔。

李明杰不安起来，熟悉的辛叔因为打火机、因为燕燕姐，突然多了几分陌生。他坐着缓缓吸了一颗烟，手伸进包里掏出了辛叔的日记本摊在书桌上，一页页用手机拍起来。不知道为什么拍，或许意识里觉得这个太珍贵了，怕意外泡水或丢失了。办案这么多年，他养成了随手拍电子备份的习惯。这次不同，他希望把辛叔的日记随时贴身带上，方便自己用零敲碎打的时间看。案情经常会出现岔路口，他有时候被无边的不确定和自疑包围，需要看点儿什么，辛叔写的文字可能会抚摸到他孤寂的暗面。

辛叔写日记有个习惯，每篇开头都画连笔五角星，有的日记是三颗星，有的却只有两颗，最多的有五颗星，不知道是什么意思。日期只写月日，没有写哪一年，年头多了这就跟没写时间差不多。

日记前面有一段话，像一本书的自序：

早上小指头无缘无故伸不开了，像生锈了，就是伸不直，搓热了稍好一些，可今天搓半天也不觉热。人不是慢慢老的，而是说老就老了。

老来无用，想想这辈子一直在抓坏人，越抓越不了解人了，这些犯罪分子千变万化，又没有规律可循。有许多案子，现在想起来还让人心绪难平，案子不像电影，这可都是一个个活生生的人被砍被杀，虽然许多都破案了，可总觉得还不够。这样触目惊心的罪行，不能就这样忘了，许多案子在不同人身上重复，好多恩怨几乎都是一模一样的，人一直在同一个错误上栽跟头，只是换了不同的人。

这辈子绞尽脑汁在想一个问题，想得头疼又不能回避，我要把这个问题写下来：人为什么会犯罪？如果真有上帝造人，那他老人家怎么会把一个人没造好，就从天上往下一扔呢？他想过没有，造这些犯罪分子的意义是什么？如果他知道这些人会侵犯别人、会犯罪，他何苦造呢？如果不知道，他就把人给扔下来了，那他是不是也有连带责任？兴许在罪犯身上，上帝本身就盖着戳记，他心里清清楚楚，只是我们视而不见，我们破案只是干着表面的工作，就像果农周而复始地捉虫子，可虫子从哪儿来，我们是不知道的！人老了，记忆力也老了，我想花点儿时间，把经手过的案子，原原本本整理一下，怕这些罪案忘了，那就叫罪忘录吧。这个小本本或许还有意想不到的用处，哪天见了上帝，我就把小本子交给他老人家，或许他看了只是觉得我笨得好笑。我还是要原原本本交给他，他再造人时可以改进一下。

这段话让李明杰沉思，他反复看，不知道看了多少遍，联想起自己办的很多案子，确有许多已经依稀难辨。

# 八、目击

☆☆☆3月6日

你看了别人完整的一生，有时候会对自己的一生产生怀疑，对前面溜走的时间，或者后面即将溜走的时间，可能都有怀疑。我不知道动物有没有怀疑这回事，警察是种怀疑动物，这挺伤自己的，可没有办法。

张德才是我办成的第一个死刑案，所以我对他各方面的情况都很在意。张德才形象好，长得健壮，可以说是浓眉大眼、鼻直口阔，还能说会道，再加上他父亲是干部，他很招姑娘伢们喜欢。可惜他不走正道，组织男男女女在一起搞流氓活动，欺男霸女，看上的女孩就逃不掉。

汪俊华参军前有个女朋友，叫梅艳华，两人感情很不错，在别人眼里是天生一对，连名字都有同一个字。汪俊华参军后，张德才就和梅艳华好上了，这里面有没有强迫，不得而知。群众里有说法，张德才破坏军婚。这个说法也不成立，汪俊华和她没有订婚，可能有群众对张德才有怨气。汪俊华是1984年老山战斗英雄，还没有分配到岗就遇害了，我们警察破案压力很大。

我只管破案，本与枪毙人的事无关，那天却开着摩托车跟着看行刑。那辆押解死刑犯的东风军卡，方头方脑，竖直格栅，跟那年"自卫反击战"前线的卡车是同一型号。这卡车是十堰出产的，越野性能好，在前线一战成名，把长春的解放牌都比下去了，算是毛主席"三线"备战的成果。

张德才被五花大绑，一群武警押解着他和另几个死刑犯在卡车车厢里晃动，就像当年我们部队往战场调动一样。

一群狂热的群众，骑自行车，奔跑，追着卡车看热闹。甩开人群有三五百米，卡车急刹车停下，武警把张德才架下车推到河滩上，脸冲着汉北河跪着。追看热闹的人越来越近，行刑法警戴白手套，手枪快速上膛，朝张德才后心窝一枪。

张德才长得魁梧，身体前倾却没有扑倒，他扭身回望，接连又几声枪响，他倒下去，并不那么干脆。

我在战场上巴不得一枪击毙两个敌人，消灭敌人越多越好，没有一点下不了手的。对张德才行刑时，却浑身不自在，眼看着一个活生生的人没了，我愣在那里发呆，想有没有其他治罪的方法。听说现在搞注射行刑，我举双手赞成。那天我心里空落落的，驾着摩托车一直在堤上开。后来我再也不看行刑了。


为了不打草惊蛇，警察是傍晚时分来的。他们没有穿警服，也没有开挎斗摩托，自行车推进屋里放着，也是怕打草惊蛇。谁是草、谁是蛇，那时还不清楚。

只来了两个人，辛叔叔和另外一个叔叔。父亲接待他们，在堂屋里喝茶、抽烟、聊天，时不时咳嗽。

辛叔叔和父亲是战友，都是1979年对越自卫反击战江东市军区的兵，但不在同一师。仗打完了，去县里戴大红花的时候，两人才认识，一聊还沾亲带故。后来，就像出生入死的兄弟一样开始来往，逢年过节相互走动，谈的都是战场和战友的事。

父亲退伍后进了水利部门，在守北镇管几口闸，旱季抽水、雨季也抽水，抗旱和防涝的区别只是抽水的方向不同。辛叔叔则是分到了派出所，忙着抓坏人，那更加令李明杰向往。

问话不在堂屋里，进了后厢房。从堂屋穿过去时，过道上有月光，狗声缥缈。两个叔叔一前一后，九岁的李明杰在中间，父亲不跟着了。

厢房里空荡荡的，只码了少量柴火和一小堆煤球，灶王爷在远处靠窗户的地方——那只是要饭的老爹爹给的靛红剪纸。油毛毡屋顶往下滴黑油，地面星星点点，夏天就是这样。

李明杰坐一个马扎，辛叔叔坐一个方凳，记录的叔叔在饭桌旁边。空气有炝辣椒味儿，还有火烧的气息。

"小杰，你是在什么地方看见汪俊华的？"

"仓库。"

"哪儿的仓库？"

"心安渡农场。"

"什么时间？"

"前几天晚上。"

"想想，具体是前几天？"

"三天。"小杰抠了抠脚后跟的蚊子包，翻着眼说。另外一个叔叔快速记录，听得见圆珠笔划纸面的声音。

"你去那里干什么？"

"看大人唱歌。"

"就你一个人去的？"

"还有我哥，他不让我跟着，我掉尾巴跟着去的。到了仓库他看见我，飞起来踢了我一脚。"

"你怎么知道台上唱歌的是汪俊华？"

"他以前当过民兵连长，背着假长枪，到我们村里来过。"

"你还看见谁了？"

"很多人，男的女的都有，都不认识。还有个男的，他的嗓子好，歌唱得蛮好听，底下人都叫他德货再来一首，他就一直唱。有个女孩抱着个像腰子的琴，叫吉他，陪着他唱。"

"记得唱什么了？"

"《成吉思汗》《路边的野花不要采》，还有好多，记不得了。"小明杰翻着眼睛想。

"汪俊华在干什么？"

"他中途也上去唱了一首，叫《寂静之声》，却是英文歌，听不懂但蛮好听。底下的人就发疯鼓掌，要他继续唱。就这样，他们两个比起来了。"

"德货和汪俊华比唱歌？"

"嗯！"

"谁输谁赢？"

"不知道。他们你一首我一首，底下的人就吹口哨，一阵阵鼓掌。两个人不知道为什么拉扯起来，大人都很激动，那个女孩就在他们两个中间解劝。他们用手脚够起来打，大人们稳不住了，不只是两个人打，两伙人马也打起来了。我吓得身子直筛，往门口挤。他们开始拿板凳，还有垫着坐的砖头乱打，我往仓库外面挤时和我哥挤散了。"

"莫慌，莫慌，这儿仔细想想，你自己一个人就回了？"

"一个人！"

"看见汪俊华往哪儿去了？"辛叔叔用手压了压空气，稳住阵脚的样子。

"我跑到路对面，那儿是一个高坡子，能够看清仓库门口。我等了好一阵子也没有看见我哥出来，只好一个人硬着头皮往回跑。我怕鬼，一路跑一路唱《成吉思汗》。"

"遇到什么吓人的吗？"

"没有，我一直跑过铁道桥，到了一片水杉林就憋不住了，在树林里蹲着解大手。过了一会儿来了一个人，骑着自行车。"

"看清了是谁吗？"

"一开始不认识，后来他从自行车后面解下一个袋子，往地上一扔，四周望了望就往上浇什么东西，一股冲鼻的汽油味儿。后来点燃了我才看清站着的人是德货，他的发型很特别，鬓角两边卷起虎爪，还留八字胡。"

"地上被烧的那个人，你看清是谁了吗？"

"没有！"

"你再仔细想想，袋子动了没有？"

"没有，也说不好，烧的时候我不敢看，大部分时间低着头。"

"后来呢？"

"我等那个人走了才从树林里出来，不作声往回跑，再也不敢唱歌壮胆了。"

"嗯！"

辛叔叔凝视着小杰，思绪在头顶盘旋。厢房里异常安静，辛叔叔宽阔的额头有亮晶晶的汗。他用手掌从左往右抹了汗，甩了一下，补了个微笑，恢复了辛叔叔的老样子，说："小杰，莫怕，我们是专门抓坏人的，你要是想起什么来，可以跟你爸爸说，他知道我的电话。"

从厢房回到堂屋里，父亲还坐着抽烟，他起身微笑，拍着辛叔叔的肩，不知是什么意思。辛叔叔直点头，说："不早了，我们该回去了。"

他们走时，小杰走到门口望着他们骑车的背影，月光下车钢圈闪着碎银般的光。

父亲表情严肃地望着门外，催小杰进屋里，然后闩上门连忙问："你都是按照跟我之前说的那样说的？"

"嗯！"

"你肯定没有看错吧？"

"没有！我亲眼看见的。"小杰噘起嘴。

父亲摸了下小杰的头，说："辛叔叔趁晚上来，就是不想让人知道你提供了线索，你太小，怕有人报复。你不要跟任何人说是你看见的，人命关天的事情，如果不是你辛叔叔办案，我都不会告诉他！"

小杰一脸茫然，父亲说："你去睡吧。"

# 九、人之初

公审公判的时候，李明杰跟着去看了。张德才剃了光头，也没有胡子，跟原来判若两人，李明杰都不相信他真的是唱《成吉思汗》的那个人。张德才被执行死刑后，历时三年的"严打"也结束了。

辛叔在隔壁房间咳嗽起来，像喉咙里卡着一只青蛙，一阵比一阵急。

李明杰还是睡不着，侧身听了一会儿咳嗽，辛叔稳定了，他继续翻来覆去。

小时候，他喜欢辛叔叔到家里来，最好穿着制服来，他觉得那样特别安全。辛叔叔浓眉大眼，双眼皮明显，目光柔软，大手摸他的头带着温热。

辛叔叔很少带枪，有一次带着枪来了，吃饭的时候把枪套摘下来放到条案上。李明杰围着枪套左右看，只看见了黑胶枪柄。辛叔叔和父亲在喝酒，看见他好奇，把枪套够在手里，拎着带子说："小杰，你试试。"

小杰拎起来，比木头枪沉多了。

辛叔叔说："小杰，长大了也当警察哈！"

他记得长大的那天，是非常具体的一天。那天他和父亲去辛叔家，就是现在这栋楼。在当时，这可是西辛店最好的楼，镇里的头头脑脑都住这个院里。

在客厅里，父亲和辛叔一人坐一张沙发，他坐旁边椅子上。

"小杰准备报考警校，他想当警察！"父亲说。

辛叔望了他一眼，目光如炬，他有点大男孩的羞怯，眼神碰了一下就转到一边。

辛叔手里握着一个塑线勾织瓶套的罐头瓶——那时流行的水杯，他拧开瓶盖喝了一口水，把茶叶末从嘴里抽出来才说："你为什么想当警察？"

他没想到辛叔会突然问这么个问题，这个还用问吗？他以为辛叔会热情地拍着他的肩，鼓励他好好学习考上警校，以后做一名光荣的人民警察。

他想说，因为辛叔叔是他的偶像，他觉得当警察好威风。他也想说小时候那次帮忙破杀人案，让他觉得自己有一种良好的直觉，见到坏人就竖起了耳朵。他还想说自己喜欢抓坏人。他喜欢枪，但那不是当警察的理由。

"我想为民除害！"他想说的都没说，因为觉得这句会显得他成熟。

"你知道为民除害是什么意思吗？"

他心里知道是什么意思，但一下子没组织好语言。

辛叔望着结结巴巴的他，郑重地点了点头，目光又恢复如常，扭头对父亲说："时间过得真快，小杰一下子就长大了，他有理想就让他去实现吧。"

后来他没考好，进警校差两分。母亲要父亲去托人，那么多战友，总有根线可以串到公安系统，塞点钱可能这警校就上了。

父亲非常生气。严格说，从前线回来后，父亲变了一个人，走路都怕踩了蚂蚁。父亲从未真正生过气，唯一见过的就是这次。父亲生气后说的那句话他还记得：**你以为你这是去当木匠学徒？这是去考警校！当警察！如果花钱托人就办了，那我宁可不让小杰去警校！**

小杰还是去了警校，事情还是辛叔知道后想办法搞成的。辛叔找了一圈人，除了疏通关系，还提了小杰是战斗英雄之后、短跑获得过县一等奖、小时候帮他破过大案等，一些很难说起了多大作用的理由。最关键的一条是辛叔叔在一个姓杨的战友单位找到了一个委培名额，这个战友就是后来的杨局长杨忠平。

李明杰靠在床头，翻到日记本里一篇"五星级"日记，他仿佛看见了辛叔当警察的第一天，也想起了自己当警察的第一天，这两个第一天之间似乎只隔了一天，或许只有一个小时。

☆ ☆ ☆ ☆ ☆  4 月 21 日

这件事情我总记得。我退伍了，落实在派出所上班。那天我远远看见一个女孩，她不紧不慢走到桥中间，对着一个三四岁的男孩屁股上就是一脚。男孩在空中翻转了两下落入水中。

我跳下去救人，没有在水中找到小男孩，那个小伢就这样没了。

我当时还穿着军装，只是摘了帽徽领章。一个月前，我还是个军人，告别了许多再也不会醒来的战友，从云南回来。看了太多，对死是什么我一点儿也不含糊，那些死都是为国捐躯，清清白白的，可小孩无缘无故的死让我震动。

蓬头的女孩没有跑，她站在桥上看了打捞的整个过程。她不伤心，也不懊悔，只是站在那里看。

我实在憋不住，恼着脸，盯住她的眼睛——黑杏仁一样的瞳孔。

我问："你为什么要踢他下水？"

她沙哑着说："我一直就想他死，从他生出来我就想掐死他！"

她大概有十四五岁，穿着白的确良衬衣，已经开始发育。我问不下去了。

她的父母来了，她坐在岸边一言不发，看父亲在水里像鱼鹰一样翻进翻出摸儿子，母亲坐在草坡上捶胸顿足。

我问她多大了，她说十五岁。她翻着眼白看我。我想她不是被魔鬼缠身，就是要赶着下地狱。我看清了眼前的事实，我要带她走，她已经到了违法必究的年龄。我当时就这样想的。

这是我去西辛店派出所报到的路上发生的事情，虽然我还没有穿上警服，但我已经看见了这件事，就不能假装没有看见，就不能不管。

可是麻烦来了，我没想到这是一家人的事情。我要带这个女孩去派出所，她的父亲拦住了我。我说我是警察，你的女儿犯了法。这个黑瘦但并不弱的男人挡在我面前，拿着一把明晃晃的镰刀，严肃地对我说："这是我家里的事情，你不要管。"

我想我没法不管，虽然没有换上警服，可我还穿着一身军装。我们这一代人就是这样的，角色一点儿也不含糊。我向他说，也侧身看了看围观的人，我是在向大家说："这个女孩故意杀人，把弟弟踢进水里淹死了，我带她去派出所，谁拦也是犯法。"

人群里有个精壮的小伙子皱着眉头说："她不知者不为罪嘛！"

父亲很快就抓住了这句话，举着镰刀挡在我面前，反复说"不知者不为罪"，好像这句话可以免罪。

光靠嘴巴解决不了问题，我冷不丁出手握住了这个父亲拿镰刀的手腕，一个拧搿，镰刀掉在地上，我捡起来扔到了稻田里。再翻腕，把黑瘦男子放倒在地，然后牵起女孩的手往前走。女孩使劲扭动手腕，我越捏越紧，她终于疼得嘴里咝咝吸气，跟踉着跟我走。

我知道这时候我的样子很不好看，可没办法，这就像战场。那个父亲爬起来，追上来，他不敢动手，只是跟着反复说"她还是个伢，不知者不为罪，你饶过她"。

母亲也哭着跟着跑上来。他们一家人跟我走，那就一起走吧！

就这样走了一段，父亲不知道从哪里捡到了一把铁锹，从后面往我的脑袋拍下来。我正下意识回头看他，锹拍到了我左肩上，力量很足，我整个人往前蹿，差点摔倒。我就当着母女的面，左翻右拧下掉了那个父亲的一只胳膊，就是让一只胳膊脱臼，让他彻底丧失攻击能力。我的擒拿术是在连队得过标兵的。到派出所后，我把他那只胳膊装上了。

事情就是这样的，面对恶人，你会没有更好的办法，只有一个办法，那就是强硬，你不强硬就别当警察。我是派出所第一个带着犯人来报到的。

我干了一件该干的事，毁了一家人，也可以说是一股邪劲儿毁了他们自己。我后来总惦记着这个案子的结果，临战坚定，这是战场上练就的，可我是个事后放不下的人。我打听过几次这个案子的结果，去少管所看过这个女孩，送给她一套《罪与罚》，我不知道她能不能看懂，有些地方我也没有看懂。我们中国的事情，外国书总是挠不到痒痒，我希望中国人也能够写一本自己的《罪与罚》，让人有良心发现。

这是一场悲剧，可我一点儿也不后悔，从来没有过。后来几十年里，我有几次坐下来眼前都会出现那个女孩的眼睛，乌黑冰凉。我会长吁短叹，但不会后悔，只有一件事让我辛传斌后悔，那就是张德才的案子，当时结案时，我就有点不踏实。人的直觉真的很神秘。

# 第二篇　迷踪

# 十、线

　　大学城里有许多大学生，他们年轻，容易快乐，季节性迷茫，还有稳定的寂寞。

　　"仓库"离大学城一公里远，隔一条马路就是纤谷。

　　纤谷来的年轻人，大部分只是学生的升级版，他们叫"小白"，很少穿白领的上衣，多穿花格衬衣加牛仔裤，卡里积蓄已经到了买房不够、吃饭花不完的地步。步入社会，快乐不是那么简单了，但也不允许一直迷茫，每天的压力很具体。其中有些人还没有完全从大学"断奶"，他们知道了些职场潜规则，并开始怀念单纯。

　　公路好比是银河，每天车辆川流不息，一条过街天桥连接起彼此。学生和纤谷白领在"仓库"里相遇，构成"仓库"的基本客流。

　　李明星是"仓库"音乐主题酒吧的老板，他当初选址来这里，只看见了一片荒凉，但这里房租只有别处一半。他把一面靠街、三面带院的修车铺盘下来，因为修了高速路，修车铺反而垮掉了，高速护栏让车没法靠拢。

　　学生多骑自行车来，白领走过街天桥，慢慢就把这个"仓库"焐热了。

　　李明星是个性情中人，喜欢看舞台上人影憧憧，灯火辉煌，像小时候在仓库里看演出。那时候还没有听说过音乐会，电影露天放，唱歌的人抱一把吉他就开唱，他们很容易快乐。

　　他从小就胆大，喜欢在黑夜里走动，像只独狼在各种可能的地方追逐歌声。他喜欢听歌，感觉每一首歌都是为自己唱的。

　　那时候最适合野唱的地方是生产队曾经储存粮食的仓库，联产承包后仓库废置，里面会闹鬼。年轻人不怕鬼，他们喜欢山墙支起的高大空间，仓库里空空如也，进去就一股冷气扑来，像阴曹地府。吉他轻轻扫弦，在仓库高深的屋顶环绕，变成立体声，再送进每个人的耳朵。李明星不懂音响工程，但那种两面坡顶带来的混音效果，带着粮草的余味，让人陶醉。

三十年后，他按照自己的想象，打造了自己的"仓库"，多少还混杂些美国西部片的影子。

仓库一楼是一个拉长的 U 形吧台，许多高脚凳上坐着人，也有客人趴在吧台上喝酒，和调酒师聊天。吧台对面是卡座，人举起手来打个响指，酒保都可以看见。

来的人在卡座谈事情或者谈恋爱，没有人会打扰。如果需要热闹，就得沿着设在中部的一道舷梯爬上去，舷梯中间立着光滑的木杆，没人知道是干什么的。果然二楼设了一个唱台，看演唱的座位都是毫无规律的草垛，人造草穗很逼真。屋顶也设计成两面坡，高大的气窗，抬头可以看见银河。水晶多面反光球没事就转着，看上去复古又魔幻。

唱台上经常有学生抱着不插电的木吉他来穷唱，但不唱穷，个个内心丰富、深邃迷人。纤谷白领喜欢这样的学生。

如果唱台上没人独唱，就成了客人的卡拉 OK 厅，像当年的仓库，随便唱随便听，李明星把这叫自由，这是他这一辈子寻找的东西。如今他设了一个舞台，把自由随便送人。自由不是什么都行的，他暗中有些准则，不该卖的不卖。如果有女孩失了恋，或者不胜酒力主动被动把自己灌倒了，他会漫不经心看护着，直到女孩被安全接走，绝不允许"捡尸"在他的酒吧发生。

有歌者如果唱高兴了，抱着那根光滑的杆两秒钟就到达一楼，把歌声带给一楼客人，再灌一大口酒就成仙了。

就这样，"仓库"酒吧成为隔在银河两岸年轻人的一个灵魂流放地。

回想自己这一辈子——这个年纪差不多可以回想一辈子了，李明星没有干成什么事情，这就是最成功的一件。以前他是朋友们酒吧里的常客，现在他是仓库酒吧的老板。他年近五旬，才找到自己可以全力以赴的事情，可能有些晚，可能还不晚，他忘了给自己制订商业目标，也不打算制订。

那天来了个客人，体格健壮，头发微卷，他在仓库唱台拿起话筒来唱了一曲。

什么曲很耳熟，李明星没太在意谁在唱，客人欢呼时才注意到他。

有人叫"大卫，大卫，再来一曲！"，他才发现仓库里坐满了大卫的粉丝。大卫始终没有再唱，他有一股传教士般的气质，特别醒目。小时候听说辛吴岗的人信教，李明星没有见过真正的传教士，这感觉也是从电影里得来的。

大卫说话不紧不慢，底下欢呼的人越多他越镇定，这让李明星另眼相看。他专门停下来看这个人，然后注意到了他身边跟着一个瘦得跟刀豆似的小伙子，他们一起趴在吧台喝酒，一起上楼下楼，甚至一起去厕所，李明星猜刀豆是他的跟班。过了一段时间，精瘦的家伙不来了，换了一个胸肌发达、胳膊上有花纹的小伙子，大卫叫他水手。

这人已经成了常客，李明星才意识到要请他喝一杯。他就是这样结交了许多朋友——许多朋友又烟消云散了。他这个年纪已经懂得人生了，所以遇到有趣的人，一定要请他喝一杯，就是喝杯酒聊聊天，别无他意。

酒吧里聊天，不喜欢调查户口式，也不喜欢认祖归宗式，来的人更崇尚一种就此别过的洒脱态度，就像一句歌词"别问我是谁，请与我相恋"，或者像王菲唱的"只爱陌生人"。

"你的音响还不错，不过接功放和音响的线不行。"大卫喝李明星请的加冰威士忌，男人的喝法，顺便评价了设备。

"线不行？"李明星有些意外。

"线不行！不纯净！"大卫笃定地望着李明星。

"这可是根银线！"李明星强调。

"横向声场太大，有点平面化，而且整体密度有点低，声音显得不够凝聚。还有一个缺点，偏高频，低音下潜不够，人声弱，不分主次。"大卫呷着酒，含了一会儿咽下，长指尖偶尔在桌面轻叩一下，那频率不是来自背景音。

没聊两句，水手过来跟大卫耳语。大卫一口把威士忌闷掉，平静却不失威严，说："最近，我们要搞一次团建，音响一定要好！"

李明星明白这是一次不错的商机，谁不喜欢团建！

平时李明星下午3点才开展一天的工作，今天早早就打开了仓库的门等着收线。

他怕快递来了他没在，今天必须用上新线，不能延误。

线不便宜，德国蟒蛇的单晶纯铜，一米就 2500 大元。对一家酒吧的硬件投入来说也不算多。他只是为了这根线伤脑筋，到处打听才找对点，生怕大卫来了看到觉得不专业。

线来了，快递员递给他一个黑包裹。他撕开黑塑料，里面露出精致的银白纸盒；再拆，里面两条灰白纹线缆像两条盘曲的黑曼巴蛇，这感觉没错。

取出两根三米长的线，铜线表面是高级黑色编织纹，夹杂穿梭着一根白织线，如同女孩腿上的黑丝袜抽了丝，露出一道白。在铜头上有两道火红的圈纹，简直是画龙点睛。线带着自然的伸展力，拿在手里像蛇在扭动。说明书上印刷着一个沉静性感的德国女郎，一身黑衣裹体，露出白色皮肤，一切都跟想象的一个模样。

李明星自己接线没什么问题。线接好了，他还打开音响系统，自个儿唱了一首《故乡的云》，好像他是个游子似的，相距三十年前的仓库，他已经游得很远了。

检查完音响、灯光，再就是果品酒水，他忙得像王熙凤。下午 4 点开始，每天该加的货都会送到后厨，他打电话又加了十件银龙泉全麦啤酒"红颜"，388 毫升，瓶身两头粗中间凹，像女人胴体。不知道什么原因，最近就这个酒走得特别好。

李明星等调酒师 Sisley，她一直没有出现。他昨天专门叮嘱过她今天要早点儿来，最晚不能迟于 4 点。Sisley 亲口说没问题，她说她下午没课，4 点肯定到。

4 点 Sisley 没有到。李明星自己开始清点酒水，摆位。酒吧热闹起来就像一场战斗，必须把子弹备足了。关键是他想和 Sisley 提前碰一下，既然是团建，得搞气氛，给客户制造几个小高潮，把大高潮留给客人，这样的设计屡试不爽。在偏僻的地方开酒吧，如果没有团体客户时不时来个酒水、零嘴无限量供应，生意真不好做。

4 点半的时候，收银、领班、后厨、小工该到的都到得差不多了，Sisley 还没有来。打电话在服务区，不接。

李明星有点心烦，但依然淡定。他自己上手，三倒两颠给自己调了一个"曼哈顿"，最后一个动作是从裆部把调酒器扔过头顶，在肩部接住。这些没什么，他曾经做过职业调酒师，在技术上有过一段痴迷。

好久没有亲自操刀上阵，今天莫不是要这样？李明星多多少少感到有些力不从心，眼睛有老花迹象。

差八分钟5点，Sisley来了。她把白色电动车停好，取下护目镜，连连给李明星道歉，说："不好意思，不好意思。"笑眯眯地说着，人已经走进了柜台。

李明星什么也没有说。他发现她今天穿着塑身黑丝连裤袜，像新买的，凹凸有致显得成熟，甚至有几分火辣。

客人慢慢上来，最早的5点钟就来了，坐在卡座里玩手机。酒吧里来得最早的那一拨人，一般来酒吧不是消遣，而是耗时间等人。

二楼舷梯入口处，他让服务生早早戳一块牌子，上面写：Reserved（预留）。整个仓库二楼全部给大卫留着。

大卫来了，穿着一件黑色燕尾衬衣，白皮裤白皮鞋，头发卷曲闪亮像刚焗过油。大卫是干什么的，李明星不好判断，但感觉像个专业人士。他的原则是客人主动让知道的就知道，不该知道的就不问，知道了还要忘掉。如今的年轻人，隐私比黄金贵，在家里他已经养成进女儿房间必须先敲门的良好习惯。

大卫夹着个棕色皮包，从里面掏出两根线来对李明星说："单晶铜线，外表镀金，铜纯度百分之九十九点九九九！"

"上次你一说，我就蛮当回事，已经换新了，JIB，德国蟒蛇的。"李明星接过线，嘴里还在说。

"没有对比，就没有伤害！用这个，比那个声音底色更清爽，高音更有穿透力，纵向声场宽广，一点儿也不刺耳。"大卫声音平静，也不容置疑。

李明星要拿线上楼，大卫说："你给我一把十字花起子就行，这个线接起来还蛮讲究的。"李明星二话不说，在吧台里蹲下身，翻找后取出一把长柄十字花起子来，大卫接过径直上楼去了。

# 十一、今夕何夕

李明杰把指纹取样交给了物证科做痕迹鉴定，几天后黄练就给出了明确答复：打火机上的三个指纹，有两个和辛传斌、杨翠花对比上了，第三个身份不明，但肯定不是刘浩的。

由于酒店房间内没有安装监控，警方通过登记身份信息摸排了一遍在刘浩之前住过店的人，没有任何人承认自己丢过打火机，对比指纹表明他们没有说谎。

打火机关联的第三人和刘浩案件之间并没有建立起最直接的证据链，但打火机上含有的微量氯胺酮与刘浩血液里的氯胺酮建立起关联来，这说明携带打火机进房间的人和刘浩绝对不是路人！

"黄科长，这个打火机很关键，你们再仔细检查一下，看看有没有新的发现。"李明杰提醒道。

"李队，那还有一种彻底的检查方式，把打火机拆成零部件！"

"这个暂时不需要！"李明杰认为在没有充分理由前，暂时不宜破坏证物完整性。

挂了黄练的电话，李明杰想要马上给辛叔打一个电话。

"辛叔，您那儿一切正常吧！"

"外甥打灯笼，一切照旧（舅）！"辛叔心情不错，说完还笑了。

"翠姐也照旧？"李明杰重点问。

"照旧！照旧！"

"那就好！辛叔，指纹对比出来了，打火机上有您和翠姐的，另外一个不知道是谁的！"

"嗯，这个人很重要，他一定去过刘浩住的房间。"辛叔简单一句话让李明杰更加坚定了之前的推测。

"辛叔，既然在您周围出现了一个不明身份的人，为了您的安全，我派个人假装电信宽带升级，去您家里安装微型摄像头，在我手机上随时监控家里情况，这样我也放心！"

"这也是一种侦查破案的手段，为了你放心，按你说的办吧！"辛叔爽快地说。

"谢谢辛叔理解！"

李明杰挂了电话，轻轻呼出一口气，抬头看头顶有一团烟雾，至少需要焚烧五根香烟才可以形成。李明杰仰靠在办公椅上看着盘旋的烟雾，换了另外一个角度思考起来。

刘浩死亡案和三十年前辛叔侦办的张德才案看似没有任何关联，这就像硬币的两面，它们似乎永远见不上面，但存在于同一个物理介质上，摸清了这枚硬币的两面，关联就一清二楚了。辛叔提到过明月闸因洪水溃闸露出汪俊华的遗骸，这是一条非常重要的线索，李明杰决定去当年负责施工建设的单位摸摸情况。说是摸，行动必须低调又迅猛，让涉案人员没有反应时间，他决定采取一次秘密侦查。


安全栏缓慢下降，有规律的警报声响起，一列火车开了过来。

李明杰站在等火车通过的人群里，想起了当年和父亲一起沿铁路找人的情形。

那天晚上仓库打架冲散后，李明星并没有回家，可斗殴事件已经传到父亲耳朵里了。隔天父亲和他一起去找李明星，他给父亲领路。

李明杰和父亲沿着铁路走了一会儿，就见一群人围着什么东西。他把头从大人腿缝钻进去，看见一头牛倒在地上，隆起的肚皮齐他头高。

牛四肢和身体是完整的，头却从牛角根撕裂开，牛头跟身体只牵扯着一层皮，血红浆白淌了一地。

他一开始不知道害怕，看见牛眼圆瞪，偶尔微微眨一下，好像在等人施救。他希望有人救活它。

不一会儿，施救的人来了，人群蠕虫般分开。来了两个人，一人拿厚背的大砍刀，一人拿薄刃尖刀，都围着皮围裙，杀气腾腾，他感觉不对劲儿。

拿大砍刀的大块头一刀下去，牛头和牛身的最后一点联系剁断了。拿尖刀的瘦子蹲下来，从肚皮中间对称位置探入，手掏刃拉，紧密配合，像脱衣服一样脱牛皮。

李明杰眼睛不知道看牛哪个部位，浑身一激灵，赶紧缩回头走开。

火车的力量令人着迷，他一度拿铁钉在铁轨上轧小刀，从此他再不敢了！

离开解牛现场，他带父亲来到仓库前。大白天仓库门紧闭，上面挂一把大铁锁——再普通不过的铁疙瘩，完全没有那天晚上演唱会的神秘。

这儿没有李明星的半点影子和气息，两人离开仓库去外公家。外公家在心安渡农场往北靠近糖厂，父亲料定哥哥在那里。

没错，哥哥在外公家好吃好喝，准备继续欢度暑假，毫无回家的打算。

父亲拧起他的耳朵终止了他的美梦。父亲一声不吭打起背手走在前面，李明星和李明杰紧跟着，李明星眼里满是对李明杰的鄙夷。

在李明星彻底离开外公视线后，父亲像拍蚊子一样给了李明星后脑勺一巴掌。

一路上，李明星挤牙膏似的吞吞吐吐说出他的仓库见闻，但和李明杰看到的不一样。李明星认识台上的每个人，熟悉每件乐器、每一首歌，他是他们的粉丝。


过去的是一列货车，挂的是平板，上面一辆斜靠一辆，码满了平头卡车，全是十堰来的东风牌。

小时候经常看见火车拉着披墨绿炮衣的炮车，也一辆辆斜靠着，炮管倾斜一定角度齐齐指向天空，车厢望不到头。坦克则平放着，首尾相接，一节车厢只能排两辆，绿罩衣可以贴身把坦克罩住，可看上去还是坦克。赶上一天全是货运列车，不是大炮就是坦克，大人说前方在打仗。李明杰和小伙伴默不作声望着车厢没完没了地经过，想象不出来打仗是怎么打。

走完货车，栏杆在当当声中升起。

过了铁道，在坡底树荫下，李明杰谈好一辆白色私家车，让车主拉他到大汪垱，李明杰要去汪俊华家里看看，起码要见见受害者家属，尽管这是一次迟到的拜访。

村村通乡间公路连接起每个村庄，雨后路再也不变形了。小时候上下学，他要花很多时间一脚一脚和淤泥做斗争。

司机五十多岁，腿有点不灵便，但开车不碍事，车让他不再外出打工，他说他熟悉每个村庄。

李明杰问他包车一天多少，他说四百元。李明杰留了他的电话号码。

司机姓薛，李明杰和他聊起了薛仁贵。司机第一次听说薛仁贵，眼睛发亮，他知道薛刚反唐，怎么反的也不太清楚。听李明杰说薛仁贵是薛刚的爷爷，他对这个祖宗非常感兴趣，不停地问那段演义。

大汪垱在汉北河边，村子排列在沿堤筑起的一道高台上，像河堤长出的一条蜈蚣腿。在外面挣到钱的，就在自家宅基地上盖起了楼房，最高的有五层，看着让人担心。也有没挣到钱的，原来的老房子还在，墙皮风化脱落，可以钻进蝙蝠的裂缝似闪电一般等待着什么。

李明杰进村就打听汪俊华的家，但没人听说过汪俊华。好不容易遇到一个年长的妇女，估计五十多岁。她好奇地望着李明杰，问："这人都死了几十年了，你怎么认识他？他要是不死，跟我差不多大！"

李明杰心里不免一惊，一想释然了，他确实在打听一个从地表消失了三十年的人。

见他没回话，妇人又问："你是他亲戚？"李明杰点头。他怕摇头后会更费口舌。她热情地带李明杰到一座低矮的平房前面，指着黑洞洞的门，说："这个就是。汪俊华死后，妹妹嫁得老远，近了没人敢娶。母亲去年高血压犯了，晕死了，家里就老父亲一个人。"

# 十二、猪司令

李明杰走进门，闻到一股难以言说的混合气味，里面肯定有霉味。

站在堂屋中央，眼睛适应了一会儿，才看清有一个神柜摆在堂屋正中靠墙的位置。屋里没有凳子，可以用空荡荡来形容。墙上罕有装饰，石灰墙皮像白癜风一样斑驳，山墙柱上挂着一张塑料印刷的"恭贺新禧"年画，下面的日历表明是两年前的。

有个人从后门走进来，佝偻的剪影进屋后，慢慢才看清了是位老人。他似乎是从20世纪80年代，或从剪了辫子的民国走来的，完全忽视了时间。

"你是哪个？"老年男子略带惊讶，眼黑对不准人。

"您就是汪俊华的父亲？"李明杰客气地说话。

老人头抬得更高，仔细看着他，也像质疑他。

"你找他搞么事？"老人对来的陌生人无好感，自顾自走进一个更黑的房间里，拿着一个葫芦瓢，盛满了一勺猪饲料，往后门去了。

他跟过去，在后院才看清老人的脸，那是一张被时间揉成灰黑褶皱的皮，皮下几无肌肉组织。

李明杰靠在一摞红砖上，等着老人喂完猪再聊。

老人忙起来就忘掉还有人来访，专注搅拌猪食，嘴里责备驱赶一头霸道的黑猪，让另外一头粉背小猪也能吃上午饭。

他给老人递过去一颗烟，老人警惕看他一眼，继续维持猪的秩序。李明杰抽着烟，一点儿也没法着急。

"你们不要再找麻烦了，人都死了三十多年了，搞清楚又有么用呢？"老人抱怨了一句。

李明杰不接话，估计做 DNA 检查的人来过，老人不想再提过去。

猪事如意，老人解掉了花布围裙，坐在唯一的竹靠背椅上。

"您贵庚？"

"问这个有么用？"老人瞪着不聚焦的眼神反问。

有这样一类受害人家属，他们觉得人死不能复生，做什么都毫无意义了，就算凶手迟迟没有得到惩罚也不关心了，自己活着只是活着。他们是彻底被失去亲人打垮的一类，这让李明杰心里有莫大的悲哀。早些年遇到这种情况，李明杰会无精打采，干什么都没有劲儿，甚至也这么想：人都死了，破了案也无法让亲属重新找回亲情，那时候他甚至突然会蹲下去流泪。

"我看您跟我父亲差不多大。"李明杰蹲在老人面前，弹着烟灰说。

"你父亲多大？"老人表露些好意，声音低下来。

"六十五岁。"

"那我比他要大不少，我七十二岁。"老人露出一些快意，他眼睑外翻，眼睛里总是湿润的，肯定有眼病。

"您还记得汪俊华最后一天离开家里的情况吗？"

老人像没有听见，坐在那里一动不动，右手在腿上抖动，向过去的时光敲莫尔斯密码，期待汪俊华回答。

抖了不少于两分钟，老人平视前方某处突然开腔："人有感应，他那天出去时，我就感觉他不对头。他说了不去看那个仓库歌唱会的，又说别个专门约他的，不去也不好，怕把关系闹僵了，就还是去了。那天大汪垱去了好几个人，跟心安渡农场打起来，哪晓得打死的是他呢。"

老人用袖口抹了一下右眼角，手放回去继续抖。

李明杰递给他一颗烟，他用左手接住，李明杰给他点燃，老人吸了一口，清鼻涕出来了。他用手撸完在围裙上一揩，接着说："他那天有感，走的时候又返回来，我问他搞么家伙，他不说话，进房里把部队带回的那把三棱刺刀别腰上了，我觉得他是心里有感。"

"军刺后来找到没有？"李明杰自己点上一颗烟抽上。

"没有，被火给烧化了吧！"老人抽了一口烟，望着他，希望得到专业求证。

李明杰记得警校专门讲管制刀具，五六冲锋枪的三棱军刺被列为重点防范刀具。那根军刺是中国军工之花，闻名全球。砷合金锻造，硬度达到60HRC，表面做了磷化处理，灰白亚光，三面开刃后，没有正背面之分，犯罪分子拿在手里很不好抢夺。据说开刃后砷合金氧化，刀刃就带毒，划伤一个小口都不好愈合，大意了会要命。

那晚焚烧尸体的煤油是不可能把军刺烧化的。

"您带我去看一下汪俊华的房间吧。"他看着老人，微笑里也有公干的正式，老人从命，他们认这个。

两人从后门走进堂屋，右转进了一个黑洞洞的房间。房间靠外的山墙上开着一扇小窗，眼睛看窗再看屋里更显黑。

进到里面，房间里有一丝清凉。老人站在一张挂着蚊帐的床边，静静看着床上发呆。蚊帐上集满惊人的灰尘，显得沉甸甸的。

"这就是汪俊华活着时住的地方，一点也不动。以前他姆妈每年洗一次蚊帐和床单，姆妈死了就没人给他洗了。"老人指指点点说。

李明杰眼睛适应了一会儿，慢慢看清：山墙壁贴着一张明星画，一个侧面半身女明星蓄着排球女将式短发，左下方写着"苏小明"三个字，画的右侧从上到下写着"军港之夜"。

床的对面放着一张小书桌，上面摆着几本书，有一本日记本积满灰尘。他抽出日记本，拍了拍去掉尘封，封皮上是香港歌星徐小凤。他翻开日记本，从头到尾仔细检查，里面一个字也没有写。他抬头又看了一圈房间，书桌旁边墙上的钉子上挂着一件无领章的军上衣，一件白背心已变灰，没有其他物品了。

老人不知什么时候出去，李明杰正要往房间外走时老人进来了，递给他一封信。他接过来，上面收件地址就是本村，寄件地址很含糊却很有力度：老山哨所。

信封很脏，口没有封，看来老人会给许多人看。

"当兵时，他就来了一封信，让转给那个女的。那个女的来后当场看了，就再没来过。"

老人仰头望着他，说。

李明杰说："我拍一下照！"他把信在书桌上展开，连续拍了几张照片，回看检查是否清晰。他让老人把信收起来，老人倒拿着信封，从里面掉出来一张两英寸照片。李明杰从地上拾起来打量，她倚在只露出后半部的挎斗摩托车尾扭身笑着，牙齿洁白，是当时时尚美女的模样。

李明杰把半身照放在信封上，用手机一连拍了几张。

老人才发现这张照片，拿在手里左右看，半天才说一句："不是这个妖精，我儿子不会死。"他的语气却很平静。

老人一定要留他吃午饭，李明杰就坐在小靠背凳上看猪睡觉，等老人做饭。他有些走神，努力想老无所依的人生是什么滋味，人是可以毫无寄托地活着的吗？或许猪也是一种寄托。

午饭是腊肉煮豆皮，满满一海碗，老人端给他。他接在手里放在砖墩上，拿了几块砖码成小凳子坐下，和老人面对面共进午餐。他想陪老人好好吃一顿饭，尽管老人可能不需要。

看到已经在时间里平复的老人，李明杰觉得实在没有什么可提前透露的，让他平静吧，杀人凶手或许永远成谜。

出村时他不知所往，脑袋里翻腾着平房里的无数画面，毕竟他在这方水土长到十八岁才离开。

# 十三、战地书

我们那个侦察班六个人，一个山西的，两个湖北的，我算一个。一个云南的，一个广西的，还有一个江西的。

头天夜里我们就突入敌人阵地，无线电台坏了，情报已经摸清了却发不出去。

越南鬼子扔下来一个空罐头盒，砸到一个战士身上，没有发出声响，他们发现了我们，双方交上了火。

我们子弹不多，一人五颗手雷，不到近距离也不会扔，轮流交替快撤，边退边打。下到山脚一条河边，来的时候水不大，回来时上游下过暴雨，水大得不行。

我水性好，他们让我先过河。我说自己水性好来作掩护，你们先过河，他们逻辑混乱坚决让我过河。我说我是班长，你们要听我的。山西的小窦说，事关重大开个班组会来定吧。

敌人搜索的声音近了，他们举手表决让我走。子弹横扫过来，打得树叶噗噗响，我赶紧过了河。

根据我提供的情报，火箭炮覆盖过去，那个山头全端了窝。后来我因此立了三等功，从班长升为排长，他们却一个也没有回来。人生有讲道理的地方，也有没法讲道理的地方，他们死了我却升了官，就是这样。我永远记得他们每一个人，随时随地都可以想起来，就像我的手指头。

乌云有一块没一块的，偶有雨水滴落。

李明杰走在汉北河堤上，看见河心浑水漫涨淹到了柳树枝杈上。估计辛叔的午睡差不多结束了，他拨通了电话。

"辛叔，当年您侦查张德才案件时，有没有搜出一把三棱刺刀？就是当时老山前线五六式冲锋枪上的那种！"

"没有！什么也没有！烧得炭黑，当时没有 DNA 技术，树林里的尸体身高和血型都是对的，只缩了一点。"

"哦！枪刺烧不化吧？"

"烧不化。我们攻打高平时，喷火枪把整个坑洞烧完，枪都烧散了，刺刀好好的，有人当战利品带回来。越南人拿的枪跟我们的一模一样，都是我们当年抗美援越援助给他们的嘛。"

"我知道了，没别的了，您休息吧！"

"你发现什么了？"辛叔关切地问。

"一封信！"

"汪俊华的信吧？"辛叔提高了声音。

"是的。对了，汪俊华那个女朋友家是哪里的？"

"一时想不起来了，怎么？"

"我看到一张照片，不知道是不是她？"

"你发给我看看。"

李明杰通过手机把照片发过去，不一会儿，辛叔回复：就是她，人长得蛮灵醒（漂亮）。

雨变成豆子落下来，胳膊能感到重量，李明杰想找个地方躲雨。薛司机的车追上来，他没有活拉，刚好沿河堤往家里走。

李明杰钻进车里，一回生二回熟，李明杰闲聊："咱们这儿凶杀案多吗？"

颠簸中，薛司机没太听清，让他再说一遍。

"这十里八乡杀人越货的多吗？"李明杰重复。

薛司机车开得起跳画了一条小龙，望了李明杰故作轻松地说："光天化日，说那个DNA连一泡尿谁撒的都可以检测出来，现在有谁敢杀人？"

乌云里露出的太阳晃眼，李明杰拿出墨镜来戴上。薛司机时不时看他一眼，车里出奇地安静了。

李明杰感觉气氛不对劲儿，他连忙掏出警察证来晃给薛司机看。薛司机扭头看了好几次，松脸笑起来，兴奋地重复："你该早点儿拿出来，你说的话吓死个人。"

父亲的脾气跟辛叔完全不同，他戒急好静，打仗把他的好奇心打没了。

他被分配到守北泵站，管四台大功率抽水机，依据旱涝往两个相反方向抽水，外加一道汉北河与内河连接的守北闸，与对岸的明月闸相距五公里，彼此知道对方的存在。

大功率抽水机管子粗大，小孩可以在管子里站起来走。泵吸力巨大，曾经吸进游泳或下水摸鱼的人，出来时拼不全。

经常有大鱼被泵吸进去，在叶轮里随水流盘旋，从水管出来时变成了可以直接下锅的肉块，附近居民总来水管处捡鱼块。

前任泵主因为鱼块跟附近居民关系闹得很僵，有人偷偷往抽水泵口塞破麻袋，耽误泄洪排涝。父亲来了，脾气很受大家欢迎。听说以前有小孩下河游泳被泵绞了，为了防患于未然，他申请上面拨款在泵头装了防护罩。

有时候父亲也拎些鱼头鱼尾回家，从局部可以想象整体，都是肥大的野生鱼。母亲做得一手好鱼参丸子，这都是童年美好回忆的一部分。

刚开始父亲回得勤，只有旱季和涝季在泵站小屋里过夜不回家，看不出有什么问题。后来父亲经常不回来，母亲就去搞突然袭击。母亲任何时候去，父亲要么在看书，要么在跟人下象棋。他没有花哨的问题，就是好静。他说话不急不躁，舒缓呼吸空气，感觉生活好极了，像一首老歌《我们的明天比蜜甜》唱的那样。

母亲冷战也好热战也罢，父亲就是不迎战。就这样熬到两个儿子都成人了，母亲扬言离婚，父亲却在守北镇分到一所住房，母亲干脆搬过去，整个家就在守北镇合拢了。母亲觉得应该早就搬过去，非要等到分了房才想起来，骂自己真是死人脑筋。

好日子并不长，母亲因中风半边身子不能动，父亲风湿导致腰疼得直不起来。

早些年父亲偶尔腰疼，母亲说是打仗打的，父亲说是泵站潮湿。

晚上，李明杰和父亲联手做了一顿晚餐。饭菜摆在桌上，母亲坐在轮椅上，一只手用勺也可以勉强自己进食。

为了阻止父亲提他再婚的事情，吃完饭，李明杰马上收拾完桌子泡一壶茶，主动跟父亲探讨起业务来。

"爸，明月闸您知道吧？"

"不远，河对过儿，怎么啦？"

"它被洪水冲倒的事，您听说过了吗？"

"怎么不知道，豆腐渣嘛，我们单位后来为了警醒队伍，组织人去参观，我去看了。"

"您听说过闸倒了后，里面出现一具尸骨了吗？"

"啊？这个没听说呢，只说是豆腐渣工程。不过那次洪水是大，先把闸两头的堤涨裂了，然后连堤带闸决了，这样闸也就跟着倒了。对了，你见到辛叔感觉他怎样？"

"气色很差，有个错案压在他心里过不去。"李明杰淡淡地说。

"他退都退了好几年了，怎么还惦记那些事情。你辛叔年轻时蛮开朗，甚至有点爱出风头。"

"哦，您这里有守北闸的工程图纸吗？"李明杰把话题引开，否则一晚上都会是当年的辛叔了。

"有，每个泵站都留有一套整个汉北河闸口的图纸。"

"您找出来我看看。"李明杰眼神活起来。

不一会儿，父亲抱着个大纸筒出来放在桌子上，从里面掏出一大卷蓝线图纸，小心铺开，就像作战地图。

明月闸的图纸找到了，它是一条支流和汉北河连接处的闸口，前后两道闸构成一个闸室，可以走船。

"闸口倒的就是这一道。"父亲用手指着紧临汉北河道的一扇闸。

李明杰看着闸思考着什么，窗外来了一阵暴雨，雨声如千军万马逐渐抵近，到屋檐滴答连成一片。

"又下雨了！今年雨水多，怕洪水又不小，倒是晚上睡觉凉快些。"父亲说着转身去看窗户，或者其他怕雨淋的地方。

李明杰思维打了岔，眨眼工夫马上回到案情上来，问："爸，这道闸也是设计公司修的吗？"

"不是，是专门搞水利施工的一家国企。我还参加了验收会，陪领导一起看热闹。这个施工单位，我打电话到县水利局能够查到的。"

李明杰让父亲赶紧睡觉，明天再说。

李明杰躺在房间里，几天来脑袋里进来太多信息，需要整理一下。李明杰习惯翻动手机，看通话记录，一个个回想一遍，白天繁忙中会把有价值的线索在不经意间放过。

他想起来有一个重要的东西没有细看，翻出了汪俊华来自老山哨所的信，一下子兴奋起来。


艳华，你好！

好久没有跟你联系了，昨天我值岗，今天一有空就赶紧给你写信。从你邮寄的日期看，这封信在路上走了一个多月才到达我手里，说明从和平的后方到前线路途有多么艰难。我们这个哨所，四个人蹲守在一个不到四平方米的猫耳洞里。里面炎热，不通风，湿气大，洞顶还往下滴水。不说这些了，战争肯定是艰苦的。

我想告诉你一件重要的事情，我已经宣誓加入了突击队，明天就要潜入敌阵地等待总攻命令，这一等可能是十二小时，可能是更长时间。突击队十六个人，每个人都写了一封信，我想你懂我的意思，我把这封信写给你。

战争是无情的，子弹不长眼睛，我很可能就再也回不来了。在这样的时候，我想了很多，说出来很难，作为男儿，我也要勉强自己说出来。我认为这个时候，不是我们谈终身大事的时候，你给我打气、支持都是好的，但是我无法承诺，我也希望你不要给我任何承诺，我的自由是因为我现在不自由，你的自由是因为你可以不选择危险。

我建议我俩就像好朋友那样来往，把有些事情放一放。战争总会结束的，我每时每刻都会争取活下来，所以我们还是有希望的，只是不需要提前限制你的自由。

你寄来的这张照片我也给你寄回，不希望我牺牲后别人拿你讲故事，那换来的一时虚荣，并不会带给你任何幸福。

你和我是非常正常的朋友关系，这封信未来也可以给你证明。

写到这里我哭了，但我会笑着上战场。这次突击我们拔掉敌人某高地，会迎来一次大反攻，可能就迎来了更坚实的和平，到那时我们就可以放开谈儿女情长了。

这里海拔一千多米，山上什么都没有，饼干、罐头、卫生纸、水、弹药，一点一滴都是军工从山下背上来的，在移动中暴露还会被敌人射杀。他们真的是一厘米一厘米爬上来的，一半以上的伤亡不是在战斗中，而是在物资运输中。说得夸张一点儿，一根针我们都会发挥最大的价值。运输上下非常艰难，所以我可能不会常给你写信，你写的信可以先存起来，等我一起看。

时间不允许了，信就写到这里。

我们的友谊，与岁月永存！

汪俊华

1984 年 4 月 2 日


李明杰看到这里有些眼潮。他见过许多残忍的凶案，那么多锒铛入狱带来的骨肉离别，心肠必须要硬才能保持理智，做出正确的判断。这封短信把他跟那个在仓库唱《寂静之声》的年轻人联系起来，他仿佛看见汪俊华又站了起来。

他翻到了梅艳华的照片，那是一张在任何年代都不能说是普通的面容。她烫着活泼的鬈发，大大的眼睛，目光神采逼人，仿佛有无穷的青春浓缩其中。她的样子和当时的红影星张瑜神似，只是她的脸没有那么圆，更符合当下的审美。李明杰长长舒了口气，三十年了，他真想见见梅艳华。

# 十四、成吉思汗

夕阳醉时，不断有人上楼，每个人手臂上都盖了荧光戳记。大卫派水手看门，水手一丝不苟地给每个人胳膊上盖只鹰，也像落水后耷毛的鸡。

团建差不多7点就开始了，楼上是安静的，人群像在默默祈祷。然后有人说话，像大卫的声音，还有别人的声音，透着神秘或神圣。

为了尊重客人，团建时没有特别要求，一般不派人全程服务。如果说顾客是上帝，上帝需要回避那就回避，还省了人力。

一首熟悉的音乐响起，又戛然而止。李明星以为是音响坏了，他直奔调音台。

大卫拿起话筒走在布满草垛的人群间，他们都很年轻，像早上八九点钟的太阳花朝向大卫。

"人生，是什么？"大卫说。

无人应答。

大卫接着说："我也不知道！人生就是这样毫无防备就打开了，毫无防备——就输掉了！"

人群更加安静，连喘息咳嗽声都没有了。

大卫闭着眼，拿话筒的手垂下，等待在座的人回味人生是赢了还是输了。

"要赢，却不是那么容易！"大卫低音部浓郁的声音再起，穿透力十足，听他吐出的每一个字都是一种享受。

李明星觉得人生就是这样的，到了他这个年纪已经不相信成功学，但享受大卫说的每一句话。

大卫说："我不相信成功学，但相信勤能补拙。世界上非凡的人，都有两个特点：一是记忆力特别好，比如钱锺书；一是瞌睡特别少，比如甘地。这两个特质，归根到底是一个特质：精力旺盛。大家试着从自己的知识库里 Search（搜索）一下，一定还可以举些例子。"

下面有人抛出了司马迁、班超，还有说贝聿铭、巴菲特、克里希那穆提。

大卫用手轻轻压了压空气，说："我研究过，许多事业有成的人，都是精力旺盛的人。这一点，大家有疑问吗？"

没一个人有疑问。

大卫一只手轻轻往外挥，接着说："那么，我们首先不谈成功，只谈可不可以成为精力旺盛的人？"

大家面面相觑，还是没有人吭声。

大卫停下，目光扫视了在座的每一个人，他懂得每一个人的心理，接着问："在座的，有没有打过麻将？"

有人笑出了声，马上又吞回去。

"举手，请举手！"大卫想请一位群众。

没有人举手，好像打麻将是件挺丢人的事情。大卫改变了问题，说："那好，大家有些人是老司机，有没有开过夜车，有没有疲劳驾驶？"

许多人都举起了手，还有人说老司机都开夜车，引发一阵哄笑。

大卫请了一个眼袋比眼睛还大的人，他站起来。

大卫问："开车疲劳了，眼睛直往下坠，你怎么办？"

"喝红牛！打麻将也喝红牛！"有人猴急插嘴。

"原来红牛都是干这个的！"大卫冷不丁来一句，底下又哄笑。大卫手往下压了一下，说："Sit down（坐下）！"

大眼袋坐下。大卫怕听众没理解透，又举了一个例子。

"我每次开长途，车门上插满了红牛，像子弹上膛！"是个亢奋的黄毛年轻人。大卫双手下压，示意黄毛坐下。

黄毛一直笑着，意犹未尽。大卫举起一只手来，说："我问这个问题，是让大家更好理解另外一个问题，赢时 1 号，你可以理解为对标红牛，但跟红牛有很大不同，它作用的脑部区域更加森严，一般饮品打不开，那是关于幸福感、使命感的高级区域。赢时 1 号这个产品，是真正提升人对幸福的渴望，并通过提升精力，持续作用于我们的目标。你们说，这样的人生，能够不卓越吗？！"

听者群情亢奋。"仓库"适时变出几个穿比基尼、戴兔耳朵的女孩儿来。她们穿梭在人群里挤挤靠靠，给每一位发放"赢时 1 号"试用装。

李明星见过卖保健品的来搞团建，与此类似，在这里搞团建最合适不过了。

为了助兴，他把 Sisley 叫上二楼，酒保随之端托盘送上来一套调酒器皿。Sisley 是学校街舞团的，李明星又教了她调酒，她就把街舞动作和调酒动作结合起来，成了"Sisley Style"，很受客人欢迎。

Sisley 腰身柔韧，动作精准，调酒器抛接自如，胳膊上还戴了摇铃，几个下腰、劈腿、旋转，酒到了大卫面前。大卫恭敬地双手接过，像捧着一束花，那是一杯血色玛丽。

众人欢呼，音乐响起，是弗拉明戈曲风。大卫轻轻牵引空气，一只手若即若离扶过 Sisley 腰胯，另一只手还端着鸡尾酒杯，两人起伏顿挫又婉转缠绵，像两条黑曼巴，美妙绝伦的配合让在场的所有人都毫无顾忌地奉献了掌声。

这场面好久不见，连李明星都有了吃醋的感觉，他大大啜了一口"红颜"。

有员工或者会员开始献唱了，都是时下流行歌曲：《我》《卡路里》《凉凉》等。

这时候水手上来了，他点了一首凤凰传奇翻唱香港老派歌星林子祥的《成吉思汗》。这首金曲是 1979 年 1 月 1 日元旦新年，林子祥献给华语歌坛的一张新专辑《抉择》的主打。那时候意气风发的林子祥一身玄黑，典型 80 年代风靡全球的大波浪烫发，张德才也烫过这种烫发。林子祥蓄着风格化的人丹胡，双目凝视前方，后面是一副若隐若现的铠甲。这首曲子经林子祥唱出就在华语圈开了挂，成为提升现场气氛的必杀技。不得不承认，这首歌曲太老了，它诞生时，在座的大部分人还没有出生。三十年后，由来自内蒙古的女歌手凤凰传奇组合之一的杨魏玲花举起牧鞭，又唱响了这首沉默在时间线下的劲曲。

弥久而如新，是为经典。李明星的心如同湖面投入一颗石子，他没想到还有人点这首歌。

凤凰传奇在草原上吼哈吼哈，水手把话筒给了大卫，他给老板献了一个有创意的殷勤。

大卫用一根指头指向调音台的李明星，手掌往下按。李明星暂停画面，大卫从旁边手包里拿出一张小碟来，只有DVD半径一半大。水手上前接过，把小碟递给李明星。李明星一时找不到DVD按钮，毕竟已经是U盘时代，即插即用，DVD已经很久没有人播放了。

不一会儿，机器发出均衡的电平音，里面只有一首曲子——《成吉思汗》。伴随着节奏强烈的音乐，画面上出现了一群高鼻深目的欧洲人，他们穿着蒙古勇士铠甲，中世纪蒙古猛将髡首发型。女人都穿着蒙古公主华筝一样的服装，戴圆柱造型平顶帽，耳垂挂硕大绿松石耳坠，手工刺绣花纹对称布满肩头、两胸、袖子和胳膊肘。

音乐一波波在抵近，仿佛奔放的欧洲蒙古大军也将抵达。那曾经被蒙古大军铁蹄踩踏，差点灭族的欧罗巴人，转而突然唱起了雄壮的侵略者战歌，正如恺撒抵达所到之处时说的一句话"我抵达，我看见，我征服"。人类崇拜力量，不管这力量有多大的破坏力。

大卫将话筒举至齐下巴，沉默郑重地站在人群中央，他身体微微左右晃动着，用低沉的声音说："今天，我奉献给大家一首德语歌曲——《成吉思汗》。我想借这首歌曲表达一个想法，人类在某些方面是共通的，是永恒的，也是重复的，因为那是人性。"

说完，大卫用德语唱起了激昂的《成吉思汗》，如同大汗附体。大家都对着字幕看着：

风沙之中，追追赶赶
彼此热烈在歌唱
呼! 哈! 呼! 不需担忧
撺跤饮酒，彼此面上尽欢畅
奔奔跑跑沙丘上，马壮牛强

威威风风马背上，胸襟开朗

我高声欢呼，我是热与光

呼！哈！

成，成，成吉思汗

生不怕，死不怕，天不怕，天生英勇

成，成，成吉思汗

心向上，心向上，心向上，坚心向上

我决意往他乡

大地任我闯荡

不可阻挡，我愿独霸一方

…………

　　在德语歌曲中，李明星泪光盈盈。他无论如何也想不到，三十年前这首在仓库里作为土包子演唱会的结束曲目，居然有了一个德国的缘起。那时候他喜欢听，却羞于唱，因为他听不懂粤语，不知道唱的什么。他只是从大人嘴里知道，这是一首流里流气的歌曲，专门用来引诱那些流氓女孩儿。这首歌曲像某种原罪的烙印，让他感觉自己喜欢的东西总是游走在错误的边缘，而学习好的弟弟李明杰代表着正确。这首歌曲证明了他的青春何其正常，他开始跟着嘶吼起来，像愤怒的老兽。

# 十五、堵截

父亲告诉李明杰，当年修建明月闸的施工单位叫川华建筑，目前工商注册正常，也算长寿公司了。

异地查案，出发前，李明杰向守北派出所通气说明情况。派出所说人手不足，派了一名辅警小李来协助他。不一会儿，小李骑着辆电动车过来了，腰上别着一根伸缩警棍。小李嘀咕着他本来跟着去抓赌，是临时从抓赌人手里抽调过来的。

"伸缩警棍抓赌够用！"李明杰笑着听完小李不情不愿的话，举起手机给薛师傅打电话。

不一会儿，薛师傅的白色富康像头肥猪一样出现在河堤上，缓慢往前拱着，最终趴在两人面前。

川华建筑在汉流城关，车要先过汉北河。

小李问："是轮渡还是绕桥？"

李明杰说选择快的线路，小李就把车开下河堤冲着河心去，却在渡口边猛然刹住。

轮渡正在远处水面向这边漂移，两根巨大吊臂擎在高空，钢索慢慢绞紧怪物般发出嘎嘎声波，斜对着向这边开过来，浊浪拍打着船舷，有几分惊险。轮渡上停满电动车、私家车、货车，空隙里歇满人和狗。

"这满河满渡的，有什么奇特的案子发生吗？"李明杰坐在副驾驶座上，看着跳板慢慢往下放。

"哪方面？"小李望了一眼李明杰，笑容可掬。

"哪方面都行！只要是犯罪行为！"

"美人舱。"刚说到这里，小李自个儿笑得咻咻的，像开水壶喷气，说不出来。

"什么意思？"

"他们组织人马卖淫嫖娼，搞个大货船，上面铺铁板搞湖上船餐，晚上灯火通明，生意特别好，半夜人更多。侦办人员觉得奇怪，上去一查什么花脚乌龟也没有。后来只好装嫖客跟着混进去，才发现船有夹层，里面别有洞天。"

小李话痨般说完，接着发出一串响亮的笑声。这时，车外"哐当"一声巨响，跳板全降下，与船面齐平。

上岸后，车就直奔川华建筑公司，乡间景色不乏绝胜。

川华建筑在汉水边上，四周围着一个大院子，院子里堆满了锈迹斑斑的脚手架钢板，还有搅拌车。热浪蒸腾在上空，整座院子像某个荒漠废墟，在主楼顶支着几个锈迹斑斑的大字：川华建筑，普天同庆。

李明杰走进主楼大厅，向一脸倦容的保安说明来意。不一会儿办公室主任出来了，拿着带盖的紫砂茶杯说，总经理不在。

李明杰单刀直入："你知不知道当年修建明月闸的事情？"

主任想了想，说："这个公司已经改制五年了，现在是私人的，原来的人该退休的退休、该换的换，没人知道当年修明月闸的事情。我也是新来的！"说完他笑了一下，对自己是新来的有点儿不好意思。

"那你有原来公司总经理的电话吗？"李明杰绷起脸。

"我找找看，当年川华建筑公司改制，牵扯到原来体制里隐藏的各种乱事，新公司基本不管，个别牵扯到现有厉害的事情，就跟原来的掌权人核实一下。"

说着，主任找到了号码，把手机推到李明杰面前：川华原总经理宋红兵。

连续拨打两次电话通了，说话的是一个老人。

"宋总，我们是公安局的，想找你了解川华当年修建明月闸的情况！"李明杰直接说。

"明月闸的情况不是已经搞清楚了嘛，因为豆腐渣，我已经受处分了，退休金少了不少，你们别再纠缠我了。"说完宋红兵挂了电话，显然关于明月闸还有另外一个版本的问题。

车往宋红兵家驶去，李明杰在车里拨打电话，宋红兵又接了，李明杰连忙说："我们不是来调查豆腐渣工程的！"

宋红兵不由分说："你们讲不讲点儿道德？打扰一个退休老人，我也是对几百号国企职工有过贡献的！"说着啪地把电话挂了。

小李把车开得飞快，连闯两个红灯，拍打喇叭，说："不跟他讲客气，直接冲到他家里堵住他。"

说话间到了小区门口，进口栏杆已提前落下，小李降下窗户正准备跟保安交涉，只见出口栏杆已起，一辆红车猛冲出来。

李明杰凭直觉命令小李追，小李倒车、打方向盘、油离一起释放。车跳起来扑出去，差两个车位没有别住红车，瞬间那辆车已经腾起一阵黄雾向右转了。

薛师傅这辆家用车只能用于拉黑活，在追击逃犯时显得力不从心，油门发软，到极限后踩了跟没踩似的。小李趴在方向盘上，希望身体比车还快。

前方红车发出一声尖厉的刹车声，后车轮侧滑，差点撞到一个横穿马路的老人。

白车发出咆哮声，终于接近了红车。李明杰用手机连拍几张照片，马上给当地交通队打电话，把车牌号和颜色告诉他们配合堵截。

红车突然左拐沿着斜路上了汉水堤。白车被胖子小李压得气喘吁吁爬坡困难，上堤的工夫跟红车又拉开了距离。

汉江满打满溢，江堤一侧堆放了许多沙袋随时准备堵某个管涌，沙袋几乎把堤面行车路给阻塞了。红车躲避不及左后轮骑上沙袋，车突然摆头打转。天赐良机，白车赶上来将红车堵在沙袋上，让它一边高一边低地悬着。

宋红兵坐在车里，李队和小李坐在沙袋上，双方隔着窗户说话。

"你跑什么？"小李怒目圆睁，瞪着宋红兵。

"我都退休好几年了，你们缠着我干什么？你们公安局动不动就去小区，邻居怎么看？我怎么安度晚年？"

"谁打扰你安度晚年？没事儿你跑什么？"小李还在生气，警棍下意识在敲自己手掌。

李明杰说："跟你明说吧，我们不是调查腐败问题的，问你一件事情，你必须老老实实给我们交代，也算立功。否则你知道的，没事儿你跑什么？"

宋红兵无奈地说："我真的——"

"好了，不啰唆了，你还记得当年修明月闸时，负责一号闸体混凝土浇筑施工的人是谁吗？"

宋红兵一下子愣住了，下意识说："这我哪里记得！"

"你抽烟吗？"李明杰掏出烟盒，伸到宋红兵面前。宋红兵抽出一颗烟来，李明杰给他点上，问："这个工程当时就是你负责的吧？"

宋红兵不作声。

"你不要想太多，我问你什么你就如实回答，当时混凝土浇筑是谁负责的？"

宋红兵深吸一口烟，说："这个活儿负责人姓姚，我们都叫他摇把。他长得雷实，会杀年猪，胳膊比一般人腿粗，寒冬腊月柴油机发电搞电焊，发动不了就让他摇几下。"

"他叫什么名字呢？"

"姚，对的，姚必成。老姚不是正式编制，他就带领一帮子包混凝土施工。"

"那你知道他现在在哪里？"

"以前住新湾街道！"

李明杰盯着宋红兵，说："你跟我们一起去趟新湾吧！"

"他有几年没来看我了，不知道他搬没搬！"宋红兵有点儿不情愿。

"你贪没贪自己最清楚，我给你指条明道，如果贪了你主动自首，把该退还的都退还了，现在你给我们带路！"

# 十六、军刺

车进了一片城中村，远远地有栋四层高小楼惹眼。楼前借着一棵大槐树支起了长方形白帐篷，下面有两桌人打麻将，下雨也不影响麻将顺利开展。

隔麻将桌两米距离有张整木做的案桌，巨大的裂缝里卡着一排型号各异的刀，一个身材魁梧或肥胖的厨师胸前抹一块油光的黑围裙，正用李逵式砍刀剁骨头。

李明杰在车里观察，注意到二楼栏杆上挂着一块黄底黑字招牌：必成农家菜。

宋红兵死活不下车，说那个厨师是姚必成的大儿子，认得他，知道他带路会骂死他。

李明杰怕争执起来有动静，不勉强他，下车后漫不经心地走在前面。小李气喘吁吁地跟在后面，一手摸屁股一手摸警棍，多少有些紧张。

姚必成的大儿子发现有生人靠近，把砍刀猛地往砧板上一剁，手下意识地在油腻的围裙上反复揩擦，大声说："这是办满月酒席，不是赌博！"

厨师以为他们来抓赌的，估计看小李面熟。

小李连忙说："不抓赌，找姚必成！"

提到父亲的名字，厨师有点反应不过来，停顿了一会儿，才说："我老头死了两年了，你们找他搞么事？"

李明杰下意识地打量体形宽大的厨师，还有众多打麻将的人，随口问："去世多久？"

一个打麻将的太婆搭腔："前年腊月死的！"

"你是姚必成的儿子？"

"是的，你们找我老头有么事？"胖厨师用磨刀棒来回在刀刃上刮擦，发出哧哧的声音。

李明杰亮了一下证件，说："你把家伙什儿放下，有点事情进屋去说吧。"

厨师犹豫了一下，把刀和棒放下，解了围裙，一顿一顿地带领他们进屋。

屋里还坐着两麻将桌的人。一张摇床安放在麻将桌缝隙间，刚满月的婴儿躺在床里睡得直流口水。

"不要在这里谈，带我们去你爸住的地方看看。"李明杰语气平静利落。

"你们到底有么事？"厨师一脸不耐烦，站在高两级的楼梯上俯视着李明杰和小李，提高声量嚷："警察也不至于打扰死人吧！"

李明杰盯着厨师的眼睛，说："你放冷静点儿，好不好？你有配合我们调查的义务，不站在这里说，带我们去你爸房间！"

打麻将的人都停了下来，聚精会神地看，场面静得可怕。

小李语气平缓地对厨师说："为人不做亏心事，半夜叫门心不惊。瞎激动么事咧，不该激动的时候瞎激动！"

厨师明白点儿什么，带两人往楼上走，迈一步，楼梯震动一下，身后麻将声又起来。

厨师边走边说："我老头死了，妈死得更早，哪里还有他的房间咧！家里只留了个柜子，专门放些他的东西，也是实在送也没法送、扔也不舍得扔。"

说话间到了二楼，进长形房间。迎面墙上挂着约十二英寸的遗像，逝者圆头阔脸，目光逼人，右眉毛尾部有一颗豆大的黑痣。

屋子中间摆着张发黑的八仙桌，上面也有麻将，只是散乱着没人搓。靠墙有个三开立柜，茶叶、大量未开封的白酒、泡着蛇的玻璃缸、玻璃杯、瓷杯、各种型号的碗、一次性水杯，杂乱无章。最下面有一格，需要蹲下来才能看清。

厨师把柜子推拉门拉开，说："看吧，全在这里，看个够！"

李明杰一条腿跪下趴下来看柜子里面，小李站在旁边，警棍来回在手掌上颠来倒去。

从柜子里掏出一本黑乎乎的书，上面毛笔书"麻衣神相"四个大字，拿在手里怕腐掉，霉味儿扑鼻。李明杰捏了捏又翻了翻，书里没有夹任何东西。

一个紫砂壶，盖上豁了一个小口。李明杰揭开盖子冲着亮往里望，又闻了闻放下。李明杰递出前些年常见的不锈钢健身球，小李伸手接过来在掌心转动，里面发出清越的当当声。两个带铜钉的护腕，有磨痕和油脂。

"你老头习武？"

"练过！"

"练什么拳？"

"气功、长拳，什么都练！"

"你会功夫吗？"

胖厨师不搭话。李明杰继续探摸，把里面的物件都挪动一遍，发现顺着柜子里板放着一根长形物，一头粗一头细，是个褐色皮套，手感沉。李明杰轻轻把它取出来，拿到光亮处细看，是一把带鞘刀，只是造型比正常窄短。

李明杰握着柄缓缓拔出刀来，一把三面开刃的刺刀呈现在面前。李明杰左右翻转着看这把刺刀，尽管没有闪闪寒光，却依然有种无声的威慑力。李明杰知道，这是五六式冲锋枪上的刺刀。

就着光仔细查看，可见在刺刀靠近柄部刃面上有石头画痕，虽然歪歪扭扭，但可以判断那是一个"汪"字。

厨师脸色惊异，急说："我们家从来没人打开看过，以为是祖传的磨刀石咧，我爷爷是杀猪的，我爸也会！"

李明杰定定地看着厨师，问："你肯定见过，你想想，你最早对这个东西有印象是什么时候？"

"这个就早了，我很小的时候，它总放在我老头的床头柜里，从来没见他拿出来干过什么。"

"你老头是怎么死的？"

"死得很突然，也很快。他喜欢晨练，一般也就是手里把玩着健身球，到了地儿放下球在器械上拉伸一下，最喜欢做俯卧撑，六十多岁了还能做五十多个。那天他晨练回来，走到门口大槐树前，身子前后摇晃了几下就往前一扑，抱住树不动了。"

"谁看见的？"

"最先是邻居家，刚开始没人觉得他出事了，以为他抱树锻炼。他年轻时喜欢用背靠树，把树靠得直往下掉叶子。那天他好半天还抱住树不动，邻居走上去看，发现老头双目圆睁一动不动。邻居大声叫我们家，我最先冲出来的，托住他脱离树干，一摸鼻子不出气了。"

"发现有外伤吗？"

"没有任何外伤。人都走了就没有去医院，直接办丧事了。有人说是脑出血，还有人说是颅内出血，总之是脑子里淤血死的。"

"如果是颅内出血，有可能是遭受撞击。"小李沉着脸说。

厨师浑身紧张起来，眼睛愣愣望着李明杰，问："你们发现有什么可疑的吗？"

"有也不能告诉你啊，你是他亲属！"小李不动声色接了一句。李明杰觉得方向给带歪了，连忙说："这把刺刀我们带回去调查，你给我留个电话。如果有什么问题，我们再随时间。今天这个事儿，你看见什么就是什么，不要添油加醋，真让大家疑神疑鬼对你一家人也不好！"

李明杰说完拿着刺刀下楼，厨师紧紧跟着。当走到大树下时，厨师拉住李明杰的胳膊，声音颤抖着说："警官同志，您说是我爸是别人害死的吗？那他跟我们家有什么仇？他们还会不会继续加害我们？我儿子刚满月！"

李明杰轻松望着胖子，说："应该不会！我也没说你爸是被人害死的。这把军刺，我怀疑是你爸从别人那儿拿来的，军刺的主人恐怕也不会来找你爸麻烦了。"


从姚必成家出来，车又回到汉水堤上。浩浩荡荡的江水离堤面只有一米多，无数巨大的水花翻腾，每个都比一辆车还大。它们带着变幻无穷的纹理，一花未平一花又起，这是汉江最雄浑的季节。

在守北镇放下小李，薛司机看到他的爱车激动得搓手。夜晚他们开车到汪俊华家，见大门只是虚掩，李明杰让薛司机开车回家，自己不慌不忙地进了门。

堂屋里没见汪俊华的老父亲，但已听见雷动的鼾声从东屋里传出来。

李明杰没有开灯，借着手机微弱的光走进去，看见老人肚皮上搭着蒲扇睡得正香。房间里所有的家具和老人的装扮，都让他像一个活在三十年前的人。

有几声难得的狗叫，这都是小时候熟悉的声音。

李明杰从老人房间里出来直接进了汪俊华的房间，他能够感到自己的心跳在加快。有一刻，他感觉自己回到了家里，向那张熟悉的床走去。父亲在厢房里咳嗽，他从守北闸回来了，晚上加班多捏些煤球，第二天大清早他要赶回闸上。

李明杰走近那张空床，慢慢坐在床沿，浑身不自觉抖动。他轻轻把那把军刺放在枕头旁边，和衣缓缓躺在床上，墙上苏小明的"军港之夜"明星画隐隐可见。一个宁静的夜晚，他慢慢闭上眼睛，泪从眼角静静流出来，落进印花床单纤维里。他在这张床上睡到天蒙蒙亮，悄然起身离开了汪俊华家，没有惊动东屋的老人。

李明杰通过辛叔找到了三十年前梅艳华的家庭地址，那里已经成为府河新村，每家都有两层小楼。

他挨个儿问遇到的人，年轻人没有一个知道梅艳华。那些腰背低垂的老人，有的记得她的模样。至于她去哪里了，活着还是死了，没有任何人知道。当年，男朋友张德才发生那样的事情后，她在老家抬不起头，就从人间蒸发了。

# 第三篇　做局

# 十七、格斗

　　经济活动让人口发生了大迁移，明月闸浇筑工头姚必成死了，还有多少工人参与过浇筑更难查，硬币的两面有一面已模糊不堪。

　　李明杰反复看刘浩的蹲点日记，注意到他提过有一个人从车里出来小解，那辆车跟监控录像里的路虎车颜色只是灰与蓝灰的区别，这种色差有时候只是跟天气有关。可惜的是，刘浩只说那人似好久没见的某人，并没有提他的名字。翻遍了那天拍摄的照片，刘浩居然没有拍摄小便人的特写，文明拍摄的观念给调查带来很大困难。

　　江东市警官学院是整个华中地区最好的警察学校。刘浩和自己算是校友，李明杰决定去母校一探。

　　高举的校徽是三个人字变形而成的长城，给周围景色增添了一股定力。

　　当年的班主任袁博怀如今是袁副校长，李明杰称他袁教授。袁教授教一门最受学生欢迎的课叫技术侦查。故事与现实，往往有种不讲情理的联系，许多同学就是因为看了《福尔摩斯探案集》，开启了报考警校的初心。袁教授刑侦课的精彩之处在于他将计就计，把《福尔摩斯探案集》里的奇案抽离出来，用大家所学的现代刑侦技术，在课堂上破一个个子虚乌有的案子。那时候只要有袁博怀的课，教室总是爆满，连走廊也站满了学生。为了便于拖堂，袁老师把授课时间调到下午最后一节，几派破案高手在课堂上 PK 起来，早已经忘却时间。等袁博怀总结点评时，往往华灯已上，许多同学直接约着去校门口的烧烤摊玩"狼人杀"游戏。

　　袁教授的办公室是个奇特的所在，被安置在一处地下室，其设置更像一个小型图书馆，只是收藏的不仅仅是书籍，还有全世界许多著名罪案的一手影印件。通往教授办公区的走廊两边摆着一溜儿书柜，里面码满各种刑侦书籍。有的书柜从上到下悬挂着案例图片，其中一幅案件挂图非常醒目：辛普森杀妻案现场痕迹复原图。李明杰记得，当时号称华人神探的李昌钰也参加了这场举世瞩目的审判。后来的电视采访里，李昌钰说关键证据出了问题，谁也拿这个案子没办法，西方司法的程序正义一直让学生们分为两派，争论不休。

跟袁教授进了办公室，小戴更是亦步亦趋，看着触目惊心的挂图，不觉噘起了嘴巴。

袁教授望了一眼戴蓓蕾，打趣说："李大侦探，好久没有来了，你是不是有什么喜事要亲自相告？"

李明杰连忙说："没有，没有。袁老师，这是警员小戴，戴蓓蕾，她帮我整理案卷，难得的胆大心细手麻利，快成我的左膀右臂了。"

小戴用力点头，笑着说："袁伯伯好！"

袁教授笑着说："论辈分，算是徒孙，可不是袁伯伯可以打发的！"

李明杰和戴蓓蕾都大笑起来。

在办公桌对面有一个小的会客区，三人坐定。地下室幽凉，袁教授从茶几上拿起一把折扇，习惯性在手上开合，问："明杰，你那么忙，这次来肯定也是无事不登三宝殿！"

李明杰诚恳点头说："听说您现在退居二线，分管学生就业分配。我想了解下毕业不久的一个学生以前在学校的一些情况。"

"哦，怎么？"

李明杰和戴蓓蕾脸都沉下来。

"出什么事了？"袁教授追问。

李明杰把刘浩惨死，尸检涉毒以及疑似警校同学出现在监控里的情况详细介绍了一下。袁教授听完后，长舒一口气，合抱双臂，在大脑里对应刘浩是何许人也。

"可惜，培养一个警察苗子不简单啊！你手头有刘浩的监控视频吗？"袁教授拿不准刘浩是哪个学生，或者心中有数了，是为了谨慎起见。

"有的！"戴蓓蕾从背包里取出笔记本电脑，将那晚酒店门口的监控录像播放给袁教授看。

袁教授反复看了三遍，抬起头来望着前方。那儿是办公桌后面的一堵墙，上面写着几个墨斗大字：**自胜者强！**他整理好自己的情绪，开始慢条斯理地说起来。

"刘浩刚开始在警校里并不是很突出，如果没有记错的话，他喜欢摄影（李明杰点头）。他个子高大，性格却温和，行动像大象那样优雅。大二的时候，他参加过学校的散打比赛，这个给我留下的印象比较深。预赛的时候，他以最后一名的成绩入围。他不灵活，散打不灵活很吃亏。"

袁教授特意转向李明杰说："你读书时还没有这个项目，学校在设计这个比赛时，深度研究了国内外警校格斗课程，主导思想是我提出来的。这门课定为情境格斗术，不叫散打，从课目名字上就让参赛者产生一种生死肉搏的意念，就是让比赛双方完全按照实战的方式来对抗。你想，在面对歹徒时，你不能说，你个子比我大，我们不是一个重量级的，不打了。没那回事儿，必须你死我活。"

说到这里，袁教授从整包矿泉水里抽出一瓶来，拿在手里当教具，好像那瓶水是刘浩。他接着说："初赛第一名的那个同学，个子并不出众，大概也就一米七出头，精瘦精瘦的，但是身体结实，行动敏捷，直觉好，爆发力惊人。他每击中对方一拳，都可以调动全身气力于一点，这就好比一颗子弹和一朵棉花糖，毁伤力不以块头计。初赛后，大家都看好他夺冠。"

李明杰和戴蓓蕾听得入神，眼睛也不眨。

"决赛那天，情况出乎意料，刘浩表现出跟初赛完全不同的禀赋，像换了个人。无论进攻还是闪躲，他都扬长避短，一招制敌，连连淘汰对手，最终和初赛第一名对决冠亚军。从这一点来看，刘浩可能并不像他大象似的外表那么简单，他可能之前并没有把自己的真实实力拿出来。"

戴蓓蕾连连点头。

"决胜局，是学校设立情境格斗赛以来最精彩的一局。刘浩始终利用体形高大的优势，以防为攻，就是以守势不断逼近对方，将对方压制到危险角落，用抗击打的臂膀和背部，化解对方的进攻。同时，在这个过程中，找准对方进攻中出现的漏洞，突然攻击对方要害。

"初赛冠军也不是吃素的，他以各种工具作为臂长，巧妙攻击刘浩软肋。两个人打了十几分钟，不分胜负。按道理，时间越长对刘浩越不利，散打是高能耗的体力对抗。但刘浩以逸待劳，防线没有崩溃。最终，初赛冠军一个双腿锁喉，两个人都躺在地上了。刘浩不停攻击对方露出的腹部，比赛进入最后阶段，情况非常危险。最终僵持了一分钟，裁判判刘浩输。两个人起来呼哧呼哧喘了半天气，然后热烈拥抱。"

"真是不打不相识。"戴蓓蕾脱口而出，李明杰也连连点头。

"以评委会主任我的评判，冠军比刘浩高两届，各方面素质都略胜一筹，技战术堪称学校优等生。没想到，这个学生中途辍学了，非常可惜。"

"警校生辍学，这个很少见。"戴蓓蕾嘴快，李明杰也望着袁教授细听下文。

"现在的社会，比明杰你那时候复杂，警校生毕业，并不一定都当警察。许多学生去了大企业，做安保部门负责人，给名人做保镖，年薪上百万的都有。再加上他们的许多师兄师姐都在警察系统，你说这样的人在企业里能不吃香吗？"袁教授说。

"那冠军后来去哪儿了？"李明杰问。

"听说这个学生家里急用钱，读书时就在校外兼职教散打，后来高薪去了一个搏击俱乐部当教练。老板非常器重他，搏击俱乐部这种地方一个好教练就是金字招牌，他很快就成了合伙人。"

李明杰让小戴再播放一遍监控录像，要录像播到细瘦个儿和刘浩从快捷酒店出来的一刹那停住，李明杰指着细瘦个儿问袁教授："这个人像那个冠军吗？"

袁教授低着眉仔细看画面，还摘了眼镜凑上去，看了十几秒，说："个头差不多，但样子比这个稍壮。"

"这个辍学的冠军叫什么？"

"姓皮，对了，叫皮少军，我对他在学校的印象蛮深。"袁教授肯定地点头。

小戴连忙在手机上记住这个名字，同时也发给李明杰。

李明杰凝视着画面，思绪飞扬，说："现在警校跟我们当年还真是不同。"

小戴笑着说："我还觉得您那会儿业务素质更过硬呢！"

袁教授擦了擦镜片，戴上眼镜说："明杰，现在社会复杂多了，你办案就更加有体会了。学校教学跟原来也有很大不同，我现在负责毕业分配，可不是退居二线，反倒是一线了。比如我们有一个准实战的实习课，就是派学员跟随社区民警去协助执行危险不大的任务，捧人场，震慑犯罪嫌疑人，也让学员亲身体会什么叫警察。"

"那干些什么呢？"

"比如抓赌、协助法院强制执行，还有抓制假贩假窝点。这个实习也是我这几年负责毕业生就业去向，慢慢建立起来的一套做法，有责任有风险，但是值得尝试。我这儿每年都负责外联市局各执法单位，对接一些这样的准实战机会给学生。你那儿如果有合适的机会，也提前告诉我一下。"

"那肯定的！现在教学越来越科学了。"李明杰说到这里，想到一个问题，"刘浩在学校时，参加过这样的实习吗？"

袁教授想了想，说："他们这一届，分拨参加过好多次派出所实习，我查一下他。"说着，袁教授俯身在电脑上操作了几分钟，说，"刘浩参加过一次打击制假贩假行动。"

"制什么假？"

"你稍等。"袁教授给当期负责带队的指导员打了一个电话，对方语言谨慎，袁教授认真听着，不时点头。挂了电话，袁教授望了一眼李明杰和戴蓓蕾，迟缓地说："当时，他们几个人一起，跟随警察去武胜闸电脑城，堵截一个神秘的制假贩假团伙。嫌疑人全部用密语在网络上沟通，密语被网侦人员截获，怀疑是仿制枪支。他们挑选的交易地点人流非常密集，看来也是惯犯。"

李明杰坐直身体，全神贯注地听着。

"他们布控了六个可能的出入口，行动时，三名制假人员分开逃跑。在追击中，几个实习生跑散了，刘浩也跑散了。最后抓了两名犯罪嫌疑人，另一个跑掉了。刘浩被发现时，脸上有一道划痕，身上有灰尘，像是搏斗的痕迹。他说他差点抓到一个，让嫌疑人跑了。这次行动，发现实习生与警员配合有些问题，熟悉的时间短，便衣在一大堆人里和实习生彼此认不出来了，追击起来实习生落单就很危险，所以外勤实习暂停了一段时间。"

"您觉得，刘浩在您的印象中有什么异常吗，比如精神状态？"

"他总是笑，不爱说话，看不出有什么异常。"

听到这里，李明杰没有更多问题要问，他想趁机锻炼戴蓓蕾，就说："小戴，你不是一直想见警界高人吗，今天见着我的老师了，有什么想问的问题，别浪费机会！"

戴蓓蕾问："袁教授，那个散打冠军皮少军，他那个搏击俱乐部叫什么？"

袁教授说："德华搏击，离学校也不远，就在凯德广场那边。后来关门了，不知道是经营不善还是什么原因。这个皮少军也很少来学校，几乎没有听到他的消息了。"

"教授，您这儿可以查到皮少军的档案吧，他还有什么家人，住在什么地方，都可以查到吧？"

袁教授说："肯定有学生档案，警校非常重视生源的背景调查。"

"那就拜托您了！"戴蓓蕾嘴甜。

接下来一番叙旧，李明杰要约袁教授一起吃饭，袁教授以马上有会为由拒绝了。

从袁教授那儿出来，在法国梧桐交错的校园林荫道上，李明杰眉头紧锁走在前面，戴蓓蕾紧跟，皮鞋在地上发出咯噔咯噔的声音。

"李队，您走那么快，我都跟不上了！"戴蓓蕾快跑两步。

李明杰停下脚步，扭头说："小戴，你今天问了一个好问题，要好好查下这个皮少军的家底儿。"

"好的，李队！我怀疑这个散打王皮少军，就是监控里见刘浩的那个人。"

"你的推定合理，下一步就要拿证据说话！"李明杰又在前面走了好远。

# 十八、大鱼

　　那天晚上，Sisley 和大卫坐在草垛上聊起来，看得出来两个人聊得非常投机。

　　李明星知道那种投机是什么，已经超出萍水相逢了。他以为自己懂这个女孩，在这瞬间又茫然了。

　　有一天，李明星一直熬到凌晨 3 点酒吧打烊——一般他不会熬到这么晚——又在吧台调好了两杯酒。

　　Sisley 从洗手间卸完妆走出来，温婉、疲惫的样子。

　　李明星把酒杯递给她，她接在手里啜了一口，柔和一笑。那是一杯加牛奶的纯果汁，安神助眠。

　　她对他已经过了凡事必说"谢谢"的界限，但界限还是在那儿。

　　李明星努力把持着界限——他的年龄可以做她父亲了，所以他内心将自己的感情定位为父亲对女儿的关怀。

　　之前他不定界限的日子，曾经出过低俗的男女故事或故事。当自己女儿快到这个年龄时，他开始厌恶那种居高临下，或者利用自己的便利地位去接近女孩儿的方式。他甚至厌恶不正当的关系，他瞬间悟道，厌倦了任何欺骗。这世界利用任何人性弱点或者信息不对称做的交易，他都认为是耍流氓。他知道自己已经废了，不适合人间烟火了。

　　最近仓库的生意好得不行，Sisley 很累。他想表示一下感谢，此外，还有另外一层感觉，说不出来的感觉。大卫时不时来，总会在吧台坐一会儿，小饮一杯。他感觉大卫在那里喝酒时，她是燃烧的，他担心迟早她会烧垮。

不清楚原因，就是直觉。客户喜欢某个员工，带来持续的生意，这有什么不好吗？

"最近客人多，你也累得可以，不影响功课吧？"李明星轻声细语。

"不影响，已经在写毕业论文了。"Sisley 张着嘴，带一点儿调皮。

记得一年前来面试时，Sisley 穿一身运动休闲装，不是李宁就是安踏那种，骑着自行车。李明星喜欢她即将在社会亮相的样子。不管她以前是否做过促销员、快餐厅计时工，还是加油站发房产小广告的，复杂性都比不上在酒吧工作。酒吧就是一个浓缩的小社会，从某个方面看，甚至是浓缩的人生。

许多人一生烂醉，英年早逝，就是在酒里浓缩了他的欲望，将自己当作黑火药一下子点了。

那天，李明星亲自上手调了两杯甜中带苦的"尼克罗尼"，只是他特意多加了些蜂蜜，提高了甜度，还在锥形杯口加了一片青柠檬。

李明星问她叫什么，她说："Sisley！"

她的发音不是很顺溜，他知道这个英文名可能是她刚刚从女生宿舍出来时起的。

"把你的身份证给我看一下！"他微笑着，像个面试官。

"你还没有决定录用我呢，年龄保密！"Sisley 故意吊着说，嘴笑成月亮形。

"那我现在就录用你。"李明星目光坚定地望着她。她不好意思地低下头，在一个绿色长背带布包里掏了半天，掏出一张身份证来：匡丽芳，显示她已过了法定成人年龄。

身份证上是双马尾，眼前的她已经将发型改为披肩，似乎为社会准备好了一切。但在李明星眼里不是这样。

他把身份证递给匡丽芳，敲了下烟头上长长的灰，说："Sisley，你可以改个发型。"

"为什么要改？"

"不改也行，随你便。"

"你还没有说我能干什么呢，我可不能喝酒哈。"Sisley 笑着说。

"放心，不会让你做陪酒，糟蹋了人才。"

"那我能在酒吧里干什么？"

"你想干什么？"

Sisley拿起桌面上一个玩骰子游戏的黑塑料杯，举在空中左右摇了摇，往桌上一扣。

李明星给逗乐了，说："我们这儿又不是澳门，没有发牌荷官。"

"不是不是，就是那个调酒师还是酒保？"说完Sisley嘴还张着。

"哦，你想做调酒师？"

"嗯，我觉得很有意思，酷酷的样子，可我什么都不会。"

"只要你想学，我可以教你。"

"你也会？你不是老板吗？"Sisley好奇地睁大眼睛，问。

"老板就可以什么都不会吗？"李明星乐了。

Sisley也笑得直捯气儿，这一笑让李明星动了恻隐之心，他觉得这样单纯的女孩，他可以为她进入社会保驾护航一段时间。

接下来，Sisley几乎天天下午来店里，拿着调酒器，跟李明星学习摇、抛、转、接、扣。他让她先把动作练标准，然后是计量准确，最后是优美。

Sisley的过程是反的，她喜欢优美，先是把动作练帅了，再考虑配料的准确。不到一个星期，Sisley已经可以大抵应付一般客人和常见酒品了。

李明星带的第一个女徒弟，聪明伶俐。他正准备告诉Sisley，随身包的带子不需要那么长、颜色不要太怯时，她已经换了一个短带粉色皮质包。

今晚，他要和Sisley好好聊聊人生了。弄不好要出问题，酒吧不像餐馆，它很符合人类对欲望的想象，陌生的临时的关系，超出责任范畴，大家懂游戏规则，一般不出问题，出问题就不是小问题。

"你最近看上去很疲惫，有时候还呵欠连天。"李明星注意到她经常用手遮挡呵欠。

"您看得真细。"Sisley笑着，这是她第一次用您。

李明星更加相信自己的直觉，大卫可能真的和她在交往。

"晚上赶论文吗？"

"不怎么赶，论文还在收集资料，搭框架。"Sisley抿了一口酒。

"最近酒吧客流量有些大，是不是有点吃不消？"

"没有，没有，客流量大是好事啊，我完全盯得过来。" Sisley 有点刻意，好像在等李明星下面的话。女孩子都像麋鹿，清醒得很，一点点言外之意都能捕获到。

"下了班，是不是还有下半场？"

"工作之外，不归您管吧。" Sisley 有些不高兴，虽然脸上不怎么表露，话里却带出来了。

李明星意识到自己的话有些过了，因为把她当徒弟看待，甚至当女儿那样祝福，才那样说的，但话的距离感不对等，Sisley 觉得有失分寸了。

"如果一个人干不过来，我再增加一个人手，吃不消别生扛。" 李明星笑着，点起一颗烟。

Sisley 也拿出吸管一样细的烟来，李明星给她点上，他心里是不希望她抽烟的，可她觉得这样更能融入。

"您是不是对我的工作有什么不满意的地方？" Sisley 吐烟的时候好像瞬间大了十岁，大到不妨碍和他相好。

他心里有些失落。她和大卫如果恋爱了，其实他不应该失落。并不是每个园丁都要亲手摘那朵盛开的花，假如他是一个职业园丁，他栽培的花不就是让人欣赏的吗？

女孩儿匡丽芳从一条清澈的溪流里来，只身到了江东市，马上就大学毕业了。如果有个男朋友在身边助力，或许她更容易在这块水乳之地扎根生长。

李明星觉得自己脑子有些乱，她不就是来打工的嘛。

"这话从哪里说起，没有不满，我只是觉得你有些疲惫。" 李明星很泄气，满以为可以靠近她，她却突然多开了刺。

"您要是没有什么事，我就先走了，今天确实有些累。" Sisley 把烟在烟灰缸里压灭。

"好吧，你早点走吧，路上小心，Sisley。" 他故意叫她的英文名。

"老板，您放心，多谢您关照。" Sisley 笑着起身，高跟鞋咚咚延伸到门口。她拉开茶色玻璃门，骑上白色电动车，无声地消失在黑夜里。

一切只是关照！李明星坐在那里一动不动，他要好好静静，找回自己的边界，做人不能没有边界，否则会弄乱一切。

第二天，就像任何一天一样平常。李明星下午4点到仓库，盯班的小朋友们已经在给各种器皿里添加各种液体，准确到位。

李明星上楼，坐进自己休息的小包间里，还在想今天要和Sisley再好好聊聊。昨天没有聊透，他觉得不踏实，就像女儿要一个人去欧洲旅游让他不踏实一样。

下午5点Sisley没到，6点也没到，他有些慌神，因为她从来没有晚于5点到。他在想，是不是昨天一聊反而聊出花脚乌龟了。

冷气没有全部打开，他坐在略嫌闷热的小包间里，泡了一壶绿茶提神。他开始给Sisley打电话，连续拨打了不下十个电话，没有人接。他觉得这一次跟上一次迟到不一样，有些事情肯定已经发生了。

李明星下楼去吧台看酒柜，拿出调酒壶、量酒器、吧勺，今天要亲自上阵了。

他曾经想过退出，也不能突然就把店关了，得找个下家盘出去。最好的办法是找到一个年轻的合伙人，慢慢稀释股份便宜让出去，自己保留一点点名义上的股份，想过来坐一坐，或者约朋友出来聊天就来这儿。酒吧这个江湖早就不应该有他了，只是自己以前一直没有独立运营过一家酒吧，不死心而已。

正这样闷头铲冰，手机在裤袋里振动，让腿发麻。李明星又兴奋起来，赶紧接，同时往二楼小包间走。

"老板，您找我！"Sisley来的电话，声音疲惫，不像那种累的，而像成人欢脱之后的。他有点走神，或者叫落寞。

"是的。"他本来想质问她怎么没来，却转了口吻，问，"你怎么啦？"

"老板，对不起，我忘了跟您说了，我不去您那儿上班了。"Sisley声音淡淡的，有些发虚。

"怎么了？昨天我就觉得你有点不对劲儿，身体出状况了？"

"没有，挺好的。"Sisley的声音低徊着。

"Sisley，我们不是一般熟了，你有什么就直接跟我说，是不是最近工作压力大，你想涨工资？"

"不是，不是，李哥，不是，您别多想。您是个好人，我知道。"Sisley连连解释。

这句话说得李明星心里一暖，她不是个没良心的丫头。

"有更好的工作了？"李明星轻声问。

"没有，绝对没有，我应该早点跟您说的，省得您措手不及！"Sisley抱歉起来，让人有些不自在。

"没关系，酒吧里的事，我能够摆平，你调酒不是我教的嘛！"李明星故意笑出声来。

"那就好。"

"你是觉得在我这里干，没有前途吗？我还真想过，你要是喜欢这个氛围，我邀请你当我的合伙人呢！"李明星认真说着。

"我挺喜欢仓库的氛围，真的，我以前也泡些吧，我觉得，仓库是最有酒吧精神的地方。"

Sisley有气无力地说着，让人心疼。

"那你怎么不做了？准备毕业论文？找工作？"

Sisley沉吟良久，笑了一下，说："李哥，您是好人，那我就跟您直说吧，您是聪明人，一听就懂的。再在仓库干下去，我觉得自己特别不踏实，慌得很。"

一段沉寂，李明星深吸了一口气，酒吧的灰色地带他一直想跟她说，但又怕她理解不了，知道后还会看扁了他，就一拖再拖。而且，聪明的女孩应该也知道了，这种事心照不宣就行了。

"嗯，我知道你的意思了。这个事情我本来打算跟你说的，怕你还没有毕业，不太理解社会。没有哪个酒吧不卖假酒的，其实也谈不上是假酒，只能说以次充好罢了，一百元一瓶的当一千元一瓶勾兑，这跟拿工业酒精勾兑白酒，喝死喝瞎人不是一回事儿。如果没有这一块利润，酒吧根本活不下去。"

李明星梗着脖子说完，觉得自己的脸微微发烧，他认为他对她坦诚到极点了。

一段沉默后，Sisley叹息了一声，说："李哥，我理解您。您不用跟我说这些的，我也就当不知道，说了，我还是当作不知道，您放心！总之，我不会回去干了。"

李明星知道了，她不踏实不是这个原因。他想把 Sisley 离职的真实原因弄清楚，如果连这个都没搞明白，他觉得自己有点像个苕（傻）货，完全号不准年轻人的脉。

"你是不是跟大卫好上了？"李明星忍了忍还是问出来了，他觉得大卫始终给人一种摸不透的感觉。他经常来，有时一个人，有时带着水手和一大帮人。李明星和他面上很熟，有时候他也让大卫到小包间接电话，外面太吵，但两人从未畅谈彼此，更没有深交。

"没有的事儿，李哥，我不是那种轻易就跟人好的人。不过，我求过他，他也求过我，这个人您也要防着。对他，我只能说这么多了，说多了怕有危险。听说您弟弟是警察，您更要对大卫小心为上。"Sisley 的声音多了几分冷静和距离。

李明星如同掉进了冰窟，突然感到一股冷气扑面而来。他正想说什么，Sisley 已经把电话挂了。

几天后，Sisley 的尸体在江边被人发现，躯干青白裸露，圆润鼓胀，没有伤口，没有一点瑕疵。

晚报上说一个女孩骑电动车时不小心冲进江里淹死了。最先是一个晨练的大爷看见的，他以为是一条翻肚皮的大鱼，想捡回家享用，脱了鞋往沙地上走，要靠近的时候才发现是人。

警察来了，保护现场，拍照，寻找任何可疑物证。最有价值的东西是从旁边沙滩上扭成一团的热裤口袋里发现的身份证，她叫匡丽芳。

沿着尸体方圆几十米探摸，从江里摸出了白色电动车。警方初步判断：匡丽芳晚上骑着电动车兜风，不小心冲进江里，溺水而死。

Sisley 落水的地方离琴台不远。琴台是一个纪念友谊的地方，相传俞伯牙与钟子期在那里偶遇。

在江东市，人们喜欢那种义薄云天的故事，陌生的兄弟看对了眼会雪中送炭，也会华容道放你一马。这或许就是码头文化，大家都在江湖里，谁没有落水的时候？

如果没有记错，当地人叫 Sisley 的家小小山峡，那是长江上游一条清可见底的支流。想不到她的人生终章，停留在同一条江的下游。

李明星在手机上看了几条相互抄来抄去的新闻，眼里发酸。

# 十九、兄弟

李明星开始失眠，熬了几天熬不住，就给明杰打电话，问那具尸体的详情。

李明杰接了电话没好气，上来就质问："你跟那具尸体有什么关系？"

李明星哑口无言。

兄弟俩以前见面总像仇人，李明星专程打电话来问尸检报告，确实让李明杰吃了一惊。

面对李明杰的质问，李明星直接把电话挂了。他以为他是警察就没大没小？谁是哥哥都拎不清？

李明星和李明杰从小就显露出不在同一星球的气质。李明星浪漫，李明杰踏实。李明星喜欢唱歌，李明杰喜欢跑步。李明星读技校干过汽车修理，李明杰读警校当上警察。李明星倒卖各种可以倒卖的东西赚钱；李明杰继续当警察，一当就是十几年。李明星完成人生夙愿开酒吧；李明杰还是当警察，当警察是个没有退路的职业，退出来就意味着失败，大家喜欢这么看。

兄弟俩在三十岁以前，还各自闷头发展，看不出南辕北辙的反差。慢慢地，李明星似乎成了规则的破坏者，李明杰却时刻在保护某种规则。尽管李明星从未逾矩，成为李明杰"照顾"的对象，可多多少少让人觉得他是社会不安定分子。

开酒吧是一个象征，象征了李明星的不可捉摸。李明杰强烈反对过，拉上父亲一起反对，李明星还是要开。为了避嫌，他不在弟弟警力范围内开，这样谁也管不着谁。

在外人眼里，李明星瞎混，李明杰成功，可在家庭里谁的贡献大还真说不好。近些年，父母最大的牵挂是李明杰的婚事。五年前，夫妻俩还没来得及要孩子，妻子就主动要求离婚，李明杰都没有弄明白自己哪儿出了问题。在父亲眼中，李明杰的人生大事还没落实，问题比李明星麻烦。唉，人生真是横看成岭侧成峰！

李明星坐在小包间抽烟，他早早就到了酒吧，生活规律全部乱了。

他不安，痛心，不知道自己能为 Sisley 干点儿什么。报纸上没有说是刑事案件，最好是个意外，否则他的心会更痛。

不一会儿，李明杰回过来电话，口气温和多了。他首先给了李明星一点儿有价值的信息：女孩叫匡丽芳，21 岁，重庆人，身体上无伤痕，肺部进水，血液里查出高浓度氯胺酮，像是毒驾意外死亡。

"毒驾电动车死亡？这也太奇葩了！电动车有疑点吗？"李明星满嘴不信。

"电瓶、刹车都没有被破坏的迹象，车捞起来晾干了还可以正常骑。你认识死者？"李明杰警觉起来。

"她前几天刚从我这儿辞职。"李明星大声说。

"为什么辞职？不是你开除的吧？家属找来扯皮，看你怎么说得清！"李明杰一副责备的口吻。

"好了，案发地又不在你那个区，用不着你操心！"李明星甩出一句气话，把电话挂了，点上一颗烟，吞吐几口，稳定住情绪看着酒吧，感觉哪儿都不对劲儿。

被李明星挂了电话，李明杰闷闷地坐着一动不动，脑子却在飞速运转。

警察这种工作，如果太在意失败那就没法干下去了。犯罪嫌疑人东躲西藏，随时冒个泡又消失。工作总是在大泡和小泡之间选择，哪个泡大就赶紧去追踪那条大鱼。有时候真像熊瞎子掰玉米棒子，许多案子干了一截就扔下，捧起另一个更加重要紧急甚至领导打招呼的案子。等人手松了，又回来捡起搁置的案子继续侦办。只有少数特案大案要案，变成专人专案，就查一个案子，别的什么也不干，这样的前提往往也不成立。就拿警察刘浩车祸这个案子看，一条线索是车，把监控视频里同款路虎揽胜都摸排一遍，就需要无法预估的时间。在千万人口的城市里寻找一个叫皮少军的人，如果他无房无产，不用身份证住店，仅靠看全市摄像头来辨认几乎是不可能的，人工智能大数据也需要有清晰可辨的底子。另外一条线从皮少军的出生地入手，摸排他的人生轨迹，这张网就需要撒得更大，已经到了江东市郊县。

正想着凭着有限的人手怎么把调查皮少军的线索深入下去，市局缉毒支队就召集各区缉毒骨干开紧急会议。

支队长宋发科一身制服，皮带和枪都露在外面。他头发直立，目光炯炯，像刚充满电的电棍哧哧冒火，一板一眼地讲了最新的毒品犯罪发展新趋势，概括起来有四点：一是吸毒人群年轻化。学生和低龄白领增多。这些人有更强的自制力，往往没有彻底把尊严吸垮，很少去社会上搞事，更具长期客户潜质，毒贩喜欢发展。二是无接触交易出现。毒贩通过发达、错综的快递业、保险柜、健身房等许多可以共享的空间，实行快闪交易、不见面交易。尤其是末端小快递公司，什么活儿都揽，难以防范。三是无现金交易。通过便利的手机支付，以红包打赏名义，交易变得更加隐蔽，没有毒资，寻找证据成为难题。四是毒品创新翻新加快。包装仿冒功能饮料、零食等，新产品层出不穷，真假难辨，而且明目张胆聚集消费，打功能饮料擦边球。

宋发科一席话，在座的几十位身经百战的缉毒精英心里有数，接下来应该又有行动展开。宋支队扫视全场，言辞恳切地说："在座的各位，把守着江东市的南北西东门户，兄弟们肩上的责任重大，哪一条线掉链子，让犯罪分子滴漏进来，都是极大的危害。我宋某人，平时可以称兄道弟，出了责任问题，只能麻面无情！"

宋发科的绰号本来就叫宋麻面，那是小时候出水痘留下的。

会场安静肃穆，等着宋发科说关键的。投影仪投出一张动效图，上面写着一行苍劲有力的黑体大字"鳡鱼行动，敢于端锅"。

宋发科用激光笔点着八个大字，反复强调了任务的时间、地点及各区县的分配，命令各警队火速备战，随时听令行动。

李明杰领了任务出来，心里一直挂着一件事情，必须在出警前有个交代，他顺路将车拐个弯到了"仓库"酒吧。

"仓库"酒吧里面有舒缓的音乐流动，却没有看见人。李明杰推门进去，也没有人来打招呼，音乐让里面静得出奇。

李明杰信步走上二楼，看见小包间里亮着灯，他径直走了进去。

李明星像一块木头斜靠在沙发上，在小包间里眯觉，或在沉思。感觉有人进来，他睁开眼，看见了李明杰。

"你怎么有时间跑我这儿来？"李明星张着嘴，一脸惊讶。

"来看看你！"李明杰板着脸。

"以后你来，最好穿便服，一个酒吧，经常有警察进进出出，你让我怎样做生意哟？"李明星大声抱怨。

"你这不是还没到营业时间嘛！刚去市局开会，路过，进来跟你商量个事情。"李明杰说。

"么事？"李明星低着头，等话。

"老爸摔骨折的事情，你也不是不知道。老妈也是那个样子，自己照顾自己都难，我想，你能不能把二老接到你那儿去住一段时间，至少帮老爸养好骨折。"李明杰轻声商量。

"这时候你晓得来找我了？你知道，我姑娘刚高考完，跟她妈妈去欧洲旅游了，不晓得么时候回。我基本上盯在这个店里，精力也顾不过来。"

"我这两天马上有个行动，完全抽不开身。把老头老娘安置在我那里也行，你负责找个保姆过去好不？我这个工作，家里有保姆也不是很方便，所以我想让他们住在你那里，保姆跟着。"

"你这个工作有么搞头？别人有人在公安局，家里开码场（娱乐场所）发横财，我开个酒吧还得躲着你！"李明星歪着头，质问李明杰。

"哥，你莫这样说，我干上这个就有一份责任，二老的事情也不是我一个人的事，我们都主动为他们着想一下，好吧？"李明杰像亏欠什么似的说着。

"没什么不好！"李明星蔫头耷脑地说，"我这个店，也打算关了。"

"对了，你跟我说说，你那个员工吸毒是么回事？"李明杰递给李明星一颗烟，细声问。

"我的员工冇吸毒，好吧！我的事情，你不用操心！"李明星又不耐烦了。

"真冇得事？有事就主动说，这样我还可以帮你争取宽大处理！"

"你就是来说这个的？你是么意思？冇得事（没有事）你马上离开这里！你穿个警服来转，冇得事也让别人觉得有事！"李明星嗓音突然提高，下了逐客令。

李明杰无可奈何地望着李明星，说："我不是说了嘛，我是为老头老娘的事情来跟你商量的。这么多年，我作为弟弟，虽没有帮你发财，但至少你也省了些后顾之忧，对此我问心无愧。但是，你如果有事，一定要提前告诉我，不要让整个局里都知道了，我是最后一个知道的！"

"我可惜这个姑娘伢就这么死了，好不好！你让我安静一下子，老头老娘的事情我一定安排好，你去抓外面的坏人，我来做家里的好人，不用你操心，好不好！"李明星一脸不耐烦的表情。

李明杰深吸一口气，无话可说，点点头慢步走出包间。他回身看了一眼已经斜躺在那里的李明星，关了门往楼梯走去。他一步步下楼梯，感觉兄弟之间有说不完又无法说清的怨气，他无能为力。

拉开车门坐进驾驶座，李明杰扭头看了一眼"仓库"二字，似乎想起了什么。

车离开树荫冲进烈日里。江东市骄阳如火，炙烤一切，让一切都在煎熬中。

# 二十、举报

　　布控跟钓鱼很像，看好了水面，撒了窝子，人马都便衣，像垂钓爱好者，急不得，动静不能大，看上去风平浪静，只有每个人心里的弦绷得发响。

　　全市统一部署，西边高速和国道都由市局缉毒支队负责，最难盘查的水路则由李明杰带队设卡。

　　线报可疑车辆到岳阳就消失了，货物可能分成水路和陆路进来，犯罪嫌疑人常常不走寻常路。情报太不精确了！

　　从西边进入江东市的主要水路有府河、汉北河、汉水。汉北河又分为两个分支，一路往北进入沦河，一路往南进入汉水。

　　李明杰带领的队伍一支在汉北河与汉水交界处新沟船闸设卡，另一支卡在沦河与府河交界处。两个防控点相距二十公里，由河湖公路相连，路面狭窄坑洼多，两地策应驱车需半个小时。

　　七个警员、一艘水上巡逻快艇、一艘吨位稍大的渔政快艇，在进入市区前五公里处的一座渔政码头处待命。

　　盛夏，暴雨忽来忽往。清晨有雾，傍晚也有雾。犯罪嫌疑人喜欢恶劣天气，他们往往趁检查人员大意时闯关。他们还会中途改变运输工具、行动路线，一个星期没有任何动静是常事。

　　行动的第三天上午，雾气更加浓厚，远远听见重型柴油机有节律的隆隆声，却不见船影。

　　李明杰在岸上一家小旅馆拿望远镜监视，听见机器轰鸣，连忙走出门在阳台上搜寻，看见黑影在靠江中间的水道上移动。他调整望远镜，勉强可以看见船上装满了硝石。目测船重有三千吨，装石头吃水线却很高，比例似乎不对。浓雾行船危险，船上的穿雾红灯却没有开，形迹十分可疑。

渔政船能抗风浪，驾船大副却不在。刻不容缓，李明杰连忙叫上队友开上快艇前往拦截。

在浩荡的水波里，快艇像耍杂技，很快就接近大船，急速并进。

大船上的人没有注意到有船拦截检查，警员举起手持喇叭喊话："船东！船东！你们的船违反了雾天安全航行规定，请立即靠岸停船，接受检查。"

喇叭反复喊话，队员们着防弹衣，检查枪械弄得咔嚓咔嚓响，做好登船准备。缉毒警面对的都是亡命之徒，谨慎为上。

这艘船好像无人驾驶，丝毫没有减速的迹象，继续轰隆轰隆往前行进。巡逻快艇紧跟不放，但也不能直接撞上去，那毕竟是鸡蛋碰石头。伺机扔消防索攀爬为上！

这时候李明杰腰间的手机不停振动，他接起来，是戴蓓蕾打来的电话，声音焦急。

"李队！李队！听得见吗？"

"正在执行任务，小戴，有什么急事？"

"李队，您千万要小心，我不便多说，一会儿杨局可能会打您电话。"戴蓓蕾冒冒失失说完就挂了电话，好像有什么见不得人的怕被人发现。

李明杰摸不着头脑，也无暇顾及，收了电话，让快艇继续贴近货船。在几近撞上货船时，两名警员用消防带钩挂上大船舷栏，快艇与大船同步前进，警员们拉着绳索麻利地登上了货船。

几名警员迅速冲进驾驶室命令船老大停船。大副是个满脸络腮胡的中年男子，一副无动于衷的样子，一言不发，继续盯着前方开船。

一名警员举枪，说："马上停船！"

络腮胡瞟了他一眼，说："我犯了什么法？"

"你先停船再说！"

"这么大的雾，我不能就这样在水中央熄火吧，你们有什么事情，跟船老大说去，我只是个开船的。"络腮胡依然镇定，似乎习惯了经常接受这种检查。

两名警员从休息室带来一个三十来岁的男子。他光着膀子，穿着运动短裤，睁着没睡醒的眼，一脸无辜，笑着说："我这一船石头，犯什么法了？"

　　李明杰手机不停振动，他顾不得看，问："你船上除了硝石，还有什么？"

　　"什么都没有了！"

　　"船载重多少吨？"

　　"两千八百吨。"

　　"满载了？"

　　"绝对没有超载，你看吃水线就知道了。"

　　"我就是看吃水线才知道情况不对。船靠边吧，我们要检查！"李明杰语气坚决。

　　船老板一脸无奈，吩咐驾驶员靠岸。络腮胡点了一下头，开始转动舵盘。

　　李明杰向四周望了望，雾气消散了许多。船老大拉了一下李明杰的袖子，示意有话一边说。

　　李明杰说："有话就在这里说。"

　　船老大递了一颗烟给李明杰，李明杰摆手说不抽。船老板笑容可掬，说："警官，可能是有点超载，拉石头，不超载一点儿，我们赚不到钱，您就高抬贵手！"

　　"我们不是查超载的！你赶紧靠岸再说。"李明杰催促。

　　"你们是？"

　　"缉毒大队！"一个警员说。

　　"缉毒？那跟我有得半毛钱关系嘛，请问大哥贵姓？"

　　"免贵姓李！"

　　船老板一脸严峻，连续眨巴眼睛，望了望其他几名警察，要进船舱，两名警员拦住让他在原地不动。

　　船老板抱着光膀子，笑着说："让我穿件衣服。"一名警员跟着他进去取衣服。

　　这时候，李明杰意识到那不停响的电话他还一直没有接。他仔细看，是杨局长打来的，连忙往回拨。电话很快通了，杨局长劈头盖脸来一句："李明杰，你在哪里？"

　　"执行任务！"

　　"在哪里执行任务？"

"船上啊！"

"你马上停止行动，回来再说！"

"杨局，我这儿发现了可疑的船只，马上就靠岸检查了。"

"你让他们检查，你马上回来！"

"他们检查我不放心。"

"这是命令，不是商量。你马上给我回来，听见没有？"杨局长提高了音量。

李明杰意识到问题不在检查上，他应了一声，给大磊安排了后续靠岸检查事宜，自己连忙驾车回所里。一路上他想起小戴的来电，觉得她话里有话。

在大院停好车，李明杰快步向局长办公室走去，杨局还在打电话。李明杰站在那里，满脑子问号，望着杨局。

"你回来了！"杨局长挂了电话，脸上还留着尴尬的表情，下意识端茶杯掩饰。

"杨局，您有么急事？我那头没准儿抓住一条大鱼！"

"不可能！咱们的计划全部败露了，从宋支队那儿获得的消息，犯罪嫌疑人知道了我们的行动计划！"

"不可能！谁泄露的？"李明杰惊讶。

"你说谁？"杨忠平重重反问。

李明杰感觉有些蹊跷了，呆在那里。

"现在市局认为是你！"杨局长无奈地望了李明杰一眼，坐下来在茶几旁抽烟。

"怎么可能？"李明杰双手拽了一下前衣摆，下巴差点掉下来。

杨局长用拿烟的手示意他坐，扔给他一颗烟稳住他。

"到底怎么回事儿，杨局？"李明杰忍不住。

"有人给市缉毒支队打了举报电话，说'仓库'酒吧隐藏大量含毒制品，还说老板李明星利用弟弟李明杰在警察系统的便利条件，在仓库酒吧的酒水中勾兑毒品销售，生意非常火爆。"

"这不可能，肯定是酒吧同业陷害李明星！"李明杰一脸气愤。

"还有，神秘人还说，你也经常去酒吧露面虚张声势，为酒吧散毒充当保护伞。"杨局长愁眉摇头。

李明杰一只手握成拳头，不停在另一只手里搓："这简直是血口喷人！"

"不光是'喷人'，还说你在酒吧里把市缉毒大队部署的行动计划透露给你哥，让这次行动像光屁股打鼓球（游泳），缉毒大队只好取消了这次'鳡鱼行动'。"

"谁是举报人？有本事站出来，当面锣对面鼓说清楚！"李明杰青筋暴跳。

"你的麻烦大了！"杨局长深吸了一口烟，拿起手机来翻了几下，从市局张副局长给他发的微信里找出几张图片，上面带着数码编号，像是从监控录像里截的图片。

照片里，李明杰和李明星在"仓库"酒吧小包间，视频广角截图将两人尽收其中，显然他们兄弟俩聊的什么录像里都全了。

"我恳请市局鉴定这段视频，证明我们兄弟俩是清白的。"李明杰大声嚷道。

"没有视频。就这两张截图，视频看样子在举报人手里，不知道他还有什么目的。"杨局长望着李明杰说。

李明杰坐在那儿喘气。杨局长只是闷闷抽烟。李明杰突然想起一个重要问题，问道："李明星现在在哪里？"

"在市局羁押着。'仓库'吧已经被搜查过了，在小包间里搜出了含毒品的饮料，还有一个带无线发射的针孔摄像头。"杨局面无表情地说着。

"那您不觉得这是一场陷害吗？谁装的针孔摄像头？"李明杰问道。

"你问得对，就是基于这个疑点，我把市局的督察令压下了，要不你也该关起来了。"

"您估计，李明星会有多大的事？"

"那些饮料，包括前面还在酒水里掺毒，这些量到了一个级别，如果真与他有干系，估计轻判不了。"杨局长目不斜视地望着李明杰。

李明杰用手搓额头，过了几分钟，想起了什么，慢慢说："前些时候，李明星找我查过一个他那儿离职的女员工，离职前是那儿的调酒师，突然就不辞而别，而且她提醒过他，要注意一个叫大卫的人，这个女员工说她惹不起躲得起。"

"这个女孩很关键，能找到她吗？"杨局长眼里放光。

"不可能了，那个女孩前不久骑电动车毒驾冲入江中溺亡。李明星在报纸上看到这条消息，让我从内部查这个女孩的身份。女孩死在江滨区，不在我们管辖范围，我大意了，没有深究，心里还是有些疑问，所以那天在市局开完缉毒动员大会，我就顺道去了李明星的酒吧，一是有点家事跟他商量，同时也去摸摸酒吧的情况。我们就在那个小包间聊天，一切都被事先安装好的摄像头拍到了。"

李明杰说完，杨局长点了一下头，郑重地说："你提供的信息很重要，你哥哥的事情，有个破解的路子了，我先给市局打个电话。"

杨局长在拨电话，李明杰的手机振动起来。他起身到走廊接起来，是大磊的汇报，他说那艘船在装运的石头下面藏了几百桶轻质燃油，比石头轻不少，所以才吃水比例不正常。

李明杰嗯了两下，说交给缉私组吧，就挂了电话。

进到杨局办公室，李明杰说："我想去'仓库'酒吧再仔细搜查一下。"

杨局直视着李明杰说："仓库已经查封，这件事情你不能再插手了！你把枪留下，我替你保管着，最近停止一切行动，听候局里的最终意见。"

"杨局，您这是？"李明杰惊讶地望着杨局长。

"放心，明杰，我看着你一路走来的，信得过你。市局那边的指示，也需要有个交代。你哥哥的事情目前最棘手，谁也不敢伸手了。你刚才跟我说的一些疑点，我一定派人落实，也向宋发科那边报备。"

"多谢杨局！"李明杰说着，慢吞吞摘下枪放在茶几上，望了杨局长一眼，怀着复杂的心情走出了办公室。

回到自己的办公室，李明杰突然觉得没了着落，他一会儿走到窗户边望外面的树枝，一会儿扭头走到门口，刚要出去又回来。他低头拉几个抽屉，拿出一包烟来粗暴地撕开，烟滚满桌子，他抓了其中一颗点燃，站在桌边抽烟，然后缓缓坐下来。

想不到他会是一个被缴枪的警察。他下意识翻动手机，看到了辛叔的日记，那蓝色圆珠笔刚劲的字迹，给了他一点安定感。

# 二十一、禁闭

李明杰看了一段日记，按灭屏幕，思索着眼前纷乱的局面。房间外传来沉闷的敲门声，他抬头望去，两名全副武装的督察已推门而入，走在前面的胖督察问："你就是李明杰吧？"

"找我有么事？"

"请你跟我们到市局去一趟。"说着，胖督察多此一举地亮了一下证件。

李明杰站起身来，问："我怎么了？干吗需要督察来请我？"

"你跟我们去一趟就知道了。"

"有么事情，不可以在这里说吗？"

"不可以，这是规定！"人高马大的督察说。

"你们怀疑我给毒贩通风报信？"李明杰的声音爬高，惊动了几名警员，他们过来围观。

两个督察看了围观的人群，依然镇定。

"李队，我们还没这个资格跟您谈话，我们只负责接人。您破案无数，缉毒有功，人称'心安神探'，名声在外，谁敢把您怎样？如果没有什么不便的话，您就跟我们走一趟；如果不去，是不是会更加不好？"负责说话的胖督察言辞恳切，把理摆明了。

"谁派你们来的？是宋队吗？"

"无可奉告，不管谁的命令，肯定不是个人的命令，是组织的命令！"胖督察说得头头是道。

李明杰下意识地在桌面上找来找去，问："我需要带什么吗？"

"您什么都不需要带，跟我们走就行。"

李明杰拿了手机，连忙给前线大磊通话，他对河面的事情还不太放心，却听见自己手机停机的提示音。他怀疑话费不足，在手机上继续操作，胖督察说："您别拨打了，肯定停机了，从现在开始，您的手机最好交由我们来保管。"

"你们什么意思？"李明杰正要发作，又把声音压下来。

"手机您拿着也是白拿，现在是特殊时期，市局上了手段，已经停止了您和外界的一切通信。现在您什么都不用做，跟我们走是唯一正确的选择。"胖督察再次提醒。

李明杰自觉没有干什么违纪的事情，他最担心的是被羁押的李明星，哥哥那儿到底藏着些什么见不得人的事情，他心里真没底。

跟着"白钢盔"走出房间，李明杰下意识往后望了下，走出了分局大楼。

上车后，李明杰被安排在后排，窗户带铁栏杆。督察车向市局大院疾速前进。

到了目的地，两名督察贴近他，一人拽他一只胳膊，特殊待遇上来了。李明杰挣扎了一下，说："你们这是要干吗？"

"就是个仪式，都到这里了，您配合一下，我们也好做些。"说着，胖督察拿出一张单子，宣读一遍，大意是：李明杰因涉嫌在"鳡鱼行动"中向犯罪嫌疑人通风报信，市局督察办决定对其采取强制措施。在未查出事情真相前，一切按督察纪律处理。

"你们干吗早不念这破纸！"李明杰训斥两人，他们一言不发，算是给了他面子。

灰铁门"哐当"一声打开，左右两人扶着李明杰走进去，放开，随后退出。铁门又"哐当"一声，李明杰坠入无边黑暗，他意识到这算是开始关禁闭了！

督察在众目睽睽下带走李明杰，大家都以为杨局长知道。见没人去给杨局汇报，戴蓓蕾按捺不住，急匆匆去敲杨局长的门，不等开门就自己拧锁进屋。

听说李明杰被督察带走了，杨局长火冒三丈，大声抱怨："这个张东强，枪我按照他的要求缴了，他居然从我眼皮底下把人带走，连个传票都不给我看！我这是中了他的计了，简直是欺人太甚！"

几分钟后，司机把车开到分局门口。大家从不同角度目送杨局长进车，司机开足马力直奔市局而去。

在摇晃的车里，杨局长不停变换坐姿，无法平息激动情绪，张副局怀疑李明杰就是对他老杨不放心，这不是逼得人没退路吗？！

当杨局长敲开张东强办公室的门时，脸上的火气与窗外的火热一样显而易见。

张东强正欲拨打电话，见杨局长进来，他连忙挂了电话迎上，说："老杨，你怎么来了？"

"你把我最得力的干将抓来关禁闭，事先连招呼都不跟我打，到底有多大的事情，让你们这么用官威逼人？"杨局长一副不怕撕破脸皮的样子。

张东强自顾自用一次性纸杯给杨局长倒水，不忘往里面扔几片刀剑一样竖立的龙井茶叶，从容走到杨局长面前，把茶杯递过去，说："就为这事儿？"

"这事儿还不大吗？"杨忠平反问。

"咱们都是在公安战线干了快一辈子了，有些事情一说你就懂。宋发科在全市实施一场大范围的扫毒行动，突然接到匿名举报，说李明杰的哥哥李明星藏毒贩毒，李明杰还向他哥泄露了'鳡鱼行动'计划。我们都是老公安了，出现这种情况也不能被动啊，我要求你把李明杰调离一线，派人把他请到市局来，免得他胡乱行动，直到'鳡鱼行动'结束，再把李明杰的问题搞清楚，也是为了保护他嘛。情况就是这么个情况，我分管缉毒，也分管督察组，你说我该不该请李明杰过来休息休息？"

"你这是休息？你这是绑架！"杨忠平嘴上不饶人，气势却已经下来了，张东强说得在理，处理得似乎也高明。他草草喝了一口茶水，又问："行动什么时候结束？"

张东强笑着说："老杨，规矩你懂的哟，该问问，不该问不问，这样我们两个都轻松。"

"好的，规矩按你的来，我只问一句：什么时候放人？"杨忠平说完盯着张东强。

"行动结束了，如果他哥没有涉毒，李明杰也只是无意间说漏了嘴，并没有给行动造成实质性干扰，给他这个处分就够了，很快就放人。"张东强说。

"东强，你比我年轻两岁，不过领导就是领导，业务上我就服你。我从部队进来，墨水喝得不够，当年我的潜力是你给挖掘出来的，你的眼光看人没错吧，我没有给你丢脸吧！"

杨忠平一副掏心窝子的样子。

张东强抿着茶叶咀嚼了两下，微笑着说："越是这样，我对你的人越严格嘛！"

杨忠平接着说："同样是一个道理，李明杰是我从警校里淘的好苗子，这十几年来他正直刚强，胆大心细，不贪财不贪功，成为我的得力干将，说个不恰当的比喻，他就像麻将里的那张万能混牌。基层工作你不是没干过，城乡接合部，事情复杂，刑侦、缉毒、治安、集体纠纷、带新人，哪一件事情只要没得力的人，李明杰都可以给我顶上。他就一个毛病，从不保留意见，不喜欢说官话，不给人面子，甚至不给自己留退路，这也是疾恶如仇的表现嘛。在我下面，这样的人挑不出第二个了，你们真的不要盲目从事，打击一个好警察！"

"忠平，你说的我都懂！关禁闭的建议，宋支队在前线提出来，我仔细考虑过，如果不按照他的办，前方出了问题，他就有个由头来推卸责任。"

"东强，怀疑用在嫌疑人身上，多多益善；用在内部人身上，慎之又慎。这个风气坏了，我们天天在办公室搞无间道，没有鬼也逼出鬼来，你想是不是这样？"杨局长诚恳地望着张东强。

"老杨，我想过这个问题，如果不是你老杨这儿，我还真怕产生深刻的误会。我俩有这个信任基础，所以我才敢怀菩萨心肠，行霹雳手段。我们搞公安工作的，心里都有数，无间道都算不了什么，毒品犯罪是暴利，里面牵涉的利益纠葛真是千奇百怪，穷尽我们的想象力。既然有李明杰哥哥涉嫌藏毒，你还真不可以掉以轻心。我建议，就算把李明杰放回去，你也要适当调整一下他的工作，远离缉毒的事情，考验他一段时间，看看内外部的反响。如果他跟毒贩没有任何瓜葛，皆大欢喜。否则，万一他给你惹出个大麻烦，你还有两年就退休了，不能在用人这样的事情上翻车啊。"张东强一副替杨忠平着想的样子。

"东强，谢谢你的好意！多说无益，事情搞复杂了反而不好，我希望行动结束后见人！"杨忠平郑重说完，主动伸出手来等张东强的手，张东强犹豫了一下，伸出手来，杨忠平握住，说，"那就这么定了，我等人回来！"

张东强笑起来，不是那么自然，但此时只有笑是最好的语言。

# 二十二、迷局

禁闭间被打开，一股新鲜空气扑面而来。

没有阳光，也没有钟表，李明杰不知道过了几天，只能靠吃了几顿饭来计时。

进来两名警员，以有请的姿势带他沿走廊拐了几道弯，进入一间只有两张凳子的房间，缉毒支队长宋发科在等着他。

"李明杰，让你受了点委屈，我这也是迫不得已！"宋支队笑得很勉强。

"派人把我关起来，是宋支队的高招吧！"李明杰快言快语。

"你不要怨我，也别急着知道为什么，先听一段电话录音。"

说着，宋发科从手机上调出一段录音来播放。男子低沉平稳的声音上来，女接警话务接的。

"是警察局吗？"

"您好，市缉毒支队，有事请讲。"

"纤谷附近有一家叫'仓库'的酒吧，在贩卖毒品。"

"您能讲得再具体一些吗？"

"我去那儿喝酒、唱歌，感觉不对劲儿的地方太多，我怀疑他们那儿是个藏毒窝点，我朋友已经陷进去了。"

"您还有更加详细的证据吗？"

"朋友都毒驾死了！我还有酒吧老板和警察弟弟的谈话录像，我会截屏，发到公开举报邮箱里，注意查收！"

"这录像是您亲自拍的吗？"

"这你就别管了，你们市局最近是不是要进行一次扫毒行动，代号叫'鳜鱼行动'？"

"这个情况，不在我的了解范围之内！您还有具体的举报信息提供吗？"

"没有了！"

"好的，欢迎随时来举报，我们会对举报人信息严格保密，您可以留下您的联系方式吗？"

"我这是匿名举报，就不必了吧。"

说完，举报人挂了电话。

房间里安静了，空气中似有余音。宋发科抬眼望着李明杰，李明杰抱头沉思，宋发科以为录音起效了。

李明杰发现举报人有个明显的破绽，他和李明星聊天时根本就没有说出"鳜鱼行动"四个字，行动代号一定是另有他人泄露出去的。

"听了这段录音，你还想说什么？"宋发科露出似笑非笑的表情。

"这个人是你的线人？"李明杰侧着头问。

"不是！不是！"宋发科连连摇头。

"举报电话直接打到你手机上了？"

"也不是，这是值班员接的嘛。张局让把录音转到我手机上的，你问这个什么意思？"

"仅凭这段录音，也成不了证据，我可以说这是诬告！"李明杰定定地看着宋发科，毫不示弱。

"我们搜查了'仓库'酒吧，现场搜出了带毒饮料，人赃俱获，这还不够吗？"宋发科后仰上身，一副言之凿凿的表情。

"这就叫人赃俱获？是李明星在勾兑分装销售时被你们抓了现行，还是人和物各置一处，他都不知道酒吧里藏有毒饮，就被你们提来了？"李明杰高声质问。

"更多细节，目前无可奉告！"

"搜查时有执法录像没有？"

"你什么意思？你怀疑我们执法有问题？"说完，宋发科一直盯着李明杰，过了一会儿，用一根火柴划出火来点烟，李明杰伸手说："给我一颗！"

宋发科伸出烟盒，李明杰抠出一颗烟，就着火柴最后的微火点着了烟。宋发科手指烧疼了，松开火柴棍，两个指头不停搓动又捏耳朵。

"宋支队，缉毒要抓现行，这个你比我懂。这个人听音，可不像'朝阳群众'，他开口那句'警察局吗'，好像这人压根儿就不在中国生活啊，而且他的声音冷静得出奇，好像一切都是他导演的。依我看，'仓库'酒吧起获涉毒物品的问题没有那么简单。"

"这个不用你提醒，说说你那天去见李明星，整个过程是怎么回事吧。"宋发科板着脸。

"弟弟见哥哥，商量轮流照顾父母的事情，这家常小事值得你关心吗？"

宋发科站起来，盯着李明杰："那天会议，我一再强调纪律，行动千万保密，不能泄露半个字，你为什么去跟他说这些？"

"宋支队，你这算是审讯吗？"李明杰嘴上不饶人。

"你说什么就是什么，我全程录音了！"

"是张局派你来的吗？"

"这个我需要向你汇报吗？"

"我已经说了，去'仓库'酒吧找李明星是聊家事，谁家里没有难事？"

"泄露行动计划，这叫家事吗？"

"这次行动是不是扑空了，你们要拿我来当替罪羊？"李明杰反问。

"这个不应该你来关心！你先回答我的问题，你给李明星都说了些什么！"宋发科咄咄逼人。

"那我猜对了，如果有重大战果，你庆功都来不及，哪有时间跟我废话。"李明杰强笑。

"你既然不关心你哥哥李明星死活，那我实话告诉你，这次'鳜鱼行动'失败，跟你泄露行动计划有很大关系。"宋发科叉着腰一板一眼说。

"宋支，我以一个老刑警、老缉毒警的良心跟你说实话，我没有泄露半点儿'鳜鱼行动'计划。如果你要这么说，宋支队，自从你到了市局缉毒支队后，市面上的毒品花样越来越多，吸毒人群开始年轻化、高学历化，我说这个跟你有关系，你同意吗？"

"你这是胡说八道！"宋发科恼羞成怒，把半截烟摔到地上，徒有动作但无多大动静，他用手指着李明杰鼻子说，"李明杰，你是个老警察了，说话要负责的，张局一直主管缉毒，这话传到张局耳朵里，你会吃不了兜着走！我再次警告你，你再这样胡乱咬人，下场会很惨，会很惨！"说着，宋发科甩手走出了房间。

"宋支队，如果还是这个问题，就不要再来问我了！"李明杰也扔给他一句话。

两名督察把李明杰带回黑屋子，李明杰冲其中一位问："有烟吗？"

一名督察掏出烟和打火机递给李明杰，随后出去关上铁门。

李明杰坐在黑暗里，若有所思地掏出烟来，拨燃打火机过了好一会儿才点燃，他仔细回想那天去"仓库"酒吧的经过。宋发科刚才播放的录音和提供的搜查情况真真假假。作为一名老警察，保守行动秘密、严格执行命令自不必说，要说真让自己拿不准的，还是李明星到底在酒吧干了些什么。但凡他在酒吧经营涉毒，他保不了这个哥，他这个缉毒英雄也成大笑话了。

不知不觉烟烧到了手指，李明杰又接了一颗烟。禁闭室门又开了，一名警察进来，恭恭敬敬行了一个礼，说张局派人来请他去办公室一趟。这一声"请"字，还有办公室面见，让李明杰嗅出点名堂来。

"报告张局，李明杰到了！"带路警员"啪"地立正，颇有军人风范。

张东强手插在裤子口袋里、不苟言笑地望过来，李明杰站得远远的，也严肃地望着张东强。张东强缓缓走过来，重重拍了拍李明杰的肩，说："你从我手里没少拿走嘉奖令，这次怎么捅这么大个娄子？"

李明杰迟疑几秒，态度平静地说："张局，我怀疑这是个圈套。"

"那谁是设圈套的人？为什么要套中你们兄弟俩呢？"张东强平易近人的态度、清晰的言辞，让李明杰有了吃定心丸的感觉。

见李明杰还恭恭敬敬地挺直站着，张东强连忙说："坐，别站着说话。小吴，给李队长沏茶。"带路警员闻声去了。

张东强引李明杰到会客沙发区，李明杰身陷软塌塌的沙发里，有点没着落。

"你说说吧，为什么是圈套？"

"张局，您看，首先检举时间太巧，我正在查岗任务中。其次，有人故意暗中录像拍我和我哥见面，这是有备而来。再次，'鳡鱼行动'这四个字，压根儿就不可能出我的嘴，这种业务素质我是有的。如果您看了举报录像，一定也知道我说的句句属实。"

说到这里，李明杰望了一眼张东强。

"那你说，他们为什么要给你设圈套？"

"这些年我主抓心安渡的毒品渗透，那里水路陆路交通复杂，我不是居功，虽然没有抓到幕后毒枭，也打掉几批可观的'白货'，是毒贩的肉中刺、眼中钉，遭报复很正常。这次举报却非比寻常，他们利用李明星的酒吧做栽赃，有录像有物证，这显然都是预谋好的，这一招非常狠。而且看得出来，他们对'鳡鱼行动'了如指掌，选择在'鳡鱼行动'实施时举报，这样就可以把行动失败的责任直接推到我身上，这怎么看都有里应外合的嫌疑。"

"哎呀，哎呀，你这轻轻转动舌头，问题可一下子放大了好几倍，从打击贩毒分子的矛盾变成了渗透反渗透，正邪交错近身肉搏了，好像我们处处有内鬼。"

李明杰看张东强漫不经心的样子，好像自己在编故事，只好欲言又止。

"这种话不宜随便说，你这种怀疑，有什么证据吗？"张东强的表情严肃起来，语中带着威严。

"那天，我开完部署会顺路去我哥李明星开的酒吧，找他商量照顾行动不便的父母，同时敲打他，希望他守法经营。他之前跟我打听江边女尸的底细，那个女孩曾经在他那儿打工，做调酒师，突然就离职了。他后来打电话给那个女孩儿，问她为什么离职。那个女孩儿声音听上去不对劲儿，而且提到过一个叫大卫的人，说惹不起躲得起，还提醒李明星注意。电话里，李明星觉得这个女孩儿口气怪异。后来尸检这个女孩儿是毒驾溺水死亡，我怀疑仓库酒吧藏毒跟这个大卫有关。"

张局听到这里，不自觉伸手端起茶杯大大饮了一口，郑重地望着李明杰，说："你提供了非常重要的线索，这个你跟宋发科也说了吧？"

"没有！"

"没有就好，缉毒一线复杂，有些情报你以后可以先直接向我汇报。"张局轻描淡写地说着。

"张局，说句实话，我不是在跟您托人情，李明星的案子怎么定性很关键，后面如果有审讯，希望您可以掌握一下情况。他不是抓现行，藏毒贩毒的事实不清晰，我怀疑是这个大卫知道他有个弟弟是缉毒警，所以才故意栽赃举报，这样可以兵不血刃把我拿下。"李明杰说。

张局看了一眼李明杰，又收回目光，用手不停摸下巴，皱起眉头望着李明杰，说："这次'鳡鱼行动'，事实上是我们一无所获，可这不意味着毒贩就毫无动作。当知道'鳡鱼行动'被泄露，宋发科急脾气把队伍给撤了，我告诉他不能松懈。他说线人给他的信息，毒贩提前知道了行动计划，压根儿就没有行动。"

"那我觉得要接受调查的人不应该是我，而是宋支队。这种事情，我们正常的处理，应该是宁可信其有不可信其无，怎么能够撤出，您觉得呢？"李明杰望着张局谨慎说完。

张东强缓缓点头，既温和又严肃地说："你说得也有道理。不过，宋发科是缉毒支队长，对他在一线的任何指挥失误，我都要慎重考虑。"张东强叹口气接着说，"你的业务水平和曾经的功绩，我都是清楚的。这次信息泄露，总体看，你是被动挨打的局面，以你的能力，真要干点儿什么，反侦查能力肯定不弱，怎么就出现这么明显的失误呢！"张东强望了一眼李明杰，继续说，"所以，我不太信他们说的。但你哥是不是涉毒就不好说了，如果那些'白货'是你哥的，那这个量可够枪毙的！"

说到这里，张东强停了一下，一脸殷忧地望着李明杰。

李明杰一时语塞，脑袋里轰的一下。他反复眨巴眼睛调整了一下语气，说："张局，举报电话录音我听了，我再次提醒两点：一是'鳡鱼行动'这个词没出过我的嘴，举报人是怎么知道这个代号的？另外，宋支队对我说的取消'鳡鱼行动'的逻辑跟您说的，有很大出入。"

张东强挥了一下手，说："先不说宋支队了，你哥的事情，我现在压了压，不让他们急着下结论。我知道你跟宋发科在业务上明争暗斗，两个强人暗中较劲，这也正常。但县官不如现管，他是市局抓缉毒的一线领导，他是可以管你的，我觉得你还是要顾及下他的感受。在行动中，信息泄露是常有的事情，是客观疏忽还是主观行为，差别很大。我刚才不是已经说了嘛，以你的反侦查能力，怎么会干出这么缺乏技术含量的事情呢？这件事可以不提了，你年富力强，好好干，往上走的机会蛮多。当然，缉毒是长期艰苦的工作，不能心急，要领导更多人缉毒，做出更大成绩，还要团结同志，获得领导支持才行啊！"

说完，张东强从抽屉里拿出一张名片，递给李明杰。

"有些事情，你如果觉得不方便向宋发科，甚至向杨局反映，可以直接打我的电话，给我发邮件！"张东强举着名片等李明杰接。

李明杰迟疑地接过名片，脑袋里一团乱，在回禁闭室的路上反复琢磨张局的话。

# 二十三、阿戴

戴蓓蕾把警服熨烫得有棱有型，还忍不住描眉画口，忐忑着开车直奔市局。

树荫下，李明杰一脸疲惫，眼睛不自觉躲避着光芒，像棵晒蔫儿的高粱。

戴蓓蕾停好车笑盈盈走上去，给李明杰一个敬礼："报告李队，杨局长派我接您归队！"

李明杰先是一愣，接着松了脸，微笑着说："小戴，还跟学生似的，挺会整景！"

"李队，我已经来两年了，敲诈勒索杀人放火，什么案子没见过，虽然颜值还停留在学生时代，内心可巨强大！"

李明杰不动声色地说："至少嘴已经强大了！"

戴蓓蕾咯咯笑起来，马上又收敛笑声，用手拉开副驾门，说："头儿，今天我在驾驶位，您受苦了，好好休息一下吧！"

李明杰嘴上挑着笑想多说点儿什么，马上转为简单说："走吧！"

车出了公安局大院，一头扎进了早高峰的余韵中缓慢挪行。李明杰的兴致被戴蓓蕾给带起来，说："小戴，真想不到你都来两年了。我还记得你穿着裙子来报到，刚好遇到一民警在所里包扎，他在调解面馆老板和顾客五毛钱涨价纠纷，胳膊上被菜刀剁了道口子，血流得有些邪乎。你吓得捂着嘴，浑身筛糠似的。"

"是吗？我压根儿就没裙子啊，那会儿我是怕血，可我发抖了吗？我怎么没印象？"戴蓓蕾辩解着。

李明杰望着前方只是笑。

"不过，这事儿确实给我来了个下马威，我觉得自己的反应挺正常的啊。"

"人嘛，见到那种情况，筛糠发抖也属正常反应。"李明杰笑着说。

"李队，您就记住我初来乍到的一幕，您就没感受到我夜以继日的成长，现在也变得老到了？"

"老道还谈不上，顶多是个小沙尼！"李明杰说完哈哈笑。

"不许笑，不许笑，在您眼中，我就永远成不了器了！"戴蓓蕾噘起嘴，边打方向盘边说。

"言归正传，小戴，你确实比刚来时成熟了一大截！"李明杰用拇指和食指做了两厘米的刻度，继续说，"至少见到正常的尸体不再惊叫、捂嘴巴，不过，太惨的场面，你还是搂不住。"

"要多惨才算惨？刘浩那个还不惨吗？"戴蓓蕾脱口而出，车里的气氛一下子沉下来，两个人都不出声了。刘浩的案子像一块巨石，突然挤满了整个空间。

安静行驶了几分钟，李明杰望了望侧边窗外，说："小戴，你先送我回一趟家。我好几天没回家，我爸妈正好在我那儿，走前我请一个远房亲戚过来帮忙盯一下，不知道现在什么状况。顺便我也得回去洗洗澡换换衣服，人都馊了。"

"遵命，李队！"戴蓓蕾侧头望了一眼李明杰，又抬眼望后视镜，边掉头边说："李队，您下次叫我时，可不可以把小字去掉？"

"小字去掉，那叫你'戴'？好像差点儿什么。"李明杰嘀咕。

"就叫戴蓓蕾，或者蓓蕾啊，您总不至于一辈子叫我小戴吧，万一我四十岁了，您还叫我小戴吗？"戴蓓蕾带着俏皮的腔调。

"什么万一，你肯定会到四十岁啊！"李明杰被小戴的认真劲儿给激乐了，顺口说，"那就叫戴蓓蕾吧，单叫蓓蕾，好像不是人名，更像是花骨朵儿。"

"叫全名也可以，就是没啥特点。"

李明杰认真想了想，说："不过，我们这个职业，一般不在公开场合叫人全名，这个不安全，我再想想！"

李明杰沉吟了一会儿，侧头望着戴蓓蕾，说："要不叫你阿戴？"

"阿戴！阿戴！"戴蓓蕾反复念叨了几次，说，"不男不女，不过，幸好不是阿呆，好吧，阿戴比小戴显得成熟。"戴蓓蕾噘起嘴巴接受了这个称谓。

车过鹦鹉大桥时，李明杰把车窗摇开，掏出一颗烟来点上。

远方江面上有几艘货轮漂浮如屣，不知进退。

戴蓓蕾看了一眼，问："李队，听说这次'鳡鱼行动'搞砸了，跟您有关系？"

李明杰侧头说："这简直是在公开毁我啊，你信吗？"

"我当然不信！不过，底下都在议论，说您弟弟涉嫌窝藏毒品被抓了。这个，我也不信！"戴蓓蕾盯紧前面的车流说。

"身正不怕影子斜，他们爱怎么说怎么说。不过被抓的不是我弟，是我哥。"李明杰轻声纠正。

"李队，我有个同学，在警校就考了律师证，现在干律师，您要不要派个律师去看看哥哥？"戴蓓蕾望了李明杰一眼，谨慎提出建议。

"我正在想这个问题，真担心我哥没什么经验把事情给说岔了。你那个律师同学，最好提前跟我见见再去。"李明杰说。

"好的，李队，那我约她时间了。"

车堵在大桥上一动不动，李明杰下意识往长江一端望去，眼底黄汤汤一大片，正是发大水的季节。

戴蓓蕾觉得此时不说更待何时，这个想法再不告诉李队，自己就要憋疯了。

"李队，我现在想得特别清楚，我不想干内勤，我要去一线。"戴蓓蕾说完，认真望着李明杰。

"犯罪分子就在人民汪洋大海中，你说哪儿是一线？"李明杰稳着劲儿。

"您不要给我搞辩证法，拿老干部那一套来糊弄我了，我当然知道哪儿都是一线！"戴蓓蕾有点儿豁出去的架势，开始穷追不舍，"李队，我不是小戴了，是戴蓓蕾。我穿这身制服已经两年了，不想再听领导玩概念，我就是要做一名刑侦警察，到抓捕犯罪分子的现场，这才叫一线。"戴蓓蕾一本正经地说着。

李明杰听着一言不发，深呼吸了一下，转过头来望着戴蓓蕾说："这事儿，你想了多久？"

"一年零一个月！"戴蓓蕾认真说着。

"目标坚定，值得钦佩！那你跟杨局提过吗？"李明杰问。

"正准备打报告，为了百分百通过，我需要您给我推荐，理由如下：首先，我的内勤工作大部分是跟您在配合，您最了解我的业务素质；其次，杨局长最信任您，您的推荐比我的自荐还管用。"

"嗯，蓄谋已久！可是，你知道吗，刑警工作非常危险，脑瓜子要灵活，身手还需敏捷，关键时候谁都不要命，就是比拼蛮力，阿戴。你觉得你行吗？"李明杰觉得自己的口吻都快像她父亲了。

"按您说的，做刑警就比谁孔武有力，没有其他的了？我可是警校高才生，就算擒拿格斗，我也不会比一般人差吧。要说危险哪儿不危险？喝水还有呛死人的。您告诉我哪儿不危险？您不用顾虑，这都是父母偏见、胆小鬼之言。这件事我下定决心了，算我求您了！"戴蓓蕾连珠炮似的，把酝酿一年多的台词全扫射出来了，说完还一脸不高兴地噘起了嘴巴。

"你要是在我手下待着，我还放心一点儿！"李明杰吹着烟灰说。

"您同意了？！"戴蓓蕾一高兴，敲了一下方向盘，车喇叭突然响起，引领一大群堵在骄阳下火冒三丈的车鸣叫起来。

"我只是同意在杨局那儿推荐推荐，至于成不成，我可打不了包票！"

"知道啦，李队，您坐好了！"后面已经有车在催促，戴蓓蕾加油起步，车突然往前跃动，李明杰赶紧扶住门边把手。


当年杨局分了新房却迟迟不搬家，就占着这套百年老房让李明杰几名新警察搬进来，干部婚房当单身宿舍成了既定事实，上面也不能把他们轰走。两居室，三个光棍一人一间，还有一人住客厅隔间。后来有一人高升分房，另一个被某地产老总高薪挖去深圳做保镖。待到李明杰结婚时，他终于把这套房子住踏实了，再没人来争这文物了。

在楼下停好车，李明杰和戴蓓蕾踩踏着木楼梯传来的"时间交响曲"，戴蓓蕾备感新鲜。

二楼不高，但没电梯，把父母搬上搬下也很不易，老两口住这儿等于是软禁。好在一个中风、一个骨折，谁也用不着下楼遛弯儿了。

一想到家里的事儿，李明杰就心烦意乱。要不是这样，他真不会去找李明星，兄弟俩见面主要是吵架，他一直试图避免这样，可没有成功过，两人之间存在亲情扭曲力场！

房子格局还行，就是不通风，有股民国老霉味儿。屋里静悄悄的，李明杰心头一惊，脸上没表现出来：以二老的身体条件，他们不可能离开这房子！

两人一前一后往客厅走，这时候有轱辘轧地板发出隆隆声响，先是一条腿伸出来，然后是整个轮椅闪现在戴蓓蕾面前。李明杰父亲那条骨折的腿用绷带吊在前方，像剑鱼长长的嘴巴——父亲用双手驱动轮椅从房间出来了。见到李明杰和一名年轻、活力四射的女孩，老人笑着寒暄道："稀客！稀客！"

戴蓓蕾笑着走上前，扶着轮椅，说："伯伯您好！"

李明杰问父亲："玲姐呢，怎么就你们在家里？"

"玲子走了，她说伢在学校里集体食物中毒，就不住校了，她只能回去照顾伢。她走前给你打电话，给明星打电话，都打不通，她只好走了。"老人反复强调玲子是无辜的。

李明杰沉默着心生悲叹：人老了真是可怜，幸亏没有发生什么意外。

"玲子走前，给我这条腿弄得挺周到。你看，她把我这条腿用绷带吊起来，我自己就可以动，吃饭就点外卖，还可以简单照顾你妈！"父亲说完自得地笑了。

李明杰喉管发硬，快步进房间里去看母亲。

戴蓓蕾也跟着眼圈发红，转过身去抑制了一下，推着轮椅一起进到房间里。

母亲坐在靠近窗台的轮椅里望着窗外，李明杰轻轻走上去，握着母亲一只手，说："给您榨杯果汁吧！"他以为大声母亲就能听见。

母亲望着他一言不发，努力想表达什么，却什么也表达不出来。

李明杰转过身去，一声不吭往厨房里走。戴蓓蕾跟进厨房，他才想起什么来，对她说："阿戴，你去客厅等着吧，我也给你榨杯果汁。"

阿戴说："这个我来吧，我比你熟练。"

"你是客人，你歇着吧。"李明杰故意轻松地说。榨果汁其实是李明杰最偷懒的烹饪，也是整个夏天他在家里主要的速食方式。

"李队，您不用跟我客气了。要不咱俩分一下工，我来榨汁，你去收拾一下屋子。我怕我一收拾，许多东西就找不着了。"

"你会用榨汁机吗？"

戴蓓蕾故作不满地说："你除了笑看我，就是小看我，榨汁机连牌子都跟我那个同款！"

"戴蓓蕾同志，那就太谢谢你了。"李明杰轻声说着，往客厅走去。

父亲举着腿在那里望着厨房，李明杰走过来，父亲大声问："这个女孩，是你女朋友吧？"

李明杰连忙说："您老莫瞎猜，她是同事！"

"同事不能谈朋友吗？"父亲追一句。

戴蓓蕾在厨房里听见，脸尽情红着，幸好没人看见。

李明杰没有回答父亲的问题，怕这个话题越聊越让人难堪。他拿起拖把，把好几天没有拖过的屋子里里外外拖将起来。

以前总是担心请保姆不好打交道，主要还是自己的工作性质，家里请外人还是有些不放心，现在恐怕只有这一条路了。

拖完地，李明杰放下拖把，去书房打开电脑，开始搜寻家政公司电话。

戴蓓蕾给李明杰父母各榨了一杯橙汁，端过去递给他们。不一会儿，戴蓓蕾进来问李明杰喝什么果汁，李明杰要了杯苹果汁加奶，于是她榨了两杯一样的，端着进到书房里。

"咱俩真是省事，连喝榨汁都是一模一样的配方。"戴蓓蕾笑着说。

李明杰接过说："谢谢你了，在我这里真是把千金当丫鬟使。"

"别自我感觉良好，我这是劳动力扶贫！"戴蓓蕾说。

这时家政公司电话已经拨通，李明杰询问一番，定了一个不居家的钟点工，每天上午来做家务和午餐，下午做完晚饭就走。

以李明杰的收入状况，叫家政还是有些力不从心，这肯定不是长久之计，他希望父亲伤筋动骨九十天后可以自理。

# 二十四、胸针

书房朝南，窗外一片明丽。

李明杰坐在转椅上，戴蓓蕾站着，四处欣赏或搜寻着什么。李明杰意识到有点儿不对，马上起身给戴蓓蕾让座。戴蓓蕾扶了一下他的肩，制止说："你别那么客气，真见外，我站着挺好。"

戴蓓蕾晃着只剩下杯底的果汁，冲着一张亚克力艺术照片说："你还拍艺术照啊，不过我挺喜欢这张，跟现在的你判若两人。"

"那当然有差别，这都十几年前拍的，那时候真是恰同学少年。"李明杰望着照片感叹。

戴蓓蕾走近了，望着黑白十英寸大照片，这是家里摆的他的唯一照片。李明杰还记得这张照片拍摄时的情景，他刚和一个同学练完跆拳道，护具都在，只是他把头盔摘下来夹在胳膊肘里。按照校规头发长到该理了，湿漉漉滴着汗。他就在摘帽用一只手擦汗，再抬头的当口，被正练习现场勘查尸体拍照的同学给撞上了，咔嚓就抓拍了。除了抓拍这张，他索性躺地上当尸体摆拍了一张，那张被同学当作业交了，没有给他留底。

每个班上都有几个喜欢摄影的同学，他们从学校里借来设备，美其名曰练习现场勘查，其实多是拿着相机到处搭讪女孩儿。李明杰神游往昔，发起呆来。

戴蓓蕾从书柜上拿起一枚胸针，说："李队，这是什么？"

李明杰回过神来说："那个啊，那是达摩克利斯之剑胸针。"

"哦，神奇，这个设计真的很棒！"戴蓓蕾翻看两侧，仔细端详。

"你要是喜欢，就送给你！这是大学时我做一次卧底模拟，受到表扬发的奖品。当时发这个奖品时，指导老师还仔细讲了这枚胸针的寓意。达摩克利斯是公元前四世纪意大利叙拉古的僭主、狄奥尼修斯二世的朝臣，他非常羡慕狄奥尼修斯，有一天奉承说：'狄奥尼修斯，作为一个拥有权力和威信的伟人，您实在太幸运了！'狄奥尼修斯不以为然，郑重提议道：'要不我们交换一天身份，你就可以尝到我幸运的滋味了！'"

"这个故事我也挺熟的，我接着说哈。"戴蓓蕾拿着胸针把玩着说，"晚上，宴会开始了，达摩克利斯非常享受成为国王的感觉。当晚餐快结束的时候，他抬头，注意到王位上方仅用一根马鬃，悬挂着一把锋利的巨剑。他浑身开始冒汗，完全失去了对美食和美女的兴趣，跪下来请求僭主放过他，他再也不想得到这样的幸运了！"

李明杰望着戴蓓蕾笑着，说："看来每个人都有一个光环，别人看着挺好，换了自个儿去体会，可能就完全相反。"

"故事还是那个故事。你没觉得，这个胸针造型太有神韵了吗？"戴蓓蕾举着胸针把玩。

"公主，它已经属于你了！"李明杰故意用国王的口吻说。

"谢主隆恩！"戴蓓蕾俏皮地行了个格格礼。

李明杰轻松笑着，他听见了门铃声，起身往外走。家政公司的人到了，李明杰一番询问，跟阿姨交代好各项事宜后，又回到自己的卧室兼书房。此时戴蓓蕾正拿着那把带鞘的军刺，她不知道鞘里面是什么东西，好奇地抽出来，张着嘴从头到尾打量了一番。

"好家伙，这才是达摩克利斯之剑！"戴蓓蕾感叹。

李明杰紧张地望着她，说："阿戴，这个你可千万小心，据说能见血封喉！"

"听起来很金庸啊！"戴蓓蕾反倒挥舞起来，停下后大眼忽闪，望着李明杰说："这个拿在手里好有分量，感觉上面布满了故事。"

"你的直觉挺好，这把刺刀是三十年前一桩错案的物证，我苦心追查了一番，这个案子也就停在这把军刺这里，没有任何线索了。"

"三十年？你不是在编故事吧，你那时候才多大？"戴蓓蕾追问。

"九岁!"

戴蓓蕾像发现恐龙化石一样兴奋:"那这个错案跟你有什么关系?"

"我是目击证人,可能因为我的证词,才导致了这桩案子的关键一步走错。"李明杰丧气地说着。

"越听越神奇,你快快给我讲来!"戴蓓蕾兴奋了,在她的刨根问底下,李明杰原原本本陈述了一个跨越三十年的错案。

戴蓓蕾听完李明杰严肃的讲述,却是一副陶醉的表情,硬说那些年轻人好潮,说那个"仓库"演唱会跟现在的音乐节似的,就是行走的荷尔蒙大爬梯(Party)。梅艳华和汪俊华之间,肯定有一个撼动灵魂的爱情故事。

经戴蓓蕾这么与时俱进地点评,李明杰对这段往事也有些恍惚起来。在女性眼中,世界原来有另外一种存在的逻辑。

"不过,我觉得未必是错案,只是有个时间黑匣子,咱们不知道里面发生了什么。后来在明月闸发现汪俊华的尸骸,和张德才杀死汪俊华之间并不矛盾啊,只是汪俊华的尸骸是怎样进闸体的,张德才焚烧的另外一具尸体是谁,这是两个问题,也是关键问题!"戴蓓蕾一副看完本格小说满眼放电的神情,自问自答般推理起来。

"你继续!"

"要我说,如果真是错案,就会有无辜者。无辜者死了,他还有亲人在,亲人怎么会咽下这口气?这里面就一定有蹊跷!"戴蓓蕾踱着步子,一板一眼继续假设带推理。

"我也是这么想的!"

"报复!会不会是报复?"戴蓓蕾举着刺刀,突然一转身。

"谁报复谁?"

"当然是错案死者的亲人来报复辛叔啊!"戴蓓蕾说。

"这有点太疯狂了,既然报复,为什么要等到三十年后,为什么辛叔毫发无损,只是丢了一个打火机?错案这个事情,其实只有辛叔和我,还有他派出所那边少数几个警察知道。打火机出现在刘浩住过的酒店,错案跟刘浩有什么关系?跟刘浩身体里发现毒品又有什么关系呢?"李明杰连连摇头。

这个跨越太大，戴蓓蕾语塞了，两个人都皱起了眉头。

李明杰轻轻接过戴蓓蕾手里的军刺，又轻轻插回刺鞘，平举着放回书架最高处，像安放好一件圣物。

这次聊天让李明杰对戴蓓蕾刮目相看，在他的保荐下，杨局长同意给戴蓓蕾调岗。她从内勤调到治安组，跟着百事通老民警张头跑街头社区，看到的多是些鸡零狗碎的事。

张头说没有一件是小事，邻里纠纷久积成怨，就能引发一场凶案。社区里用得最多的哲学是疏与堵，人情堵了，就会起争执；心理堵了，会憋出变态狂。

戴蓓蕾跟着没跑多久，就亲自处了一件恶心人的案件：一名儿童被男子猥亵。该男子衣冠楚楚，喜欢在放学路上找落单的小男孩摸不该摸的地方。通过监控，戴蓓蕾发现男子喜欢雨天作案，用伞遮挡了绝大部分视线，露出的边边衣领上有两颗装饰扣子。她走遍社区，进了家蛋糕店，发现师傅们的衣服领上都有那样的扣子。她缩小包围圈，在蛋糕店对门的水果摊盯梢。"水果西施"戴蓓蕾花了一个星期，成功抓了蛋糕师傅作案现行。

戴蓓蕾虽不在李明杰的缉毒队伍里，不需要向他汇报工作，她还是时不时去他办公室请教点儿什么，抖一抖自己破的案子，生怕他不知道她的能力。

李明杰不会直接指点她什么，他希望戴蓓蕾自己多动脑筋，形成自己的风格，尤其是良好的警察意识，这个比什么都重要，这却让戴蓓蕾一下子坠入五里雾中。

# 第四篇　双击

# 二十五、闺密

"鳛鱼行动"泄露事件高举轻放，却迟迟没有个痛快结论，好像悬在李明杰头上的达摩克利斯之剑。市局给出处理建议：在事情没有彻查清楚前，李明杰不再允许参与缉毒行动。李明杰突然觉得某些人的目的达到了，可某些人又是谁？他只能无可奈何地接受这一安排。

刑侦曾经是李明杰的日常，他开始梳理被缉毒行动打乱节奏的刘浩案，小伙子憨实的笑容又在他眼前晃动。

袁教授寄来了皮少军入学登记表复印件，在他的家庭成员一栏写有父亲皮定军、母亲张玉梅、妹妹皮少妹。家庭住址一栏，是青陵区玉兰山镇棺材岭下观音沟皮家冲。要找到突破口，李明杰决定用笨办法去探一下皮少军的家，多年查案的他对此有些经验之谈：从山里出来的孩子，如果还考上了大学，他就是村里的一颗明星，那么他的一点点儿动向都会以故事的方式在村子上空盘旋，而且年年更新，其中大部分信息都属实。

李明杰带上大磊和司机小贺，开着越野车上路，目的地是玉兰山。

一小时后，车出了繁华的市区，路面货车多起来，车速起不来了。手机响了，李明杰接起来，是戴蓓蕾来的电话。

"李队，方便吗？"

"讲！"

"严律师的时间约好了，需要您签个家属委托探视书。"戴蓓蕾说。

李明杰怔了一下，才知道忘记了一件重要的事情，他想了想，说："你去找我爸，"

话说到一半，又改口说，"算了，等我回来签吧。"

"那要等到什么时候？这可是您亲弟——亲哥的事情，您怎么不上心啊！而且他的事情早查清楚了，您行动也不受限制啊！"戴蓓蕾口气里带点儿小脾气。

这时候就算有人骂他没良心，他李明杰也没什么好说的，李明星羁押在看守所，他不但帮不上什么忙，而且需要回避。

见李队没接上话，戴蓓蕾意识到自己的话出格了，赔着小心，说："李队、李队，我不是那个意思，我是觉得李明星的案子不能拖，证据有时候跟保鲜食品一样。"

戴蓓蕾这话算是说到点子上了，证据是有时间属性的。

"那你等我一下，你把那个委托书先发给我，我到了酒店签字后扫描给你发过去吧，回头再给你原件，你看这样行吗？"

"只有这样最快了，我跟严律师合计一下，那我就等您的扫描件了哈！"说完，戴蓓蕾挂了电话。


戴蓓蕾的同班同学严倩在警校成绩一直名列前茅，尤其是刑侦课，可谓蛛丝马迹都逃不过她的五觉。到大四突然考了律师证，毕业后加入一家律师事务所，干得风生水起，现在已经是合伙人了。有一帮警察同学，自己出去干律师就是不一样，她这个人先知先觉。

晚上，戴蓓蕾约严倩在一家酒吧见面。严倩听说是酒吧，有些小兴奋，说好久没有去过酒吧了，上班后跟读书时真不一样。

两人离开学校的时间并不长，彼此还毫无拘谨，但装扮已经有了很大差异。戴蓓蕾穿警裤，上身换了一件天蓝衬衣，还是脱离不了正装味儿。严倩有备而来，穿着吊带长裙，米黄披肩，鞋子足以恨天高。

坐定后，两人快速打量了彼此的变化，从着装到发型到耳坠到手链，然后像一切都没有发生似的，各自暗中感慨着。

"倩倩，你越来越漂亮了！"

"是吗，我平时一天到晚都是'律政俏佳人'那身西服套装，板得都怀疑自己的性别了。这身买了快半年了，今天是第一次发挥作用。"严倩自我怜惜般说着。

"跟我在一起，能发挥什么作用？"戴蓓蕾笑言。

"别自作多情，我又不是穿给你看的！"严倩嘟嘴。

"那给谁看？"戴蓓蕾故意追。

"酒吧众生啊！"严倩直笑。

"众生？搞不懂！"戴蓓蕾拿起饮单问，"倩倩，你喝点啥？"

"尊尼获加，黑带的。"

"威士忌？你口味硬啊！"

"喝着放心，当律师也是女人当男人用，少不了喝酒的！"严倩用"凡尔赛体"。

"那我跟着你学品酒，加冰吗？"

"我不加，你随便，再来个果盘呗。"严倩忘不了拿出小镜子来最后检验一下面对酒吧众生的容颜。

"遵命！"戴蓓蕾向酒保打了个响指。

"切，是我遵命！你看咱俩穿的，你还像个警察，我像个被你擒获的陪酒女。"严倩说着咪咪笑。

"别逗了，你才是酒吧女王，我这都中性了。"戴蓓蕾说。

"中性好，现在流行中性。"严倩掏出烟来问，"你抽吗？"

"哪敢！我爸会废了我！"戴蓓蕾喝了口柠檬水。

两人尽情延续了一段同学画风，一名酒保端果盘上来。

严倩望了一眼果盘，又抬眼望着戴蓓蕾："那个办好了？"

戴蓓蕾从包里掏出委托书，严倩接过来看了看，皱着眉问："怎么不是原件？"

"原件在外地呢，这是扫描发过来的，有什么问题吗？"

严倩把委托书举着，用塑料叉子叉起一块水果，吃到一半歪着头看了看委托书，说："按说会有点问题，不过你是找对人了，我刚好跟第二看守所上上下下都比较熟。这人是谁啊，你怎么这么上心？"说着，严倩用奇怪的眼神盯着戴蓓蕾。

"没什么，我这也是公干，我们一同事的哥哥，被人栽赃了。"

"那就是警察的哥哥被抓了呗，这么好的关系，怎么不捞出来？"严倩一脸惊讶。

"捞不了，我们那警察大叔，不是一般人。"戴蓓蕾故作苦脸。

"他谁啊？你拍领导马屁啊？"严倩停下叉子，好奇地问。

"你帮帮我，我会领情的，你有必要知道这么细吗？"戴蓓蕾故意不悦。

"不是我八卦，当然有这个必要。公检法这个系统里，有熟人没熟人可不一样，知道一个名字跟两眼一抹黑有天壤之别，你别不信。"严倩一副指点迷津的样子。

"李明杰！我们缉毒队长！"戴蓓蕾说着，脸却红了。

"他呀！'心安神探'，如雷贯耳！原来是他啊！他也有今天！"严倩一脸得意地说着。

"倩倩，瞧你幸灾乐祸的样子，怎么说话呢！"戴蓓蕾生气了。

"哦哦，我这人心理阴暗，可为人正直。我不是那个意思，而是说，风水轮流转，什么事情都可能发生啊，一名劳模警察的哥哥被抓了，他也没办法捞人？"

"奇怪了，你怎么知道李明杰那么多？"戴蓓蕾喝了一口果汁，认真地望着严倩。

"这个你都忘了？咱们那时候在警校做实案分析，有个案子，不就是说为了抓一个贩卖儿童的团伙，李明杰假装买家，去千里外的一个小镇租了套房，出了高价收孩子，把那个团伙头目给抓了，是个女的，人贩西施，你忘了？"

"哦，我记起来了，可我只知道案例，没有说谁是卧底啊？"戴蓓蕾努力想着。

"老师课堂上说了，还说那个女人贩因为喜欢上她的这个帅帅的买家，大意了，你可能没记住。"严倩用手把鬓角的头发往后拢了下，又叉住一块枇杷果，问："他哥什么情况啊？"

"他哥涉嫌在自己开的酒吧里藏毒散毒，李明杰刚好去找他哥谈事儿，被人暗藏针孔摄像头偷拍了。"

"这是遭人暗算，看来事情没那么简单，我去有什么目的吗？就是去看看？"

"我能和你一起去吗？"戴蓓蕾翻着眼皮，用乖巧乞求的目光望着严倩。

"什么意思？"严倩拉扯纸巾揩嘴揩手。

"两个律师一起去可以吗？"

"原则上，就应该两个律师一起去，可你不是律师啊？"严倩无奈。

戴蓓蕾掏出自己的律师证，笑着说："我也偷偷考了，只是没有去律所。"

严倩伸手接过来翻了一下，说："你这个是律师资格证，不是执业证。"

"我只是跟你去，当你的助理，一句话也不说。"戴蓓蕾甜甜笑着。

威士忌上来了，严倩把浅口玻璃杯搁一个在戴蓓蕾面前，说："你先陪我喝酒。"

"遵命！"戴蓓蕾端起酒杯。

# 二十六、明星

酒后戴蓓蕾有失重感，身体总往上飘的冲动。这时一个眉清目秀的帅仔走过来，手里拿着一张宣传单，带着酒窝，笑说："小姐姐们，需要尝尝新口味吗？赢时1号！"

戴蓓蕾接过帅仔递过来的一张花花绿绿的传单，看了一眼，上面印着一个半眯着眼、满脸潮红的美人，不禁让人脸红。

"谢了，我们谈正事儿呢！"严倩打发完推销小哥，转眼看戴蓓蕾还在仔细研读传单，揶揄说："蓓蕾，你可真是少见多怪，酒吧里尽是这些乌七八糟的饮料。"

"怎样个乌七八糟？"戴蓓蕾瞪大眼睛望着她。

"蓓蕾啊，蓓蕾！你这么单纯，怎么当警察啊？"严倩嘲笑道。

戴蓓蕾还在研读那张产品折页，严倩夺过来，扬眉问："你有男朋友吗？"

"还没呢，你有了？"

"没有看这个干吗，不怕上火？"严倩故意逗她。

"讨厌！你这什么逻辑！"戴蓓蕾假装要捏严倩的脸，接着说，"咱俩言归正传，你明天问李明星时，就像在警校上的审讯课那样，问得细一些。"

"明白，你的事儿我不会马虎。"严倩瞥她一眼说，"你就这么一直在基层锻炼着？"

"你不是嫌我单纯吗，我在基层长长见识多好。"

"那你爸也放心？"

"我这光明正大的人民警察，他有什么不放心的？"戴蓓蕾仰着脸反驳。

"好，好，你真是正义的化身，好吧，我就帮你伸张一次正义吧！"

说完，严倩举起了酒杯，两个人正正碰了一下。


两名狱警将穿着橙色马甲的李明星带出监舍，进入隔着不锈钢栅栏的房间，坐在一张凳子上，双手上着铐。

戴蓓蕾和严倩坐在栅栏另一边，仔细打量李明星，直到此时，她才确信李队真有一个哥哥。

李明星剃了光头，胡子拉碴，神情淡然，眼睛慢慢开合，显得有几分慵懒。还没等两位律师开口，他嗓音略带沙哑地说："是李明杰派你们来的？"

严倩不苟言笑，轻轻点头。

"李明杰没受什么牵连吧？"李明星不紧不慢地问。

"目前还不好说，看你的情况了。"严倩接着说，戴蓓蕾只是听。

"我敢拿脑壳担保，仓库里的毒饮绝对不是我藏的，我是被人陷害的！"李明星目光充气一样硬朗起来。

"你担保有什么用？上帝担保也没有用，拿证据说话。你说说，你这个酒吧有几个合伙人？"严倩故意放缓口气，似在诱导李明星。戴蓓蕾望了她一眼。

"没有合伙人，就我一个。"李明星晃了一下头，声音上扬，好汉做事好汉当的样子。

严倩舒了口气，又问："几个人有钥匙可以进入藏毒的地方？"

"只有我有钥匙。"李明星吸了下鼻子。

"在酒吧经营过程中，你有没有感到意外的地方？"戴蓓蕾按捺不住，问。

"我已经向他们交代了，有个叫大卫的客人，有一段时间经常来，跟我混得面熟，后来突然就不怎么来了。"李明星摊了一下手掌。

"这个人来干什么？"戴蓓蕾追问。

"他经常来喝酒、唱歌，也带员工来搞过团建。"

"你判断他是做什么生意的？"戴蓓蕾支起身子。

"我感觉他素质蛮高，有时候用外语接电话，我们一个员工 Sisley 说他说的是德语。"

"你觉得他是做什么的？"严倩点起一支细长的烟，吸了一口问。

"像个艺术家，还挺能煽情！"李明星想了想，接着说："感觉他知识渊博，无所不通，有一次还谈到了精力与成功的关系，给团建人员介绍一款饮品。"

"你还记得那个饮料叫什么吗？"戴蓓蕾身体前倾，目光直射李明星。

李明星换了个坐姿，说："我得想想，给我一颗烟。"

严倩掏出一颗细长的烟来点燃，狱警接过来递给李明星。李明星深深吸了一口，几乎不见吐出来，缓缓地说："赢时1号，对的，就是赢时1号。这个饮料可以提神，大卫说但凡有成就的人，都是精力充沛的人，这一点儿他说得蛮有道理。"

戴蓓蕾心里一惊，那天跟严倩见面时，小哥推销的也是赢时1号。

"自从他到酒吧来，你发现酒吧有什么变化吗？"戴蓓蕾快语问。

"自从他来以后，酒吧流水就越来越好了，最高的时候翻了两倍。"

"你没有觉得意外吗？"

"当时没有觉得，现在想想是有些不正常，但这对我是好事，哪个老板不希望生意好？我没必要怀疑他。"李明星一副无辜的样子。

"现在觉得他正常吗？"

"他可能在酒吧里搞鬼，暗地出他的货。"李明星频频点头。

"你有什么证据吗？"戴蓓蕾问。

"没有直接的，我进来后才想明白，我的调酒师Sisley——她平时负责给客人调制酒水，她可能暗地在帮大卫勾兑含毒饮料。"

"怎么讲？"戴蓓蕾追问。

李明星伸手又要烟，严倩把烟和打火机一起递给狱警，狱警熟练地给李明星点烟。

"有一天Sisley突然提出离职，我打电话问她为什么离职，对了，她离职前一段，我觉得她精力不济，总是呵欠连天。我打电话问她时，她的言辞给人的感觉也是迷迷糊糊的，不过她告诉我，让我也躲着点儿大卫，惹不起躲得起。我怀疑她已经感觉到某种威胁，离职实际上是要躲大卫。"

"Sisley出事后，大卫后来来过吗？"

"没有再来了，我没有挽留住Sisley。三天后，有人在江边发现了她的尸体，初步调查是骑电动车溺水死的，我怀疑这里面有鬼。"说到这里，李明星显得激动。

"你跟警察说了吗？"

"都说了，他们说这只是一些联想和猜测，缺乏证据，不能证明仓库里的货是别人栽赃的。"

"那假设是大卫干的，他为什么要栽赃你呢？"戴蓓蕾问。

"我觉得，他们是想搞掉李明杰。他缉毒非常卖命，还有，就是拿我当人质，李明杰如果还那么卖命缉毒，我可能就会被判死刑。"

"仅仅是这个原因吗？"

"这一招还不够狠吗？我想不出其他原因。"李明星音调提高了。

"大卫长什么样？"戴蓓蕾问。

"卷头发，像自来卷，浓眉大眼，我有一米七八，他比我还高。"李明杰停顿了一会儿又补充道，"还有些艺术气质。"

"艺术分很多种，他像搞什么艺术的？"严倩问。

"装置艺术。不过我也不认识什么装置艺术家，就是觉得他搞团建时布置的现场、用的小道具，都非常讲究，还有，他眼睛看人能够看到人心里去。"李明星说。

"你在酒吧里装了摄像头吗？"戴蓓蕾问。

"这是我最大意也最后悔的一个地方，我一直想装，社区警察也来要求过，我就是没太当回事儿。估计因为我弟弟是李明杰，许多事情我有点儿不在乎，大意了。"

"那小包间里的摄像头，肯定不是你装的？"戴蓓蕾又问。

"我都不知道里面装了摄像头！"李明星接上一颗烟，继续说，"对了，大卫来搞团建，唱歌，就自己带线来，自己装，我从来没有当回事儿，我怀疑小包间里的摄像头就是这么装上的。大卫唱歌非常动听，像个明星，最爱唱的一首歌叫《成吉思汗》。"

"什么？《成吉思汗》？没听过。"严倩说完侧头望了一眼戴蓓蕾，戴蓓蕾也摇头。

"很老的一首歌，以他的年龄，顶多三十岁出头，甚至看上去都不到，不应该唱这么老的歌啊。"

"你从来没有给大卫拍过照片？"

"我们没事给客人拍什么照片？不过我想起来了，大卫搞团建时我拍过一张，可是手机被收走了，我也拿不出照片来。"

"你的手机有云存储之类的吗？"

"不知道，这些东西我不爱捣弄，都是我女儿给我装好再用。"

不知不觉会见时间到了，李明星看不出来紧张，晃着走进铁门。戴蓓蕾连忙叮嘱："你不知道的不要瞎说，没有做的不要瞎揽，有想法提前找律师商量！"

李明星回头望了一眼戴蓓蕾，点点头，消失在门后。

戴蓓蕾有一瞬间觉得李明星、李明杰兄弟俩有非常神似的东西，他们没有一个怂的，那种神似的东西也可以叫个人魅力，她不禁抖了一下。

出了看守所，严倩开着薄荷色迷你库柏斯（Mini Copper）上了高架桥。

"要不是我打了招呼，今天可不允许这么聊，感觉这个'仓库'酒吧里信息量好大啊。"严倩侧头对戴蓓蕾说。

"不能深想啊！你知道吗，那天市局调动全市缉毒力量正在缉毒，突然有人打进来举报电话，市局临时将李明杰从搜查现场调离。那个栽赃的视频，恐怕不仅仅是栽赃那么简单。"戴蓓蕾紧锁眉头说着。

"好吧，别想了，头疼，听会儿音乐吧。"

严倩开了汽车音响，就着音乐她叽叽喳喳说起遇到的各种奇怪的客户，时不时还一只手伸过来拍打戴蓓蕾的肩，怂恿她别干警察了，干脆出来跟自己一起干律师。话里话外，戴蓓蕾都感觉自己被关在一个叫世外桃源的空间里，完全不懂社会，而她同学严倩则像一位大姐大，要带着小妹戴蓓蕾吃香喝辣，做人生赢家。

# 二十七、观音货场

车离开高速进入省道，大货明显变少，多是一些两吨半的小厢货。车厢上被喷得花花绿绿，满是功能饮料和猪饲料广告。

前车拐过一道弯就来个急刹，司机小贺连忙跟刹。

李明杰在手机上翻看皮少军的档案，他几乎可以断定，皮少军在初中、高中是当地学霸级的人物。读书年代的皮少军是一副干净利落的样子：小平头，笑容灿烂，眼窝深，藏不住的聪明劲儿。

闷热，嘈杂，车堵得纹丝不动，喇叭声此起彼伏。李明杰下了车，大磊跟上，两人沿着公路便道往前走，查看堵点。

"李队，你们还顺利吧？"戴蓓蕾打来电话。

"堵车了。律师见过李明星了吧？"

"见过了，我也跟着去了。"

"你可挺能抓机会啊，情况怎么样？"李明杰问。

"他的状态还不错，我看不比您差，稳得住。他提供的线索里，我觉得大卫是个突破口。李明星在酒吧拍过一张照片，是大卫和调酒师 Sisley 一起跳弗拉明戈。李明星当时无意中拍的这张照片，是为酒吧宣传用的，在微信公众号上发过这张照片，只是光线有些暗，大卫侧脸，Sisley 后仰全脸。"

"那真是太好了！"李明星提高声音说，"大卫的信息，我觉得市局缉毒支队应该掌握了一些，只是不可能提供给我们。我在避嫌之列，可他们连杨局都避，不知道在防范什么！"李明杰说完，又觉得不应该给警历初浅的阿戴讲这些，便刹住了话。

"李队，我想从大卫这里作为突破口，许多谜团就解开了。"

"你怎么突破？"

"我想办法，您还记得送给我的那枚胸针吗？要知道别人的逻辑，就要成为别人！"

"阿戴，那是达摩克利斯之剑，你理解错了吧？"

"没错，李队，我只理解我要的。"戴蓓蕾笑着把电话挂了。

戴蓓蕾独立思考的冲劲儿是每个急于立功的警员都有的，危险往往从这里开始，他对她隐隐不放心了。

步行了差不多一公里，前方公路拐弯过了一座单孔桥，就看见一辆带挂货车在过桥转弯时侧翻了，尾部悬空在桥沿，情势颇为严峻。

李明杰和大磊走近了，只见车厢挡板扭曲翘裂，大量蓝色铁桶滚进桥下。水不深，铁桶垒叠起来阻挡了半边水道，清澈的山泉水在人为的落差下激起白纹。

李明杰和大磊站在桥上查看，已经有几个人穿着露半边屁股蛋的三角裤，光着膀子伏在水沟里捞摸，一个个出水的蓝桶往坡上传递着。桶显然很沉，经常滑脱滚回去，他们像西西弗斯推石头上山一样忙个不停。

这些密封的大铁桶引起了李明杰注意，他走近扭曲的车厢仔细观察，天蓝色铁桶上没有品名，只是喷涂着"易燃易爆"四个大字。一股熟悉的刺鼻气味，在哪儿闻到过，李明杰努力分辨着，脑里蹦出两个字"邻酮"。

"大磊，你闻到异常的气味没？"

"似曾相识！"大磊吸吸鼻子说。

"邻酮？"

"对对，我刚想蹦出六小龄童来。我当时抓那一批料头时，就从你们嘴里这么记的。那是特批运输品啊，要不去查查证件？"

两人走近货车驾驶室，里面没人。司机在不远处草坡上蹲着，指头夹着烟，抱着头在打电话。

大磊要走上去，李明杰拉了下大磊，自己走上去。

"老板，你这车没少装啊！"李明杰蹲下来，掏烟借火。

胡子拉碴、头发油成缕的司机用山区方言打完电话，望了一眼李明杰，眼神游移地说："我不是老板，车也绝对没有超载。"

"老板呢？"

"我也找老板来处理咧，我这车要扳正了，怎么也得有个大吊子车。"司机不紧不慢地抱怨着。

"你这运的什么？"

"化肥。"

"化肥用铁桶装？"

"化肥精嘛，不用铁桶用什么装？"司机眼神警觉地扫视着李明杰和大磊。

"化肥还成精？"

"听说过味精、糖精吗？"司机的口吻有些嘲讽。

"你有特批运输证吗？"大磊笑着问。

李明杰拉了一下大磊的胳膊，显得毫不关心化肥成精，望着堵得水泄不通的山沟两边的道，说："我们赶紧找个地儿住吧，今天弄不好在车里过夜了。"

说着，他和大磊往前方走，不再看司机。走了一会儿，李明杰低声对大磊说："不要打草惊蛇，这批货肯定有问题，我们找个远一点儿的地方盯住这辆车，看它到哪里卸货。"

过了半个小时，两个骑摩托的交警过来维持秩序，人群反倒躁动起来。因为两头都堵死了，无论警察怎么调度都没有松动多少，大家的兴奋劲儿过去了，又继续等。

足足等了一个多钟头，一辆长着大象鼻子的吊车拉着警报过来了，将翻转侧卧的货车厢拧正了。一群人又开始往车上装货，蓝色"易燃易爆"铁桶收纳完毕，货车司机和几个工人魔术般挤进了驾驶室。

李明杰和大磊坐在一个卖山泉茶水的老头的摊位旁，每辆车都会从眼前晃。大货车过去了，大磊给正位、侧位、后屁股都拍了照，车牌号清晰。

李明杰给小贺打了电话，让他独自跟上车队，随时注意联络，保持路线一致，然后两人搭上一辆客运小巴紧跟大货车。

道路有明显的爬升，拐了几道弯，车辆少起来。行进了两公里左右，在岔路口大货车往一个小口下坡走了，小巴沿着大路继续往前。

李明杰连忙叫停小巴，和大磊一起跳下车，惯性让两人差点翻滚了。李明杰马上爬上一个高坡，居高临下可以看见那辆货车正谨慎前行。

他们跟随大货车的方向小跑了一会儿，仔细观察节点路口，发现有一块蓝牌子，上面写着"观音沟"。李明杰马上打电话给小贺。五六分钟后，小贺开着SUV到了，大货已经看不见了。两人连忙上车，李明杰让小贺抓紧追赶，发动机开始低吼。

车下坡后沿山涧公路走了约一公里，一路上无其他岔口，前方视线被一座山头挡住。小贺猛踩油门翻过垭口，一路上有几辆家用轿车，还有三轮，看不到货车踪影，也无岔路。

李明杰让小贺压低车速缓慢前行，他仔细判断每一个可能的目标。右手边一个红砖砌成的院子引起了他的注意，只见院墙上用白石灰刷着几个大字：观音货场。

李明杰让小贺把车开进院子，停在离出口不远的一排平房面前。

院子是一个货物转运站，在东头停了一水白色小面包车、半吨农用车，还有可载货的三轮，西头则是几辆货车，最小的也有两吨半载重。最重要的是，那辆货车正静静趴在那里。

李明杰假装找地方小解，急匆匆走到大货车旁边，用车身挡着自己。他掏出了一个磁吸GPS定位仪，快速贴在大货车厢底，然后从车后走出来。


近下午3点，肚子饿得咕咕叫。三人走进观音餐厅寻空位坐下，李明杰已瞧见了大货车司机，还有其他三人，他们坐一桌，正风卷残云地嗍着面。

大磊要了三份加量鸡蛋黄花菜面条，还点了一份山野菜、一份辣萝卜。

坐等老板上菜的工夫，李明杰故意侧脸朝大货车司机点起一颗烟重重吸一口，吐出一大团烟雾，透着烟雾打量那一桌人，尽量避免和他们直接眼神接触。

大磊也拱起背来热火朝天地聊天。小贺去了趟前台，回来坐下说："我问老板了，这院里就有三间房可以住人，按人头收费，一人一晚五十元。"

"倒是不贵。"李明杰刮着一次性竹筷子上的倒刺,无所用心地说着。

大碗面上来了,堆得要漫出来了。大家呼噜呼噜地低头嘬面。这时地道的方言响起:"哥儿几个,怎么也到这里来了?"

李明杰早知道是谁,他抬头望着大货车司机,嘴里还咀嚼着面条,呼噜呼噜地说:"我们来旅游,这就是玉兰山了吧?"

"早就进玉兰山了,这儿是观音沟!大货车司机一脸吃饱后犯困的样子,眯着眼睛打量,手里拿着一颗没点燃的烟。

大磊连忙掏出打火机给司机点烟。

司机抽上烟,一只眼被熏得微闭,说:"哥儿几个好好玩儿,别在山里乱转,人生地不熟,容易出意外。上星期从汉口来的几个小青年,户外徒步,遇到山洪给冲跑了,现在还没找到尸首咧。"说着,司机扫视了一下他们仨,抬腿走出了餐馆。

吃完面,李明杰扭头从窗口望去,那辆货车还在那里。

"头儿,我们就住这儿?"大磊问。

"就住这儿,轻易不出门,出门遇真神,那就跟着走,只是不要轻举妄动。"李明杰把牙签掰断,取一截边剔牙边嘟噜,显得很"社会"。

"头儿,明白了!那皮呢?"大磊接着问。

"皮的家不会跑,这儿有个头绪,我们处理完再去皮家。"李明杰扔了牙签。

见餐馆服务员来收拾碗筷,大家打住话头。吃完饭,小贺脖子上架个照相机在货场四周转,李明杰和大磊进了房间,唯一的三人间被他们定了。

房间里手机网络信号微弱,地图软件翻了几分钟白眼才显示出所在位置。从地图上目测,此处离皮少军家有七八公里。山路,走起来不知道需要多长时间。

这时候小贺喘着气跑了进来,说那辆货车启动了。

李明杰拿起手机,走出房间,看见货车的尾部离开了院门。三人大踏步走到车旁,大磊拉开车门,李明杰坐进车里,小贺已经启动车向院外冲去。

# 二十八、花朵

我抽着差不多的烟

又过了差不多的一天

时间差不多的闲

我花着差不多的钱

口味要差不多的咸

做人要差不多的贱

活在差不多的边缘

又是差不多的一年

…………

一个扎着豹纹头巾的男歌手握着话筒，在台上呻吟着，像被平庸刺伤的可怜人。

下面坐着所有被平庸刺伤的人，大家在一起可以消解平庸！戴蓓蕾也在其中，她喝着一杯果味啤酒，一副无聊的样子，一边翻手机一边往酒吧门口看。这是她第一次单身泡吧，也是可数的几次进酒吧。但这次不同，她是主动来体味人间烟火的。

戴蓓蕾决定悄悄干一件八小时外的工作。当这么想时，她发现原来她住的临江路附近到处都是酒吧，一直延伸到江滩。她从前没有去酒吧的冲动，现在突然有了。

"这儿有人坐吗？"

一个短发的女孩儿，穿着抹胸的纱裙，材质几近透明，还没有等戴蓓蕾同意，她已经坐下来了。

女孩儿点燃一颗细长粉红的烟，问戴蓓蕾："来一颗？"

戴蓓蕾摇了摇头，说："谢谢！"

女孩莞尔一笑，转过头去看舞台，趁歌手放下话筒指向这边时，她站起来大声喊道："宝哥，来一首《我们不一样》。"喊着就自个儿哼唱，"这么多年的兄弟，有谁比我更了解你，太多太多不容易，磨平了岁月和脾气。"

应该说，这首歌戴蓓蕾还真听进去了，她安安静静地听着，却想起了李明杰，思绪拉回来又往他那儿跑，想他年轻时是什么样子。不知道为什么，她觉得大卫就是在针对李明杰，下一步行动将不会这么温和了，没有什么比这个未知行动更让人担心。

"姐，就你一个人哈？"

女孩儿随着节奏晃动身子，跟戴蓓蕾搭话。

戴蓓蕾迟了一拍，说："等人！"她发现自己真需要历练，连说一个无谓的谎都犹犹豫豫。

"情人？"女孩儿大大咧咧地说着。

戴蓓蕾脸红了，只是在浮动的光线下不明显。她故意神秘笑着，女孩儿就懂了。不一会儿，女孩举着酒杯往歌手那边走，在另一个空位子坐下来，对面是两块紧紧的胸大肌露在外面的男子。

戴蓓蕾感觉有双置于身外的眼睛审视着自己。今天回独居小屋，洗完澡后翻箱倒柜，找出一条买了就没有穿过的牛仔裙，最短的一条裙子，齐大腿中部，上面还有几道不规则的口子。上身还是一件大学做主持时穿过一次的演出服——黑丝无袖低领纱衫，在交叉领上点缀着贝壳光泽的亮片。她很难想象这样搭配穿出去是什么效果，有什么暗示，总之觉得去酒吧就要穿得不正常一点儿，才像个正常的酒吧消费者，如果西装革履进酒吧那才不正常。

黑场几秒，音乐动感，撕扯，炸裂，突然一亮，上来一个浑身豹纹的豹妹——一只性感女豹，浑身粉色彩绘，只在三角区有肉粉内衣，让人恍惚哪里是衣服、哪里是彩绘。

豹妹脸上画着獠牙，双目圆睁身体前倾，双臂做豹伏状，好像在人群里寻找那块"弱肉"，然后扑过来把它吃掉。

豹妹和豹哥是一个组合——**豹露乐队**，她声音高亢凶狠，有一半是号叫。

戴蓓蕾知道自己这身穿着估计没有及格。她作为警察的本性暴露出来，借着昏暗嘈杂，开始搜寻每个角落，在脑中比对大卫——她才是真正的猎人，她喜欢狮子。

一个长发及肩、满脸粉刺的男子坐在面前，望一眼戴蓓蕾又望一眼她看的方向，然后回头笑着说："美女，你找人？"

戴蓓蕾觉察到对面坐上了人，假装没听见。

"我这儿熟，沿着江滩两公里，每家酒吧都熟。"男子尖细的声音说着。

来了个酒吧领航员，戴蓓蕾心里暗自叫好，表情却平淡，说："你怎么知道我在找人？"

"看你又不喝酒又不抽烟，这身穿着，像约人约错地方，误入了酒吧！"男子有些得意。

"酒吧我就不能来？"

"能来，当然能来！像你这样的颜值，来这儿基本不用花钱！要不我请你喝杯小啤酒？"男子贱笑着。

"你看我像干什么的？如果猜对了，我就喝下这杯。"戴蓓蕾不动声色。

"小学老师？"男子说完，自顾自笑起来。

"为什么？"戴蓓蕾微笑。

"你这身打扮，很符合一个小学老师对酒吧的想象。"

"中学老师不行吗？"戴蓓蕾说完，笑了。

"还真被我猜着一半了，中学老师来酒吧，来体验繁荣昌盛，指导学生写作文？"疙瘩脸笑得岔气。

"找人。"戴蓓蕾用目光瞥了男子一眼。

"找谁？看我能不能帮到你。"男子用手指头挠脸上的粉刺。

"一个朋友的朋友，遇到些麻烦，只有一个朋友可以帮到他。他只告诉我他的特征，没有真实的姓名也没有地址，没有联系方式，只是告诉我，他经常在酒吧出没。"

"这是绕口令吗？你这个朋友有病吧！"男子仰起头左右晃着说。

"的确有病，有病的人才需要人帮忙。"戴蓓蕾没被他的痞气干扰，思维清晰。

"经常出没酒吧的人，酒水推销员？"男子在认真推测，想问题的样子像要调动小宇宙。

"除了推销酒水，还可以推销什么？"

男子从兜里掏出一张卡片，上面印着只穿内衣搔首弄姿的女人。他晃了一下卡片又揣进兜里，脸上挤出笑，说："她们都是自愿的，我只赚个信息中介费。"

"除了这个，还可以推销什么？"

"有的，有的，这就比较隐蔽，比如K粉、麻果、摇头丸、啪啪水，还有各种变种，也不叫推销，就是打窝子蹲点，愿者上钩。""疙瘩脸"紧张起来，故意压低声音说，"看你这么清秀一个黄花闺女，问这个搞么事？"

"你自己说的啊！"戴蓓蕾说着举了下杯，男子连忙举杯和她碰了一下。

"你找的那个朋友长什么样？""疙瘩脸"认真听起来。

"没有见过，只听说头发跟你的差不多长，带卷卷，可能是自来卷，个子呢，接近一米八，长得很壮实，会唱一首歌——《成吉思汗》。"

"《成吉思汗》？这歌我没听过。"

戴蓓蕾把前几天找到的这首歌从云歌单里调出来，点击播放。在嘈杂的环境里，歌声不太清晰。男子把头歪着，脸几乎贴在手机屏幕上听着。

听歌时，戴蓓蕾四处张望搜寻起来。

男子听完歌后思索着说："好像听人唱过这首歌。"

"你想想，在哪儿听过？"戴蓓蕾精神起来。

"慢灵魂？悲情城市？嗨吧嗨吧？"男子皱起眉，吐出来一个个酒吧名字，又摇头否定。

"卷头发的人呢？"戴蓓蕾提醒他。

"卷头发挺多，唱歌的，不是光头就是卷头发。他叫什么？"

"大卫，都叫他大卫！"戴蓓蕾觉得可以适当提醒一下了。

"大卫？是个老外？"

"不是老外，叫大卫，可能是留学回来的，会德语。"

"我去，还德国'海带'，这稀罕了！这么高端的人才，怎么到酒吧来混生活。""疙瘩脸"仰头喝了一大口小瓶啤酒，有点莫名兴奋起来。

"你叫什么？"戴蓓蕾微笑望着他。

"我？"男子用大拇指指着自己的下巴，很惊讶，好像自己没有名字。

"对啊，帅哥，你叫什么？"戴蓓蕾带着嘲讽的语气。

"开玩笑，开玩笑，我这样子还帅哥，不过有姑娘伢喜欢我这样，说我有沧桑感，有魅力。"

"你叫什么名字？"戴蓓蕾盯着他。

"劳力士！"男子说着还举了一下胳膊，她以为他要展示手表，他却攒起肱二头肌，展示力量。

"这是手表名啊，就叫这个？"

"我嘛，姓劳名力，劳力。他们叫着叫着就成了劳力士，那有什么办法，人在江湖身不由己。"劳力士撇嘴。

"这就身不由己了？"戴蓓蕾笑着问，"你再喝点什么，我请客。"

"不可能，怎么能让美女请客！"劳力士说着，站起来，打起响指招酒保。

戴蓓蕾先说话了，要了两瓶银龙泉"红颜"。

"那好，听你的，有美女请我喝一杯，又可以吹牛了。"劳力士嘿嘿笑的样子显得单纯。

"不是白请的，你不是每个酒吧都熟吗？帮我注意大卫，如果发现了他记得跟我联系。"说着，戴蓓蕾调出微信来，让劳力士扫。

劳力士乐颠颠扫了微信，看见微信名为花朵，问："你叫什么？"

"你就叫我花朵、朵朵，都行。"戴蓓蕾晃头无所谓的样子。

"花花呢？"劳力士坏笑着。

"花花不行。"戴蓓蕾回到矜持的状态。

"你做什么的？"

"中学老师，不是告诉你了吗？"

"别逗了，肯定不是老师。"

"为什么？"

"不为什么，我天天跟各式各样的人打交道，仅凭嗅觉就知道一半。"

"那让你帮我找人，算是找对了。"

"可我凭什么帮你找，朵朵？"

"找着了有报酬。"戴蓓蕾神秘笑着。

"什么报酬？"劳力士涎皮赖脸的样子，凑上来盯着她笑。

"肯定有，提前告诉你就没有惊喜了。"

"好的，你说的，有惊喜哈，美女！"劳力士举起酒杯。

有人叫劳力士。劳力士连忙站起来，满嘴喊着："水哥、水哥，你又在哪里发财？"拿着酒杯走了一会儿，回头望了望戴蓓蕾，举着手机，说："我去打个招呼。"说着向一个浑身只见胸大肌的毛寸头走了过去。那男子朝戴蓓蕾这边望了一眼，就径直往里面包间去了。劳力士往那边小跑起来，还不忘转头对她说："你别走哈，等我回来！"

喝完一瓶啤酒，戴蓓蕾头微晕，她觉得自己没有准备好就贸然来了酒吧。不过当自己坐在这儿时，好像一切又无师自通。

听了一会儿歌，戴蓓蕾莫名有些紧张，感觉刚才自己破绽百出，劳力士或许有觉察早借机跑掉了，等他回来时可能就走不了了。

她起身匆匆离开了酒吧，出门疾走了一会儿，再回头看，有一男子紧跟着，显然不是劳力士。

戴蓓蕾走到前面灯光处，随着两个遛弯的老人一起走。那个男子径直从身边走过去，她虚惊一场。这时候她的微信语言响起，她看了是劳力士的，犹豫一会儿没接。

满脑子缭乱，她不知道劳力士找她有什么事，那个水哥又是干什么的。戴蓓蕾吹着江风，独自走在空旷的地方，心情渐渐平复下来。她戴好蓝牙耳机，把手机录音文件点开，在一片嘈杂声中，她能够听清和劳力士的对话，还能听出自己在什么地方有些心虚。

听完录音，戴蓓蕾镇定了许多，她查看微信，劳力士留言：朵朵，你怎么那么快就跑了。介绍你认识一个贵人——水哥，他觉得你很正点！

戴蓓蕾没有回复，她思忖：水哥隔着那么远，只是瞟了一眼。再联想到劳力士的皮条生意，不觉感到恶心，把微信留言直接删掉了。

这时候江心传来一声轮船的汽笛响，戴蓓蕾长舒一口气。

# 二十九、老闯

货车原路返回，似要甩掉什么。

李明杰叮嘱小贺咬住，又不要让他们怀疑在跟踪。大货车往回开了约一半路程，顺一条麻石路右转，不起眼的路牌上写着"麻镇"。

SUV加速进麻镇，在前方十字路口遇到车祸：一个骑电动车的年轻人强行过马路，被一辆客货两用五菱面包车给蹭了，人躺一处，电动车躺一处。看热闹的人多，道路很快就堵死，人行道反倒空了。

眼看要耽误"吊线"，李明杰让小贺开车冲上人行道，绕过去继续追。

SUV底盘高，车咯噔一下就骑上了人行道，像犯了错误似的灰溜溜绕过人群，然后又马上回到正路加足马力开。

四周是山，麻镇安卧低洼，手机信号很弱。李明杰操控着地图软件，到处寻找定位仪，却没有发现信标。

"麻镇就这么大，他跑不了。"李明杰说，"大家注意看路上标志，我们要在这里扫街了。大磊，咱们一人负责看一边；小贺，你20迈悠着。"

镇上到处都是停车场，私家车就停在自家门店或马路牙子上。半吨小货车多停在十字路口四周，等待雇主来派单。几乎没有看见两吨半以上的大货车，更别提五吨、十吨的了。

SUV像耕田一样一条条街道开，如果遇到带院子的楼，李明杰或大磊就会下车往里走，被看门的拦就说内急找厕所。小镇上不到万不得已不宜掏警察证，否则就会惊动四邻引起围观。

几条主要街道都扫遍了，还是没有发现大货车踪迹。李明杰站在基站高塔旁边不停刷定位软件，发现磁吸定位仪在地图上闪烁，还发出嘟嘟提示音，位置显示在洗煤厂。

李明杰让小贺马上驱车赶往洗煤厂。

镇不大，五分钟就找到了洗煤厂，依着山势占了一片大坡，用水泥铺地。煤堆在高处，旁边有一排传送带和大铁桁架棚子。

没有机器运转，只有两把高压枪在喷水。两名洗车工穿着红黑运动短裤，光着膀子，提着高压水枪对准一辆煤灰色的大货车猛冲。水里勾兑了清洗液，车表面溅射出泡沫随水落地，铺成了一地雪花。

大货车露出了本色，从车牌看，不是那辆失踪的蓝色福田欧曼。.

李明杰又刷定位软件，定位仪还在闪烁，就在自己站立的位置，他盯着自己的鞋纳闷。

洗完澡的大货车缓慢前行，司机从驾驶室里掏出一百元来。一个持高压水枪的兄弟上去接了，顺手递给司机五十元。

"这儿洗车真贵啊！"大磊感慨着。

李明杰走到那片湿地上，手机信号还在闪烁。大货车走了，留下一片逐次破灭的泡沫，那个黑黑的磁铁定位圆盘出现了，他走过去捡起来。大磊也注意到了，快步走过去。高压水枪意外地把定位仪冲刷掉了。

"你们洗车吗？"一个光膀子的兄弟问。

"洗！洗！"李明杰连忙回答。

小贺把车开进泡沫里，一个兄弟扣动扳机，高压水枪开始喷射车屁股，小贺连忙关前面的窗户玻璃。

"生意还好吧？"李明杰退到一旁，问坐在一个油桶上抽烟的光膀子老头，他松弛的脸和紧实的肌肉完全不协调。

"洗煤不行了，山里煤矿都关得差不多了，不让采，只好洗车！"

"洗车生意还不错吧！"

"堤外损失堤内补，只能这样了。"光膀子脸上有虫子爬，他挥手扫了一下，抬头问李明杰，"听口音，你们是从江东市来的？"

"嗯。今天洗了几辆了？"李明杰问。

"没记，不多，今天不是周末。你们大远路来搞事？"光膀子继续问。

"考察矿。"李明杰掏出烟来和光膀子老头一人一颗，再给光膀子点上，接着说，"今天有没有一辆蓝色封闭货厢的大货车来洗车？"

"有，老闯的车，怎么，你们找他拉货？"光膀子眼神专注起来。

"嗯，我们矿石污染大，需要封闭大货车。听镇上人说，就他的车封闭性最好，车厢里还有空调。"

"你们这样找多费劲，我有他手机号！"说着，光膀子老头拿出手机来大声念。李明杰内心一阵小激动，真是得来全不费工夫。

"你们去家里找他，一定提我哈，他刚拉完一笔大活儿回来，估计回家了。"老头告诉李明杰，老闯住在麻镇百合街，车就停在门口，一看就知道。

听到这里，李明杰心里一惊，难道那辆车已经在观音货场卸完货了？

洗完车，李明杰命令小贺马上驱车到百合街。

百合街是一片住宅区，没有那么多商店和人流。一层有个入口，有车的就把车停自己的楼下，人都住在楼上。

那辆洗干净的欧曼正清清爽爽歇在一户门前。李明杰让 SUV 停在离老闯家三个门脸远的地方，跟大磊和小贺说："他虽然运输邻酮，可我们对谁是货主、拉去干什么都不清楚，先稳住他。"

大货后门开着，等李明杰走近时，一个女人结实的屁股退出来，原来她在用一个拖把仔细拖货厢里面，一股邻酮气味还在。

她拖完下车，发现车尾站着三个人，略带惊奇地问："你们用车？"

"嗯，找老闯。"

女人皮肤白皙肺活量大，握着拖把仰头冲楼上中气十足地喊："麻瞌睡，下来，有人跟你谈业务！"

"怎么，他不叫老闯？"

"老撞(闯)，再撞就破产了，那是他的外号。以前开拖拉机、小货车，瞌睡分分的，总是撞这儿撞那儿，只是没撞死人。"女人抱怨。

大磊和小贺笑开了，李明杰夹着包跟着笑。

老闯从二楼阳台伸出头来，眼睛眯着，瞌睡刚醒的样子，问："刚要睡着，哪个找我？"

李明杰像个老熟人，挥了手包，说："老闯，是我，下来谈谈。"

老闯缩回头，不一会儿，听见楼道吧嗒吧嗒的声音，老闯只穿条短裤、趿拉着鞋下来了。他睡眼惺忪的，还用手背抹眼睛。

"是你们啊，旅游怎么旅到麻镇来了？这儿有个么看头！"老闯还记得李明杰。

李明杰掏出警察证，老闯一下子睁大眼睛瞪着，压低声音，问："你们搞错了吧？你们不是旅游的？莫拿假警察证唬我！"

"别紧张，我们只是了解下情况，莫在门口说，进屋里。"李明杰强硬建议。

老闯望了媳妇一眼，喊了一声："你去该（街）上割块肉回来，家里来了客。"

女人关了车门，回后面水池放好拖把，拖了个买菜小车向街上走去，一步三回头地看他们。

"你吸毒！"李明杰在屋里坐定，来了个下马威。

"没有，没有，我就是瞌睡多。我这种大货车体大，白天路上堵，都是开夜车。今天如果不是翻了车，不会弄得这么晚，早就回家睡觉了。"老闯语速加快，给自己辩解。

"需要拉你去抽血化验吗？"李明杰板着脸。

"我那个不叫毒，烫点烟提神，我们大货车司机都这样提神。"

"你好好跟我们配合，如果中毒不深，痛改前非，不拉你去戒毒所。"

"千万别，这一家老小全靠我养活，除非你把一家子都拉去住在戒毒所里，要不他们都得饿死。"老闯愁苦着脸。

"那好，我问你的问题，你要老老实实回答。"李明杰口风严厉。

"只要我晓得的，都告诉你们！"老闯诚恳地点头。

"你这个车给谁拉料头？"

"不晓得。"

"不晓得？谁给你付运费，你不知道？"大磊急了，眼睛瞪起。

"哦哦，这个我知道，观音货场的胡老板，每次货进了他的院子，他就给我结账。"

"货呢？在货场？"李明杰追问。

"不在，那儿只是临时堆放。许多小车、三轮、农用车、拖拉机，各种工具，他们能装一桶算一桶，反正就分了。"

"分到哪里了？"

"不知道，我只管拉货。"

"你有邻酮专门运输证吗？"

"有的，有的，我去给你拿！"老闯快步起身，跟跄了一下。

李明杰望着老闯光着膀子小跑到车旁拉开驾驶室的门，低头掏了掏，拿出一本墨绿色本本，跑回来递给他。

李明杰打开本本，上面写着"中华人民共和国道路危险货物运输许可证"。

李明杰说："谁给你办的？"

"还是老胡。"

"他为什么给你办？"

"他搞货场，有路子。"

"不完全是有路子吧，我看这个证办下来只有六个月，是专门为邻酮运输办的吧？"

"当然，我以前拉沙子、拉煤根本用不上这个证。"老闯释然一笑。

"你从哪里上货？"

"伏江化工，老胡指定我去那里上货，拉到他的货场，我就赚点辛苦钱！"

"你烫的那个东西叫什么？"

"我好久没有烫了，有些司机说那个东西有毒，中毒人就瘦，最后就有得一点力气了。"

"你就直接回答我，叫什么？"

"一个白白的粉末，像化肥，我们就叫它化肥精。"

"你又不是农作物，要什么化肥，再想想！"大磊不耐烦了。

160

"氮、磷、钾，安钾，安钠钾！嗯，安钠钾！"老闯点头肯定。

"我猜就是这个东西，能够保证不吸了吗？这个东西能让你神经中毒，一旦中毒，你这辈子就完了。"李明杰说。

"嗯，我忍了一段时间没烫了，太便宜的东西肯定有毒。"老闯丧着脸。

"还有，你该去伏江拉货就拉，千万别停，就像我们没有找过你一样，也别告诉老胡，记住了！"李明杰严厉叮嘱。

"明白，不打草惊蛇。"老闯讪讪说着。

"你别想多了，放松一些，邻酮也是工业用品，没准儿老胡他们就是在生产合法的产品。你记住了，就像什么也没有发生一样。"

"嗯，晓得，晓得！"老闯连连点头。

"如果在街上遇见我们，假装不认识，就算撞到一起了也只有点头缘，我们还是旅游的，懂吗？"

"懂的，懂的，潜伏嘛。"老闯不停点头。

"你看电视剧看多了。你应该把我们是警察都忘掉，我们警察就没节假日，就不能出来旅游？"大磊说。

"那是！那是！"老闯讪讪笑着，反复搓手。

离开老闯家，三人上了车，小贺握着方向盘问："李队，我们现在去哪里？"

"观音货场，今晚我们还是住在那里。"李明杰说着，拿着定位仪反复看。

老闯站在门口目送着，直到他们的车消失在视线里，他的魂儿也跟着走了。

# 三十、演技

蹲点和卧底的警察都是老戏骨，老戏骨演戏演砸了不死人，警察演砸了丢命。

有一次，大磊为了蹲守酒店针孔偷拍爱好者，硬是在楼下报刊亭充当了三天报童。李明杰最显赫的战绩是跟踪人贩子，迷得女人贩子死活要嫁给他，这是戴蓓蕾听得最多的办案逸闻。最近她总在白天期待黑夜到来，站在自己之外审视自己。上次酒吧遇劳力士让她明白了灰色地带运行的逻辑，觉得自己对此洞若观火，信心悄然升起。

藏蓝、浅蓝、青白，她发现衣柜里缺了些颜色，下班路上就冲进街边服装小店。她说服自己：一名合格的警察必须是演技派，她不敢肯定上次跟劳力士见面是否因演技欠缺让他生疑。

大学时，戴蓓蕾听见男生说"泡妞"二字就脸红，母亲从来不让自己吐半个脏字。在同学眼中，她是个黑白分明、不解风情的女孩儿，看《悲惨世界》也会偷偷流泪。父亲知道女儿的性格，盼她毕业后也进入检察系统，可等到她毕业那年检察系统内部忙着调整，许多老熟人都换了岗。他找人让她进公安系统也是权宜之计，而且有老杨罩着，这个宝贝女儿像一张白纸，见见社会也不是坏事。

戴蓓蕾正在试穿一件长度只齐肚脐、浑身亮片像金缕玉衣的无袖上衣，此时手机在口袋里弹跳。

"你在搞么事，半天不接我电话？"严倩劈头盖脸地问。

"我想添两件像样的衣服。"

严倩惊诧了，问："你要衣服搞么事？"

戴蓓蕾佯作生气："我不是女人啊？"

严倩笑了，说："我不是那个意思咧，像你们这种穿衣服不花钱的体制人，干吗买衣服穿呢？你挣那点工资买几件不怎么穿的衣服多浪费，要不你到我这里来看看，喜欢哪件拿哪件，不喜欢再回来换，岂不是两全其美？"

"嗯，你这个主意真是蛮不错。"

严倩这个大律师同学在读书时就是衣服架子，五十元的衣服可以穿出五百元的气质来，都特有女人味儿，正是自己寻觅的风格。

戴蓓蕾放下手上的"金缕玉衣"，抬脚打了辆车，到严倩所在的江畔花园。

毕业不到三年，严倩就购置了一套五十多平方米的江景房，首付了一半，剩下一半贷款二十年。走在以椰树为主要绿植的小区里，似乎闻到了椰子的香气，江畔花园让戴蓓蕾意识到严倩和自己之间真正的差距。

按了门铃，严倩开门迎接，笑盈盈牵着她的手，让她有些小感动。自从入警队以来，她偷偷养成了刚强的一面，再也没有像学生时代一样和女伴手牵手上卫生间了。

坐在大圆沙发里整个人都软了。严倩给戴蓓蕾端来一杯刚刚榨好的果汁，红的、白的、黄的果粒，不知有几种水果泡在乳白牛奶里。

"晚上我就喝这个当晚饭了。"严倩自己也端着果汁，小喝了一口。

戴蓓蕾缩在沙发里没法喝，坐直身体喝了一口，打量起严倩的小窝来。

"你把自己弄得蛮舒服啊！"戴蓓蕾带着赞叹的眼神环顾。

"马马虎虎，你爸还在检察院有退吧？"严倩随口说着。

"还有两年退。衣服在哪儿，我去看哈子。"戴蓓蕾直奔主题。

"莫急，莫急，我先去整理一下。"

"不用整理，就第一现场，让我看看你这个大美女律师的衣柜。"戴蓓蕾乐着说。

"等一下子，里面乱得很！"

"怕啥啊，该不是藏着什么见不得人的吧？"

"没什么见不得人的，来看吧。"严倩在前，戴蓓蕾在后，两人嘻嘻哈哈走进卧室。

卧室里除了床，就是一个顶到天花板的大衣柜。严倩拉开推拉门，靠在一端，说："戴警官，这些格调低俗、花里胡哨的衣服，你看得上吗？"

戴蓓蕾眼神专注扫视着，走上前去摸着一件毛茸茸的内衣问："这个怎么穿？"

"讨厌，这个就是买着看的。"严倩脸都红了。

"那这件皮的呢？"戴蓓蕾又拉着一件髋部挂满银色圈圈的红皮裙。

"这些衣服，很多都是应酬一次就扔那儿了，并不代表我真正的审美趣味。"严倩把这些衣服往里塞，好像它们让她丢死人了。

"你还有趣味，我什么味儿都没有了，倒是开始有男人味儿了。"戴蓓蕾边挑边说。

"我就喜欢你这男人味儿。"严倩夸张地从后面抱了她一下，戴蓓蕾浑身发痒，笑嘻嘻地挣脱了。

"这次来，我就专挑格调低俗、花里胡哨的。"戴蓓蕾一本正经地说着，手摸着那些长短不一、颜色缤纷的衣服。

严倩用奇怪的眼神看着戴蓓蕾，说："你要勾引男人？"

"目的嘛，保密！"

"别看这些衣服看着不怎么样，每件价格可不低，不过也都赚回来了。"

"怎么说？"戴蓓蕾摸了一件低胸V字领孔雀蓝短袖衫，转过来看，衣服背后开衩更低，一直到了后腰。

"来来，这个穿上试试，这件衣服为我赢得了一年六万元顾问费。"严倩得意起来。

"什么顾问费啊？"

"常年法顾啊！"

"干些什么呢？"

"什么都不用干，这些老板顾得就问顾不得就不问。不过有些老板遇到困难和压力，喜欢跟我聊聊天，我是律师，他们知道我有守口如瓶的操守。"

"原来你干的也是陪聊啊！"戴蓓蕾戏谑。

"你可别想歪了，我可是卖艺不卖身的。"严倩摸着不同的衣服说，"我刚毕业没多久，一个隔代师兄介绍了一批企业老总，让我做他们的法律顾问。啥也不干，一个月两千元，十家，你算算。"

"你这么快就成万元户了，打土豪不打你打谁？"戴蓓蕾一件件衣服扒拉打量着。

"也没那么容易，每接一个活儿就得出去吃顿饭，这些老板也不能说都是土老板，吃饭喝酒也是必需的啊。"

164

“除了吃饭喝酒，还干些什么？”戴蓓蕾认真地望着严倩。

“你别这么看我好不好，好像我干了什么见不得人的事儿！”严倩一脸无辜的样子。

“我可没说，我想看看你能不能帮到我。”戴蓓蕾神秘一笑。

“帮你干吗啊，正义的警察同志？”

“跟你明说了吧，我在跟踪一个贩毒案，从种种迹象看，这个团伙在酒吧里发展业务。我想在酒吧里认识些人，布线抓毒贩头子。”戴蓓蕾一脸认真。

“抓毒枭就这么简单？你太小儿科了吧？”严倩心不在焉看了她一眼，审视着衣服，好像有些衣服她都不记得穿过。

“见着就抓，那还有多复杂？对了，你教教我，怎么让人相信我是个混酒吧的女孩儿？”戴蓓蕾拉着严倩的双手说。

严倩歪着头：“就你？我劝你死了这条心吧。你知道，在大学时为什么每个女生都有那么多八卦，就你没有吗？”

“为什么？”戴蓓蕾好像第一次听到这个八卦。

“因为我们都被你那男子气概给征服了啊，瞧你两道剑眉、一脸正气、两袖清风的样子，去酒吧，别人以为你是男扮女装呢，早就把人吓跑了。”严倩说着大笑。

“我这腰不是腰、窝不是窝吗？”戴蓓蕾没有笑，反倒扭起腰身。

“逗你玩儿的。你这身材也算女中豪杰了。”严倩疯劲儿上来，掐着戴蓓蕾的腰窝笑岔了气。

“好吧，被你嘲笑够了，往事莫再重提。我已经是这样了，你看能不能废物利用，教我怎么改造改造下外形，换换衣服，再传授我些演技？”戴蓓蕾噘起嘴说。

“你这个样子就有救了。”严倩用手指做成枪的样子指点着退后，蹲下身从床头小酒柜里掏出一瓶红带威士忌，熟练拧开酒瓶，举起瓶子含了一口酒，对着戴蓓蕾一阵细喷。

戴蓓蕾如入酒浴，满脸细密酒珠子，刚要发作，严倩用手撩起戴蓓蕾的齐肩短发，说：“你还有人间欲念，修行还不够彻底，还有救。来，我给你先改造下发型。”

“别，别乱来！”戴蓓蕾紧张起来，怕严倩真把她的头发剪乱了。

"我刚买了一个高级脱毛推子，来，给你试试！"严倩从床头柜抽屉拿出一把推子来。

"讨厌，讨厌！"戴蓓蕾红着脸躲闪着，严倩揪住她的胳膊，两个人倒在床上相互挠痒痒。


疯了一阵子，两个人从床上起身。

戴蓓蕾说："好吧，从头开始，你给我设计个发型吧。"

严倩一脸坏笑，故作正式，让戴蓓蕾坐在一张圆凳上，就着穿衣镜，身上围着一件塑料材质的做饭围裙，给戴蓓蕾理了一个寸头。

在镜子里，短发戴蓓蕾的脸型与发型的比例更加合适，显得她楚楚动人，像一个削发为尼的美人。

"小尼姑年方二八，正青春被师父削去了头发，我本是女娇娥，又不是男儿郎……"严倩望着戴蓓蕾念念有词。

戴蓓蕾望着镜子里的人愣神，想不到自己剪掉头发反倒有几分妩媚。她突然想让李明杰看见自己这个样子，这样的念头吓了她一跳。

"别急，这样还没有戏，来，你稍等。"严倩打了个响指跑开了，不一会儿，她从化妆台拿来一盒彩妆，几下涂抹，给戴蓓蕾大大的眼睛下部涂上烟熏色，往眼角外扫一道若有若无的桃红。又不知从哪儿拿来一张小贴纸，贴在右肩头上，小喷壶喷了些清水，把一层薄膜揭掉，肩上就出现了一朵俏丽的靛蓝玫瑰。

"有了这个假文身，你就是真太妹了！"

"呵，你这水平，不去当美妆师浪费人才了。"戴蓓蕾看着镜中的自己有些小兴奋，恍惚中好像那个人不是自己。

"别动，别动，还没好，来穿上这个。"说着，严倩从衣柜摘下那条黑色皮短裤，裆部有一道闪亮的拉链，非常惹眼。

戴蓓蕾说："你干吗，真把我打扮成做皮肉生意的啊？"

"卖皮肉的才不敢这样穿呢，你穿着这身去酒吧，绝对回头率奇高，没点儿身价的烂仔还不敢招惹你！"

"听上去好像有些道理。"戴蓓蕾接过皮裤，要进洗手间穿。

"躲啥啊，在大学澡堂谁没见过谁，你就在这儿穿吧。"严倩嘲讽她。

"不，我不！"戴蓓蕾脸红到脖根儿，拎着皮裤去了洗手间，出来时那件皮短裤紧紧裹住她匀称的黄金三角区，上下曲线都刚好贴合。

"戴妹妹，我都要爱上你了！"严倩说，"你当警察，没浪费人才，浪费身材了。"

"什么意思啊，我做卧底不正好用上吗？"

"卧底可不是靠色相，要靠脑子。"严倩指了指戴蓓蕾的头。

"什么意思，你说我缺脑子？"戴蓓蕾故作生气。

"你 IQ 值极高，EQ 值欠费！"严倩笑着。

"那你赶紧给我充值嘛。"戴蓓蕾故作撒娇状。

"好了，就这样，硬件差不多了，测试下软件。"严倩咬着下嘴唇，带着一脸诡异的表情走上来。

"你要干吗，喂，别乱来！"

"看看，你这样不行，你要无端发脾气，你太懂道理了，就不像个地道的女人。"严倩上下打量着戴蓓蕾说。

"无端发脾气？那怎么能行，人是要讲道理的。"戴蓓蕾一脸不解。

"人？你要跟那些人渣打交道，就要装得人不人鬼不鬼才行。"

"你怎么什么都懂？要不我请你去当线人得了。"

"你不知道我在警校曾经有多刻苦，钻研过多少奇葩无底线的人性堕落案例，当然也去过很多次监狱，我能不懂吗？"严倩一脸曾经沧海的表情。

"你去监狱干吗？"戴蓓蕾好奇。

"探视坏人啊，我是律师，你忘了？"严倩靠在门框上，说，"我就奉劝你一句，千万不要去接触什么犯罪分子，搞什么卧底，继续搞你的内勤挺好。"

"那你把我弄成这个样子干吗？"

"我喜欢你这个样子。"严倩笑得有些神秘。

"好吧，已经有一个人喜欢了，实话告诉你吧，我已经从内勤部门调到一线了。"

"你疯了？你爸同意吗？"严倩瞪大了眼睛，扶着戴蓓蕾的肩说。

"我没疯，我爸也没疯，我只是不让他知道。"戴蓓蕾笑着说。

严倩眼睛、嘴巴都张得大大的，半天才说出一句："好吧，我疯了。"

两个人走回沙发区，并排躺在大圆沙发里。严倩点了一根细烟。戴蓓蕾也主动点了一根，抽了一下连咳三下。

"不会抽就别抽。"严倩说，"大毒枭也有不吸毒的。"

戴蓓蕾望着天花板微笑了一下，好像对自己很满意。

"对了，蓓蕾，我有个大客户，是一个家族争夺股权的案子，老子、儿子、小三的儿子打成一片，闹到官府上了，我想提前从检察院内部了解下案卷，你能帮帮我吗？"严倩无意间说道。

"这我可管不了。"戴蓓蕾歪了一下头，没有看严倩。

"EQ欠费的表现，你别这么回答我。你应该说：'这个事情我帮你问问我爸，能弄到手的我尽力弄。'"

严倩一边说着一边用手揽着戴蓓蕾的肩，浓浓的酒气熏了过来。

戴蓓蕾有些尴尬，她绝对不会找老爸办事。这时茶几上的手机振动起来，戴蓓蕾拿起来看，已经有十几个未接电话，都是同一个电话号码，微信也有十几条，"劳力士"的哈士奇狗头像不停闪烁。戴蓓蕾急忙点开，只见劳力士在微信里写着一行醒目的大字，像开屏广告：朵朵，你想见大卫吗？想见就来找我！慢灵魂酒吧！

戴蓓蕾连忙起身，说："警服你帮我收好，我现在马上要离开。"

"你就穿这身排练服，直接当卧底去了？"严倩打趣道。

"怎么，不行吗？苏联卫国战争，飞机不是在红场阅完兵就直接飞赴战场了吗？"戴蓓蕾说着，已经在门口努力套严倩的一双红色高跟鞋，塞了几次终于塞进去了。

"喂，喂，你真是不疯不魔不成佛！"严倩声音未落，门"哐当"一声关上了。

严倩坐回沙发里，往高脚杯里倒了大半杯威士忌，再缓缓注入喉咙里。她像个寂寞的公主，瘫软在沙发里，只有手在摩挲、寻找，终于触碰到了手机。似乎长了眼睛的手指点击了几下屏幕，电视柜旁的蓝牙音箱播出了一首歌曲，歌中唱道：

喜欢容易凋谢的东西，像你美丽的脸

喜欢有刺的东西，也像你保护的心

你是清晨风中，最莫可奈何的那朵玫瑰

永远危险也永远妩媚

# 三十一、钚

月光下，观音货场阒寂，山风吹来，浑身掠过清凉。

李明杰喜欢这里的静，这利于他整理思路，他决定明天直奔皮少军家。

戴蓓蕾发来一张照片，她剪了一个圆寸头，穿无袖V领上衣，胸针露出一个剑柄，清新的样子让李明杰感到赏心悦目。微信上留了一句：李队，我改头换面，感觉如何？

"失败的洗剪吹，只好改成短发了吧，注意形象。"李明杰发了个吃瓜表情。

两分钟内没见戴蓓蕾回复，他忙撤回再发："为之一振！"戴蓓蕾还是没回。

李明杰站在货场高处向远方俯视，有几点亮光引人注目，分不清是灯还是星。突然，远处跳出两道光柱，忽左忽右，消失后又突闪，一辆车正在山间盘旋。

手机屏幕有节奏地闪烁，李明杰接起电话。

"李队，有重要情况！"电话是物证科黄练打来的，声音紧张。

"怎么？"李明杰蹲下压低声音问。夜晚户外像个大共鸣箱，每句话都被放大。

"黄铜打火机！"

"怎么啦？"

"打火机发射出了粒子射线，蛮强大，像一个手电筒打在感光胶片上，白森森的一束，黑（吓）倒我了。好家伙，我连忙穿了防护服，戴上护目镜，小心检查了几遍，在打火机尾端发现一个小螺丝，拧开一看，从里头掉出了一颗灰黑色的东西。我还以为是颗打火石，用镊子夹着反复看，肯定了不是打火石，后来干脆直接对颗粒做放射性测定，发现辐射就来自它。"黄练一口气说下来，带着兴奋。

"那这颗东西到底是什么？"

"我们判断不了，后送到物理所鉴定。他们通过光谱测定，说这是一块纯度很高的钚！"

"钚？钚是什么？"

"简单说，钚就是造原子弹的物质，放射性极强，那枚投到日本长崎的原子弹就是用钚做的。"黄练努力解释钚是什么，但显得力不从心。

"好家伙！什么仇什么恨，连原子弹材料都用上了！"李明杰轻声嘟囔道。

有沉重的脚步声靠近，李明杰回头看时，一个人影打着手电筒走过来，前面是一条耳朵锥尖的黑狗领路，逆光中像狼。

"好、好，老黄，就这样，你一定要保存好它！"李明杰赶紧挂了电话。

手电筒打亮了停在院子里的车，也一度打亮了李明杰。人影走近了，他体形高大，嘴上叼着一颗烟，大夏天穿着一双劳保鞋，或许是为防蛇。

"还冇睡？"男子口音浓重。

"睡不着，老哥，皮家冲怎么走？"巡夜人是店堂的伙计，他给他们端过面条。

"那还蛮远咧，去皮家冲搞么事？"

"谈生意。"

"你从门口这条路下去，一直走到头，右拐，看到水库，沿着水库开，钻过了隧道再去问。"老哥毫无表情。

"好，晓得了，货场生意搞得好吧？"李明杰随口问。

"胡老板的生意，好不好我不管。"老哥的语句像轧煤机一样干脆有形。

"胡老板在吗？"

"他一星期来一次吧。"

"现在交通这么发达，货为什么不直接运到目的地？"

"你冇进过山的不晓得，路稀烂，大一点的货车就进不去。三轮、农用车还勉强，有些货到里头就得换小车转运了。"

"哦，你看我那个车，能进山吗？"

"哪个？"

"那个黑色的 SUV。"

"不见得行，皮家冲在蛮里头，要过了观音沟。"老哥打着手电走了，狗嗅嗅李明杰的裤管也走了。

李明杰蹲下来抽烟，他惦念打火机的情况，那可是燕燕姐从德国给辛叔寄回来的，里面怎么可能藏钚？打火机几年后为什么又从辛叔家被人带走，难道有人稀罕这一小块钚？

应该错不了，黄练也是取证老手，谨慎、仔细、讲原则出了名的。看来，辛叔的病是有人投放了放射性钚引起的，李明杰对放射性和癌症之间的关联略知一二。他想应该马上给辛叔拨一个电话，翻找号码时又犹豫起来：拨通了电话给辛叔说什么呢？告诉他患癌是因为那个打火机？那不是女儿给他的吗，她怎么会害父亲？除非视频里那个口口声声叫爸爸的女儿是假的！而且，如果打火机里真有一个阴谋，一切业已完成，打火机也离开辛叔躺在物证科密码柜里，该给他说什么呢？他有种不祥感，觉得还是要打一个电话。

过了十几秒辛叔才接起电话，从语气里听得出来是被吵醒的。

"小杰，这么晚来电话，有什么急事？"

"没事，做了个梦，不踏实，给您打个电话。"

"打火机谁拿走的查清了？"辛叔一点儿也不含糊。

"燕燕姐还来视频吗？"

"来啊，昨天还说是她生日，我都忘了，给我看她的蛋糕，请我在视频上吃蛋糕呢。"

"哦，那就好。"李明杰不忍或者不宜说出真相，毕竟这个真相存疑，怕辛叔听了后操作不好打草惊蛇，反而危及安全。

两人沉默，李明杰想客气两句就挂，还是忍不住问："辛叔，翠姐还在您那儿吧？"

"还在，怎么了？"

"发现她有什么异常吗？"

"没有，看上去她也没有发现我们取了她的指纹，就像没事儿似的，每天按时按点来。"

"她最初到您家里来的时候，燕燕姐送您打火机了吗？"

"她比打火机晚，去年才来，我查出病了，你辛婶觉得家里需要个帮手她才来的。"

"哦，辛婶经常不在家，我还是不太放心您，要是我们直接问讯翠姐，您觉得如何？"

"我看没必要。如果她有什么问题，还没有露出狐狸尾巴，不惊动她为好。如果她真有问题，恐怕早溜了。"

"我还是担心您的安全——"

"我都是已经要死的人了，谁对我有仇有恨也不必费那个手了。不过，我还不想就这么死咧，我的打火机为什么出现在刘浩的酒店房间里，应该不是巧合。我活着，要像钓鱼的诱饵一样，帮你钓一条大鱼，那就算我人之将死还发光发热，我巴不得咧！"辛叔说着爽朗地笑起来。

辛叔的一番话既让人感动、佩服，又让人心疼。李明杰知道这就是辛叔的脾气，他是个遇到敌手就越发刚硬的人。

# 三十二、溜冰

　　慢灵魂酒吧是一家清吧，以米黄与咖色装饰，光源躲在暗处，显得柔和又神秘。空气中播放着披头士的某首曲子，一股老派的慵懒气息。

　　当戴蓓蕾出现时，劳力士已经在不起眼的角落等了半个小时了，这位置符合戴蓓蕾的选择标准。

　　今晚劳力士穿了一件有领有袖的白衬衣，除了扣子不等距排列，其他都算正常。他把披肩发打薄，焗油，让它们安静又温和，看起来他真像披头士中的某位到场。

　　戴蓓蕾款款坐下，不苟言笑，她发现劳力士脸上的痘痘更加勃发。

　　"这么晚，叫我出来有么事？"

　　"泡吧当然不是朝九晚五咯。"劳力士拿起桌上的酒水单，眼神忍不住上下瞟她，说，"你喝什么？"

　　"随便，软饮就行，有事说事吧，咱俩就别浪费酒水了。"戴蓓蕾快言快语。

　　劳力士点了一杯汤力水、一杯姜汁，还加了一份薯条、一份奶油爆米花。

　　两人之间出现了短暂的沉默，戴蓓蕾问："那天你偷拍我了？"

　　"干吗要偷拍，就是当着你的面拍的啊！"劳力士一脸皮笑肉不笑的样子。

　　"不要乱给人发，更不能印在你的卡片上，听见没？"戴蓓蕾突然觉得自己陷入了一个让人抓狂的圈子，有一刹那的情绪败坏。

　　劳力士充耳不闻，一脸殷勤地望着戴蓓蕾，说："你今天的样子真性感。"

　　戴蓓蕾带着气，故作凌厉，说："别想歪了，我一到夏天就这样，只是刚好让你赶上了。"

"我不误会，我误会什么了？"劳力士收敛了几秒，又开始夸张地笑，他始终给人在幸福之巅没有下来的感觉。

"大卫呢？"戴蓓蕾问道。

"我没说大卫会来啊。"劳力士一脸认真解释着，"我只是问你想不想见大卫。"

"你废话真多，当然想了！"戴蓓蕾故意显得不耐烦。

"你这个人一点都不懂照顾情绪，来了就是找大卫，我个大活人坐在你面前呢！"劳力士像条讨好主人的狗，晃着下巴。

"我托你就是找大卫，这个你又不是不知道。"戴蓓蕾辩驳道。

"那你给我的惊喜呢？"劳力士又咧嘴笑起来。

"你别急，惊喜肯定是在该出现的时候出现。你快说大卫在哪里，我看你是在骗人！"戴蓓蕾故作生气，觉得已经拿捏住劳力士了。

"我骗你什么了？从现在开始，不，从那天开始，我说的每一句话都是真的。"劳力士用饮料管敲桌子，一副有口难辩的样子，脸上疙瘩红起来，努力说，"我是骗过不少人，不过在你面前，我没说过一句谎话。"

"那你拉皮条也是真的？"

劳力士望着戴蓓蕾左右晃的肩停了两秒，慢慢肯定地点了两下头，说："你知道人生有多么复杂吗？"

"你觉得你做的这些就不违法吗？"

劳力士头扭向一边又扭回来，说："那你说什么不违法？不违法能赚快钱？"

"不扯了，告诉我，大卫在哪里？"戴蓓蕾遇到这样的情况就烦躁，她无心做义务普法员，罪恶不是靠苦口婆心就能够拦住的。

"我都不认识大卫，哪里知道大卫在哪里？"劳力士暗地里较劲儿。

"那你不是骗我吗？"戴蓓蕾及时嘲笑。

"我骗你什么了？你说，我骗你什么了？"劳力士辩驳时语速加快开始结巴，他急着在手机上翻了翻，点开一个视频，把手机平放在她面前的桌面上，说，"你自己看！"

戴蓓蕾凑上去看：一段酒吧现场视频，在复杂的光线下画面曝光不准，但舞台

175

上唱歌的男子依然可以看清。手机是站在舞台下拍的，舞台上的男子显得很高大，他横持话筒，一副指挥若定的样子唱着《成吉思汗》。他白色的、长袍式的亚麻燕尾衬衣，他卷曲的鬓角，他的一举一动，都跟李明星手机拍到的照片里的人神似。

"他在哪儿，快带我去找他！"戴蓓蕾依然保持着笑容，只是语气急切。

"你溜冰吗？"劳力士郑重地望着戴蓓蕾。

"会一点点儿。你问这个干什么？"戴蓓蕾心里打鼓。

劳力士神秘一笑，说："你会溜冰，见他可能更加容易。"

"他也喜欢溜冰？他在哪里溜？你带我去见他哟！"戴蓓蕾尾音故意拖了一下。

"你有男朋友吗？"劳力士反倒提了一个问题，脸上很认真。

"有又怎样？没有又怎样？"戴蓓蕾羞涩地笑着。

"有，就不带你溜冰，省事！"劳力士一脸老到的样子。

"什么逻辑？好吧，就算我没有！"戴蓓蕾低下了头。

"如果有人问你是谁，我就说是我女朋友。"劳力士开始认真交代去见大卫的规矩。

"你什么意思？"戴蓓蕾盯着劳力士。

劳力士把头一低，又一抬，说："为了省事，你是我女朋友，就不用解释了。"

"嘴上说说可以哈，不许占我便宜，我男朋友可是警察！"戴蓓蕾笑着说。

劳力士反倒笑了，说："那算你欠我一个人情，我只知道大卫经常在哪里出没，见不见得到就看你运气了。"劳力士说着起身。

两人出了酒吧，劳力士走向一辆摩托，又停下来问戴蓓蕾："你怎么来的？"

"打车。"戴蓓蕾说。

"你坐后面哟，免得跟我跟丢了。"劳力士已经启动了摩托车。

戴蓓蕾慢吞吞走过去叉骑在后座，拉着摩托车后座的手环。

劳力士轰了两下油门，腿一蹬就冲了出去。戴蓓蕾往后一仰，劳力士声音响亮："抓紧了，摔着了我可不管。"

车在滨江大道上疾驶，劳力士的头发被风撩起，时不时碰到戴蓓蕾的额头。车转过一道弯，戴蓓蕾紧张，劳力士兴奋地嚷着："朵朵，我相信你没有男朋友！"

"你还贼心不死！"

"没有人说你性格像男孩吗？"

"没有，我哪一点像男孩儿了，发型吗？"戴蓓蕾故意答非所问。

"不是，恰恰是你换了发型才让人觉得妩媚了。"劳力士说着，发出一串坏笑。

"别胡思乱想，好好骑车。"戴蓓蕾一本正经说着，劳力士嘿嘿笑个不停。

车下了主道，钻进狭长的人行过道。劳力士把车速降下来，说："朵朵，现在你后悔还来得及。"

"你什么意思？"戴蓓蕾惊讶。

"你知道溜冰是搞么事？"劳力士依然坏笑。

"这季节，不就是溜旱冰吗？"

"你是真不懂还是假不懂？"

路灯稀少，光线昏暗。劳力士缓慢停下车，一只脚支在地上，把脸侧转过来问戴蓓蕾。

"溜冰不就是溜冰吗，还需要懂什么？"戴蓓蕾依然一脸无辜，她觉得自己的演技真是无师自通。虽然自己没有亲自尝试冰毒，但是各种毒品的辨识培训，她还是学得很扎实的。

"你做我女朋友，我可以保你见到大卫，也可以保你想溜就溜、不想溜就不溜，你可以考虑一下。"说着，劳力士一只手搭在戴蓓蕾肩上。

戴蓓蕾轻轻甩了下，没有甩脱劳力士的手，她皱起眉来思考了几秒钟，说："劳力士，我觉得你是一个蛮有魅力的人，实话说，我没有男朋友，你给我点时间了解你，好吗？"

"那我建议你不要去溜冰，好吗？我再想办法让你见到大卫。"劳力士郑重其事地说。

戴蓓蕾犹豫片刻，说："劳力士，现在你配合我就行，就当我是你女朋友，好吗？"

"懂了，今天我们演个假情侣。"劳力士又驱动摩托，车缓慢行进不到一百米就转进了一个破旧小区，四处散发着泔水沤馊的气味。

夜已深，零星灯光从防盗铁栏窗户里透出来。

劳力士提前熄火，推着车进小区，走进一个门洞。他把摩托车停在楼梯下锁上，带着戴蓓蕾往楼梯上走。

有的楼层灯泡不亮，劳力士用打火机照亮，戴蓓蕾跟着，劳力士伸手来牵她，她说看得见。

到四楼走道第二间，劳力士停下来，戴蓓蕾贴墙站着，能感到自己的心咚咚响。门上挂着金黄色流苏坠子，怪异得像暗号。

劳力士站稳身子开始敲门，一下下很清晰。

没有人来开门，两个人对望了一下。这时候劳力士电话响了，他接上说："劳力，两人。"说完就挂了。

门开了道缝，一张精瘦苍白的脸望向外面，目光与劳力士碰上，手才取掉防盗链，把门轻轻打开。

劳力士侧身进去，戴蓓蕾紧跟，门瞬间关好。

劳力士问："鳑鲏来了没有？"

"没来。"苍白的瘦子说完，左右摇晃着肩自顾自往一个房间里走。

劳力士没有马上跟着进去，望了一眼戴蓓蕾，说："我已经说你是我女朋友了，你想溜冰吗？"

戴蓓蕾翻了一个白眼，故意显得无所谓。

两人进了一个大房间，里面是一圈沙发，中间有玻璃茶几。有三男两女，大多面黄肌瘦，各自斜靠沙发一端占据有利地形。开门的瘦子已经盘腿坐在茶几旁边了。

见劳力士进来，一个胖男人跟喝醉酒似的，嘴里呜噜呜噜不停说："劳力士，又换女朋友了？"

劳力士挥了下拳，说："河马，你个狗日的狗嘴吐不出象牙，么时候见我带女朋友来了？"

其他几人都不爱说话，偶尔凑上来拉起一根管子吸气。屋子中间有一个大球形瓶，所有管子从那个瓶里引出来，好像某种维生系统，周围坐着一圈低维生物靠吸气活着。

劳力士望了一眼戴蓓蕾，说："这就是溜冰。"

178

"溜一口，溜溜就知道了！"河马又开口了，嬉皮笑脸的。

"臭嘴，冰还堵不住你！"劳力士佯装生气，挥拳指着河马。

沙发上斜躺着穿花格子睡衣的女人，用眼神瞟了一眼戴蓓蕾，说："劳力，别祸害人家黄花闺女！"

劳力士脸急红了，说："我可没强迫她！"

戴蓓蕾皱起眉头，河马站起来，伸手拉过一根管，凑到戴蓓蕾嘴边，戴蓓蕾嗅了嗅转头做哕状。

"么样？怀孕了？"河马坏笑着。

劳力士殷勤地扶着戴蓓蕾往外走，找洗手间，不小心推开一扇门，里面一对男女衣衫不整正忙活，戴蓓蕾脸红心跳拉上房门。

戴蓓蕾在洗手间洗了把脸，望着镜中的自己，她假装恶心做哕，趁机躲到厕所里整理一下情绪。

从洗手间出来，劳力士毫不犹豫地牵起戴蓓蕾的手回到客厅。劳力士坐在一张沙发上，把脚伸到河马的裆部空处，说："鳊鲅哥几天没来了？"

"有几天了，你找他？"

"嗯，找他有点事儿，联系不上。"

"他已经不负责往这儿送货了。"

"么样？"

"不晓得，问水手去。"

"那现在谁送？"

"乌贼。"

"几时鳊鲅来了，你让他回我电话。"劳力士叮嘱道。

"好，我估计他不会来了。最近送货采取轮岗制，老大还怕他们吃黑，反腐反到这儿来了。"河马说着笑起来。

"哥儿几个好好嗨皮，走了哈！"劳力士起身，戴蓓蕾也跟着起身，劳力士搂着戴蓓蕾的腰往外走。

"你不够意思，货都给你备好了，来了也不溜一管就走？"河马抱怨。

劳力士和戴蓓蕾已经出了客厅，他从口袋里掏出两百元钱，说："份钱扔火锅里了。"客厅茶几上放着一个工艺插花瓶，像个不锈钢火锅。

下楼时，戴蓓蕾把劳力士的手从腰窝移开，劳力士嘿嘿笑。

在摩托车旁，戴蓓蕾问："找鳑鲏干什么？我是要见大卫！"

"我也要见大卫，可一般人见得到吗？鳑鲏是大卫身边的人，那段录像是他给我看的。不过，我肯定可以见着大卫，我能见到你就能见到，别忘了你要给我惊喜！"劳力士一脸讨好地笑。

"你跟鳑鲏认识多久了？"戴蓓蕾一副认真的样子问。

"许久，怎么？"劳力士收住笑。

"能约出来吗，一起吃个饭，我请你们。"

"他行踪不定，我试试看。"

戴蓓蕾默不作声走在前面，劳力士推车跟着，说："你是么意思？我驮你回去吧。"

"不用了，我离这儿不远。"戴蓓蕾快步走着。

"你生气了？"劳力士语气亲昵。

"冇，莫想多了。"

"今天不是帮你找大卫嘛，我才带你来这儿。你看到的，我不是常来的，我也不喜欢溜冰。"劳力士解释。

"我晓得，不要想多了，记得约鳑鲏。"

# 三十三、少妹

清晨，天空浅灰，李明杰一行离开观音货场，车往山里开，路面偶尔有坑洼积水，黑色 SUV 像只雨天过后从洞里钻出来的甲壳虫，浑身沾满了泥浆。

正如货场老哥说的，右转就有一个水库，像一大块蓝绿色宝石镶嵌在山谷里。水面布满牛尾草、褐色眼子菜和成片的黄色荇菜花，两只白鹭轻盈飞越湖面。

沿着水库行进了两公里多就钻入隧道，隧道像个大冷柜，潮湿的气息扑鼻而来。隧道顶壁沿着墙面时不时有一缕缕水渍印爬下来，似树根又似怪兽遗骸。

出了隧道，路面狭窄起来，两面都是奇峰夹着弯曲小路，SUV 左右寻找出口。

在一个岔路口，有老人披着雨衣在卖山货。老者身形干瘦，目光空洞。木棍钉的架子上有野苹果、野桃、野杏，还有各式野菜。大城市里又大又甜的果子，在他摊上都对应一个野种。老人雨衣上有零星雨滴，地面也潮湿，显然这儿刚下过小雨。

老人身后是一条更加细窄的路，路两边有一人多高的巴茅草，延伸在薄雾里，只有三轮或电动车可通过。

停了车，小贺和大磊在挑水果，李明杰跟老人攀谈。

"老爹爹，皮家冲还有几远？"

老爹爹眺望着李明杰，没听清他的问题，反问道："你们到这里来搞么事的？"

"旅游。"大磊挑着水果说。

"这里有么事好看的咧。"老人对家乡的旅游价值表示怀疑。

"皮家冲您晓得吧？"

"晓得咯，你们去那里搞么事？"老人看着他们，好像发现了什么秘密。

"游玩，估计还有几远？"

"翻过这座山就到了。"

"您除了卖水果，还有么收入？"李明杰问。

"养猪，养鸡。"

"是散养还是喂饲料呢？"

"都有咧。有个猪贩子，到村里来搞科学养猪，他说他的销路好，都是国家储备肉，到北京咧。他跟养猪户签合同，保证致富，这个人就是皮家冲的，他开个方头方脑的车，看起来蛮有钱。"老爹爹一副事不关己的样子说着。

"您跟他签了合同没有？"

"我冇，年纪大了，养不动猪了，我儿子跟他签了。"

"您贵庚？"

"八十一！"老人用手指自豪地做了个八字。

"看不出来，您身体真好，山里养的猪，肉肯定好吃！"

"不晓得么样搞的，猪还是那个猪，吃起来没有以前香，一股泥腥味儿。"老人说着，往烟锅里压烟丝，大粗烟丝就像晒干的雪里蕻。

买了几斤水果，车继续往前开。大磊不自觉往后窗看，那个老爹爹似乎在举着一部手机，一边打一边对着车屁股指指点点，大磊连忙示意李队看，李明杰转头看了后玻璃，说："谨慎可以，但别疑神疑鬼。"

距离皮家冲十几里山路，正常情况一个多小时可到，只是前方山岚层列，坡路接坡路，起伏加转弯，经常看不见对方来车。他们只好边按喇叭边减速，时不时有马力不足的农用车挡道，超过一辆需伺机几分钟。

有一段路大家都不说话，李明杰不停刷手机地图，大磊也不例外，焦急的心情从刷地图上显示出来。

在离皮家冲不远的地方拐了个弯儿，看不见对面来车，小贺提前鸣笛，弯道后面来了一声更响亮的喇叭声。小贺连忙将车贴边，一辆黑铁色亚光漆越野车带风转过来，低音炮震动空气，呼啸一下就过去了。李明杰转头望去，那辆车被重度改装，四个轮毂由粗大的减震弹簧架起，随着坡路晃动，车体像颠簸的轿子，车牌号是江A。

"市里来的车咧，跟我们打了个招呼。"小贺边开车边开玩笑。

李明杰刚想说什么，大磊嘴快，说："真是暴殄天物，把路虎改装得面目全非。"

行驶十来分钟，见一水泥柱，上面固定着蓝底白字牌子：皮家冲。一路上就数这块牌子气派。

离开主路进入岔道，路面比主路还宽，铺满了鹌鹑蛋大小的浅红色石子。尽管胎噪声很大，但路面坚实光亮，车找到了路感，哧溜哧溜跑快了。

村口有一个小卖部，五十来岁的疤脸店主探头看来车。他穿着白色背心、迷彩短裤，坐在靠椅上看《破冰行动》，缉毒警李飞把父亲撂倒在地。

李明杰要了一包黄鹤楼香烟，问疤脸男子："皮少军的家怎么走？"

男子把黄鹤楼烟扔到玻璃台面上，望了李明杰一眼，又看了看大磊他们，警觉地问："你们是他么人？"

"一起做生意的。"李明杰指了那辆SUV车。

"做什么生意？"

"生猪加工。"

"你们给皮老板加工？"

"相互的，我们有消化不了的猪也批给皮老板。"李明杰点烟，故意显得很油。

"你们没有提前打他电话？"中年男子略显遗憾。

"打了，过了隧道这段信号就不好了，没打通。"

"是的，这儿信号是不太好，皮总还说要请中国移动在村头架个天线。他们几个开车将将走，你们错过了。"

"错过了冇关系，好不容易到了这里，我们去他屋里看看。"大磊热络说。

男子迟疑，哑巴了一下嘴，说："你们沿着村中间路走，看见三层的一个洋楼，仿造白宫的，门口还有根旗杆，那个就是皮府。"

"村里有冇得家庭旅馆？"李明杰问。

"他们家宽绰，你们就住他们家里就行，老有做生意的人来住他们家里。"疤脸男子打量他们三人。

村里的路面新铺上了柏油，有一股淡沥青的香味儿，李明杰熟悉这味道。车怠速前进，远远就看见了那根旗杆，顶上一面五星红旗猎猎飞扬。

门前有白线画好的宽阔的停车位，显得浪费。

李明杰让小贺把车停在侧面离马路最近的一个车位。每个人都在车里查看了手机电量，检查枪械，再轻手轻脚下车关门。

李明杰在前，一行人呈扇形向皮府走去，这时候从皮府里传来响亮的狗吠，大家马上贴墙警戒。

门梁上方挂一块匾额，上书"皮府"两个镀金大字。

大磊脚刚迈上大门台阶，一条藏獒嗷嗷迎接，所幸系着铁链。从屋后传来老妇人声音："虎仔，莫乱咬，谁来了？"

狗继续乱叫。老妇人满头银发，瘪着嘴，蹒跚从后门进了堂屋。她具有久经岁月的从容气质，招呼李明杰等人坐在堂屋两边摆的黄皮沙发上，嘴里还说给他们倒茶。看老妇人吃力的样子，李明杰示意小贺去帮忙。

"您是皮少军的奶奶？"大磊问。

"婆婆。"老妇人慢声答。这里婆婆就是奶奶的意思。

"家里就您一人？还有其他人吗？"李明杰话音刚落，从后面又走进来一中年妇女，她声音先到："婆婆，少妹还是疼。"

妇女看见有几个生人坐着，讪讪笑了，说："你们稀客了！"遂拿一玻璃杯去后门了。

"皮少军去哪里了？"大磊问。

"啊？"婆婆耳朵时好时背。

"皮少军去哪儿了？"大磊提高声量。

"忙他的生意，每天开着个车，不落屋！"

"他做什么生意？"

"猪，四邻八乡收猪，成火车皮给北京送猪。"老人眼睛瞪着大磊，用力说话。

"刚才那个是皮少军的妈？"

"不是的，那是我的侄女，她过来帮我照顾孙女。"

"孙女是皮少军的妹妹？"

"少妹。"老人嗫嚅了一下，眨巴了眼，突然用身上的围裙揩被皱纹包围的眼睛，像是擦拭眼泪，自语："遭死罪咧，这么好个伢，怎么得这么怪个病咯！"

"皮少军爸爸妈妈咧？"

"我儿子，死在矿山了，死了大几年了；儿媳妇在镇上公司里，她忙得很。"老婆婆吃力地说完。

李明杰心里基本清楚了，这是一个仅有皮少军一个男丁的家庭，妹妹病情严重。

侄女兼保姆又走进来，扫视了屋里人，拉着婆婆低声说话，婆婆听不清大声问："啊？要么事儿？"

侄孙提高音量："止痛药，快点！少妹疼得发抖！"

婆婆从布围裙里掏出一个小玻璃瓶，里面装着白色粉末。

"小心点别撒了，少军说这个药蛮贵咧！"婆婆叮嘱。

保姆拿着玻璃瓶去后门，原来后面是个天井，四周还有几间厢房。天井里坐着一个女孩，她脸色发白，眉头无力皱起，一条腿是金属的，另一条腿肌肉萎缩得跟金属腿差不多粗。她浑身颤抖，豆大的汗往下淌。

保姆动作麻利地把玻璃杯放在杌子上，用不锈钢勺从瓶里舀出一勺倒进玻璃杯里。李明杰端起玻璃杯凑到鼻子边闻了闻，问保姆："你们给她用这个药多久了？"

"我来有半年了，一直在用，以前用没用不知道。"保姆说。

"她什么病？"

"骨癌。"

"多久了？"

"三四年了。"

少妹痛得下巴开始哆嗦，身体要往下出溜。保姆伸手来要玻璃杯，李明杰无意识缩避了一下又慢慢松手。保姆接过玻璃杯，在上面加了咖啡杯那样的盖子，插上一根医用吸氧气的管子，然后把玻璃杯放在固体酒精火苗上烤杯底。

"以前用锡纸，好多烟子都浪费了，这个她能吸进去。"保姆把弯弯曲曲的管子递给少妹，少妹凑在鼻孔边努力吸气，仰着头微闭眼睛，像一条缺氧的鱼在水面透气。

李明杰知道少妹吸的是 K 粉，一种易于合成的毒品，医用镇痛、麻醉，老闯运的邻酮只需几个简单化合工序就可以生产出来。

"这药从哪儿买的？"李明杰问。

"少军给他妹妹带回来的。"保姆轻声说，"听人说蛮金贵！"

少妹的眉头慢慢展开，豆大汗珠也不流了，微闭着的眼轻轻睁开，似看非看，与李明杰有一丝眼神交流。那种无助的神情他非常清楚，在戒毒所见过。

保姆用一条毛巾给少妹擦汗，说："她喜欢在外面推着走，又怕风吹，所以只能在院子里转圈儿。这房子是少军花钱翻盖的，都考虑到了少妹养病。"见少妹安静了，保姆放低了声音，说："少军对妹妹真是有心，自从查出骨癌就一直花钱治病，后来为了防癌细胞扩散，一条腿保不住了，又出钱接到省城里住院截肢。腿都锯了两年了，为了好看，少军专门给她装的假肢。"

"皮总每天回来看妹妹吗？"李明杰问。

"少军忙得很，只是偶尔回来住一下。"

"少军多长时间买一次药回来？"

"这个记不得了，没有了就给他电话，他就带回来了，药金贵，他只给婆婆保管。"

"你把他电话给我们一下。"大磊说。

"你们一起做生意的，没有他的电话？"保姆用眼神打量他们，又低头翻手机。

"哦，来的路上不是下雨嘛，手机进水号码丢了，要不我们到这里怎么不联系他呢。"大磊笑着说。

保姆念电话，大磊和小贺都埋头记。保姆念完，说："你们运气真不好，他刚刚走了十几分钟你们就来了。"

李明杰问："少军今天会回吗？"

"他说了不回，不用给他们做饭，他和助理一起去看猪了。"

"他公司开在哪里？"

保姆下意识给少妹擦了下脸，望着李明杰说："我哪儿去过他公司啊，不知道在哪里。"

"我们找他谈生意，一批黑猪肉，有点急着见他。"大磊搭上一句。

186

保姆又望着大磊，似笑非笑说："办公室在哪里真不知道，不过总听他说个子路餐馆。"

"什么餐馆？"大磊追问。

"子路餐馆。"保姆肯定地点头。

"怎么写？"

"不晓得，只听说子路餐馆！"

李明杰笑了笑，说："子路也开餐馆了，去看看吧！"

离开时，李明杰望了一眼少妹，少妹闭上眼睛似睡着了。李明杰一行回到堂屋里，婆婆坐在沙发上像一尊雕像，一动不动，只有嘴在嗫嚅着，李明杰没有打扰她。

村里眼线复杂，李明杰怕在家里等皮少军反而走漏了风声，赶紧离开皮府。这时，保姆到门口，问："你们贵姓，哪里来的朋友，要不要我告诉少军？"

"你就说老同学，他知道的。"大磊大声说。

出村口时，李明杰让车在小卖部旁停下，他从车窗探出头来问"疤脸"："子路餐馆怎么走？""疤脸"望了他认出来，笑着说："我们村里条件只能这样，许多客人都去子路餐馆消费。"

"那儿可以干什么？"

"商务会所嘛，吃饭、住店、打麻将、洗浴，干什么都行。"

"子路餐馆几个字怎么写？"

"疤脸"从小卖部走出来，拿圆珠笔在烟盒上写下四个字：梓路禅馆。

大家凑上去看，都笑出了声。

车根据"疤脸"的提示走。大磊拿出皮少军的电话号码念给李队，李明杰记下来后叮嘱说："我把号码发给技侦，任何人不要给皮少军拨打这个号码，我们在没有任何实质证据前，不要惊动他。"

车离开村头的宽路，上到了弯曲狭窄的山路上，车尾渐渐消失在视线里。"疤脸"对着玻璃柜上的手机按了一串号码，拨通了电话，他按免提冲着手机说："皮总，您家里今天来了三个客——三个男的——车牌号是江A5599——说是您生意上的朋友——他们去梓路禅馆找您了！"

187

# 三十四、大卫故事会

船行在江心。

两岸奇峰高耸，古柏探崖，仿佛出离人间进入天庭。

这一段长江最秀美壮丽的篇章，有《水经注》专门描写：

自三峡七百里中，两岸连山，略无阙处。重岩叠嶂，隐天蔽日，自非停午夜分，不见曦月。

至于夏水襄陵，沿溯阻绝。或王命急宣，有时朝发白帝，暮到江陵，其间千二百里，虽乘奔御风，不以疾也。

船是一艘小型游船，分上下三层，经改造只有两层带起居房间，顶上是观光平台。平台上有二十多人背手站立，大卫也站着。

大卫举起一只手，好像对着群山，又似面朝江水，说："在一群人里，你算老几？大家凭什么信你？你凭什么不像他们一样一败涂地？远离人群，你才能看清自己！"

人群寂寂无声，头上脸上都是油汗，目光凝聚一处。

大卫一袭白衣，江风吹起下摆和袖口，远处看像似御风。他毫无表情地站在高处，声音从空中传来："给你们讲个故事吧。"

大家都期待着。

大卫抬了抬胳膊，接着说："以色列，你们都知道吧，那时候，以色列的扫罗王，与非利士人作战，中间隔着以拉山谷。非利士有一员猛将叫歌利亚，他是个巨人。他说，你们不是扫罗王最忠实的仆人吗，可以从你们中间随意挑选一个人过来和我战斗。如果能够把我杀死，我非利士人就做扫罗王的仆人。如果我胜了，你们就做我们的仆人，服侍我们。事情就是这样简单，你必须赢了，才有资格站在这里。"

大卫好似说甲板上的人必须赢了才可以站在这里，没有人不这么认为。

他两只胳膊放松下垂，肃立，接着说："巨人歌利亚，有六个胳膊肘加一手肘高，两米六七，比姚明还高。他头戴铜盔，身穿铠甲，甲重六十公斤。就是这样一个巨人，每天到扫罗王营前叫阵，没有一个人敢上前应战。

"耶西有八个儿子，其中三个都在扫罗王阵营里，但没有一个人敢出战。耶西最小的一个儿子在家里放羊，他叫大卫，还负责给前线的哥哥们送饭。"

故事讲到这里，有个人突然扑倒在甲板上，炽烈的太阳让他晕倒了，两人把他拖下了甲板。

大卫不受其影响，目不转睛地接着说："那天他送饭到前线，看见巨人歌利亚在叫阵。大卫说：'我去杀了他。'扫罗王看着这个少年说：'来，穿我的铠甲，拿我的宝剑。'大卫穿上扫罗王的铠甲，沉重的铠甲压得他喘不过气来，走起路来还歪歪扭扭，那把剑重得无法挥舞，少年被困在这身战斗装备里。

"这时，牧羊少年大卫说：'王，我没有经过训练，这身铠甲只会限制我，我有我的办法。'少年大卫光着脚板，轻快地跑到阵前，掏出一颗光滑的鹅卵石，包在投石带里，奋力抡圆摇起来，像启动一个看不见的轮子。歌利亚哈哈大笑，骂道：'扫罗王，难道你们以色列的勇士死绝了吗？派一个放羊的孩子来！'

"大卫松开投石带，鹅卵石飞将出去，击中了歌利亚的眉心，巨人歌利亚还没弄明白是怎么回事儿就重重栽倒在地上。大卫跑上去踩住他的肩，拔出歌利亚腰身上的利剑，割下了他的头。就这样，以色列人战胜了非利士人。"

故事讲完了，人群更加寂静，像四周群山。

"如果按照正常的格斗，大卫赢得了歌利亚吗？"大卫开始提问。

"赢不了！"一片低沉的声音回答。

"当然，少年大卫如果不用新思维、新武器，他不可能战胜比他高大、格斗经验更加丰富的歌利亚。但是，大卫在放羊时要击退狮子、狼群，他是跟强大的敌人战斗过的。他用的是投石带，一根柔韧的皮革带子，包裹着比狮子头颅还坚硬的石块，所以歌利亚败得毫无还手之力。"

说完，大卫双手拍了两下，船尾甲板处两个穿沙滩裤的肌肉男拉一根绳子，慢慢升上来一个东西。大家细看，是一张网，网里兜着一个人。

人被放在甲板上，甲板被太阳晒成铁板烧，他在网兜里翻滚起来。两名壮汉子走上去扯动网袋，把反手捆着的男子拖过来在大卫面前扔下。

有人端了一把看上去清凉的不锈钢椅子，放在大卫屁股后面。大卫坐下来，又有人拿来一根雪糕，大卫坐在椅子上吃雪糕。

有人满场发雪糕，不一会儿已经是人手一根。

水手抱着胳膊，肌肉勃发，站在大卫旁边也吃着雪糕。

"大家都看见了，有一个人，一个老革子，在我的新游戏规则里，还在用一套陈旧打法做事，而且带出了一群陈旧的年轻人，这才是最可怕的。"

大卫话音未落，大家目光早就聚焦在这个人身上。他手被捆在背后，依然在向大卫磕头辩解，汗水在甲板上画画。

"大卫哥，我真的没有带货，渠道里走的都是我们自己的新产品。"

"大卫就大卫，怎么还带一个哥字，这就是旧思维。你们说，空气需要建渠道吗？"大卫大声问。

没有人回答，只有那人的告饶声在应和。

"我们这样好的产品，需要建自己的渠道吗？你建一个不就是一个雷？"

"大卫，真的不是我建的，那些原来就有，这些人就喜欢聚在一起溜，不关我的事情。"被捆绑的家伙还在辩解。

"鳈鲏，我们经营的是功能饮料，你那是要掉脑袋的，不能让我们这些人都陪你掉脑袋吧？你说说，你自己走的货赚了多少钱？"

在场的眼睛都向鳈鲏射出了愤怒的火焰。

"没有，刚刚想做，就被你发现了。"鳈鲏嘶声辩解。

"你说我有多神？我发现了你大脑里的想法？！"大卫站起来，把雪糕棍扔进江里，轻声询问，"你说怎么办？"

鳑鲏只是磕头："看在梅姐的分儿上，你就饶了我吧！"

"你建议我怎么办？"大卫问身边的水手。

水手一脸严肃地把雪糕咽下去，犹犹豫豫却什么也没说出来。

"你觉得呢？"大卫问鳑鲏。鳑鲏伏在甲板上低声呜咽，不停地磕头，甲板上已经有血印。

"鳑鲏，你是江里最小的鱼，是翻不起大浪的，你必须跟随一个大卷浪，才能越过龙门。我查了，你不是一次两次了，而且引来了不必要的麻烦。录像我都看了，长港那个点谁也不要送货了，那个点我们要主动切除了。"

鳑鲏似乎有些虚脱，浑身开始筛糠。

"鳑鲏，你如果自己不吸，手头会那么紧吗？手头如果缺钱，找我大卫要，需要你自己想那么笨的办法吗？夹带来路不明的私货，那是要翻船的，我们这一船人都要落水。"大卫的深明大义是说给一船人听的，这才是重点。

鳑鲏浑身筛糠，继续磕头。

"事到如今，有两个选择，一个是把你扔进江里，另一个是你自己跳进江里。总之，你必须进江。我不是上帝，我没有权力判你死刑，你就这样捆绑着跳进江里，是死是活看你的命！"

鳑鲏反绑着胳膊匍匐在大卫的脚背上不停地求饶，眼泪鼻涕都出来了。

大卫扫视了在场的二十多人说："你们都是骨干，我警告每一位，如果还有被毒控制的，一定要戒。在我的团队里，是我控制毒，不是毒控制我。你们如果不懂得新产品的意义。新产品怎么经营，可以及时来问我。如果还接来路不明的货，还吃里爬外，这就是下场。"

说着，大卫望了一眼水手。水手拎起鳑鲏如同拎一条还在挣扎的鱼，将他从船上扔了下去。

鳑鲏直直落下去，砸出巨大的水花，与螺旋桨搅起的水花融为一体，同时，水面翻起血色漩涡。

# 三十五、梓路禅馆

小贺把"梓路禅馆"设成导航目标，车在弯弯曲曲的山路上颠突。

李明杰点上一颗烟，梳理进山来遇到的情况，正思忖时，电话屏不停闪烁，戴蓓蕾的寸头照片亮起，李明杰接起了电话。

"阿戴，有什么情况？"

"一切还算正常，我在酒吧认识一个人，他间接认识大卫。我想采取非常规手段，摸清大卫的情况，把他查清楚了，所有的事情可能就都明明白白了。"戴蓓蕾语气肯定。

"你的想法杨局知道吗？"李明杰问。

"我跟杨局单独提过，他说我的事情他做不了主，要跟我爸聊聊。"

"是啊，这个太危险，我也建议你要慎重。"李明杰提醒。

"我的工作我自己做不了主，还需要一个爸来跟着签字同意吗？"戴蓓蕾不服气。

"我建议你不要轻举妄动，等我回来跟你好好商量。"李明杰态度鲜明。

"来不及了，我已经跟进了一个吸毒窝点，也发现了一些线索。在他们那边，算是发展了一个线人，我不能天天去单位了，需要隐蔽工作。"戴蓓蕾声音激动。

"你现在至少还没有暴露吧，先停止一切行动，你太冲动了！"李明杰带着责备的口吻。

"李队，你也不支持我吗？"戴蓓蕾郑重地问。

"阿戴，你这样做太危险了！"李明杰用推心置腹的口吻说，"这个事情的复杂和危险，远远超出你听到学到的，跟你想的也不是一码事儿。"

"李队，您放心，我也没有你们想的那么简单。"戴蓓蕾语调上升，倔劲儿上来了。

"那你在局里跟谁备案了？"李明杰问。

"当然是杨局，只是他没当真，所以我想跟你也说一声，算是另外一条线备案。"戴蓓蕾有一股先斩后奏的架势。

"那你跟你们张头说了没有？"

"没有，我不想让那么多人知道，目前我在局里的公开情况是调离，去检察系统干一份清闲工作去了，这样他们都会信以为真的。"

李明杰想了想，说："好吧，既然已经这样了，那你换个手机号，以后也别打我这个号，我另外给你一个号，所有的联系方式要和原来的脱钩，重新建立通道。"

"明白了，李队！打这个电话来，我也是想告诉你我的新号。"戴蓓蕾笑着。

"阿戴，你一定小心，不要操之过急，经营线索安全第一。安全不是孤立来看，不仅仅是自己的安全，包括线人的安全、每个环节的保密情况，因为一旦出现纰漏就前功尽弃，可能就要死人，你千万记住了。"李明杰再三叮嘱。

"记住了，李队！"戴蓓蕾停顿了一下，问，"李队，你那儿怎样了？"

"这边也发现了一些线索，我怀疑遇到一个毒窝子，光靠我们这几个人可能搞不定。"

"你要多加小心，李队。"戴蓓蕾关切地说。

"当然了，咱们相互提醒吧，阿戴，从你让我叫你阿戴时，是不是就在想卧底这件事情了？"

戴蓓蕾停顿了一会儿，说："是，也不完全是。"

从阿戴的语气里，李明杰听出了多重意思。他挂了戴蓓蕾电话，深深吸了一口气，望着窗外迅速后移的山影，心情有些复杂。此前他见到太多无谓的牺牲了，有一些是可以避免的。


车在山路上走了两个多钟头，路边出现白底绿字的招牌"梓路禅馆"，沿箭头转入一条幽静的林荫道，顺道移步换景，慢慢有了归隐的感觉。

一栋古色古香的徽派民居组合呈现在三人面前，建筑线条多为黑，立面多是白，如同一幅水墨勾线画。屋顶立了许多防火山墙，颇具装饰性，那些元宝顶造型，看起来像举起了许多仕女团扇。

走进大门即大堂，中间有一方天井，将大堂规划成"回"形。

服务员胸牌上都写着"婵娟"两字，清一色荷青色短袖斜襟上衣的"婵娟"，个个双手交替搭在右腹，一副小女子这厢有礼的招牌架势。

在前台登记时，李明杰跟一位"婵娟"说："我有个朋友叫皮少军，他提前进山，说就住在这里，信号不好没联系上，你帮我查一哈子他住哪间。"

"婵娟"低头敲击电脑，上下游移目光，抬头说："先生，没有叫皮少军的先生入住。"

李明杰换着法儿问婵娟，包括皮总、皮老板、生猪公司总经理、猪老大，婵娟说全没有，对这样一位老板不熟。

大磊站在一旁观察，恳切地问肃立一旁的圆脸婵娟："梓路禅馆是什么意思？"

"梓，就是一种树嘛，你们来的时候有没有看见，通往我们这个客栈的路，两边都是一种开满白花的树，叶子像鹅掌。我们老板说，这个客栈是山里面最高档的客栈，来住的多是在外面挣了大钱回乡探亲炫富的。桑梓，古人就指家乡，古人喜欢在门前屋后种两种树，一是桑树，一是梓树。"

大磊笑着不停点头，感谢"婵娟"详尽的回答。

拿了房卡，几人进了房间。李明杰仔细打量起来，在桌上见到一份折页宣传资料，是关于梓路禅馆禅修班的介绍：

禅修作为一种古老而崭新的文化形式，颇受对心灵成长有要求的高端人士喜欢。禅的特质是纯净、直接、当下、不二。禅修帮助人解决心灵认知问题，洞见实相，熄灭烦恼。宗教的形式与仪规，是随着历史的发展而不断附加上去的外衣。因此，禅和禅修，可以单纯到只解决普遍存在的人类心灵问题，不涉及宗教信仰。

禅修非常简单，这个心理实验谁都可以做，不需要实践者成为佛教徒，也不需要遵从某种仪式和仪规，不需要宣誓，只要出于对内心的清凉需求，只是来滋养过度劳损的精神和生命，只需要在任何可以找到的时间安静下来，观察一下呼吸……

李明杰向窗外看了看，厚重的阴云在天空中翻滚，眼看要有一场大雨。他让大磊和小贺去梓路禅馆各处仔细转转，看看有没有其他院落，比如 VIP 独栋、卡拉OK 包房、独立棋牌室等消费区。

大磊和小贺在客房区转了一圈，整个客房区是更大的"回"字形院落，有上下两层。一楼天井里有假山盆景、烧烤架、大型垂钓伞，防止阳光和雨露，伞下还摆了松木长桌和条凳。回廊一侧有一家"若非禅食"农家菜餐厅。

两人进"若非禅食"里转了转，跟其他餐馆没有什么不同，除了猪肉还有野味，只是多了不少蘑菇品种。餐厅一角还摆了一个卖土特产的小卖部。

大磊注意到粉衣婵娟拎着两层的枣红漆饭盒，从餐厅后厨旁一个侧门进去就再也没有出来。大磊假装找厕所晃悠到侧面，推开门进去，原来里面是个大院子，院子里停了几辆人人都认识的豪车，比如兰博基尼、法拉利，所停车辆一览无余，就是没有那辆升高车架的路虎。院子四周排列着一栋栋风格迥异的别墅，每栋都有一个名字，"贝利弗""摩纳哥""阿尔卑斯"等等。

小院自有大门，朝开阔地带开着，有打扮得像特种部队的保安检查出入。大磊明白过来，从普通客房前台进去是遇不到这些车的。

为了在小院多待一会儿，发现更多秘密，大磊让小贺去餐厅小卖部买了两瓶啤酒过来，两人坐在一栋别墅的台阶上喝酒，好像就住在这别墅里。

夜色黑下来，大磊和小贺回到房间，给李明杰汇报：别墅区是高端客人和团体消费区，供客户包整栋楼开会消费，特别强调在院子里没有发现皮少军的路虎。

李明杰听完点了一颗烟，说："刚才技侦部门来电，保姆给表哥皮少军打过一个电话，说家里来过三个人，是他生意上的朋友，去梓路禅馆找他了。皮少军一句话也没有说，只是哼了几哼就挂了。"

"那他是不是起了疑心就没住下来？"

"有这种可能，但我觉得他另有洞天。"李明杰说。

暴雨如注，噼里啪啦砸在天井地面，带着回声混响。吃完晚饭，李明杰转到前台问一位"蛾眉婵娟"："这里有其他消费吗？"

"蛾眉婵娟"意味深长地笑着说："别的客栈有的，我们都有。"重音落在"都"上。

李明杰不动声色问："都有哪些？"

"洗浴、桑拿、棋牌、按摩、高尔夫，还有特殊定制服务。"

"怎么定制？"

"这个我也不是太清楚。""蛾眉婵娟"脸红了，说，"我找我们总监来给您说。"

"蛾眉婵娟"对着斜挂在肩头的对讲机说了一通方言。不一会儿，来了一名身形高大的男子，他穿着对襟灰色亚麻布衫，剑眉入鬓，像一名功夫了得的道士，只是没有仗剑。他有真诚的笑容，对着李明杰身体轻轻前倾，鞠了个躬，说："这位老板，您要什么样的特殊服务？"

李明杰问："你们有什么？"

道风总监一伸手，身体向前微倾，说："请您跟我来。"

这架势，由不得李明杰不跟着去！

# 三十六、劳力士

　　戴蓓蕾成了劳力士的陪聊，好像她真有了一个男朋友。

　　她不知道，或许她也知道，只是没有亲身体验，这世界上有一种叫爱情的东西可以毁掉一切，也可以改变一切。

　　不知道劳力士为什么喜欢自己，也不知道劳力士会魔怔到哪种地步，他向戴蓓蕾检讨到了童年摔死邻居家一只猫，以及他对这只猫进行的忏悔。

　　他约她，如果他说的信息没有价值，她会以各种理由不见，因为她压根儿就不喜欢面对劳力士那副涎皮赖脸的样子。她又不能明说，暗示让他更加兴奋，她几乎没有更好的办法，只能对他的热烈冷处理。

　　劳力士开始向灵魂开刀——假如还有灵魂，他决定再也不杀生，不碰白货，改吃素。最关键的是他不发小广告了，他要痛改前非，如果戴蓓蕾喜欢他，他可以回去卖猪肉。

　　"你何苦这样？"戴蓓蕾随意搭一句。

　　"因为我可以为你去死！"她感觉劳力士能说到做到。

　　"没有人追杀我，别在一棵树上吊死了，你是可以海阔天空的。"戴蓓蕾有口无心地应付着，脑子里的词儿都是大学宿舍里室友谈恋爱时卧谈蹦出来的一些话，想不到如今派上了用场。

　　这天劳力士终于悟了，对戴蓓蕾说："朵朵，我知道你要什么了，尽管不能给你，但我可以帮你实现梦想。"

　　戴蓓蕾奉上一个惊诧的表情，劳力士就认为他已经说中了。她等着劳力士召唤，他却突然消失了几天，微信里没了动静。

这天，三个彪形大汉把劳力士堵在屋里，把门关上。中间的花臂男子说："你去鳑鲏家，把这个给他老婆，告诉他老婆一句话。"

那是十几捆红票子，劳力士知道是封口费。听说大卫清理了谁都会给家属一沓钞票，这钱挺唬人，家属见到这么多现金就蔫了，闹的少。用钱把家属的嘴扎实了，真叫板的人几乎没有。

劳力士神情不自然了，紧张地问："带什么话？"

"夫妻本是同林鸟，大难来时各自飞！"

"鳑鲏死了？"劳力士艰难地问出来。

"不该问的你莫问！"花臂在掌心摔打着一沓钞票。

"怎么死的？"劳力士有些悲伤的样子。

"我去，你还问？"花臂推了劳力士一掌，说，"要不是水手哥打招呼，老子早就下拳头雨了！"

劳力士面红耳赤，吞咽了一下口水，蹲下来抱着头呜呜哭起来。

花臂嘲笑道："就你这个怂样，你能把信带到吗？"说着，花臂把一捆捆钱砸向劳力士的头。

劳力士慢慢松开手，把钱一捆捆捡起来，抱在怀里，还在流泪。

当天劳力士就带着十几捆钞票去见鳑鲏的妻子，在路边，他蹲在一棵大树后面又大哭了一场，抹去泪痕、收拾好情绪才走进哥哥的家。

鳑鲏本名劳劲，哥俩就是劳动力，估计父亲给他们起名时这么构思过。

初中毕业，劳力在家里跟父亲养虾。虾是一种活泼但不可爱的小动物，每只虾都有一颗自由的心，它可谓水陆两栖，顺斜坡可以自己爬上田埂，攀护栏可以翻墙越院。这些"越狱"行为都在面上，还是比较好防范，最难搞的是打洞。虾喜欢用钳子在田埂上打洞，如果田埂薄了，它可以在水底挖出一条通道，直接连着河沟逃跑。打洞行为深潜水底，没日没夜，防不胜防。又不能把田埂都做成水泥的，因为不让虾打洞，它就不产卵。

在家里与小龙虾斗争了一年，劳力精疲力竭，连虾都不爱吃了。哥哥劳动一直叫他到城里看看有没有什么机会。劳力睡在哥的地下室宿舍里，一天天到处乱转，发现自己只对一种操作充满信心，他想找哥借点钱开一个肉案。劳力在卖肉时，就已经有了劳力士的名号，后来才在一个屠宰场老板手腕上见过一块蚝式恒动劳力士金表。

跟着他哥的一个小崽子叫哥鳑鲏，劳力隐隐感觉劳动可能是有组织的人了。鳑鲏是一种比小龙虾都要小的鱼，扁扁的，红眼睛，好像是急红的。

后来，他哥住的地方到了地面，然后到了单元楼，最近搬进了新盖的"华府世家"，步步高的节奏，这种财力增长肯定不是一般买卖可以支撑的。劳动从未正式说自己做什么生意，也从未有拉弟弟入伙的意思。劳力早就想好了，就算哥哥拉自己也不会入伙，他喜欢自由。

在肉案卖肉的那几年，劳力士赚了些钱，但很无聊，他就根据一段网络视频每天对着手机练习耍刀。一把二十五厘米长的剔骨尖刀在他手里像连了弹簧，又像装了磁铁，耍得天地浑圆，画龙点睛，但见挥刀处白刃直入罅隙，随之骨肉分离。庖丁一定也是在无聊状态下练就一手刀法的。


劳力士慢慢走进哥哥的家，嫂子正在给四岁的小侄子鹏鹏喂饭，她抱着鹏鹏开了门，看见劳力士的脸。她把孩子抱到一个满是玩具的房间里，出来时眼神黯淡，对劳力士说："你哥好几天没有任何消息了。"

劳力士拎起黑色塑料袋放在饭桌上，用手扒开袋子，露出鲜红如后臀尖的钞票，说："别找了，也别出声，搬一个地方，不要告诉任何人。"

听到这里，嫂子呜呜哭起来。劳力士一言不发地走到房间里摸着鹏鹏的头，小鹏鹏冲他笑，他也冲鹏鹏笑，时间艰难流逝着。

劳力士知道自己收不住表情了，不能多聊，赶紧离开了哥哥家。

在江边游荡了两天，劳力士的心理建设结束，便带着那把许多年没有耍的尖刀去见水手。

见面的地点是汤湖边的一座毛坯楼里，这片有的楼装修得富丽堂皇，有的还是框架立在那里，里面黑洞洞的，可以随便出入。

在花臂的安排下，劳力士在烂尾楼里见了水手。以前见水手很方便，那是鳑鲏在的关系。现在鳑鲏出事了，水手的态度变得不可捉摸。

水手坐在一把白色沙滩椅里，一身肌肉，挺像装置艺术，他微笑点头打招呼。

劳力士主动上去跟他握了一下手，很奇怪的感觉，因为以前从不握手。

"你想好了？就要吃这碗饭？"水手问。

劳力士认真点头。

花臂在三步开外站着。劳力士掏出了尖刀，水手突然坐起来，花臂也要往上逼，劳力士开口说："莫紧张，面试嘛，我耍个刀给水哥看！"

说着，那把寒光闪闪的尖刀就像按下了电钮，在劳力士的手心手背不停旋转，变成了一个风火轮。当风火轮减速，刀形渐露，劳力士一翻腕，刀从手尖飞脱，满腹动能直直扎在木楼梯的扶杆上，发出噔的一声闷响，刀柄强有力地左右颤晃。

水手从白色椅子里站起来，虚张声势地哈哈大笑，拍打着劳力士的肩膀，说："这年头，好刀胜枪，枪出事儿就是大事。"

劳力士细看，水手的手背上文了一把钢叉，五根手指就是五根锋利的叉尖。

"水手哥，我能为您干点儿什么？"

"以前咱们只是见面打个招呼，没想到你还有这么好的身手。我们在江滩公园里有个仓库，那里三面环水，环境优美，你帮我们守那个仓库吧。"

"可以，那能够见到大卫吗？我很崇拜他。"劳力士说。

"当然，当然，员工都有见到老板的机会。"水手频频点头。

# 三十七、摊牌

戴蓓蕾带了淑女防身辣椒水，站在精品酒店房间门口。她没有带任何警用防身器械，不到万不得已也不会露出格斗招式，这时候，她才意识到做卧底的危险是全方位立体几何级数上升。

劳力士约她，不是微信是电话，带着不同寻常的感觉，喜欢没话找话的劳力士在电话里简短地问道："朵朵，你真想见大卫？"

"当然。"戴蓓蕾也回答得简短。

"今晚，爱尚精品酒店 520。"劳力士很干脆。

"好的。"戴蓓蕾也干脆，电话完了才意识到，孤男寡女在房间号 520 的酒店约见，如果被劳力士纠缠，会弄得很麻烦。转念一想，要想接近大卫，这种粉红色的困扰迟早会遇上的，必须能够应付，只是她想不到会来得这么快。

戴蓓蕾敲门，里面传来脚步声，门猛然开了。劳力士满眼冒着精光，好像吃错药了。戴蓓蕾嗅出房间里充斥着奇异的香味。

劳力士把戴蓓蕾带到长条茶几前，茶几上用桌旗布盖着什么。

戴蓓蕾坐正位沙发，劳力士坐侧位沙发。

"你要干什么，神神秘秘的？"戴蓓蕾矜持着问。

劳力士一脸严肃："朵朵，你先回答我一个问题。"

"什么问题？"

"人和人之间，有高低贵贱的区别吗？"

"没有。"戴蓓蕾直截了当。

"你会爱上我吗？"劳力士少见地严肃。

"这个问题好无聊。"戴蓓蕾脸发热，以前从来没有直面过这样的问题。

"不无聊，今天你回答会还是不会，对我来说是两码事儿。"劳力士一副意味深长的表情。

"我的态度有那么重要吗？"

"你正面回答我的问题。"劳力士认真望着戴蓓蕾。

"我回答后，你不许再纠缠，接受事实，可以吗？"

"可以。"

"我不可能爱上你。"戴蓓蕾带着微笑慢慢说。

"为什么？"劳力士脸上还是挂不住。

"不是说好了不问的吗？"

"好的，你的回答反倒让我松了口气，我不是个气量小的人。"劳力士眨巴了几下眼睛，笑得很勉强。他起身把茶几上的桌布掀开，露出了许多东西，像药片、粉末和糖果，还有盒装饮料，五颜六色。戴蓓蕾心里清楚那是些什么。

"我就是因为爱上一个女孩，这些东西我都沾过。她死了好几年，我还没有完全从这些东西里爬出来。现在我眼看就要爱上你了，你像她一样单纯，当你提出要找大卫时，我就一直在琢磨，你到底是魔鬼还是天使。"劳力士一本正经地说。

"你琢磨出来了吗？"戴蓓蕾故意轻松地笑。

"你既不是魔鬼，也不是天使，你是警察！"劳力士突然提高音量。

"警察有单纯的吗？"戴蓓蕾笑得前仰后合，心里暗暗吃惊，劳力士是何许人，反倒让她琢磨不透了。

"你是警察也没什么，其实我和警察无冤无仇，和谁也无冤无仇。以前是，现在不是，现在我有仇人了。"劳力士瞪圆眼睛。

"你的仇人是谁？"戴蓓蕾惊讶。

"大卫！"劳力士用力吐出两个字。

"他怎么你了？"

"他把我哥害死了！"

戴蓓蕾暗自惊叹，劳力士的话完全出乎意料。

"那你想怎么办？"

"我刚刚加入他们，因为我想查个水落石出再采取行动。"劳力士坚定地望着戴蓓蕾，戴蓓蕾一时判断不出劳力士的行为是否会破坏她的计划，只好不置可否。

"你是不是想得太简单了，如果是大卫杀死你哥的，他怎么会同意你加入他们呢？除非他也想除掉你。"戴蓓蕾分析案情似的说。

"你说的我都懂，我自然会特别小心，现在我被安排看管一个仓库。"

"你不是要带我见大卫吗？我跟你在江边一起看管仓库，等大卫来仓库视察？"戴蓓蕾带着嘲笑的口气说。

"当然不是这样，你赶上好机会了。大卫最近需要大量招人，加入大卫集团都是需要保人的，水手保我，我保你，他们正在拉新，这次是招销售代表。"

"销售代表，不错啊，挺挣钱吧，我还真缺钱。"戴蓓蕾故意笑起来。

"我看你不像缺钱的，缺钱的人我一闻就知道了，不过我担心你在大卫那里赚不到钱，还把自己搭进去了，所以专门叫你过来一趟，了解这些东西。"劳力士指着桌面上的一溜儿。

"卖这些东西？"戴蓓蕾认真打量着桌面上的货色。

"你不要给我装轻松了，朵朵，加入大卫的人，需要过这些关卡！"劳力士指着茶几上的一溜儿说，"有些人过不了这个关，沉迷进去了，不但做不到高层，而且毁了自己。但是不沾这个，你入不了门槛，更别说做到高层了。可越做到高层越要抗拒这些东西，这就是自相矛盾，也让一个人死去活来，你看看大卫这个人多变态。"劳力士一摊手，笑着说。

"你是什么意思呢？"戴蓓蕾故作紧张。

"我来教你，怎么来过这些'白货'的鬼门关。"劳力士拿起一片粉色药片来。

"有那么可怕吗？"

"比可怕还可怕。"说着，劳力士把粉色药片递给戴蓓蕾，说，"你把它吃下去就知道了。"

戴蓓蕾拿过药片不知所措："要真吃？"

“你看，你这一犹豫就露馅儿了！你要成为他们中的一员，要他们相信你，就要大大方方吃下去。你吃下去！”劳力士怂恿戴蓓蕾。

劳力士这么一将军，戴蓓蕾身上开始冒汗，自己以前仔细想过这个问题，可是当一片药片抵在嘴边时，她有些不知所措了。

“劳力士，你不是说你爱上我了吗？你就是这样爱我的？”戴蓓蕾责备起来。

“是啊，这药催情，你去见大卫前，咱俩不该好好风流一下吗？”劳力士露出坏笑。

“劳力士，你看着我，我是那么随便的人吗？”戴蓓蕾一脸怒气！

“咱俩今日一别，也可能是生死一别，谁知道呢！”劳力士转而认真说道。

戴蓓蕾愣在那里，这一刻她演技不在线，或者说她根本就不在演戏了。

劳力士深深望了戴蓓蕾一眼，把粉色药片扔进自己嘴里，嚼冰糖一样咯嘣发声，笑着说：“朵朵，你现在退出还来得及，我不管你是找大卫发财，还是像我一样找大卫报仇，我觉得对一个女孩来说，这都是毁灭之路。我爱你，所以我劝你退出。”

戴蓓蕾满脸为难，说：“加入他们一定要吃这些吗？”

“以前是这样，后来听我哥说，他们的纪律越来越严明，据说因为许多事情都坏在下面的马仔管不住自己的嘴上，捅出大娄子来，所以他们正往正规化、产业化上转。我就觉得我哥不是新路上的人。”

“大卫吸毒吗？”

“听说不吸。”

“那我不吸又怕什么？我肯定是他们要的有追求的新新人啊！”戴蓓蕾反驳劳力士。

“你吸不吸，不是由你决定的，是由公司的业务需求决定的。你还是来一颗吧。”劳力士又拿起一颗冰蓝色的药丸。

戴蓓蕾恼怒：“劳力士，你不能乘人之危！”

劳力士诡笑，说：“这些都是面粉做的，假的。你把这些带在身上，如果在关键时刻不得不沾，你就趁机来个偷梁换柱。假如没有机会偷梁换柱，我再教你一招，怎样把毒品危害降到最低。”

“劳力士，你吓死我了！”戴蓓蕾如释重负，重重打了劳力士的肩一拳。

# 三十八、指路

　　道风总监在前，李明杰随后，两人上二楼沿着回廊继续走，在一处"EXIT"标识处，总监推开一扇自动回位的弹簧门用手把住，让李明杰迅速穿过。

　　出门即天台，上面别有一番架构：朝水一面筑了座楼上楼，也是青砖黛瓦，却更加精致古朴。全木质梁柱，榫卯结构，交接处却寻来古旧雀替装饰，不知集了多少老建筑遗存。楼正面门额上书"斗室"二字，颇具意味。

　　进了小楼前的院落，空中弥漫着一股新雨的气息，和着高山老檀香的气味。

　　总监停在亮灯的方形楼阁前，轻轻叩黑铁辅首，屋里传来一声中气十足的平调："请进！"

　　敲门节奏特殊，回答声音讲究，像是提前排练好的。李明杰跟着进去，一位面容儒雅的男子安坐蒲团上，看上去五十岁出头六十岁不足，他长方脸卧蚕眉，青白头皮连着浓密胡须，似出家人却不是出家人。

　　"朋友，请坐！"男子并不起身，只是优雅地伸出一只手，请李明杰入座。

　　"这是我们禅馆创始人清和老师。"总监介绍。

　　"清和老师，打扰了。"李明杰抱拳。

　　"客从哪里来？"清和老师淡问。

　　"凡尘。"李明杰拿着腔。

　　清和哈哈笑起来，说："凡尘是世外，世外也是凡尘。"

　　"您这室外可真不是凡尘。"李明杰笑言，"方才见两字，请问这'斗室'是念斗（三声）还是斗（四声）？"

"自然是方寸之意。"清和笑得含蓄，接着问，"不知道您怎么称呼？"问完遂端起小号紫砂壶来，砂质暗沉细腻。

"李杰。"李明杰故意漏掉一个字。

"好名字，有礼节。"清和又附会起来。

"木子李，木四点，杰。"李明杰解释。

"李先生来这里，不知有何见教？"清和开始挑茶。

"见教不敢，今天住在您这禅机满满的'梓路禅馆'，被这大雨一浇，略有风寒，想做点特殊服务，听说您是个世外高人，特来请您帮忙调理身心。"

"李先生，您真是有心人。"说着，清和望了一下总监，总监鞠躬后从方室退出。

清和接着说："李先生，不知道您烦恼在身外还是身内？"

"像我这样的凡夫俗子，这有分别吗？"李明杰笑着说。

清和不急着回答，用茶刀撬下一块黑色茶块，用竹镊夹住放进铁壶里，置于身旁的黑泥小炉上煮。夏天屋里有炭火却不显燥热。

"李先生做什么生意的？"

"人坏救人，物坏救物。"李明杰说。

"救得过来吗？"

"勉强还行。"

"来，喝一口老砖茶，存了一百多年了，尝尝时间是什么味道。"清和用青花压手杯给李明杰沏茶，李明杰接杯，看见杯底卧一条红鱼纹。

李明杰细品一口，有一股儿时熟悉的干草气息，味儿微苦，到舌根时发涩。

"那您是会木匠活的骨科大夫？"清和微笑着。

李明杰听了笑起来，说："您这一杯茶融通时空，让我身心都舒泰了。言归正传，在山里开这么一家客栈，您眼光真是很独到，这十里八乡富起来的人没地方消费，衣锦还乡的需要找个地方请客吃饭，到这里来再好不过。不过，您起这么雅的名字，大家伙儿知道是什么意思吗？我一直当餐馆找来的。"

"您说梓路禅馆啊？就当餐馆理解没什么不好。这年头，你不搞点新概念，就叫个餐馆或者客栈，价格便宜了，还没人重视。"清和也笑了。

"就餐馆的意思？真没有修身养性的项目？"李明杰用期待的目光望着清和。

"有啊，我们有禅修营，不过那个是非营利的，属于打高端文化牌，让这儿真有跟别处不一样的东西。"

"看见了，除了禅修，怎样才能在这里长期待下来？"

"李先生，您是指？"清和有些不解。

"您这儿有对外长租的地方吗，最好有宽带、会议室，可以办公。"李明杰说得像要在这里开公司。

"哦，有啊，那一块才是我们最稳定的收入，不受季节干扰。"清和给李明杰换了茶，续上新泡的，不再那样拿腔拿调了。

"还有空地儿吗？"李明杰认真问。

"没有了，除非有人退出来。"清和浅笑。

"哦，太遗憾了，那就只能等咯。"

"只能等。"清和沥茶海。

"您当初开馆能够选这么个僻静的地方，真是眼光独到，您是本地人吧？"

"土生土长，后来出去挣了些钱，年纪大了，想念家乡的山水又回来修了个餐馆。"清和自我打趣。

"这里人都靠什么发财？"

"以前砍树、挖矿、炸石头，现在都不让了，开始养冷水鱼、小龙虾、贴牌大闸蟹。有一段时间养猪不赚钱，现在养猪又火起来了。"

"现在养猪怎么就赚钱呢？"

"有个老板帮农户改善猪的生长环境，用高技术养猪，让猪听莫扎特，高价收购，现在全国紧缺猪肉，他逮着一大笔了。"

"一路听说一些，皮老板嘛。"李明杰慢品细说，"我做猪肉深加工，有大仓储，全自动灌装线，猪肉多多益善，想结识一下这个老板，您方便引荐一下吗？"

"这个恐怕不太方便。"清和手上的茶壶游移起来。

"有什么不方便的，有机会一起赚钱嘛。"

清和面露难色："皮老板不是一般的低调，在我这里租了个独栋办公，我一直想答谢，请他吃顿饭都没请到。"

"哦，我拿出我的诚意去三顾茅庐，他不会不见吧？"李明杰表现得急切，像个嗅觉灵敏的生意人。

"李先生，恕我直言，皮老板也算个成功企业家，不会随便见一个陌生人，您还是不要唐突拜访他，凡事看缘分。"清和紧张起来。

"您就告诉我他在哪栋楼，我自有办法。"李明杰说完呵呵笑起来，凭着感觉去演嗜利如蝇的样子。

"李先生，我们这儿受高端客户欢迎，其中一个关键的因素，就是我们注重保护客户隐私。这里租出去的地方就相当于他们的领地，门卫都是他们自己雇的，我觉得您想见他，还是要等待机缘。"清和倒掉变凉的茶水。

"哦，懂了，那我来个程门立雪，总会感动他吧。"李明杰笑着说。

"我建议您不要这样，如果您真心想结识他，我可以约他来喝茶，只是他愿不愿意就不知道了。"

"明白！明白！您有面子，对他来说我是谁啊，就按照您的意思来！"李明杰突然意识到自己过于急切。

接下来，话题又被清和引导到人的心性上来，李明杰似乎没有插嘴的机会，如同小沙弥在听老僧讲经睡意不觉上来了，只好说时间不早不再打扰了。

回到房间，大磊在做俯卧撑，满脸通红，双臂战栗。

李明杰进到洗手间洗了把脸，感觉屋内闷热，推开窗户，雨已停歇，好端端一弯月钩锋利冷峻。李明杰意识到清和的话不可全信。

"大磊，皮少军办公的地方就在禅馆某处，咱们需要保持警觉，找高点守着禅馆进出车辆动向。"李明杰说完点了颗烟慢慢踱步思忖，他担心清和去约皮少军反倒给他传递了信号，连忙给清和打了一个电话。

"清和老师，您好，我是刚才那位，李杰，打扰了。"

"哦，李先生，您客气，只管来打扰。"清和还是略感意外，"您是不是忘了什么东西在我这儿？"

"没有，明天我有点儿着急的事情要离开这里，皮老板那儿就先别约了，我们改日再约。"

"好的，好的，您下次来提前告诉我。"清和如释重负。


天还蒙蒙亮，大磊从"EXIT"出去在楼顶平台上慢跑锻炼，借机四处查看，往封闭管理的办公出租小院望去，见有几辆车停在小院里，车型看不太真切。

大磊叫小贺把望远镜拿上来，很快发现了那辆比例失调的车桥升高版路虎。

清晨除了鸟鸣，就是车发动的声音。大磊用望远镜扫视，只见瘦削的皮少军和另外两人走向路虎钻进车里，随之启动倒车，转弯冲院门去了。

两人撒腿就往楼下跑，清和此时出来打太极，看见两个大小伙子你追我赶，不知道他们激动什么，疑惑地望了望办公区后，似乎又明白了什么。


等三人驾车出现在路面时，路虎已经无影无踪。好在门口有一摊水，车辙轧过，去向清晰。

小贺踩紧油门加速追赶，大约跑了一公里隐隐看见前面有方正的车尾转弯，李明杰知道已经咬住尾巴了，让小贺不要太近以防引起前车注意。

拐了几道弯进入一条岔路，路面泥泞起来。李明杰让小贺把车停下，他用慢慢掏烟点烟的工夫，仔细查看地形。

根据车辙继续追赶，前方爬坡几十米处是一道急弯，右手边就是悬崖，防护栏杆是木头钉的，车速快了就危险。

谨慎地开过了弯道，就能看见远方的谷底平地，阵阵烟雾笼罩着一个村庄。

大磊说："李队，咱们是不是方向走错了，那车没准儿从哪条岔路跑了。"

李明杰沉默了几秒，说："走，绕过这个弯，往前看看。"

小贺没按喇叭，小心绕过急弯开始下坡。能够听见溪水淙淙，还能闻到一股奇怪的气味。车继续走，前方出现岔路，往右是主道，左边分开一条小道，隐没在杂树丛中。小道通往村庄，要想进村就得把车停在路边步行进去。

正赶上下过雨，路面已经泥泞不堪。李明杰让大磊走在前面，小贺和他走在后面，相距一百来米，假装不认识。

沿着路进了一片杂树林，在里面拐了两下弯就看见树丛里停了一辆车，正是那辆路虎。李明杰马上示意警戒，各自找隐蔽点观察。路虎没动静，排气管也不震颤，无法透过墨黑色防晒玻璃看清车里。

　　李明杰让大磊配合警戒，自己掏出枪靠近路虎，缓缓起身从侧后方玻璃望进去，车里没人。

　　李明杰又转到侧前方慢慢探头往里看，再次确认车里无人，挥手让大磊和小贺快速靠近。李明杰用手拉了拉车把手，车门纹丝不动。靠着这车，他心里小有波澜，刘浩死前就与此车同框，尽管车体被减震弹簧升高，轮胎换宽，它依然是个沉默的证人。

　　"我们守在这里？"大磊问李明杰。

　　李明杰挥手离开车，三人蹲在树丛里仔细判断林间小路。李明杰小声说："从老闯大货翻车开始，这一路过来，你们觉得皮少军回到家乡干的是什么买卖？"

　　大磊攒起浓眉想了想，说："我看生猪收购只是个幌子，他在组织农户分散制毒，再挨家挨户收购，刚才在溪边闻到的那个气味，是邻酮没有反应完全的废料气味。"

　　李明杰重重点头，这时远远有车用力爬坡的声音，大家不再说话，静静等待。

# 第五篇 切割

# 三十九、魔境

按劳力士说的，酒店对面果然停着一辆黑色奔驰中巴车。戴蓓蕾打量着过马路看清了车牌号，到车头去敲玻璃，一个戴墨镜的瘦子伸头看了一眼，按下按钮，车门哐地打开。戴蓓蕾上车扫视一番，车里坐了五六个年轻女子，每人都戴着墨镜。

酒糟鼻司机冲她嚷："座位前排兜里有墨镜！"

戴蓓蕾在靠车门的位置坐下，戴上墨镜往外看，发现几乎看不见什么，墨镜似日全食时戴的那种纯黑镜片。

又上来几个年轻女子，都戴上了同样的"墨镜"。

坐满后，车毫无提示就开动。宽边眼镜几乎把余光都挡住了，每个人像蒙着眼睛捉迷藏一样，无从判断汽车行驶的路线。

市声嘈杂，车穿梭在步行街口，只见许多黑影子在窗外晃动，好像施了魔法。

巴士过了几道红绿灯就入隧道，偏执狂般行进在笔直的深黑里，终于出了隧道，沿主干道开了十几分钟，转入一条幽静的马路。不一会儿，从倒退的坡影知道进了山，偶尔有鸟声和船的汽笛声，附近应有水。

树荫浓重，鸟鸣更多，感觉一直在沿着山路前进。

车开始盘旋转弯，时急时徐多达十几次之后，车上人已现麻木，有人用塑料袋接呕吐物。车突然来了一段滑翔，直直往下冲去，向右画了一条大弧线后停了下来。

"酒糟鼻"开始嚷："到站了，摘下眼镜，放回原处！"

大家都摘下眼镜，被日光刺出泪来。有两个女子抢在戴蓓蕾前面下车，脸色苍白地冲向绿化丛，呕吐不止。

戴蓓蕾此行无不良反应，她在警校有专门的旋梯训练，那个比这个更加疯狂。她走下车注意打量起四周，眼前堵着一栋设计简约墙体雪白的度假山庄，山庄前空地上停着十几辆一个模样的黑色奔驰巴士。同车来的女孩们衣着多姿多彩不乏考究，她们散在空地上，显然都是来参加应聘的。

两名黑西服男子双手交叉搭在裆部，彬彬有礼的样子，对大家说："各位请往这边走。"

大家从山庄入口进去，在导引下进入一个扇贝形大会议室。等所有人聚齐，眼睛适应了微弱的光线，才看清会议室中心有一名穿灰西服的平头男子，脖子上系着黑底金色斜条纹领带。他旁边立着一名高挑女子，穿着莹绿套裙，两人散发出非人类的气息。

戴蓓蕾在第一排，她看清了灰西服男子今天没刮胡须。

男子浅笑，摊开手，说："女士们，能够在这里见到大家，真是缘分不浅。当坐上这趟穿越巴士，你们就经历了 DAV 公司第一个入职测试。请注意看，你们每个人面前的桌面上有一张白纸，这就是大家在 DAV 公司的样子，干干净净。那么，测试的第一道题，就是每个人在这张 A4 纸上描出刚才你们经过的路线，不要画你们看到的细节，就是路线。谁先描好了，就马上离开这间房。"

平头男子郑重点头，一只手做 OK 状，说："开始！"照在平头男子身上的聚光灯消失了，男子也消失了。

许多女孩面面相觑，马上意识到时间嘀嗒，赶紧低下头拿起铅笔，努力想象或者回忆刚才那段盲人般行进的神秘旅程。

不到十分钟，每个人都留下了自己的答卷走出房间，戴蓓蕾也不例外。她天生是个路盲，努力回味和比对着路线，却没有任何吻合，最后凭着生物陀螺仪般的直觉记忆，在纸上留下了一条蚯蚓曲线。


一百多人在椭圆形咖啡厅里喝饮料，像一群太空游客在等待下一段旅程。

没有人注意到咖啡厅人在减少，从一开始就有人接到邀请悄悄离开了。戴蓓蕾从落地玻璃察觉到陆续有大巴离开。

没多久大厅里只有二十多个女同胞，望着仅剩的三辆巴士，戴蓓蕾心存一线希望。

果然，平头男子出现在咖啡厅，旁边还有那位莹绿女孩儿。在日光下，男子的神秘感消失，他像个指挥家向厅里剩下的二十多人表示祝贺，然后让大家跟着他去另外一个地方。

在咖啡厅后侧，一道不被人注意的电视墙裂开成两半为通道，大家鱼贯而入。

等电视墙关闭，戴蓓蕾发现已经置身正方形房间中了，四周纯白，房顶和脚底也是纯白的，颠倒了黑白的白，失去方位感。

灯熄灭后，从全白到全黑，人如同一下子坠入地狱。

大家不知道发生了什么，有十秒钟时空寂灭感，谁也没来得及做出反应。这时候，有声音从某个角落传来：**"欢迎各位，很高兴通知大家，你们已经通过第一场测试，正在第二场测试现场。请记住问题：刚才在咖啡厅，你们看见的咖啡有几种价格？"**

黑暗中传来叹息声，是一个活泼女孩发出的。谁也没想到，喝着咖啡问题就来了，接着有几个女声议论起来，似乎用记忆在对账。

四面八方的微孔声道传来了声音：**"不要商议，请独立完成问答。"**

戴蓓蕾不确定有几种咖啡，却不至于交白卷，说出一个数字来还是可以的。在咖啡厅时她习惯性从上到下扫过一遍价格单，记住有三种一个价、两种一个价，另外一个价格最高，尾数8。

六面白的墙某一面伸出一个方盒，盒上有孔以供伸手进去，就像银行输入密码的小键盘。大家排着队，轮到谁就把手伸进去，按照咖啡的价格按出数字来，如果按对就有一道门打开，此人进入下一个环节。有几个人输入数字后已进入下一环节，也有几人输入后键盘锁死，只好退到一边。

戴蓓蕾属于临场发挥型选手，她向前迈一步走到键盘前将手伸进去，深吸一口气，沉着输入每一个数字。墙壁上一道门开了，她顺利通关。

一条镂空的长廊，显然这是一条栈道架设在两道山峰之间。透过镂空口可以看见外面苍松翠竹，低坡处是一片密密麻麻的灰白光斑，仔细辨认会发现是一座陵园。

戴蓓蕾提醒自己不可小视这个长廊，指不定里面又藏着考题。她曾经是个考试狂，读书时她总有征服考题的欲望，甚至站在出题人角度想怎样出题更具有挑战性。

到了栈道尽头，着莹绿的女孩拦住了戴蓓蕾，果然是提问环节。一个厚唇女孩递上来一张卡片，戴蓓蕾接过来。卡片上一行字：**在白立方里，您听见的曲子是哪一首？下面有 ABCD 四个选项。**

我的天！戴蓓蕾差点叫出声来，在那个黑白颠倒的空间里，大家拼命在想咖啡的价码，谁还注意到当时还有 BGM（背景音乐）。

问题已经递上来了，戴蓓蕾没有什么好犹豫的。她在警校学过行为心理学，其中有一条是人对声音的反应，一般人在熟悉的环境里对熟悉的音乐会充耳不闻，遇到陌生环境时对熟悉的音乐会特别注意，这跟一个人置身异乡突然听见乡音会激动一个道理。

反向推理，那个背景音乐显然没有那么熟悉，如果很熟悉戴蓓蕾会注意到。看了四个选项，选了那首没听过的曲目。

莹绿女孩收了卡片，示意她继续前行。走了几步，戴蓓蕾回头看见莹绿女孩让一个答错题的女孩从旁边的"EXIT"退出了。

过了栈道就进入了钻石形空间，站在"钻石"的尖端，巨大的钢架玻璃幕结构的钻石形露天游泳池呈现在戴蓓蕾面前。在幽静的山顶还有游泳池，这出乎她的意料。

泳池有两个通道供人进入，几个穿白色连体运动服的女子站在每个通道口引导游人，显然到这里来的人不仅仅是面试者，这是个对外开放的区域。

戴蓓蕾挑选了一套天蓝色连体泳装从女宾通道进入，脚踩在消毒池冰凉的水中，她深深吸了口凉气，有种如释重负的感觉。她不知道接下来还会有什么测试，至少在这个公共游泳池里不会再答题了。

一个性感如海豚的女孩从眼前经过，她突然意识到：自己是不是已经被淘汰出局了？

客人陆陆续续进来，人人穿着泳衣，戴着护目镜，罩着游泳帽，几乎每个人都是伪装者，很难分辨哪些人来自白立方。

戴蓓蕾带着困惑不紧不慢游着，她绕着"钻石"边游了一圈，猜想如果以游泳池作为出题地点会有什么花样。她突然意识到，大卫就在某个地方观察着每个泳装女孩。

一想到这里，戴蓓蕾反倒兴奋了，她下潜后滑行一段然后出水，趁满脸都是水珠淋漓，她仔细顾盼，用手抹脸上的水，一次次抹一次次看。大卫魁梧的身材、艺术家发型，这些特征在泳池里无从谈起，护目镜、泳帽让所有人在水里都像海狸。

游泳真是个不错的游戏，她渐渐明白了，她可以悄然近距离接近任何人。

估计这么流连有半个小时，穿连体火焰纹泳装的女子递给戴蓓蕾一个手环，告诉她去手环所指的贵宾间。

戴蓓蕾内心激动：看来自己没有被淘汰。她拿起手环查看，上面写着"慕尼黑"三个金字。

借着水的浮力，她慢慢向泳池边靠近，手撑着池边一跃出水，感到谜底即将揭开！

# 四十、猪栏

从悬崖上方转过来一辆农用三轮车。

三人站在小路边抽烟边聊天，像迷路的样子等那辆车下坡。车还没靠近，李明杰就喊："老乡，能搭我们进村吗？这路泥泞得简直没法走！"

中年男子停了车，腿蹬在车门上，说："你们进村里搞么事？"

"收猪。"

"收猪？这里不都是皮老板收猪吗？"

"生意不能一个人做完嘛，能带我们进村吗？"李明杰给老乡递上一颗烟，大磊暗中开始录音。

男子扫了三人一眼，说："顶多可以带两个，三个肯定不行，车受不了。"

李明杰看了眼小贺，说："你去车里等着，有事电话。"小贺会意了，往悬崖上面停车的地方走。

坐进三轮后面的车厢里，腿只能放在蓝色大塑料桶的缝隙间，邻酮那股熟悉的呛鼻味道又来了。

"大哥，您贵姓？"

"免贵姓麻。"

"你们这儿麻姓挺多，麻镇都姓麻？"

"那可不是，听老人讲，我们老祖宗麻叔谋，给隋炀帝挖运河的，爱吃小娃，造孽太多被人追杀，就带着族人逃进深山了。我们这方圆十几里，姓马姓麻的都是一家。"

第一次听人毫不粉饰老祖宗的劣迹，大磊笑起来了。

"麻大哥，您这桶里装的么事？"李明杰漫不经心问。

"原料。"

"干什么用的？"

"做猪饲料的添加剂。"

"给猪吃？"

"不能直接给猪吃，皮老板来收走。这个饲料添加剂工艺复杂，有人直接给猪吃了，把猪吃发疯了，乱拱乱撞，还掉膘了。"说着，麻大哥自个儿笑了。

村中间的道路变成水泥抹地，好走起来，车没有停的意思继续往里走，刺鼻的气味越来越浓。

"你们村有几户给皮老板养猪？"李明杰问。

"就两户，我算一户，一般人没这个条件。皮老板选农户对猪场有要求的，旁边要有坡地，可以排水，猪栏要有像样的场地，旁边再配一个添加剂加工间，设备都是皮老板配齐了。"

说话间车过了村庄继续往里开，路面变得狭窄，两边的树枝拢上来，光线变暗了。

"你家不在村子里头？"大磊警觉起来。

"我村里有老房子，猪栏盖在村外，你们看猪还是下来看风景？"麻大哥觉得他们不像做猪生意的，脸上有掩饰不住的疑惑。

大磊像个游客，好奇地用手机一直拍个不停。

"看猪，看猪。"李明杰连忙说，又掏出一颗烟来递给麻大哥叼在嘴里，再给他点上火。

转过一道弯，车在一丛茂盛的毛竹林边停下来，能听见水声从脚底下传来。

停好车，麻大哥一手拎一桶邻酮，李明杰和大磊一人也帮忙拎一桶。三人进了一道木门，有猪被惊到开始哼哼叫。

一个女人的声音在喊："老麻，回来哒？"

"回来了，路上不好走！"说话间，老麻拎着桶进了一间用活动房板封好的大

218

棚里，两个大排风扇发出嗡嗡声。

大家都把蓝桶放下，李明杰和大磊还要回身帮老麻去拎剩下的蓝桶，老麻说："不用不用，我有推车，你们来的是客，歇哈子！"

老麻出去了，李明杰和大磊仔细查看房间里的布置。棚房里靠窗一边有像餐馆一样的大铝锅放在煤气灶上，靠墙还有冰箱、微波炉。一处昏暗的角落里有塑封机、食盐一样的小塑料袋、市场卖菜一样的小秤，许多奇形怪状的玻璃器皿摆在一个带轮小推车上。

"像进了化学实验室。"大磊嘀咕着，迫不及待地拍照。李明杰走到冰箱旁边拉开门，里面有两袋粉末的东西，他轻声叫："大磊，这个也拍一下。"

李明杰伸手拿起一袋来刚凑到鼻子边，一个女人的声音传来："你们稀客哒。"

李明杰连忙放下白色粉末袋，让大磊拆开拍照，自己向女人走去挡住她的视线。女人手里拿着一把锹，刚清理过猪栏的味道还在。

李明杰笑着，说："大嫂，猪养得不错啊。"

大嫂用方言说了些什么，李明杰不是听得太懂，大意是肥猪没人要，瘦猪斤两少。

麻大哥推着小推车进来了，上面码满了蓝色塑料桶，每个桶二十千克。

李明杰说："大哥，这个车间就是做添加剂的？"

"是的，这冰箱、微波炉、塑封机，这些全是皮老板扶贫资助的。"

"那怎么做这个添加剂，可以给我们讲一讲吗？"李明杰望了一眼大磊，大磊知道要重点录音。

麻大哥指着远处的大铝锅说："我说得不好。"

女人在旁边拉男人胳膊，带着警觉，说："皮老板说了，这个是商业秘密。"

麻大哥面皮笑着，说："不太好讲，是商业机密咧。"

"我们收猪，皮老板多少，我们一斤高他一块钱。"

"那个不行，皮老板说，我们都要讲诚信的！"看上去羸弱的麻嫂坚持说。

麻大哥带着歉意的笑，征求老婆的意见："那我简单给他们说一哈子？"

女人一脸不高兴，扛起铁锹转身走开。麻大哥指着铝锅，说："这是用来煮料的，那个蓝桶料最关键。"

刚开始说，手机铃声嘹亮响起，是一首《爱的誓言》。麻大哥接起电话，脸上顿时严肃，只听见里面传来严厉的声音。不一会儿，麻大哥挂了电话，眨巴着眼睛，说："这是商业机密，皮老板不让说。"

　　"刚才是谁？"李明杰警觉地问。

　　"皮老板，我老婆给他打电话了，说征求他的意见，他是财神爷嘛。"

　　"他在哪里？"

　　"另外一家。"

　　"你马上带我们过去找他，我们找他合伙做生意。"

　　麻大哥警觉地瞟了一眼李明杰，说："你们到底是搞么事的？"

　　"做猪生意，直接抢皮老板的猪源也不好，刚好可以跟他谈谈怎么合作嘛。"

　　"你们自己去找，我们不带路，你们去。"麻大嫂很不客气，铁锹在地上一杵，直接下逐客令。

　　"那么样走？"李明杰故意叉着腰，皱起眉头。

　　"就拳头大个村子，你们自己找也找到了。"麻大嫂控制了对外发言权，麻大哥灰头土脸默不作声，转过身去把邻酮码在一角。

　　事不宜迟，李明杰马上带着大磊往外走，上了小路往村里跑。李明杰边跑边给小贺打电话："注意警戒，可能会有车出来，给堵住！"

　　正要进村，只见两辆电动车从村里蹿出来，左拐，往来时的路快速驶去。两辆车坐了四个人，其中有个瘦削的八九不离十是皮少军。

　　"皮少军、皮老板！"李明杰喊了一声。

　　那个瘦削的人转头来看了一眼，马上转过去，继续逃跑。

　　李明杰和大磊在后面奔跑，很快就气喘吁吁，两辆车离得越来越远了。两人沿着泥泞的小路继续追，跑过那片树林，发现刚才停在树林的路虎已经不见了，留下两辆电动车。

　　李明杰连忙给小贺打电话，却没人接听。李明杰心里发慌，感觉情况不妙。

　　前面逃跑的人慌忙中丢弃电动车连钥匙都没有拔下来，李明杰和大磊一人骑一辆电动车穿出树林，爬上那段坡路，却没看见小贺和车。

两人站在高处仔细搜寻，大磊隐约看见草丛里冒出一小截黑影，车已经侧翻在路边了。

"错了拐！"大磊喊。

两人边跑边掏出枪来，李明杰靠近车，大磊警戒左右，没发现任何动静。

车左后屁股尾灯粉碎性破裂，车身凹进去一块，左侧车门被撞瘪，一道长长的擦痕似一道蜿蜒的小溪。

"小贺、小贺，你么样了？！"大磊喊。

李明杰把枪别在腰上，蹲下来透过前挡风玻璃看见小贺满脸扭曲疼得直冒汗。李明杰使劲儿拨拉车的侧门，门被撞变形怎么也打不开。小贺意识清醒，只是忍住痛说腿压住了。

李明杰用枪柄敲碎车窗玻璃，伸进手去拉小贺，小贺疼得直摇头。此时大磊把朝上的后门给打开了，他上半身爬进车里，去掰前座的滑轨手柄，尝试了几次终于将前座往后滑了半尺，再把前副驾靠背放平，拽住小贺的两个胳膊腋。李明杰在外面抱着大磊的腰一起使劲儿，将小贺从前座拖到后座，让他斜躺在后座上。

小贺手扶着右腿，吃力地说："估计骨折了，动不了了。"

"你就这么躺着，别乱动，我看看有没有明伤需要包扎的。"大磊仔细看了看，腿上没有血迹。

李明杰仔细观察车况，靠外的车门被撞瘪，侧翻压在下面的那半边看不清楚。他两头看有没有来车，寂静的山路上一如往常寂静。

大磊从车地板上找到水壶给小贺喝水，小贺咕咚咕咚喝了一大口才拿下壶来，说感觉腿舒服多了。

"刚才什么情况？"李明杰问。

"你刚给我打完电话，我就马上调整车位把车卡在路中间，差不多就堵住了整个路。不多一会儿就听见汽车轰油，我从后视镜看那辆路虎已经冲过来了。我在想要不要下车掏枪直接逼停，心里有点拿不准，没想到那辆车像疯了一样冲上来猛烈撞车后屁股。我的车往旁边侧移，我连忙挂挡准备调整车卡位，那辆车后退又加速前冲，直接撞到左边侧门，我的腿感觉一阵麻，车就侧翻了，路虎已经撞出了一条路，直接冲过去了。"

李明杰正要继续问，一辆农用三轮车开过来，大磊和李明杰先后不自觉伸出了手求助，让司机帮忙拖车。

司机打量着两个人，又打量车，问："多少钱？"

大磊大声嚷："就牵引一下，这还要钱？"

李明杰连忙笑着拦大磊，说："你说多少？"

"五十元。"三轮车司机一脸平静。

"五十就五十。"李明杰甩头让他开干。

司机下车左右观察了一下，脸上为难，说："怎么连呢？我没带拖车绳咧！"

大磊虎着脸侧身到后座去掏后备厢，终于把拖车绳拉出来了。

李明杰说："你把小贺扶出来坐着，别拖车又翻动了，我怕他吃不消。"大磊挽着小贺的胳膊慢慢把他扶出来。

农用车司机张着嘴半天没有合上，等小贺坐在远处草坡上，他才问："人伤着没有？"

"伤着了，所以我们赶紧拖正了好送他去医院！"李明杰说着，开始把拖车绳一头钩子挂在SUV顶行李架上，大磊已经把另一端绑在农用车后杠上。

司机坐上驾驶位不太放心，反复问："系结实没？"

"可以了，开拖吧！"大磊挥手。

农用车没怎么用力就把SUV从侧翻拖正了，随着惯性车要翻滚了，李明杰连忙喊停。

大磊急忙上去用双手往相反方向拉车，车摇晃了两下停稳了。大磊赶紧取下了拖车钩，怕老司机万一操作失误车就滚了坛子。

李明杰迫不及待去驾驶室检查挡杆，挂停车挡点火，发动机腾地就着了，看来车只是些皮外伤。

大磊给了司机五十元，收了拖车绳，再把小贺扶进车里。李明杰亲自开车，脑子里琢磨下一步行动。

从掌握的零散信息可以拼凑出皮少军控制着一个制毒网络，特点是小规模分散，像打游击一样隐藏在崇山峻岭千家万户，要迅速全面打掉这些制毒窝点需要调动大量警力，而且需要当地警方配合，涉及广大群众，甚至需要调派武警助阵。如此规模的警力调动，李明杰决定回江东市向杨局长做当面汇报，同时把小贺送回江东市治疗，一举两得。

# 四十一、朵朵娇艳

戴蓓蕾边走边回望泳池，火焰服女子还在向其他女孩发手环。戴蓓蕾用白毛巾慢慢搓头发，注意到能拿到手环的女孩不超过十个。

进女宾室换完衣服，戴蓓蕾循着火焰女子指引找到了"慕尼黑"，门口已侍立着的两名莹绿女子向她颔首神秘一笑。戴蓓蕾亮出手环，女子拉开门，她侧身进去。

一张直径足有四米的大圆桌摆在贵宾室中央，已经有三个年轻女子坐在圆桌旁，她们都在玩手机。

戴蓓蕾在紧邻主座的位置坐下，她猜大卫即将坐在主座。

女孩们围住桌子，彼此并不聊天。这场面就像某公司最后一道面试，象征性地进行，由公司最高主管出面跟大家打个招呼，甚至是致欢迎词，因为坐上这个圆桌的人都是过五关斩六将的佼佼者。

不一会儿，又进来两名高挑儿的女孩，身高、脸型和步伐表明她们做过模特儿，或者还在做模特儿。

等模特儿坐定，圆桌边除了正位空着，已经没有多余的位置，今天的幸运之星就是六位。戴蓓蕾还注意到房间四角都装有摄像头，无死角关照。

随着一声清脆的敲击声，金光闪闪的门打开，大家齐望过去，原来是直通贵宾室的一部电梯门开了，从里面走出了一袭白色装束的男人，准确说是白马王子，只是他穿的白外套垂到脚尖，让自己更像一个修行者。毋庸置疑，他就是一直被提及的大卫。只见他微微昂首，一脸克制的笑容，目光关照每一位，又没看具体哪一位，那种自信像他那长袍一样雍容。

有一刻戴蓓蕾忘记了自己身在何处，不断想，为什么这世界上还有这样的男人？他因何如此？她相信他不是有魅力，是有魔力！

修行者翩翩而来，坐在六朵金花留出的空位上，他抬手，头向左右示意，开口说："不好意思，让大家久等了。"

六朵金花有四朵不自觉低头，有经验的马上又抬起头，戴蓓蕾马上也抬起头。只有两名模特始终落落大方地看着大卫，她们什么动物没见过？

"你们喝点什么？"大卫关切地问着空气，每个人都觉得在问自己。

没有人回答，只是微笑望着大卫。每个人面前摆了四只杯子，郁金香型、苹果型、超大号苹果型和漏斗型。

侍者推着餐车从两面过来，车台上摆着许多种果汁、气泡酒、酸奶，最多的是各色德国啤酒。

六朵金花各自要了一杯自己喜欢的饮料，大卫要了德国啤酒。

见人人杯中都有了，大卫站起来，举起大杯子，说："今天的啤酒都是直接从德国空运来的，特别是原浆白啤还带着麦香。来，我敬大家一杯，这一杯酒过后，我们都是 DAV 集团的人，请举杯！"

一听到举杯，金花们被抑制的肾上腺素终于可以毫无顾忌地放飞了，大家不管喝什么果汁，都有一杯金灿灿的白啤陪伴，大卫在诚恳地尽地主之谊。

这一圈酒水后，六朵金花开始相互交谈起来，笑容一直挂在脸颊上。

"女士们，我还是自我介绍一下，我叫大卫。今天各位过五关斩六将，最终坐在这个圆桌前，我感到非常荣幸。顺便，我给大家介绍一下 DAV 集团，DAV 集团是一家从事幸福指数饮料研发生产和销售的家族企业，所以从今天起，在座各位已经进入了 Happiness Family（幸福家族）。"

每个人似懂非懂，又感到无上荣光。

大卫继续说："在你们中间，可能流传着一个误解，就是 DAV 集团薪酬高，在这里做销售拿提成，甚至可以发大财。最多的年薪能够拿多少呢？传言是八位数。对此我不评价，不过要谢谢这些传言，它让你们今天可以和我见面，这是个充满善因的奇迹。"

这次六朵金花都笑开了。

大卫举杯，大家都豪啜一口。大卫下意识用手把一边的鬈发往后捋，接着说："就在今天早晨，我还不知道我将和哪六位人中龙凤见面，你们是从一百二十名候选人里选出来的六位，那是个什么概念？就是 5%。这个 5% 是完全公平的，所以我见到你们，也像中大奖一样。"

说完，大卫好像怕大家误解，连忙笑着补一句："是我中大奖！"

这句话把在座的女孩，包括旁边侍立的女服务员都激得大笑。

戴蓓蕾暗自惊叹，大卫是个情绪调度魔术师，他的一席话让所有人都忘我地聆听，他让每个人都觉得自己非常优秀，大家是一群优秀的人，在干一件了不起的事。

戴蓓蕾虽然在笑，却觉得不轻松，她不知道大卫为什么选了这六位，也不知道下一步大卫要说什么，可能只有她知道，大卫不是吃素的。


"那么，我有几个问题，从我左手边开始问，大家轮流来回答。"大卫的表情稳定在似笑非笑间，开始望着左边第一个，那意味着最后一个即戴蓓蕾。

大家不约而同紧张起来，原来这才是真正的考试。

大卫说："这样吧，你们肯定都有自己的中文名字，我现场给各位推荐一个英文名字，相比较，我记英文名记得更加牢一些，好不好？"

没有一个人说不好。大卫的权威性是建立在知识体系和神秘感上的。

左边第一位女孩报上姓名：陈菲。

大卫点头，凝视着陈菲，说："你就叫 Sophia 吧。"

Sophia 开心地点头。

大卫接着说："我的第一个问题，你戴墨镜过来，一路颠簸后，画出的路线是什么？"

"我是个超级路盲，戴上眼镜后就更加不知道走的路线是什么，我想走了那么远，路总是弯弯曲曲的，我就画了一连串的波浪。"

大卫笑着说："在座的各位美女，你们怎样画路线，我不太清楚。但是，有一点我是非常清楚的，因为我制订的通关条件就是不需要会记路的人，画得越离谱越好。"

这么一说戴蓓蕾就豁然了，自己就随便画了一条蚯蚓。

左手第二个女孩脸庞带着婴儿肥，说话喜欢翘着嘴唇，声音颇多柔媚，她叫胡嘉恒，一个很中性的名字，也可用于楼盘，比如嘉恒中心。

大卫举起杯子自己小啜了一下，说："Helen，你说说，你在白色房间里听到了什么曲子？"

"我是学音乐的，那上面的四首曲子只有一首我没听过。我刚进白色房子时很紧张，注意到曲子里有小提琴的声音，很安慰人，所以我就选了我没听过的那首曲子。"

大卫举起杯，说："Cheers!"

Helen陪大卫干掉了一大杯蓝莓汁。

第三个女孩言之凿凿的样子，很正式地说出自己的名字——温碧雅。

大卫把酒杯在桌面上轻轻一磕，说："Wendy，你老家是哪里？"

"就这里啊，江东市。"

"哦，听口音，是不是去台湾公司待过？"

"大卫，你好厉害，这个也能听出来！"Wendy夸张地把啤酒杯倒满，泡沫四溢，她起身端起啤酒杯要给大卫敬酒。

大卫用手往下按了按，说："就这样，人不用过来了的。"两个人隔空碰撞喝下。

"Wendy，你是怎么把咖啡价格记住的呢？"大卫用期待的目光望着Wendy。

"这个真的是有缘分啦，以前我是搞期货的，本身就比较关注数字啦，看咖啡价格的时候，我还在想，这些数字怎么跟我的姐妹们的年龄是一样的。"

"姐妹？"

"是的啦，我们以前那个公司经常上夜班，因为美国开市是晚上啦，我们就在公司有个宿舍的。"Wendy依然带着台湾腔。

"世界是普遍联系的，这句话真是说对了。"大卫举杯示意自己干了，六朵金花都一起跟杯。

大卫离第四位女孩比较远，便站起身走到她旁边，女孩也站起来告诉大卫自己叫王瑞思。

大卫略停顿后，问道："Grace，你从栈道走过来时，看见了什么？"

"山坡、树林。"

"还有什么？"

"陵园，好像是陵园。"

"你相信有天堂或者地狱吗？"

"我相信有地狱。"Grace 笑答。

"不能只有地狱没有天堂吧？太苦了。"大卫盯着她问。

"我不知道，我就相信肯定有地狱，要不谁都不怕干坏事了。"

Grace 的回答刺激了大卫的笑感神经，大家都跟着笑起来。

这时候，一位厚唇佳丽已经起身。她穿着修身上衣，曲线完美呈现，下身是齐膝盖的珍珠白百褶裙，仿佛无数贝壳粘在一起。她举起一杯香槟，落落大方给大卫点头，再轻轻歪一下头，说："如果我没记错，David，在《圣经》里是一位有勇气有神力的少年，巨人歌利亚败在他脚下。大卫帅炸了天，意大利文艺复兴著名雕塑家米开朗琪罗，打算雕刻这个帅哥的裸体雕像，可是他怕雕刻不出大卫的美，就在工作室里每天观察这块巨石，终于有一天获得灵感，找到了雕刻的主题——对人体本身的赞美，也就是人本之美，而不是神之美。当世人揭开大卫雕像落成的幕布时，整个世界为之惊叹，大卫，是洁白如玉的美男子的代言！"

性感佳丽说完，大家不约而同地爆发出掌声。

大卫眼睛大睁，喜悦的心情溢于言表，好像刚才这位女子夸的是他本人的裸体。他大步上前，牵起女子的手，吻了一下指尖说："奇女子，请问尊姓大名？"

"Amanda，大卫，来，干杯！"Amanda 举杯轻碰然后仰饮，一气呵成，俨然见过大世面，这一趟她有备而来。

"你是个有故事的女同学，以后我慢慢听你讲故事。"大卫举杯致意，好像他是阿拉伯王子，需要一个会讲故事的王妃一样。

可以说，Amanda 的讲述将自我介绍推到了一个小高潮。

高潮之后轮到落幕了，戴蓓蕾有一点儿小紧张，大卫把目光落在了戴蓓蕾身上，她就坐在大卫右手边。

大卫回座位坐下，用手扶着杯沿，说："世界是无限循环的，你们看，同样是靠我最近的距离，左边是第一个，右边却是最后一个，这位巾帼不让须眉的短发女子，请问芳名？"

戴蓓蕾不紧不慢地起身，稳稳说出自己的名字：戴蕾。

大卫用杯沿碰了一下戴蓓蕾的果汁杯，微笑着说："Deborah，你在泳池里看见我没有？"

戴蓓蕾有些意外，一是大卫给起的英文名暗合了自己的真名，同时没料到大卫大卫会问这个问题，一时没有回答上来，脸微微红了。

"你肯定没有认出来，你们肯定都没有认出来，其实我就像大卫裸体雕像一样，站在高高的地方，只是没有一个人注意。"大卫端杯子站起来有些得意地说，"我是那个坐在岸边高台上的安全员，我看着你们每一位下水，看你们在水中的表现，然后才选择你们每一位。其实，前面所有的测试环节，都是借用这个场地设计的，所有问题，都是假问题，你们怎么回答都可以，都不重要。我是靠看面相和骨骼决定你们入选的，我这个安全员，只要你们进了这个池子里，就要负责你们的安全了。"

大卫举着杯继续说："反过来，你们就是我的左右手，我的安全也在你们手里！"

说完，大卫在桌面上重重磕了一下杯底，笑着对六朵金花说："从今天起，我们就是 DAV 家族成员，为了一个共同的梦想，来，姐妹们，干杯！"

桌面发出整齐的锵锵声。

# 四十二、雷霆

起伏、颠簸，车爬行了两个多小时，大磊和小贺闭目养神。

雨后潮湿的空气被太阳烤成红雾，山路顿显陌生，驾驶员李明杰总觉得错过了路口，导航仪也有些马后炮的作风，车开得疑神疑鬼。

车过麻镇，看见醒目的路牌，李明杰加油门大胆冲。不多一会儿，左手边出现一大片湖水，大磊睁开了眼，不禁喊起来："李队，我们快到观音货场了！"

听到观音货场，李明杰皱起眉头，他把车缓缓停在路边，问小贺要不要下车小解。小贺自己开车门，僵直着一条腿挪出车，腿部伤痛有所缓解。

"小贺，疼得厉害吗？"

"不厉害了，就是发麻，下车立一立可能更好。"小贺靠着车身小解。

大磊有些兴奋，冲着湖面一阵喔喔叫，真把两大一小一家子白鹭给惊飞了。休息完，大磊换李明杰开车。李明杰坐在副驾上不停吸烟，扭过头来问小贺："腿现在什么感觉？"

"没那么麻了，也不那么疼，只感到重，像根铁腿。"

"那用手轻轻搓一下，疼就绕着边搓。"李明杰说着，在想别的。不一会儿"观音货场"几个大字出现在前方。"慢着，慢着！"李明杰叫嚷，又望了一眼后座小贺："你的腿还能坚持吗？"

"李队，没问题的，您要干吗尽管说！"

"大磊，你把车开进观音货场，停在接近门口的位置。"李明杰吩咐。

大磊一把轮抡圆，车倏忽进了观音货场。货场里没有大车，只停了几辆农用车。

已经过了午饭时间，大家都饥肠辘辘。李明杰说："这个地方不是普通货场，你俩都留心点儿。小贺，你吃完饭就自己先进车里待着，我和大磊见机观察下。"

那条伤腿闷闷地痛，大磊扶着小贺，三个人进了面馆。三碗大份蘑菇面，端面的老哥上面时眼神先陌生又转意外，说："哥儿几个，山里头好玩儿吗？"

"玩儿是好玩儿，可路不好走，车差点就滚进山沟里了。"

"你那条腿不是野猪顶的吧？"老哥发现小贺的腿不对劲儿。

"没那么好运气，车翻滚时扭了。"小贺停下嗍面说。

老哥依然穿着那双看着就捂得慌的劳保鞋，大磊笑着问："老哥，你穿着大厚鞋，不怕捂出脚气？"

"就是有脚气才穿着的哦！"老哥一脸无奈。

李明杰望了老哥一眼，问："你们胡老板在吗？"

"你找他有事？"

李明杰咽下一口面，说："嗯，有一批山货出来，不知道他能不能给我组织运输力量。"

"找他找对了，这一带他调度能力最强，赶巧，他今天过来了。"

一听到这个信息，李明杰放慢了嗍面，说："你们这蘑菇面味道不错，都是山上采的？"

"当然，都是野蘑菇。"

"我们在山里也看见不少，但是不敢采，怕有毒。"

"是的，你们城里人最好不要随便采，弄不好出人命！"老哥一脸神秘的表情。

"胡老板在哪里？"大磊问。

"吃完面，我带你们去他办公室。"老哥说着，手里拿一块黑抹布随便在一张空桌上抹了一下，赶走一群苍蝇。

三人吃完面走出面馆，在门口抽烟。老哥伸头望了一眼，见他们没走远，又去收拾桌上的碗筷。

李明杰小声叮嘱小贺："一会儿在车里注意警戒，一有动静，马上把车开出院子，停在马路旁边待命。"李明杰意识到什么，又纠正说，"对了，你右腿动不了，开不了车。"

小贺笑着说："我是左撇子，腿部灵活，能双盘。"

大磊故意调节气氛，说："你可以在梓路禅馆参禅悟道了。"

李明杰对大磊说："胡老板应该有来拉料头的农户信息，这个非常关键，必要时我们采取强制措施。"

"明白！"大磊点头。

"好了吗？胡老板应该午睡起来了。"老哥在门口问李明杰。

李明杰说："你带我们去吧。"

小贺进了车坐在驾驶位上，半边屁股偏中间坐着，左腿居中间位置试着踩刹车启动，自动挡的车，一条腿操控完全可以。

老哥走在前面，李明杰和大磊跟在后面，向板房走去。胡老板房间门紧闭着，三人停下来。老哥用骨节粗大的手指头叩了几下门，没有回应，改用拳头砸。

门嘎吱一声开了，传出不耐烦的声音："敲么敲，敲死？"

"胡哥，有人找你谈生意。"老哥不卑不亢。

"谈生意？谈么生意？"胡老板好奇地往外望。

李明杰和大磊已经走进去了，老哥在门口候着。

"胡老板，我们来了几次，一直错过了，这次听说你在就直接上门了，有个事情不知道你能不能帮我解决。"李明杰一板一眼地说着。

胡老板红脸，中等身材，看着结实。他望了李明杰和大磊一眼，摸起保温杯对老哥喊："你把门带上。"

老哥把门带上，铁门抗议两声。李明杰坐下，大磊站在后面，李明杰和胡老板四目交错。

胡老板来回打量李明杰和大磊，点起一颗烟深吸一口，说："你们认识我？"

"您这么大能力，周围的人都认识您吧。"大磊说。

"我们在哪里见过面？"胡老板还是警觉。

"在街头随便问个跑运输的，谁不知道胡老板和您开的观音货场。"李明杰笑着也点起一颗烟。

"你找我有么事？"胡老板弹烟灰。

"我们想要一份您这里拉邻酮农户的电话。"李明杰语气郑重。

胡老板马上表情严肃，直直盯着李明杰，说："这是我吃饭的本钱，为什么要给你？"

李明杰浅笑，一只手慢慢伸进口袋里，掏出个黑色小本，又缓缓打开，亮出警察证。

胡老板凑上来仔细看了一下，又靠后，故作镇定，说："你们警察找我搞么事？我一不偷二不抢！"

"犯罪，不一定要偷要抢！你涉嫌给制毒作坊提供原料及运输，如果现在和我们配合，可能获得宽大处理！"李明杰拿着腔，字字带威。

胡老板突然站起来，大声喊叫："你们简直是瞎搞一气，我做正当运输货场，有观音菩萨作证，没有任何非法行为！"

大磊走上去，定在胡老板后面，用手压了压他的肩，说："坐下说，有理说得清，莫激动哟！"

老哥听见里面大声喧哗，拉开门，一脸紧张，手里还拖着个千斤顶。

胡老板望着老哥，用当地方言说起来。老哥不停点头，左右望李明杰和大磊，转身走了。

大磊要去拉老哥，李明杰让大磊不要妄动。

胡老板斜对着李明杰，手里扶着保温杯，胸膛起伏，一副莫名惊诧的样子。

李明杰言辞紧严："从现在开始，我每问一个问题，都不重复第二遍。胡老板，你要认真回答，撒谎就是隐瞒事实，也是一种犯罪行为。"

胡老板一推保温杯，杯子倒了，水差点溅到李明杰。李明杰扶住正要滚到桌子沿的杯子，望着胡老板，说："这杯子没有掉下去前，还是完整的。"

胡老板如坐针毡，左右摇晃着身子，说："你们肯定搞错了！你们绝对搞错了！"

"胡建国，皮少军皮老板你认识吧？"李明杰提高音量。

胡老板望着李明杰，沉默了一会儿，说："认不认识与你莫相干！"

"胡建国，我再次提醒你，这是在跟警察谈话，不是猜哑谜，你是认识还是不认识？"李明杰再问。

"算是认识，他是我的老客户，也是大客户。"胡建国故作镇定地说着，手机开始在桌面不停振动，屏幕上出现两个字：皮总。胡建国如同看见不祥之物。

李明杰眼疾手快，马上命令："胡老板，顽抗还是立功，就是一念之差，你接起来，按免提！"

胡建国眼珠不自觉地快速眨，缓缓伸出像生了锈的胳膊，艰难按下接听键，声音外放。

"胡老板，你在哪里？"一个男子细小清晰的声音。

"哦，皮老板，我在货场，有么事？"胡建国平静地问。

"最近货场来了陌生人没有？"皮老板声音冷静。

胡建国迟不说话，望了李明杰一眼，李明杰摇头。

"没有啊，么样了？"

"冇得事，我这边原料出了点问题，估计一时半会儿不会来料。你跟下家打好招呼，大家不要急，不要慌。"

"哦，晓得晓得，还有么事？"

"冇得了。"皮少军停顿一下，仿佛要挂，又接着说，"如果有人打听我的消息，告诉他们我回市里了，回来再联系。"

"好的。"胡建国回答完，刚想再说什么，皮少军把手机挂了。

回江东市就相当于一条鱼回了大海，抓起来就难了。李明杰眼睛从手机屏幕移开，望着胡建国。胡老板微笑，想打破高压气氛，说："你看，李警官，我和皮老板就是生意关系。"

"胡建国，从这个货场运出去的蓝桶，货主就是皮老板吧？"李明杰问。

"这是商业机密。"胡建国讪笑。

"这个也是商业机密？警察来调查，作为一个公民，你有义务提供真实信息，不得隐瞒，你是不打算给自己留条后路了？"大磊沉不住气了。

"蓝桶是皮老板的，里面装的什么，我不晓得。"胡建国强调。

"怎么都是农户来拉走？他们拉去干什么？"李明杰问。

"这个我哪里晓得呢！"胡建国一脸无辜。

"那这些农户是谁，每次拉走多少桶，你总得通知他们到货了，等每家每户拉走后，你总得给皮老板交个账单吧？"李明杰拍起桌子来。

"这个有的。"胡老板低声点头。

"那你把这个单子给我们！"李明杰盯着胡建国。

"这个不在我手里，我不管这个。"

"那在哪个手里？"李明杰追问。

胡建国显得为难，左右看，摸耳朵。大磊拍了一下桌子："胡老板，你以为你不说我们就搞不到？我们是在给你机会！"

"在会计那里。"胡建国垂头说。

"会计在哪里？"

"会计在镇上。"胡老板尽量显得客观。

"好，你打电话叫会计来，让带着货场台账来。"李明杰给出清晰要求。

胡建国起身，说："这个铁棚子里信号不太好，我出去打个电话。"

李明杰给大磊递个眼色，大磊跟着胡老板出去。胡老板走到货场一角开尿，举在耳边的手机也响了，他用方言说了一通。

李明杰在铁屋里拨通了杨局长电话，开口就说："杨局，本来我们打算送小贺回来治伤，同时给您汇报下这几天的情况。现在情况有变，应该说，有个一网打尽的天赐良机。"

"怎么讲？"杨局长被李明杰的情绪感染了。

"我们堵住了观音货场老板胡建国，他有所有参与制毒农户的名单，我觉得这是个一网打尽的绝佳机会。"

杨局长一听，沉默了一会儿，谨慎地道："明杰，你们现在可能面临一个比较大的风险，小贺腿伤怎样了？"

"伤情稳定。"

"你们三个马上开车回来吧。"

"不行啊，杨局，我一路考虑了很久，既然皮少军发现有人在追查他，我们的行动就不能拖，必须马上派大规模警力过来，一举控制这些农户，端掉所有制毒窝点，固化证据，否则可能功亏一篑。"

"你们现在的处境很危险，我命令你们马上撤回！"杨局长态度变得鲜明了。

"杨局，我们现在是做诱饵的最好时机，把参与农户都诱过来，如果我们撤出了，打草惊蛇，农户就不会来了。"

"现在你没有证据怎么抓人？而且面对的都是农户，那些人不分青红皂白冲过来围堵你们，你们怎么办？"杨局语气强硬。

"我们拿到名单就拿到间接证据了，就剩顺藤摸瓜了！"

杨局沉默了，李明杰马上赶一句："办案哪有按照剧本走的，我对面就坐着观音货场老板，我无路可退！"

果然不出杨局预料，外面农用车喇叭声此起彼伏，老哥出去后就开始给周边农户打电话了。

李明杰听见外面嘈杂声，胡建国也迟迟不来，感觉情况不妙，说了句"杨局，我出去看看情况"，就把电话挂了。

已经有十几辆农用三轮车开进了货场。最近的作坊农户在接到老哥或会计的通知后迅速抵达，他们下车后将大磊和李明杰团团围住。如果不出意外，应该还有更多作坊主开着农用车正往这里赶。

李明杰往小贺停车的方向望去，SUV已经不在货场，远处马路上，许多蓝色农用车沿着路向两个方向延伸。

李明杰连忙用手机拍照，把大量人群聚集的画面发给了杨局，紧接着给小贺打电话。

小贺声音很疲惫，吐词还算清晰："李队，打'110'说半天说不明白，而且他们逐级调动起来太绕，这儿离镇上派出所没几公里，我正驾车去请当地警方赶来配合，他们总得给我这条断腿一个面子吧。我觉得您和大磊势单力薄，可能会有危险。"

"我谅他们不敢！你开车千万要小心！"李明杰嘴上说着，心里悬得紧。

胡建国变了一副嘴脸，指着李明杰嚷上了，他的方言李明杰大体可以听清楚，意思是：李明杰破坏了农户的养猪生意，还诬赖大家制毒犯罪，今天如果不搞个清楚，大家不要轻易放他们走。

不知不觉中，一群人已经把李明杰和大磊围在了货场板房门外。几个酱紫脸盘的农户光着膀子，在太阳下油光闪闪的，他们怒气冲冲地在嚷着什么，四肢似乎随时有失控的可能。

# 四十三、拿捏

农用车把观音货场门堵死，外面马路已无法通车，沿途停放的农用车一眼望不到尽头。

老哥手里握着一根压千斤顶用的铁杆，站在李明杰旁边，像是保护又像是押解他们。

大磊始终把一只手插在兜里，握着枪，目光来回观察几个方向。

胡建国腰杆挺直，站在一辆农用车后斗里，比李明杰和大磊高出个头。他挥着手，反复说："老乡们，法不责众啊，法不责众，大家心要齐，我们都是正规的家庭作坊，何罪之有？"

人群中各种声音抛出来，有的说他们是假警察，有的说把他们抓了交给警察，另一个声音说他们就是警察，马上又有人说他们跟皮老板是竞争关系，是来搞破坏的。

李明杰和大磊背靠背，对付着来自各面的冲击。

一个虎背熊腰的壮汉走上来，一声不吭挤到跟前，其他几人都靠边站，大磊已经注意到了。

壮汉伸出手来说："你们说你们是警察，有证件吗？"

大磊掏出证件来递上去，壮汉看也不看，说："这个玩意儿，谁都可以做一个，既然你们坚持说你们是警察，那你们有枪吗？"他问了一个古怪的问题。

壮汉话音一落，场面安静了，看样子，在这里，枪是检验真假警察的唯一标准。

李明杰低声告诉大磊别掏枪，千万稳住。

见两人半天没有拿出枪来，壮汉带头开始起哄："把枪拿出来我们看看，有枪才能证明不是假警察！"

许多人就跟着喊："把枪拿出来！"

李明杰意识到问题复杂起来，他让大磊应付着，自己马上给杨局长拨电话。

"杨局，长话短说，情况危急请求增援！两个途径最快，一是马上派特勤队来，二是通过高层协调当地警方火速赶来。"

杨局长已经听见人群在喊"掏枪出来看看，掏枪出来"，他意识到李明杰的来电相当于求救信号，这么大的场面要能够镇得住，不出群体事件，必须有足够的力量介入。一刻也不能耽误了，杨局头上渗汗，让李明杰稳住，马上给市局张东强打电话。

"东强，李明杰和另外两名警员在玉兰山里，被一群愤怒的山民包围，情况异常危急！"

"那我能做什么？"张东强语气平静。

"能不能马上派缉毒特警，还有武警中队人马，火速赶到现场，甚至先派一架直升机过去！"

"为什么要缉毒警介入？"

"现场是一群制毒农户！"

"你不是答应我，让李明杰暂停参与缉毒工作吗，怎么还在惹事？"张东强质问。

杨忠平尽量稳住情绪细说："时间紧，我长话短说。李明杰这次是带人去侦破一名警员牺牲的案子，没想到他们跟踪的人是制毒团伙的头目，李明杰发现了他们的料头中转站，从货场老板这儿拿名单，他们唆使制毒农户来围攻。现在这帮人要缴他们的枪，随时会有爆发极端冲突的危险，这个利害轻重你我都知道的！"

"李明杰就是个吃独食的，一定是处置不当，做了不该做的事情，才激起群体事件！"张东强压抑着愤怒。

"东强，就目前这个局面，不管是什么性质，咱们一定不能坐视不管。你我都是上过战场的，这个情况相当于李明杰从阵地前线向后方发求救信号，万一他们在危急之际拔枪自卫，伤了群众，事情就闹大了，恐怕要惊动全国，你我更加负不起这个责任！"

杨忠平把话说得满满的，不容自己也不容张东强含糊。

张东强沉默了片刻。说："这个事情可以向更高层市委、省委汇报，让他们调配精兵强将去嘛，你非要我这个分管缉毒的去顶这个雷吗？李明杰闯这么大个祸，事发地点在山沟里，我这儿恐怕也鞭长莫及。"

"东强，出事地点尽管是远郊，也属于江东市公安局管辖范围嘛，当地公安部门领导许多是轮岗去的，好多是你的老部下，你总是熟悉的嘛。我建议你马上打电话到当地公安局，让他们派人先到现场稳住，市里再派人马过去接应。"

"你都想好了嘛，那你来指挥！"张东强挤对道。

"东强，得罪得罪，我比你提前了解一些细节，所以才给你些建议，你莫见怪。"杨忠平连忙解释。

"忠平，我知道了，有些事情急也没有用，你等我消息！"张东强挂了电话，开始来回踱步，此情此景他遇到不多，记忆中所知的几例，但凡没处置好的就成了严重的警民冲突事件，弄不好就丢乌纱帽，谁也无法来说情。他似乎想出了一个好办法来，正准备打手机，座机又响了，张东强连忙接起。

"老杨，怎么又是你？你不相信我？"张东强生气了。

"不不，你误会了，东强，有个细节我必须提醒你一下。李明杰在电话里再三给我强调，这次行动，意外发现大量山区农户参与制毒，这些来围攻的农户经常到观音货场拉料头。如果这次借处理群体事件，一并把农户的制毒窝点跟踪捣毁，相当于一举两得，否则打草惊蛇，再找证据就难了，李明杰就是在货场拿制毒农户名单才被围攻的！"

"知道了，我没说错吧，他这是在没有报备的情况下，擅自行动导致的群体事件，你这既要救人又要激化矛盾抓人，到底要我怎么做？"张东强很不耐烦。

"东强，那我不客气了，谈谈我的看法。我觉得务必调动全市缉毒警力，包括武警力量，会同地方警力，一举抓捕全部现场嫌疑人，然后顺藤摸瓜，捣毁每个制毒窝点。去的人数少了，一是走漏风声，跑掉一部分嫌疑人，二是现场力量不够反而会失控，容易出群体事件，这个利害关系你比我更懂！"杨忠平激动起来。

张东强皱紧眉头，说："好了，好了，你让我安静一下子，仔细想想，要么不行动，要行动就一定不能出纰漏，反而把窟窿捅得更大。"

挂了杨忠平电话，张东强吸上一颗烟，先拨通一个电话，简短问了麻镇地面的情况，挂了电话后，马上拨通了缉毒支队长宋发科的电话。

听完张局长的电话，宋发科沉默了一会儿，以试探的口吻问："张局，您打算怎么处置这起警民冲突？"

张东强反问："发科，你认为怎样处理最好？"

"张局，我说一下自己的看法，说得不对，您别怪我多嘴。"

"发科，你照直说！"张东强鼓励道。

"好的，张局，您看，李明杰越职跨区进山办刑侦案，这本身就不合规，现在与民风彪悍的山民发生冲突，场面可控不可控，我们都没有十足把握。按说，这件事情应该由当地警方出面调停解决，处理得好不好，这都是他们应该做的事情。当然，李明杰作为我们的同事，在外地办案遇到险情，您第一时间协调当地警方，尽到了责任就可以了，无法对结果负责。从操作层面，我觉得他们地方警力人熟行动快，可能还认识挑头闹事的人，一句话就能给平息混乱，所以……"宋发科说着停下来。

"你照直说！"张东强催促道。

"最好由当地警方出面来解决冲突，我们外围策应。"

张东强"嗯"了一声，不置可否，紧接着提出一个问题："听杨局长说，李明杰在那边发现了农户成组织的制毒证据，如果我们加派大量缉毒警力过去，是不是就可以一举两得，办一件大案？你对当地地面制贩毒的情况，有一些了解吧？"

宋发科沉吟了一会儿，说："张局，据我所知，毒贩还不会傻到大面积小规模制毒，这牵扯的人数越多，越容易走漏风声。"

"如果利用信息闭塞、网点散落、交通不便、警力不足、单点危害不大的特点，在山区以涓涓细流之势形成规模呢？"张东强条分缕析，逻辑严密。

"从逻辑上成立，但抓毒贩就要抓证据，以李明杰给出的情报，有多少农户参与制毒嫌疑？"

"杨局长提供的信息是接近一百户！"

"张局，您想想，要在这么短的时间，对一百户分布在漫山遍野的农户实施控制取证抓捕，每户就算最少派两辆摩托四人进村，加上各种布控、机动配合，需要调动八百多人的规模。而且牵一发动全身，一户走漏风声，一百户全部串联，他们销毁起来半个小时就能完成，我们还没有到目的地就已经没有证据了。"宋发科分析得头头是道。

"嗯，你的分析有一定道理，恐怕毒贩主谋也是这样想的，所以才采取了我们认为很傻、很笨的方法，可的确是一个好办法啊。发科，你的意思我明白了，现场情况是比较复杂，但我们干警的生命比什么都宝贵，咱们的同志在山里遭围困，不能见死不救。而且危与机是辩证的，挖掉一个毒窝子立大功也是有可能的。我这样定了，给你调动两架直升机，全副装备，火速抵达现场，目标不是缉毒，是把我们的人给接回来！对了，带催泪瓦斯，不到万不得已不用！"

"好的，张局，您想好了，我马上执行！"宋发科大声说。

挂了宋发科的电话，张东强看着指头的烟呆坐了一会儿，从抽屉里掏出一部平时不用的手机拨了一个电话，他只问了一句话："玉兰山的情况你知道吗？"然后就一直在听。

# 四十四、铁屋

一百多公里外，两架直升机准备就绪稳稳升空，四十多辆特勤防爆警车更是早就出动了。

李明杰了解群体事件的演绎路径，以前多是他出面帮忙解决问题，没想到自己这次成了问题制造者。在黑压压的人群包围中，他和大磊像两坨饺子馅儿，随时有可能被包住吃掉。

此刻唯有保持镇定。李明杰举着警察证，大声说："老乡们，我们是警察办案，不会坏了你们的财路。你们如果没有搞清楚情况就被人利用，围攻警察，自己莫名其妙就犯法了，多不划算。"

一个身材高瘦、脸色黄黑的男子站在一辆农用车后厢，举起手来高呼："乡亲们，他们怀疑我们制作猪饲料添加剂是制毒，我们连毒品是什么玩意儿都不晓得，这不是冤枉好人吗？如果他们不说清楚，保证我们不是制毒，就不能放他们走！"

喊话的这个黄黑脸汉子是胡建国的弟弟胡爱国。他的话很有鼓动性，尤其是对制毒贩毒半懂不懂的农民。他们情绪变得激动起来，喊出威胁的话来，要把李明杰和大磊捆起来。

人群在你挤我搡的过程中，一个四肢粗壮的男子跳将起来，把李明杰的警察证夺了过去举在眼前看，这一举动让人群沸腾起来。

胡建国举起手，大声喊："庆国，你别瞎来！"刚刚夺警察证的是他最小的弟弟胡庆国，他已经把警察证一扯两半抛撒在空中，还高喊着："老乡们，他们是假警察！"

人群如岩浆入海般剧烈涌动，火热的太阳下有一片肉色波涛。

大磊脸紧绷着，手护着枪与李明杰交流眼神。

胡庆国大声喊："如果是真警察，你们应该有枪，把枪掏出来我们看看！"

李明杰低声说："稳着，别掏出来。"

这个一直挑唆看枪的人就在眼前，大磊真想上去一拳把这张造谣惑众的嘴打歪。看热闹不怕事大的山民反复喊："拿枪出来看哈子！"还有站在远处高点看热闹、不怕事大的年轻人喊："缴枪不杀！"

李明杰最担心枪被抢夺流失，他抓住胡建国的领口，大声说："胡老板，今天这个场面是你搞起来的，任何一方出了人命，你都要负死责！"

胡建国感到事态要失控，跟两个弟弟喊："你们别胡来，给我稳住场子。我今天只想拿到一个保证书，让警察给我写个保证，我们这些农户被人利用制毒，我们是无辜的，我就要个保证书！"

这句话激起了大部分农户的兴趣，他们觉得这个保票才是关键。

李明杰脸色为难，强作微笑，望着骚动的人群。

胡庆国继续喊："制毒就是死罪，我们不能这么稀里糊涂被判死刑。乡亲们，一定不能放警察跑了，一定要他们给我们写个保证书。"

这句话如同炸弹掉进人群，激起了剧烈反响，大家开始毫无规律地涌动，喊声刺耳。挤得太紧，枪硌得腰生疼，李明杰感到利器在身的危险，他说："乡亲们，法律讲究公正公平，讲究证据，大家莫要激动，我们公安讲求实事求是！是非真相，我们去屋里谈，你们派代表跟我谈。"

胡建国连忙附和李明杰的建议，叫了胡庆国，还有一个人高马大的农户代表，三个人和李明杰、大磊进了办公室。农户代表把门关上，外面的嘈杂声弱下去。

李明杰和大磊两个对三个，在这个小环境里相对安全许多。李明杰担心的是枪，不是自己。怎么谈判李明杰早已心里有数，就是拖延战术，等到杨局长派人来。


外面有几串警笛声，来了八辆警车。这是应小贺报警，当地镇上赶来的警车，他们拿出手持喇叭开始喊话："请大家不要在这里聚集，远离是非，请大家不要堵塞交通，远离是非！"

大家谁也当回事儿，依然左顾右盼，议论纷纷。

李明杰知道群体事件有个特点，往往核心人员只有几个，大部分带着看热闹的心态，并不真跟警方作对。场外只有胡爱国嚷得最起劲儿，他要乡亲们不要慌，一定要拿到保证书，千万不能一哄而散。

来的警察并不是交警，他们只围胡爱国一人，拽住他的胳膊往外拉，让他到一边交代情况。现场并没有死磕的群众上去帮忙，胡爱国的气焰消去一半。

铁屋里的较量刚刚开始。胡建国显得冷静许多，极力排除自己的违法犯罪嫌疑，他说观音货场只是个货物堆放的地方，不存在任何参与制毒贩毒的行为。农户代表提出，他所有制作猪饲料添加剂的设备，都是皮老板投资的，所有权不是自己的。所有猪饲料也是皮老板收购，自己无论是主观上还是客观上，都没有跟任何制毒贩毒交易沾边。所有在场的农户都跟自己一样，没有任何主观制毒意愿。

农户代表还有点儿法律意识，李明杰反而觉得好谈了，不知不觉中已经掌握了主动权。犯法者可能装作不知情，但是当他们要求降低自己违法程度或者规避犯法的可能性，就意味着他们其实心知肚明，只是在装糊涂。

李明杰没有继续去指证他们犯法，而且也不是时候，关键是口说无凭，抓制毒要证据。为了拖延待援，李明杰假装同意起草一份保证书，以警察的名义保证这些人并没有参与制毒。

李明杰说保证书是个严肃的事情，措辞非常关键，他就在措辞这件事情上消磨时间，双方好像在进行一场大国谈判，来回讨论起内容来。

胡建国执笔，李明杰看条款，有些条款李明杰不同意，说警察的权限也是有限的，哪些能保证哪些不能保证，需要仔细琢磨。胡建国把写好的条款画掉再写，废掉一张纸重新再列，如此反复。

这时，铁屋突然震动起来，写保证书的桌子也跟着一起跳动，巨大的螺旋桨声波覆盖了一切声音。李明杰知道特警大队的直升机抵达现场了。

两架直升机故意在人群上空盘旋，巨大的气浪把围观的农户吹蒙了，眼看事态变得严重，一些人脚底抹油开溜。许多农用车也悄然启动，往可以钻的缝隙钻，争先恐后逃离观音货场。

胡建国手直哆嗦，他把笔放下，眼巴巴望着李明杰，不知道说什么好。

大磊紧护着腰部看着三个人，以防他们狗急跳墙。

直升机巨大的噪声落下去，可以听到警笛声响成一片。青陂区多辆防爆警车和江东市缉毒大队及防爆特警的两架直升机几乎同时赶到现场，双方沟通好时间打了一个漂亮的配合，治安警、缉毒警、防爆警和武警特警组成的联合编队有秩序地进驻观音货场。

警用摩托车穿行在人车缝隙里，电棍不停地闪出火花，喇叭反复广播：这里是江东市缉毒联合行动组，请与此无关的车辆人等迅速离开现场。

这话的意思很清楚了，谁留下来谁就是跟毒品有关。不到二十分钟，农用车全都走光了，围得水泄不通的公路松快起来。

警队早已布控好大批便衣充当摄影师，在农用车必经路口不停拍照录像，没有一辆车牌遗漏。多个机位在两个高点摄录了执法全程。

李明杰用耳朵完全可以判断外面发生的一切，他感觉事态已经扭转，给大磊使个眼色。大磊拧开铁门从里面走出来，看见观音货场满是警力。

宋发科已经看见了大磊，他带领两名手持微型冲锋枪的特警向铁屋走过来。

铁屋里的胡建国已经明白了一切，他不再要保证书，只是频频跟李明杰保证，他的观音货场绝对没有存放和流通过任何毒品，假如有人别有用心利用他运输制毒料头，他实在是完全不知情。

李明杰什么也没说，胡建国说了这么多，事情已经再明白不过了。

当宋发科带着特警进入房间时，胡庆国额头的汗流个不停。

高大的农户代表低着头，从几个警察身后往外挤。大磊拦住他，说："别急着走，等配合调查完了再走！"这个活生生的群体事件证人加制毒嫌疑人不能放跑了。

李明杰给宋发科敬礼，然后对胡建国说："胡老板，这是江东市缉毒支队宋队长，请你配合我们进行调查。"

胡建国像鸡子啄米一样点头，说："我一定全力配合调查，全力配合！"

李明杰说："光嘴上说没用的，你那份农户名单呢？"

胡建国犹豫了几秒钟，抬了下眼，感觉没有退路了，低头拉开抽屉，从里面拿出一份上面做满记号的名单来。

李明杰甩动着名单，说："胡老板，你早配合我们就不会闹这么大动静了！这么一折腾，连直升机都折腾来了，至少要多判两年！"

胡建国无言以对，只是流汗。

宋发科望了一眼李明杰，对胡建国说："我们需要你配合收集农户制毒的证据，你要把握住这个立功的机会，你的机会不多了！"

胡建国抬头望了一眼宋发科，大声说："宋队长，您官大，说话要算数，我争取立功！"

"我们说话都算数！我不算数，法律也会算数！"宋发科说。

两名特警一人抓胡建国一只胳膊，跟着宋发科往铁屋外走。

李明杰让大磊铐上胡庆国。胡庆国左右象征性扭动，没有做强力对抗，大声问："你们凭什么铐我？"

大磊说："你忘了你撕掉了李队的警察证了？这已经是造谣惑众，严重妨碍警察执行公务了，其他的事情还没有查呢！"

走出铁屋，阳光像刀子落下来，刺得所有人都顿了一下。

李明杰首先想到了小贺。

# 四十五、森空

六朵金花就像六滴香水滴进了 DAV 集团。

总裁助理往往是个无限大又无限小的职务，戴蓓蕾就是总裁助理。她不知道什么时候能见到总裁，大卫不在这里办公，具体在哪里没有人能够说清。

有人说大卫不需要办公室，他只是在总部大楼里有一个与维也纳金色大厅效果雷同的听音室，他在那里听古典、雷鬼、朋克、Hip-Hop、新世纪……各种奇怪的音乐，经常有黑胶大碟从德国寄过来。

戴蓓蕾有听音室的指纹门禁权限，可以随意开门进去拖地擦灰搞清洁，整理散乱的碟片，这不是一般保洁有的待遇。

大卫告诉戴蓓蕾，她可以随便听碟，喜欢什么就听什么。

戴蓓蕾在整理时边干活边听，有时候陷在情绪里，会反复擦抹一个地方。这让她害怕，马上关掉音乐出去。她想了解大卫，又在排斥大卫喜欢的一些东西，害怕自己也喜欢上这些东西，喜好会影响自己的判断，她提醒自己是带着任务来的。

这天 Amanda 来到总裁室，她挽着戴蓓蕾的胳膊像姐妹一样亲热。戴蓓蕾需要在 DAV 集团多些信息渠道，跟 Amanda "亲"来"亲"往地称呼起来。

Amanda 上楼来时带了两杯喜茶，眉眼向上喜滋滋地拜访了戴蓓蕾，两人好像校友似的。Amanda 是个急性子，没聊两句就问戴蓓蕾："听说老板有个超豪华的卡拉 OK 厅？"

"卡拉 OK 厅？"戴蓓蕾没有反应过来。

"就是那个克隆了维也纳金色大厅的歌厅！"Amanda 眼珠一转。

"哦哦！你要这么叫也可以，不过大卫很少唱，他只是听。"戴蓓蕾笑着说。

"他在不在？不在的话带我进去看一眼，也开开眼界嘛！"Amanda 一副挤眉弄眼的表情。

"那还是需要给大卫请示一下。"戴蓓蕾谨慎地道。

"你每次进去，都需要请示吗？这点小事儿就不用了吧。"Amanda 怂恿道。

"那儿毕竟是他的私人空间。"戴蓓蕾强调。

"我们又不拿不动，就是听听音乐。Music，就像空气，用了不会坏，也不会有人发现的，你说是不是？从那次面试酒会你也知道，他不会是那么小气的人，再说，他是我们的老板，如果不了解他我们怎么在这儿发展呢？"

Amanda 看似耍嘴皮，其实很认真，有点儿不依不饶。戴蓓蕾想了想，说："那就算跟我进去一起搞清洁吧。"

"没问题啊，给他整理得一丝不挂，不，不，一丝不苟，瞧我这激动得，你真是好姐妹！"Amanda 高兴得像只手舞足蹈的大熊，就差抱起戴蓓蕾旋转。

"不经意说出了你的心里话？"戴蓓蕾揶揄她。

"别磨蹭了，咱们赶紧去金色大厅洗洗耳朵！"Amanda 催促着。

两人到了听音室门口，戴蓓蕾将中指按在莹绿色指纹扫描板上，一声清脆的"嘀"，门缓缓移开，Amanda 挽着戴蓓蕾的胳膊迫不及待地走进去。

空间不大，从四面八方透出幽蓝的光，像显化的宇宙射线，还有一个个点光源在头顶遥远的地方忽明忽暗。

"哎呀，这里搞么鬼？像到了外星球！"Amanda 故意抱紧戴蓓蕾，一阵浓香扑来。

戴蓓蕾也觉得，这个听音室是模拟某种外太空效果布置的。

在房间中央有一把握高背靠椅，像立在苍茫宇宙中的一根柱子。Amanda 适应了里面的幽暗，跑过去坐在那张高椅上，手搭在扶手上，从地上缓慢升起一面屏幕，触摸菜单罗列着不同曲名。

戴蓓蕾走到正中间，倚着高椅，两人一起琢磨控制菜单。

Amanda 随便点了一行英文，深空里发出了各种奇奇怪怪的声音，也可叫噪声，比如打桩机的声音、电锯的声音，还有猛兽从水中跃起的声音。

Amanda 像一只猩猩进了录音棚，开始一阵乱点，古怪的声音终于灭了，换成更加古怪的声音，好像有人在宇宙深处发功。

戴蓓蕾点了一下屏幕上的话筒图案，这时候从头顶星空慢慢降下来一支钻石般晶莹的话筒。

Amanda 用鲜红的指头在话筒上磕碰了一下，话筒发出嗵嗵的声音。

"唱首什么呢？" Amanda 望着戴蓓蕾，兴奋又无措的样子。

"你最喜欢的歌吧。"

"没有伴奏啊！"

"你对着话筒说一句就行，它会自己找。"戴蓓蕾说她看见大卫这样操作过。

"《私奔到月球》。" Amanda 稳稳念道。

空间寂静了两秒，熟悉的伴奏音乐响起，两人好像从外太空回到了人间。

Amanda 拿起另外一支话筒递给戴蓓蕾，说："双人对唱，我们一起唱吧。"

"这个我不太会唱啊！"戴蓓蕾说。

"跟着我哼就行啊，帮我搭个腔嘛。" Amanda 已经随着节奏抖晃，像个常客。


你才是绑架我的凶手

机车后座的我吹着风逃离了平庸

这星球天天有五十亿人在错过

多幸运有你一起看星星在争宠

这一刻不再问为什么

不再去猜测人和人、心和心有什么不同

一二三牵着手四五六抬起头

七八九我们私奔到月球

…………


戴蓓蕾边学边哼，渐渐也能够跟上调子，Amanda 眯着眼睛陶醉其中。

不知道什么时候大卫进来了，他从戴蓓蕾手中轻轻抽去话筒，接着跟 Amanda 对唱起来：

其实你是个心狠又手辣的小偷
我的心我的呼吸和名字都偷走

大卫磁性稳定的男中音一出来，Amanda 像触电一样停下来，只停了两秒又接着唱。大卫不受干扰，继续稳定输出。

就这样，Amanda 从突兀紧张到放松投入，最终抵达化境，和大卫成了最佳 CP。

当音乐结束，Amanda 反倒紧张起来，望着大卫古怪笑着。无论得体不得体，女人冲着男人笑总是可以的。

大卫依然风度翩翩，手向眼前的一切伸展，说："喜欢这儿吗？"

"太喜欢，喜欢死了！" Amanda 扭捏，扶着戴蓓蕾的肩在那儿大幅度晃动。戴蓓蕾颇为尴尬地说："大卫，不好意思，没有提前给你打招呼。"

"没关系的，我不会这么小气，能够听见你们的歌声，这儿一下子就有了生气，不再是我以前把这里当作宇宙洪荒的设定。"

"这儿一直是你独自一个人待着，不寂寞吗？" Amanda 耸了下肩，故作惊讶。

"寂寞不是也很好吗。"大卫笑着说，"你们看了有何感受？一个一个说来。"

"寂寞嘛，我刚说了。" Amanda 语快。

"Deborah，你觉得呢？"大卫侧着头期待戴蓓蕾。

"像宇宙，也像深渊，让人陷入冥想。"戴蓓蕾认真寻找最合适的那个词。

"你说得有些沾边，这儿就是按照宇宙深空布置的，里面的许多声音，是科学家在探索宇宙时录制或者由波长转换而来的。我喜欢来这里，一个人坐在这把椅子上，打开音乐，或者聆听宇宙，或者独自冥想。"

"你想什么呢？" Amanda 好奇地问。

"宇宙中最深奥的东西是什么？"

"是……什么呢？"

"大脑！人的大脑是最神秘的！你们听说过吗，中国有个富豪向加州理工学院捐赠了十亿美元用于脑科学研究，我在人脑开发方面的投入，将比这还多。我觉得我们对宇宙知识的了解，超过我们每天顶着的大脑。大脑就像个神秘莫测的宇宙深空，我们如何打开它，如何在里面遨游，真是令人神往。"大卫像个脑科学家。

"老板，你说得好深奥，还有点吓人。"Amanda 一副崇拜的表情。

"惊恐本身就是人类探索的原动力。"大卫说着望了一眼戴蓓蕾，戴蓓蕾缓缓点头，似乎听懂了他说的。

"好吧，多谢你们来到'森空'，我刚好有一丝灵光闪现，需要在森空发展完善，Deborah，你们出去后，在门口设免打扰提示。Amanda，欢迎你常来。"大卫的逐客令也让人陶醉，毫无不适感。

门缓缓开启又关闭，大卫像一个影子慢慢被挡在门后。

两人从房间出来，Amanda 才发现门旁边有一行可以忽略不计的莹绿小字，英文用方括弧括着——森空 [deep space]。Amanda 激动得双手握拳喋喋不休，还在戴蓓蕾面前快速扭动丰满的臀部，像一只刚刚获得交配权的企鹅。

从此以后，Amanda 隔三岔五来一次，她也喜欢在森空"冥想"。刚开始还喜欢借戴蓓蕾的手指开门，后来她也可以直接用手指开门了，这虽然只是个微小变化，但说明大卫进一步认可了她。


这天 Amanda "御风"而来，穿着无吊带束胸裙，连戴蓓蕾都好奇，这件裙子仅靠她的胸部支撑，是如何做到不掉的。

还有更出乎戴蓓蕾意料的，Amanda 把大卫那辆白色跑车借出来兜风。敞篷车里有两个女人，一个长发飘逸，一个寸头如刺，巨大的排气管啸叫，扰乱了一街视线。

车绕过繁华的滨江路，进入清末租界留下的殖民风格建筑群里。江东市曾经有"东方芝加哥"的称誉，老派豪门底子还在。

今天没有什么重大主题，Amanda 带戴蓓蕾出来吃零食——EIS，一种纯正德国口味的冰激凌。

两人挑了一处僻静处坐定，Amanda 拿出一根细长红烟点上，摇灭打火机。

"今天我请客，你别跟我抢啊！" Amanda 霸占了埋单权。

"怎么想着请我吃冰激凌？" 戴蓓蕾好奇地问。

"好吃啊，就想着一定要请你来吃，感谢你带我去森空冥想。" 逆光中，Amanda 手臂上灿若金光，她用舌尖勾碗里的冰激凌还能说话。

"大卫请我来吃过一次，我就念念不忘了，他说德国每人一年消费一百一十个冰激凌球啊！"

"你到底是对冰激凌念念不忘，还是对大卫念念不忘？" 戴蓓蕾打趣，想不到 Amanda 的公关能力比自己强几倍，她心里暗自沮丧。有些差别真的不是演技，是人格障碍，至今自己还没有确定该在大卫面前用何种人设。

Amanda 没有马上反驳，停顿了一下，认真说："大卫这样的人，你觉不觉得跟他在一起，就像，像初中时做化学实验，把一种什么元素扔进杯白水里，然后平静无味的白水里就燃烧起来了？"

"还有'嘭'的一声，爆炸了啊。" 戴蓓蕾坏笑着。

"爆炸吗？我忘了，都还给老师了。你不觉得大卫简直是个奇迹吗？要说有许多女人自愿为他生孩子，为他去死，我完全相信！"

"你也算一个吧？" 戴蓓蕾用坏坏的眼神逼视着 Amanda。

"我嘛，不在评价之列。" Amanda 歪头，一副无所谓的样子。

"别不好意思，告诉我，女人为什么为他发狂，因为他有钱吗？"

"不是不是，他，有那种什么气质来着，迷人！对，迷人，像魔法一样迷人。" Amanda 陶醉了，刮着纸桶。

"你着魔了，爱上他了？" 戴蓓蕾笑起来。

"不是啊，阿戴，你是真不懂还是假不懂，和平年代啊，有什么还让人五脏六腑颤动的，是他把我点燃了，无意间把我点燃了，他可以不知道，我没法不燃烧！真的，我的五脏六腑，很深的地方被他揪了一下，然后我望到了我的森空。" Amanda 就像在梦游。

"有这么邪乎吗？"

"真是夏虫不可语冰，打个比方，我觉得我这神秘的大脑，以前真是像棵大白菜，码在地窖里，现在才是真正的大脑。"

"还是棵大白菜，只是有点邪乎的大白菜。"戴蓓蕾故意逗她多说。

"问你个严肃的问题，你真觉得大卫有魅力吗？"Amanda一脸严肃。

"无可奉告。"戴蓓蕾神秘一笑。

"你就是个闷骚。"Amanda仰头叹了一口气，说，"你全懂的，你就是不承认。"

男人有时候就像冰激凌，冰激凌吃完了，两个女人谈论一个男人的兴奋劲儿也就过去了。Amanda说："大卫觉得我是块做销售的料，派我去营销公司那边做，你在总裁身边信息灵通，咱俩多多交流哈。"

戴蓓蕾点头："销售什么呢？"

"我现在要独立开发一款新产品的市场，总之是什么氨基酸啊多肽啊碱性啊，全是我搞不明白的一些名词。这种饮料喝了可以让人精力充沛，说二战时德国士兵喝了可以三天三夜不睡。"

"听上去很厉害，那别人都在睡觉你在加班，能不是人生赢家吗？"戴蓓蕾点评。

Amanda看了一下手表，说："对了，我马上要给一个老板交货，一个人显得气场不足，你跟我一起走一趟吧。"

"我说怎么就突然请我吃冰激凌，拿我当跟班儿，什么货？"戴蓓蕾认真问。

"总之是食品营养添加剂，具体什么功效我搞不懂。大卫说原来的人他信不过，让我接管这个老客户。"说着，Amanda起身，戴蓓蕾跟着，两人走到停车场。

Amanda打开后备厢，里面有两个精致的包装盒，每个都有月饼盒那么大。

一人拎一个白色包装盒，坐电梯换电梯，曲里拐弯进了一道长廊。正往前走，戴蓓蕾发现一个熟悉的身影，他穿着便装从长走廊往电梯那边转。她只能看见一个侧影，不能确定刚才看见的就是父亲。

戴蓓蕾想过去探个究竟，又觉得有Amanda在不方便，打消了念头。

跟着Amanda进到一间普通的办公室，里面装修简洁，细看却不乏精致，德式那种低调奢华感。

两人在一面商标墙下的沙发上坐着，不一会儿，一位缀满耳钉的男子彬彬有礼地走过来。

"请问两位女士找谁？"

"你是 Hugo 吧，大卫让我送货来。"Amanda 站起来说。

"哦，是你们，那把东西就放在这里吧。"男子让 Amanda 把盒子放在茶几上，Amanda 也把戴蓓蕾递过来的盒子接住放在茶几上。

男子低头躬身，目光专注地打开盒子，用手捏了捏隔着包装的物品，又扣上盒盖。

"两位女士，你们要喝点儿什么？"男子神色平静，既不亲和也不陌生。

"不喝了，要是没什么事情我们就走了。"Amanda 言辞像戴蓓蕾的短发一样干净利落。

"那好，我刚好有个会议，就不久留两位了。"男子轻轻点头送客。

"您忙吧。"

两人出了办公室，沿着长长的廊道走着，都一言不发。

到了跑车前，Amanda 才让戴蓓蕾举起手来和她击掌相庆，说："想不到赚钱这么简单！"

戴蓓蕾笑着，不置可否。

Amanda 甩头，示意戴蓓蕾上跑车，戴蓓蕾说："你开车先走吧，我顺便在这儿见个人！"

"你才是真玩家，男朋友？"Amanda 诡笑。

"不是啦，今天帮你赚钱了，回头再请我吃大餐哈。"戴蓓蕾笑着。

"冇门台（没问题）！"Amanda 点火，猛踩油门，排气管的叫啸声比来时还大，她一阵风般飞了。

## 四十六、心照

　　戴蓓蕾装作若无其事地在会所四处走动，希望再次看见父亲的影子。她回到了刚才看见父亲身影的电梯口，这时候手机响了，她接起来，果然是父亲打来的。

　　自从她转入卧底，父亲一直约她见面，她总是躲着不见。父女俩无法说服对方，吵了几次，戴蓓蕾以见面会影响到自己的工作，甚至影响到安全为由，将父亲吓退。

　　电话里父亲恳切，甚至连哄带求，他说看见她了，要她到对面的茶馆里面聊。

　　戴蓓蕾耳朵贴着手机四处观望，看见了父亲说的那家茶馆。她觉得这个阶段还是不应该见父亲，可父亲突然出现在这附近让她感到奇怪，好像她的行踪被他知道了，或者他出现在了不该出现的地方。

　　戴蓓蕾怨恨父亲的主要原因，还是几年前父母突然就离了婚，事先一点征兆都没有，对她绝对保密。她不认为离婚这件事情不可以发生在父母身上，只是一家人在重大决策前应该有个商量，哪怕通过频繁吵架给出预警，亮个红灯，给点蛛丝马迹。什么提示也没有！知道他们离婚的那一刻她恨透了，但不知道恨谁，就恨自己，自己不该来到这个世界，像个无关紧要的玩具，被他们视而不见。

　　这次卧底操作她几乎复刻了他们当年的离婚方式：不给一点儿先兆！

　　那时候她在警校不经常回家，父亲一个月会顺路来看她一次。有一次父亲照旧来看她，请她吃了顿大餐，同时告诉她他们离婚了。她当场跟父亲大吵了一架，父亲说她还小，迟早会懂的。

　　离婚后搬出去的居然是母亲。母亲对她的管教一向严厉，也十分关心她的前途和幸福，却突然对她显得无暇顾及的样子，这太伤她的心了，认为母亲一定是有难言之隐。

终于盼来了这一天，母亲专程到学校找她，问长问短，装模作样听了她的学习、生活的情况，突然提出要戴蓓蕾和她一起出国。她的态度非常坚决，甚至提出学业没有完成可以退学，去那边后再找一所常青藤大学接着上。

一向办事很有逻辑的母亲怎么突然变得这么不讲策略？戴蓓蕾觉得父母都不可捉摸，她甚至怀疑这两个人患了轻度精神病，实在无法接受母亲的要求。

短短几个月整个家都乱了套，可以说分崩离析了。戴蓓蕾开始彻夜难眠，她想不到好端端的家，那么慈爱的父母，怎么突然变得不可理喻。未来的人生就像一片看不见底的深渊，也是一片"森空"。

濒临崩溃的戴蓓蕾毫无方向，仅凭直觉全身心投入学习中，除了刑侦课还有散打搏击术，她打算让自己学死累死，这总归不会错的。

等她安静下来再去努力回忆父母的种种表现，还是没有发现他们离婚的任何缘由，或许应了一句口水话"爱需要理由吗？"的翻版：离婚需要理由吗？是的，人们只喜欢听爱情故事，只有她才那么在意父母的离婚故事，她一直期待着父亲或者母亲给她好好讲讲他们为什么离婚。她接受任何理由，只需要他们中的任何一位亲口讲出来。

就这样，她强行被家庭破裂产生的离心力甩出来，抛向茫茫人海构成的"森空"。她无坚不摧，也随时会脆断，她喜欢看见强人，看见李明杰就觉得人应该是那么永恒不变才好，看见他就踏实。


穿藕粉色短袖衫的女孩在茶室门口恭迎，戴蓓蕾说找戴总，女孩准确说出位置。

茶香、熏香、各种香钻入戴蓓蕾鼻孔。戴蓓蕾走到顶头，看见了右手包间，门关得严实，门格楞都用福瑞图案的窗户纸裱糊着，无法知道里面有没有人。

安静得出奇，戴蓓蕾手指头在门上轻叩，一连两次，里面传来轻缓的一声：请进。

是爸爸的声音！第一次在茶室里找父亲，古怪的环境让自己以为找错了地方，当门开了，父亲站在自己面前时，戴蓓蕾眼底潮湿了。

茶室墙壁被黑风唐卡、宋人字画捂得严实。简洁的明式长条桌上置荷叶造型茶台，茶台不大，却摆得下几件龙泉青瓷茶具，小包间里适合两人对饮。

戴兴国微笑着示意女儿坐，然后给她沏茶。

戴蓓蕾从来没有和父亲这样正儿八经对坐聊天，虽然只有不长的一段时间没有见面，父亲已然苍老了许多，方正的脸上潜伏的皱纹忍不住爬出来，咖啡色眼袋变得明显。

当知道自己做卧底后，从来不说一句重话的父亲在电话里咆哮过，严厉之势让她暗暗发抖。现在见了面，父亲又回到那个任凭自己撒娇、由着自己任性的老样子。在父亲面前，她都不知道自己该说什么好。

戴兴国微笑着，怕女儿看不出来他的态度，给她递了一杯茶。

戴蓓蕾不带表情，她其实想微笑，叫爸爸，可是笑不出来，也叫不出来。父亲变了，但她也不知道哪儿发生了变化，本质的变化。

"爸，您怎么知道我在附近？"

戴兴国头微抬，目光冲茶盘，笑着说："你爸我是公检法什么都干过的人，办法多得很，想知道你在哪儿只需动动嘴。"

"爸，您找我有什么事儿？"戴蓓蕾说完马上补充，"您如果想要我停止特殊侦查，那只能免谈，我退不出来了。"

"是啊，其实抓坏人的方式有很多，你怎么突然钻牛角尖钻到这里面了呢？"戴兴国的失望尽量不表现出来，只是随着话语无意识地缓缓摇头。

戴蓓蕾面对父亲摊牌还是觉得别扭，双手捧着小杯子稳定情绪。

"不说这个了，你注意就好。"戴兴国一副无可奈何的表情。

"您血糖控制得还好吧。"戴蓓蕾轻声问，眼泪不争气得掉下来了，她从来不会在别人面前掉泪，这好像是个难得的机会。她本觉得此处不该有泪，就在几个月前她还是个孩子，现在和父亲是大人跟大人的对话了。

"都很正常，这个你不用担心。你妈最近跟你联系了吗？"戴兴国目光低垂倒茶，不像以前总是眼含慈爱望着自己，眼里似乎有愧，这让她悲哀。

"没有。她是不是很忙？"戴蓓蕾随意问。

"我估计她也联系不上你，你把原来的通信方式都停了吧？"

戴蓓蕾点头。

"所以你妈找到我，我给她说了你的情况，她就跟得了神经病似的，每天半夜打电话过来问你。我只好瞎编一些你的事情，让她觉得你安全，我这段时间熬得，你看，灰眉耷眼的。"

戴蓓蕾瞟了一眼憔悴的父亲，怕自己忍不住，连忙说："您给我拍张照片发给我妈吧，这样她就安心些。"

戴兴国笑着拿出手机来，一连拍了好几张，举得远远地看，他眼睛老花得厉害。

"你这短头发，我倒是觉得挺适合你。"戴兴国有些无话找话。

"爸，您找我不是闲聊的吧，肯定有什么事情。"戴蓓蕾喝下一小杯茶。

"要说有也是有，你妈又死缠烂打，要让你过去跟她一起生活。她说她在那边投资了一个什么项目，生意好得不行，要你过去帮忙。"父亲笑着。

"要我改行，那怎么可能？那不是我要的生活。"戴蓓蕾不想给他们任何让她辞职的念想。

"你要的生活是什么，是这样人不人鬼不鬼，连老爸都躲着吗？"戴兴国终于埋怨了一句，但声音很轻。

"您曾经是个老公安，我不允许您这么说我！"戴蓓蕾认真起来。

戴兴国望了戴蓓蕾一眼，一言不发。

"爸，您别以为我是个孩子，什么都不知道，您和妈妈在我刚上大学时还很恩爱，怎么就感情不和了？没见你们争吵，怎么说离婚就离婚了？这里面一定有什么变故，是您背叛她，还是她背叛您？"

"按你说，离婚就非要第三者插足才行？婚姻的事情你不懂，离婚就一定要吵翻天吗？两个人连话都不愿意说，才是最可怕的。"

"哀莫大于心死？我不信，我看不出来你们的感情有什么裂痕。"

"不需要裂痕，一直就不平衡，最终就会倒，我这辈子为她付出的代价够大的了！"

"既然付出那么大，不更应该珍惜吗？"

"你还小，不懂。你有男朋友了吗？"

"您别管我。您正面告诉我，你们到底离婚没有？"戴蓓蕾鼓起勇气盯着父亲。

"你自己看吧！"戴兴国掏出离婚证来，扔到茶台上。

戴蓓蕾伸手拿起离婚证，才觉得这个小本子的分量，她无论如何不相信这是铁的事实，不觉流起泪来。一直在她面前秀恩爱的夫妻离婚了，从此陌路了，这真是太残酷了。

"你妈一直就想过自己要的生活，她现在在那边发展得非常好，可以说衣食无忧吧。我觉得，那种地方环境好，空气干净，人的基础素养好，非常适合女人过去生活。"

"按您说的，中国女人都去加拿大享受生活，男人都留下来搞建设，是最好的搭配？"戴蓓蕾忍不住戗了一句。

父亲不自在地转了眼神，找到茶海倒茶。

"爸，您别再说这个了，我已经是一名警察了，人生不过几十年，我怎么会对那样提前养老的生活有兴趣呢？"

戴兴国抬头深深望了戴蓓蕾一眼，说："想不到，我从小惯着你，结果是害了你！以前爸爸总是尊重你、由着你，你看你现在弄成什么样了？我今天专门堵住你来谈这件事，是思考了很长时间的，是百分百为你好，你听也得听、不听也得听！"说着，戴兴国哆嗦着拉开手包，掏出一本东西来。

"我已经把你的护照办好了，要签证随时去，我提前给你约指定的签证官走个过场就行。你必须离开这里，你现在这个工作太危险了。"戴兴国情绪激动起来，显然他一直在忍着。

"我绝对不能离开这里，于人于己、于公于私都不能！"戴蓓蕾毫不嘴软。

"现在是你离开的最佳机会，卧底还没有搞出什么名堂来，对方也没有发现你，也没有打草惊蛇。你现在刚好脱离了单位人的视线，大家也不关注你了，你低调离开，真的是机不可失，时不再来！"

"爸，您别说了，您这不是帮我，是在拉我下水。"戴蓓蕾大声制止。

"蕾蕾，你，你说这话是什么意思？"戴兴国站起来了。

"没什么意思！您和妈那点工资我还不知道？她一个工会退休干部，一句外语也不会，去那边还能把生意做得红红火火，衣食无忧？是不是我过去了，您再随后

260

过去，我们一家人就完美逃脱，抱着一大堆不明不白的钱过上了幸福的生活？你们要是没事干吗溜啊？我猜也猜得差不多了！"

戴蓓蕾也毫不示弱地站起来。

"你胡说八道！"戴兴国气得甩起手摔掉了一个鹧鸪纹建盏，这要是真品得值千万元。戴蓓蕾望着震怒的父亲，像看着一个陌生人。

门外，茶室小妹在用力敲门询问："您有什么需要帮助的吗？"

戴兴国转头对外面喊："不用，别多管闲事！"

两人默不作声站着，戴兴国换了舒缓的口气，说："护照你拿着，随时等我电话。"说完，戴兴国把护照扔在茶台上，抓起手包往外走。

茶室小妹拉戴兴国的胳膊，她知道他损坏了物品。戴兴国拉开手包从里面往外扔钞票，扔到第三张，小妹松了手，戴兴国气冲冲往茶室外走。

戴蓓蕾跟出茶室，一脸无措地目送戴兴国离开。

茶室门口传来戴兴国的一句话："你只有离开这里才是安全的，其他都是绝路！"

戴蓓蕾知道父亲说的"这里"不是茶室，也不是江东市，而是这个国家。她不知道父母为什么混到最后，只有离开这个国家这一条路。

# 四十七、战栗

　　哀乐低徊，一排排藏蓝色衣着的人托帽垂首。在警察的时间表里，这是最不可预知的日程，也是时时都准备好的日程。

　　贺刚的追悼会在局礼堂举行。

　　武大磊哭得不像一米八多的男儿，他万万没想到，和他一起入职的贺刚躺在那里再也不能动弹了。这个沉默稳重的哥们儿，入警队的梦想是成为摩萨德那里的人物那样，胆大心细沉稳干练，悄没声儿就拯救了以色列。摩萨德那儿是特工，处理的多是敌我矛盾，警察处理的多是人民内部矛盾，在和平年代牺牲最多的正是他们。可他好像入错了行，连人民内部矛盾都没赶上，只是当了几年司机就牺牲了。

　　贺刚在山路横车堵截皮少军时，遭到那辆路虎的猛烈撞击致股骨骨折，看上去完好无损，内部裂骨错位切断腿部动脉，导致严重内瘀血，恶液扩散开。他用左腿踩刹车和油门，探着身子开车离开观音货场狂奔麻镇，有几辆农用车一直穷追不舍，中途被他们堵截。这些人掀翻了他驾驶的SUV，好在警察及时赶到解围。借这个机会，他将观音货场的危殆情况向当地警方汇报后就晕倒了，被送医时已经失去了抢救的机会。

　　李明杰紧绷着脸，尽量不让自己哭出来，他不相信这是真的。当他和大磊从村里出来见到贺刚时，他就已经在和死神搏斗，只是这一切都在悄无声息地进行着，李明杰一点都没有觉察到，还派贺刚守在观音货场出口。贺刚以他的直觉，在生命的最后半个小时里用一条腿开车，与几辆农用车展开了一场生死竞速，耽误了最后的抢救机会。

杨局蹲下来扶着李明杰的肩。李明杰眨巴着眼睛，旁边女警员递给他纸巾。李明杰收拾好面容，摇晃着站起来，红着眼，内疚地对杨局说："是我疏忽了，没有想到他伤得那么严重，贺刚的牺牲，我负有极大责任。"

杨局拢着李明杰的肩一起往礼堂外走，到了一片树荫下。杨局递给李明杰一颗烟，望着李明杰轻声说："我干了一辈子警察，背靠背搏命、过命的战友不下十个，其中四个都牺牲了，每个人牺牲前我都没有想到。我也是挖心挖肝地疼，悔得睡不着，抽自己嘴巴。贺刚的牺牲我们都很痛心，最痛惜的是，我觉得他是个干警察的好苗子。他沉稳，心理素质好，而且没有半点儿警察自我膨胀的毛病。电脑、各种电子警具，他一玩儿就精，车也开得又快又稳，是个值得培养的大才，所以我才派他到你手底下磨炼，让他先跟你开车学办案，没想到就这样走了。如果真要怪，那还得怪我！"说完，杨局长叹一声。

李明杰沉默如金，脑子里闪过贺刚的音容笑貌。两人低眉在树影下待了一会儿，都戴上帽子回办公楼，杨局好像想起什么来，说："你到我办公室来一趟。"

进了办公室，李明杰坐在沙发上心里想起一个人，戴蓓蕾没有参加今天的追悼会，如果她参加肯定会哭得惹眼。

杨局长亲自给李明杰泡了一杯铁观音，搁到茶几上，语重心长地说："有个人，我要单独给你交代一下，你要特别注意她。"

"谁？"李明杰直觉杨局有重要事情交代。

"戴蓓蕾！检察院老戴的女儿啊！"杨忠平说完深深吸了一口气，眉结紧攒着。

"她今天没有参加贺刚的追悼会，她怎么啦？"李明杰紧张起来。

杨局长抽出一颗烟来，慢慢递给李明杰，自己也抽出一颗来，习惯性地在茶几上捶结实烟叶，点了自己的又记得过来点李明杰的。李明杰连忙欠身凑上去，两人吐出的烟圈盘旋到了一起。

杨局长说："老戴这个千金，是个直肠子，一身正气，一腔疾恶如仇的热血，这是做警察的极品，如今这样的孩子难找。现在已经有人把警察当作吃快活饭的看待，这完全是个误会。"

杨局长这样没着落地说着，李明杰听得心里一阵阵发紧，如果没有什么重要的事情，杨局不至于这么郑重、这么愁云笼罩。

"按说，她是违反组织规定了。"杨局长还是愁眉不展，一口口地抽烟。

"违反什么组织规定？"李明杰按捺不住了。

"她擅自从事特殊侦查工作，她跟我说，她已经打进了毒枭大卫的圈子，掌握了许多有价值的线索，所以要冒险进一步深入这个制毒贩毒团伙。"

戴蓓蕾虽然之前给自己打过招呼，他劝过她，但这成为事实时他还是不免心里一惊。

"带她的张头还以为她失踪了，前几天她爸故意路过这里，闯进我办公室找我要人。这孩子，先斩后奏，这可是多危险的行为啊。除非必要，我们一般不会采取这样的方式办案子，真要安排卧底，就会有一套严格的保密流程和联络机制，而且要经过一段脱钩训练，不能让犯罪嫌疑人反向跟踪，那可是分分钟出人命的事情。"

李明杰曾经做过卧底，太清楚杨局程序般的语句里蕴含的真实所指。

"她给我打了个电话，在外面约我见了一面，把情况说了，还拍了张照片录了音为证，说出了事责任全在她。我肯定不同意，她说不同意也得同意，因为她已经成为大卫团伙的一员了，正在接受考验。一知道这个情况，我就跟老戴通气，老戴急晕了，但也没办法，女儿也不回家，他管不了。最后我俩商量，不寻常事不寻常办，我给她补了秘密工作程序，特批她开展工作。现在的孩子，有任性坑爹的，没有这样任性卖命工作的！"

"那她现在只跟您单线联系？"

"是的，张头应该也猜出个七七八八来了，这个事情知道的人越多她就越危险，我让他莫声张。这个戴蓓蕾，你说她小孩子气吧，她思维缜密，卧底前就把手机号换了，邮箱停用，只要以前和局里相关的联络方式全部放弃，再也不来办公室。我让人事处补了个调令，对内说她调动到某个保密部门工作了，这样总算没有人再过问这个黄毛丫头去哪里了。局里有少数人知道她是戴副检察长的千金，觉得她这只凤凰迟早会飞高枝，现在她应该是飞了。"杨忠平满脸殷忧，像个失独的父亲一样毫无顾忌。

李明杰头上开始冒汗，止不住地冒，身上却是冷的。他不知道为什么自己的腿开始颤抖，刚刚参加完贺刚的追悼会让他对失去战友还心有余悸。

离开杨局那儿，李明杰恍惚着回到了自己办公室，坐在椅子上点上一颗烟，反复想杨局说的话。杨局让他做戴蓓蕾暗中的联络人，这是戴蓓蕾向杨局提出的唯一要求。

他从手掌心里拿出那张握皱握湿的字条，小心翼翼展开，上面是十一个阿拉伯数字，是杨局用墨水笔写给他的号码——戴蓓蕾最新的手机号，她的生命通道。

李明杰干过卧底，也和其他卧底、各种线人合作过，但从来没有像现在这样紧张，不仅仅是紧张，是惶恐！

他生怕这个数字被自己握烂了，用手机记录下来，反复核对，又生怕误拨。他知道不能用现有的手机号给她打电话，必须换一个新号码。现在还不是打电话的时候，或许戴蓓蕾和毒贩在一起活动，任何一个电话号码都会引起他们的怀疑，多疑是犯罪嫌疑人最大的特性，没这个特性他们就无法生存。

李明杰知道，戴蓓蕾应该还在他们严苛的考察期，她的"投名状"是什么？他不敢往下想。

他不知道自己该干点什么，突然伏下身把头埋在办公桌下面，在谁也看不见的地方，双手抱着那张字条剧烈战栗，无声地抽泣起来。他太怕失去她了，这是他此刻唯一清晰的意识。

他带着疲惫回到家里，父亲腿伤明显好转，举着的腿已经卸掉石膏板放下来了，只是还不能撑力。

他需要干点什么不相干的，否则他会疯掉。他痛痛快快洗了一个澡，去了趟超市，稀里糊涂接受了一个推销女孩的一大块雪花牛排。回到家里，他用剪刀把牛排剪成细长条，居然独创性地给父母煎起了牛排，但因为无法掌握火候，最后还是按照古老的中国烹饪技法用葱姜蒜炒了。

果汁或牛奶或燕麦，他给父母准备了三种可选的。他像个观察员，静悄悄坐在一旁看他们吃喝。

母亲很喜欢牛排，歪着脖子像吃羊肉串。父亲牙不行了，吃了一口就一直剔牙。

他和钟点工阿姨最后成为打扫战场的主力，他还莫名其妙开了瓶红酒，又后悔没人喝，自己不停地喝起来。

饭后，他走进书房里拿起那把军刺，看着灰冷的韧光，用手轻轻抚摸刃沿，又慢慢放回书架，他的思绪在遥远的地方，在戴蓓蕾那儿。

只剩下一件事可做了，他一直不敢做。他去超市时已经购买了五张电话卡。他拿起一张来，把原有的 SIM 卡抠出来，把新卡插进手机卡槽里按实了，手机上显示出新卡的信息。

他犹豫了一会儿，快速拨打了戴蓓蕾的新号码。他知道，如果时机不恰当，一个号码就会要了她的命。

## 四十八、两面

　　时间凝固了，闹钟嘀嗒像定时炸弹的计时器。戴蓓蕾一直不接电话，忙音就那么僵持着。他正准备挂断，忙音被一个女孩含混的声音替代了。

　　"阿杰，你回来了？"那声音温柔极了，像变了一个人，却肯定是戴蓓蕾的声音。

　　"刚回，你在哪儿？"他迟疑着问候了一句，他能够明白戴蓓蕾这样称呼自己，这种灵活应变反倒让他放心。或许此时在戴蓓蕾那端，她是把他当作恋人来故意呈现给同伙的，故意让他们知道她有一个男朋友，这个电话是有情景预设的。

　　"单位呢，明天晚上你有时间吗？"

　　"有啊！"

　　"好，这会儿我还有点忙，那我们在老地方见！"戴蓓蕾不知是喝多了还是故意装给其他人听，吐词含糊，语速缓慢，好似一个柔情似水的软妹子，这和她英姿飒爽、快言快语的风格判若两人。一切符合他的预判，戴蓓蕾是好样的，可他心里难过。

　　"记住了，不见不散！"戴蓓蕾叮嘱了一句，把电话挂了。他久久站在那里，等待魂魄回到身体里。

　　洪峰正漫过浅滩淹没绿化带，李明杰做了一下装扮出门，他走在江滩高处。此时的戴蓓蕾在他看来正身处危机四伏的滩涂杂丛，死活完全靠她的演技。

　　尽管戴蓓蕾已经表现出一名警察超常的悟性，可她毕竟缺乏训练。以前，他有意无意把她当作办公室调节气氛的绿植，她缺乏做花朵的气质，更不是令人生畏的猛禽。她抱怨过，不让他叫她小戴，他才叫她阿戴的。他以为，这只是小学妹成长烦恼的一

267

部分，没想到对她有严肃的意义。

李明杰想了很多，包括见面后如何给她面授机宜，把自己曾经卧底抓人贩子团伙的经验和盘托出。

前方灯影下，李明杰看见身着粉绿短裙、白色短袖搭衫，留刺猬寸头的女孩，她肩上斜挎着巴掌大的手包，摇晃着走来。他不敢相信这是戴蓓蕾，但他的确一眼就认出她来了。

“阿杰！”戴蓓蕾声音含着以前没有的热烈，改头换面后，新形象、新气质实实在在撞击了他的心。

戴蓓蕾没有丝毫犹豫，一把牵起李明杰的手往绿植旁去。

李明杰知道这是演戏，男女关系在谍报行动中是最佳关系，可以公事私事混搭处理，不易露破绽。

“怎么不找个酒吧坐坐？”李明杰笑说。

“角色需要，”戴蓓蕾嬉笑了一下，又补充道，“酒吧里到处是他们的人，一不小心就撞上熟人了。”

“这么快就认识那么多人？”

“我认不了几个人，可我经常跟着老板，他们认识我啊！”戴蓓蕾跷起高跟拖鞋。

“你混得不错。”李明杰故意轻松气氛，问，“现在是什么职位？”

“总裁助理，我也不知道是个什么职位。”戴蓓蕾噘起嘴。

“我是你的什么角色呢？”李明杰笑道。

“这还用问，资深男友，有男友的人谁还去酒吧啊？”戴蓓蕾接着说，“大卫要我尽快和男友分手，他感觉我处处在拿有男朋友当挡箭牌，在工作上不思进取。”

“今天你是来分手的？”李明杰笑言。

戴蓓蕾被逗笑了。李明杰收起笑问：“你在那边的名字是什么？”

“黛贝瑞，大卫给起的，说是《美国往事》里一个女孩儿的名字。”

“他要你干什么？”

“暂时没有，我觉得他在下一盘很大的棋。”

李明杰本来想教一些如何跟烂人周旋的技巧，可眼前的戴蓓蕾让他完全没有这种担忧了，没想到她的潜能爆发得这么快，方向这么刁。

"你觉得我这身装扮怎样？"

李明杰歪头仔细打量了一下，说："你早有这身打扮，我肯定不收你做警察。"

"嗯，你还是看不上我们女流之辈啊。"

"肯定不是，只是觉得浪费了人才。"李明杰笑道。

"那怎样才不浪费，嫁给大款？"戴蓓蕾的凌厉劲儿出来了。

"你还有心思胡言乱语，说说这个传说中的大卫，我真想会会他。"

"不用着急，现在我对他的货从哪里来、囤在哪里、在哪儿散货，都没有十足的把握。"戴蓓蕾强调。

"那他带着你在干什么？"

"要听实话吗？"

"当然，我必须了解你的处境。"

"他好像喜欢上我了，简直是色胆包天。"戴蓓蕾笑。

"这辈子真没想到，要跟毒枭做情敌。"李明杰也笑。

"所以他要我把男朋友甩掉嘛，然后带我去好吃好喝，周游世界，看山和大海，这样的人生也挺惬意的。"说完，戴蓓蕾故意抱住李明杰的一只胳膊拢了拢。

"经不起考验。"李明杰侧脸望着戴蓓蕾。

"哼，谁说的？"

"有一件事情我要提醒你，跟他们在一起，饮食上一定要注意，总在河边走，难免会湿鞋。"李明杰表情严肃。

"你要我怎么注意？不喝水不吃饭？"戴蓓蕾一脸无奈。

"毒品这个东西，一沾就脱不了，你懂的。"李明杰郑重地说道。

"这也是我所纳闷儿的，大卫不沾毒，他居然要求身边的人也不沾，能戒的尽早戒掉，他不用毒瘾控制人。"

"这真有点让我意外，他是个狠角色。"李明杰问，"你从他身上一点破绽都没有看出来？"

"他们提到一个叫皮筋的人，好像是生产线出了点什么问题。"

李明杰追问："皮筋本名叫什么？"

"没有提，水手一口一声皮筋。他们提到生产线，大卫望了一眼窗外，顺带瞟我一眼，就不再提生产线的事情了。"戴蓓蕾说。

"阿戴，你提供的线索太有价值了！"李明杰马上联想到进山追踪皮少军捣毁制毒网络的事情。

"如果皮少军的绰号是皮筋就合情合理了。"

"这次可惜让皮少军跑脱了，他很警觉。"李明杰停顿了一下说，"贺刚牺牲了。"

听到贺刚牺牲，戴蓓蕾陷入沉默。到嘴边的话本想不说，李明杰觉得还是让戴蓓蕾知道更好。

为了缓和气氛，李明杰说："这次我们拿到了上百个农户制毒的花名册，当地警力根据花名册和拍摄的证据逐户在清查。我怀疑，皮筋遇到这么大的打击，快到大卫那里露面了。你注意这个人，就是监控录像里精瘦的样子，这次追击时打了个照面。"

戴蓓蕾连连点头。两人起身肩并肩走着，戴蓓蕾突然问："我如果牺牲了，你觉得值吗，李队？"

李明杰站住，扶着戴蓓蕾的肩，望着她的眼睛，说："这样做确实很危险，如果你想就此收手，我想办法来善后。"

戴蓓蕾笑了，说："皮筋被你们盯住，我又突然消失，大卫本来防范意识就很强，可能会全面收缩，抓起来就更加困难了。"

"既然已经盯上他了，我们放长线，总会挖出他的全部罪证。"

"很难，他有一套令人捉摸不透的做事逻辑，而且疑心特别强。据说，他有个防火墙理论，外围人都传他心狠手辣，只要有一个贴近他的人违背了安全行事原则就会人间蒸发。听他们说，我们某个部门安插的线人被他除掉了。"

"那你就要更加小心了。"李明杰关切地望着戴蓓蕾。

"你是护花使者，我怕什么！"戴蓓蕾戏谑。

"就是，有我在，怕他个么事！"李明杰也故意语调活泼，可心里很沉重。与戴蓓蕾在灯光昏暗的路口分开，看着她打车离开，李明杰好像经历了一场梦游，他更希望戴蓓蕾卧底的事情没有发生，这只是个梦。可这一切正在发生，既危险又充满吸引力。

# 四十九、灭皮

　　技侦科送来一份监听报告，被监听的手机号正是李明杰给的。从报告上来看，这个一直静默的号码昨晚十点接听了一个电话。只知道有人接听，但无法判断是谁接的，因为接电话的人连吭都没有吭一声就挂了，显然是一个非常谨慎的人。

　　李明杰把监听录音点开，走了一段不短的电流声，冒出一个女人惶急的声音。

　　"少军呀，少军，你妹妹已经走了！"

　　说完，女人在等电话回音，回音是沉默。

　　女人又补充一句："你要快点回，斋宫爹爹说，少妹在家里停灵只能停一天，你快点回来哈！"

　　电话那端还是沉默，然后就挂掉了。

　　李明杰头皮一紧，马上给大磊打电话，让即刻组织车辆。他要带队火速赶赴皮家冲，他推断皮少军会在妹妹的葬礼上露面。

　　按照乡里的规矩，少女皮少妹停丧的时间只有一天，如果不能在追悼会前赶到皮家冲，这一趟就有可能扑空。

　　三辆车急驶，一路逢车必超，惊得鸡飞狗跳。到麻镇时，在一家卖花圈寿衣的店里买了几束白花，没来得及装饰车，继续赶路。

　　到达皮家冲时，远远就见汽车似甲虫趴满了村中空隙，一直延伸到小卖部门口。此时小卖部已经歇业，全村人都停下了手头的活儿参加皮少妹的追悼会，葬礼规格直接彰显实力。

　　李明杰让大家把白花从车上取出来，用透明胶固定在每辆车前盖上，每人再戴上黑纱，提前在车里检查了装备，开始步行进村。

大磊一组三人，任务是寻找到皮少军的路虎车并破坏之，让其无法行驶，然后就近蹲守，等皮前来取车。

其余五人跟李明杰进核心区，先勘查追悼会四周环境，假装寻找厕所绕至皮府后，发现了一条通山小路。李明杰让两人蹲守路旁树丛，守株待兔。

追悼会在屋后内院举行。东头搭起了一个地台，靠墙挂着皮少妹的巨幅黑白画像，一副清秀但倔强的女孩儿的样子。透明冰棺紧贴画像，苍白的皮少妹躺在里面，鲜花围满冰棺，让她显出几分圣洁。

哀乐停下，黑西服司仪一脸哀戚地请皮少军上台致悼词。

话音落时，李明杰已带三人挤入内院努力往前贴，终于在第一排找到位置。

皮少军背对他们走上白布幔地台，转过身时，眼里噙满泪水。他拿出一份稿子念道："各位亲朋好友……"他声音变了，暗哑地念着一份悼词。这悼词出自一个文化水平不差的读书人之手，悲戚而隐忍，正如皮少妹短暂的人生。

李明杰仔细观察皮少军，同时也观察周围的环境。

皮少妹的童年和少女期都是在艰苦的劳作中度过的，父亲去世后她成了家里干活的主力，种地、养猪、下矿、送饭，用各种方法赚钱供皮少军读高中上大学。尽管后来皮少军不停往家里寄钱，劳动却已经成为她的习惯和必须，直至查出癌症，她也没停止操劳。截肢后，皮少妹才真正脱离家庭主要劳动力的地位……

悼词追述了皮少妹短暂的人生，皮少军几次哽咽不能发声，只好停下来，引发人们一起哽咽，有女人干脆哭出声来。亲朋好友对一个人平时含蓄的感情，会在追悼会上彻底释放出来。

李明杰有几次也哽咽了，思绪甚至飞到了童年，想起父亲在前线作战，母亲在家里带着哥哥和他干活的情形，还有夏天汗滴蒙住视线以及浸进眼睛的灼痛。

皮少军的一举一动让李明杰内心纠结盘桓，他知道此时抓捕皮少军有违人情世故。可罪犯就在眼前，机会稍纵即逝。在他的警察生涯里，有同辛叔抓斜眼一样遇到过让人惋惜的罪犯，他们有非常可取的一面，情与法的冲突一直折磨着他，犹豫中甚至流了血死了战友。可一遇到类似情景他还是少不了思想斗争，要具体问题具体分析，重新理一遍情与法的界限。皮少妹和皮少军彼此的命运不能补救，皮少妹的癌之痛皮少军替代不了，皮少军的罪行不能因他对家庭的责任而减轻。斗争的残酷就在此，从做警察的第一天这个问题就一直纠缠着自己，每当此时他就会举棋不定，甚至影响他判断适合出手的时机。

皮少军念完悼词引领大家三鞠躬。这时候抬灵杠夫已经到位，挡住了皮少军的大半个身形。李明杰调整站位，目光紧紧锁住皮少军。

起灵锣鼓齐响，唢呐呜咽，突然有五六个妇女冲上去围住了皮少妹的冰棺。

头上扎着白练的皮少军哀戚地走着，沉浸在悲伤里。他缓缓走出内院，穿过道进堂屋的一刹那，李明杰和他的眼神有一刻相撞，许只是个错觉，但这样的对手，只要有过一次四目交错就会刻骨铭心。

杠夫抬着冰棺像一阵涌浪进了过道，狭窄的过道一下子被堵死，哭泣的女眷们还拼命往里挤，李明杰等人被挤得后退了几步，透过人群只能看见皮少军的背影。李明杰意识到情况不妙，蹲身钻进杠夫中，随杠夫贴冰棺前行。

杠夫跨过前屋大门，李明杰已经跳到屋前空地，只是屋外人头攒动此起彼伏，喇叭和哭泣声让场面显得混乱不堪，皮少军的身影业已消失。

李明杰马上通知守山路的警员注意警戒，自己带人四处搜索，边跑边通知大磊看好路虎车，皮少军可能会驾车逃走。

刚转入侧面巷子，李明杰就看见皮少军和一名随从的背影晃过，他拔枪举在手里狂奔起来。

屋后连续传来两声枪响，耳膜振动。当李明杰赶到时，守上山小路的一名警员大腿负伤，坐在地上用手掐着腿根，血流汩汩，另外一名警员正追去。

李明杰留下一名警员帮伤员包扎，剩下人风卷般向上山小径赶。

一口气跑过急上的小路，山势平缓起来，路继续蜿蜒向上。前面追的警员站着喘气，向李明杰报告情况。

李明杰挥手让继续追，边喘气边叮嘱大家："皮少军不是等闲之辈，警校毕业，格斗冠军，大家要十二分小心。"

三人呈离散面追击，跑到岔路口停下来，见一条道往山上去，另一条通往山下，李明杰正犹豫该不该分头追，一名警员看见通往山下的路旁灌木上挂着白孝带。李明杰观察了草丛和白练的朝向，判断是诈，指挥大家继续往山上追。

大家铆足劲儿奔跑，转过一道弯后视野开阔了，见皮少军消瘦的背影在乱石间攀爬，他从一个高点跳下后消失在坡的另一面。

队伍分成两拨，一拨直冲乱石上去，一拨沿山路向上，李明杰担心皮少军仗着地形熟悉的优势从侧路杀个回马枪。

李明杰正缓慢攀爬乱石，一颗子弹从对面高处射过来，击得褐石飞溅。李明杰赶紧趴下，看见皮少军爬到了居高的山崖上，旁边崖洞是一个简陋的娘娘庙，他一袭白衣在庙边崖缝隐蔽射击。大家分散避弹，气氛紧张。

从侧路绕过去两名警员，顺着简陋的台阶接近娘娘庙，找凹处埋伏起来，试图堵住皮少军下来的路。

皮少军开了两枪，没有沿台阶下来，而是猫着腰向上爬，翻过山崖消失了。

李明杰带领人马顺着台阶追击，翻过高点后发现崖后坡势平缓，树木茂盛，皮少军的身影消失了在树林里。

大家一口气顺着坡势往下冲，很快抵达树林边缘。偌大一片树林，就此搜山人手肯定不够，李明杰命令大家分散守在外围。警力显然不足，李明杰连忙给大磊发了定位，通知他拿出车里的无人机俯瞰这片树林，并驱车前来策应。

大磊通过无人机发现有另外一条上山的路通向树林，他推测皮少军很可能会从这条路下山逃跑，赶紧驱车赶往那个上山路口。

车加足马力向那个路口堵去，接近时迎面飞速冲来一辆吉普车，车外形眼熟却没有挂车牌。这辆车像一只慌不择路的兔子，始终占据路中央开着，见大磊的车过来，不靠边闪躲也不见减速。大磊连忙打方向盘到路肩躲让。呼啸一声两车错过，大磊侧头望去，看清那人的轮廓像周宏副队长。车里也有人惊呼："这辆车好像是周队的车！"

大磊再看后视镜时，那辆车已经变得很小，随即拐弯消失。大磊无暇多想，飞快抵达那个上山路口，就见一人从树林里晃悠着走出来，四处望了望，迈着飘忽的步子过来。此人瘦如刀刃，大磊马上提醒大家目标出现。车内人马都扎紧穿戴，子弹上膛，准备围堵。

此人一只手揣在口袋里，踉跄着向车走了过来。他以为是一辆私家车，到了车侧面拍门，说："伙计，带我一段路，我给钱。"

车里的人都一动不动，大磊手抓紧门把手，准备以迅雷之势开门擒人。拍门门没开，"刀刃"打起精神来，才发现车里情况不对，拔腿返身往灌木丛跑。

大磊跳下车举枪射击，"刀刃"回头向车开火。另外两名警员已经下车，三人的火力展开。

"刀刃"身体摇摆得厉害，像躲避又像喝醉，跌撞着消失在灌木丛里。

三人迅速进入灌木丛，大磊发现树枝和地上的血迹，判断他刚才已经中枪。大磊提醒很危险，须隐蔽搜索，众人放慢脚步仔细查找血印。

血迹时有时无，三人散开慢慢向前推进，荆棘撕扯着衣服、划着胳膊。前方是一个弧形坡，大磊轻轻猫上去，发现后面是一个凹坑，在胡枝和荆条交织的灌木丛里白衣显眼，地上仰面躺着满是血污的人。

三人谨慎地围上去，大磊踢开此人手边的枪。他并无反应，只是眼睛微睁，嘴里汩着血沫，胸口还在微弱起伏。

大磊铐了他一只手，蹲下身仔细检查他身上的枪伤，有一颗子弹从左肋穿进胸腔，半个肺肯定炸了，随之伤及心室组织。大磊小心从他裤兜里掏出一个棕色皮夹子，里面有两张卡片，一个是身份证、一个是驾照，姓名是同一个人：皮少军。在夹身份证的皮夹后面，有一张皮少军在警校时的照片，他是一名相貌英武、一脸朝气的学生。他至死都带着这张照片。

皮少军完全丧失了行动能力，三个人把他抬出灌木丛，平摊在路边草地上。

"李队，我们已经在白狐沟抓获皮少军。"大磊给李明杰汇报。

"肯定是他？"

"证照人对齐了，确定无误！"

"有人受伤吗？"

"没人受伤，不过皮少军挂了伤，不轻。"大磊语气谨慎。

"打中了哪儿？"

"初步判断，子弹从肋骨缝钻进了前胸。"

"神志清晰吗？"

"有呼吸，无言语和意识。"

"那赶快，马上送最近的医院抢救！我马上赶过去！"李明杰匆忙挂了电话。

大家把皮少军抬上车，大磊驾车向镇人民医院狂奔。李明杰也在赶去的路上。

半个小时后，皮少军像一条等待料理的鱼躺在医疗床上。一名下巴铁青的大夫说他肺部瘀血堵塞呼吸系统，眼下没有更好的办法疏通，已经有一名护士正在用吸痰器吸喉管的凝血。

血压已经降低到不能维持生命，脉搏弱不可触，大夫在不停地打电话，向各级单位协调血库存血。

吸痰器起到了一定作用，皮少军的头突然微微转动，监测仪指针左右晃动起来。

李明杰伏在床头，贴到皮少军耳根，轻声问："皮筋，刘浩是怎么死的？"

皮少军喉部滚动起来。李明杰提高音量连问几遍，皮少军眼睛只睁开一条缝。

"刘浩怎么死的？"李明杰再问，皮少军动了一下嘴，却不说话。

李明杰连喊几声，他也无反应，问旁边的大夫："现在该怎么办？"

"如果马上有合适的血液，他可能还能撑一段时间。"大夫一副无法肯定的表情。

李明杰沉吟一会儿，说："我是O型，用我的血，马上给他输！"

大夫连忙说："他伤势太重了，可能输了也是白费血。"

李明杰已经躺平在旁边床上，撸起胳膊等待着。

"还愣着干什么，快来！"李明杰咆哮起来，所有警员惊诧地看着满脸通红的李明杰，他疯狂的举动让大家面面相觑。

大夫弯下身整理李明杰的袖子，还在强调："伤势太重，可能血也输了，人还是救不过来。"

"你不用管结果，只管执行！"李明杰捶打床沿，大磊连忙走上来轻拍大夫的肩，认真点头："我作证，不用您负责后果，马上开始输血！"

医生和护士们紧张忙碌起来，输血设备将李明杰与皮少军连接起来，血液从李明杰身体里流出，进入犯罪嫌疑人皮少军体内。

时间一秒秒过去，几分钟后，大夫在另一只胳膊上给皮少军注射了一针药物，皮少军，嘴微微动了一下，脉搏仪低频启动。

大磊接过警员递过来的录音笔，轻轻按了录音键，蹲在皮少军身边，轻声问道："刘浩怎么死的？"

皮少军含混的声音吐出一个字："枪。"

李明杰躺着，侧过头问："打火机是怎么回事儿？"

"大卫没说。"

"你给刘浩用毒品了？"

皮少军点头。关于刘浩的问题，皮少军努力回应，可多是只言片语，他似乎想好好说说他和刘浩的友谊或愧疚。关于大卫的事情皮少军似乎所知不多，问也没有回答。

大磊全神贯注录音，皮少军停停歇歇说着，隔了一床之远的李明杰几乎听不见。话语缓缓从皮少军嘴里出来，一串变成一滴，最终一滴也没有了，时间也静止了。大家都静静等候着，直到心电仪上的曲线变成一条直线。

大夫又给皮少军注射了强心针，用电击板击胸，那条直线跳跃两下又下去，像一根立不住的皮筋。在妹妹去世不到二十四小时后，皮少军也离开了人间，他曾经是妹妹的骄傲、一家人的骄傲。

李明杰躺在床上一动不动，眼角缓缓渗出泪水。他的血或许给了皮少军片刻悔过的时间，如果有轮回，这片刻的悔罪或许会帮到皮少军。

# 五十、枪

岱山桥头检查站的枪击现场，把"二王"到江东市的传言坐实了。

那天，我和小胡、章铁林正在明月闸设了检查站值班，手里都拿着印有"二王"的通缉令，防止他们从市区出逃到周边县，进山后情况就更加复杂。派出所一个星期前内部通气会，对"二王"进市和进周边区域做了宁可信其有不可信其无的宣讲。

参照岱山检查站案情分析，我们设卡检查是不合格的，因为我们压根儿就没有带枪，总觉得没有那么巧。其实岱山检查站的处置基本是到位的，首先，李信业发现一人骑着自行车，神色紧张地过来，他就警觉起来。"二王"是两个人，虽然只有一个可疑人，李信业还是伸出红旗拦下此人，和民兵熊继红两人把可疑人押进检查站屋里。

带到屋里后，站长王新盘问可疑人自行车没有牌照是怎么回事儿，这个操普通话的人说车牌在派出所办没有下来。他的普通话太标准了，肯定引起高度怀疑。而且他说的不是上车牌的正确流程，自行车牌照属于交管部门，不是派出所。

王新非常警觉，手摸着枪，让李信业搜嫌疑人身。李信业马上摸到了枪，连忙喊："站长，他有枪！"说着就下了嫌疑人王坊的枪。

此时王新已经掏出枪对准王坊，很快三人就控制了王坊，把他捆绑住，这些操作都非常及时有效。

谁也不会想到，王坊乱喊乱蹬无济于事，可他的呼叫是管用的，一个路过的工

278

人师傅听见屋里动静，进了屋看怎么回事儿。此时最危险的人在马路对面厕所里，他将枪上了膛，跑过马路冲进来。王玮进来就连开几枪，屋里四个人都被击倒。王玮解开王坊的绳子，拿了王新那把枪逃出检查站，两人骑一辆自行车掉头往市区骑了。

这个意外的关键是，没有人想到"二王"是两个人打配合，实在太可惜了，但"二王"就是两个人打配合，这个根本点大家都忘了。对我们来说，最大的教训是没有预料到"二王"说有枪就掏枪，打了我们个措手不及。

王新、李信业两位民警牺牲了，还有那个看热闹的工人师傅也死了，民兵昏迷不醒。后来我们再去明月闸检查站都带着枪，都觉得社会情况变得复杂了。


通过录音和所掌握的事实，基本上可以呈现出皮少军和刘浩的友谊轨迹。

皮少军在警校格斗比赛中险胜刘浩，反倒让刘浩在校园爆红。这颇像在小镇街头混帮派，愣头少年出手，差点儿把老大干掉，江湖声名鹊起。

皮少军比刘浩高两级，从此就像大哥，对刘浩照顾有加。

刘浩还是刘浩的样子，大大的、憨憨的，对谁都笑脸相迎，世界还是那样新鲜。他还是喜欢拿起照相机去附近的凯德广场拍照。

那天他又端起相机，一个穿短裙的女孩儿无意中进入了他的镜头，她却走过来一把薅住相机背带，骂他，要他把卡拿出来交给她。

刘浩其实一直都是个认死理的孩子，坚持说他拍的都不是她，不可能把卡给她。

女孩儿的两个跟班不干了，上去就用了擒拿术。刘浩没有反应过来，直接就被架了飞机，被按在地上跪着反踩脚踝，一动不能动。

这时候皮筋出现了，他每天这个时候都会从这里经过，到前面一百多米远的"德华搏击俱乐部"兼职，他是那里的教练，下午三点半就会有学员过来了。

皮筋认出跪着的人是刘浩，他的小学弟，皮筋也不过问原因，上去左踢右踹，两个人晃晃就倒下去了。皮筋扶起刘浩时他还没认出皮筋。女孩儿扔下仓皇的表情扭头就走了，还骂了他一句。

皮筋和刘浩肩并肩离开了凯德广场，走进了"德华搏击俱乐部"。一进去，就被扑面而来的香气和空调的冷气裹挟着，一股幽冷的暗香将刘浩覆盖。

俱乐部里吊着长条形沙包，墙上挂满肥胖的拳击手套，一面墙架满健身器械。

皮筋拿起一瓶全是英文字的瓶装啤酒，用指力直接抠开瓶盖，把冒着冰爽泡沫的酒瓶递给刘浩。

刘浩虽然不喝酒，却无法拒绝皮筋的诚心，拿起来灌了一大口，此时就算是一瓶毒药刘浩也无法拒绝。

皮筋自然也开了一瓶，一口气给咕咚光了，接着在人形靶前舒展筋骨，啪啪踢打了几下靶子，那个坏笑的人形靶在那里大幅度摇晃。这场景让刘浩想起一个人：李小龙！联想是对的，皮筋运用的正是李小龙的击打姿势。

皮筋让刘浩也活动活动，刘浩腼腆笑了笑开始活动。他戴上一双红色拳击手套，照准坏笑人一顿猛拳，被弹回来的靶人追得四处躲避，露了几分狼狈。

皮筋在一旁哈哈大笑起来，刘浩还在那儿跟坏笑人搏击。

这时候，一个风韵十足的女人从里间走出来，看不出年龄，但很耐看。她一只手搭在另一只手的手背上，温婉站立，面带微笑说："少军，带朋友来玩哈！"

刘浩垂立，手套都没摘，就那么僵在那里。

女人给刘浩点了一下头，转身走进里间。

皮筋拍了一下刘浩的肩，说："你自己玩着哈。"然后快步向里走去，好像急着办什么事。

刘浩望着皮筋的背影陷入了无尽的遐想，他对这个搏击俱乐部有了好感。

这时候有学员进来了，一男一女，女子身材健硕，肤色黝黑，男子却面色惨白。他们很快站在一面大镜子墙前做准备活动，臀部高耸。

刘浩举起拳击手套开始击打速度球。他几乎屏住呼吸疯狂出拳，像个专业高手。

等弄出一身汗来，刘浩去洗手间，沿着刚才女人出来的那条走廊走到一半就是洗手间了。走廊尽头是一个神秘而令人向往的世界，皮筋应该进入那个世界了。

从洗手间出来往练习室走，后面传来皮筋的声音："刘浩，让你久等了。"

刘浩站住回头，看见皮筋换了一身行头：米色西服、细腿裤和白皮鞋，完全变了一个人。皮筋抚着刘浩的肩说："我和梅姐要出去一趟，你在这里再玩一会儿吧。"

到了门厅，梅姐也出来了，她换了一身黑色绸质低领短袖衬衫，铜绿一步裙，戴着一顶米色遮阳帽，大墨镜遮挡住半边妆容精致的脸庞，摇晃有度地走过来了。

皮筋马上笑着给刘浩介绍："这是梅姐。"

刘浩腼腆点头。梅姐也频频点头，隔着眼镜片能够看见她眼里的微笑。

"刘浩，我的学弟，在学校格斗时，我差点儿就输给他！"皮筋望着梅姐介绍刘浩。

梅姐伸出手来，隔着手套握着刘浩的手说："好身手，有空到俱乐部来玩哈。"

说完梅姐转身离去，皮筋拉开门，梅姐先走出去，皮筋跟出去，外面一股热浪扑面而来，刘浩感觉自己差点儿融化。

后来刘浩去俱乐部找过皮筋玩儿，两个人切磋格斗术，聊两人认识的同学。皮筋有一次提到，刘浩如果喜欢这里也可以到这里来干，梅姐是个很开明的老板。

如果这邀请是梅姐发出的，刘浩可能就答应了。但后来再也没有在俱乐部里碰到梅姐，刘浩有点怅然若失。

有一次，刘浩跟随民警去抓捕一个制假贩假的小团伙。他们不是造假药假币，而是仿制真枪，达到了乱真的水准。

通过侦查获得的消息，犯罪嫌疑人交货的地点选在人流密集的武胜闸市场。这个市场在城乡接合部，出入人员复杂。市场有六个口进出，六名警员带着十几名实习生守在进出车的物流口，那里人流不多。

所有人马到位后抓捕行动开始。几名警员在一个卖甘蔗的窝棚发动突袭，按倒了两个，另外一个逃脱。警犬的嗅觉很准，他们在甘蔗堆里搜出了五把短枪和三支长枪。

守物流口的警员看见四个人向这边跑过来，冲上去围堵，四个人很快就分成了三股。三名实习生也穿着警校服装冲上去壮声威，场面壮观。

这时候，刘浩看见一个矮个子钻进车底。他猫腰跑过去，那个嫌疑人已经从另外一边钻出来，沿着一堵大白菜墙绕圈儿，刘浩默守在离出口一边的白菜墙边等他过来。

不一会儿，嫌疑人悄无声息摸到了出口处，像飞蛾看见亮光一样猛扑向出口。

刘浩轻轻一伸腿，矮个子重重扑倒在地，翻滚了两下，从身上飞出一块黑铁，落在地上摔出声响。

刘浩跑上去捡起来一看，是一把92式手枪，那黑蓝的光泽十分迷人。刘浩端详着枪，几乎忘记了嫌疑人。矮个子嫌疑人爬起来，居然回过来夺枪，刘浩快速把枪插进腰带里，与矮个子打斗起来。

矮个子手里握着一把匕首，脸红红的，眼睛也是红的，他是要拼命，刘浩知道这把枪的重要性了。

刀尖在鼻尖左右画线，刘浩左右闪躲，脸上还是被划出血印，肾上腺素被激发，他几个伏身飞踹，终于有一招踢中嫌疑人腹部，嫌疑人直接就飞出去，连同白菜墙一起倒下，倒在一片苍翠里。

说时迟那时快，刘浩跃起扣压，把嫌疑人脖子和胳膊全扣住，反手一拧卸下匕首，扔到"爪哇国"去。

此时此地却异常安静，只有刘浩和嫌疑人。矮个子突然说："拐子，你肯定喜欢这把枪，这把枪的模具跟真枪一模一样，就一个地方故意多出来一点儿，跟真枪差一层窗户纸，捅破了就是真枪。你放了我，这件事情天知地知你知我知。"

刘浩四顾，无人看见他们在这里搏斗。他脑子异常混乱，几乎不知道该怎么处理这教科书上没有的警情。他凭着直觉抬起腿站起来，矮个子满脸通红翻了个身，麻溜爬起来，消失在白菜墙拐角。

他追击了一段，没有看见嫌疑人踪影。这时他感觉脸上有一道疼痛线，走进旁边的厕所，在支离破碎的镜子上，他看见有血珠从脸上滚落下来。

他用冰凉的自来水冲洗了脸，想起什么，进了旁边带门的蹲坑，缩着头靠在门上。厕所墙是用红砖码砌的，有很小的缝隙透进光来。他凑上去看了看，外面是一条乡间公路，路边大部分是笔直的水杉，只有一棵古怪的柳树正冲着这个厕所。

刘浩发现有一块砖断裂，他抽出那块砖，里面是个空洞，他把枪放进去，然后把砖块拼上去。等了许久等来小便，他呼吸平静下来走出厕所。

警员和实习生在四处寻找他，他们在白菜墙处相遇。

刘浩一脸落寞，有人上去安慰他，有人拿出了红药水给他抹脸上那道印，这使他感到脸上火辣辣的。

刘浩跟着队伍走了很久才说了一句："可惜，让他跑了。"

警队负责人说："你真是不幸中的万幸，人没大事就好！"

回学校后，刘浩像个有心事的人，或者更像个失恋的人。

一天晚上下雨，刘浩穿上雨衣，打了一辆蹦蹦（出租三轮），沿着武胜闸公路走，终于找到了那棵怪柳。

他让三轮车停下，给了十元车费让车走了。他沿着一条土路慢慢悠悠走着，到了厕所旁边，他没有打手电，只凭着铅灰色天空投下的微光摸进了厕所。

镜子里的影子似乎不是自己，一切很陌生也很熟悉。他进了那个蹲坑，抠开那块砖，摸到了那把枪，心跳陡然加速。

# 五十一、兰贵人

大学剩下的几年里，刘浩一直偷偷研究该如何捅破这层窗户纸，92 子弹在靶场少用多报，也藏了几颗，但是放进枪里一直没有击发成功。

有一次皮筋找他喝酒。皮筋以前很少约他在外面喝酒，一般都是在德华俱乐部见面。

在青陂路一个小馆子里，皮筋喝得酩酊大醉。皮筋的妹妹患了骨癌，可能一条腿保不住了。那天刘浩带着枪，本来想让皮筋一起来研究该如何捅破这层窗户纸，听了皮筋的苦水，刘浩就没有提枪的事情了。

皮筋酩酊大醉，刘浩准备送皮筋回去，一辆头顶着小人标志的车来接。司机把皮筋扶进车里。透过灯光，在宽大的车后座深处，他看见一个女人安然坐着，刘浩知道那是梅姐。后来不知道为什么，刘浩不太想跟皮筋来往了。

皮筋越来越喜欢找他，也越来越瘦。皮筋总是带他去江东市最好的馆子吃饭喝酒，偶尔露出富有的证据，比如一块腕表价值三十多万元。刘浩很快记住了世界上有一款叫"僵尸单炖（江诗丹顿）"的手表。有一次，皮筋认为刘浩马上要毕业了，需要一套穿得出门的西服。那天皮筋从车后座拎出一架全是英文的高级成衣罩，沉甸甸的，拉开拉链看，里面是意大利手工西服，线脚细整，价值两万多元。

无功不受禄，皮筋干吗送自己这么贵重的礼物？刘浩心里开始有压力。

"我毕业了就去派出所，每天穿制服，西服派不上用场啊。"刘浩笑呵呵地跟皮筋说。

"那留着结婚穿嘛！"皮筋执意要给。

"万一我不结婚呢？"刘浩说时还是笑，其实，他那天下了点狠心才拒绝了皮筋的西服。

有一次，皮筋约刘浩去江滩新开的酒吧，说去给一个朋友捧场。那晚皮筋点了两瓶饮料，都是原装封盖的，打开还带"嘭"的一响。

饮料喝起来很舒服，让人意气风发。这时候来了两个女孩儿，那是真美，刘浩忍不住望了两眼，没想到两个美女认识皮筋，一屁股坐在皮筋和刘浩旁边，皮筋又要了两瓶同样的饮料。

刘浩看着比较面软，心里颇有主意。皮筋那天又拉他到搏击俱乐部来一起干，但他觉得搏击俱乐部天地太小。皮筋说梅姐还有其他生意，他觉得梅姐有皮筋就够了，自己不需要去瞎掺和。

不一会儿，他就感觉燥热，皮筋说去酒吧后台弄些下酒小吃。

四个人相互搀扶着，刘浩感觉是飘到了后面一间屋子，里面有一张长条桌，旁边都是厚实的沙发，可以当床了。

桌上各种切好装盘的新鲜水果，两个女孩儿坐在那里，罗衣不整，似乎喝多了。后面的事情刘浩记得模模糊糊，从此以后他就怕见皮筋了。

一个多月不见，刘浩又期待皮筋约他去酒吧喝酒，他知道自己上瘾了。


冬天，下了自到江东市读书以来最大的一场雪，天气邪冷。

皮筋来了，开着一辆路虎把刘浩拉到东大湖边。湖面冻结实了，雪还没被人踩过，皮筋拿出了两副拳击手套，吼了一嗓子，说："打一场，浩子！"

刘浩戴上那副猩红的拳击手套，皮筋挥舞着油亮的黑套，两个人开始在冰面奋击，你来我往，谁也没打着谁，力气都散在空气里了。

相互击打抵挡了几个回合，皮筋开始脱衣服，直到最后光着膀子。刘浩也不甘示弱，露出了结实的肌肉。一个魁梧一个精瘦，一个白净一个黝黑，两个人在冰面上挥拳猛击，大汗淋漓，直到累得躺在冰上。

晚上，两个人喝了四瓶毛铺，够劲但没醉，皮筋依然要开车，刘浩也不拦。

车开得挺稳，穿过五颜六色的夜，穿过长江大桥，进了"兰桂坊"小区。这个楼盘冬天也绿意盎然，高档无疑。

精致的大堂像五星级酒店，刘浩以前从未见过开发商对住宅小区可以这样大方的。

电梯无声无息，很快就上了十八层。皮筋带他进了一户单元房，推开有霜花的窗户，看见了苍茫的长江。刘浩呆住了，他以前总是在江边看江，觉得自己渺小。没想到从这个高处望过去，整条长江尽收眼底是另外一种感受。

皮筋说："我以前一直住在这里，现在要搬出去了，你要是不介意可以住进来，反正这个地方是梅姐的，她永远不会把它租给别人。"

皮筋知道刘浩家不在江东市，毕业了就得租房住，这套房他就住着，喜欢就一直住下去。皮筋还知道，如果把房直接送给刘浩，估计他不会要，刘浩是那种蔫儿有主意的人。

刘浩笑了笑，不置可否。

两个人借着酒劲儿聊天，刘浩问皮筋："梅姐是做什么生意的？"

皮筋说："搏击俱乐部啊。"

刘浩说："俱乐部能挣几个钱？那只是个幌子吧。"

皮筋盯着刘浩，说："浩子，你真的想知道？"

刘浩点了点头。

皮筋说："特种饮料！"

"功能饮料？"

"也可以这么说。"

"就是以前酒吧喝的那样的？"

皮筋换了个坐姿说："那个不重要，重要的是梅姐这个人不错，跟着她可以干一番事业。你我家都不是这儿的，这样抛家舍亲出来混，不都是要干一番大事吗？"

"当警察干不了什么大事。"刘浩说。

"警察可以只是你的一个身份嘛。"皮筋意味深长地笑着说。

"这话什么意思？"

皮筋说："话怎么说都不重要，事情还得靠自己悟。"

刘浩坐在宽大的飘窗台边，望着雾蒙蒙的远方，开始悟着什么……

那晚皮筋收到梅姐的电话急匆匆就走了，刘浩一个人窝在床上过了一晚。天亮后，他下楼在小区散步，渐渐有点喜欢上这里的江景和绿植了，真有了住进来的想法。

在楼下吃完早点上楼，刘浩随手拉了拉床头柜抽屉，发现了一件酒红色的镂空内衣，抓在手里打量，不是新的。刘浩的心跳加快，他不知道自己怎么了。

刘浩离开了兰桂坊小区，专门打电话给皮筋，那儿距离未来上班的地方太远，他不打算住过去了。


刘浩最终决定实现了**警察梦**，不再去酒吧喝酒，皮筋和刘浩来往的频率下降了。

有一天，皮筋亲自到学校里来见刘浩，拿出一个粉绿色的信封郑重交给刘浩。

刘浩没见过这么讲究的信封，小心翼翼打开，原来是一张请帖：快毕业了，梅姐要请刘浩吃饭，在帝豪海鲜城，一个可以坐二十人、里外都金碧辉煌的包间。

当刘浩抵达时，里面已经有两人，皮筋和梅姐先到了。

在这样大而无当的地方，三人围着夸张的自动旋转桌吃饭，每一处都是某种仪式，场面让刘浩忐忑起来。

这时候，皮筋急于求成，说出了他的想法："阿浩，你不来搏击俱乐部也挺好，在警察系统里好好干。在这个社会上，要把生意做大做体面，离不开**警察的关照**。"

虽已临近毕业，可警察该是个什么样儿，该如何关照皮筋，刘浩心里没多大底，他笑着起身给梅姐和皮筋斟酒，自己先干为敬，不置可否。

梅姐始终微笑着，像个局外人，也像个做局人。她的目光里多是关心，而不是需要谁关照，看上去更像个想关照他的大姐姐。

在刘浩不知所措的时候，梅姐制止了皮筋的大白话，她跟刘浩聊家乡，聊异乡人在江东市的感受。梅姐说，她已经在这个地方生活了近三十年，这里什么都好，但缺真朋友，如果在这个大得像海洋的城市里没有称为知己的朋友，跟一个人结庐荒野无异。

梅姐的话引出刘浩的伤感，他是个不善于交朋友的人，皮筋算是主动打上来的朋友。

接下来的饭局有了基调，在浓浓的知己难求的感叹中大家开怀畅饮，以姐弟相称。微醺中这顿饭局就像一场梦，事后想时感觉还是不真实。

吃完饭，梅姐和刘浩并肩走在前面，皮筋跟在后面。梅姐坚持要刘浩同车送他回去，刘浩恭敬不如从命。

在警校门口，刘浩下车，梅姐也下车，她握着刘浩的手，眼眸蒙眬，说："你真像我的小弟弟！"

说完，梅姐似乎已无法抑制自己的惆怅，快速转身进了无限深广的后座，从里面看着刘浩。

刘浩脸颊发烫，看着梅姐反复挥手。皮筋拍着刘浩的肩告别，到驾驶位开车，刘浩一直目送那辆车远去。

往学校宿舍走时，他对梅姐的话有种异样的感触，快要毕业了，很快这里不再是自己的窝了，自己马上就会变成一个无家可归的人，心里不禁冒出一句歌词：姐姐，我想回家，牵着我的手，我有些困了。


春节后节奏骤然加快，紧跟着接受单位领导面试，喝各种该喝不该喝的告别酒。很快，刘浩有了新领导，叫李明杰，一个干练、话不多的中年警官。

刘浩在心安渡铁路桥蹲守，那天在酷热的水塔里闷了一天。李队一阵风似的出现了，晚上请他吃饭，银龙泉啤酒沁人心脾。

晚饭后跟李队分开，刘浩早早就回到快捷酒店。前几天蹲点的新鲜劲儿过去，从头发丝到脚后跟都感觉有些疲乏，连衣服、鞋都不脱就直接倒在床上，不觉想起梅姐来，他有些恍惚，不想从这似醉非醉的恍惚中出来。

这天，大卫派给皮筋一个简单任务，让他去西辛店见一家家政公司主管。见面后，胖且干练的中年妇女给皮筋一个黄铜打火机。皮筋拿在手里掂了掂，然后用打火机点了颗烟，把它揣进兜里。

皮筋开着路虎车回江东市，路过心安渡时，他想起了刘浩。

皮筋消失有一段时间了，突然打来电话，刘浩有些兴奋。

晚上八点多皮筋抵达，两人在刘浩住的快捷酒店里见面，皮筋坐在一张沙发上，

288

把腿跷起来搁在另一张沙发靠上，打火机从皮筋的裤袋里溜出来，他毫无察觉。

两人到了一家卡拉 OK 厅，在包间里让 MV 画面开着，听歌喝酒。皮筋话没那么多，一个劲儿喝，刘浩喝着等他说话。

皮筋没精打采地说："梅姐退休了。"

"提前退休？"刘浩感觉梅姐没到法定退休年龄。

"按年龄，不算提前退休，梅姐被架空了，不退不行了。"皮筋说着，把酒瓶在桌面磕得哐当响。

听到这里刘浩大大喝了一口，说是自虐更准确。他想到梅姐那么一个优雅自重的女人，也被人逼到迫不得已的地步，有些让人心疼。

"什么人能架空梅姐？"刘浩用牙直接咬开一瓶"红颜"。

"这里面挺复杂，面上看是她儿子要接班，又感觉不是那么简单。"皮筋倦眼轻抬，说。

"梅姐现在在哪里？"

"我也不知道，她跟我谈过一次，让我好好辅助他儿子，她对他很不放心，然后就很少见到她了。"

"他儿子，你们以前熟吗？"

"不熟，突然从德国回来了，我才知道她有一个儿子。"皮筋掏出一个不锈钢盒子来，像女人的粉盒那么精致。

"好伺候吗？"刘浩看见皮筋用锡箔纸卷成小勺，在粉盒里蘸了蘸，凑在鼻子上吸。

"不好伺候，原来那一套都看不惯，说要把国外的那一套推广开来，尽提出各种难题吓唬我，让我去搞一把枪。你说我去哪里搞，他以为是国外呢。"皮筋做出无可奈何的样子。

"你继续跟他干，还是准备退出？"

"退出？你开玩笑吧？"皮筋换了个坐姿。

不知不觉中，两人喝得飘忽起来。

皮筋问："要不要叫两个姑娘伢进来陪酒？"

刘浩笑着，说："不了，皮哥，我现在身份不像读书的时候，也是有三大纪律八项注意的。"

皮筋笑着，让服务员上了一大盘水果。

刘浩让皮筋不要那么发愁，梅姐的安排或许是家族企业接班制。他开始点一些大学时一直没有放肆唱的歌曲，拉着皮筋唱起来。

两人这样不知不觉到了凌晨，酒瓶多得在玻璃茶几上放不下，地上也绕了一圈。皮筋从包里拎出了两瓶饮料，说："梅姐爱喝这个，现在她指不定也在某个地方独自喝这个呢。"说着，皮筋拉开盖痛饮起来。

看包装感觉没见过，刘浩犹豫着喝起来，对梅姐的悲怜心转移到这两瓶饮料上，仿佛和梅姐共饮同一种人生况味。

痛饮大半瓶，刘浩浑身燥热起来，开始不停流汗。皮筋眼泪鼻涕下来，不停地抹，嘴里还在抱怨大卫太猛了会栽跟头的。

刘浩不自觉松了松皮带，感觉膀胱憋不住，起身去厕所，这时，有什么东西掉在地上，哐当一响。刘浩转身捡起来，是自己那把黑幽幽的92式手枪。皮筋假装没看见，继续唱歌。刘浩把枪揣进裤兜里，去了洗手间。

皮筋放下麦克风，他知道现在警察开始装备92式，对他来说简直是个梦想。他呆想了几秒钟马上激灵起来，从包里拿出那个精致的粉盒，打开盖，给刘浩的饮料里倒了一些白色粉末，停顿片刻又倒了两下，使劲摇了摇瓶后，盖好瓶盖，把粉盒放回包里，拿起话筒继续唱歌。

过了几分钟，刘浩面色苍白地进来了，走起路来似风摆柳。

皮筋站起来猛烈干号，好像要把藏在屏幕里的妖魔鬼怪吓出来。兴头上，他拿起自己那瓶饮料碰了刘浩的瓶子，一口见底。刘浩毫不示弱也让饮料瓶子见底。

皮筋依然在与卡拉OK搏斗，刘浩不到两分钟就躺在沙发上睡着了。

皮筋用话筒戳刘浩的嘴，说该你唱了，刘浩没有一点反应。皮筋把话筒搁在茶几上，缓慢走到刘浩身边，蹲下来听了刘浩的鼻息，轻轻去掏刘浩的口袋，把92式手枪掏出来，揣进自己口袋里。他站起来，望着死猪一样的刘浩想起什么来，按了一下服务呼叫键，叫服务员来一大桶冰块，再来十瓶农夫山泉。

服务员很快就把两样上全，皮筋把刘浩摊平在沙发上，然后把冰块码在刘浩的肚皮上。接着他开始给刘浩嘴里灌水，猛灌，尽管许多水都流到了地上。

　　干完这两件事情，皮筋叫来服务员，说："我有急事要离开，我这位兄弟喝大了，就在这里面休息一下，麻烦你多照顾照顾他，只要他想喝水就给他喝。"皮筋给服务员塞了五百元小费，然后去前台结账。

　　停车场找车的工夫，皮筋手一个劲儿地在裤兜里摸那把枪，他真觉得踏破铁鞋无觅处，突然狂笑起来。

　　刘浩迷迷糊糊缓过神来时，觉得房顶在旋转，天已经大亮了。他想先去蹲点的位置打个照面，实在顶不住就在水塔里休息一下。今天李队不过来，这喝大酒的事情可不能让他知道了，只要不误事就没事儿。

　　走到接近水塔的那条巷子，他看见梅姐站在前面向他招手，他笑着走过去。等快到梅姐跟前，却发现巷子里空无一人。他怀疑是幻觉，可又不甘心，继续往巷子尽头走，到了头发现旁边就是铁路，许多人从这儿穿过铁路去对面的便道上行走，他怀疑梅姐也去对面了。往西二百多米就是心安渡铁路桥，浓雾从桥底的河面升腾起来。等他过了铁路看见铁桥时，发现梅姐散着头发，一副落魄的样子沿着铁轨枕木往西边走。刘浩喊了一声，梅姐停住转身看了他一眼，笑得很凄凉。刘浩加快脚步走到铁路边，梅姐消失在腾起的白雾里。

　　刘浩泪都出来了，他突然斜穿铁轨继续追去，他一直就在晃动，并没有觉察到脚底强大的震动。此时头发像铁屑一样竖起，一列火车从弯道后高速冲过来。

# 第六篇　端倪

# 五十二、线人

至纯则刚，有漏必补，人不可大意。一把假枪、一些好奇、一场不必要的结交，让刘浩付出了生命的代价。

那天抓捕时，皮少军的马仔从另外一条路下山，在灌木里蜷缩着被一条狼狗咬住衣服拖了出来。这个名叫王大安的麻镇人积极主动交代了参与的犯罪活动，他是皮少军的保镖兼山区的路虎司机，对开车撞小贺的车记忆犹新。

观音货场扫毒工作并不彻底，李明杰挑了两名精瘦的警员，化了僵尸肤色妆容，看上去就是瘾君子，由王大安带路继续开着那辆路虎一家家拜访锁定。"扫雷行动"前前后后进行了一个多月，终于将分布在各处的作坊通通铲除，各种成品半成品堆满观音货场，一把大火烧得烟焰冲天，臭气熏人。这次"扫雷行动"对江东市周边地区的制毒贩毒起到了极大的震慑作用。

皮少军的尸检报告出来了，从他身体里取出来的那颗弹头却不是李队人马射出的，这颗不明弹头让李明杰坠入了迷魂阵中。

皮少军制毒网络的覆灭在大卫那边已经激起波澜，戴蓓蕾告诉李明杰，大卫已经把他列入了死亡名单。李明杰对这样的警告置若罔闻，他早已习惯了。

杨局给李明杰搞了一个内部表彰会，拿着奖牌，李明杰显得并不高兴，他走进了杨局的办公室。

"杨局，有一件事情，我们可能需要借助国际刑警组织的力量来查。"李明杰首先给杨局打招呼。

"什么事情？"

"您看这个。"李明杰给杨局看了打火机照片,说,"这是从辛传斌家里被犯罪嫌疑人皮少军带出来的,是老板大卫让他取的。在这个打火机里,黄练发现了放射性致癌金属钚,辛叔恰巧在用过后患了癌症!"

"哦,那它是怎么到辛叔手里的?"

"是辛叔的女儿从德国寄给他的生日礼物。"

"那怎么可能?"

"所以这其中必定有鬼,我想您通过市局跟国际刑警组织联络,让他们查一下辛叔女儿辛燕在德国的情况。"

"你把辛燕准确的身份信息给我。"

李明杰掏出一张卡片交给杨局。随后,李明杰没有急着走,掏出烟来递给杨局,杨局指着喉咙摆手。李明杰自己点上抽了两口,欲言又止的样子让杨局看出来了。

"你还有什么事情?"

李明杰扭了下脖子,说:"杨局,以前我还真没脸来问。刘浩怎么死的弄清楚了,现在我可以问了,我哥李明星的案子有什么新进展了?"

"案子还压着呢,没有什么新消息。"杨局叹了口气。

"这次从皮少军这儿得到的信息,不知道能不能帮到李明星?"李明杰迟疑着说。

"要是抓了皮少军活口就好了,事情就完全不同了。"杨局满是惋惜的口吻,停顿了一会儿又说,"为抢救嫌疑人,你还白损失了几百毫升鲜血,这也算是破天荒了。你哥哥的事情你不要内疚,你尽力了。"

让皮少军毙命的那一枪来得很蹊跷。大磊告诉李明杰,那天在车进入白狐沟的路上看见疑似周副队驾车经过,如果那一枪是周副队所为,问题就变得复杂了。而且,他又是如何知道李明杰的抓捕计划以及皮筋的具体位置?一种可能是大卫知道皮筋暴露必须铲除,这符合他的行事风格,难道大卫和周副队之间有联系?联想到之前"鳡鱼行动"泄露和"仓库"酒吧被举报,似乎有一双上帝之眼俯视着自己的一举一动,许多疑团在他脑袋里盘旋却又不能轻易说出来。李明杰呆坐了一会儿,起身离开了杨局办公室。

李明杰离开后,杨忠平马上给张东强挂了一个电话。

"东强，我有个建议，在没有确凿证据的情况下可以给李明星取保候审。这样有个好处，如果李明星沾毒，放出来后会露出蛛丝马迹，这样会给'仓库'藏毒破案带来新的转机，而且'鳡鱼行动'泄密问题也就真相大白了。"

"涉毒嫌疑人，咱们还是从严监管为好。如果李明星出去后被杀人灭口，岂不是我们犯了一个大错误？"

杨忠平觉得张东强的担心很有道理，在毒品犯罪领域犯罪分子大多心狠手辣。一个建议无效，杨忠平又提了一个建议："东强，你看，功是功过是过、兄是兄弟是弟，李明杰在破获农户制毒作坊案件中，起到了关键性作用，你看能否在市局层面给李明杰一个嘉奖？"

张东强犹豫片刻，说："老杨，你先形成一份材料交上来。市局层面的嘉奖，我一个人说了不算，需要市局办公会审议通过。"

"好的，那我尽快！"杨忠平挂了电话，坐在那里思索。

张东强挂了电话后一颗一颗抽烟，似乎想明白了什么，拿起座机拨打电话，不一会儿，缉毒支队长宋发科走了进来。

张东强一脸平静，示意宋发科坐沙发。宋发科有些不适应，选了一把硬靠背椅坐在张东强面前。

张东强稳稳开腔："发科，这次李明杰带队，把玉兰山周围方圆几十里的乡间制毒网络扫除，这件事原则上也在你的管辖范围内，从市局缉毒成果的角度，也值得大书特书一下。"

宋发科先是愣神，调整坐姿，说："张局，我看对李明杰这次行动模糊处理，事情也就过去了。如果较起真来，他是违规办案。"

"哦，你这么看。"张东强微微点头，又接着问，"单从破案这件事儿来说，你觉得李明杰算不算立了一大功？"

"我不这么认为！"宋发科音量提高了说，"李明杰这次扫毒行动犯了一系列错误，表面上是破坏制毒网络，可从我这个位置来看，也就是从缉毒大局层面来看，他是搞了一次彻头彻尾的破坏。"

张东强提起精神，盯着宋发科问："这个话怎么讲？"

宋发科说："您可能都忘了，这次缉毒惊动了当地十里八乡，差点酿成重大群体事件。如果不是我们动用各方面力量处理得当，犯下的错误恐怕连您的乌纱帽都要晃三晃。"

张东强皱了一下眉，身子往后靠了靠，显得很不高兴。

宋发科连忙笑着说："张局，我话说得直了点儿，意思您是懂的。李明杰这次的冒失行动，最大的破坏力是把我的线人搞死了，我们无法挖出真正的贩毒主谋啊。这些农户可能真不知道是在制毒，更不知道谁是买家、销往哪里，因为皮少军的死，这些全断了。"

张局疑惑地问："谁是线人？"

"皮少军啊！"

"这个制毒主犯是线人？"

"他算不了主犯，只是个执行人。这个人备案不在您这里，给您看过资料可能您印象也不深。"

张东强缓缓抬起头，望了宋发科一眼，示意继续。

宋发科接着说："经营一个线人需要好多年，这个皮少军还在警校时我就已经发展他了，让他跟了梅姐两年，渐渐取得了她的信任。快要接近核心信息时，梅姐突然洗手不干让儿子接手，企业大张旗鼓转型。我怀疑这只是幌子，换汤不换药。接班人大卫不打算用梅姐以前的人，斩断了跟以前业务的任何联系，另起锅灶做新产品，其实是新型毒品。大卫团伙内部斗争让线人工作更加难做，皮少军好不容易获得了大卫的信任，快要挖出 DAV 集团背后的核心利益链了，没想到李明杰办案把皮少军办死了，您说我们的损失大不大？他到底是在帮哪边？"

张局听完脸色难看，敲着桌子，说："你说的这个人啊，我想起来了。以前你给我提过，有两次行动你提前告诉我要对这个人网开一面，放长线钓大鱼，几次都是些虾米，也没弄出个名堂。我还听说他没少拿毒贩好处，在老家盖豪华府邸，在地方影响很大。他这是两面通吃不干事，这样的人死不足惜，怎么还能用？"

听张局这一通敲打，宋发科头上微微发汗，他想不到张局暗中也在了解皮少军，没用好皮少军倒成了自己的工作失误和污点。他也在甄别皮少军是否属于线人失控，现在人死了也算是给自己少了些麻烦。

张东强收回脸色，点燃一颗烟，说："李明杰是去破他下面一个实习生的命案，涉毒的案件是在这个过程中意外发现的，并不是他去越位缉毒。为了拿到这份制毒农户名单，他被一群人围在小铁屋长达一个多小时，面临生命危险，接下来的事情你都参与了，怎么能否定这次行动的功劳？而且你也知道，'鳡鱼行动'失利后，局里上上下下都需要一次完胜来鼓舞士气。"

张东强态度鲜明的话让宋发科彻底明白了，连忙说："张局，还是您想得周到，我也不是那个意思，给他嘉奖的事情，我赶紧对接杨局那儿！"

张东强换了坐姿，一脸严肃，说："至于你提到的梅姐，早已经是过去时了，你怎么还安插线人在她那边呢，不是浪费纳税人的钱吗？还闹出不必要的人命来！德华集团以前涉嫌制毒贩毒，我们派警力跟了两年进行彻查，案情不是很清楚了吗？就是他们公司一个总裁利用职务之便夹带私货，这个案子都已经结案了，事情都铁板钉钉了，怎么还拖泥带水？"

张东强一串强火力让宋发科哑口无言。停顿一下，张东强缓和口气，说："发科，禁毒工作异常艰巨复杂，有时候搞得人疑神疑鬼跟神经病似的。我坐在这个位置二十年，你的感受和状态我都懂。但你要有觉悟、有高度，不要有大功独揽的想法，也不要忌惮年轻人，更不要辜负了领导对你的信任！"

宋发科彻底缴械，努力笑着说："张局，还是您明察秋毫，李明杰的功过我岂敢评说，您来定就行了。"

"你和李明杰，不要有抢功的意识，从缉毒这条线，虽然不是现管，他也算你的下线，他的功劳也是你的功劳。从前面几件事情来看，你们彼此好像有些成见，都是一条战线的，都是为了革命工作，我希望你们不要有个人矛盾，这样对谁都不好！"

"明白！明白！张局，谢谢您及时提醒，我今后注意工作作风，我这也是对事不对人。"宋发科连连解释。

从张东强办公室出来，宋发科浑身不自在，他已经不关心李明杰怎么回事儿了，他觉得张东强一眼看穿了自己，让他有种无处藏身的感觉。他不得不仔细盘点与张东强共事的全部经历，看看哪些属于一般过失，哪些触碰到了他的底线。他想，或许是自己以前太自以为是了。

按照张局的要求，杨忠平将请功报告打上去。两周后一纸嘉奖令从市局下发，李明杰所带缉毒大队被授予了市级禁毒优秀团体，李明杰荣立二等功一次。


从第一次进入玉兰山摸底到最后清除行动结束，李明杰很久没在家待了，这次他特意找杨局请了几天假，想在家里好好陪一下父母，特别强调这属于嘉奖的一部分。

父亲已经能够站起来，扶着轮椅在家里四处活动。

家里的钟点工阿姨每天下午给母亲右半边身体搓半个小时，搓热搓红，没想到这起了作用，母亲奇迹般将歪着的脖子正过来一大半。虽然还不能说话，半边身子依然不能动，但她的笑肌找到了正确的记忆，每个笑容都那么准确清晰。看见这些，李明杰百感交集，把嘉奖令中代表物质的部分全部给了阿姨。

穿水红色绸布衫的阿姨是个讲究人，坚持只要一半。她说她母亲被车撞了也是被好心人送到医院才捡了一条命，她这样做也是感恩。

李明杰亲手给父母烧了一顿饭，做了他们最爱吃的糍粑鱼，开了一瓶红酒。从来不沾酒的父亲主动要了半杯红酒，边吃饭边时不时抿一下。阿姨念叨喝酒可以活血化瘀，看来父亲听进去了。

正吃得热闹，父亲突然望着李明杰，问："你哥好久没来我们这儿了，你们最近见过吗？"

李明杰一时语塞，马上笑着说："见过，见过！"

# 五十三、问底

　　红酒上头，李明杰倒在床上闷闷睡觉，既睡不着又不清醒。一个陌生男人打来电话，声音低沉："如果你想黛蓓瑞活着，请马上到长江大桥铁轨上来。"

　　李明杰惊起，电话号码来自加拿大魁北克。李明杰连忙给戴蓓蕾打电话，手机关机。明知有许多诈骗电话来自国外，他也顾不了那么多，急忙下楼往江边跑去。

　　在江东市众多过江大桥中，只有一座桥通铁路，那是早年在苏联专家指导下建成的新中国第一座跨江大桥。

　　一想到戴蓓蕾会死，他有几分绝望，直接翻过公路桥面的栏杆，顺着灰色铁梯向下来到了铁路桥层。

　　迎面开来一节玉琢般的白色火车头，巨大的气浪冲刷过来，令人整个腮帮都在颤抖，眼泪也颠出来了。高铁产生的气浪比小时候在心安渡铁路桥遭遇的还要强劲。

　　车头遁去，他茫然四顾，希望看见戴蓓蕾的身影。铁轨空茫寂静，他从桥上往下望去，江面许多缓慢移动的轮船像纸扎的假鞋，瘆人得很。

　　他沿着铁轨走动寻找，时不时看手机，希望那个魁北克男人再打来电话，但是什么也没有。他想回拨，电话号码却消失了，他们用了自动删除技术。

　　只能这样沿铁轨搜寻，总长 1.6 公里的大桥走一遍差不多需要半个小时。李明杰不敢走快了，他怕漏掉了什么。

　　桥面不再有火车通过，他能够听见自己的心跳，还有远方轮船汽笛冷漠的呜咽声。风从侧面钢铁桁架间穿过，夏天的轨道上显得很阴凉。

　　不知不觉来到桥中间，依然一无所获，冰冷的声音突然响起。

"如果想拯救你的爱人，请马上停止你的脚步！"

李明杰伸出的腿收回来，他四处张望，不知道谁在高声说话，像在朗诵。他什么也没有发现，也没有高音喇叭。他正欲抬腿，声音又响起："如果想拯救你的爱人，请马上停止你的脚步！"

他疑惑地收回了腿，再次四处看，依然没有戴蓓蕾的踪影，或者疑似她可以藏身的地方。

他就这么站着一动不动，铁轨微微震颤。他抬头看远方，一列冒着白汽的货运列车缓慢地开了过来，越来越近。

他往旁边躲，那个声音又从天而降，不容置疑："如果想拯救你的爱人，请马上停止你的脚步！"

已经迈出的腿停在那里，列车正向自己冲来，他额头开始冒冷汗，却咬牙坚持着一动不动。

那个君临天下的声音又开始了："很好！你经受住了考验！请抬起你的头！"

李明杰抬起头。

"继续抬！"

他头向上继续抬，火车冒出的白烟在眼皮底下了。

"继续！继续！继续！不要停！"

李明杰整个人向后仰，这时候才发现戴蓓蕾穿着白裙子被反绑着胳膊，吊在自己的头顶正上方，她嘴里塞着白布，无法出声。

李明杰仰着脖子，大声喊："阿戴，我来救你！"

他跑到铁路桥边缘，企图攀缘铁桁架，上去救戴蓓蕾。此时，戴蓓蕾像一枚炸弹直直往下坠落，正下方就是他刚才站立的铁轨，列车已经冲了上来……

他抱着头疾呼："不！不要！"


醒过来时，李明杰感到头很痛，浑身大汗淋漓。他不相信刚才只是一个梦，反复翻看手机，确实没有魁北克来电，但有戴蓓蕾来电。

戴蓓蕾约他在公园见面。这是一座精致的江边小公园，树木葱茏。

300

李明杰还沉浸在梦的余悸里，目不转睛地盯着戴蓓蕾看。戴蓓蕾笑了，有些不好意思，四处望了望，说："你怎么啦？"

李明杰马上意识到自己失态了，说："做了个梦，吓死我了！"

戴蓓蕾扮了个鬼脸，说："还有能吓住你的！什么梦？"

"我站在铁轨中央，你吊在我头顶，像一把剑悬着。一列火车冲过来，如果我选择躲，你就会掉下来被火车碾轧，如果我站在那里不动，我就被碾轧。"

戴蓓蕾轻松地说："咱俩必须死一个呗，幸好只是个梦，这种惩罚，我估计只有大卫可以设计出来。"

两人往一片茂密的灌木丛走去，选了一处树间缝隙坐下，可见远处的长江大桥。

戴蓓蕾说："我在公司门口遇到一个女人，在跟保安拉拉扯扯，我听她的口音是外地的，把她带到一边问了几句。她说她是从重庆来的，女儿死得不明不白，她来 DAV 公司讨说法。我问她女儿叫什么，她说叫匡丽芳，死前曾经在 DAV 公司做兼职。我问她是怎么知道的，她说女儿给家里寄了一个包裹，里面有一张银行卡，还有一些日用杂物，用 DAV 公司的包装盒装着。"

"里面还有什么？"

"保安说这个妇女是来 DAV 公司搞讹诈的，开口就要五十万元。后来这个妇女拿到五十万就回重庆了，再也没来，我觉得这里面有蹊跷。"

李明杰说："这个匡丽芳正是那个毒驾电动车淹死的女孩。"

"嗯，如果摸清楚匡丽芳的死因，李明星的冤屈可能就昭雪了。"戴蓓蕾不免有些激动。

李明杰思忖着，决定去匡丽芳老家一探究竟。

这并不复杂，从江东市出发的客轮直抵小小山峡，李明杰上岸后根据匡丽芳的身份证地址，很容易就找到了她生活的那个小镇。当他出现在匡丽芳家门口时，天色已近傍晚，那是一个带屋檐的民居，隐藏在偏僻的后街。

一进门，赫然入目的是两张并排挂在墙上的黑白遗像，相框向前微微倾斜，似认真看着来人，眼里还有一丝幽怨。李明杰认出一个是匡丽芳，另一个中年妇女应该是匡丽芳的母亲，这太让人意外了。

家里坐着一个老婆婆，没有其他人。李明杰和她交谈了两句，知道她是匡丽芳的外婆。

老人握着一根盘曲的拐杖，身子蜷缩，好似发冷，然而此时是骄阳盛夏。

"阎王爷太狠了，不到半年，女儿和外孙女都比我先走了！"老人反复抱怨。

"外孙女和女儿留下什么东西没有？"李明杰问。

"你们来过好多次了，也没抓到闯祸的司机，来有什么用？"老人还是按照自己既定的思维说着，以为李明杰是交通大队的。

李明杰拿出证件来，说自己是公安局的。老人抬头，仔细望了望李明杰，问："公安局怎么没穿那身衣服呢？"

李明杰笑了，继续问："您外孙女有没有往家里寄东西？"

老人起身进一个房间，李明杰也跟着走到房门口打量，里面并不宽敞，靠墙放置一张木质单人床。床头边还有张书桌，书桌上方贴着一张画，一个女孩儿像一片羽毛横躺在空气里缓慢坠落。她胸前戴着一块魔法石，可以让她克服重力。画面上有几个字"天空の城"。

这时，老人已经从床底摸出了一个盒子，直起腰给李明杰。李明杰抱着粉白色包装盒，盒面布满淡金色"DAV"字纹，显得很高档。李明杰将盒子放在书桌上，戴上手套一件件仔细查看里面的物品。主要是一些化妆品，有开封用过的，还有没开封的。似乎怕瓶瓶罐罐磕碰，用粉色和白色内衣包裹着它们。在盒底有一张粉色底纹的字条，如果不注意就会完全错过它。李明杰拿起来看，上面写着一行字：**我知道了不该知道的，觉得自己有危险，如果我有什么意外一定跟大卫有关，去 DAV集团找他！**

这是 Sisley 溺水前几天寄出的一个便条，她母亲应该是收到这张便条后去江东市 DAV 集团门口堵大卫的，大卫拿出五十万元让她闭嘴。

李明杰以警察的名义把这些物品连同 DAV 包装盒全部带走了。

他在当地银行配合下，很快查出匡丽芳一年前开的银行卡。这张银行卡曾经一次性转入三十万元，匡丽芳死亡后两个星期，钱被人以现金方式取出。银行人员回忆，是一个胖妇女来取的，她带着女儿的死亡证明书。

这个胖妇女就是匡丽芳的母亲，街上左邻右舍都知道，她为女儿的意外死亡去江东市维权，就在半个月前出车祸死了。有目击者说她背着一个双肩包，被车撞飞后，不晓得多少钞票从包里飞出来，像下了一场红包雨，用手机查阅当地门户网站还可以看见这条奇葩新闻。

大卫用钱摆平了纠缠，又用一场车祸抹平了后顾之忧？

李明杰去当地交通大队了解情况。肇事司机是本地人，那天他开着一辆小型货车，敞口车厢码满了立方铁笼，里面装满了法国红头番鸭。当一辆空载的大货从他的小货侧面扫过时，许多铁笼散了架，里面的鸭子飞了起来，有两只扰乱了他的视线，胖妇女就出现在他的视线盲区。司机奋力应对翻车，完全没有注意到车头正冲着一个埋头专注走路的行人。

李明杰根据交通部门提供的信息，再去拜访这个番鸭运输个体户时，这个人被刑拘，又赔偿了一些钱财，就当普通车祸结案了。后来他图便宜把他的货车卖给了熟人，连户都没来得及过，据说本人到尼泊尔淘金去了。

在普通人眼里，匡家人命犯太岁倒了大霉。有时候，犯罪分子就像上帝，在幕后操弄着一切，但在常人眼里只是意外事故。李明杰抱着 DAV 盒子，站在匡丽芳故乡的大街上，满脑子都是疑点。他带着这盒证据，还有一些新增加的故事回到江东市，将盒子交给了黄练。

# 五十四、强戒

口供、物证不断丰富，大卫组织生产销售毒品的轮廓渐渐清晰，但缺乏核心证据，最关键的是人证，最好是根据交易情报抓个现行。

皮少军的死如同斩断了一个节点。如果有人在跟自己对弈，那他确实是一个高手。往深了想，大卫背后似乎有一把看不见却异常强大的保护伞。

李明杰在白板上画联系图，圈点刘浩、皮少军、匡丽芳三位逝者相关的各类信息，强行把大卫画在中间，却意外在旁边一角写下"梅姐"两个字。他打电话给检察院，想调两年前结案的德华公司涉毒案卷宗。检察院以德华集团是大型纳税企业，卷宗需经过张局签批才可以查阅为由给挡了回去。他私下查询德华集团法人信息，发现该集团已经注销，原来的法人代表是男性，姓吴，股东和高管名单里也没有梅姓人员，底下传闻公司出事后梅姐隐退不知所踪。

皮少军近五年的全部通信记录都翻出来了，大约一年前，有人给皮少军业已注销的微信号发了一个地址：狮虎山强制隔离戒毒所，发地址的微信号署名为"军港之夜"，目前该号是弃用状态。再查微信留用手机号，发现"军港之夜"是用非实名制时代的手机号码注册的，该号已停机。

技侦科回溯跟皮少军相关的所有手机号通话记录，发现在他被击毙后两天内，有一个号一直试图拨打他的手机号。查询此号半年内通话记录，显示皮少军此号只接此机打来电话，且通话时间多在深夜。办理此卡的刚好是狮虎山街道移动通信营业部，两个狮虎山地址绝非巧合。

李明杰凝视着狮虎山，与那儿相关的信息丰富起来，而且主动找上门来。市禁毒文明办搞了一次"拒绝毒品、珍爱生命"的公益活动，为那些正在戒毒所努力与毒瘾做斗争的人们加油打气。这次文明办请到的主讲嘉宾是滨江区青年杨佳，他曾经是一名资深瘾君子，在市强制戒毒所几进几出，如今，要重返强戒地，现身说法。

单人不成行。文明办觉得，只有一人现身说法教育面不够全面，望市局派在缉毒一线的干警来镇场子，把制毒贩毒者的悲惨下场给瘾君子们生动呈现一下。

任务从上面派到杨忠平局长头上，他正在犯愁派谁去，李明杰找上门来问杨局在强戒所有没有什么人脉。杨局想李明杰正好拿下制毒大案，身体各方面都有些透支，这活儿不累也无风险，两人一拍即合。

在四渡桥，李明杰和青年杨佳见上了面。杨佳中等身材，不胖不瘦，眉眼都干净利索，看得出曾经是个美少年，他笑容满面，一点儿也看不出曾经深陷毒泽。

一路上，杨佳边驾驶 FT 大皮卡边嚼着腌制的槟榔，讲述他的传奇吸毒前史。他递给李明杰一颗槟榔，那股咸涩味儿让李明杰直接将之吐到了窗外，只好点起一颗烟来压压嘴里的余味儿。

杨佳说，他曾经是一家房地产公司的老总，年纪轻轻就发了大财，钱经常用行李箱装着放在床底下，发工资时一拉杆箱一拉杆箱地派小伢拖着在工地上派发。谁也没想到，和发小儿损友在一起，从吹麻果开始，逐步向 K 粉、注射冰毒升级，最终，毒瘾彻底让他什么也干不成了。在戒毒所强戒两年，总算从云里雾里平安落地，告别黑白颠倒的日子。

出来后，朋友几无，家人全躲，打工没人要，自己憋着股劲儿从零开始创业，积极接纳从戒毒所出来的人员重返工作岗位。

有吸毒史的人最怕被环境孤立，精神上空虚，这也是导致复吸的主要原因。他们在杨佳这儿工作特别卖力，人心齐、泰山移，杨佳干什么成什么，很快又积累出花不完的钱。

杨佳的故事讲完了，李明杰一直想问个问题，感觉今天问杨佳比较权威，如果毒品存在 AB 两面，杨佳可是两面都熟。

"杨佳，你觉得毒品是什么？"

杨佳沉默着，槟榔也不嚼了，开了十几秒车才说："毒品是介于物质和精神之间的一种圣物，相当于古时候祭司才能碰的东西，你不是祭司，碰了就会被处死。你拿着一克海洛因，也可以说拿着一公斤妄想、一公斤快乐、一公斤精神 TNT，它可以轰进人的大脑深处。人格是大脑的守门员，会阻止你去干一些事情，不是什么都能干的。对不起，毒品是精神 TNT，就像炸药轰开头盖骨一样，把守门员给炸飞了，大脑深处藏着的、原始野蛮不受制约的欲望就控制了脑系统，毒瘾爆发时，这个人就不是人了！"

说到这里，杨佳感觉一口气上不来，深呼吸后吐掉了碍事的槟榔，接着说："如果想毁掉一个人，分杀死肉体和杀死精神，毒品就是杀死精神，徒留肉体！"

李明杰听得频频点头，然后笑着说："听说槟榔也给人带来妄想的快乐？"

"没有，没有，要说有也是跟香烟差不多吧。"杨佳突然有些惊慌失措，满脸堆笑地望着李明杰，车轮差点轧了一只穿过公路的老母鸡，他慌乱躲避回正。

说话间，地处城乡接合部的狮虎山强戒所到了。这省级强戒所用药物、心理干预、精神治疗、希望重建，让许多人修好了人格大门，又过上了正常人的生活。

跟普通人谈希望可能有些矫情，谁也不缺希望，只是叫欲望或梦想罢了。但是，对掉入吸毒深渊的人来说，重建希望非常重要。大部分吸毒者在强戒过程中可以脱离毒瘾，目前强戒所面临的核心问题不是戒毒，而是如何降低复吸率。正如杨佳所言，复吸的主要原因是，这些人离开强戒所后没有健康的社交圈层，或者直接没了社交，导致精神空虚。

副所长邝新提前给门卫打了招呼，报了车牌号，杨佳直接把车开到了主楼门口停车场。

戒毒所主楼正对着大操场，绿色草坪，红色塑胶跑道，一股校园气息。站在五层办公主楼落地玻璃走廊上，可以俯视整座操场，操场四周是各类戒断恢复室场。办公楼后面是强戒人员宿舍，每栋楼都涂了一种颜色，黄、绿、橙、蓝，明快醒目，既有秩序，又充满了个性。

距离宣讲会还有一段时间，杨佳和李明杰在礼堂旁边的接待室闲坐无事，邝新陪同他们四处看了看，最终大家都停在玻璃墙旁俯视整座操场，围观一群大脑失去了守门员的人。

戒毒人员上操，服装分为蓝、白、橙和荧光绿，四个方阵四种颜色。今天的操场上有些奇特，台上一位白髯老者在领操，提前录好的动作要领伴随老者的招式在两边的大屏幕播放。

只见老者双臂左右推挡，强调呼吸吐纳，意在让身体的每个毛孔向宇宙打开，吐故纳新。

人体染毒就是嗜恶太深，破坏人体本元。据邝新介绍，这次戒毒所动了心思，专门从武当山请来养生大师张无忌的二十八世孙做养元辅导，为期一个月。

操场集体养元结束后，大家四散，等出现在礼堂时，所有人都换上了海蓝色的统一服装，蓝色让人沉静，队伍显得肃穆。

杨佳是主角，李明杰以警察身份出现在这里代表官方力量，情势有些微妙。

看到眼前乌泱泱的人群站定，李明杰刑警本能启动，扫视着疲态各异的瘾君子们。他知道自己在找一个人，虽然过去三十年了，已经不知道她是什么样子，但只要见到她他就会认出来。

戒毒人员的身份和服刑人员不同，为了有效戒断，这里有权对隔离戒毒公民使用强制措施，这就像没有犯法的精神病人也会遭遇强制措施一样，有毒瘾的人如同精神出现异常者。

杨佳上台讲的一番故事，跟刚才在车里给李明杰说的差不多，只是不开车他增加了许多肢体语言，表现力大增，凡尔赛体自嘲部分近似脱口秀。礼堂里掌声雷动，经久不息！

轮到李明杰开讲时，他没有讲事先杨局提到的玉兰山缉毒，因为此案并没有尘埃落定。他只好临场发挥，讲了缉毒一线战斗牺牲的警员，当然也没有忘记隐去那些英雄的名字。他想到了新近的贺刚、刘浩，脑袋又蹦到了戴蓓蕾这里，戴蓓蕾是他天天提心吊胆的人。

为了消灭毒品对人类的危害，整个社会付出了高昂的代价，逻辑又落到一个俗语上：没有买卖就没有伤害。假如人类不吸毒，哪里又有毒贩呢？人类嗜好之恶就像深渊、恶魔，吞噬着许许多多曾经幸福健康的人。

李明杰的讲话没有令大家重拾多少希望，倒像是要引起人家思考或忏悔，刚开始下面有几声掌声，马上这几声也凋零了。但是，从后面陡然翻上来几阵响亮的掌声，是邝副所长组织的、给李明杰的面子。

第三阶段是戒断优秀成员分享会，一个个被抽走了精气神的人在分享着自己与欲望做斗争的喜悦，虽然夸张却也真实。一个靠戒断药物和认知更新获得成功的年轻女"君子"讲到了断舍离，所有人都听得如痴如醉，礼堂里笼罩着一股神力，那是甘露与禾苗的相遇。

"人生说起来简单，不知不觉就复杂了，再回到简单何其难！"她感叹从断舍离开始重返简单。

李明杰没有置身事外的感觉，借着女子的余韵也飞升起来，谈到了人生。他无法释怀自己和李明星抵牾的关系、辛叔和燕燕姐，还有汪俊华的父亲——那个与猪互为依靠的老人。

李明杰靠在窗户边抽烟，观察陆续从出口退场的戒毒人员。男人女人高矮胖瘦俊丑白黑，无论怎样的，都被贴着一个无形的标签，要撕掉这个标签需要何其大的毅力。任何一个所谓的正常人，都能够感觉到这里的味儿很特别，那是一种放弃和希望混合的味道。

在各不相同又千篇一律中，一个中年女人的面孔抓住了他。那副标致的脸如果一定要描述是困难的，李明杰看出了平静下的丰富阅历。这张脸本身就回答了所有厄运和欢乐的不值一提，放弃和希望也与她无关。她在这些评价之上。

她微微昂着头，随着人群的推搡往前移，像这群羊中普通的一只，又像羊群里的牧人。她看似洞悉了人生，无意计较这狗血的人生，却又被某种无法推辞的引力制约着。就像万有引力，谁都知道，但谁也拿它没有办法，可她还是优雅地凌驾其上！

李明杰赶紧掐灭了烟，跟着人群往前挪动，眼睛一直盯着她的背影，他想到了"军港之夜"画报。

人群开始分流，不用挤着走了。穿咖色长衣的女子，对了，他才注意到她今天没有穿蓝色所服，而是一件深咖色长款衬衣。李明杰四顾，发现不穿蓝色制服的还有其他人，这咖色似乎也不特殊，只是她太引人注目了。

中年女子拐弯往长廊走去。李明杰也跟着拐弯，邝新则在后面喊："李队长，走错了，座谈会在这边。"

李明杰说了声"我去趟厕所"，然后快步跟上已经走远的女子。

女子倏然进了一间宿舍。李明杰凭着目测距离走到501门口，宿舍门已经关上。李明杰在外敲门，里面传来不疾不徐的声音："谁啊？"

凭声音，李明杰知道就是她，这声音与气质合得上。

李明杰说："您是不是掉东西了？"

门开了，中年女人微微抬起头，问："您找谁？"

李明杰拿出自己的钥匙串，说："这是您的吗？"

女人目光停留在钥匙串上，淡然说："不是我的，谢谢。"说着要关门，李明杰用手轻轻抵住门，说："我见您特别面熟，我好像认识您。"

女人微微笑了，说："是吗？我们在哪里见过？"

李明杰说："三十年前见过。"

这话像玩笑，女人也不惊，上下打量李明杰，说："那是哪里？"

"心安渡农场仓库。"时间和位置对应了。

女人笑开了，说："您是在讲故事吗？"

"没有，都是记忆蛮深的往事。"

"您今天讲的恶魔，讲得真好，您知道它长什么样吗？"女人意味深长地问。

李明杰不明要义，那是个随口说的比喻而已，没想到她记得这么牢。

"恶魔确实存在，你吸过毒就知道了。"女人眨眼笑着。

李明杰微笑着说："三十年前，我们真的见过面。"

女人停顿了一会儿，仔细打量了李明杰说："那儿确实有个仓库，我也是在那一方水土长大的。"

这时候，邝新在走道里喊："李队、李队，所长等着您呢！"

凭直觉李明杰知道就是她，在李明杰心里深藏着这个女人，那时候她是仓库舞台上唯一的星光、唯一的灿烂，没想到时间把她带到了这里。

女人笑着说："快去吧，所长找您了。"

李明杰笑着说："咱们后会有期！"

女人目送李明杰出门，轻轻将门合上。李明杰注意到她一个人住着一个单间，在这里这是不同寻常的待遇。

# 五十五、奖章

火车一路往西。

窗外的风景线从林立的高楼，逐渐变成城乡接合部的红瓦民房，低矮宽阔的厂房间有成片的水杉林。戴蓓蕾的神经松弛下来。

有一阵子大卫让她一直保持短发，不要让它们长起来。大卫会带她外出吃饭，何时需要她，何时需要另外一个女孩，谁也不知道。

戴蓓蕾见的人都是生意人，喝红酒，聊德甲或者 F1，像是参加大卫在江东市的一个留德同学会。或许他会带着另外一个总助，见的是另外一群大卫亲友团，他们过着另外一种生活。

大卫的完整行踪图，似乎没有一个人能够掌握。每个女孩都相信，大卫最看重自己的能力。除了戴蓓蕾跳出圈来看，其他女孩可能都身在其中，自得其乐。

一小时前，大卫叫她去马可孛罗酒店豪华包房，那是大卫的一个办公室，大卫这样的办公室应该也不止一间，没有人知道大卫常在哪里办公。

戴蓓蕾走进办公室时，大卫正在听古典音乐，乐章突然拉高突然冲低，像一只雪鸮在狂风里独飞，或者一只风筝在云隙狂舞，都是累心的音乐。

大卫见她进来，凝视她，嘴角一翘，说："黛贝瑞，这儿有一件东西！"

戴蓓蕾正要问什么东西，大卫接着说："你交给一个人。"

戴蓓蕾问："给谁？"

大卫说："都在里面了。"说着递给她一个黑包。

她接过黑包，拉开拉链，里面有个牛皮纸口袋、一张卡片，上面写着地址，但是没有人名和电话。

"今天就送到。"大卫指令清晰，似笑非笑地看着她，像看一只扑打翅膀的鸟。

戴蓓蕾点头说了一声："您放心，一定办到！"

"对方会给你一件东西，你拿到后就马上回来找我。"

"明白。"

"你可以出发了。"大卫目光犀利，似威严又似深情，她不确定大卫是不是给任何一个女孩的感觉都这样。

戴蓓蕾走出了大卫纯白色装饰风的办公室，那里每一件物品都可以用一尘不染来形容。

列车过心安渡铁路桥，戴蓓蕾才从回味中缓过神来，她不知道大卫葫芦里卖的什么药，仔细判断着里面隐藏的风险，做卧底不是什么都能干的。

铁灰色钢梁一晃而过，刘浩在这里被火车撕扯成碎片的那个上午还历历在目。李明杰告诉过她，刘浩死于皮筋投放在饮料中的过量毒品产生的幻觉，这笔账迟早也要算在大卫头上。

出西辛店火车站后，戴蓓蕾直接打车去了"名典咖啡"。这地方不大，起步价就到了。戴蓓蕾付了钱，肩上挂一个黑白花格的大购物包走进了"名典咖啡"，清脆的风铃碰撞声没有惊动任何人。

她环顾店内，没有人喝咖啡，只有一个和小镇气息完全贴合的胖妈妈，带着一个胖男孩在吃早点。

戴蓓蕾找地方坐下，点了一杯美式咖啡，斜对着门坐着，任何进出的人都可以看得清清楚楚。

等了差不多半个小时，依然无其他人进来。这时候，那个妈妈带着怯生生的微笑走过来，问道："是超哥派您来的吗？"

戴蓓蕾马上反应过来，只有极少的几个老员工知道大卫还有超哥这个称谓。戴蓓蕾点头，一脸精干的妈妈问："东西带来了没有？"

戴蓓蕾从大购物袋里取出黑包给那个女人，女人拉开黑包拉链，从里面掏出牛皮纸信封，打开后点了点，显而易见，是八扎百元大钞。女人把牛皮纸包揣进了身上挂的一个花布包里，说："你在这里等着！"然后她牵着孩子就走了。

戴蓓蕾起身去前台点了一杯咖啡，换了里面一个僻静的位置坐下来搅拌着咖啡。她就这样坐在咖啡馆里等，不知道在等什么，但必须等，大卫的任务总是有些古怪。这时候李明杰打来电话。

"阿戴，说话方便吗？"

"方便。"

"从匡丽芳寄回家的内衣上，取到了其他人的 DNA 信息。"李明杰难掩兴奋。

"知道是谁的？"

"猜是大卫的，需要你弄到大卫的 DNA 做比对。"

"嗯，这个机会应该挺多的，我尽快吧。"戴蓓蕾爽快答应。

"你那儿很安静，你现在在哪里？"李明杰警觉。

"西辛店。"

"去那里干什么？"

"给人送钱，大卫交办的任务！"

"送钱？"李明杰停顿了一下，说，"送钱干什么？"

"不知道。"

"按说不会是白货交易，你千万小心！"

"好的，李队！"

"叫我阿杰。"

李明杰提醒戴蓓蕾后，带着疑惑挂了电话。

不知不觉咖啡见底，那个带孩子的女人还没来。戴蓓蕾忘了，应该留下那个女人的电话再让她走。转念一想，大卫没让给她留电话，那就不能电话联系，如果是一个电话一个汇款就能解决的问题，大卫何必让她跑一趟。

为了熟悉周围环境，戴蓓蕾出了咖啡店在附近街头走动。她在小吃店吃了一碗冰粉，然后穿过服装一条街，出来后沿着"火车站"指示牌走。

这时候戴蓓蕾手机铃声响起，她连忙接通，是一个儿童稚嫩的声音："阿姨，您到镇委大院来，我有东西给您。"

"镇委大院怎么走？"

小男孩儿没有多的话，挂了手机。戴蓓蕾用手机地图查相关字眼儿，确定了一片小区。她根据地图穿过一条马路，就进入林荫路，高大的法国梧桐树有一边的树枝全被锯掉了，好像剃了阴阳头的人。

走了百多米见到一个老式小区，里面花木葱茏，隔着铁栏杆可以看见健身器材齐全，绿植修剪整齐。

戴蓓蕾看见了那个小男孩儿，他在健步器上摇晃，头不到扶手高，他艰难迈步想征服它。

小男孩儿看见她，跳下健步器向她跑过来，二话不说交给她一个纸包。戴蓓蕾迫不及待地打开看，里面是一枚制作不算精良但造型考究的奖章。

戴蓓蕾端详这枚奖章，它是五角星造型，五角都是搪瓷红的，中间一个椭圆形空地呈黄铜色，凸出八个大字"自卫还击 保卫边疆"，最下面还有"一等功"三个字，这是一枚自卫反击战的奖章。戴蓓蕾翻到奖章背面，白色医用胶布上面用圆珠笔写着"辛传斌"三个字，此人是一等功臣。

等戴蓓蕾观察完奖章抬头时，那个小男孩儿已经无影无踪了，她紧紧握着徽章莫名紧张起来。她突然意识到，女人只是用一个小男孩儿来拖延时间，这个女人应该溜之大吉了。"辛传斌"这个名字听着耳熟，关键是大卫为什么花八万元购买一枚奖章呢？

戴蓓蕾用一张咖啡纸巾包好奖章，把它放进了购物袋里，急匆匆往火车站走去。在回江东市的火车上，戴蓓蕾连忙给李明杰打电话。

"阿杰，我离开西辛店了，现正在回来的火车上，我感觉情况有点不对劲儿。"

"大卫交办的任务完成了？"

"完成了，对方给我一枚奖章，我还是不知道大卫交办的任务是什么。"

"什么奖章？"李明杰吃惊。

"一枚对越自卫反击战一等功奖章。"

"你快拍照发给我看！"李明杰头皮发紧，在西辛店那样的小镇，恐怕有这种奖章的人只有辛叔。

戴蓓蕾拿出了那枚奖章，放在火车座位前的折叠餐板上用手机拍完照，随之发给了李明杰。

旁边座位的胖男孩儿眼疾手快，未经同意就一把将奖章抓过去端详，还念出来："自卫还击，保卫边疆！一等功！这是干什么的啊？阿姨！"

戴蓓蕾连忙把奖章拿过来，小心放进包里，轻声说："战斗英雄，你知道吗？"

"知道了，像奥特曼那样！"胖男孩儿个子与戴蓓蕾相仿，心智看来却只有八九岁左右，讨狗嫌的阶段，喜欢一切新鲜事物。

没一会儿，李明杰电话来了，声音紧迫："阿戴，你找个避开人的地方接电话。"

戴蓓蕾呼吸急促起来，她拿着手机走到连接处，到处都是人，她干脆钻进厕所里。

"怎么了，李队？"

"你把奖章翻过来，给我拍一张。"

戴蓓蕾连忙掏出奖章来，说："李队，背面写着三个字'辛传斌'。"

"阿戴，就是它，这是辛叔的一枚自卫反击战奖章。"

"怎么啦？"戴蓓蕾焦急问。

"你等会儿，我先挂了。"李明杰马上挂断电话。

戴蓓蕾收好奖章，看了看镜子里的自己，她紧张时在电话里叫李队，这是一个非常低级的错误，一个缺乏训练的人关键时刻就会露出马脚。

她下意识地拿出口红在嘴上抹了抹，深呼吸，拧开厕所门走出去。

回到座位上，她努力让自己平静下来。她已经想起那个下午，她在李明杰家里看见的那把军刺，李明杰给她讲过一个错案，提及的辛叔就是辛传斌，莫名的担忧在戴蓓蕾心里无限放大。


李明杰打给辛叔的电话一直是忙音，他又给父亲打电话要辛阿姨的电话号码，父亲过了十几分钟回过来告诉他号码。在等待电话号码的时候，他调出了辛叔家里的监控视频，房间和客厅都空荡荡的，看不到辛叔的人影，这反而让他安心一些。

李明杰给辛阿姨拨了十几次才有人接电话，从环境音里听出辛阿姨置身在一个嘈杂的世界里，她没有反应过来打电话的人是谁。李明杰带着父亲的名字，解释自己的身份，辛阿姨"哦"了一声，终于搞清楚了李明杰是谁。她说："小杰，我在泰国嘞，泰国清迈，双龙寺，礼佛，请佛牌，给你辛叔叔请了一个，还给你爸爸请了一个！"

"辛叔跟您在一起吗？"

"他不来，他哪儿也不去，你给他的那本红黑色的书，他天天读咧。"

"那，家里谁在照顾他？"

"有个钟点阿姨，每天给他做饭。"

"是我见过的那个吗？"

"是的，翠姐，她很踏实，这两年都没有换。"

"您有她的电话吗？"

"没有，我问问家政公司。"

等辛阿姨问家政公司的工夫，李明杰又给辛叔打了电话，还是没有人接。李明杰抽上一颗烟，再查看监控录像，辛叔家依然寂静无人。无论如何大卫已经盯上了辛叔，在打火机抵达辛叔手中的那一刻，大卫就盯上了辛叔，这一次他到底要干什么？李明杰硬着头皮往最坏的方向想。


火车缓慢进站，戴蓓蕾刚出站就接到了大卫的司机灰马的电话，在她举着电话寻找司机时，灰马已经到了她眼前。

坐进车里，灰马驱车带她去见大卫。路上有些堵车，戴蓓蕾心神不宁，不自觉去摸包里那枚奖章，却怎么也摸不着。她反复想，在火车上还在的那枚奖章，怎么现在却没影儿了。

戴蓓蕾干脆把包里的东西全倾倒在后座上，再一件件放进包里去。堵车给她赢得了时间，她彻底清理了一遍包包，也彻底失望——奖章不翼而飞，她擦了几遍冷汗。

车终于杀出重围，到了另外一座豪华酒店停车场。司机灰马只是说了下房间号，就把戴蓓蕾放在酒店门口驱车走了。

戴蓓蕾提前去了大堂洗手间慢慢收拾好情绪，她拿出手机来翻看照片，刚才在火车上给李明杰拍的那枚奖章照片还在，这让她镇定起来，至少这张照片也是很好的佐证，遗憾的是她没有拍下奖章背面的"辛传斌"三个字。

电梯接近楼层时，戴蓓蕾收拾好的情绪又崩盘，她担心，大卫是否会因为这件事情就不再相信自己的能力，甚至怀疑自己的身份。公司里流传着大卫心狠手辣的传言，只是没有人见过，或许见到了的人都没有机会再说出来，因为他们已经死了，这就如同宇宙黑洞，任何物体出现在它面前时就已经被巨大的引力碾成了粉末。

# 五十六、投名状

戴蓓蕾希望电梯一直上升，电梯却突然停下来，门哑然而开。她深吸一口气走到 1201 门口，停留两秒后按了门铃。

门寂然打开，大卫亲自开的门，一张苍白的脸望着戴蓓蕾。

一天还没有结束，大卫就已经换了一身，像跆拳道练功服，也像睡袍，还是白色的。

大卫走到茶几旁坐下，戴蓓蕾跟着他走过去，大卫请她坐下。

茶几上两个高脚杯在瑟瑟抖动，大卫拿起一瓶棕色液体或威士忌，他很顺手地将酒倒进杯里，又给戴蓓蕾倒上一杯，浅红才没杯底。

大卫把浅杯拿起来递给戴蓓蕾，然后用夹子从冰桶里夹出一块冰来放进酒多的杯里。

"你要不要加冰？"大卫微笑着，体贴地询问戴蓓蕾。

戴蓓蕾点头微笑，大卫给浅的那杯也加冰，她望着眼前的酒杯不知所措。关于饮料投毒的故事听得太多，戴蓓蕾对任何喝进胃里的液体都紧张。

"这一趟辛苦吗？"大卫有种志在必得的轻松，一口喝掉半杯液体。

"蛮顺利的。"戴蓓蕾故意显得轻松。

"东西拿到了？"大卫开门见山。

戴蓓蕾轻轻点头，她不敢多出声，怀疑自己的声音变了。

大卫举起酒杯，说："你没有辜负我的眼光，把东西给我看看。"

戴蓓蕾在心里预演过一遍，现在该正式登场了，她面带微笑开始在自己包里翻找，上下左右摸了个遍，脸上渐渐难堪，开始不停眨眼睛。

"怎么回事儿？"戴蓓蕾低头在包里看。

"丢了？"大卫问。

"不可能。"戴蓓蕾继续翻找。

大卫手里举着威士忌，慢慢晃着杯子等待。

戴蓓蕾终于抬起了头，胆怯的目光碰到了大卫锐利的目光。

"真丢了？"大卫声音变冷。

戴蓓蕾想起来什么，说："哦，对了，我还拍了照片。"说着，她从手机里翻找出照片递给大卫看。

大卫接过手机歪了一下头，仔细端详着照片，说："对方给你的该不是照片吧？"

"不是，不是，这是我回来时在火车上拍的，幸亏拍了张照片，我怀疑是火车上的那个胖男孩拿走的。"戴蓓蕾紧张的样子很真实，她此刻才想起旁边座位的那个胖男孩，奖章或许就是他拿走的。

大卫眉毛向上扬了一下，努力让自己笑着，说："看得出来，这是在火车上拍的，除了这张照片，你还记得什么细节？"

"对了，这个奖章背后还贴着一块白胶布，上面写着'辛传斌'三个字。"

"这三个字比照片还重要，这事成了。"大卫打了个响指说，"阿黛，来，放松一下，我看你有点紧张。"大卫兴致高涨，用水晶玻璃杯靠了一下戴蓓蕾那杯，把剩下的半杯一饮而尽，显得豪爽抑或得意。

让大家觉得自己紧张是对的。戴蓓蕾也拿起玻璃杯喝了小半杯，味道是熟悉的威士忌。此时空中传来清脆的铃声——立体声的铃声，那种高档门铃发出的声音。

"May I come in，Dinner."送餐员在外面用江东腔英语说道。

"Come in,please."大卫说着还拍了下巴掌，故意让戴蓓蕾放松下来。戴蓓蕾觉得这顿晚餐像一片望不到尽头的沼泽，她不知道自己会在哪儿踩错地方陷落。

移动餐车到茶几边停下，一名男服务生要卸车，大卫一挥手说："你出去吧，车留这儿。"

服务生出去了，门被带上。

大卫转动起小餐车，拿起车上的一瓶胡椒又放下，又拿起一瓶盐，对戴蓓蕾说：

"阿黛，我一直想问你一个问题，可一见到你就忘了问。"

戴蓓蕾望着大卫："什么问题？"

"你到我这里来应聘，是冲着什么来的？"

戴蓓蕾有些羞涩的样子，说："我可以不回答吗？"

大卫在左手虎口那儿舔了一下，说："你不回答，我也能猜到。"又用眼神盯了戴蓓蕾一眼，说，"我教你一个新的喝酒方法。"说完，他把盐撒到虎口湿处，喝一口威士忌舔一下虎口上的咸盐。"这是盎格鲁 - 撒克逊人一种古老的喝酒方式，什么菜都不要，只要一点点盐就酒，你不想试试？"大卫脸上有调皮的表情。

戴蓓蕾微笑着慢慢舔了一下自己的虎口，接过了晶亮的盐瓶，轻轻抖动手腕，细沙一样的白盐落在虎口。戴蓓蕾啜了一口威士忌，也舔了一下虎口上的盐。

"这个社会，许多人什么都不缺，就缺一点点盐。我希望我做的事情，就是给大家添加一点点盐。盐不能多吃，会齁嗓子。可没有盐，身体就没劲儿。"大卫说起来煞有介事。戴蓓蕾认真聆听大卫的教诲，他喜欢给不同层次的人说不同的人生哲理。

有两杯奶油蘑菇汤用粉彩大丽花纹碗盛着，大卫从小餐车上端给戴蓓蕾一碗，自己一碗，用精良的小银勺轻轻绕圈搅动着汤，说："水手是你什么人？"

大卫的问题太突然，戴蓓蕾想了想该怎么回答，端起汤来用小勺喝了一口又一口，迟迟才说："远房亲戚。"

大卫似听非听，并不在意戴蓓蕾的回答，从餐车下面一层拿起一个大瓶子，上面有个铁丝扳手的结构。大卫稳稳把铁扳手往上一扳，酒瓶发出浑厚的"嘭"声。

大卫说："这是从巴伐利亚进口的原浆白啤，那里有很多伐木工人，他们喝的酒醇厚有劲儿。"大卫往一只胆形瓶里倒了满满一杯橙黄的啤酒，泡沫控制得很好。

"阿黛，有人说你入职用的是假身份证，还说你的经历很复杂，干我们这一行，哪儿有经历简单的！不管以前他们怎么说，今天你就是我大卫的知己，这件事你办得很漂亮。咱们中国人的老规矩，入伙要缴投名状。今天你缴得很漂亮，不需一颗人头，一张照片就够了，我敬你！"

说完，大卫缓慢、均匀、坚定地喝完这一大杯，举着空杯诚恳地等着戴蓓蕾，她不喝他不放下。

戴蓓蕾拘谨地端起杯，让液体在唇舌间轻轻游动，她品出了啤酒的味道，渐渐扬起胆杯，不觉喝掉了满满一杯。

大卫又揭开了一个长条形不锈钢盖，里面卧着两根香肠。大卫拿起餐刀来切了一截放进戴蓓蕾的餐盘，说："法兰克福香肠，就像这儿的热干面，是最普通的日常食物，不过很正宗，值得一尝。"

恭敬不如从命，戴蓓蕾用叉子拿起来咬了一口。

大卫又起香肠，蘸着一小碟咖喱酱吃着，说："你可以试试这种吃法。"

戴蓓蕾笑着，躲避大卫蘸过的区域轻轻点了一下，把香肠全部塞进嘴里。她感觉自己和自己的味蕾行驶在茫茫大海上，不知道风暴会来自哪个方向。

"这一趟很累吧，你多吃点儿。"大卫说着转动小餐车，把最大的一个不锈钢盖子打开，露出了两只夸张的猪蹄髈，在它周围候着三只晶莹剔透的骨瓷小碟，里面盛着芥末酱、椒盐、半湿辣椒。

大卫用叉子给戴蓓蕾分了一只焦香透亮的猪蹄髈，回到座位举起了威士忌杯子，轻碰戴蓓蕾的杯沿，自己喝了一口。

戴蓓蕾意思了一下，拿起刀叉开始解剖蹄髈。

大卫已经用叉子扎起一块递进嘴里，戴蓓蕾还在笨拙地演练刀叉配合。大卫看不下去了，起身走到戴蓓蕾身后手把手教她拿刀叉，一股浓烈的松木香水味道袭来。

烤焦的蹄髈并不容易切断，戴蓓蕾用力，终于切断连着的蹄筋，同时刀走位过度，跳到了大卫握着她的另一只手的手背上，刀锋虽不锐利也足以让大卫手背洇出血来。

大卫像被咬了一口，手连忙弹开。戴蓓蕾连连说着抱歉，拿起自己未用的湿毛巾给大卫擦血迹。

大卫说："没事的，只是一点皮外伤。"说着自己从口袋里掏出了创可贴，将伤口蒙上。一切又恢复如初，大卫酒兴正浓。

"阿黛，我还不知道你芳龄几何？"

"二十四。"

"锦瑟年华，你有什么梦想吗？"

"多赚些钱，周游世界。"戴蓓蕾说着笑了，觉得浑身开始燥热，头也晕起来。

大卫仰起头略带惆怅，说："等你赚了钱，就忘了要周游世界了。"说着大卫起身走到音响边，把唱针搭在黑胶唱片上，里面流出了一个女子深情的声音：

天地悠悠　过客匆匆　潮起又潮落

恩恩怨怨　生死白头　几人能看透

红尘啊滚滚　痴痴啊情深　聚散总有时

留一半清醒　留一半醉

至少梦里有你追随

我拿青春赌明天

…………


戴蓓蕾觉得是一首似曾听过的老歌，她对流行歌曲不感兴趣，对过时的流行歌曲更不感兴趣。不过这歌词好像是大卫精心安排的，此情此景此酒，歌词有几句击中了她，至少是她扮演的那个想赚钱的女子，那个女子又是谁呢？

"这歌你听过吗？"

"没有，谁唱的？"

"叶倩文，我是通过另外一个歌手林子祥，才知道她的。"

"林子祥是谁？"

"她老公啊。"大卫哈哈笑起来，笑出了几分调皮。不自觉中，大卫已走到戴蓓蕾身后，他把双手搭在她肩上，轻轻低下身子，问："红尘啊，就像一团迷雾，有几个人看得清。"

戴蓓蕾侧脸莞尔一笑。

"你喜欢谁的歌？"大卫低声问。

戴蓓蕾有几分惭愧，她曾经看不起那些追星的同学，这份傲气至今没变。大学几年下来她没有记住一个歌手，到局里就更加没有心思听歌，她除了从收音机里听听社会新闻，全部心思都在工作上。要说歌者，她还是有一个喜欢的声音，那不是人的声音，是机器合成的虚拟人，叫"言和"，陪伴戴蓓蕾度过寂寞，度过每个月的低谷。那声音没有人的欲望和欺骗，那是天上的声音。

"言和。"戴蓓蕾说出了自己喜欢的歌者，她不愿意说言和是歌手。

"什么？没听说过。"大卫故意侧耳倾听。

"言和，一个机器歌者。"

"好啊，你真潮，她唱什么？"

"《刀马红颜》。"

"好个刀马红颜！怎么唱的？"

"这首歌只能听，不能唱。"

"是怕跑调吧？"大卫笑着说，"没关系，在我这儿由你定调。"大卫定定的眼神、凝固的微笑让戴蓓蕾起了鸡皮疙瘩，这不属于胆怯，而是生理反应，她觉得还是一展歌喉更好！

> 披挂长靠挥马鞭
>
> 我掂银枪挑幕帘
>
> 足踏蟒靴登台前
>
> 回腕遥指敌三千
>
> 桃花马走破尘烟
>
> 一舞翎刀如飞雁
>
> 纵它风雨程途远
>
> 江湖笑傲我红颜

大卫双手轻轻拍打着戴蓓蕾的肩，从后面拢着她，慢慢将面颊垂下来，几乎贴着她的脸，他眼里有了泪水。

戴蓓蕾轻轻晃了一下肩，测试大卫的臂力，她知道自己的擒拿术在万不得已时完全可以制服他，可她现在制服他干什么呢？

大卫轻轻把手松开，在房间里慢慢走，那几滴泪终于滴下来，他念叨着："刀马红颜,你愿意做我的红颜吗?"

"您应该不缺红颜吧?"说这句话时戴蓓蕾咽部作呕,身体酥软,连呼吸都混乱了。她感觉不妙,进餐这么久了,到底是哪一杯水、哪一口酒有问题?劳力士教给自己的没有一招管用。

"我去下洗手间。"戴蓓蕾故意让柔弱一览无余,大卫深情目送她消失在暗处。

在洗手间戴蓓蕾把水龙头放得哗哗响,俯身用手指抠小舌让自己呕吐不止。漱完口后,她喝完了洗手镜旁放的两大瓶免费矿泉水,站在那里不停喘气。她仔细端详镜子中的自己,发现自己已经变成《聊斋》里的狐狸,她做了个笑脸,狐狸却哭了。

她稳住自己,努力让三只狐狸变成两只,最后变成一只。她拿出一管鲜红的口红,又从卫生包里取出一片卫生巾,打开水龙头让细流打湿卫生巾中间,然后把口红管拧出来在卫生巾上反复搓揉,直至整个卫生巾中间鲜红一片。她摇晃着走到马桶边,把它轻轻放进去,确保红色朝上。

坐在马桶盖上,她一直没有勇气再出去。不知道过了多久,大卫在外面敲门,问:"黛贝瑞,Are you OK?"

"我没事儿!"戴蓓蕾勉强喊出来,又坐了两分钟,她从洗手间出来,踩着棉花走回餐桌边,见到了白马王子大卫正在那里跳舞。他扭动身躯,时而像奔马,时而像战士,时而像霹雳,音箱里换了一首铿锵的曲子:

风沙之中 追追赶赶

彼此热烈在歌唱 HA HOO HA

不识担忧 摔跤饮酒

彼此面上尽欢畅 HA HOO HA

奔奔跑跑沙丘上 马壮牛强

威威风风马背上 胸襟开朗

戴蓓蕾趁他转身,偷偷把沾有他血迹的湿毛巾放进包里。头依然眩晕,她装作站不住走向沙发,整个人扑入沙发里。

大卫才发现她出来，收住了四肢，静静望了她一会儿，向洗手间走去。

戴蓓蕾放心闭上了眼，脑海反而被打开，那里万顷碧波光芒四射，海豚欢畅跳跃，缠绕。有一只叫李明杰的海豚抱住了她开始飞翔，她任由他起舞，任由他飞翔，音乐好像战鼓，让他们多欢畅。

大卫出来也扑倒在沙发上，下面正是戴蓓蕾。大卫亲吻着她的脸庞，抚摸她，有泪水流到她脸上。大卫开始喘息，又慢慢平静，抚摸着她的短茬头发儿，像抚摸刚刚被收割的麦茬儿，轻声说："太可惜了。"

戴蓓蕾听见了许多种声音，听到"太可惜了"时，她放心了。

大卫不再动手动脚，耳语着说："黛贝瑞，不需要你做刀马红颜，去掉刀马，只做红颜，我不让你沾这一切，你现在退出还来得及。"

"退出什么？"戴蓓蕾心里一惊。

"在我说出这个秘密前，你退出，你还是一滴没有落进浑江里的甘露。"大卫邪魅地笑着。

"大卫，我不明白你说的什么。"戴蓓蕾故意缓缓摇晃着头，柔软的水草声音含混不清。

"你想好了吗？"大卫又补充一句。

戴蓓蕾不再出声，只是微笑。

"你知道辛传斌是谁吗？"大卫把脸凑近，语气神秘。

"辛传斌是谁？"戴蓓蕾一副毫不在乎他是谁的样子，继续笑。

"辛传斌这个人，在世界上已经不存在了。这世界上，没有任何事情是没有代价的，他为自己的错误付出了代价。"

"什么错误？"

"阿黛，你真的想知道吗？"

"想知道。"

"那我就告诉你，你听见了，就不能退出了。"

"你说吧，我不知道你在说什么。"戴蓓蕾空洞傻气地笑。

"三十年前，他抓错了人，让我失去了父亲。现在，他变成了他们，他们又杀死了我母亲的心头好。母亲守寡生下了我，我的一切都是母亲给的，我不能再让他们肆无忌惮地作恶。我让辛传斌为自己赎罪，他的命并不值钱，但他的死很重要。今天你给杀手付了酬金，完成任务带回证据，你真的干得很出色。"

听到这里，戴蓓蕾眼睛微微睁了一下又闭上，紧紧闭上，浑身微微颤抖。

"辛传斌患癌，本不需要我再多此一举，只是他们一而再再而三伤我母亲的心，我必须要警告他们，而且不留一丝痕迹，他们想破了脑袋也想不出来是我，只会感到无边的恐惧。"大卫呼吸急促，鼻孔发出呲呲的声音。

戴蓓蕾身体还在颤动，睁开眼睛看着大卫得意的表情，浑身没有一丝力气。

"我说完了，你都知道了，现在我们是真正的刀马红颜，是这个世界最完美的传奇。"说着大卫的手向里摸索，戴蓓蕾有气无力地说："今天我不方便。"

大卫止住了手，说："好吧，我在洗手间看见了，我也浑身稀软，今天这蘑菇汤的劲儿真大。"

# 五十七、噬

戴蓓蕾浑身已经湿成一条鱼，还在冒热汗，没完没了在天花板上行走，她知道那是幻觉。大卫让灰马送戴蓓蕾离开，她执意不肯。

车离开酒店，戴蓓蕾斜靠在后座上把玻璃摇下，看见江东市的灯火漫天飞舞，像赶赴一场盛大的典礼。当临江路钟楼也掠过天空时，她意识到什么，身子慢慢坐起来，凭借部分天际线，她判断出了车所在的位置。她让灰马开慢一点儿，在一个狭窄的巷子口，她说到了。

灰马把车停下，扭头问："阿黛，你没搞错吧？"

"没有，我没喝多少，挺清醒的。"说着，戴蓓蕾扶着车门出来，强挺起身子往巷子深处走。灰马看了一眼，觉得她行动尚可自理，启动车走了。

在巷子里，戴蓓蕾扶着墙喘气，她已经迈不动步，星斗从狭窄的巷子顶不断坠落。她沿着墙壁出溜坐在地上，用手机拨打李明杰的电话，马上又挂断准备换另一张卡再打，劳力士的电话却钻进来。

戴蓓蕾看着电话就是不接，她知道自己现在这个样子让劳力士看见不知道会发生什么，发生什么她也无力阻止。

挂了电话，戴蓓蕾切换卡，劳力士又打来了，戴蓓蕾混乱中按了接听。

"朵朵，你在哪儿？"

"在家里。"

"那我去找你。"

"我在家旁边的马路上散步，你有什么事情？"

"你还好吧，我怎么听着你像刚嗨过的一样？"

"瞎说，你有事吗？"

"冇的事情，想你了。"劳力士夸张地笑着说，"看码头挺无聊，我今天来回在江里游了五公里，至少五公里！"

劳力士在她这儿晒健身纪录，戴蓓蕾没气力搭话。

"听水手哥说大卫很欣赏你，他让你做什么任务了？"劳力士换了口气说，戴蓓蕾还是没气力回答。

"喂，你怎么啦，我马上来找你！"劳力士牵肠挂肚地说。

劳力士如果出现，只会把事情搞复杂，她强行挂断他的电话，又赶紧给李明杰打了电话，让他马上来接自己。

李明杰看着副座上的戴蓓蕾已猜到八九不离十，一路飞驰将车开到了自家楼底。

老楼没有电梯，李明杰背起戴蓓蕾爬楼，到家门口时已累得眼冒金星。他扶着戴蓓蕾艰难地找钥匙，戴蓓蕾就翻倒了，死鱼一样仰在那里嘴角有泡沫。

他连忙开了门，抱着浑身湿透的戴蓓蕾直接放进浴缸里，拧开水龙头放凉水，俯身用手拍打她的脸，摸她的颈脉，又赶紧跑出屋。

他额头急出豆大的汗，在父母屋抽屉里翻找，终于找到了抢救休克用的盐酸肾上腺素和注射器。他一边走一边毛毛躁躁地将药吸入注射器，跪在浴缸旁找她惨白胳膊上的静脉。他不会打针，只能凭想象实施一种打法，那是小时候护士阿姨用得最多的打法——臀部注射法。他努力翻过戴蓓蕾，让她趴在浴缸沿，他举着针管推走了一小串气泡，在她腰部以下反复逡巡。他大吸一口气奋力将针管扎下去，针刺激得她"哇"的一声叫了出来。

不存在什么会不会了，他尽力控制速度推完液体，拔针头时只拔下了推进管，针头还在她苍白的皮肤上抖晃。他颤抖着用手指捏紧针头用力一拔，针头下来了，他的两行泪也出来了。

戴蓓蕾依然没反应，他拍打着她的脸，不停喊："阿戴、阿戴，你醒醒！"阿戴仍然沉默，李明杰伸出食指抠她小舌，用力往下压。她咽部连续耸动，终于开始呕吐。他不停拍打着她的背部。

她大大张着嘴缺氧般吸气，他用凉毛巾给她擦拭嘴角，又用凉水给她冲洗全身。她软坐在浴缸里过了好久，嘴角慢慢翘动，微笑似的说："阿杰，我还活着吧？"

"你当然活着！"李明杰声音打滑。

"我好冷，你抱紧我！"

李明杰公主抱把她抱进房间，轻轻摊平在床上，拿来浴巾给她浑身搓擦明水。她摇着头，说："擦不干净的，我从大卫那儿来，擦不干净的！"

"别说话，休息一会儿就好了。"李明杰知道药物把她的意识撕扯成碎片了。

"阿杰，你抱着我，你再不抱着我，我就死了！"她用力吐出话。

"你死不了！"李明杰伤心地说道。

"阿杰，你觉得我好吗？"她像开玩笑又像拿出最后的力气说话。

他耐心看着她，轻轻握着她的手心疼地笑。他不知道她想说什么，他用凉毛巾擦拭她的脸，他知道她在经受煎熬。

"我杀了一个人，冒着生命危险来到你这里，你要对我好一点儿。"戴蓓蕾说着，像只风筝四肢散开滑翔，一把勾住李明杰的脖子，勾得死死的。

"阿杰，快点儿，我渴，浑身火辣辣，布鲁诺的火刑你是知道的，我着火了，快给我浇水！"戴蓓蕾蹬掉浴巾。

李明杰想把头从戴蓓蕾的胳膊弯里退出来去给她拿喝的，她却箍得更紧，说："阿杰，我可以做你的刀马红颜吗？"

他不明白什么是刀马红颜，不回答，只是说："别乱说了，你好好休息。"

戴蓓蕾在李明杰耳边说："刀马听着好威风，我不要，我就要红颜！"

李明杰感到戴蓓蕾的脸烫人，他想去拿块凉毛巾来，戴蓓蕾勾住他的脖子就是不放，话汩汩往外涌。

"阿杰，我知道我不可爱，我爸把我当男孩儿养，我是个没有女人味的女人，我活得很失败，我这皮囊居然成了我的负担。阿杰，是不是这样？"

李明杰努力托着戴蓓蕾的双肩怕她把自己抱死，故意轻松地说"你别乱说，阿戴，你蛮有魅力的，不说别的，你看你有七分女孩儿的英气，又有三分男孩儿的爽快，为人正派，心地也善良，是个多好的姑娘伊啊！"

戴蓓蕾夸张地笑起来，说："好假，你别说了，好像在给我写大龄女青年征婚启事，你就实话实说，你会喜欢我这种傻不拉唧的类型吗？"

李明杰板正了脸，说："阿戴，这是个值得回答的好问题，等你清醒了我再回答，你醉成这样子，我说了也白说。"

"不白说，我清醒着呢。"

李明杰伸出小指头来拉钩，说："这是个严肃的问题，等你好了，我们一定好好谈谈这个事情，眼前我更关心你那儿到底发生了什么。"

"我浑身好臭。"戴蓓蕾放开胳膊。

"你稍等，我去给你换块毛巾。"

李明杰去了一趟洗手间，将毛巾仔细淘洗干净，心里踏实许多。回到房间时，戴蓓蕾已经坐起来斜靠床头，望着李明杰把毛巾递给她。

"你感觉好多了吧？"李明杰微笑，"我拿套我妈的衣服给你换上。"

戴蓓蕾有气无力地说："李队，我怕我忘了，最重要的一件事情，我现在就交代给你。如果有一天我要你做，你一定要去做！"

"做什么？"李明杰反倒紧张了。

"我觉得我现在没有退路了，迟早会变得特别丑陋，人不人鬼不鬼，让人讨厌。如果到了那个时候，我请你一枪结束了我的性命。"

戴蓓蕾语气虽平静，表情却像临终遗言一样郑重。李明杰心里掠过一丝难过，却笑着说："阿戴，你这不是逼我犯错误吗，无论如何，我不能把枪口对准自己人。"

"这不是重点，我说的是，我有一天会变得丑陋无比，人见人躲，那样还不如让我痛痛快快去死。"说到这里，眼泪从戴蓓蕾眼角流出。李明杰走上去轻轻握住戴蓓蕾的手，稳定了情绪说："你放心，我不会让你变得人不人鬼不鬼，不会让你说的事情发生！"

"你不是神仙，办不到，到那个时候连我爸妈都不会觉得我可爱的，你就假装看错了，借一次执行任务的机会误杀了我，你一定要帮我这个忙！"

"别胡说！你忍心让我犯错误吗？"李明杰显得很生气。

戴蓓蕾淡淡一笑，说："那我就自己来，不有劳你了。阿杰，迟早我会遇到比

330

今天还要大的危险，我都想好了。我就怕我付出了这么多，还没有把大卫一锅端掉。"

"大卫已经在我们掌握中了，先不管他，你需要补充些水分，想喝点儿什么？"

戴蓓蕾虚弱地眨动眼睛，说："你给拿杯凉水来。"

李明杰拿来衣服，戴蓓蕾换好衣衫。李明杰端了一杯加冰鲜榨橙汁，戴蓓蕾一口气将橙汁喝完，突然意识到什么。

"李队，你把我那个包给我。"戴蓓蕾看着书桌上的包。

李明杰递给戴蓓蕾，她拉开拉链掏出一条白色的毛巾，上面还有殷红的血迹。

"这是大卫手破的血迹，能够从里面提取到DNA，你赶紧叫人来取去化验。"

李明杰接过白毛巾出去了，等他进来时，戴蓓蕾已经坐在书桌前的转椅上，把今天从送钱见胖女人拿奖章到大卫在蘑菇汤放毒的整个过程说了一遍。

"那大卫说没说，他为什么要杀辛叔呢？"李明杰心中一慌。

"大卫说辛传斌三十年前办了一个错案，害死了他父亲，现在我们又害死了他母亲的心头好，所以他要让我们尝尝恐惧的滋味。我猜，这个心头好就是皮少军。"

听到这里，李明杰连忙拿出手机远程查看辛叔家里，家里依然没有动静，灯也没有。他拨打辛婶电话却一直占线。

李明杰走到书架前，抽出那把含着灰白光的军刺，说："这样就都通了，你上次在这里说过的复仇，完全可以解释大卫针对辛叔的行为。"

"那大卫会不会知道一切了，包括我的真实身份？"戴蓓蕾望着李明杰。

"你回来时，后面有人跟踪吗？"

"没有，我故意在中途下车，没有让大卫的司机知道我下一步去了哪里。"

"你有很大危险，应该马上撤出行动了。"李明杰一字一顿。

"我感觉现在大卫只是在试探我的可靠性，我做任务也是在缴投名状，还有他释放的消息如果在警方那里反映出来，他就知道我是什么身份了。"

"你今天提供的消息非常重要，大卫和他家族的犯罪脉络就很清晰了，但现在他们制毒贩毒的证据还不够充分，不到收网的时候，你一定要小心为上。卧底的第一条原则是保证自己活下来。"李明杰说。

"明白，我该走了，你这儿我不能久待。"戴蓓蕾从椅子上勉强站起来。

"嗯，这样也好，你照顾好自己，我可能需要马上去辛叔那里一趟。"

不一会儿出租车到了，戴蓓蕾出了门，不让李明杰送下来。李明杰望着虚弱的戴蓓蕾下楼，反复叮嘱："记住，胆大心细，没有十足把握，切勿轻举妄动！"

戴蓓蕾点点头，摸着墙缓慢下楼，李明杰站在门口一直等到听不见脚步声。

站在阳台上，李明杰望着月光下戴蓓蕾的影子移动，然后进了出租车。他点上一颗烟，掏出手机来给法医科打电话，让他们马上派人来取走那条染血的毛巾。

# 五十八、鱼线

　　李明杰坐回椅子，再次调出辛叔家监控，发现客厅里有一群人在忙着摆设东西，细看是灵堂。在客厅中央搭起的木板上躺着一个人，可以看清正是辛叔。

　　李明杰顿觉气急，他努力让自己平静下来，这时候手机响了，是辛婶悲泣的声音："小杰，应了你的直觉，你辛叔走了，几个侄儿已经去了家里，正在帮忙设灵堂办后事。我去泰国前他还好好的，你也过去看看，帮辛伟支撑下场面，送你辛叔最后一程吧。"

　　"辛叔到底是怎么去世的？"

　　"详细的情况，你问我那大侄儿辛伟，他在化工厂上班，离我那儿不远。我一直联系不上你辛叔，就让他去家里看看，他下了夜班连忙赶过去，就发现辛叔倒在厕所里，已经过世了。"

　　"辛婶，您保重身体，我马上赶过去。"李明杰安抚着。

　　"我还没有订回国的机票，你们弄个冰柜把他冰着，他一点儿都不给我心理准备，我回去要好好跟他说会儿话。"辛婶说到这里已经泣不成声。

　　挂了辛婶电话，李明杰马上给辛伟打电话，叮嘱他尽量保持洗手间现场，再马上叫大磊开车来接他，两人连夜直奔西辛店。

　　在车上，李明杰又调阅监控。画面显示，中午 12 点保姆做好了饭和辛叔在客厅里一起吃饭，接着辛叔去午睡，保姆去厨房收拾，虽然看不见厨房里的画面，但一切看上去都很正常。收拾完，保姆去了一趟书房，在书柜上擦灰，随手拿起过一个东西。保姆在玄关处还有半个身影换衣物拎垃圾出门。保姆的样子跟翠姐相似，但从监控里看不能确定是同一个人。

下午1点20分辛叔从房间里出来，急向厕所去，不一会儿出来。过了不到十分钟，辛叔又急匆匆去厕所，他这样来回跑了五趟，最后一次进厕所就再也没见出来，可以判断辛叔是在2点30分以后出现意外的，不知道厕所里发生了什么。

李明杰快进调看，一直看到有男子进来找辛叔，在每个房间看，最后去厕所，然后回客厅不停打电话。大约半个小时后来了一拨人，辛叔的遗体被他们从厕所抬出来。

车到辛叔所在院门口，天已经大亮，门口停满了私家车，其中还有好几辆警车。

李明杰和大磊停车后进到院子里，看见许多穿警服的人在院里抽烟聊天，辛叔的死看样子惊动了当地警方。但看见这些警察的神情，还有楼下小院摆满的花圈，李明杰明白过来，他们只是辛叔原来的同事或者部下，听说辛叔过世后前来吊唁。

一个魁梧的中年汉子在指挥几个人搭建凉棚，花圈摆在左右，有人在喊他伟子，李明杰猜他是辛伟，拍他的肩叫他到屋里说话。

穿过客厅，看见冰柜如监控里那样摆在正中央。辛叔躺在里面，额头有一块暗红斑，其他颜色如常。

李明杰一只手扶在冰棺上，默立良久。辛伟拍了拍他的肩，说："我还有事，你先在这里慢慢看。"李明杰才意识过来，说："走，我们去一边说两句。"

两人进了书房，李明杰扫视那枚一等功臣奖章，自然再不能看见。他装着若无其事地问辛伟："你看见辛叔时是什么情况？"

辛伟看了一眼手机揣进兜里才说："辛婶给辛叔打电话一直打不通，让我过来看一哈子，结果，他就趴在那里。"

"具体些，趴在哪里？"

"你来，我指给你看。"辛伟拉开房门在前面走，每一步都像在跺脚。到了厕所他推开门，红塑料盆里的几条乌鳢惊跳起来。

"这，就这里，头冲那头，腿在这里，鱼是我钓的，前几天送给他老人家的，只吃了一条。"辛伟用手比画着。

"你进来时，辛叔有呼吸吗，你慢点说。"李明杰见辛伟说话没个方寸，提醒他。

"我刚下晚班，辛婶就打我电话，说她做了个梦，辛叔被一道光吸走了。她一直打不通辛叔电话，就让我马上到家里看看辛叔，她见了大宝法王就回来。我从后院进来的，四处找不到辛叔的人，叫也不应，我想是不是蹲厕所里了。我推厕所门推不开，已经看见辛叔的腿了，他趴地上，一只脚还顶门上了。我轻轻够着把他的一条腿拨一边把门打开，他整个人的脸趴在鱼盆里，鱼还活着，还在他脸边挤来挤去，他已经僵了。我连忙抱叔起来，他整个身体是直的，胳膊也僵硬着，一只胳膊还抱着塑料盆边子。我怀疑他是夜里起来上厕所，本来身体也不稳，绊了一下，就脸朝下摔进盆里，给淹死了。"

李明杰垂头望着红塑料盆，两大三小五条鱼，它们恢复平静，挤在塑料盆一头，慢慢翕动鳃呼吸。

"养鱼要盛这么满的水吗？"李明杰问。

"这还好，水多氧多。"辛伟回答。

"辛叔趴进去时，还溢出一部分水，说明之前这盆里水都要漫出来了。"李明杰带着分析的口吻。

"这个我没注意咧，怎么了？"辛伟疑惑地望着李明杰。

"我怀疑辛叔不是自己溺水死的，最好做个尸检。"李明杰望着辛伟说。

辛伟很不高兴，大声说："辛叔都这把年纪了，还患了癌症，死也死得了，谁还会害死他？"

李明杰一只手扶在辛伟肩上，说："小声点儿，钟点保姆来了吗？"

"来了，她每天上午8点才来，比我来得晚，她看着蛮平静."辛伟还是大声说。

"你去忙吧。"

辛伟走出去，李明杰蹲下来看鱼盆周围。在厕所门口仔细看门，在不锈钢铰链上发现了一截透明的尼龙线，他再仔细看门底防撞墩，上面也有一截尼龙线，这太不寻常了。

此时辛伟进来了，有些气急，说："那个胖子是你的人吧，他把冰棺打开了。"

李明杰知道是大磊在收集证据，说："他知道分寸。"

辛伟压低声音，生气地说："辛叔死了，还不让他安生？反正我是做不了主，要解剖你跟辛婶说去！"

李明杰说："我晓得，你去忙吧。"

"那个胖子？"

"我来管。"李明杰说着探头望了一下外面。

辛伟要出去，李明杰拽住他的袖子说："你看这个。"

辛伟看了尼龙丝，说："哦，钓鱼线。"

"辛叔钓鱼吗？"

"他不钓我钓啊。"

"这截线是我在门后边地上发现的，你记得你在这里整理过鱼线吗？"

"这有什么大惊小怪的，有时候鱼拉上岸来钩脱了或者线断了，鱼嘴里还有钩和线，抓紧钓鱼懒得清理，换套钩线接着钓。"

"有这么巧？"李明杰望着辛伟。

"你什么意思？难道是有人用鱼线勒死了辛叔？！"辛伟生气地戗道。

"好了，好了，你出去忙吧。"李明杰连连拍辛伟的肩，让他出去。辛叔摔倒或许跟这根看不见的鱼线有关，他伏低身子再次查看在防撞墩和门铰链上遗留的尼龙线，并用手机拍照。

# 五十九、归根

院外时不时有人放鞭炮，许多警察来是为了看老领导最后一眼。如果是刑事案，今天这吊唁活动就得取消，李明杰也管不了，应该交给辛叔的部下来处理。看着这一切，还有飞机上电话无法接通的辛婶，李明杰实在左右为难。

回到书房，李明杰一边抽烟一边思忖。辛伟进书房，后面跟着保姆翠姐，她给他做过乌鳢面。

翠姐低垂着眼连话都不会说。李明杰示意辛伟出去，让翠姐抬起头来，可翠姐哪敢抬头。"不管怎样，实话实说对你最好！"李明杰自带严厉口吻。

翠姐开始挤牙膏式回答，挤了十来分钟，李明杰才弄明白：翠姐昨天有事请假一天，家政主管给她替班，发生的一切她也是刚刚知道的。

李明杰从手机里翻出打火机照片，目光紧紧盯着翠姐："人命关天，你如果只是做错了一件小事还好，可继续隐瞒下去，成为杀人犯的帮凶，就划不来了！"

翠姐情绪崩溃，哭起来，含含糊糊说："我只是帮我们主管偷了个打火机，她照顾我的活路，别的什么都没干。"

"一起去见你的主管！"李明杰觉得事不宜迟，叫上大磊，让翠姐带路去家政公司，不给她中间托词撒谎的时间。

车到了家政公司，李明杰亮了证件要见家政主管。公司的人四处找，电话也没联系上她，李明杰料到家政主管十有八九跑路了。

公司老板急急忙忙从外面进来，当李明杰说明来意，老板也表达了对家政主管的不满，她仗着给公司带来一批得力的保姆，经常做些违规的事情，公司也不好把她怎么样。

老板打了几个电话，表情尴尬，说："死活联系不上，我看她溜了。"

"她有一个儿子？"李明杰问。

"哦，那是我儿子，她喜欢带他玩儿。"

"孩子还在吧？"

"在啊，怎么啦？"

李明杰想了想说："在就好，一会儿我们和他聊两句。"

"孩子知道什么？"老板有点不高兴。

"您不用担心，我们就是聊天，他知道什么说什么。"李明杰故作轻松。

"把家政主管的身份证复印件给我们一份吧。"大磊跟老板要，老板从手机上发了一张给李明杰。

李明杰叮嘱老板不要声张，一有家政主管的消息马上给他打电话。出来后，李明杰让大磊想办法排查火车和长途汽车售票信息，还有重点路口的监控。


回到辛叔家里，灵堂里只有一个老人，大家都去吃酒席了。老人是辛叔的弟弟，他在照看辛叔的遗体。

李明杰走进辛叔的书房，看见桌上还摊开着他带给辛叔的红黑书（《圣经》），书翻开着。

辛叔最后的日子过得不易，但愿这本书在辛叔患病的这段时间里让他好熬一些。

李明杰又想起什么来，蹲下身从书柜下拖出那口箱子，辛叔收藏的警服却少了一件，这让他非常纳闷。

有知宾回来看有没有漏掉的人，推门看见李明杰蹲在那里整理箱子，热情招呼他去酒店吃饭。

李明杰用手机拍了一张冰柜里的辛叔，跟着知宾到了酒席桌，许多人在推杯换盏。李明杰看见辛叔单位来的领导正在进餐，他打算把辛叔死亡的疑点给他交代一下，如果是一个案件应移交给属地警方。这时大磊打来电话，李明杰走到旁边接电话，大磊告诉他，家政主管昨天下午购买火车票逃走了。

李明杰望了望那位正在拒绝下属敬酒的副所长，觉得辛叔的案件背后有太多不宜公开的疑点。犯罪嫌疑人大卫或许正在围绕自己布一张大网，这个案件还是放在自己手里来办更加稳妥。

辛吴岗的家族墓地在汉北河堤内高地上，婆娑的垂柳围成一片荫翳，树林里气温比外面低摄氏几度，如同清凉胜境。

树丛中墓碑林立，多为中西合璧造型，天使、十字架、狮子墩、长方形墓碑进行各种组合。按照中国人的习惯，碑文依然是"故显考""故显妣"，子孙列于碑体左下方。

辛叔自高中离家住校读书，后参军，转业后成为警察，与家乡渐行渐远，终于成为一个地道的游子，如今游子回家了。

给他主持葬礼仪式的不是那个族长爹爹，他已经见上帝去了，那件黑袍还在。从此他儿子披着他的黑袍，拿着书给村里的人做葬礼告解。

辛叔不信教，但因他是村里出去的成功人士，有一颗落叶归根的心，村里同意他葬在辛家墓地。

那天在辛叔葬礼上，最亲的人是辛婶，燕燕姐联系不上。

李明杰站在参加葬礼人群的前排，族长儿子念颂词的声音不大，但他还是能够听清每句话："**人啊！你要记住，你原来是土，将来还要归于土。从世俗人的角度看，我们失去了一位亲人、一位好朋友、一位能够提供生活经验的长者，但我们从信仰的角度看，我们喜庆他的重生，因为死亡并非生命的结束，只是生命的改变。主对我们说的：我就是复活，就是生命。信从我的，即使死了，仍要活着！**"

这句话击中了李明杰，他潸然落泪。他想起了辛叔到家里来询问他目击焚尸的那个夜晚，月光那么亮堂。

望着崭新的墓碑，李明杰心想：那桩案如果真是错案，你若有罪我亦有罪，我们都是戴罪立功的人。

☆☆ 9 月 21 日

他们信上帝，辛吴岗的人都信，我不信。现在许多人都无法无天，如果有个地狱是不是好一点儿。也不见得，西方人信教，犯罪的花样不会比我们少！

我知事就读书，高中毕业在家里务农两年，就参军，我受的都是正统的教育。辛吴岗的人信天主教，主要体现在几个方面：一是家里都贴一张画，上面画的圣母马利亚抱着个胖娃娃，说那个娃是耶稣基督。二是生孩子会做洗礼，村里有个神父抱着新生的婴儿洗个澡，嘴里念些话。三是辛吴岗的人不能随便找其他村的人结婚，方圆二十公里，在刘隔镇附近有个田家垱，与那里的人通婚才行，那个村里的人也信天主教。我出生时赶上神父发烧，漏掉了给我做洗礼，也没有人再提，参加工作离开了辛吴岗，我不知道他们的习俗。

老山前线时，在猫耳洞里我想起许多这方面的事情来，我对战争已经不好奇，对儿时忽视的事情念念不忘。据村里年长人讲，咸丰年间，从江东市临西区的柏泉天主堂来了一个传教士到村里，他会用金鸡纳霜治病，大家都信他。后来听说这个由意大利传教士 1840 年建的柏泉天主堂，为江东市地区最早的教堂。柏泉天主堂又称圣安多尼小修院，位于江东市临西区柏泉农场刘家咀，我一直想去看看，一直没有机会去。我知道看了也没什么用，它改变不了我的想法，也回答不了我的困惑，我就是想去看一哈子。

# 六十、梅姐

　　李明杰从未意识到面前果然横亘着一座大山，或许这座山因其不高从未引起他的注意，现在却挡住了整个南湖的波光。

　　狮虎山隐于平常，李明杰体会到了奥秘。一来二往，他以研究戒毒复吸人员重返社会为课题，成了狮虎山强戒所的熟客。

　　热情的邝新带着李明杰在山间缓坡游走，到了戒毒所密林深处，一栋低矮的灰色建筑物引起了人的注意。它看上去像一座战争年代的防守地堡，表面的绿苔平添了几分神秘。

　　邝新引李明杰走到了堡垒前，他一伸手指，指纹锁"嘀"的一声开了，一股强烈的冷气扑面而来。

　　"这里面刚装修完，设备也到位不久，还没对外开放。"邝新在昏暗的地堡通道里退着走，时不时对两边的展陈指点一二。

　　展陈室背景灯闪着微蓝光芒，带着高科技气息。拐过一道弧形通道，两人进入一个相对宽敞的厅室，一颗比常人大好几十倍的大脑模型用细钢丝悬吊在空中，如同悬浮的圣物，既神秘又恐怖。观者可以绕着这颗大脑四周走动，从每个侧面观看脑回路肌理。

　　邝新拿起 PAD 操作，屏幕上闪烁着 3D 大脑图像，下面有许多图片，还有中英文标注的各类毒品名称。他用手左右挥动，这些图片就左右梭动，空中巨脑开始缭乱闪烁光芒，像早些年迪厅里悬挂正中的旋转灯。

　　"这是目前国内最先进的毒品——脑神经作用 4D 模型。"邝新说着，操作

PAD 面板让大脑停止闪烁，然后从大脑模型下面摘下一个挂件，是一个 VR 头盔，他递给李明杰。

"科学家研究发现，人们为什么很难戒掉毒品，并不是意愿或意志不坚定，而是毒品改变了大脑的部分机能，劫持了大脑的动机系统，甚至改变了人体的基因序列，导致新生婴儿也会有戒断反应，毒品的危害之大跨越了代际啊。"邝新声音高亢。

李明杰把 VR 头盔挂在脖子上，神情专注地听邝新讲解。

"每一种毒品都对大脑神经作用部位有刺激，但并不完全一样，所以造成的脑损伤也不尽相同，有些可以恢复，有些就是永久性伤害，比如记忆力损伤、多巴胺分泌障碍。临床中有些人离开毒品，就会完全失去快感反射，有的人则完全相反，性兴奋神经阀一直关不上，古人说的精尽而亡，没准儿就是吃了类似的补品。"邝新讲到一个新知识点，总会投来期待的目光，李明杰则频频点头。

围着巨脑转了一圈，邝新按下 PAD 上的"海洛因"图标，只见巨大的大脑模型上有一区域闪烁出冰蓝的光，一个甜美的电脑女声发出忧心忡忡的语音：朋友，当你吸食了海洛因，阿片类物质进入了你的血液循环系统，而且顺利通过了血脑屏障，进入了中枢神经系统，相当于占领了你的总指挥部。阿片类物质与阿片 u 受体结合，抑制 GABA 神经元功能，多巴胺神经元的紧张抑制被解除，多巴胺释放量增加，与多巴胺受体结合，人脑获得欣快感，成瘾启动。多巴胺大量释放，影响到前额叶皮质、杏仁核、海马区域和背侧纹状体。

李明杰戴上 VR 头盔，体验海洛因进入人体，感觉到眼前缭乱颠倒，有微麻的静电刺激后脑勺头皮。

邝新继续挺进："这些部位关系到记忆中枢、认知障碍和抑制冲动能力。试想一下，一个人的记忆力只有五秒，假如被火烧了手指，下次遇到火还会把手指放上去，就算有危险也无法抑制尝试的冲动，那这个人就不是个正常人了。"

"毒品绑架了人的大脑，真可怕！"李明杰戴着 VR 头盔，叹道。

"您说得很到位。拿海洛因举例，如果人体不断摄入海洛因，神经系统将发生代偿性适应，就像爱上一个人，适应了她的一切，她突然消失了，失恋那种滋味会很难受的，搅得人茶饭不思、寝食难安。"邝新笑着说。

李明杰缓缓取下头盔，邝新连忙问："您有什么感觉？"

"头晕、心慌，还有恶心，我受不了才取下来的。"

"您的感觉正是第一次摄入毒品的大部分人的感受。一般来说，吸一次上瘾的很少，反而给了人体一个非常重要的预警。如果不小心喝了这样的饮品，身体已经给出这样的警告，千万要注意回避。"

"我们办案时，发现摄入过毒品的人，哪怕不小心摄入的，都不想跟人说自己摄入过，这是个很隐私的话题。"李明杰说道。

"您很了解涉毒人的心理，许多人认为涉毒是不道德的，这当然对防范涉毒有正面作用，但是从科学法理的角度说，海洛因绑架了大脑，毒瘾并非道德堕落，主动防范和远离，就不会陷得更深。"

"可毒瘾发作的人，会做出各种稀奇古怪甚至道德堕落的事情，毫不夸张地说，毒品会让人丧失做人的资格。"李明杰说。

"您真是一针见血！"邝新说着，继续操作大脑模型，把几种主要毒品对脑神经作用的不同区域全部试了一遍，整个大脑被毒作用效应刺激得七彩闪耀，仿佛爆炸前的预警。

从"地堡"出来，外面的空气让李明杰感觉真实。

"如果你要得到一手资料，我们这儿有一个来这里强戒的女强人，几进几出，终于彻底戒断，你要不要认识她一下？"

李明杰听到这里自然想起一个人："她姓梅？"

"您认识她？"邝新有些惊讶，"她在我们这里挺有知名度的，她现身说法影响了好几个强戒不断的人，最终都戒断成功。"

"我在宣传栏看过她的介绍，说她是戒断红旗手，她以同理心与其他戒毒人员分享心得，启发开导了不少人，她那身气质，也让大家都希望成为那样的人吧。"李明杰微笑着说。

"李队，你上次来看得真仔细，堡垒总是容易从内部攻克，她因为戒断成功，又自愿成为我们这儿的助断员，确实起到了非常大的作用。按说她已经克服毒瘾，可以离开戒毒所了，院长觉得她愿意留一段时间，那就晚一点儿出去也没关系。"

"喜欢上戒毒所，真是一个奇女子。"

"我给你们介绍一下吧。"邝新说。

上次短暂见面攀老乡，梅姐的戒备意识很明显，李明杰觉得有副所长背书，梅姐对他会更加信任。

邝新敲了 501 门，无人应门。等了几秒邝新再敲，门开了，女人站在门口，看见李明杰也不惊异。

"梅姐，您好。这是李队李明杰，他的硕士论文是做一项关于吸毒者复吸率及重复戒断的研究，有一些困惑点想跟您聊聊。"

梅姐笑着点头，示意说："那请进。"

"你们熟悉了，以后见面就不需要我带了，你们可以自己约时间。"邝新笑着说。

"好的，多谢邝所。"李明杰连忙补话。

对接妥后，邝新走了。梅姐把房门轻轻关上，把电视节目换到讲养生的综艺，然后问李明杰喝什么茶。

"随意，跟您一样。"李明杰跟梅姐故作熟悉。

"李队，您这次来，恐怕不只是为了关心吸毒人员的心理健康吧。"梅姐把茶盏递到李明杰面前。

"梅姐，您莫叫我李队，我这次来跟您攀老乡的，您就叫我小李吧。"李明杰故意用小时候家里的方言说话，微笑着望着梅姐。

梅姐目光沉浸了两秒，又笑着说："小李，听口音，我们老家相距应该不远。"

"都在汉北河边。"李明杰说。

"连着，我老家门口是沧河。"

"离心安渡铁路桥不远吧，我小时候上街就从那道桥上过。"

"不远，走路十几分钟。"梅姐选茶。

"过了桥，左拐沿着沧河走，没有多远我记得就有一个场部仓库。"李明杰说。

"嗯嗯，上次你也提到这个仓库，你怎么知道得这么清楚？"梅姐新泡一壶茶。

"我小时候跟着大人去仓库里听他们搞演出。"

"这个你也晓得？"梅姐目光里闪过一丝兴奋，马上收敛住说，"真是巧啊。"

"梅姐，您那时候是不是也会去仓库听歌。"

"嗯，是的，那时候没有什么娱乐。"

"您除了听歌，是不是还唱？"李明杰继续探问。

"是啊，我就跟着朋友们瞎混，偶尔也帮腔。"梅姐露出了明显的笑意。

"您唱的是不是《寂静之声》，一首英文歌曲？"李明杰准确定位。

"不止啊，不过我会唱这一首。"梅姐拿着闻香杯，遮挡住嘴说。

"梅姐，如果我没有记错的话，您叫梅艳华。"

梅姐微笑着不置可否，也不惊讶，轻声说："你那时候多大？"

"九岁，许多歌我还听不太明白，《寂静之声》这首英文歌曲也是上大学后补明白的。"李明杰笑道。

"是啊，这么多年过去了，你要不提，我轻易也想不起来。你要一说，那个仓库舞台就像昨天才出现过一样，挂几个大灯泡，再搭一些彩纸。不知道他们从哪儿搞来大小不一的彩灯，转呀闪的，就在仓库里穷高兴，都是年轻人，唱什么都开心！"

"不知道为什么，那时候听歌像过年吃肉一样高兴。"李明杰说着笑起来，抿了一口茶。

"想不到啊，这些都像在梦里了。"梅姐慢慢说着，有一刻沉浸在时间的远方。

"如果不是那天看见您那么眼熟，这些记忆就只能一直沉睡。"李明杰感慨。

梅姐用纤弱的指头扶着自己的脖子揉捏着，望着窗外。

"我那时候小，所以大人的世界我不懂，后来再也不记得谁了，唯独对您有印象，您好像喜欢穿一身黄色连衣裙？"李明杰轻声探问。

"在仓库里，可能我是为数不多的女孩吧。"梅姐浅笑着说，"那时候，在我爸眼里，我就是个不听话的女伢，跟一帮游手好闲的男孩儿鬼混。"

"那时候没有流行文化这一说，恐怕年轻人穿喇叭裤都归作不正经吧。"李明杰笑言。

"是的，我们还是比较赶时髦的，按照现在人的说法是比较前卫，是个浪姐。那时候许多事情不知道怎么回事，朝气蓬勃，男男女女在一起就兴奋，闹出许多事来，有的人就此搭进去一生。"

"我记得那时候你们好像喜欢斗歌，我那次去看表演，就遇到两帮人斗歌，最后打起来了，还死了人，您记得吧？"李明杰说时故意扫了一眼梅姐。

"那次动静挺大，怎么会忘记？"梅姐收敛表情。

"时间这么长了，我不知道自己记得准不准。当时应该是一个叫张德才的年轻人，在仓库做主场，另一个叫汪俊华的年轻人来单刀赴会——汪俊华刚从自卫反击战退伍回来。据说他们两个都喜欢一个女孩，那天晚上他们以比唱歌来做一个了断，没想到现场失控，汪俊华被张德才伙同人动手打死了，还焚尸灭迹，后来张德才被抓起来，还判了死刑。"李明杰尽量用客观冷静的语气说着，目光始终望着梅姐。

"是的，你记得一点儿也没错，那个女孩就是我。"梅姐说完深深闭了一下眼，脸色陡然发白。

李明杰没想到梅艳华这么爽快就承认了这段往事，一时不知道再说什么，端起茶杯来。

"你那时候才九岁，大人的事情怎么知道得这么清楚？"

"梅姐，在回答您的问题前，您可以如实回答我一个问题吗？"

"我还有什么问题不能回答的。"梅姐淡然一笑。

"您当时已经与张德才在一起了，心里还暗自喜欢汪俊华吗？那场仓库歌会，是您安排的现男友和前男友和解还是决斗？"

"你不愧是李队，那么多年前的一个场景，在你这儿变成了故事，你猜得八九不离十。"梅艳华微笑着，歇了一口气说。

"张德才组织人群殴汪俊华，人死后把他拉到小树林里焚尸灭迹是事实？"李明杰沉稳中带着迫切。

梅艳华望了李明杰一眼，说："你把事情看得太简单了，汪俊华的死跟张德才没关系，跟我有直接关系。"

"那到底是怎么回事？汪俊华是怎么死的？"李明杰微调坐姿。

"汪俊华是怎么死的，我不是目击人，也不是很肯定，有一点我非常肯定，两个男人都因为我死掉的。"梅姐说完优雅地捂住嘴，眼圈发红，开始大口喘气。

李明杰等待梅姐情绪平复，希望她透露更多细节。辛叔到死也没有弄清这件案子的真相，自己就是这件迷案的目击证人，却也一直被真相困着。

梅姐下眼袋变得青黑，似乎眼泪把眼底粉给冲刷掉了。她低垂着头，说："今天我们就聊到这里吧，不知道怎么跟你聊这些，这是比梦都遥远的事情了。"

说着，梅姐起身送客，李明杰还沉浸在谜团里，梅姐走到门口拉开门给李明杰点头，李明杰只好缓慢起身，无奈走到门口，说："梅姐，我愿意做您的倾听者，如果您有什么难言之隐，我可以绝对保密。"

梅姐平静地望着李明杰，说："我该说的都说了，你这么好奇未必是好事。"

李明杰微笑着，不置可否，缓缓走出房间，如同退潮后被带到岸上的一条鱼。

# 六十一、珠线

出强戒所大楼时，李明杰没有坐电梯，循着楼道抽烟，一级级下来。他从窗口往下望，看见一辆警车缓缓驶入停车场，那是一辆奥迪车喷涂的警车，来人级别不低。

李明杰从下斜角俯视，看不清人脸，但觉此人眼熟，他连忙靠在窗户边仔细打量这位警界领导，目送他走进楼门。此时，李明杰可以肯定，来人正是主管戒毒的市局副局长张东强。

李明杰本能缩回身体，直觉让他不要在这里和张东强打照面。他犹豫下一步该走哪个通道，最后选择往上爬楼梯。在最高层六楼的两条走廊交会处，他贴墙站住仔细听动静。等了一会儿，他判断张东强无论走楼梯还是坐电梯都应该到达目的单元，绝对不会在楼道里与自己碰个正着，这才开始下楼。

下到五楼后，李明杰背对着走廊翻看手机，屏幕上可以映衬出身后长长的廊道。不到一分钟，他听见电梯在五楼开合的声音，有人出电梯。李明杰把手机镜头掉转为自拍，连续拍摄那个人走路的身影，此人正背对着他向 501 走去，完全没有发现他的存在。

李明杰转身走向另外一条廊道，顺势向 501 方向瞟了一眼，看见张东强站在501 门口敲门。

从戒毒所大门出来，李明杰松了口气。这时邝新打来电话，抱歉说他没有送李明杰出来，因为他急着要安排一个领导来访。

李明杰猜张东强就是来访领导，梅姐应该不仅仅是张局认识的一个戒毒模范，事情变得复杂起来。

梅艳华独自喝着茶，两声熟悉的敲门声让她抬眼，她犹豫三分把李明杰用过的茶盏收起来才起身开门。

带着一股秋风张东强从容走进来，脸上带着无法掩饰的疲态。

梅艳华把门关上，径直去了一道帘子后面。

张东强坐在刚才李明杰坐的皮革软垫椅上，感觉到了椅子的余温。他不自觉环顾了一下不大的房间，从兜里掏出烟来，在茶台上摔了摔。

梅艳华从帘子后出来，手里拿着一个亚麻色布袋，递给张东强。

"这么快就编好了？"张东强随口说着，从布袋里掏出一串紫檀手串，这是前些年在归元寺请的，托庙里老方丈开过光。前阵子就在这个房间里珠线断了，整串珠子从张东强的手腕上散落滚了一地，好在找回来时十三颗一颗不少。梅艳华说她会穿珠子，这是她在戒毒所最喜欢做的一件事儿，纯手工活儿，好消磨时间。

张东强把手串摊在掌上看了看，轻轻套到手腕上。

梅艳华从茶台下拿出一个高仿建盏来，给他洗盏沏茶。

"最近忙些什么？"张东强随口问。

"还是那些，一些手工玩意儿，开始学抄经。"梅艳华微笑着。

"抄经？抄什么经？拿给我看看。"张东强看上去心事重重。

梅艳华佯装推辞："依葫芦画瓢，没啥好看的。"

"拿来看看。"张东强漫不经心却催促着。

梅艳华遂起身，从旁边开放式书架上慢慢抽出一本 16 开大书，上面有若隐若现的字。她把它在书桌上铺开，张东强走过去看，篇名是《佛说未曾有因缘经》，细看是经文法句。所谓抄经就是拿毛笔蘸水，照着这些若隐若现的灰色字迹描画，描完就成为清晰的经文，等水干了就又恢复成若隐若现的灰字，一切像没有发生，如梦幻泡影，一本经永远也抄不完。

"'母子恩爱，欢乐须臾，死堕地狱，母之与子，各不相知。'怎么想到抄经呢？"张东强念了一段，轻声问。

"最近不停做梦，梦的啊，都是不想回忆的事情，越不想越梦见。"梅艳华感慨起来。

"立秋了，换季的缘故吧。"张东强漫不经心地说。

"不知道，昨晚梦见小超了，他最近跟你联系多吗？"梅艳华问。

"他不给你打电话吗？"张东强反问。

"最近不知怎么了，除非我打给他，打给他也不一定接，接了也说不了两句就挂。"梅艳华忧郁着说。

"这孩子也总是躲着我，最近找过我一次，又问我他父亲的情况。"张东强望了梅艳华一眼又说，"我跟他多说了一些。"

"你怎么说的？"梅艳华语速快了。

"我觉得这个事情，你跟他说比较好，我说他肯定是半信半疑。"说完，张东强一直望着梅艳华。

"你怎么说的？"梅艳华目光炯然。

"我当然跟你说的一样，这个说法恐怕不行了。"

"怎么不行了？"

"你以为他还是个三岁的孩子，好哄？小超太聪明，我说这个他就笑，笑得抽气。他认为他父亲是冤死的，要我帮他父亲平反……"

"你怎么回答他？"梅艳华睁大眼睛盯着张东强。

"张德才怎么死的你清楚，这个事情深究对小超没有好处，可我觉得他什么都知道了。"张东强眼神游移后又望着梅艳华。

"知道什么？"

"咱俩的关系。"

梅艳华反倒平静了，说："这也不奇怪，打小开始，除了我就是你在他生活里出现得最多，一直到他出国。小时候可以哄，说是叔爷爷来看，长大了他看见母亲终身不婚，你尽心尽力照顾娘儿俩这么多年，他能不多想吗？"

"问题是，他以为我就是他的亲生父亲。"张东强一脸严肃。

梅艳华眼睛睁大，不自觉收回来，随手卷佛经描本，说："这都是作孽。"

"如果他真认为我是他父亲，他的行为就更加肆无忌惮了。"张东强深深叹口气，停顿了一会儿，说："那对他真没有好处，所以我把父亲怎么死的说了。"

"你怎么说的？"梅艳华语气急迫。

"也没有完完全全说。"张东强皱着眉头。

"既然你要说，就说得干干净净、彻彻底底，别让他再误会！"梅艳华提高声音说，"当年你侄儿给你背黑锅，现在也是你报答他儿子的时候了。"梅艳华口吻里透着坚硬。

"这些年来，我对你娘儿俩还要怎样？我罩着你赚了大钱，我帮你几次脱罪，把你安置在这个不易被打扰的地方，让你的毒瘾也戒掉了，整个人焕然一新。你见不得阳光的事业也洗白了，可以光明正大地交给儿子，这不都是我这么多年苦心安排的吗！我这个身份，压力不是一般大，你想过没有？"张东强不疾不徐、咬着字眼儿，满是委屈的语气。

"你后悔了？"

张东强望了她一眼，空叹气，摇头不说话。

"这一切不都是由你引起的吗？你忘了？"梅艳华赶着说，"三十年前你为什么不勇敢点儿站出来？一夜之间我失去了两个对我都不薄的男人，不都是因为你吗？我那段时间度日如年，每天想着怎样自杀既让遗容安详，又不能腐烂了才被人发现。如果不是怀了小超，我早就从这个世界消失了，何苦需要用药物来麻醉自己？何苦烦恼你，何苦——"

"你闭嘴！"张东强大力拍打桌子，将《佛说未曾有因缘经》震到地上，展开了。

梅艳华并不惊讶，只是冷眼看着这个男人，露出平静的微笑。

张东强控制住自己的情绪，从地上捡起佛经，卷起来搁好，转而带着温和的口吻说："你再忍忍，尤其劝小超收敛一些，一切都快熬出头了。灰马告诉我，小超在生意上还是一把好手，现在就怕他乱来，尤其是在他父亲这件事情上别纠缠，他怎能偏执到去报复一个患癌症的退休警察？这太危险了，有些事情不在我的管辖范围，我是罩不住的。我来就是要跟你好好细聊一下，对好了口径，他要是知道我这个叔爷爷欠他父亲的，他的行为就更加无法无天了。"

"你感到害怕了？你有今天不都是当年他父亲拿命换来的吗？"梅艳华口气冷冷的。

"艳华，你又来了，又不理智了！现在重要的不是那些陈芝麻烂谷子的事情，是让小超不要乱来。法律不是谁家的，到时候我也保不了他，你岂不要恨我一辈子？"

"我已经恨你一辈子了！小超父亲的死，这么长时间我都消化了，你放心，我不会给他瞎说的。我这辈子也到头了，我真不希望我们的孽缘毁了小超。他是我十月怀胎一点儿养大的，他的胆子和野心、他的狠劲儿都超出我们。他还带回来一些稀奇古怪的所谓国际化思想，我把几个工厂交给他也是迫不得已，如果没有那几个工厂打掩护，他干的那些出格的事情你可能都无法给他收场了。"梅艳华恢复了平静地细说着。

"总在河边走哪有不湿鞋的，我还有几年就退休了，能给我面子的也差不多都要退了。现在我也是留意扶持有前途的儿辈孙辈警察，万一哪天他出了事，也是希望他们高抬贵手，尽可能大事化小、小事化了了。"

张东强叹口气，望着梅艳华，拉她坐下来，梅艳华开始捯饬茶具沏茶，两个人像吵完架后的夫妻还想着日子怎么过。

"老戴现在怎样了？我觉得咱们出去的事情要尽快，小超不走也由不得他，这样才最安全。"梅艳华说。

"老戴爱人在那边打理得还算顺利，基本上都洗得干干净净，够过去花几辈子的了。等你做通小超的思想，你们随时准备撤，一定要切割得好，别踩自己的尾巴。"

"那你呢？"

"以我现在的身份，我不动你们越安全，只是现在啊，出了个棘手的事情。老戴的女儿跑到小超那儿去了，这个事情让老戴反而瞻前顾后了，他特别让我来给你强调一个事情，让小超一定不要动他女儿的坏心思，保她平安大家都平安。"

梅艳华哭笑不得，叹口气说："孩子们真是一个比一个倔强，真没有一个省心的。这个事情我怎么给小超说呢，说明了是老戴的女儿更不安全，大卫是将在外君命有所不受的搞法，有些具体的事情我们管不了啊！小超就像我当年一样，执迷不悟！"梅艳华说。

"最近我安排下，你出去就医，跟他说你身体很糟糕。这孩子倔是倔，但孝顺你，你的话他还能够听两句的，你们娘儿俩见面好好聊聊。"

张东强一只手扶在梅艳华肩头，梅艳华轻轻点头，长舒了一口气。

"你这里刚才有人来过？"张东强准备起身走，突然问。

"一个老乡，我猜是你们警队里的人。"梅艳华望着张东强说。

"这个人的背影有些熟，哪个部门的，叫什么？"张东强望着梅艳华问。

"忘了问他名字，只知道他姓李，小邝应该知道他叫什么。"

"他找你干什么？"张东强警觉起来。

"他说正在做一个戒毒人员研究的硕士论文，结果聊到了老家，我们是老乡，我那会儿正年轻气盛，他才几岁，把我当舞台上的演员崇拜了。"

"恐怕没这么简单！这个人你一定要留心，我们永远也不要当舞台上的演员，能够悄无声息平平顺顺就很好了。"

张东强拥着梅艳华的双臂，梅艳华的头贴在张东强的胸前，眼神茫然。

# 六十二、鬼母子

邝新亲自开车，送梅姐到江东市第一医院例行体检。

强戒所规定，戒毒人员没有正式办理重返家庭的手续一概不能外出，当然，这一条早已经不约束梅姐了。

医院对口的精神科大夫是张东强的关系人，梅姐和大夫之间不像病人与医生，更像是朋友聊天，聊天也是一种治愈方式。

"小邝，今天我要细查一下，你下午两点来接我吧。"梅姐主动约了邝新来接车时间，只是比平时要晚。

邝新放下梅姐，车绕门诊楼弧线出来正出医院大门，李明杰打来电话，邝新连忙靠边停车。

李明杰直入正题："邝所长，我们调看了从梅艳华进强戒所以来的监控录像，除了市局张东强副局长经常来看望，还有一个已经归案的制贩毒人员皮少军也经常和她接触。梅艳华这个人不简单，建议你对她的行踪多加关注，如果她要是出了什么娄子，那就是大娄子，弄不好会影响你副所长的前途。"

"哦，您得出什么结论了？"邝新深吸口气。

"暂时没有，也不能让对方觉得有。"

"懂了，懂了！"邝新总觉得梅姐让人捉摸不透，今天李明杰一番话让他坚定了这种预感。

挂了电话，邝新不自觉往门诊大楼方向看。梅姐正从门诊楼姗姗出来，一身黑绸白领高级套装格外打眼，完全跟病无关。梅姐刚站定，一辆林肯领航员 SUV 缓缓从不远处启动进入楼前临时停车区，车里下来一名男子，他把车钥匙递给梅姐。梅姐戴着墨镜不苟言笑，男子点头哈腰回车旁开门，梅姐坐进驾驶位关上门，车缓缓启动，平稳加速向出口开去。邝新马上启动车跟上去。

领航员 SUV 出了医院门，加速转弯后往东直奔二桥。邝新也毫不含糊，始终保持在视野范围跟进。

领航员随着车流过了江，继续往省博方向去，抵达东大湖又沿着湖边道路继续往山林里行进。

沿山道蜿蜒起伏走了十几分钟，在一片茂盛的树林边路肩变宽，有一辆白色奥迪跑车停在路边。梅姐未加犹豫便将车停在与奥迪相距不远的地方。

下车后，梅姐扶了扶墨镜四望，沿着一条小路走进了树林。

邝新抵达梅姐车旁，拍了一张奥迪车照片，毫不犹豫地向前拐过一道弯，眼前出现了停车场，原来是一座陵园的入口。

邝新把车停好，戴上墨镜沿路返回，那两辆车还停在那里。邝新疾步斜穿树林，边走边寻找什么，很快就看见了梅姐隐约的身影。她沿着那条小路走到了陵园边，在高处张望了一下，就俯身下到碎石铺就的路上，若无其事地走进了陵园。

此时正值鬼节过去不久，来扫墓的人不在少数，梅姐的身影在人群里格外醒目。

邝新没有进入陵园，他找个隐蔽条件好的灌木缝隙俯视陵园，盯着梅姐的一举一动。

不一会儿，梅姐在一块黑色大理石墓碑前停下脚步，墓碑旁斜倚着的一个男子站起身来，邝新这才注意到他。

男子年轻高大，身着一袭白，对梅姐熟得无话可说。两人一起看了一会儿墓碑，男子点燃三炷香，鞠躬，然后将香插进墓碑前的香炉里。

扫墓结束，梅姐和男子一前一后离开墓碑向陵园后面的小道走去，最终进了树林。

邝新随之转换蹲点，躲在一丛山梅花后，透过树叶能够看见梅姐和白衣男子斑驳的身形，他们说话的声音清晰可辨。

梅姐质问白衣男子："皮少军是怎么死的？"

"我不知道。"

"你还要瞒着我？"

"皮筋是叔爷安排人处理的，我还生他的气呢，可我有什么办法？我听您的，重用他，他死了对我损失也很大！"

"他怎么就那么点儿气量，还吃皮少军的醋！我都给他解释多少遍了，我一个女人管理公司的方式就是打亲情牌。"

"我觉得叔爷不是吃醋，他说皮筋是双面线人，两边拿捏着行事，以前一些情报真真假假起到了一些作用，虽然没有坏我们大事，指不定哪天为了保自己就牺牲我们。还有一点，我觉得他说得有道理，以前他妹妹需要钱他肯卖命，现在他妹妹死了不用钱了，我们也不一定拿得住他。他既然已经暴露了，留着更危险！"白衣男子摊手。

"这最后一句是你的意思吧？"

"事该如此，这有什么分别吗！"

梅姐长叹道："我就这个命，你就胡来吧。以我对皮少军的了解，他是个有情有义的人，绝对不会干出卖我们的事情，这个我有把握。"

"人都是会变的。"

"那也是你给逼的，"梅姐不满地说，"以前那么多跟着我死心塌地的人，怎么一到你那儿就不忠诚了？你瞒着我都清理得差不多了，以为我不知道？你做这些都是有因果的，谁知道哪个冤家不要命拼上来，你我死都不知道怎么死的！"

"您放心，我一直按照您说的原则在处理人事问题。"

"什么原则？"

"钱可平息一切愤怒，如果还有人闹事儿，那就是钱没给足。"

"你误解我的意思了，你是没遇到真正愤怒的人。"

"您是真正愤怒的人吗？"

"我不是！"

"我是真正愤怒的人！"白衣男子狠狠踢飞一颗石子。

"你这孩子还是经历太少，以后千万不要蛮干，我们躲都躲不过，你还去惹警察？"

"我早不是孩子了，这么干我也不是无缘无故的，您应该清楚。"

"上辈人的事情不需要你记恨，三十年前的案子不要再纠缠了，各人因果个人担。"

"您整天吃斋念佛谈因果，皮筋是您的什么因果？要讲因果，我都不该出生！"

梅姐掏出纸巾来擦了擦脸和眼底，白衣男子的某句话让她溢出了泪花。

"你把我气糊涂了，有件事情我要提醒你，你不能再越雷池半步。你那儿是不是来了个叫戴蓓蕾的女孩？"

白衣男子好奇地望着梅姐，缓缓点头。

"我好些年没见过她了，你千万别伤害她。"

"为什么？"

"莫问为什么，你记住就行，她安全你就安全。"

"如果她不让我安全，我怎么能安全？"白衣男子反问。

"小超，我该怎么说你？我让你干什么你都反着来，当初你说把业务接过去转型做不带料的时尚饮料，这样我才让你来接管，你当初是怎么保证的？现在你看你干了些什么？"

"我正在努力转型，您看我发际线上去多少了，我还要怎样努力？"

"你别以为我不知道，你要再不整改，我只能断你的资金链了。"

"您给我一点时间，新产品打开市场不是那么容易的。"

"好的，我再相信你一次。戴蓓蕾这个事情你百分百听我的，不能打半点儿折扣了，这是你叔爷郑重交代给我的，也关系到我们母子俩的唯一退路。我们这代人都是过去时，我们做的事也好造的孽也好，你要彻底忘掉，你真的有机会踩在我们的肩膀上重新开始，只要你好，哪怕踩在我的尸体上都行！你要知道，如果不是你叔爷顶着雷，咱们这点儿伎俩警察早就查个底掉儿了。他要退休了，罩你也罩不了多久，如果你不及时退出，会跌入万劫不复的深渊。"

白衣男子动情地低头，似乎用手抚眼睑下的泪，却慢慢提高了音量，说："到现在您才告诉我这是深渊，以前干什么去了？你们玩儿够了，说因果报应就要来了快闪人，我年纪轻轻干点儿自己喜欢的事情不行吗？我怀疑躺在基碑下的那个人根本就不是我爸，张东强才是我爸，他不应该为我的梦想冒点儿风险吗？"

梅姐向前迈出步子，吼道："他是你叔爷爷，隔着辈分呢，你胡说什么？"

白衣男子后退两步，瞪着梅姐阴阳怪气地说："我没胡说！是你们不敢面对自己的过去，也不敢面对我！"

梅姐有苦难说，悲从中来，红着眼圈用手去摸白衣男子的头，男子后退躲避。梅姐放低了声音："小超，我的祖宗，我就跟你实说了，他曾经是你母亲的相好，是帮了我们不少，但他绝对不是你父亲！"

"您的相好多着呢，他犯得着冒那么大风险吗？"白衣男子不满地嘀咕着。

梅艳华猛地甩了白衣男子一巴掌。男子趔趄后退，频频点头，说："打得好，你们都想好了退路，让我坐在火山口，现在又告诉我赶紧撤，你们干什么都是有理由的。"说着，男子转身往树林外跑。

梅姐满脸煞白，抚着胸口闭眼喘息，等平息了怒气，从小包里拿出化妆盒来补妆，然后缓缓迈动步伐，循着白衣男子的路线走出树林。

他们的对话让邝新目瞪口呆，他坐在树丛里静想了一会儿，起身回陵园停车场开车。刚走几步他想到了什么，放慢脚步向梅姐和白衣男子停留过的那块墓碑走去。不一会儿，邝新找到了那块黑色大理石墓碑，只见墓碑上用金色填描着几排大字："**先夫 张德才 之墓 爱妻 梅艳华 爱子 张超。**"

从碑文可知，张德才的立碑时间为 2013 年，很显然，他们是后来移灵到这个地方的。

邝新快步往陵园外走，边走边掂量该不该将今天的见闻向所长汇报，又该如何告诉警官李明杰。他感到遇见了一个非常棘手的问题，浑身开始冒汗。

出了陵园进到车里，邝新匆忙启动引擎，眼下就只有一个目标：赶到梅姐前抵达医院，她担心梅姐去了医院找不到他，一旦梅姐怀疑，他自己的位置可就不保了。

邝新选择了抄近道，驱车上了沿湖马路，满脑子止不住联想，可总是往最坏的结果上想。他不知不觉开进了一个施工现场，看见有人摇旗帜才发现前方马路一半施工一半通行，他随着误入的几辆车走到一处弯道被彻底堵住了。几辆钢铁巨人般的施工车辆在泥泞的路上拖泥带水地行进，发出震耳的低频吼声。

邝新坐在车里心乱如麻，数着一辆辆缓慢通过的渣土大车。车后上来一辆水泥搅拌车，拖着巨型橄榄状水泥搅拌舱，在邝新的车旁边与一辆渣土车抢道。水泥车转弯过急发生侧翻，大铁砣一样的搅拌舱倾倒，稳稳碾轧在邝新驾驶的小车上。

# 第七篇　无间

# 六十三、三角洲

　　这世界上最累的事情是演另外一个人，而且没有原型，是大脑中想象的一个拜金女。不自觉地自己的性情就流露出来，刚开始还想往回找，慢慢又觉得真性情更加真实，就不演了。

　　司机灰马在楼下打电话，还是那天晚上下车的地方。戴蓓蕾觉得这样也好，以后那个巷子口就是自己上下车的点，离自己住的地方隔了一条街。

　　灰马圆脸，头上溜光，眉毛奇浅似无，本该像一颗剥皮的鸡蛋，却生生用剃刀刮出了胡须，倔强地在下巴上留了一撮毛。

　　戴蓓蕾开了后门，窝进车里，今天她穿了白色套裙。

　　"戴姐，你这身穿对了，大卫喜欢白色。"灰马不忘溜须拍马一番，车已经稳稳启动。灰马车开得顶好，从不闯红灯，也不强行并道，起步急停都有余量，稳却不肉。

　　"是吗？他还喜欢什么？"戴蓓蕾声音懒洋洋的。

　　"我感觉，他喜欢你。"灰马说完嘿嘿笑。

　　"是吗，他好像是女的都喜欢吧。"戴蓓蕾语气平静。

　　"你把他说成种马了，大卫很自爱的，他连单独和女孩儿吃饭都非常谨慎。"说完，灰马哈哈大笑起来，还习惯性扭头看了一下后座上的戴蓓蕾。说话间，车跑在贯穿开发区的国道上。

　　戴蓓蕾感觉很累，眯着眼半睡不睡的。

　　"戴姐，从今往后我每天负责你的通勤接送，这待遇在公司只有副总级别才会有。"灰马有几分讨好的语气。

"今天我们去哪儿？"

"三角洲工业园，我们的一个工厂在那儿，大卫在工厂里等我们。"灰马说。

楼不高，纯白极简设计，简略得几乎连窗户都不愿意有。整栋楼面没有多余的字，只有一个银蓝色标识"DAV"，牢牢抓住了戴蓓蕾的视线。

"DAV是什么意思？"戴蓓蕾问。

灰马左右转方向盘，笑着说："'达夫'。大卫说，'达夫'的意思是，做人要做达观的伟丈夫。我觉得，达夫嘛，应该是做发达有钱的男人。"

"那像我这样的女员工呢？"戴蓓蕾故意挑话。

"嘿嘿，做富婆嘛！"灰马油腻腻的笑声又起。

灰马减速，车离开主道缓慢驶入白楼前。自动门开启，车继续往里开，是由两层长廊式建筑围成的四方院子，地面上全部是高档进口草坪，无一丝杂草，轮胎碾轧上去看着让人不忍。

戴蓓蕾跟着灰马进办公室，一张长条白漆会议桌两边已坐着男男女女，每个都西装革履，戴蓓蕾觉得自己今天穿套裙穿对了。

不一会儿，大卫从会议室一扇不易觉察的白门里出来，身着一袭白西服，很快坐到离她最近的主位。如果稍不留神，大家就会觉得大卫是突然变出来的。

大卫举起手打了个响指，正前方穿深色西服戴眼镜的小伙子像通电似的说起话来。他操控着一个翻页器，悬挂在高处的大液晶电视被唤醒，他开始翻动PPT。

这是达夫集团关于年轻态饮品的产品包装设计创意会。许多包装戴蓓蕾似曾相识，就像在中国鞋业里许多鞋的标识不是对钩符号拉长就是压扁，或者向下带个倒刺，总之始终感觉到"√"在搞"卧底"。其中，有几款包装跟戴蓓蕾在酒吧喝过的，或者被推销过的"赢时1号"很相似。

大卫指名让几个中层管理人员对新包装谈看法，大家谈起来头头是道，只是每个创意都有好有坏，说了跟没说一样。

大卫站起来一伸手，小伙子将翻页器递给大卫。大卫不用任何PPT，开始凭空讲起营销理念来，一招一式像在国际论坛上开讲。他强调："这些设计在消费诉求、情境创新上都不够。最好的设计感，应该像一个从沙漠里走出来的人，看见一汪水，他跪下来扑上去，不顾一切喝饱，哪里管有没有微生物进了消化道，一只青蛙进去都可以。在互联网时代，品牌忠诚度是个伪命题，要不停创造客户新需求，需求有时候不是刚需，是刚刚需要，就在眼前，不信你们去检查过去一个月用手机支付的购物清单，有许多是刚刚需要，顺手买的！"大卫停了一下，左右扫视着被语言风暴弄得紧张的员工们，接着说，"现在年轻人的消费，已经进入词语消费，就是搞一堆新词来刺激消费，因为当工业制造质量水平到达人人放心的水准时，纯卖概念的时代来临了。"

仔细一想，大卫的某些观点简直太有洞见和穿透力了，纯净水这种无差别的物质不已经是这样了吗？不得不说，大卫的这番鼓动性很强的演说足以与乔布斯媲美，戴蓓蕾觉得斯人不可小视。

会议在驱动销售的压力中结束，这是最好的效果。人人都摩拳擦掌，想在下次向老板汇报时有好的创意呈现。

大家整整齐齐地从会议室出去，在一条廊道里等待上车。

廊道地面全部刷成黄色，颇像美国职业篮球联赛的球场，几辆类似旅游景点摆渡用的电瓶车开过来，大家逐一上车。

大卫向戴蓓蕾挥手，说："来，跟我坐在一起，第一次来看工厂，我给你讲讲。"

戴蓓蕾感到大卫对自己的态度发生了明显变化，语气随意多了。两个人如此统一的白色，让大卫和戴蓓蕾在人群中颇具联想性。

大卫告诉戴蓓蕾："这些生产线全部从德国进口，都是精密操控的罐装车间，可以实现小批量多规格包装。前端销售和后端生产可以实现当日反馈当日调整，昨晚反馈今早调整，随需应变。这种响应，以前家里的仆人才能做到。大工业化消灭定制、消灭个性，智能化生产时代，又向个性化需求迈进！

大卫说话时饱满的精力和自如的神情俨然一位企业家，他这样的人如果心思全部在做用正经生意上该多好，可经侦部门抓的那些经济犯罪分子多是脑瓜子特别灵的家伙。

这世界只有雨果没有如果，戴蓓蕾的思绪回到现实，她闻到了大卫身上丝缕不绝的暗香。这世界一点儿也不公平，或者说很公平，五毒不因精致皮囊而避。

参观快要结束时，大卫接了一个电话，他小心听着，谨慎挂掉，郑重跟大家说了一句"继续参观"就走了。

戴蓓蕾望着大卫离开的背影，知道眼前整饬的生产线是大卫的 A 面，他此刻赴会他的 B 面。她不能一同前往他的 B 面，这才是问题的关键。大卫把他的时空分割成若干块，哪一块是禁区，哪一块与人分享，他泾渭分明。

参观完毕，公司给每个人发了二十四瓶试喝装，实际上有六个品种，每种四份。设计师们拎着试喝装，结合味道再去构思包装设计。

从车间出来，阳光刺得人眼睛睁不开。戴蓓蕾用手搭帘仔细打量了 DAV 大楼，蓝天下它发出淡淡的晕光。

# 六十四、道无间

戴蓓蕾拎着试喝装回到家里，怀着好奇打开一瓶饮料喝下去，一直等待某种感觉，好像来了又似虚无。她不禁感到害怕，赶紧约李明杰见面。

戴蓓蕾换了身运动款便装出门，浑身燥热，走路像踩棉花。她可以肯定，这种饮料有"娱乐价值"。

坐在靠里边的一个小包间，戴蓓蕾看着李明杰，一脸微笑。二十三瓶饮料摆在桌上，有六种包装，颜色造型不一，李明杰抽出一瓶在手中来回转动看。

"这饮料肯定有问题，我出来前喝了一瓶。"

"什么感觉？"

"不大正常，醉酒前的感觉你应该清楚，自己感觉很清醒，但又飘飘然，你喝一个就知道了。"

"喝只是感觉，我拿回去化验一下吧。"李明杰说。

"这样更准确。"

"今天不仅仅是送饮料吧，有大卫的新情况吗？"

"他狡兔十窟，许多事情不带我，不过今天他让我接触了生产线。"

"生产线？"

"嗯，全是德国进口最先进的罐装设备，可以按需定制。"

"在哪儿？"

"三角洲工业园。"

李明杰缓缓点头，过了一会儿，说："那个工业园新旧分几期，不是开发区管委会统一管理，情况比较复杂。"

菜上来了，李明杰不停劝戴蓓蕾多吃。戴蓓蕾努力打起精神，吃得比平时要多一倍。李明杰还点了餐后甜点，戴蓓蕾有一口没一口地吃着，问："杀害辛叔的嫌疑人有线索了吗？"

李明杰沉吟了一会儿，说："有是有了，跟没有一样。"

"什么情况？"

"那个家政主管逃回老家后，给了妹妹五千元钱，因为妹妹常年在家里照顾年迈行动不便的父亲。妹妹很高兴，在街上买条肥鱼回来做大菜给姐姐接风，没想到两姐妹食物中毒，家政主管被毒死了，妹妹抢救过来了。"

"吃了啥？"

"说那条肥鱼是条河豚，毒腺没清理干净。"

"那老父亲吃了鱼没事儿？"

"没事儿，蹊跷就蹊跷在这儿。"

"难道妹妹故意害死姐姐？为了八万块也不可能啊。"戴蓓蕾皱眉。

"应该不是，说不通。"李明杰缓缓摇头。

戴蓓蕾本想让李明杰帮忙分析父亲的行为，话到嘴边又吞了回去。对父亲存疑是她心里的秘密，她本能抗拒揣度父亲干违法乱纪的事情，一旦触及这个问题她就头痛欲裂，感到整个世界都要崩塌。戴蓓蕾紧紧抱着自己的头，不再看李明杰一眼，李明杰以为戴蓓蕾累了，赶紧送她回去休息。


两天后，李明杰告诉戴蓓蕾："你的怀疑有了证据，饮料里发现了违禁物质。"

戴蓓蕾兴奋地说："那我们是不是可以采取行动了？"

李明杰说："暂时不可以。首先，这几瓶饮料是不是从你参观的车间生产的还无法确定。你想想，如果真是这样的车间，大卫不会这么大张旗鼓地带众人参观。或许这个车间只是个幌子，就是应付工商税务食品卫生甚至警方检查用的，因为市面上贴牌生产非常便利，许多'三无产品'都是采取打一枪换一个地方的贴牌操作，大卫未必不会用更加隐蔽的方法。"

366

"那他给每人送两打这种饮料，是什么意思？"

"每人，未必是真的每人，可能就给你的饮料里放了添加剂，就让你给警方检查，然后我们去突击，什么也没查出来，你就暴露了。"李明杰条分缕析。

"总顾及我暴露，什么也干不成了，万一就是三角洲工厂生产的呢？"戴蓓蕾不死心。

"我不能把你的安危放在万一上，如果你暴露了，你付出的那么多努力也前功尽弃了！"李明杰关切地说。

"好吧，李队，那我们等到什么时候？"戴蓓蕾在电话那头喊口令似的说"李队"，马上伸出舌头来表示不该。

"你可以先隐秘调查，抓住生产线关键证据。"

"明白！"


李明杰和戴蓓蕾万万没有料到，就在他们通电话时，一队警车浩浩荡荡从市局出发直奔三角洲。

达夫工厂查出违禁饮品的事情被嗅觉灵敏的宋发科知道了，他马上派人突击检查工厂涉毒，而且带了江东市影响力最大的《江东都市报》和《江东晚报》及江东电视台记者，一旦有成绩会显著放大，这是个立功的好机会。

大磊连续打进来五个电话，李明杰感觉情况紧急，连忙挂了戴蓓蕾的电话转接大磊电话。

"李队，突发情况，宋队要去达夫集团围剿工厂制毒，嫌人手不足找杨局抽调人手。杨局见你不在，派我带几个人、一辆车跟上。"

宋发科此次行动如果抓不到现行，明显是帮倒忙。他调过来的估计不是临西区一个分局力量，而且多个分局，形成一种协众办案的效果。李明杰意识到了问题严重性，给大磊说了利害关系，告诉他说辞，让他赶紧追上宋发科的车队截停此次行动。

大磊深刻理解了李明杰的意思，把随行司机换到旁边，亲自开车狂奔，一路走马路牙子闯红灯，如同尾巴点着的奔牛，奋力往车队前冲，终于在即将进入高架前将车打横，堵住了整个出警车队。

警队头车一下子没有反应过来，直直撞向大磊的车。接下来是以车为道具的多米诺骨牌效应，迟钝的车相继追尾。

　　好在大磊打横车时驾驶位在另外一边，门轻易就打开了，他跳下车开始逆车队方向奔跑。宋发科已经从车里钻出来，一只手伸出抓在行李架上，一只脚站在车门框上居高张望。

　　大磊喘着粗气跑到宋发科前敬礼报告："宋支队，李队有新证据，那批饮料有新来路，不是三角洲工厂生产的。"

　　宋发科一脸恼怒，吼道："谁是这次行动的总指挥？是听他李队的还是我的？"

　　大磊涨红了脸，死拧着反复说情报来源有误。

　　宋支队不理那一套，强行命令大磊把车开到一边给警队让路，如果耽误执行任务将连李明杰一起按纪律处分。

　　大磊见好说歹说宋支队不听，干脆挤进宋发科车里，说："外面不方便，有一个绝密情况，我只能跟您说。"

　　宋发科不屑地说："你赶紧回去写检查，准备关禁闭，还有什么可说的？"

　　大磊拢起手来凑近宋发科耳朵，说："宋支队，这次情报是咱们的卧底拿到的，信息链不够完整，现场证据也没有。万一这次行动毫无所获还打草惊蛇了，我们的卧底岂不是就玩完儿了。"

　　一说到卧底，宋支队气不打一处来，说："他李明杰也知道要照顾卧底安全？他怎么行动前也不跟我商量，把我培养了几年的线人给整死了？"

　　大磊惊讶地问："谁呀，宋队？"

　　"你不该知道的就莫问，这次卧底是谁，你告诉我！"宋支队反而抓住大磊话头不放了。

　　大磊憨笑着，说："宋大队，不好意思，李队也不告诉我，我也不知道。不过，我略知一点点儿，说这个人情况非常特别，她父亲是公检法系统里的高官，到底是公还是检还是法，我也不知道。"

　　"你瞎说什么啊？哪个高官让自己的孩子去干卧底啊？"宋支队一脸嘲讽。

　　"具体情况蛮曲折，我也不大知道，但这是千真万确的事情。"大磊认真说着。

宋支队看了一眼手表，估计此时再去工厂证据都烟消云散了。他瞪了大磊一眼，指着大磊的鼻子，说："我相信你一回，敢堵截执法警队，如果没有确切消息，你小子也不敢这么瞎干。不过回去还是要写检查，李明杰必须在上面签字，他也有份儿！"

大磊敬礼，赶紧往前跑，故意拖拖拉拉地挪车。

警队已经开始掉头，有的车突然鸣笛一下又一声不响走掉，大磊看着车一辆辆掉头走才松了口气。

宋发科的车最后开过来掉头，把头探出来对大磊说："这个事情很严肃，请李明杰到禁毒支队来做当面解释，卧底人员信息也要来市局备案，什么乱七八糟的！"

大磊连忙敬礼，喊着："是，宋支队！"然后开着被撞瘪的车停到马路边，马上给李明杰复命："李队，宋支队人马已经打道回府了。"

"干得漂亮，不过，咱俩得弄个豪华检查报告交给宋支队了吧？"

"您料事如神，要深刻反省，肠子都掏出来的那种。"大磊呵呵笑。

李明杰挂了电话，紧绷的弦终于松了。就在刚才，他已经叮嘱戴蓓蕾以身体不适为由先请假，等这次突击行动结果出来再考虑是否去集团上班，现在可以让戴蓓蕾把警戒解除了。

第二天，大卫意味深长地笑着告诉戴蓓蕾："三角洲差点就被警察查了，要是真来查就好了。如果全社会都知道他们在破坏夫达夫集团正常生产，以后他们的行为就要大大收敛，三角洲生产线反倒安全了。"

戴蓓蕾微笑点头表示赞许。大卫歪着头盯着戴蓓蕾，似笑非笑地问："你说是谁举报三角洲工厂的呢？那二十四瓶试喝装给谁我可是都登记了的。"

"应该不会是内部人举报吧，至少我就没觉得试喝装是在三角洲工厂生产的。一个新产品通过配料勾兑试喝定型，才会开始规模生产。"

戴蓓蕾按照李明杰的提点，把大卫的行为逻辑抢先说了出来。大卫哈哈大笑，向戴蓓蕾竖起了大拇指。

# 六十五、鳎鲅

达夫集团江滩仓库二十四小时有人看守。

劳力士闲不住，在仓库狭窄的围墙里不停转悠，像只狼狗。他喜欢结交朋友，跟其他保安问这儿问那儿。几个保安很快就烦了，觉得他多事儿，这种敌意是明显的。

中秋还没到，公司发了对面海上花餐馆的中秋加餐券，那里的 298 元海鲜不限量自助闻名江东市。几个保安把加餐券妙用，轮着进去吃了一顿大餐却没叫他。他那张独券也不够吃顿大餐的，气得他当着 这些人的面把券撕掉了。

一个黑皮保安斥他："疙瘩汤，你他妈有毛病！"

劳力士吼："老子的券，想么样就么样，你管不着！"

两人呛几句就动了手，一个头破一个嘴流血，不分胜负被人拉开，从此劳力士从荒岛变成了孤岛。

找不到说话的人，他没事就用手机找戴蓓蕾聊天，戴蓓蕾从来不回。

劳力士认为，这个破地儿完全没有调查鳎鲅死亡真相的机会。他打算找水手哥换工作，水手也不接电话，他甚至怀疑这正是水手的安排，让自己知难而退。

下了班，他一个人沿仓库码头下到江里游泳。秋水已凉，他激灵了一下却没上岸，他喜欢这种刺激，继续沿着江岸顺流往下，没有目的地。

前方江边停了一艘满载的货船，吃水很深，容易爬。他决定爬上去，爬上去干什么还没想好。

劳力士拽着垂下的缆绳爬到了货船上，一条狗看见了他，龇牙冲他叫起来。他并不惊慌，等着它再靠近点儿，狗看破了他的心思不往前了。

这时候，船老板光膀子披着外衣走过来，他手里夹着烟，握着根铁棍子。

劳力士浑身湿漉漉的，不准备再跳下水去，他瞪着船老大，远远就把话传过去："船老大，我落水了，借你船休息下。"

船老大不说话，站在离劳力士五米开外的地方，望着浑身滴水的劳力士，好像在等他水干后再动手才公平。

江风吹着，劳力士开始发抖，嘴里说："休息下我就下去了。"他主动释放善意，表明自己只是一只无害的江豚。

船老大还是不说话，像个哑巴，他蹲下来掏出一颗烟扔给劳力士。劳力士举着一个塑料袋，里面有烟和打火机。

劳力士在抽烟，船老大开口说："今年总是遇到落水的人，前阵子在上游，我的船捡到一个人，只有一只胳膊，差点儿死了。他像你这样，在前胳膊这一截，文着一条鳄鱼。"

劳力士一听"鳄鱼"心里发紧，鳝鲅胳膊上文了一条鳄鱼，后来又介绍他去文了一条，两条鳄鱼打了六折。

"那个人死了没有？"他顾不得掩饰急迫的心情。

"差点儿死了，感觉那只胳膊是螺旋桨打断的，人没有力气了，抱着个大塑料桶泅在水里。我把他捞起来，用柴油浇伤口给他消毒，他说他是江东市人。在船上养了两天，伤口化脓发烧了，我也不晓得该么办。到了宜昌，他自己要求上岸去医院，我巴不得，就让他走了。"

"人去宜昌了？"劳力士眼睛发光。

"嗯，上岸了没再联系，我在船上总遇到落水的事情，这个月遇到特别多。"船老大心不在焉地说，"这种事不稀奇。"

劳力士认定那个人就是哥哥，他说了声"谢谢"，转身跳到江里游到了岸边。他坐在岸上，又是哭又是笑，拿出手机打给嫂子。

嫂子接了电话，劳力士告诉嫂子，哥哥可能没有死。嫂子停顿了一会儿，说："嗯，你哥已经回来了！"

劳力士大声问："我哥回来了？"

嫂子笃定："回来了！"

"哥哥他回来了，怎么没有给我一个信儿？"

嫂子稳着："他只回来了两天，少了一只胳膊，还没有想好下一步该么办，又怕外人知道，跟谁也冇说。"

"差一点就错了拐，我在大卫公司暗地调查他的死因呢！"劳力士抱怨了一句。

嫂子说："你等一哈子。"

过了一会儿，鳑鲏接过电话来，对劳力士说："劳力，你千万别乱来，马上辞职不干了。你到我这里来，我们好好商量一哈子后面事情该么办，大卫迟早会知道我冇死。"

劳力士挂了电话，激动得不知干点儿什么好，拿着手机胡乱翻了半天，给保安队长打电话，说："你吃大餐不带老子，老子不干了！"

劳力士连扔两个"老子"，回家好好洗了个澡，把自己整利落了，骑上摩托车，浑身飘起来。活在这世界上轻松愉快点儿多好，谁没事儿喜欢报仇雪恨？

嫂子已经把家搬了，在远郊靠近娘子湖的一个新小区里。劳力士见到了鳑鲏，鳑鲏眼里有显而易见的疲惫。

劳力士看到这场面，还是忍不住流眼泪。

鳑鲏反倒笑着说："捡回来一条命，应该高兴哈子。"

嫂子端上来一盘切好的黄金瓜，这是哥哥喜欢的，也是自己喜欢的，儿时的口味，父亲这瓜种得最好。

吃着吃着，鳑鲏开始说："真是捡回来一条命，我手脚都被绑着，大卫让人把我扔进了江里。你想，水性再好，如果被绑成粽子，肯定喂鱼了。没想到我落下去被船侧面的小螺旋桨给绞了，胳膊切断了，手臂上的绳子也断了。我用一只手把腿上的绳子解开，在水里慢慢漂，抱住一个机油桶在水里漂了两天，被一个货船救起来了。"

"我见过那条船。"

"你见过？"鳑鲏惊讶。

"你打算怎么办？"劳力士闷闷地问。

"什么怎么办？"鳎鲅一脸疑惑。

"大卫害你性命，就这么完事了？"

"我命也保住了，还落了一大笔抚恤金，胳膊拧不过大腿，孩子也小，我们躲得远远的，过安逸日子就行了。"鳎鲅温和说着，像放下屠刀立地成佛的觉悟者，完全不像从前的哥哥。

"哥，你说实话，你跟着大卫，手里有没有命案？"劳力士盯着问。

"没有！绝对没有！"

"大卫为什么要除你？"

"他？脑壳烧坏了，神经病！他把他老娘的基业都快败光了，以前他老娘重用的人，只要不服从，甚至不按照他脑壳里的想法做事，就一个个被收拾得差不多了。"鳎鲅愤慨起来。

"你算他老娘原来的人？"

"可以这么说，不过，他这次想弄死我，我觉得核心是我知道他的命门。"

"什么命门？"

"嗯，他存料头和成品的仓库。"

"江滩那个？"

"谈都不谈，怎么会在那里呢？那个仓库很隐蔽，设计得蛮巧妙。听说如果有风吹草动，他遥控按钮，几秒钟就可以把毒品自动转移或者销毁，跟核按钮似的。"鳎鲅说得神乎其神。

"嗯，我晓得了，你完全可以把这个消息告诉警察，借这个机会戴罪立功。"劳力士建议。

"你是个榆木脑壳？那我不是自投罗网，去坐牢？以前我会考虑这个问题，现在我已经'死了'，外面都传我死了，我怎么能够再暴露自己呢？"鳎鲅一脸不屑。

劳力士被哥哥的话堵住了。

# 六十六、灰马

从鳊鲅那儿出来，劳力士漫无目地走着，遇到一棵树他就拍打一下。他在想，一个活人不可能装一辈子死人，鳊鲅迟早会暴露，他要么复活要么真从这个世界消失，至少从江东市消失。

他站在树下给戴蓓蕾发信息，然后继续走。他时不时看手机，戴蓓蕾不回；只好拨打电话，她不接。他留言：**有大卫制毒的重要线索，见面聊！**

戴蓓蕾正在和大卫一起出席长江滩涂退耕还湖公益基金年度表彰会，听到这条语音时，她连忙退后向洗手间走去。

主持人邀请热心公益的企业家达夫集团总裁张超上台讲话，大卫整理了一下白色西服，器宇轩昂地走上主席台。

戴蓓蕾在洗手间跟劳力士约好了见面的时间和地点，若无其事地回到会场。

场面事情结束后到了庆祝酒会环节，戴蓓蕾以身体不适向大卫请假，大卫让她回家好好休息。

与鳊鲅见面的地点是戴蓓蕾定的，在警校门口一条狭窄的斜街上，那个地方据说是警界的一个据点。

因为已经"据说"了，所以道上人一般不会去那个地方，鳊鲅反而踏踏实实就来了。他穿着一件驼色长袖T恤，秋燥让嘴皮开裂，他有些紧张或不舒服，时不时舔嘴唇。

劳力士坐中间，鳊鲅和戴蓓蕾对坐。戴蓓蕾打量了他们，兄弟俩眼睛以上部分神似。

"你想打听么事？"鳡鲅开门见山，他不想在这里待得太久。

"你真的在仓库干过？"戴蓓蕾也不拐弯抹角。

"老仓库。"鳡鲅强调。

"老仓库装些么事？"

"饮料和加工原料，那时候还是他老娘当家。"

"你们除了生产饮料，还搞些么事？"

"除了饮料，还能有么事？"鳡鲅反射性戒备。

"新仓库在哪里，告诉我吖。"戴蓓蕾说。

"我为什么要告诉你？"

鳡鲅这一说，劳力士有些沉不住气了，在一旁说："哥，我们不是说好了吗？朵朵是我朋友，你真的不用那么防着！"

"你说得几简单，我一家老小的性命现在还随时受大卫威胁。"鳡鲅露出难色。

"我理解。"戴蓓蕾轻轻点头，故意打了个哈欠，闭眼后缓慢睁开，接着说："我每天见到大卫，随时因为一道命令执行错误，就会遭到他怀疑，你捡回一条命那是运气。从这一点来说，我们只有除掉大卫，才真正安全。"

鳡鲅沉默着，慢慢从口袋里掏出一包黄鹤楼大彩香烟，捏了捏头，点燃。

戴蓓蕾为了拉近和鳡鲅的距离，故意伸出手："嗯，这个黄鹤楼蛮少见。"

鳡鲅把烟盒推过来，戴蓓蕾抽出一根，鳡鲅给点上。当戴蓓蕾把烟吸进去吐出来时，空气中的蓝色烟道将两人笼罩在一起。

鳡鲅放松下来，慢悠悠说："不是我不想报仇，你们不想哈子，从他老娘到他，都在贩毒，为么事冇得人能够真的动得了他呢，他肯定有保护伞吖！"

"事在人为，如果我们拿到实打实的证据，再让媒体曝光，他想跑也跑不脱。"戴蓓蕾信心满满地望着鳡鲅。

鳡鲅眼神往窗户和门左右望，突然问："你弟弟真的是警察？"

戴蓓蕾重重点头，她想，刘浩当然是警察。

"那你找大卫，不是鸡蛋碰石头？按说应该由警察去破案，不是我不给你情报，就算给了，也只是自投罗网！"

说完，鳑鲏起身往外走，劳力士拉鳑鲏，拉到了空袖管。

鳑鲏对拉着空袖管的劳力士吼道："你苕不苕（傻）啊！"然后急匆匆走出了餐馆包间。

劳力士追出去，戴蓓蕾站起身又慢慢坐下来，透过窗户看见劳力士和鳑鲏在门口争执，最终劳力士骑着摩托车带着鳑鲏离开了。


戴蓓蕾独自坐在那里掐灭了烟，慢慢拆解出烟丝来，在桌子上拢成直线，收拾好了情绪，她拨号等待李明杰接。

"见面了，鳑鲏戒备心蛮重，溜了。"戴蓓蕾怏怏地说。

"他能够见面，说明对你没有敌意。我看他只是信不过他弟弟看人，想亲自把关，不要急，我觉得后面还有戏。"

"我估摸他怀疑我是警察了，我能给他摊牌吗？"戴蓓蕾说。

"你什么意思？"李明杰提高嗓音。

"我告诉他，我也是为警察弟弟报仇，才接近大卫的。"

李明杰沉默了一会儿，说："你说得太多了，要小心了！"

"所以，还不如我直接给他摊牌，告诉他我是卧底，然后你出面代表警方直接介入，派人保护他一家安全，让他把大卫藏毒品的仓库抖出来。他现在没有安全感，所以不愿意配合。"

"阿戴，不能这样！你的真实身份绝对要保密。就算别人怀疑，你依然要镇定，你一慌就相当于承认了。"李明杰言辞激动。

"我没慌，我只是着急。"

"不能着急，仓库只是一个空间，仓库还有可能是空的。我们证据没有拿到，你这条线也暴露了，鳑鲏一家谁二十四小时保护得了？你还得稳住，不能操之过急，最好还是让大卫信任你，抓住一次他们交易的机会，人赃俱获。"李明杰强调。

"听鳑鲏的意思，达夫集团曾经由大卫的母亲经营，现在母亲已经退居二线，能不能也查一下？或许能挖出一些线索。"

"你怎么知道我没查？"李明杰马上转移话题说，"这个网可能足够大，大得我们都在网中，所以还是要谨慎推进，没有十足的把握，有些事情我们都要藏在心里。"

"嗯，知道了，李队。"戴蓓蕾会意道。

"你怎么样？"李明杰关心地问。

"什么怎么样？"戴蓓蕾明知故问。

"还整天欠瞌睡的样子吗？"

"人在江湖，身不由己，你就不用操心了。"戴蓓蕾不想说这个，赶紧挂了电话。

事情发生了转机，两天后劳力士打来电话："我哥告诉我仓库的情况了。"

戴蓓蕾惊讶地问："你哥没有顾虑了？"

劳力士沉默了一会儿，说："我把他灌醉了。"

"醉了也不可能给你说吧。"戴蓓蕾不太相信。

"他嘴紧，要不，他也活不到今天，就算他喝醉了嘴也紧。"

"那你怎么让他开口的？"

"你别问了。"劳力士嘿嘿笑着。

"你要和我对口径啊，弄不好我们在他面前露馅儿了。"戴蓓蕾提醒道。

劳力士犹豫了一会儿，说："提前打预防针，你听了不能生气哈。我说你是我女朋友，还怀了我的孩子，你在大卫身边很危险。我可不想你像我哥那样少胳膊少腿，如果能够拿下大卫，大家就都安全了。"

"你这人怎么这么恶心？！"戴蓓蕾生气了。

"还有更恶心的，你记好了。"接着，劳力士将仓库所在位置、平时值班看守情况一一给戴蓓蕾说了。

"你哥有没有告诉你，达夫集团谁还清楚这个仓库？"

"我哥说你要注意灰马，这个灰马不在仓库工作，但一有重要行动他就会提前去仓库落实情况。"

没想到司机灰马居然是个核心人物，他看上去唯唯诺诺像个老实人，戴蓓蕾暗叹。

从劳力士提供的信息来看，仓库隐蔽在一家旧钢厂附近，地处偏僻地带，许多外来人口在四周私自搭建窝棚。有一条钢厂自营的货运列车支线进出厂区，这些年萧条后，整个厂区变成一个大物流中心，各类物流公司在这里租用仓库。

警局很快上了技术手段，旧钢厂被天眼盯住。


李明杰和戴蓓蕾还是在那家餐馆包间见面，戴蓓蕾脸色灰白。李明杰点了戴蓓蕾最爱吃的黑胡椒牛排，在她吃东西的工夫，李明杰掏出三个甲壳虫大小的东西，是坚硬如钢的小盒子。他打开其中一个，拇指和食指像镊子一样夹起一个黑色小方块来。

"这是强磁贴无线跟踪器，带录音功能，强力双面胶，防水，可贴在任意物体表面，你随身带上几个，关键时刻用得着。"

戴蓓蕾接过微型跟踪器仔细端详，拉开一个绿松石色的零钱包，把三个跟踪器放进去，拉上拉链。

"有段时间我几乎天天和灰马见面，最近他不怎么接送我了。"戴蓓蕾说。

"可能有什么情况，从他这里找缝隙比较稳妥。"李明杰慢慢点头。

灰马是个热情的胖子，有时候还给戴蓓蕾带早点，下雨天他总在车里多备了雨伞，生怕戴蓓蕾被雨淋着。从第一天接触灰马到现在，通过灰马的态度可以感觉大卫对自己越来越信任了，这就像一个朋友去拜访另外一个朋友时，从看门狗的表现就能看出亲疏，这是一种直觉。

无话则短，李明杰和戴蓓蕾迅速分开。戴蓓蕾从李明杰眼里看出了担忧，她故意笑着伸出手，两人紧紧握手告别。

在达夫集团办公楼门口，戴蓓蕾看见了灰马的车，她就一直等灰马出现在停车场。

"灰马，不坐你的车觉得好不适应。"戴蓓蕾笑容可掬。

灰马抽了最后一口把烟蒂扔到地上，说："最近太忙，时间完全被打乱了，一会儿还要去接人，不过可以带你一小段。"

"是吗？那我不客气了！今天穿上新鞋，我的脚指头都被夹肿了。"戴蓓蕾声音发软。

"自己给自己穿小鞋，那就怪不得谁了，哈哈哈。"灰马整个人笑开了花。

灰马启动车，戴蓓蕾悄悄将跟踪器压进后座沙发缝里，眼睛望着灰马的后脑勺。

"灰哥，最近忙什么呢？"戴蓓蕾随口问。

"迎来送往，还是那些事情，大卫让我亲自跑腿，就忙不开了。"

"听说你是唯一在老董事长那儿当差、大卫还接着重用的人？"

"听谁说的？！呵呵，没有，没有，我就是个司机，要说有什么本事就是路熟，车开得稳。"灰马习惯性侧头看了下车后视镜，继续开。

"司机和秘书，都是领导会重用的人。听说集团所有业务板块你都熟，连有多少仓库、多少库存都熟，达夫集团的家底只有你知道，大卫离了你就玩不转。"戴蓓蕾继续抬举灰马。

"这个嘛，你听说了，就不说为好。大卫这个人，如果一句话转一圈又回到他耳朵里，这个当事人就有麻烦了，做人不要被人注意为好，你懂的！"灰马语气郑重起来。

"明白了，贵人无戏言，戏言不贵人！"戴蓓蕾笑着说。

在一处公交站旁，戴蓓蕾下了车。灰马继续驱车上高架，往机场方向去了。

一道黄线开始在监控屏上移动，灰马对此完全不知情。

# 六十七、布网

前台的瓜子脸女孩儿满面春风地迎接灰马。

"你又瘦了!"灰马递过去客人身份证,忘不了说句让女孩儿开心的话。

"老马,怎么不见你瘦?这是房卡,还是靠把角那间哈。"女孩儿笑着递给灰马早已经办好的房卡。

灰马笑嘻嘻点头,拿了房卡往电梯走,一个中等身材、穿着灰西服的客人拎一个手包跟上来。两人进了电梯,到三楼出电梯,走到廊道尽头转弯处,灰马说:"这是市局内签酒店,李先生,您放心在这里好好休息,下面的行程会提前通知,还是我来接您。"

灰马回到停车场打开车门,后座上坐着两个人。灰马简短说了一番,两个人下车,灰马开车走了。

两人去前台办理入住,然后乘电梯上楼,悄然在李先生隔壁住了下来。

大磊抵达前台,掏出证件来给瓜子脸女孩儿亮了一下,女孩儿一丝不苟地把刚才入住几人的信息给大磊。回到车里,大磊向李明杰汇报情况,李明杰让大磊派人盯好勿动。

记录显示,灰马的车下午五点过八分到达兰桂坊小区,在小区门口停了七分钟后离开。

调出前后时间段的监控反复甄别,李明杰辨认出从车里出来的女人正是梅艳华。

李明杰对大磊下达指令:"抵近跟踪灰马,但注意千万别暴露。"

大磊精心安排了 AB 组实施跟踪,一组在轿车里静候,一组则扮成某快递,全员套上快递服见机行事。

从兰桂坊离开后，灰马直接开车回家了。到了晚上，灰马突然从住处下楼，匆匆开车外出。

大磊叫醒同车人员，为了不惊动灰马，待他离开小区才缓缓驱车上路。灰马车上的跟踪器运作正常，大磊始终让车保持两百米开外的距离跟进。

灰马的车驶入旧钢厂外小路，车候在一道滑轨铁门处，几秒后门轻轻分开，灰马车进去后，滑轨门缓缓关闭。大磊穿着快递服，拎着两大提打包好的热干面，大摇大摆抢步进去。

从安保室里出来两个人，大磊指了车说灰马特意让给大家带来的，保安点头让他放屋里。他们径直向灰马的车走去，望了望车里，灰马挥手，保安起降停车场的门，车停进去。

灰马下车，三人打着强光手电往一道狭窄的长廊走。大磊潜行在暗处缓缓跟进，大气不敢出，却不小心碰到一根钢条，有弹性的钢条来回碰撞，发出渐次衰减又有节律的声响。大磊顺势推动一块钢料，碰撞声解释了钢条来回弹碰的声音。马上有手电照过来，两个保安跑过来查看，灰马站在原地不停叮嘱："看仔细点儿，四处都看一哈子！"

两个保安分头看，其中一个看见地上散落的钢片，骂了两句就往回走。大磊吊在一根钢缆上，腿蜷缩着，等他们走远了才轻手轻脚下到地面。

三人在前面消失了，大磊赶紧跟过去进了一道长廊。他退转身子仔细查看，发现长廊边有一部电梯，按钮一键抵达没有区分上下键，让人发蒙。

灰马三人已经乘电梯到达底层，从电梯出来后左右顾盼，眼前景象似太空舱。许多扇模样一致的门迷宫般延伸排列，镜面门照出哈哈镜效果。

灰马忽略过多扇门，在影子扭曲成一头牛的门前停住。他凑上去刷虹膜，门就开了，两名保安站在门左右警戒，灰马一个人进入。

大磊判断仓库的要害就在电梯下，他仔细观察角度，掏出一个无线摄像头粘贴在管道上，摄像头正对着电梯口，从此出入的活物全在监控中。

灰马半个小时后从电梯出来，一切平静如初。他走出了长廊，大磊从隐蔽处出来跟进。灰马等人进了车，启动后缓缓驶向铁门，车却停下来。灰马想起什么来，他握着枪出车，上到露天钢架楼梯，爬到最高处仔细查看。铁轨从仓库区穿过延伸到远方，灰马心里清楚，远方连接着心安渡铁路桥仓库，那里水路陆路都方便。

等灰马下了高台返回车里，铁门缓缓打开，灰马驾车从容出了院子。此时大磊已经摸上了高台，他不忘在必要视点安放摄像头，视角覆盖了仓库院子，随后他坐在钢架楼梯上点了一份外卖。

不一会儿，一架无人机飞到了仓库上空，大磊站在空地上等待无人机缓缓降落。几个保安都出来看，大磊接下快餐说是灰马加急要的大份肥牛。保安说灰马都走了，大磊骂了几声无人机真慢，就把肥牛饭送给大家伙儿加餐了，保安接过肥牛不说"谢谢"就进了屋。

大磊显得十分无趣，走到院门口敲铁门，保安听见按下按钮，铁门开了，大磊走出了仓库。


屏幕上 Amanda 突然蹦了一句出来："最近要出货，忙得很，做完这单请你吃大餐。"

"又拉仇恨，同在达夫集团，你穿金戴银，我吃糠咽菜！"戴蓓蕾故意贴着 Amanda 喜欢听的说。

"你有条件，就是不会用。"Amanda 说。

"我有什么条件？"戴蓓蕾加了一个崩溃的表情。

"老板很欣赏你的，只是你必须明白自己要什么，或者你要得太高了，老板觉得无法满足罢了。"Amanda 发了一个吹口哨的表情。

"你别误会了，我们进来不都是冲这儿能赚快钱吗？"戴蓓蕾发大笑表情。

Amanda 后面不接话了，好像正忙着出货。

Amanda 时不时会给戴蓓蕾发来一些美好的事物，也称奢侈品，还有美食、美甲、美体，她和一切美好的事物联系在一起。

戴蓓蕾对这些没有兴趣，但装作虚心好学，同在达夫集团打工不懂这些真是情何以堪。Amanda 晒的一切戴蓓蕾都会问个不停，再忙 Amanda 事后也会给戴蓓蕾普及一下奢侈品常识，她们之间的关系正好是一对供需关系，非常合拍。

戴蓓蕾给李明杰打电话，把 Amanda 要出货的信息告诉了他，李明杰通知监控组加强对 Amanda 的监控。


感觉达夫集团正在进行一项大交易，可自己完全没有被老板计划在内。戴蓓蕾左思右想，最可靠的信息应该来自大卫，就直接给大卫打了电话。到这个火候，她觉得她可以给大卫打电话要求点儿什么，这样大卫才更加相信她。

大卫接到戴蓓蕾电话怔了一下，马上说："黛贝瑞，你找我有事？"

"想跟你聊聊。"戴蓓蕾语气低落。

大卫迟疑了一下说："那你到我这里来一下。"听得出来，他还有话没有说出来。

见大卫的地点还是酒店豪华包间，戴蓓蕾有些紧张。

大卫握着戴蓓蕾的手，牵引她到厚软的沙发区坐好。大卫正在做榨汁，好像在录制一档厨艺节目似的，用不到的器皿一大堆。

大卫不紧不慢地把清洗干净的苹果、草莓、火龙果放进榨汁机里，目光专注地按下按钮，机器恣意发出噪声，糊状果汁成形。戴蓓蕾看着完整的水果变成了果汁，心里踏实许多。

戴蓓蕾想着该怎么说，大卫端着榨汁机坐到沙发上，拿起两个郁金香小杯，往里倒到杯沿三分之二处停下，递给戴蓓蕾。

大卫一脸严肃，或有几分忧郁，这很少见。

大卫一气喝掉果汁，望着戴蓓蕾，礼貌性笑了一下，问："你找我有什么事？"

戴蓓蕾想说自己希望能够在达夫集团大有作为，直白一点儿说就是能够多赚点儿钱。最终戴蓓蕾还是没有说出口，她对钱的渴望不足，怕自己装不好。沉吟了一会儿，戴蓓蕾说："大卫，我能够像 Amanda 那样吗？"

"她怎么样？"

"成为公司的营销骨干，直接接触客户，这样能多赚钱，靠自己的能力提升生活品位。"戴蓓蕾结尾加了一句冠冕堂皇的理由。

"你已经很有品位了，说真话，你真的觉得钱可以提升人的品位吗？"大卫盯着戴蓓蕾，表情小有失望。

戴蓓蕾不确信了，停了一小会儿又认真点头。

"黛贝瑞，如果只是成为 Amanda 那样的人，你就太小看自己了。"大卫起身开始踱步，叹了一口气，说，"是不是我对你的欣赏还不够明了？这可能怪我，我是个对完美有强迫症的人。"戴蓓蕾微笑着应对，她不能确定大卫的真实意图。

见戴蓓蕾不说话，大卫怕自己的话太有压力，转换了方式，说："黛贝瑞，你知道那次入职的六朵金花，在公司里还剩下几朵吗？"

"这个我哪里知道。"戴蓓蕾暗自吃惊。

"两朵。"大卫伸出食指和中指，望着戴蓓蕾，目光如炬，两根手指像剪刀一样开合。

"其他四朵怎么了？"

"细的不多讲，一个人如果忠诚度不够，能力越大可能破坏性越大。你知道我交给你的事情，都是她们不可能碰的。我对你不同，我在考虑一件事情时，会从己不所欲、勿施于人的角度来看你愿不愿意，我对待你就像对待我自己。"说完，大卫轻轻点头微笑着。

戴蓓蕾似懂非懂地听着，等大卫停下来，说："大卫，我来达夫集团这么久了，老实说，对集团业务由哪几块构成、公司怎么赚钱的还是一头雾水，我觉得我的贡献很小。"

"这个很正常，公司是大海，你只是一滴水，一滴水去想象大海往往会出错。"大卫的笑像是嘲讽，又似提醒。

戴蓓蕾用崇拜的目光望着大卫。

大卫轻声对戴蓓蕾说："在这个公司里，除了你，没有人能够真正理解我，也没有人能够帮到我，你跟他们都不一样。这个公司在转型，可董事会不认同我的方向，我要跟难缠的客户试探诚信，但商场里哪有诚信可言？全部是尔虞我诈！这么多人要吃饭，还要挣高薪、买房买车。我看不上的业务在赚钱不能停，我想做对社会更加有价值的事情，却要冒很大风险。"

大卫突然停下来，苦笑了一下，说："黛贝瑞，我怎么跟你说这些了，不过，我只有跟你才有说这些的冲动，恐怕只有你能够听懂。在我眼里，你跟他们都不同，你才是那个可能成为事业伙伴，甚至人生伴侣的人。"说完，大卫眼眶湿润地望着戴蓓蕾。

大卫一段舞台剧独白让戴蓓蕾浑身不自在，她微微一笑，倒了一杯果汁递给大卫。大卫接过果汁啜了一口，说："有些事情，只有你能帮助我，因为你能让我信任，其实也就能让许多人信任，你具有让人信任的气场。"

戴蓓蕾笑着说："你该不会在说我傻吧？"

大卫耸肩说："那我们傻到一块儿了。其实有一件事情，我正想让你去办你就打电话来了，真是心有灵犀。"

"什么事情？"戴蓓蕾紧张得站起身来。

大卫拿出一个档案袋来："你把这份财务报告，亲自送给董事会的一位大股东李先生。关于这份报告的详细解读都附在里面了，不需要你做解释。"

说着，大卫拿出一张卡片来给戴蓓蕾。戴蓓蕾接过来，上面只写着一个地址，是大卫的笔迹：兰桂坊 8 栋 1818。

看到这个地址，戴蓓蕾心跳加速，她想到了刘浩。出了大卫办公室，戴蓓蕾打了一辆车，司机是自己人。

"戴蓓蕾，需要看一下档案袋里的内容吗？就在车上技术处理，绝对让收件人看不出动过手脚，不需停车，时间完全来得及！"司机边开车边建议。

戴蓓蕾想了想，给李明杰打电话商量。

李明杰的指示清晰："一定要严格按照大卫的交代完成送件，切不可出差池引起怀疑。另外，你即将见的人可能是梅姐，你心里要有准备，知道该如何应对。"

戴蓓蕾摩挲着档案袋，决定不打开它。在摇晃的车里，她想起小时候见过的梅阿姨，大概自己这辈子只见过一个姓梅的。

抵达兰桂坊 8 栋 1818，戴蓓蕾轻轻叩门。不一会儿门开了，一名黑衣便服男子干练地开门，戴蓓蕾缓慢走进去，客厅里已经坐着一位穿灰西装的中年男人，他彬彬有礼地起身。

"您好，请问您就是李先生吗？"戴蓓蕾微笑着问。

"鄙人正是。"李先生轻轻哈腰。

"我受大卫安排，来给您送一份财务报告。"说着，戴蓓蕾将档案袋递上。李先生接过档案袋，神情庄重起来，他用手电一样的工具照了照文件袋口，发现无异常才开启它。显然袋口盖有丝光水印，幸亏路上没有擅自拆动档案袋。

戴蓓蕾毕恭毕敬站在那儿，一动不动。李先生审阅着报告，不停地用手机操作着，似乎报告上有些账户密码，他输入手机逐一确认。大概有十分钟，李先生仔细确认完报告，站起身走向戴蓓蕾，带着满意的表情，说："大卫办得很周全，我很放心，你可以回去告诉他了。"

戴蓓蕾礼貌告辞，带着满腹疑团离开，虽然没有见到李明杰说的梅姐，可事情应该没有差池。在电梯间，戴蓓蕾不自觉地抬头长舒一口气，看见电梯一角的摄像头俯视着自己。

上车后戴蓓蕾赶紧给李明杰打电话，李明杰听了戴蓓蕾的汇报，叮嘱她注意安全。戴蓓蕾感觉自己正浸泡在危险的大海里，危险可以来自任何地方，却又不知道到底来自哪里。

在戴蓓蕾离开后，一个仪态优雅的女人从房间里走出来，李先生像老朋友一样脸上带笑地望着她。

"梅姐，虽然你不主事了，额（我）还是信得过你，这次你想得周到。"李先生满脸红光地说着。

梅姐点头微笑，像一股和风拂面，她轻问："刚才送报告的那个女孩儿，你看出什么来了吗？"

"她很专业，令公子用人有自己的一套。"李先生不忘又奉承一番。

梅姐以一副悲天悯人的表情缓缓点头，似乎沉浸在某种情景里。

# 六十八、琴谈

电话是宋发科亲自打来的，这很罕见。他约李明杰在琴台茶馆见面，那是江边的一处高台，可见汉水无声注入长江。

茶汤碧绿。宋发科脸上挂着意味深长的笑。

虽然不是现管，无论如何宋支队是自己的上司，李明杰依然恭敬，外加谨慎，不知道宋支队约他来的意图，但他知道，肯定不是聊天。

杨忠平曾点拨过自己，要想吃好缉毒警这碗饭，一定要注意和市局宋支队长搞好关系。李明杰反思过，他与宋发科本人并无原则性冲突，主要还是气场不和，核心问题是两个人太像，都觉得自己很有两把刷子，作业起来都不惜命，不太瞧得上别人办案。有真本事的人，一个警察、一个军人，那种骄傲往往写在脸上，越遇到同类越一览无余。

宋发科主动约见自己，地点不是办公室，没有等级森严的气氛，在李白送孟浩然的江畔，而 Sisley 就在下面江滩不远处溺亡。

"明杰，你干了几年缉毒警？"宋发科知道李明杰是从刑警转过来的。

"七年了，刚开始还经常串场刑侦呢。"李明杰故作轻松。

"缉毒警的危险跟刑警比，可不是一个量级。"

宋发科这个人喝茶的品位就是竹叶青，喜欢一片片叶子像剑一样挺立在水中，其他茶则一窍不通。他拿起烫手的玻璃杯，仓促吹了一口，又放下。

"宋支队，您找我有么事儿？"

宋支队肯定不是来找他聊刑警和缉毒警哪个更危险的。

"找你肯定有事，不急。明杰，先喝茶。"宋支队说着，望了一眼江面说，"如果我没有记错的话，就在那个洼子，有个叫匡丽芳的女孩儿毒驾溺水死了。"

"这个事儿您还记得？"李明杰略带惊讶。

"我这个人看上去是个大老粗，可若不细心，能活到今天？如果我没记错，女孩儿大学即将毕业，花样年华啊。"宋发科摘下帽子，摸了摸后脑勺，感慨着。

"宋支队记住这个案子，恐怕不仅仅是因为女孩儿年轻吧。"李明杰笑了。

"这是个大案啊，所有与这个案子相关的材料我都要调看。我还晓得，你后来亲自去她老家，拿到了女孩儿寄回家的包裹，从女孩儿的私人用品上查到了另外一个人的DNA。这个人被锁定很关键，可以说解开了我这些年来的困惑。"宋发科说着，点起了一颗烟。

"什么大案？"李明杰装糊涂。

"依我判断，你哥哥李明星酒吧里出现过的这个大卫，只是一条浮在水面的鱼。我知道你很为难，你哥的案件你要回避，可我一直没有放下。李明星涉嫌窝藏毒品的案子进入尾声，从我们调查到的酒吧消费者、周边监控信息，包括匡丽芳和大卫的金钱账务往来，可以肯定，是大卫拉匡丽芳下水，借用'仓库'酒吧完成了新产品的测试和栽赃，一举两得。现在，等办完相关手续，李明星就可以放回家了。"宋发科晃着头说。

"宋支队英明，要我怎么感谢您呢？"李明杰难掩兴奋，这件事情让他一直在父亲面前抬不起头来。通常来说，涉毒的嫌疑人押个半年一年真不算什么，以前总觉得宋支队官威彪悍，咋咋呼呼，没想到他更是粗中有细。李明杰端起茶来敬宋发科。

"你哥的事情算是我宋发科把自己洗白了，至少你不再怀疑我是在小题大做压服你李明杰了吧？"宋发科说完，哈哈大笑起来。

"从玉兰山办案回来我就不这么想了，我感觉宋支队您有难言之隐。"李明杰微笑地望着宋发科。

"明杰，怎么说呢，有你这句话，说明我宋发科在缉毒线上不缺知音。伙计，我们虽然谈不上一起出生入死，但业务上也是一荣俱荣一损俱损。长话短说，今天我不是来讨好你的，也没必要。我跟你聊个事情，你还记得当时'鳡鱼行动'是怎么收场的吗？"

"一个陌生人举报，说出了'鳡鱼行动'，栽赃我泄露机密。"

"你不觉得这个举报人掌握的时机太巧了吗？"宋发科歪着头看看李明杰。

"我关禁闭时还跟您提过这个问题，当时您在指挥'鳡鱼行动'，我正在府河上查一条嫌疑船，您的电话把我按下，让我临时撤离现场。老实说，我当警察以来这种情况还是第一次。"

"在我的警察生涯里也没有第二次。"宋发科把烟深深吸进肺里，缓缓吐出来，说，"你知道是谁让我叫停你的吗？"

"张局？"李明杰说完又有些后悔。

宋发科笑了笑，左右扫视茶室，压低了声音："那次'鳡鱼行动'被强行叫停了，后来市面上多了不少'白货'。这件事情我纳闷了几个月，还冤枉地挨了内部警告。"

李明杰深吸一口气，想不到"鳡鱼行动"后面还有这么多事情。

"远的不说，最近我去达夫集团突击检查，叫了几个分局的援军，随身还带了几个媒体记者，耀武扬威地扛着摄像机一起去，你觉得这是我办案的风格吗？"宋发科摊手。

李明杰不明其意，微笑着期待进一步的信息。

"这是张局亲自派我去的，他说有情报显示，达夫集团在三角洲的生产线可能制毒，让我抓教结合，带着媒体，带着各分局人马，来个现场教科书式的打击制毒行动。"

"哦，更加看不懂了。"李明杰喝了口茶。

"看不懂吧？我告诉你，前些年我一直对德华集团涉毒咬住不放，结案了还心中存疑。张东强以为我在质疑他拍板了结的案子，一直耿耿于怀。这个三角洲生产线肯定没有问题，他这样让我大张旗鼓地去查，就是要故意出我洋相，给我头上扣破坏生产秩序的帽子，也给所有警察敲警钟，不要再轻易怀疑达夫集团。要不是武大磊拦截，我就坡下驴打道回府，出的糗就大了。"宋发科一脸无奈。

宋发科说的事情在一步步印证自己的直觉，张东强始终有让人看不清的地方。李明杰笑了，但不宜做过多评价。

见李明杰一言不发，宋发科用手背敲了敲桌子，李明杰觉察到他强势的表情里有一丝苦涩。宋发科身体往回坐，接着说："明杰，业务线上我是你的上级，张局当然更是我的上级加现管，我的前途、我的老命，可以说都是他的。我是从小在长江里打鼓球（游泳）长大的，土生土长起来，什么情况没见过？这些年，你看哪任缉毒支队长有好果子吃？我也感到自己快吃恶果子了，但我不甘心，我看不懂也看不惯张局的行事方式。我刚当这支队长时，他喜欢插手一线的案子，我以为他就是这个习惯，领导喜欢下沉过问工作，这也有的么事（很常见）。不过经历多了，我这个地方陷入了混乱（宋发科指指两鬓斑白的头），可以说寝食难安。回顾近几年几次大的缉毒行动，我追踪到一个叫梅艳华的女人，在搞她的证据时受到重重干扰，一直无法立案拿人，有时候材料都送到检察院了，检察院一补充侦查又因为证据不足要保护企业家而撤案。我只好偷偷安插人侦查，拿到了德华集团涉毒的现行，那时候梅艳华是德华集团董事长。我亲自带人马去截获了从上海来的滚装船，查扣了十六辆进口车，从底盘查出四十八公斤海洛因。滚装船运送的车是德华集团的资产，没想到德华集团总裁吴真在办公室跳楼自杀，还留下一封遗书，将整个事情都揽到自己身上，说毒品是他私人带的货，跟德华集团没有丝毫关系。当时我不相信，不依不饶查下去，发现遗书是找书法家伪造的。案子在节骨眼儿上，张局找到我，说这个案子既然人赃俱在，赶紧结案上报市局。后来大家庆功酒也喝了，我也被内部通报嘉奖，事情就这么过去了。从那以后，这个德华集团的事情就越来越少了，那个董事长梅艳华也淡出了我们的视野，再后来听说她也是毒品受害者，已经完全脱离公司业务不知去向。这两年达夫集团悄然崛起，他们做新型饮料，总裁是大卫。这家公司很奇怪，有一个庞杂的持股关系。我请懂行的朋友专门审计过，发现原德华公司的资产经多次产权交易，全部转入这家公司了，达夫集团现在受到的待遇简直跟当年德华集团无二。"

　　"梅艳华的事情，我也听说过。"李明杰如醍醐灌顶。

　　"谁坐到我这个位置，谁就走到头了，除非他完全为张东强所用，你也不例外。这些年，我从区缉毒警，一步步做到市局缉毒支队长，可越做越不踏实了。"说到这里，宋发科大大喝了一口温水，说，"明杰，我静下心来想啊，都奔六的人了，不怕业务上的压力，甚至不怕执行任务时牺牲，怕就怕跟错了人，走错了方向，稀里糊涂就给绊进去了。我出生入死干了一辈子警察，最后可能被裹挟进去身败名裂，这样我觉得最不甘心。"

李明杰没有马上置评，只是啧啧叹息。

见李明杰一言不发，宋发科叹口气，说："明杰，干我们这行的，对有疑点的案子，搁心里总是疙疙瘩瘩的，一般人犯不着说，也不能说。从我对你的了解来看，我敢赌一把，把我的屁股都撅起来给你看，只有这样你才会相信我。今天我找你来，是跟你商量一件事，也可以说是上级对下级做的工作安排，这个你可以放心去干。"

宋发科把茶杯在桌面上重重放了一下，原来的状态消失，完全回到了工作状态，高层领导那种切换频道的能力真强。

"我知道，你们一直在跟踪大卫的案子，肯定掌握了一些关键的线索。如果只是从你们那个层级，一是看不清案子的全貌，二是无法获得市局资源的有效支撑，很可能就会错失良机，最后把自己折进去。我这儿经营了一条线索，从西边来了一个大买家，其实在德华集团时这个买家就出现过，大卫最近给他出一大批货。交易时间、出货方式、资金转移方式，我们都摸得七七八八了，估计你那边也掌握了不少情况。我希望咱们打通信息联合行动，一举把大卫拿下。如果我们把人、财物、三证拿齐全，就算上头真有什么人在当保护伞，恐怕也得舍车保帅，拿我们没办法。还有，就我们这年纪，说老也不老，还要干好几年，如果总是头上顶着个雷工作，干得再好也会死得很冤。我想，挽救我们自己唯一正确的方式，就是通过破获大卫贩毒集团，连同保护伞都给拔了。"

宋发科说完，做了一个拔草的动作，目光炯炯地望着李明杰。

"您作为上级，这事您说了算，用不着和我商量啊。"李明杰笑了，心里却七上八下，不知道宋发科是用巧妙的方式来抢功，还是缉拿大卫过于敏感，他需要一个万全之策，拿自己当挡箭牌，这样，无论案子办得如何他都进退自如。可身为下级，多想无益，领导说怎么办那就怎么办。

想到这里，李明杰故意靠前坐，提高音量，说："宋队，我就坚持一条，以警察誓词为作业纲领，不带任何利益驱动因素办案，办案讲证据，绝对不冤枉一个好人，也不放跑一个坏人。如果这样，还被人穿小鞋打击报复，那是天负我，我可以怼天，就算明天让我死，我还是睡得香香的！"

"老弟、老弟，瞧你把话说得，你的风格我太了解了，这个我不担心。我要提醒的是，这个案子不是个公事公办的事情，有些话我不说透你应该也明白，可我还是要说透。大卫这个案子如果你来抓，我不出头，把大案小办，降低声势，市局完全不参与，可能更好，前面的几次办案经历你是知道的。这次他们的交货地点在一个旧钢铁厂，现在是个物流集散地，鱼龙混杂，刚好在你们心安渡管辖区域，只是交货时间还难以确定。"

"我们有办法知道。"李明杰笑着说。

"当然，这个我相信你的能力。不过，现在犯罪分子智商高，使用的各种作案装备和手段，老实说，可能比我们的还先进，如果拿不到有力证据我们也干呵气。这一年来，在我的争取下，市局更新了不少侦查装备，我无条件给你们开放。我把这次摸到的交易地点，交易双方人员，资金兑付方式，交易地点方圆几公里的电力、交通、通信、户籍等数据全部给你共享。还有，我把市局刚刚从德国进口的移动集成化侦查房车开出来支援你们。我唯一的要求就是这次办案以你为主，听你指挥，市局不派警力，不参与抓捕行动。我为什么这样做，你心里应该清楚！"宋发科越说越严肃，脸变得通红，生怕李明杰不领情。

"明白了，宋支队，还是您想得周到！"李明杰恍然大悟，笑了，宋发科把大案小办，把此案完全压缩在一个区警力所逮的范围，这样就不需要向张局报备，避免他直接干预办案。

"你明白就好，我看时间不早了，咱俩没必要一直坐这儿聊了，各有各的事情，行动时你千万小心，听说大卫非常狡诈！"说着，宋发科起身，伸出手来要跟李明杰握手，李明杰迟疑了一下把手伸过去。当两只手握到一起时，李明杰明显感觉到宋发科给了自己一个东西。宋发科把另外一只手拍在他的手背上，点着头说："咱俩不打不相识，这是刚才我们的谈话录音，我说的每一个字现在都交给你，办这个案子，我不给自己留后路了。哪一天我出意外死了，别人不知道原因，你李明杰不能装糊涂，一定要查下去！"

说完宋发科抽出手，拍了一下李明杰的肩，笑着离开了。

李明杰望着宋发科的背影，摊开手看着黑色的微型录音笔，不由得深深吸了一口气，为自己过于谨慎感到羞愧。

没过几天，张东强副局长组织了一次新型毒品打击专项经验分享会，各区缉毒大队长在列。会后张东强专门找李明杰谈心，开门见山地说："明杰，你干缉毒大队长几年了？"

"七年。"他知道张局这是随口一问。

"七年之痒啊，你想不想动一动？"张东强说完望了一眼李明杰，转而低头抓桌面的烟盒。

"我觉得干得还挺带劲儿，好像只干了七天。"李明杰强笑出来，他知道虽然是闲聊天，但自己的态度不能含糊。

听李明杰这么说，张东强呵呵笑起来，说："没说你不带劲儿，没有干劲儿怎么能跑到深山去捣毁那么大个制毒窝子。你的成绩一直就在那里，只是从玉兰山案后，市局对你更加关注了，这次有个到国际刑警组织进修交流两年的机会。"

两年后回来，恐怕大卫早已经脱罪不知所踪。李明杰故作受宠若惊，从椅子上站起来，给曾经是军人的张东强行了个军礼。

"谢谢张局长，我感觉自己离这个成绩差距还很远。"

"咱俩就不客气了，远的不说，宋支队最近工作压力蛮大，需要个副手来帮衬帮衬，副支待遇，跟杨局是平级呢，你考虑考虑！"说着，张东强还指着脑袋补充道，"宋支队神经性偏头痛，有时候很影响对业务的判断，上次'鳡鱼行动'你是知道的。"

"我现在的工作，也是在帮助宋支队吧。"李明杰肯定地说。

"在分局工作和在市局工作，对个人发展前途还是不一样的，这你不会不明白吧？你不要急着答复我，再好好考虑考虑。如果担心杨局那里不放人，我可以帮你敲边鼓。"

"好的，我一定好好考虑，谢谢您看得起我。"李明杰觉得不宜一口回绝，会引起张局疑惑，在这件事情上，如果张局认真起来自己肯定没有多少退路。

# 六十九、硬核

大卫和灰马面对面坐着。大卫以平等的姿态微笑看着灰马，这种平等只有灰马知道。面对公司大大小小的跟班或副总，大卫的表情从来都是具有指向性的，要么是施压要么是奖赏，还有愤怒、质疑、傲慢、不屑。大卫配得上"表情帝"这个称谓，他的演技绝不逊于职业演员，应该说他比演员更有质感，因为他不是在演。

"老马，又该你出马了。只有你出马，我才睡得了好觉。"大卫举起郁金香杯，里面是金黄的气泡酒。

灰马笑着举起杯子来。

"前面的路都铺好了，你按照我说的去做就行了，我们提前预演一下庆功酒！"大卫举起杯一饮而尽。

灰马没有吐掉口香糖，直接就喝下香槟，从头到脚透着淡定。

大卫掏出一部手机，说："整个过程，只有两个手机号码给你打进来。一个是我；一个是牛钢坚，他是西边来接货的人。具体时间你等我最终消息，不多聊，随时准备出货。"

灰马要起身离开，大卫从包里掏出钥匙来："你换辆车开吧。"

从监控地图上看，灰马那辆车停在酒店门口就没有再挪动。大磊和高达早已经候在酒店楼下车里，当灰马到停车场时，车里人警觉起来。

灰马按动遥控钥匙，一辆白色奥迪A4尾灯闪动。灰马环顾四周走上去，从容地开门坐进驾驶室，驱车出了停车场。

大磊他们的车是一辆红黑色封闭厢式货车，车门上贴着欧曼机器人，车体喷涂着顺丰物流标志，直接开到码头拉海鲜也不违和。这辆车的特异处在车顶架有折叠天线，打开如同一架救火梯。车里就别有洞天了，各种技侦设备闪烁着或红或蓝的光，甚至有一间装满摄像头的玻璃房做临时审讯室。李明杰与一干人马坐在车里，关注着各项监控信息。

白色奥迪行驶了一段距离后缓缓停在了路边，灰马下车后步行了一段距离，站住点烟的时候四处观望，随后进入一家黑白装饰风格的理发馆。

大磊一行人将车停在一棵大树后面，拿出高倍望远镜盯住灰马。

理发师是个金发男孩，描眉戴耳钉，和灰马很熟，在给他系围兜时，两人几乎面贴面聊了好一会儿。

李明杰通过指挥车再次与各小组核实部署情况。

旧钢厂周围几公里的每个路口都被实时监控了。怕噪声惊动嫌疑人，无人机在高空静静俯视着仓库里的一切。进入核心圈的三十名警员全部佩穿好防弹衣和夜视仪，必要时电工会切断相应位置的电源。


灰马戴了一顶假发，却把胡子全部修掉了，出来时像换了一个人。就在他伸手拉车门时，大磊用枪顶住了他的腰，把他塞进了后座。

"没想到你好这一口！"大磊哂道。

灰马镇定："这个犯法吗？"

"你不要装了，这星期你拉了几次屎我都知道。"大磊翻出偷拍的照片来。

"你们跟踪我？想要诈我？"

"如果从最初算起，你参与过的出货量，够判你五次死刑了吧？这次是你的一个机会，配合好了，可以确保你不死！"大磊连蒙带吓。

"哦，哦，我明白了。不早说，我以为你们就是偷拍些照片给我老婆呢。"灰马依然平静。

"少废话，从现在开始，我们就是你的跟班，要一起去出货，你老老实实带路就行。"大磊强调。

灰马抬眼瞟了高达一眼，说："我不知道你们在说么事。"

大磊瞪了一眼，说："你听好了！"随之播放了一段录音："老马，又该你出马了。只有你出马，我才睡得了好觉。"

灰马眨巴了两下眼睛，说："你们厉害，连大卫都监听了。不过，这些年来，从德华集团到达夫集团，你们查出什么来了吗？弄不好不是丢饭碗就是晋升无望，还有意外死亡，我劝你们不要沾大卫的案子。"

"你现在考虑给自己留条后路吧，你有多长时间不敢公开见你女儿了？"说着，大磊翻出一张十来岁女孩的照片，"我知道你不是防别人，是防大卫，他什么都干得出来！"

灰马看了一眼照片，沉默着，有规律地眨巴着眼睛。这时，他的手机振动起来。

"快接！"大磊催促道。

灰马看了一下微信留言：午夜牛郎！

"什么意思？"

"是一颗星星，天鹰座阿尔法星，俗称'牛郎星'，表面温度7000℃。"

"你别啰唆浪费时间，我问你么意思？"大磊吼道。

"没文化真可怕，有口香糖吗？"灰马一副无所谓的样子。

高达从车侧拿出一个盒子摇了摇，取出一颗口香糖给了灰马。

"再给几颗嘛，小气！"灰马伸手，高达只好再给灰马两颗。

灰马一起扔进嘴里，咀嚼着说："今晚12点出货，限时间限地点，错过了就全部取消。"

大磊看了一下手表，马上将信息传给李明杰。

"你带路，我们去仓库！"大磊对灰马说。灰马点点头，像只大河马在咀嚼着。


宋发科把西边来的嫌疑人特征给了李明杰：一个身材魁梧的西北汉子，自称牛钢坚，嘴唇上留着胡须，像兵马俑，今晚他将去旧钢厂接货。

旧钢厂在十年前的节能减排和淘汰落后产能中慢慢停产转型。时间转到电商时代，因其位置在城乡接合部，拥有宽阔的车间，大大小小的物流企业都到这里租仓库，使这里突然翻红。

旧钢厂还有一个优势，在钢铁大宗兴盛时，工厂自建轨道自备火车皮，在转运大宗物资对接铁路水路时运输成本低，如今自建铁轨又派上了用场。白天夜晚进进出出转运物资的大小吨位车辆络绎不绝，大卫选择在这个环境嘈杂的地方设置仓库安排交货，可谓动了一番心思。

此时，Hardcore 酒吧人声鼎沸，男女青年一派莺歌燕舞。

大卫和李先生坐在包间里，旁边围满了陪酒小姐，他们喝酒聊天等待着什么。

水手坐在靠门的位置，时不时看手机，关注哨点发来的信息。戴蓓蕾坐在大卫旁边，见机给李先生和几位随从倒酒。

"大卫，虽然咱们第一次做生意，但跟你们集团可不是第一次，你的风格额喜欢！说公子是青出于蓝而胜于蓝,一点儿也不夸张！"李先生半真半假奉承着举起了酒杯。

"长江后浪推前浪嘛！以后我们是钱货分流，交货现场和交易现场分开，虚拟与真实结合，一切都有加密，密码却在脑袋里，离开高科技什么也玩不转，我们这样是不是更好？"大卫指了指脑袋，含蓄地笑起来。

"那是，那是！"李先生频频点头。

大卫举杯干杯，时不时看一下手机上的地图，灰马的行踪在他的掌控中。

白色奥迪上高架桥，过汉水转弯，下桥进入了江滩公园。

"这里面就是仓库！"灰马指着公园旁边的一堵围墙，说。

大磊意识到不对劲儿，说："你骗不了我，去旧钢厂物流中心！"

灰马笑着说："你还知道那个地方，交易地点换了，不去那儿。"

大磊正想继续盘问，灰马的手机振动起来，大磊急着叮嘱道："按免提,多聊两句,拖住他。"

来电不是熟悉的号码，灰马谨慎地接起来，是大卫。

大卫小心翼翼说："你那儿怎么样了？"

灰马说："一切正常。"

大卫说："你怎么偏离路线了，去江滩仓库干什么？"

"哦，开习惯了，一把轮就跑这边来了。"灰马唯唯诺诺，大磊眼睛鼓鼓地望着他。

大卫快速说："你开视频。"

"好的。"

大磊压低声音说："你千万不要耍花样，就拍你的车和江滩公园，听见没有？"

灰马说："我懂的，你们赶快躲起来吧，别穿帮了。"

大磊和高达像两名摄制组场工，就地躺下，成为灰马的灯下黑，现场一派祥和宁静。

有几秒钟可以从大卫手机传来的视频里看见戴蓓蕾，但很快又晃走了。大卫意识到不对，把手机镜头冲着天花板后一动不动，只能看见五颜六色的光斑在天花板上旋转，有几个"Hardcore"字样清晰可见。

灰马举着手机，以自己为中心转了一圈，将白色奥迪也拍了进去。

"你原地不动，等我指令！"说着，大卫关闭了视频。

李先生见大卫一脸严肃，问："没情况吧？"

"一切顺利，只是我这个人做事比较谨慎。"大卫勉强笑着。

"小心驶得万年船，谨慎点儿好！"李先生举杯。

酒吧里有驻场促销的人来助兴，酒保带着有长兔尾巴的促销小姐进来，大家都站起来呼喊"啪啪、啪啪"。一种新型饮料用金盘端过来，大卫拿起一瓶，用起子起开，倒进李先生杯子里，自己也开了一瓶直接仰头喝。

干掉一瓶后，大卫说："李叔，这个绝对是'硬核'饮料。等你人员培训到位，渠道有了，我让你做西北总代理，做这个利润更高、更安全。"

"心急吃不了热豆腐，额慢慢来，慢慢来！"李先生依然沉稳，慢慢把一瓶白水一样的饮料送进喉咙里。

"李队，大卫在 Hardcore 酒吧，我感觉他们在那里指挥交易。"

"明白！我们马上查！"李明杰收到了大磊刚刚传来的信息，指挥车上操作员忙碌起来。

大磊担心这么待着会耽误事情，对灰马说："你不要耍什么花样，快带我们去旧钢厂。"

"你没听大卫说吗？他让我们原地待命，如果我随便动，就把你们给暴露了。"

"你老实点儿，这个时候还耍心眼儿？！"

"你们不听我的，就是我不听大卫的，这个道理您该懂吧，警官同志？"灰马对大磊嘲讽似的笑了。

"那等到什么时候？"

"大卫自然会告诉我，方便给我颗烟抽吗？"灰马晃着头。

大磊只好掏出烟来给灰马点上。

不一会儿手机振动，灰马接通，大卫说："你举着手机往前走，走到空地中央。"

高达要跟过去，大磊示意高达勿动勿发声。

灰马走得足够远，举着手机四处转着拍，一边转一边点头，显然大卫在给他说些什么，只是大磊和高达听不清。

"磊哥，这怎么办？灰马是不是已经把情况告诉大卫了，接下来我们跟着他是不是就中圈套了？"

大磊皱着眉说："现在也来不及有其他反应了，这种情况正是高手过招勇者胜或者死！再说灰马是老江湖，不会轻易说他沾了警察，大卫多疑对他以后不利。"

灰马走过来，一脸平静地进车里启动了车。大磊抓灰马的肩，灰马回过头，大磊举着灰马女儿的照片说："你不要耍任何花招。如果有计，我们就将计就计，你配合好算你立功，你就算死了，我也会给你女儿把你最后的这段故事讲好！"

"你不会死吗？"灰马莫名笑起来。

"我死了响当当，没什么遗憾！"大磊顶他。

"我晓得轻重，你费那么多口舌干什么，不是要去旧钢厂吗？走！"灰马的声音有些不耐烦。

"我们怎么相信你？"高达嘴快。

灰马不屑，转了下头，说："你们不相信我又怎样？"

"那快走！"大磊催促。

灰马一个急打盘，车胎发出一声怪响，趁着劲儿他抱怨般扔出一句话："哪个爷都得伺候好，坐好了，走咯！"

# 七十、战列车

李明杰离开了指挥车，带领一群便衣提前进入旧钢厂。

管理仓储租赁的副总经理王洪生拿着对讲机迎上来，李明杰给他亮了警察证，王副总经理镇定地说："就你们这些人？"

"分拨进！"

"那李警官，你看我们该怎么配合？"

"你借给我一个火车司机就行了。"

"火车司机？"

"对，火车司机！"李明杰肯定地说。

王副总用对讲机一通调度，连吼带斥，然后挂了。

不一会儿，走过来一个身材结实面色紫黑的中年人。王副总大声吩咐："黄师傅，今晚你就完全由这位警官调配！"

黄师傅睡眼惺忪地站着。

"你现在就跟着我们，随时听候调度。"李明杰大声说，黄师傅慢慢点头。

指挥车发来信息：牛钢坚进入钢厂，提货单是槽钢，在 8 号仓库。

李明杰看了今晚的出库名单，有两车皮一百二十吨槽钢，出库时间为 23：50，从钢厂出去后在心安渡货运站换去西京的 P4385635 号车皮。

李明杰派几名警员开了四辆叉车向八号仓库去，他跟着黄师傅上了一辆牵引机车。黄师傅驾驶着机车，将两个空车皮倒推进八号仓库里面。

几辆叉车开始作业，将一捆捆槽钢稳稳码进车厢。

货装到一半，货主来了。他穿一身黑衣，后面跟着三个人，看上去都很魁梧。宋发科给到的信息是：黑衣人姓牛名钢坚，肤色黑，左耳朵没了。

李明杰在牵引车上观察，牛钢坚的特征全部对得上。

"老板，您要提的货除了这些还有别的吗？"李明杰像个工头，故意走过去给牛钢坚递烟。

"快点儿快点儿，少废话，时间不早了，赶紧装车皮。"牛钢坚一脸不耐烦地说着，走到高出车皮的栈道上拨弄手机。

"这批货值多少钱？"李明杰问。

"老板的，额不知。"牛钢坚抬头，警觉地打量李明杰，又低头拨弄手机。

李明杰的手机突然响起来，他转到一边接电话。指挥车向李明杰汇报情况：Hardcore 酒吧已经锁定，里面有一个"呼麦"乐队在驻场演唱，来的客人很杂，一个以"水货"为名的客人预订了慕尼黑包间，大卫等客人在里面消费。

李明杰下达指令，一队人马以检查消防安全为名直奔 Hardcore。抬头看时，牛钢坚带着人快步往栈道尽头走去，不时回头望李明杰。李明杰感觉牛钢坚起了疑，他让黄师傅按正常点开车，然后叫上几个人开始跟踪牛钢坚。


包间里气氛又开始活跃。

李先生压低声音道："刚才额的人告诉额，货场出现可疑人员。为了安全起见，改天做单吧。"

大卫查灰马在手机上的行动轨迹，点点头说："我建议你的人马明面上该干什么干什么，正常的槽钢运输继续，给我留时间处理下。"

李先生微笑着说："明白，那额们这儿就散了哈。"

大卫正犹豫，手机上蹦出一条信息：条子来了，走物流通道！


灰马带着大磊到了旧钢厂仓库，大铁门自动开了，白车带有车载识别信号。车进到院子，灰马摇下窗户，两个保安跟上来核对身份，其他十来个保安在不远处戒备。灰马示意大磊和高达是一起的。

车继续往里开，进入内部停车场。灰马手机振动，大磊一看是大卫发来的短消息：水牛城66。

"什么意思？"大磊问。

"大卫喜欢的一部电影。"

"我问你什么意思？"

"你们的行踪已经暴露了。"

"你想怎么样？"

"这个院子有二十多名保安，就凭你们两个人是不可能的，你们走不掉。"

"我问你'水牛城66'是什么意思？"

"今晚交易取消。"

"你不要耍什么花样，把货交出来，你还有机会。"大磊想稳住灰马。

"你们肯定走不了了，你们也是吃公家饭的，为这个死不值得。"

说着，灰马按动了后盖按钮。

"大卫特意让我带你们到这个隐蔽的院子，后备厢里是他备好的一百万元现金。你们两个把它分了，天知地知你知我知，出了院子大家都不认识，大路朝天各走半边。"灰马微笑着说。

"你带我来这儿就是威逼利诱？"大磊问。

"是的，要么拿钱走人，要么死在这里！"灰马要下车，大磊按住灰马的肩说："你不要使诈，你看见的只是我们两个人，看不见的你知道有多少？上次你提前踩点我就跟进来了，这里面我都摸清楚了，布置好了人马。"说着，大磊从手机上把监控摄像头终端画面调出来，正对着去地下室的电梯。

灰马不说话了，下车后走在前面，大磊、高达左右跟着到了电梯旁。灰马用指纹进入电梯，寂静无声的电梯让人感觉不到是上升还是下降。


李明杰等人跟踪牛钢坚到了一条光线昏暗的地下通道，这里不同管线交错在一起，保留着旧工厂的原貌。牛钢坚回头看，没有发现有人跟踪，便走近一部老旧电梯，按了B3，电梯开门后进去了。

另一部电梯的门开了，大磊和灰马等人出了电梯，墙体上写着 B3。大磊紧跟灰马走在一条长廊道里，两边是许多长得一样的、没有门牌号的门。每个人在哈哈镜面上变得奇形怪状，更加让人眼晕。

　　"货在哪一间？"

　　灰马故装不明所以，左右看了看门，说："我也不知道，大卫到最后时刻才会给我发指令过来。"

　　大磊用枪使劲顶了灰马腰一下，说："你只有和我们合作一条路，一个个试吧！"

　　灰马用眼睛一个个对着虹膜门禁看，试到第七个，门终于开了。三人走进去，只是一个空荡荡的小房间，前方有一道门，旁边有个密码盘。

　　灰马输入密码，显示错误。灰马连续错误输入两次，第三次才输对，几人进入里面，又有一道门等着。这样连续过了三道门，前面还是一样的门，大磊和高达的警觉性没那么高了。

　　"快点，快点，态度端正才有救！"

　　灰马说："这道门的密码是老板实时更新、实时传送的。"

　　高达把灰马的手机递给灰马，灰马在手机上操作后找到一串数字，在液晶屏上输入了一串密码。

　　停顿了几秒，门突然开了，警铃大响，从上方喷射出白雾，灰马迅速跳入白雾中逃跑。这应是大卫故意设计的麻痹逃生门，一个人连续三次经过一模一样的门而没有发生任何意外时，就会松懈下来。

　　大磊和高达反应慢了，门已经合上，白色气体让人头晕，两人屏住呼吸。好在大磊本能地把枪塞进门框，枪柄卡住了自动门。高达拿出匕首来，两人用力将门撬开，沿着地下通道追去，灰马已经不见踪影。


　　大卫站起身，轻拍了一下李先生的肩，说："后会有期，我们分开走！"然后，带着人马从挂衣间的一道暗门出去。

　　李先生不慌不忙地走进洗手间，掏出胡须来贴在嘴上，大摇大摆出了洗手间，走进狂欢的人群里。

几名穿警服的警官在 Hardcore 酒吧搜索，带队的人是周副队长。他穿着防弹背心在大厅里朝天鸣枪，说有逃犯携塑胶炸弹进入酒吧，请所有人原地抱头蹲下，接受检查。他需要的效果达到了，大部分人抱头蜂拥外逃，场面更加混乱。

外面来了两辆消防指挥车，这是李明杰派来检查"消防"的人，他们晚来一步，周宏已经成功将 Hardcore 里的人搅成了一锅粥。

水手开车，大卫坐副座，戴蓓蕾坐后面，车从后厨隐蔽的物流通道悄然驶离。戴蓓蕾往后看了看，没有警车追赶。不远处传来鸣枪的声音，更像是鞭炮声，警灯闪烁成一片，许多路过的车被拦截下来，Hardcore 被人为制造的混乱吞噬。

开过两个红绿灯，前方路口出现了几名警察，他们挥着指挥棒让水手靠边停车，水手右手低垂摸口袋里的枪，大卫用手触碰了水手的胳膊，轻声说："没喝酒就不要紧张。"

一名交警上来行礼，然后举起酒精检测仪来让水手吹气。另一名交警敲窗户，戴蓓蕾把窗户摇下，她仔细打量了制服后确定是交警。检查完毕，几名交警给水手放行，车消失在夜色里。

大卫的手机开始闪烁，灰马因错误输入密码导致安全门关闭，安防系统反馈给大卫一条警报，还有监控自动截屏。大卫看见几个陌生人的面孔，知道仓库出了问题。他犹豫几秒，点击了 Delete 图标，远在十二公里处的仓库自毁系统启动，存放在仓库里的白色粉末进入黑罐子里，在那里和氨水发生化学反应，变成一种无毒无害的棕褐色液体，它们跟毒品没有半毛钱关系。

大磊沿着唯一的通道继续往前追，最后通过楼梯爬到地面，发现不远处是两条铁轨交会处。

火车已经出库，沿途不断挂接各仓库备好的车皮，牛钢坚的两车皮槽钢也在其中。

李明杰几人跟踪牛钢坚到地下三层，他好像去见什么人，走到中途看了看手机开始折返。李明杰躲在暗处跟踪，一直上到地面。

火车喘息着缓慢过来了，牛钢坚轻松攀上车头进入牵引机车驾驶室，冲黄师傅急吼吼说："加速，快加速。"

司机老黄犹豫片刻，突然拉了刹车，火车突然减速缓缓停下来，人在车上像酒瓶一样倾倒。牛钢坚二话不说，掏出枪向老黄射击，黄师傅肩膀受伤伏在驾驶台上。牛钢坚走上去，拿枪抵住黄师傅的头，让他再次启动列车。此时李明杰已经爬上列车，一步步往驾驶室攀爬。

灰马步伐笨拙，在前方摇晃着过铁轨，身体似有不适。大磊等人离灰马越来越近，牛钢坚看见一行人正在横穿铁轨，顾不了那么多，一直让黄师傅加速。

李明杰爬到了列车驾驶室外，牛钢坚向李明杰射击。李明杰借着车体构造做掩体，拿枪在手上择机行事。

大磊跑到了扳道控制台上，果断放下安全栏，列车不顾一切向安全栏冲去，随着一声闷响轨道上一片狼藉。突然的顿挫使牛钢坚和李明杰都失去了平衡，两人像两条被扔进船舱的鱼，撞在一起扭打起来。大磊此时已经扳动了岔轨，列车带着惯性变轨，驶上了一条通往旧钢厂车间的废弃轨道，被尽头的一道混凝土隔断墙挡住了去路。

李明杰额头满是血，经过一番搏击才制服了牛钢坚，将他的一只胳膊铐在横杆上。眼看列车向混凝土墙冲去，李明杰扑过去拉下紧急制动，列车在惯性作用下缓慢坚定地冲向了隔断墙，撞进旧车间的某个货场，喘息两声最终停下来。一群准备投放市场平抑肉价的大肥猪从货场里冲出来，有些被撞成脑震荡的猪猡在旧钢厂里漫无目的地摇晃奔跑。

巨大冲击后，牛钢坚昏死在机车里，李明杰扶着铁栏杆出了火车头。大磊看见李明杰出来，赶紧冲上去。几名警员进入火车头，有的铐住牛钢坚，有的抢救黄师傅。大磊去清理李明杰额头的血，李明杰却说血不是他的。

大队人马带着防爆拆破工具进入了 B3 层，他们挨个儿房间拆解，发现房间之间像蜂巢结构。初步分析大卫租用这些仓库实施了改造，当意外情况发生时，通过远程指令可以将"白货"自动转入自毁槽销毁。

牛钢坚没有生命危险，但他知道的核心信息太少。灰马被车皮刮倒，经抢救无效身亡，法医检查发现他身上遭撞击的创伤并不致命。大磊想起灰马最后跟跑的样子，感觉他有某种疾病，尸检发现灰马血液中有氰化物——关键时刻他选择了自杀。

在大卫集团内部有个传说：只要某人没有出卖公司，"意外死亡"后家属可以获得一大笔抚恤金，级别不同，抚恤金不等。只是，这个传说的真伪无法由当事人验证，因为他们大多已经死亡，只有鲹鲅是个例外。

事后复盘，李明杰认为大磊在江滩公园做的决定有违组织汇报原则，使整个行动冒有极大风险，好在结果还不错。

大家分析灰马最后忽左忽右的行为，认为他并不是在完全执行大卫的指令。可惜，他的罪并不是一天铸就的，如何给他女儿讲最后这段故事，大磊很犯难。

# 第八篇　审判

# 七十一、心安渡

旧钢厂行动捣毁了大卫的一个可疑生产线兼仓库，交易双方各损失一人，但并没有拿到毒品证据，大卫等人在围捕中莫名逃脱。在李明杰看来，这是一次失败的抓捕，杨局长却肯定了此次行动，说事实上阻止了毒品流入市场、危害社会。

张东强听说了抓捕行动，打电话来质问杨忠平，以后如果没有确切把握不要贸然行动，对转型初见成效的旧钢厂生产造成了很大干扰，杨忠平只好拍胸脯保证才应付过去。

火车碰撞的冲击力让李明杰有轻微脑震荡，他一个劲儿犯晕恶心，寝食难安。戴蓓蕾发来微信，祝他生日快乐，他才踏实。其实没有生日，这是戴蓓蕾在向他报平安。

父亲腿上的石膏板已经拆掉，可以下地走动，只是还用不上力。他遵医嘱，以轻质铝拐杖协助，通过运动恢复肌肉力量。

母亲的笑容越来越明显，她虽然生活不能自理，但笑容足以让李明杰欣慰。

钟点工阿姨说老家拆迁，时间却总不定，家里连个人都没有，她一直念叨要回家守着房子，担心半夜里突然房子就没了。钟点工阿姨走后，照顾母亲全权由父亲负责，直到这个时候，李明杰才觉出有些不妥，父亲却充满了信心，加紧锻炼。

钟点工阿姨切好了红白两色火龙果，用大玻璃盘端到茶几上来，她在每一块上都插了一根牙签，这么细致的活儿还是头一次。

李明杰给母亲递上一块红色，给父亲递上一块白色，自己挑了一块红的。这时候手机振动了，他拿着火龙果边吃边走向房间，点开微信上发来的照片。

邝新的死亡看上去是个交通意外，但刑侦人员并没有简单放过，他们在邝新的手机里找到一张照片——大卫与梅姐同框——这让一切揣测变得更加直观了。

李明杰再次见到梅姐时，她的态度有明显变化，不再淡然，甚至有几分老乡见老乡的热络，招呼李明杰喝茶吃点心。

"梅姐，我的戒断研究课题遇到很大困惑，再次打扰您了。"李明杰微笑，不失谦恭。

"有什么不明白的你讲，我尽我所能。"梅姐目光挑起看了一下李明杰。

"毒品对人来说，一旦沾染，是不是就回不到从前了？"

梅姐没有直接回答，而是拿起公道杯往茶杯里倒茶，放了一杯在李明杰面前。

"你要我说什么？或者你想听什么？"梅姐抿嘴一笑。

"我有个朋友，不小心染了毒瘾，那就意味着她不能回到正常人了？"

梅姐笑出声来，说："什么叫正常人？"

"是这样的，我这朋友也是在酒吧不小心喝了别人给她的饮料，就上瘾了。"

梅姐望着李明杰，慢慢眨动眼睛，说："我是过来人，如果只是喝些饮料，有人对她好好相待，不再沾这东西，你这个朋友就可以成为你认为的正常人。"

"我知道有些错犯了就很难改，就像小时候我看见了不该看见的，就一直记得。"李明杰故意给出弦外音。

"记忆是天生的，忘记需要学习。"梅姐说。

"嗯，我要向您学习，不过有些记忆并没有消失，还跟现实连上了。"李明杰说完，喝了一口茶。

"这么说的话，可不就是。"梅姐低眉啜了一口，似有同感。

"有件事情从小到大困扰我，可能跟我是警察也有直接关系。"李明杰用诚恳的目光望着梅姐。

"哦，你把我弄糊涂了，你说说看。"梅姐笑。

"您还记得上次我们聊到仓库演出吧。"

"记得。"

"我想告诉您一件事情，当年的张德才杀人焚尸是一件疑案！"

李明杰说完，梅姐过了片刻才反应过来，她望着李明杰，又转过头边洗茶边说："那又能怎样，事情都过去这么多年了。"

梅姐的反应在李明杰意料中，他又说道："我知道案情出现疑点，也就是前几个月的事情。"

"哦，什么疑点？"

"您听我慢慢说，您不晓得，当年张德才焚尸时，有一个小孩儿是目击证人，也就是我。"

"原来是这样啊，那我们不是冤家不聚头了！"梅姐说着却笑开了。

李明杰接着说："当年，办案人是我父亲的战友，我叫他辛叔，他已经退休好多年了。前几个月他告诉我，当年那个案子的受害人汪俊华真正的尸骸出现了。"

"哦，你接着说！"梅姐继续操持茶具，但明显有了兴趣。

"洪水冲垮了明月闸，从水泥钢构里露出了一个尸骸，未腐烂的皮带钢扣上面刻着'汪俊华'三个字，DNA比对也确定是汪俊华的遗骸。这说明，当年张德才焚烧的不是汪俊华！"

说到这里，李明杰停下来望着梅姐。

"那他，还是死了？"梅姐叹了口气，无法掩饰怅然的神情，眼睛眨巴起来，渐渐湿润，又转过身去拿茶布擦茶床来掩饰。

李明杰端起一杯茶喝起来，心里翻腾着多重滋味，有自己的还有梅姐的。他知道和梅姐的彼此信任，就像一片可口的薄脆饼，随时会在某个地方脆断，散落一地，与虎谋皮何其难，他要好好把握住这一点。

过了一会儿，梅姐的神态又恢复了平静。

"其实，我猜您早知道张德才焚烧的尸体不是汪俊华吧？"李明杰拿捏着问道。

"不晓得，那哪里晓得！"梅姐连连否认。

从梅姐稍纵即逝的苦涩眼神中，李明杰已经猜出了几分，汪俊华的死因她应该是清楚的。

"当年给张德才判刑时，您就知道这是个错案吧？"李明杰用试探的语气问。

"无论汪俊华还是张德才，人都死了，还说这些干吗？"梅姐没精打采的。

"我猜您当年没多久就发现自己怀孕了，所以就没再计较这个案子，不久您就生了一个儿子。"李明杰话锋一转。

"我是有一个儿子，怎么啦？"梅姐放下手里的茶壶。

"他是谁的儿子？"李明杰犹豫一番，直接问出来。

"当然是张德才的，如果不是为了给这个冤死的爹留个后，我就做掉了！"梅姐略带恨意说着。

"冤不冤死，现在还不好说。不过，一个死刑犯的孩子，您留着他干什么？"李明杰知道这句话会激怒梅姐。

"你什么意思？"梅姐眼锐亮起来，"你怎么能够在我的伤口上撒盐咧？"

"梅姐，我没别的意思，只是想知道案情真相，这些不愉快的往事联系到现实中来，我也会不好受。"李明杰不好意思地笑开了。

梅姐睫毛有规律地眨动，似回忆又似想该如何规避李明杰接下来要问的问题。她缓缓转头，静静望着李明杰，说："你不是来拉家常的，你想知道什么吧？"

"梅姐，您是聪明人，我今天跟您说说辛叔吧。他终生恪尽职守，是个值得敬佩的警察，到了晚年他虽然身患癌症，依然记挂着这个案子，把这个疑案托付给我查清，要不他死都不瞑目。可就在前不久，他死于非命。从现场勘查来看，犯罪分子利用辛叔癌症晚期摇摇欲坠的身体状况，制造了自己摔倒淹死在鱼盆的假象。"李明杰郑重地说。

"未必吧，可能辛叔就是这样淹死的呢。"梅姐言不由衷地说着。

"您说得很对，一个犯罪老手在辛叔业已垂危的情况下，完全可以制造一个完美现场，但凶手操之过急，露出了破绽。"

"他都晚期了，凶手坐等他死不就完了，为什么还要去做这么不明智的事情？"

"是啊，几乎不能用正常人的眼光去看这件事。"

"那这件事情跟我有什么关系？你看我正常吗？"梅姐笑着摊开手。

"您误会了，就算怀疑您，您也没有作案时间啊。"李明杰目光稳稳地望着梅姐，脸上带着微笑说，"我想打听一个人，您认识皮少军吧？"

"这又跟我有什么关系？"

"您至少认识皮少军吧？"李明杰望着梅姐，重复问。

"认识，一个忘年交朋友，可惜也好久没有跟他联系了。"梅姐犹豫片刻长叹一口气。

"他也死了，死得比辛叔早死。我觉得他的死是因，辛叔的死是果！"

"不明白你在说什么！"

"有人在刻意报复辛叔，向我挑衅！"李明杰说。

"向警察挑衅？没有这样的人吧？除非他是个疯子。"梅姐说。

"因为他认为自己足够聪明。"李明杰一脸严肃，梅姐缓缓摇头，一副百思不得其解的样子。

李明杰站起身，问："您这儿可以抽烟吗？"

"抽吧。"

这时候，哗啦一声响，那本《佛说未曾有因缘经》再次滚落在地，触及李明杰的脚尖。李明杰俯身捡起来，随意翻看。

"佛陀为了让自己的儿子罗睺罗脱离苦海，也要让他面对人生实苦的真相。"李明杰慢慢合上书说，"话题还是回到您生下的那个儿子身上吧。"

"我真的不明白你在说什么。"梅姐勉强笑着。

"所以，我们怎么也绕不开一个叫大卫的人。从掌握的线索看，他认识皮少军，也认识您。您认识他吗？"

"不认识。"

"先别急着否认，您儿子叫什么？"

"张超。"

李明杰从手机上翻出邝新拍的那张照片给梅姐看："如果没有看错，这个就是您和儿子张超在一起给张德才扫墓吧。"

"你跟踪我？"梅姐显得生气了。

"我们满世界在找大卫，张超就是大卫，这个您不会不知道吧？"

"不知道，我儿子是规规矩矩的守法公民。"梅姐低头倒茶，掩饰慌乱的眼神。

"那他现在从事什么工作？"

"我身体垮了，他接我的班，管着几个饮料厂。"

"他的经营行为，您都清楚吗？"

"当然，他不听话，我就把他罢免了。"

"梅姐，女大不中留，儿大不听话，这样的事情比比皆是。除了做饮料，他还经营什么？"

"饮料行业竞争激烈，他已经忙得焦头烂额，哪有精力干其他的，三十多岁了也没时间搞对象。"梅姐叹气道。

"现在市面上饮料很乱，各种饮料添加成分也复杂，弄不好可能就有违禁品在里面，对年轻人毒害很深。您对工厂生产的每一罐饮料都熟悉吗？"

"你提醒得很好，我儿子的事情你给我一些时间来处理。如果你这个喝了不明饮料的朋友需要我帮什么忙，我可以尽全力，我在戒断方面可以说是以身试法取了真经。"

"梅姐，有些事情需要您打开心结告诉我真相，这是帮助我，也是帮助您自己。如果说我的工作是治病救人，您帮我可以救很多很多的人，从因果律来说，您这也是积累资粮，放下屠刀立地成佛。"

"你说的我都懂。"梅姐眼神发呆，望着茶盘。窗外开始播放一首曲子《让世界充满爱》，戒断人员吃午饭的时间了。

梅艳华喉管轻轻嚅动，呼吸急促起来，仿佛从沉睡中醒来，慢慢说："我不关心外面的事情，我能来到这里，是我造业也是因果，佛祖也这样说，我现在很平和，不挣扎了。您是警察，相信也知道杀人诛心的道理，一个人如果没有向善的心力了，他什么业都可以造得出来，我没有什么可以说的，因为我已完全了结尘缘了。"

"恐怕是自欺欺人，我看您一直在临摹这部经，佛陀为了度自己的儿子脱离无穷无尽的苦海轮回，为他演绎七苦，您不想您的儿子吗？"

"李警官，我的儿子好好的，不知道您在说什么，今天就聊到这里吧，我感到很疲惫，需要休息一下。"梅姐面露不悦。

"您刚才也说过了，善恶有因果，如果您一点善因都不种，儿子怎么会有善果呢？"

"李警官，请便，我要休息了！"梅姐语气坚决。

"梅姐，您应该清楚，既然我今天来问您一些问题，那我就不是一无所知。我只是不希望还有人执迷不悟，为这个错误付出更多的代价。您可以告诉您儿子，坦白从宽，任何时候都不过期。"

"谢谢李警官关心，您请便！"梅姐手握在门把手上轻轻拧动，一副送客的表情。

李明杰感觉无法再继续聊下去了，缓步踱出房间。他埋头走在空荡荡的走廊上，心里有一丝悲哀，想不到当年舞台上那个青春明媚的梅艳华，此刻站在如墨的深渊里，自己却无法把她拉上来。

# 七十二、雾中行

李明杰安排警力监视梅艳华的行踪，今天以后她一定会有所动作，他期待她有一步错棋，能够把所有的老根都翻起来。

在狮虎山沿湖路上缓慢开着车，李明杰仔细琢磨着该如何来迎接这场狂风暴雨。这时，大磊来了电话，在汉北河和沧河交界的三岔河口发现了一名年轻女尸，现场已经被保护起来了。女尸上衣碎成条状挂在脖子上，下身赤裸，胳膊上还扎着一根针管。初步判断该女子因毒品用量过度不慎落水溺亡，最终尸体被冲到岸上，具体落水地址待核实，女子的死因跟 Sisley 相似。

李明杰驱车抵达河滩时，已经有刑侦人员在勘查现场。他仔细观察了女尸，用手机拍下几张照片，再三叮嘱法医做血液分析和溺水体征检验。

站在两条河的交界处，李明杰试图判断尸体是从哪条河漂过来的。随后，他沿着沧河往北开，远处高高耸起的心安渡铁路桥在芦苇遮挡下冒出铁灰色的尖梁。他停下车走出来抽烟，一脸凝重。他曾对这儿的疑点不够重视，让一名年轻的警员付出了生命的代价，他为之耿耿于怀。

大磊带人沿着沧河走了很长一段距离，在草丛里发现了白色物体，他走过去捡起来，是考究的皮革名片夹，里面装了很多名片，多是酒吧迪厅会所负责人，其中有一摞相同的名片分三行写着：**达夫集团 销售总监 Amanda**。

大磊把这一情况告诉了李明杰，李明杰驱车沿着沧河继续北上，他感觉有一股巨大的扭力从那里发出来，企图倾覆正常的世界。车一直开到心安渡铁路桥旁才停下，他摇下窗户打量河对岸，那儿一大两小三艘挖沙船静卧在水凹里，岸边就是高耸的堆沙场。眼前的一切让李明杰脑海里如同电光石火般，他把刘浩之死、溺水女尸和挖沙船全部联系起来，部署了四名干警在堆沙场附近蹲点，一切绕了个大圈又回到了起点。

晚上李明杰约见了戴蓓蕾，把女尸照片给她看。情况过于突然，戴蓓蕾用手捂住嘴，停顿了几秒才说："Amanda！大卫的销售红人！"

"那跟我想的刚好对上了，这次我们的旧钢厂行动破坏了大卫的交易，他或许怀疑内鬼就是Amanda。"

戴蓓蕾轻轻点头说："有可能，大卫这个人很多疑。他跟我说过，达夫集团当时的六朵金花只剩下我和Amanda，具体原因没有说，只是提到不忠诚的人能力越大危害越大，这次可能他抓到了Amanda的什么把柄。"

"我觉得大卫很早就怀疑你了，现在我们已经掌握了大卫的大量证据，只欠抓他现行的时机，你的使命已经完成了。"李明杰关切地望着戴蓓蕾。

"未必吧！他跟我说灰马和我是他最信任的人，现在灰马死了，我是他唯一信任的人，这太难得了！"

李明杰提醒道："大卫这个人有些疯狂了，伴君如伴虎，你要格外小心。"

"我知道，大卫对我那种忽冷忽热、神神道道的态度让人捉摸不透。不过，我知道他这半年有几笔交易都被冲击，据说公司现金流很成问题，他急着要出一批货，我在等这个机会出现。"

"大卫乱了方寸更好，心安渡铁路桥这一带，你听大卫提过吗？"李明杰问。

"没有，大卫有什么行动都是突然吩咐。"

"你最近感觉好吗？"李明杰望着戴蓓蕾。

"什么感觉？"戴蓓蕾马上意识到李明杰所指，点头说，"我知道防范，你放心。"

李明杰掏出几盒药给戴蓓蕾，说："这是我从强戒所弄来的，跟他们在里面的人用的药一样。"

戴蓓蕾说："我还好，只是记忆力下降了，我都快记不住在警队的感觉了，大家也记不住我了吧。"

"记不住更安全！"李明杰笑着说。

"那我连你也一块儿忘掉好了。"

"一忘解千愁，好了，不多说了，最近大卫可能会狗急跳墙，你出来也不宜时间太长。"李明杰起身送戴蓓蕾。

几天后，Amanda的尸检报告出来了，和Sisley的尸检报告对比，两个女孩的毒害特征雷同。Amanda胳膊上的那根针管里有回血，可以判断是在她死亡前被人故意扎上去的，造成Amanda吸毒过量而亡的假象。李明杰提请杨局将Sisley与Amanda死亡案并案处理，大卫背负的人命已经不少了。


江东市的秋天醉人，在绚烂的晚霞中，几辆车离开城区匆匆行驶在江堤上。

水手开车，车后坐着戴蓓蕾和大卫，后面还跟着两辆车。大卫不说话，谁也不说话。

车在申家咀码头停下来，已无繁华市嚣，可清晰听见江水拍打江岸的声音。

大卫穿着一件长款风衣，依然是白色，像一面刀旗竖在简易的码头上。他打量一圈，目光落在那艘游艇上，大卫故事会经常在这艘游艇上进行。大卫走在前，一群人跟着沿跳板上了游艇。

整洁干净的船舱里有一股淡淡的消毒水气味，绿色地板与鞋底摩擦发出轻微的嘎吱声，所有人都显得精神抖擞。

大卫带着戴蓓蕾进了一间装修豪华的中舱，随后进来九个黑衣人，手都交叉护在丹田处。大卫环顾后对大家说："今晚的行动，我们分成两组，货也分开。"

戴蓓蕾不知前情，望着大卫；左右显然也不知前情，都望着大卫。

大卫拢着水手的耳朵说了一通后，水手出去了，只有发动机发出隆隆的声音，带着明显的震动，船已然在动。

戴蓓蕾干呕了一下，问："厕所在哪里？"

一名随从躬身说："出门左手。"

戴蓓蕾摇晃着进了厕所，插上门，仔细观察舱壁和上下水管，将微型跟踪器粘在水管侧面。她观察厕所里是否有隐藏摄像头后，开始给李明杰发微信：大卫开始行动了！

李明杰：目的地？

戴蓓蕾：不明，现在一条船上，中间会分开，能看见跟踪器的位置吗？

李明杰：稍等。

不一会儿，李明杰回：你们在府河口，我们马上出动！

简短沟通完毕，戴蓓蕾清除沟通记录，用冷水洗了一把脸，大声作呕憋气让脸通红，然后从洗手间出来。


船沿着府河逆流而上，两岸浓黑，偶有几朵灯光。戴蓓蕾上到顶层露台透气，仔细观察水面和河堤上是否有移动目标，这时，大卫从楼梯爬上来走到了戴蓓蕾身边。

"想不到你反应这么大。"大卫说。

"打小就平衡差，小脑发育不全，不敢坐船。"戴蓓蕾笑着。

"幸亏不是大脑。"大卫说着嘿嘿笑起来，很少见的怪笑，递给戴蓓蕾一颗口香糖样的颗粒。

"这个防晕车晕船。"

戴蓓蕾接过来，犹豫了一下，放进嘴里。

"看见没有，前面那根白柱子？"大卫指着水岸。

白柱子逐渐清晰了，是码头供滑轮支点的粗大水泥杆，旁边泊有一艘快艇。

"阿黛，都准备好了，你现在就带人上快艇走。"大卫说。

"好的，在哪儿会合？"

"到时候自然就知道了，要快！"大卫用催促的语气说。

戴蓓蕾马上下露台，有两个人跟上她，他们拎着方方的黑色旅行包。

快艇轻轻靠上游艇船舷，三人跳进快艇，驾驶员猛捏手舵轰油，船像箭一般射出去。


明黄线条像蛇一般，在蓝黑的画面上迅速爬行。

李明杰通过戴蓓蕾手机定位和卫生间跟踪器掌握了两条船的轨迹。缉毒大队的人马已经调配到位，车辆关闭大灯，沿着河堤平行跟进。

前面出现一道河汊，水面一分为二，一条狭窄、一条开阔。

快艇减速犹豫，戴蓓蕾接到大卫命令：进开阔河汊！戴蓓蕾随即让舵手将快艇转入开阔水道。

潮湿的水气扑面而来。白浪乍开，向黝黑的芦苇丛扑去，似在追击什么，两只夜鹭扑棱而起茫然飞入夜空。

前方芦苇繁盛，汽艇在芦苇墙中夹道前行，看不到接应的船只，不知道该去哪里，就这样盲冲。

一个陌生电话打进来，戴蓓蕾接起。

"黛贝瑞，你眼前是什么？"是大卫的声音。

"水道。"

"周围是什么？"

"芦苇，大片的芦苇。"

"好的，就地停船，把两个塑封好的包扔进水里，继续往前开。"大卫言辞切切。

"好的，大卫。"戴蓓蕾挂了电话，让两名随从打开方包，自己将手插进兜里，一个跟踪贴片已经握在手里。随从把货递过来，戴蓓蕾蹲下来掂量了两下，估计每包在两公斤左右。检查中她已经将贴片粘在货包底上，亲自拎起包用力甩到河中间，以免被螺旋桨绞破包装。水面激起巨大浪花，似绵延不绝的电波向四周扩散，她希望李明杰能够收到这份情报。

# 七十三、花样摩尔斯

快艇在水面足足行进了十几分钟，似穿梭在无穷无尽的芦苇星球。此时右前方出现了密集灯光，大家见到了人间烟火。

大卫来信：在灯火通明处靠岸，一起吃消夜。

快艇很快就抵达了码头，能远远看见河堤上有霓虹管弯成的招牌——"夜猫子野味"。

有红砖砌成的独立平房，门前有铺砂停车场。一行人进野味馆，大卫已经坐在里面了，他看见戴蓓蕾进来时没有和她打招呼，看上去心事重重的。

戴蓓蕾走近大卫，坐在他身边的一张凳子上。

"路上有异常吗？"大卫问。

"没有，离目的地还有多远？"

"到了就会告诉你，不习惯这样吧？"大卫认真地望着戴蓓蕾，又说，"其实告诉你也没有多大意义。你听说过狡兔三窟吧，二战时希特勒的指挥部就有帝国总理府'狼穴''鹰穴'等，不下六七处。"

"长见识了。"戴蓓蕾笑着说。

"踏踏实实吃消夜吧，对方走岔路了，我们等一下他们。"大卫说着，四周环顾了一下，人都坐下了。

上来了几道菜，一群黑压压的年轻人呼哧呼哧开吃，偶尔有人说笑。水手叮嘱不许喝酒，啤酒也不允许。

一个黑面短发男子快步走进来，在门口跟水手耳语了两句。水手望了一眼大卫，犹豫了两秒走到大卫旁边耳语。

大卫给水手嘀咕两句，水手吹了一下口哨，说："不吃了，出发！"

两路人马合为一股，都登上了游艇。每个人在上船前都必须把手机掏出来扔进一个塑料筐里。码头设了临时安检设备，两名魁梧的男子用手持扫描器检查每个人的身体。戴蓓蕾已经将跟踪器用完，安检一切正常，手机交出去了，后面如何跟李明杰联系成为难题。

游艇缓行在水面上。有两个黑衣人被扒光了衣服，几根木棍挥向他们，随后被扔进水里。戴蓓蕾坐在船舱里张望，可以看见两人入水后砸出的巨大浪花。

一旁的大卫掏出一部手机递给戴蓓蕾："岸上发现可疑车辆，我怕我们的手机都被跟踪了。为了安全起见给你换一部，切记不要跟无关人员通话。"

戴蓓蕾点头接过手机，按亮了画面。

"上次我们交易失败，怀疑里面出了王八。"大卫说完认真看了戴蓓蕾一眼。

"听说 Amanda 是警方的线人？"戴蓓蕾出言故作谨慎。

"你觉得她是吗？"大卫浅笑看着戴蓓蕾。

"不晓得。"戴蓓蕾显得事不关己。

"你听谁说的？"大卫继续笑。

"水手，还有其他人都这么说。"戴蓓蕾语气不太肯定。

"所以她死了。"大卫诡秘一笑。

游艇突然减速，最终在河中央停下来。有两艘渔船缓缓靠近。水手指挥几个人卸掉了几包货到渔船上，包装跟戴蓓蕾刚才扔进河里的不同，她心里暗自吃紧。

很快渔船开走了。游艇关闭所有灯光，在河道中央静默，像艘幽灵船。

戴蓓蕾望着两艘渔船分开，如坐针毡，她不知道该如何将信息传递给李明杰，不觉拿起了手机。


跟踪车辆一直沿着河堤推进。

监控显示，在一个码头戴蓓蕾的手机轨迹消失。编号 M1 的跟踪器信号在移动，M2 静止，两个相距有两公里。过了没多久，M1 也不动了，跟踪信号彻底消失，监测警员分析，有人发现 M1 后把它关掉了。

M1、M2 都消失绝对不是偶然，李明杰吩咐监控频频刷新信息，心中却担忧戴蓓蕾的处境。

大磊带人坐快艇前往静止信号点，派人下去打捞了十几分钟才找到两个黑包，迫不及待地验货，却发现全是面粉。

李明杰听到大磊汇报后头皮发麻，他知道这是大卫的一个圈套，目的就是查出内鬼，戴蓓蕾危险无疑。李明杰换了一个被标注成"地产中介"的手机号给戴蓓蕾打电话——他们有一套房产交易的暗语——系统回复已经关机。

两架无人机从外围起飞，到达两千米高度后悬停凝视河面，目标河道有十几条船在缓慢移动，无法确定哪一艘是那艘游艇。警队在两边河堤上候场，一时间进退无据。


此时，游艇正溯水而上，到了沦河与府河交界口，转弯进入另一水道。

天已经拂晓，雾气依然浓重。戴蓓蕾拿着手机翻看。

大卫说："没用的，这部手机按键是加密的，只能接电话，一会儿到了目的地我们分开，你按照我的指示行动。"

戴蓓蕾点头说："你打我的手机测试一下，以免误事。"

大卫拨了电话，戴蓓蕾的手机屏亮起来，手机号显示在屏幕上，戴蓓蕾说 OK 后就把手机挂了。

大卫突然盯着戴蓓蕾，说："黛贝瑞，你说我为什么选中你？"

戴蓓蕾笑着说："不知道。"

"你会知道的。"大卫迅速笑了一下，又沉下脸说，"我最近在反思自己。"

"反思什么？"戴蓓蕾随口问。

"反思的事情很多，比如我是不是心太软，或者操之过急，总之是两个极端。还有……"

"还有什么？"

"还有是不是太自信，这一点你很像我。"大卫嘴角一翘。

戴蓓蕾笑着，不置可否。

"我是不是应该听听母亲大人的建议。"大卫有些惆怅。

戴蓓蕾笑了。船进入沧河南水道，离心安渡越来越近了。

"所有人，一级警戒！"大卫给身边人下达指示，船上黑衣人开始调动起来。水手站在远处给大卫挥手，大卫急匆匆走了。

戴蓓蕾点亮手机屏，查看了大卫刚才拨打的号码。这是一部简陋的老人机，经过技术处理后数字键无法拨出，没有微信和其他任何通信APP，唯有古老的短信功能还在，果然是个只能接听电话的终端。

戴蓓蕾调出短信功能试了试，无法输入正常文字，但可以输入"*""#"。在警校时戴蓓蕾对莫尔斯码特别感兴趣，曾经练习过大量编码题，如果"*"代表"嘀"，"#"代表"嗒"，"1"的摩尔斯码是"嘀嗒嗒嗒嗒"，则可以由"*####"构成。戴蓓蕾心中暗自兴奋，她很快就把大卫的十一位手机号码编码成"*""#"字符串发给了李明杰。

正当李明杰一筹莫展时，手机收到一串由"*""#"组成的符号，五个一组。想了片刻，李明杰马上意识到这些有规律的"乱码"就是戴蓓蕾发给他的信息。

技侦科很快破译了莫尔斯码，翻译过来就是十一位阿拉伯数字，任何人都知道那是一个手机号码。

李明杰让技术马上跟踪定位该手机，很快屏幕上显示手机位置，跟游艇消失的位置几近重合，但依然一动不动。通过高空无人机查看，在手机锁定处并没有静止的游艇，难道大卫发现了戴蓓蕾的身份扔掉了手机？李明杰没有猜错，大卫给戴蓓蕾拨打电话后，已经悄悄将自己的手机扔进了河里，启动游艇离开。

李明杰深感不安，此时有陌生号码打进来，是一个男子仓促压抑的声音："游艇正沿沧河往心安渡铁路桥方向……"对方话还没有说完，李明杰听见了击打声传来。

望着手机犹豫片刻，李明杰马上调动警队向前方三公里外的心安渡桥包抄。

难道还有不知道的线人突然浮出？李明杰对刚才男子的电话感到诧异，但宁可信其有，车队悄然进入心安渡街道。正根据地形部署警力，李明杰却发现前方有大量警车在树影下候命。一个身材魁梧的警官走过来，李明杰从轮廓和步态就知道，来人正是市局缉毒支队长宋发科。

"宋支队,您怎么在这儿?"李明杰诧异。

"刚部署好,正准备跟你联系,你一路赶鸭子赶过来,我守在这里就行了。"

"您这是市局的统一行动吗?"李明杰心想,事情又暴露了。

"你说我该是哪一局?"

"那这次行动您也给张局报备了?"李明杰直接问明,这句话的意思两人心照不宣。

"今天是我给你打工。你的行动杨忠平局长告诉我了,他请求我给你增援,是想让你后退我前进,你干吗?"说着,宋发科盯着李明杰。

"我只关心张局到底知不知道这次行动。"

"这个我就说不好了,但今天是一个值得收网的日子,咱俩把全部家当都押上去,务必来个人赃俱获,这样就不怕任何领导干预了!"宋发科说完爽朗地大笑,拉开一道车门,里面坐着一个西装革履的人。

"来,明杰,我给你介绍一位特殊人物,李西岐,人称李先生,梅姐的老客户。你应该有所耳闻,他这次过来是向我投诚来了,他愿意配合抓捕大卫将功补过,争取宽大的机会。今晚就由他带人和大卫交易,你换一身衣服和李先生一起去。"

李明杰打量着李先生,想不到牛钢坚的老板居然被宋支队拿下了,他再次对宋支队的作业水平暗生钦佩。

"宋支队,您安排人把堆沙场四周铺排好,从铁路桥到沦河以南全部布防,包括水道。我们是从北面一路咬过来的,游艇应该快到了,您最好马上调集几艘快艇封堵往南的水域,我怀疑他们会不惜一切冲岗。"

"我们所见略同,特警冲锋舟已经在芦苇丛里待命了。"宋发科笑了。

警员递给李明杰一身皮衣,旁人给他喷了些发胶,戴上墨镜,再塞给他手里一个皮箱,他摇身变成了李先生的马仔。为了加强控制力度,大磊也一通打扮,在胳膊上贴了文身,变成花臂男,两人站在冷面李先生后面蛮像那么回事儿。

正准备去码头,李明杰想起什么来,说:"宋支队,上次有警员在那个水塔蹲点,出事了,我建议您在那个水塔布点。"

"我已经安排好了，而且抓了货栈褚老板，他藏了仿制M6大狙，你说他会是好人吗？"宋发科朝水塔那儿伸手示意，李明杰暗自惊讶原来货栈有鬼！

一切准备就绪，李先生走在前面，总共有七个警员装扮随从沿着一沙石路走到水边。那艘岛屿般高大的挖沙船静默在晨雾里，李明杰抬头打量了一下，尽可能贴近李先生站着。

岸边有脚手架搭成的码头伸入水中，人站在码头上时三面临水，想退也难。李先生始终不慌不忙，像深刻领悟了大导演宋发科的角色安排，完全进入了一个全新状态。他应该知道，自己执行的是那些熟悉的内容，他也知道这是在戴罪立功，演好了会减刑，至少不会死，演砸了的话，就什么结果都有。

# 七十四、父亲闸

黎明时分雾气见浓，远方，心安渡铁路桥高大的钢架黑魆魆的，立于白雾中。

"键盘加密了你也能发？"大卫悄然出现在身边，阴阳怪气的声音让戴蓓蕾手一滑，手机掉在地上。

大卫抢先捡起手机来，不紧不慢地翻找出戴蓓蕾发出的信息，那是一组组"*"和"#"，一共十一组。

大卫诡笑着说："看来我没有多疑。"

戴蓓蕾后退两步说："你自首还来得及！"

"这句话应该我来说吧，我如果要成心伤害你，根本不用等到今天。说起来，咱俩的渊源真的很深，上一代人都是互帮互助，如果我们不相互帮助，真的有违传统了。"

"我不明白你在说什么！"戴蓓蕾强作镇定。

"你很快就会明白的！"

大卫望着戴蓓蕾身后点了点头，两名黑衣人带上来一个手被反扣着的男子，将他按在那里，他脸上有血痕。

跪着的正是劳力士，戴蓓蕾一脸惊诧，不知道发生了什么。

"大卫，这是鳑鲏的弟弟劳力士，他跟踪我潜水偷偷上的船，刚才他给人打电话，我怀疑是给警察通风报信！"水手说。

大卫望着劳力士，迟疑了一会儿才想起鳑鲏，说："鳑鲏的弟弟？那就是虾米咯。鳑鲏不是还活着吗？我还给了他老婆一大笔抚恤金，也不再找他麻烦，我们本该相

427

忘于江湖的，你这也太没有职业操守了！"

"大卫，你要了他一只胳膊，老子就是不服周（不服气）！"劳力士回嘴。

"一只胳膊算个屁啊！我出一百万买只胳膊，大街上会有人排起长龙，你肯定不是冲胳膊来的。"大卫拍打了一下栏杆，转脸望着戴蓓蕾说："你俩怎么看也不像是一伙的啊？"

"我跟她无关，就是来报仇的！"劳力士一副倔劲儿，那是江东男子惯有的不怕死样儿。

"条子藏在哪儿？"水手踢了劳力士一脚。

"老子单枪匹马取大卫人头，哪里还需要条子！"劳力士十分硬气。

"刚才你给谁打电话？"大卫威声道。

"给我哥报平安！"劳力士辩解。

"你打的这个号我查了，你在跟踪黛贝瑞？"水手质疑。

"哦，黛贝瑞，这个怎么解释？"大卫望着戴蓓蕾轻声问。

戴蓓蕾淡淡说："这很正常啊，劳力士我认识，他追了我好久，我男朋友的电话号码也被他搞去了。"

"你俩到底哪个在撒谎？"大卫慢条斯理地问。

水手急着贴近大卫耳语，大卫看了看手表，说："时候不早了，我对你们是什么关系不感兴趣。劳力士，你哥欠我的，你今天就偿还了吧。规则不变，把你胳膊腿绑了，如果你像你哥那样幸运，算你命大。"

劳力士胳膊被反绑，突然站起来用腿踢向大卫，水手用结实的臂膀阻挡，几个黑衣人上去帮水手，甲板上陷入混战。

戴蓓蕾见机直奔大卫，被两个黑衣马仔挡住，她几个长踢腿将他们撂倒。此时，劳力士仅凭双脚无法招架水手的进攻，被打得东倒西歪、嘴角流血。

戴蓓蕾无法脱身帮劳力士，只好擒贼先擒王，一把扯住大卫的衣服，从后面用他的白袍勒着他的脖子。

大卫的贴身保镖举起枪来对准戴蓓蕾，让她马上松手，戴蓓蕾伺机而动。那边，水手已经把劳力士打得像一堆软泥，他扔下劳力士赶过来营救大卫，双方在甲板上周旋，大卫被勒得满脸通红，情况危殆。

"你放开大卫，否则我就把你的备胎男友扔了喂鱼！"水手踢了一脚趴在甲板边的劳力士。

"不要伤及无辜，他对我们没有价值！"大卫强作镇定。

水手一怔，戴蓓蕾稍有松懈，大卫往下猛蹲挣脱了戴蓓蕾，快速闪到一边。戴蓓蕾再抢抓大卫，刹那间，保镖向戴蓓蕾开枪射击。劳力士奋起阻挡，子弹击中他的左胸，戴蓓蕾看见劳力士仰面倒下，顺着甲板边沿跌落到水里。

"劳力！劳力！"戴蓓蕾大喊几声，眼泪出来了。

大卫不再犹豫，从保镖手里抢过一把古怪的枪向戴蓓蕾射击。

"你需要镇定一下！"

戴蓓蕾中了麻醉枪，依然向大卫扑上来，水手等人招架几下戴蓓蕾就倒下去了。大卫收了枪，对戴蓓蕾自言自语般说："别忘了我是导演，戴蓓蕾，你的戏到此为止了。你清醒后要正眼看看我，打小我就信赖你这个妹妹，你显然已经把我忘了，我要让你慢慢想起来。"

大卫说完后退两步，几个黑衣人上去搀扶起戴蓓蕾。

"大卫，我们是不是该终止交易，换快艇走人？"水手提醒。

"今天的行动是一箭双雕，交易已经完成了，货品已安全抵达李先生手里，只是我们需要另外一只雕——李明杰。不怕贼偷就怕贼惦记，他不除我们无法安生。守北闸的大戏可以上演了，欲要其亡必先其狂，看了这场戏李明杰会发疯的。"

"明白！老板！"水手一脸严肃，走到旁边打电话。

两个黑衣人架着软塌塌的戴蓓蕾跟着大卫下了甲板，消失在黑洞洞的旋梯口。


轮船的发动机声逐渐近了。

李先生一只手插在口袋里歪着身子抽烟，目光偶尔回扫一下警员们，又看向水面。

手机响了，李明杰走到一边接起。

"你是李明杰？"是一个男子夸张的声音。

"你是谁？"

"你加我微信，我要你先看一段视频。"说着，男子挂了电话，双方加了微信，开启视频再次通话。

一段不断晃动的画面出现在李明杰的手机上，画面里雾气如这边一样蒸腾，血红色霞光浸染了一切，和眼前看见的色泽一致——这是直播！

李明杰不自觉转换方位，企图看到更多角度。画面抖晃得像个醉汉，几秒钟后终于稳定下来，又开始大幅度转场，一座"门"字形闸塔出现在画面里，闸顶水泥平台有两个阴刻的大字"守北"。看见这两个字，李明杰耳内嗡嗡鸣响，他知道画面意味着什么。

直播继续，男子半边身子入画，仅从这半身画面李明杰就知道那是父亲。镜头再一转，父亲坐在满是露珠的堤坡草丛里，胳膊被反绑着，封嘴的黑胶带反射着红灿灿的光，一部屏幕硕大的手机凑到父亲耳朵边，像是让他听也让他说。

这帮人拿父亲来威胁他。

有人在大声喊话："快求你儿子救你一命！"

一只手上来，扯掉了父亲嘴上的黑胶布。父亲一言不发，脸像铁菩萨一样一动不动。手机不断往父亲嘴边凑，他始终没有说话。

"你们这帮畜生要干什么？让你们老大跟我说话！"李明杰红着眼冲视频大吼。

手机被拿远了，可以看清父亲淡然望着汉北河，身后正是他从战场归来后一直守到退休的那座闸。自从他到岗后洪涝旱灾都被守住了，也没有一个小孩儿被卷入水泵，这一点他是称职的。

李明杰在手机里大喊："爸！您挺住，我马上来救您！"

信号有延迟，几秒钟后李明杰能够听见自己的声音，失真的信号不像是他喊出来的，他禁不住喉管发抖。

有人马上把手机递到父亲耳边。李明杰再用力喊，像个要失去父亲的孩子。父亲却像个聋子，他对李明杰的喊叫无动于衷。

旁边的人急了，对准父亲的脸狠狠抽了一记耳光，还给父亲提词："快让你儿子把水面快艇都撤了，把心安渡拦截岗全撤了，要不就把你扔进水泵搅成八块！"

父亲张嘴吐了一口吐沫，旁若无人地望着汉北河，只是一个人在欣赏壮美的秋色。

宋发科打来电话，李明杰接了，宋发科说："我做个样子，撤几条船，用手机拍着给他们看。"

"不需要，宋支队，寸步不让！"李明杰恳请，"您马上派人去守北闸营救我爸，拜托了！"

"你放心，营救的人已经在路上了，你再拖他们一会儿！"

这时，从雾中传来持续响动，李明杰望去，知道是游艇发动机的声音。李先生将手搭在额头往那个方向望，大家都看见游艇船首冲破浓雾慢慢向码头靠近。

李明杰向视频里的父亲扑通下跪，快速在地上磕了三个响头，挂掉视频后向游艇看去。游艇逐渐靠近伸入水面的码头，李先生心神不宁、左顾右盼，李明杰大步走上去贴近他，低声道："听令行事，不要乱动。"

李先生望了李明杰一眼说："李警官，舍亲不救，您这样做代价是不是太大了？"

"少废话！"李明杰低吼。

游艇慢慢靠近码头，李先生突然转身扔下一件东西，趁李明杰注意物体时，他飞身起跳跨上游艇船舷。游艇开始回撤，李明杰抢跳上船，用枪抵住李先生。大磊等干警没抓住船栏杆，并遭受黑衣人射击，连忙选择地形隐蔽。

游艇开始往南加速。宋发科用肩头步话机呼叫："洞拐洞拐，行动！"这时，游艇甲板上锚链火光四射，发出巨大声响。水塔上的狙击手将大狙前加装配重弹，射击出来的动能撞击块准确打在铁锚上，引得火星四射。连续几枪后铁锚被击落入水，溅射出水花，很快沉入水底，游艇慢慢停下来。

这时李明杰从耳麦里听见宋发科喊话："明杰，你稳住，带他们到甲板上来，我用狙击手远程支援。"

黑衣马仔从船舱拥出，拿着斧子猛砍锚链。一批警员举着防弹盾牌来增援，大磊用步话机请求宋支快艇增援。狙击手射击甲板上的黑衣人，有几个人侧翻在地，又有人拿斧子拥上来。

李明杰紧跟李先生，低语道："你只有跟警方合作一条路，不要想歪心思逃跑，马上带我去见大卫。"

李先生一笑，说："已经是明牌了，我见不见大卫还有意义吗？"

"你还押着大卫的货款呢，他能不救你吗？"

李先生无奈地笑着："他的目标应该是你，我只是个诱饵。"

李明杰道："谁是诱饵还不好说，见大卫去吧。"

李先生警觉地走在前面，李明杰跟在后面，在一层走道上小心前行，没被任何人阻拦。

"大卫在哪儿？"李明杰低语。

"我也不知道大卫在哪个船舱。"

"这艘船你应该不陌生。"

李先生不回答，带着李明杰到了向上一层的舷梯，两人顺梯往上爬，很快就到了二层。李明杰往廊道来回看，见戴蓓蕾的身影在一道舱门前晃了一下就消失了。李明杰紧跟着追去，李先生大声说："大卫的VIP舱在这边！"

李明杰拿出手铐来铐住李先生，拔腿朝戴蓓蕾出现的舱门追去。有两个黑衣大汉守住舱门，他们抡圆了棒球棍砸向李明杰。李明杰低身闪躲，连连后退，突然抓住栏杆横踹出去，直接将一黑衣人踹飞到水里。另一黑衣人的棍棒猛砸过来，李明杰躲过，顺势将棒球棍卡在栏杆缝里。黑衣人猛力抽棒，李明杰挥臂给了他下颌一记勾拳，黑衣人仰面倒下。李明杰就势连踢，黑衣人麻袋一样滚到船舷边掉进水里。

李明杰进了舱门，眯眼适应暗光，四处搜寻戴蓓蕾，这时听见隔舱有女声呼叫。他见有一道门连着隔舱，猛拉门冲进去，一张渔网迎面扔来，他身体急退，快速用门抵挡将渔网撑住，低身躲过去。此时，有三人拿着鱼叉一起刺向他。李明杰连连后退，女声不停呼喊，李明杰分辨出不是戴蓓蕾，知道有诈。

李明杰转身往回跑，李先生已经消失了。他向大卫的VIP间跑去，到了门口，谨慎贴身听动静，里面有人说"请进"，李明杰犹豫几秒奋力将门撞开。

VIP室里空无一人，一根雪茄还带着余温。李明杰机警地搜寻，这时候声音又响起："想见戴蓓蕾就照我说的做，看见你右手边的门把手没有？"

李明杰发现了一个黄色门把手，思忖片刻，小心拧开把手走进去，原来里面通着一道向下的旋梯，狭窄得只能走一人。

李明杰举枪贴扶手缓慢下行，尽量不发出声响。等他刚走到旋梯中间，上下突然出现黑衣人夹击，李明杰就着楼梯弧线闪躲，居高临下奋力向下突破，夺下了黑衣人的棒球棍，将其击倒。上面黑衣人扑下来，李明杰沿着廊道往前跑，这时，更多黑衣人从前后扑了上来。

李明杰发挥枫木棒的最大效能，使出浑身解数搏击，木棒打断了就捡起黑衣人扔下的，一路扫荡，沿着通道不断前进。对手渐渐变得稀少，最终，他进入一个灯火通明的方形空间，贯通两层，比一般船舱空间都高。他小心打量，里面看不见其他人，只有戴蓓蕾双手捆着被吊在天花板下垂的绳索上，像一柄笔直的达摩克利斯之剑。

李明杰向前一步，抬头喊："阿戴，戴蓓蕾！"

上面的整个人形石灰袋裂开，白色粉末瀑布般倾倒下来。李明杰剧烈咳嗽，顿觉眼睛灼热，无法看清眼前。早已经埋伏好的几个人冲上来，举起粗大的棒球棍砸向李明杰，擂鼓般的闷响后，李明杰昏了过去。

不知道过了多久，一桶冷水泼向李明杰，他醒来时发现自己被捆在一根锚桩上，旁边还捆着戴蓓蕾。李明杰望了一眼戴蓓蕾，她双眼微睁，一副睡不醒的样子。

# 七十五、底舱

高脚凳上坐着白色的大卫，他来回摸着下巴，神情悠然。

"你醒了，伟大的缉毒警，销毁毒品的最后一道工序就交给你来完成吧。"大卫说完，李明杰才注意到船舱中央有一个蓄水池，里面全是白色粉末。

"这些比黄金还珍贵的圣物，与石灰发生了化学反应，你们就算抓到了我也拿我没有办法。这个扳手你踹一下，它们和着生石灰变成熟石灰，然后随河水流走，消失得无影无踪。"

两个大汉把李明杰拖到扳手旁。

"该你了！"大卫踢了李明杰一脚。

李明杰努力坐起来，瞪着大卫说："你还有机会忏悔！"

大卫拽过马仔的一根棒球棍，抡圆了打在李明杰背上。

"要忏悔的人是你！这一切都是你造成的！"大卫边打边喊叫。

游艇突然剧烈晃动，大卫趔趄一下停住。马仔们砸断了锚链，游艇脱离限制又启动了。大卫站稳后果断一脚踹了扳手，一堆白色物质全部落入水槽，接着，一股浊浪冲过来，混合物很快就进入了粗大的下水槽。

"大卫，你心里清楚，你犯下的罪，不可能被水冲干净！"李明杰郑重说着。

大卫走过来蹲下，拉着李明杰的衣肩说："李警官，你辜负了戴蓓蕾，她爱你，为了让你抓住我，不惜自投罗网！可是你把这一切都搞砸了，不仅仅是爱情，还有你父亲，还有你哥哥李明星！你六亲不认，何以为警，你连匪都不如！"说着，大卫轻轻拍打李明杰的脸。

"你怎么她了？"李明杰望着旁边的戴蓓蕾说。

"看来你也不知忏悔！"大卫起身退后，举起棒子重重砸到了李明杰的肩。

"该忏悔的人是你！"李明杰勉强发出声音，身子歪斜。

"好吧，你嘴硬，我要把你打软！"大卫又给了一棒，李明杰昏死过去。

大卫把棒子递给水手，边脱白手套边说："你带人走，我要的是这两位贵客，既然已经都到堂了，我就好好招待一下。"接着，大卫指着不远处高高的传送带说，"一会儿你让游艇靠近挖沙船，我带他俩上去。你和大家往南冲出去，这船上没'白货'，如果被围堵住了也不要硬拼，尽量不死人，就算抓到了也关不了多久。记得船尾有个逃生舱，只能容五个人，你们钻进去后按脱钩钮，趁着爆炸烟雾从逃生舱逃走。"

"老板，要怎么处理他们两个？交给我来吧，你还是先走。"水手表忠心。

"这是我的个人恩怨，必须我亲自处理，谁也替代不了，如果不把这件事情办好，我会被一口气憋死的！"大卫语气坚决。

水手正想要带人离开，大卫又贴近水手耳朵说："李先生是个大金主，也带他离开。"水手连连点头。黑衣人向河道释放烟幕弹，游艇转弯进入河汊，很快与那艘铁山一样的挖沙船靠在一起。

黑衣人用水冲刷李明杰和戴蓓蕾，两人动了一下。大卫让人拉拽起他们沿旋梯出舱，几名黑衣人连推带搡将两人送上了挖沙船。

游艇开始后退，离开挖沙船进入主河道。烟雾里有警方喇叭在喊话，水手与几名黑衣人驾驶着船向南开去。双方猛烈交火，几艘冲锋舟被游艇顶开，有的翻扣过去。

李明杰故意以伤体拖延时间，大卫冲李明杰说："今天我特别安排了一场审判，来了就不要再后悔，快走吧！"

随从把两人拖拽到了挖沙船宽阔的甲板中段，大卫让人在外面警戒，自己和李明杰、戴蓓蕾进入滑轨遮阳棚里。大卫摸出一个遥控器按动两下，地面一块钢板缓缓滑开，露出了向下的入口。

李明杰望着黑漆漆的洞口不往前，大卫用枪顶着他的后脑勺说："不用怕，进去，你这里肯定有很多疑问，难道不想听我给你解答吗？"

李明杰望了一眼虚弱的戴蓓蕾，扶着她沿螺纹钢焊制的窄小楼梯向下走，大卫用手机微光照着他们的后背。

沿着楼梯下降几米就到了底部，大卫按动遥控器，楼梯口被铁门封住。下面一片漆黑，只听见脚步踩在钢板上发出隆隆的声音。

李明杰以步距估摸前进了二十多米，进入一个大厅模样的空间。

大卫操控遥控器，身后滑轨滚动，发出嘎吱的刺耳声。等门关上，四周安静下来，耳边有隐约低语，似水拍船体的声音。

底舱禁闭室般黑暗，眼睛慢慢才适应过来。大卫给戴蓓蕾也加了手铐，让两人背靠背铐在一起。随后，大卫把微弱的手机亮光也关掉，走向黑暗深处。

明显的颤抖从戴蓓蕾手臂传过来，李明杰扭脖子问戴蓓蕾："你感觉怎样？"

"我没事儿。"戴蓓蕾声音虚弱。

一声巨响，不一会儿冲击波传递过来，船体开始晃动。李明杰推断，水手上逃生舱后引爆了游艇。

大卫坐在离两人十多米远的高脚凳上，戴着夜视仪，像研究人员一样，一声不吭地观察着他的研究对象。

寂静的封闭舱使得拉枪栓的声音放大。大卫架起一支消音步枪，通过夜视仪瞄准，向李明杰和戴蓓蕾中间射击。这一枪故意放空，击穿了隔舱板上部，露出的一缕亮光像一把利剑刺进戴蓓蕾头发里，光斑之外的地方显得更加黑。

"大卫，请你冷静些，暴力只会暴露你的愚蠢！"李明杰平静地说。

"我很冷静，如果我不冷静，都不可能长大。"

"我知道你在说什么，虽然今天我们是第一次面对面，但我对你并不陌生。"李明杰试图晓之以理。

"你不要一副无所不知的样子，不要这样跟我说话！"大卫提高声音。

"我们是老乡，我比你大了十来岁，你母亲怀上你的时候，她可能离我出生的地方不到一公里。"

"你说这些是想激怒我，信不信我现在就把你一枪爆头！"大卫嘶吼起来。

"你不要以怒火掩盖自己的罪行，你干了这么多伤天害理的事情，心里没有一点愧疚吗？"李明杰的声音依然沉稳。

"那好，我告诉你我为什么有怒火，你读过《圣经》吗？"

"给辛叔带过一本，只是翻了翻。"

"那我问你，如果没有审判，人会主动赎罪吗？"大卫冷笑一声。

"当然会，每个人心里都有一架天平，如果倾斜着他就会一直寻回那个平衡点。"李明杰说着，感觉戴蓓蕾呼吸粗重起来。

"你太乐观了，如果没有我的惩罚，辛传斌会赎罪吗？"

"笑话，他没有罪，他只是做了一个警察应该做的，即使错了，也不应该由你来惩罚。"

"我是受害者，为什么不由我来惩罚？"

"所以惩罚开始的第一步，是你在打火机里放了钚，然后借她女儿的名义寄给他，再找一个长得像她女儿的人跟他聊天。在他遭受辐射患绝症时，你想做得神不知鬼不觉，让保姆拿走了那个打火机，把它交给了皮少军。"

"听上去你好像都知道了，可马后炮又有什么用处呢？"

"审判时，你犯的每一桩罪都必须搞清楚！"

"那你知道辛传斌是怎么死的吗？"大卫笑问。

"家政主管在厕所里偷偷绑了鱼线，然后在菜里放泻药，让他频繁上厕所，行动不便的辛叔上厕所时，自己跌倒在鱼盆淹死了。"

"那家政主管又是怎么死的呢？"大卫把枪扛在肩上，慢慢踱步，"如果你答错了，我就给你一枪！"

这个问题令李明杰困惑过，灰马的死给了他启发。

"你料到像家政主管这样的人，都是用指头蘸着唾沫数钱的，所以提前在钱上面涂抹了毒药，八万元的百元钞票足足有八百张，够她数一气的。根据测试，你甚至可以估算出数完这些钱，家政主管会舔多少次手指，而多大剂量的涂抹可以确保毒死她。"

"听上去你像个绝命毒师啊，不过她是食物中毒的，跟我有什么关系？"

"同样吃了河豚，她父亲连中毒的症状都没有。"

"那她妹妹又是怎么中毒的？"大卫哂笑。

"她数了姐姐给的五千元，只是少量摄入剧毒没有致死，所以问题一定是出在钱上！"

"Great！回答正确！"大卫打了一个响指说，"这世界上的大部分事情，问题都是出在钱上！可惜人都火化了，你现在才想明白，也是一个马后炮！"大卫把枪竖在凳子旁接着说，"你这些都算合理推定吧，那好，你仔细想一想，辛叔的死亡现场留过我的一个指纹、一丝气味吗？钱是戴蓓蕾给人家的，家政主管的死跟我有一毛钱关系吗？你们都无法给家政主管定罪，更何况我？"

"任何犯罪证据链都是闭环的，只是有的显性、有的隐性，有的直接、有的间接。"

"那好，我问你，Sisley 是怎么死的？"大卫继续探问。

"你给她过量使用毒品！"

"按你说的，我对这个世界都负有无限责任了。说起来我还有一点儿伤心，Sisley 是我的红颜知己，我俩都是瘾君子，她嗨完了从我那儿离开，自己骑电动车出了事儿，这个不可以吗？"

"当然不可以，你这也是主观故意杀人！"

"你别嘴硬，不要忘了，是我在审判你。今天你要亲口说出来，是辛传斌错杀了我父亲，是他有罪！他已经罪有应得，我今天请你来，就是要你偿还你的那份罪，因为你是那个瞎了眼的目击者！"大卫突然拿枪瞄准李明杰。

场面一下子安静了，戴蓓蕾不停地挣扎摇头。

"大卫，张德才案件确实有疑点，辛叔交由我来追查，我把所有线索都排查了一遍，知道这件事情真相的人应该是梅姐——你的母亲。她有责任把这件事情给你说清楚，而不是给你种植仇恨！"

"她没有种植仇恨，只能说我是个有仇必报的人！"大卫冷笑。

"既然是有仇必报，那冤有头债有主，戴蓓蕾是无辜的，你可以先把她放了。"

"哈哈哈哈，在大卫面前，歌利亚是无辜的吗？更何况戴蓓蕾一点儿也不无辜，你们别着急，我一个个来审，你们没有一个是无辜的。李明杰，你看这是什么？"大卫用手机电筒照着一柄寒光闪闪的军刺。

"你连这个也拿来了？"李明杰吃惊地问。

"当然，这就像那个苹果，你俩就是亚当和夏娃，我会用这个苹果来惩罚你们！"大卫笑说。

"你以为你是上帝？真无耻！"戴蓓蕾努力发出微弱的谴责。

"黛贝瑞，是不是上帝，先别急着下判断。听我说，我去李警官的书房把它取来，还给它开了刃，像新的伤口一样，还滴着血！当然，我顺便带走了你父亲，他一辈子守那口闸以免洪水泛滥，我把他堵在水泵口，任凭旋转的叶轮把他粉身碎骨，也可以说实现了他的心愿——为人民鞠躬尽瘁！"

听到父亲，李明杰默默低下头，他不知道父亲最终如何了。

"怎么不说话了，李警官？"

"你必下地狱！"

大卫看了一下手表，说："你说这个话不科学，这里与世隔绝，不会有人来打扰我们了。我是学化学的，什么幸福痛苦，都只是一串分子式，人只是一个化合作用的产物。为了让你说实话，在审判前你先放松一下吧，分子作用对我们每个人都是公平的。"说着，大卫按下遥控键，铁顶棚上一个喇叭口里放出了白色烟雾。

"你要干什么？"李明杰警觉地问。

"你放心，我不会跟你这样的人同归于尽的。你以为你呼吸着干净甚至高尚的空气，只是我想告诉你，我们呼吸着同样的空气。这些白雾会让你看清，我们呼吸着同一团气体，它从我的肺里出来，进入你的肺里，你说我们还有区别吗？"

"大卫，我还是那句话，你任何时候忏悔都不晚。"

"该忏悔的是你！今天你应该为三十年前犯的错误忏悔，看我愿不愿意原谅你。你看，现在跟你背靠背的戴蓓蕾，她几乎用粉身碎骨的方式来帮你抓到我，你不后悔让爱你的人去送死吗？"

"阿戴，你还行吗？"李明杰低声问。

戴蓓蕾慢慢说："渴，真渴！"

"大卫，你也算受过高等教育的，现在就算我们是你的俘虏，你也该人道对待吧，赶紧给我们弄点水喝。"

大卫笑着说："让你们渴死了，岂不是便宜了你们。"说着，他从抽屉里取出一瓶带 DAV 标识的饮料，在手里掂了掂扔过去，饮料瓶在地上滚动着。

李明杰说："不需要饮料，有纯净水吗？"

大卫笑了，说："这可不是一般的试喝装，你怀疑这饮料不纯净？"大卫拿起一瓶拧开喝。

"她和你不同！"李明杰说。

"不喝就死，死亡还有什么不同？"

"从化学来说，应该没什么不同；从生命的价值来说，戴蓓蕾是正数，你是负数。"

"亚当，想不到你数学这么差，真不知道你是真关心还是假关心夏娃，我是真关心戴蓓蕾！"说着，大卫拿起一瓶纯净水走过来。戴蓓蕾低着头，大卫轻轻拧开瓶盖，把水喂到戴蓓蕾嘴边，戴蓓蕾努力吮吸，水一直在洒。

大卫放下水，把遥控器扔到地上踩碎了，说："这个屋子没有出口，谁也出不去，你们最好老老实实的。"

说着，大卫打开了戴蓓蕾的手铐，戴蓓蕾拿起水瓶吃力地喝完一瓶水，带着满足感平躺在铁板上。

"你喝吗？"大卫问李明杰，他不吭声，大卫给李明杰拿了一瓶，拧开喂给他喝。

"白眼狼，我不敢打开你的手铐，就只能投喂你了，你没有戴蓓蕾身上那种高贵的同情心。放心吧，水里没有毒的，只是你心里有毒！"

为了提升体力，李明杰努力吮吸瓶口流水。水喂完了，大卫抬起头来，望了望天花板，走到墙边关掉了一个开关，白雾停止喷发。

"怎么样，现在是不是有点飘飘欲仙的感觉？这里是我的新产品试验室，我刚才喝的那瓶饮料多少可以中和这种愉快的气体，可惜你们不喝。我想你俩一定对我有些误解，为了让你们了解我的心境，我想邀请你们听一首歌，这也是审判的一部分！"

话音落下，黑屋里突然灯火通明，复古的彩灯闪烁。底舱被大卫改造成了一个小型舞台，恍若当年仓库的模样，虽然简陋但该有的都有。

大卫一袭白衣，坐在舞台中央的高脚凳上，手里抱着一把吉他。

"Ladies and gentlemen！欢迎来到仓库听歌，今天我要给大家演唱的歌曲，是男人的歌，是女人的歌，也是一首忧伤的歌！"

大卫扫了两下弦，接着说："这个地方，期待你们两位已经很久很久了，应该说，我打造这个与世隔绝的舞台，就是为你们准备的。"

这段话让李明杰感到了大卫深藏的怨念。

大卫打开音响，背景音乐缓缓流出。他摆开架势，弹唱了一首《寂静之声》，一招一式都像个民谣歌手。

# 七十六、大卫故事会

Hello darkness my old friend

你好，黑暗，我的老朋友！

I've come to talk with you again

我又来和你说说话

Because a vision softly creeping

只因有个影子悄悄潜入

Left its seeds while I was sleeping

在我沉睡的时候埋下种子

And the vision that was planted in my brain

那景象已经在脑海里生根发芽

Still remains

纠缠不休

Within the sound of silence

在这寂静的喧哗里

In restless dreams I walked alone

在无休止的梦魇里，我一直独行

............

大卫抱着吉他在舞台上晃动身影，显得落寞又忧伤。许多事情在李明杰脑中从恍惚到清晰，与那个久远的时代重合。他回到了那个夏天的夜晚，跟着哥哥李明星偷偷跑到心安渡仓库听歌。那个舞台遥远、迷人，在他幼小的心里甚至有些虚幻。他太小，荷尔蒙尚未分泌，不知道大人的快乐，可他沉浸其中，那是一个现实中无法想象的世界。

空气中充满令人昏昏欲睡的气息，音乐不知何时已消失，大卫按住吉他弦开始说话。

"李警官，在我正式审判前，我给你讲个故事吧。这个故事一开始跟你没有关系，慢慢地像一粒种子发芽生长，随着时间流逝，你也走进来了。等我越来越大，知道得越来越多时，我发现戴蓓蕾其实更早就在这个故事里，只是她不知道。所以今天我们在一起并不是偶然的，都是有因果的。"

戴蓓蕾虚弱地靠在李明杰肩头，李明杰动了动反扭的胳膊，两人似听非听的模样。

"从前呢，有个骨子里喜欢时尚潮流的女孩儿，她烫发，穿喇叭裤，偷偷听港台歌曲，也有欧美歌曲。她喜欢帅的男生。初中时班上有两个男生，一个沉稳，一个热烈，沉稳的叫汪俊华，热烈的叫张德才，两个人都帅。她是班花，两种类型都喜欢，她接受两个人不同方式的殷勤。但那还不是爱情，那层窗户纸谁也不捅破。直到有一天，张德才用绷带吊起胳膊，一直彬彬有礼的汪俊华脸上挂了花，她才知道两个大男孩儿进行了一场普希金式的决斗，他们连战利品是什么都没有说定，就约在河堤上狠狠对殴了一次。她心疼两个大男孩儿，她比他们成熟，知道这样会出问题。好在初中很快就毕业了，大家天各一方，汪俊华考上了县一中，张德才进了放映队当放映员，女孩儿在糖厂成为一名普通的工人，每天的工作是用糖纸包糖块。从事着甜蜜的事业，也憧憬着属于自己的那颗糖。汪俊华从县城带回了《大众电影》杂志，他知道她喜欢什么。汪俊华那种好学的劲头给了她另一种吸引、一种未知的憧憬。有一天，汪俊华带她坐在汉水闸边，看夕阳无声坠落在江里，那时她醉在他怀里了。

"她明确了和汪俊华的关系，当然还是柏拉图式的关系。她第一时间就告诉了张德才，放映员显得很豁达，摘了一捧野花来祝福她，然后抱紧她要吻她。她用巴

443

掌击退了他。他跪在她面前忏悔，泪眼滂沱。她原谅了他，说他们还是好朋友。

"这时候，一场战争改变了故事线。汪俊华高考失利，成为文不能教书武不能挑水的水浒英雄吴用，正无脸见江东父老，是战争拯救了他，他报名参军了。

"张德才并没有借机'收复失地'，他和她之间还是像好朋友一样，只是张德才变了。张德才喜欢留胡须，是个美髯公，他穿皮裤皮夹克，学会了吉他，像个朋克。他无须沾花惹草，因为许多女孩儿都喜欢他。他出现在仓库舞台上时，底下一片欢呼。

"汪俊华在后方训练了几个月，上战场后他离地雷和火炮越来越近。在上前线的前一天晚上，他给她写了一封暂停恋爱关系的信。这封信对她来说打击不小，她觉得汪俊华小看了自己的感情。"

"暂停恋爱的信，应该是在前线写的！"李明杰插进来一句，他手机里存着那封信。大卫停下来，望了李明杰一眼，扫了一下吉他的弦，继续讲故事。

"她低落的情绪被张德才抓住。张德才情绪高涨，快乐溢于言表，他是个快意恩仇的人，马上提出要当她的男朋友。

"她谢绝他，一点儿也不委婉，说好朋友天长地久。说话时他们正走在铁轨上，前方来了一列火车，张德才一言不发，黯然坐在枕木上，干脆躺下。火车越来越近，她无论如何也拉不动他。巨大的钢铁猛兽将散发着沥青香的枕木震得微微跳动，她吓得迈不动步子，不知道该怎么办。张德才好像一切胜券在握，把她一把拉入怀里，两个人滚在枕木间的凹槽里躺着，张德才的手牵着她的手，等待钢铁洪流从身上滚过。

"火车过去后，肾上腺过度分泌，她几乎窒息。他抱着她坐在铁轨上说，死并不可怕。说着他来吻她，她毫不避讳，两个人化成一团火。

"她和张德才过了一段金童玉女一样的好日子，成为仓库舞台的核心成员。在她宽阔音乐视野的开拓下，他们的歌开始脱离港台味儿，变得多元，音乐和爱笼罩了他们。

"这样快乐的日子有半年，人生中最快乐的日子。"说到这里，大卫开始漫弹和弦。

"你人生中最快乐的日子是什么时候？"李明杰突然问大卫。

大卫不接话，继续说："她坐公共汽车去江东市最大的音像店买约翰·列侬的黑胶转录磁带，她不知道有没有卖的，就想去看看。在这趟音乐朝圣之旅的长途汽车上，她遇到了汪俊华。他坐在后排，看见梅艳华上车却假装没看见，假装看风景。她心就咚咚跳，疯狂了一样，她的腿不听使唤，走到了他旁边的座位坐下来。

　　"他还是望着窗外，好像一直会望着窗外，直到世界末日。她忍了几次还是主动搭腔了，她觉得如果见到他一句话都不说她会后悔一辈子。她问他：'你回来了？''嗯，回来一段时间了。'他也不希望错过这次说话的机会，在她的话还没有落稳就跟了上来。

　　"相互寒暄一阵，他们聊起了音乐。他们对音乐有共同的品位，跟张德才的完全不同。他不喜欢《成吉思汗》这样的曲风，他喜欢《寂静之声》，也唱《Let it Be》，他的歌里没有荷尔蒙，其实那对某些听众是最好的荷尔蒙。

　　"她感慨万千，觉得和他其实还有很多要一起去做的事情，可是一件也没做，有些事情她觉得只有和他做才是最好的。

　　"时间无情，他到站了，下公共汽车时他摔倒在地，她从窗户里看见他躺在地上翻滚，她连忙让司机停车，下车去把他扶起，他靠在站牌旁喘气。喘息了一会儿，他说没事儿了，有一颗子弹压在瓣膜附近很凶险，一直没有取出来，有时候身体挤压到会突然疼痛难忍。他轻描淡写说完，她已经默泪成行。

　　"她很喜欢听他谈对音乐的理解，汪俊华唱歌跟大家很不一样。她鼓励他也来仓库唱歌，她以为因为音乐，张德才和汪俊华会成为好朋友——她好天真。

　　"那天晚上，一开始都是友好的，张德才的荷尔蒙曲风和汪俊华的圣咏曲风相安无事。是这柄军刺打破了现场的和谐，它在不该掉的时候从汪俊华裤带上掉下来了。演出进入高潮部分，他们像斗鸡一样出现肢体接触，这柄军刺像一根火柴掉进了已经流淌一地的汽油里，轰然一声两群人打起来了。"

　　故事讲到这里，大卫收了吉他，举着军刺走下舞台。军刺在地上摩擦，发出刺耳的声音。

　　"你如果追查了汪俊华的死因，故事从这里开始，你就知道下面该怎么讲了。她，这个叫梅艳华的女人，后来我的母亲，花了一辈子的时间去摆脱对这件事情的内疚。她觉得是因为她的简单傻气，让两个都喜欢她的男人永远消失了，汪俊华和张德才在前后不到两个月的时间里，以不同的方式死掉了。"

大卫走回话筒处，说："如果将人生比喻成一首曲子，梅艳华的人生本来是琴瑟和谐的，到这里突然弦崩箱裂。"大卫用军刺将吉他上的一根弦撬断，崩断的声音在昏暗的空间里游荡，迟迟不肯消散。

"你母亲年轻时的遭遇，确实令人惋惜。"李明杰说。

"梅艳华女士接下来的人生，李警官，你可能比我还清楚吧。一个女人，满世界都知道她的男朋友是个流氓，而她的肚子里居然还怀着这个流氓的孽种。她很快就失去了工作，只好背井离乡，到人多得来不及记住对方的大城市里面谋生。她最初在地下酒吧驻唱，在就像这个舞台大小的地方谋生，她不小心也好，借毒消愁也罢，染上了毒瘾。幸好张德才有一个叔叔在江东市公安局工作，他照顾她，一直接济她们母子俩。"

听到这里，李明杰对张东强和梅艳华的关系终于清楚了。

"有一天，叔爷张东强告诉我，当年我父亲张德才死于一场错案，辛传斌是这桩错案的关键人，而这个案子最关键的证人是一个九岁的小孩。"

讲到这里，大卫停下来，把灯光调亮，从储物柜里拿出一件警服来，抖开让李明杰和戴蓓蕾看。

"九岁的小孩，你看这是什么？"大卫冲李明杰说。

那是一件83式橄榄绿警服，肩口上有一道切痕，后用粗线缝过，李明杰一下子激灵起来。

"你这是哪里来的？"

"辛传斌那儿啊，取他的性命都不难，何况一件衣服？戴蓓蕾，取他性命时，你还助我一臂之力呢！"大卫缓缓展露笑容。

戴蓓蕾身体动了一下。

"戴蓓蕾，你还是那样天真，跟我母亲一样天真。我喜欢你的天真，你的天真有时候让我很矛盾，如果世界上没有了天真，人类多么龌龊啊。可我能为了天真，放弃我该做的事情吗？"

"你从小就认识戴蓓蕾？"李明杰问。

"我是大哥哥，不过现在不是说我们青梅竹马的时候。"

"你不配说青梅竹马，你把辛燕怎样了？"李明杰问。

"她不是好好的吗，经常和他父亲聊天叙亲情。"

"你造假并不高明，她跟真实的辛燕差别很明显。"

"那又怎样？辛传斌认为是就行，他就这么一个女儿，他相信这个外貌神似的女人就是自己的女儿。视频聊天可是人类伟大的发明，远在万里，我们的亲人不就是要个影子吗？不就像我看父亲的照片一样吗？"大卫做着夸张的手势，说着不禁悲切起来。

"你去德国亚琛工业大学学化学，就是为了接近化学老师辛燕？"李明杰嗓子发软，他不想去证实这个真相。

"她把我当小弟弟一样爱护，我只能说这么多了！今天你肯定出不去了，你还是好好配合我完成我的心愿，也总算是让一个人圆满了！"

说着，大卫用刺刀挑着83式警服走过来。

# 七十七、父之名

　　"李警官，你知道我的痛苦吗？我对父亲的印象就是一块墓碑！现在你知道了这一切，也可以瞑目了。当年你只有几岁，看走了眼也可以原谅。今天你穿上这件警服，我就当你是辛传斌，你受我一刺刀，才真正解了我心头之恨。"

　　说着，大卫将刺刀扎在李明杰左肩上。

　　剧痛让李明杰缩紧肩，强忍疼痛说："你黑白颠倒！我还是那句话，你现在自首比你死不忏悔好！地狱也分层的，待在十七层也比十八层强！"

　　"哈哈哈，你是地狱看管钥匙的吧，还掌握着给我分配宿舍的权力，不过你还在地狱里啊！"大卫猛地拔出刺刀，绕着李明杰走。

　　"这里没有权力，只有社会的秩序，每个人都遵守的秩序，你想做一个打破秩序予杀予夺的人，肯定过不了我这一关。"

　　大卫盯着李明杰，一字一句地说："李警官，李明杰，你死到临头了还自以为是，在最后的审判来临时，谁也不可能是无辜的啊！"

　　"大卫，你不要把我和你混为一谈，就算有最后的审判，我们也不在一个审判席上。你以为自己聪明，以企业为掩护制贩新型成瘾饮料，发现卖给个人消费这条路不好走，又拾起你母亲批销辐射周边市场的老路，这些跟三十年前的案件有关系吗？"

　　"李警官，你一定听说过蝴蝶效应吧，一定听说过多米诺骨牌、强相关弱相关吧！我不用给你详细解释，我的人生走到今天，走到这一步，多谢两位关照，两位可以说功不可没！"

李明杰看了一眼戴蓓蕾，说："你要把三十年前的旧账记在我身上，我无怨无悔。我那时才九岁，相信看见的一切有什么错？可戴蓓蕾跟你小时候一样无辜，她这么虚弱，你可以把她放走吗？"

"你说戴蓓蕾无辜？戴蓓蕾，你说说！"大卫凑上去，几乎要嗅到戴蓓蕾的鼻子，扶住她的肩，用温软的眼神望着她，又露出一丝嘲笑说，"你自己说，你把辛传斌的奖章弄丢了，那可是我的奖章啊，我胜了辛传斌获得的奖励啊！还有灰马，是你放的跟踪器吧，那可是我和警界重要人物沟通的桥梁，他是德华集团的两朝元老，你们把他给逼死了。当然，他已经暴露了，死是他最好的结局，像他这个级别，家里可以拿到五百万元抚恤金，你们能给他什么，无期徒刑？他干吗不选择死。还有，我扔到湖里的面粉和单晶冰糖被你们及时打捞了，你就不觉得那是个圈套吗？你发了那么多星星给李警官，你说你是无辜的吗？"

"我是警察，这是我该做的！"戴蓓蕾虚弱发声。

"好啊，你自投罗网我也挡不住！戴蓓蕾，不是你跟踪我，是我选择了你，因为我需要把你留在身边，这样你父亲才更听话，他想退出都不可能！"

戴蓓蕾瞬间明白了父母为什么离婚，父亲为什么给自己办护照。她呼吸急促，眼里滚出豆大的泪水。

大卫沉吟一会儿，说："这世界本就是残酷的，我知道你父母也不是什么好东西，只是你知道真相太晚了！"

戴蓓蕾喘息起来，李明杰扭身拍了拍戴蓓蕾的胳膊，这是他可以转动的最大幅度。

"大卫，我知道达夫集团不是你创立的，你只是这枚毒果子的吞噬者。既然知道了那么多，你是有立功的机会的，我劝你现在就自首，跟着我们回去。"李明杰说。

"回去，回得去吗？你俩回不去了！一会儿我从这里离开，你俩在这里将化成一堆白骨，我告诉你们什么都无所谓了。戴蓓蕾，那天我派你去送财务报告，其实不是什么财务报告，我母亲很多年没有看见你了，她想看看你，因为她希望你是她儿媳。那天的录像我母亲给了张东强，张东强给了戴兴国。戴兴国是谁，你该不会六亲不认了吧？你缉毒缉到你父亲头上了，大义灭亲啊！"

"你胡说？我爸是被你们胁迫的！"戴蓓蕾用几乎最后的气力说。

大卫哈哈大笑起来，说："那时候你小，你现在又才多大，你才知道多少？我也是刚刚知道一些，我是不会浪费任何资源的，现在你也是我手里的一张牌，戴兴国能不动用一切力量给我洗白吗？为了这张牌，我一直对你照顾有加，才让你活到今天。今天我是不是说多了？不过今天是个神圣的日子，是个审判日。上帝从来不亲手杀死谁，他只用洪水、猛兽、地震、瘟疫——一切，只是不亲自动手杀人。前面死去的那么多人，我亲手杀死过一个吗？"

"你别狡辩了！你是杀人主谋，是要承担法律责任的首犯！"

"今天，上帝要用洪水惩罚你们这样的罪人。现在只有你俩知道得最多，所以生命只能结束在这里了，你们的地球故事就到此为止吧。外面的世界还在我的掌控中，没有你们我会干得更加出色，金童玉女们，再见了！"

说着，大卫开始换潜水服。

"小超，你连自己的身世都不知道，你打算这样自欺欺人到死吗？"

"你什么意思？"

"你出国读博不走正路，心术不正打造了一个说一不二的毒品帝国，以为自己像成吉思汗掌握了生杀予夺的大权？如果你连自己是谁的儿子都不知道，你做这一切又有何意义？"

"李警官，你说话要负责任！"大卫冲李明杰怒吼。

"我敢肯定，你压根儿就不是张德才的儿子！"

"你死到临头了还在说谎！当年，你虚假的目击证词，不是已经毁掉了一个女人的幸福吗？我要你给我闭嘴！"大卫举起军刺挥舞着，向李明杰走过来，刺刀扎在了李明杰右肩上。

李明杰疼痛着挪位，紧靠他的戴蓓蕾倒向一边，她已经呼吸困难了。

"大卫，我不是诬骗你，你真的不是张德才的儿子！"

"那我是谁的儿子？你快说！"大卫嘶声，把刺刀插入刚才扎的伤口开始旋转。

"你先救戴蓓蕾，我再告诉你！"李明杰忍痛说着。

"我父亲不可能是别人，我不允许你污蔑我的母亲，绝对不允许！"大卫的表情近似哀求。

"我反正会死，只是还没说完，就被你杀了，多可惜。"李明杰躺在地上喘气。

大卫在铁板上踱步，把军刺刮得嘎嘎响，咬牙切齿说："李警官，你九岁犯的这个错误，错得不浅，害死了我父亲，让我不知道叔爷和父亲怎么区分，让我一辈子既依恋母亲又想脱离她，让我一直在一种怀恨又感恩的混账情绪里生活。我已经作为一个死刑犯的儿子生活了三十年，你现在又拿我的父亲是谁来开玩笑！李警官，如果我没有记错的话，你那个父亲，现在已经在守北闸抽水泵里搅成肉泥了，这就是我对你的恨。你们都有一个好父亲，你们的父亲都得死！"

李明杰沉痛默然，眼泪顺着脸面下淌。他看了看旁边的戴蓓蕾，强忍着悲痛说："大卫，你也有一个好父亲，你的父亲，他也是一个真正的英雄，只是他命不好，没有死在战场上，却死在一场爱的纠缠里。"

"你编故事的能力比得上丹·布朗，只是不要提我父亲，好不好！好不好！好不好！"大卫像一头中了蛇毒的狮子，开始手舞足蹈重重捶打李明杰的肩伤。

这时候戴蓓蕾的头耷拉下去，李明杰喊："大卫，你快救戴蓓蕾，我告诉你身世真相，她对你是一张重要的牌，她死了对你没有好处！"

大卫停止哀号，走过去蹲下来摸了摸戴蓓蕾的颈脉，气喘吁吁地说："我当然舍不得你死，至少你不应该死在我面前。李警官，你别啰唆了，话不要只讲一半，你给我说清楚，我的父亲是谁？"说着，大卫双手开始抚摸自己的喉咙，似乎中了魔咒，跪着慢慢爬到舞台旁，从台柜抽屉里拿出一瓶药来，倒出几颗喂进自己嘴里，拿起一瓶水送服，倚靠在台柜旁，过了一会儿才缓过神来。

"李警官，你故意编有毒的故事来刺激我，你诡计多端，这儿没有出口，你跑不了。"

"别废话，你赶紧救戴蓓蕾吧！"

大卫颤抖着手拿起几粒药爬到戴蓓蕾面前，把药塞进她嘴里，用水灌服。

"大卫，我现在就告诉你身世，你忏悔还来得及！"

"我已经救了戴蓓蕾，你守信用就说吧，别婆婆妈妈！"

"你不姓张，姓汪，你的父亲是汪俊华，他是一个英雄！"

"你胡说！"大卫突然发疯一样喊起来，"不可能，不可能！一个英雄的后代，不可能到处认人当爹，他的母亲不可能人尽可夫！他儿子不可能满脑子都是怀疑和仇恨！"

大卫跪在地上双手护着脖子，好像有一双无形的手在卡脖子。

"大卫，你冷静一下！"

"汪俊华是我父亲，你有什么证据？"大卫缺氧一样大口呼吸。

"虽然我不知道你母亲是怎么怀上你的，可从科学上我确实知道。你父亲汪俊华在仓库打斗中死亡，他的骸骨被人埋在一座闸里。警方通过 DNA 比对确定了他的身份，我也搞到了你的 DNA，你们确实是父子！"

大卫抱着头，大口喘息。

"你父亲是爱你母亲的，只有那种爱才会把希望留给别人，你父亲才会在战场上提出跟你母亲分手。要错也是你母亲做错了后来的一切，你父亲绝对是一个英雄！"

大卫终于缓过神来，开始痛哭，哭得上气不接下气，最终匍匐在钢板上。

"大卫，既然你是学化学的，认为人生中的快乐幸福，都只是一堆化学分子式，那么活明白比活多久更重要，你可以像你父亲在战场上那样勇敢吗？敢作敢当。假如你相信天堂、地狱，你只有虔诚地忏悔，才有可能在天堂见到你父亲！"李明杰用诚恳又坚定的语气说。

大卫不置可否，像个大字趴在钢板上，一动不动。

## 七十八、人塞

李明杰见机努力挪动身体，不断接近台柜，希望找到打开手铐的钥匙。此时大卫慢慢坐起来，抹着脸疲惫地说："谢谢李警官，你让我知道父亲是谁了，可知道他是谁了，我觉得你们错得离谱了。培根说的那句话，你应该清楚吧？"

"什么话？"

"你怎么到那儿了，你想跑？跑不了的，除非我放你走。"大卫看着李明杰晃着头说，"你回原位，如果不想戴蓓蕾死，你最好挨着她，随时关注她的呼吸。我觉得她的体质跟我正好相反，刚才的白雾对她会致命的。"

说着，大卫上来反拖着李明杰一条腿走到戴蓓蕾旁边，用一根脚镣将李明杰固定在地环上。

"我现在告诉你培根说了什么，一次不公正的审判，其恶果甚至超过十次犯罪。因为犯罪好比污染了水流，而不公正的审判则毁坏法律，这好比污染了水源。你们只知道从重从快从严，法律的严肃性在哪里？法律跟卖猪肉一样半斤八两没所谓吗？对搞错的案子，你们忏悔了吗？"说着，大卫的愤怒又上来了。

"大卫，如果你毒怨无解，可以再扎我一刀、扎我十刀，但你必须明白是非曲直，一个连对错都分不清的人，我是没法跟你讲道理的。DNA鉴定虽然告诉了你父亲是谁，可三十年前那个夜晚到底发生了什么，汪俊华到底怎么死的，张德才焚烧的尸体是谁，我还是不知道。要说我死不瞑目，只会为此死不瞑目！因为年代久远证据缺失，许多细节我还没有搞清楚，我一直在调查这件案子，一定给这个案件一个真相，给逝者应有的尊严，给家属抚慰，这不正是在使这条河流正本清源，滋养后世吗？"

"李警官，你说得很好，你不是一个工具，你是个有灵魂的警察。如果多一些你这样的警察就好了。只是太晚了，一切太晚了！你出不去了，我也没有回头路可走了。两位，我先走了，洪水自会惩罚一切，趁变成白骨前抱在一起吧，抱歉了！"

说完，大卫穿好潜水服背上氧气瓶，说："忘了告诉你们了，我拿的是德国护照，经营着正当企业。我的业余爱好是潜水，一会儿我就拉开这个舱盖，水进来后我就从这个洞里钻出去，游走。"

李明杰背着手挣扎，戴蓓蕾依然熟睡或昏迷。

大卫正要去拉起密封盖，李明杰拿出浑身力气喊着："汪超，你刚才给她吃了什么药？你马上让她醒过来，在上帝那儿都算你救了一个人！你要像你父亲汪俊华那样，干一件男人该干的事情！"

大卫安静地望着两人思索了几秒，去台柜找出注射器和一瓶药水，将药水吸进注射器。

"从这一针开始，你已经在忏悔！"李明杰还在争取。

"李警官，请闭嘴，你再说就属于花言巧语了！"大卫正说着，头顶出现电锯声。大卫怔了一会儿，扔掉注射器往盖板走去。

"汪超！汪超！"李明杰连声喊，"你救了戴蓓蕾再走！"

"之前麻醉药的成分还没消失，她体内的物质太复杂，恐怕我救不了她了！"大卫望了一眼戴蓓蕾，蹲下去拧螺丝，揭开了折叠盖板，地板上露出一个洞。大卫钻进洞里，回手拿着折叠盖板缩进去，整个身体渐渐消失了。里面传来动静，不一会儿一股水流井喷上来。

李明杰尽了各种努力，脚镣、手铐却没有丝毫松动。水喷涌翻滚，很快就在底舱积了一寸多深，戴蓓蕾躺在水里一动不动。

李明杰努力挪动身体，终于反手够到戴蓓蕾一只脚。随着底舱水量增加，借助浮力李明杰缓慢拖动戴蓓蕾，手可以摸到戴蓓蕾的脸，终于可以用手掐戴蓓蕾人中，此时水已到戴蓓蕾齐耳深。

戴蓓蕾毫无动静。舱底的水冰凉刺骨。李明杰继续掐她的人中，拍打她的脸庞，戴蓓蕾呛声猛然坐起来。李明杰惊喜地喊："阿戴，阿戴！"戴蓓蕾一连串咳嗽后终于喘过气来。她发现自己坐在水里，马上意识到处境危险，转身向李明杰看去。

"阿戴，你还好吧？"

戴蓓蕾点头，像个苏醒的太空人。

"你听，上面有电锯声，你出舱找人来救援！"

"那你怎么办？"

"找到人来我们就都有救了！"

水柱翻腾不止，时间一刻不容耽误。戴蓓蕾涉水寻找回去的路，铁门却被封死了。戴蓓蕾用力捶打，尝试各种开铁门的方式都没有用，她只好蹚水回来。水已经到了李明杰的脖子，镣铐让他站不直，危险来得真快。

戴蓓蕾跑到台柜处翻找，从底层工具箱找到一根铁丝。她用老虎钳将其弯成合适的样子，赶紧向李明杰蹚过去，此时水已经淹到李明杰鼻孔下沿。

她潜水先把李明杰的脚镣打开，这样他就站直了。她再给他打开手铐，他自由后第一件事是扑向地板上翻滚的水洞。水柱力量很大，将李明杰冲到一边，他多次用身体堵截都失败。她也拢上来，两人手拉手奋力堵水洞却收效甚微，水很快就齐腰了。


大磊等警员与毒贩发生激烈枪战，击毙两人，抓捕十七人。李先生趁乱逃跑时被流弹击中身亡。宋发科带人进入游艇搜索时游艇发生爆炸，他被震落水中，下落不明。大家搜遍了挖沙船各舱位，没有发现李明杰、戴蓓蕾的身影。

正在焦头烂额之际，大磊想起什么来，他让大家注意搜索挖沙船是否有夹层。一条警犬在遮阳棚地板裂缝前转圈圈不肯走，它闻到了人类的气味。两台消防破壁电锯被抬上船来，干警们沿着缝隙猛锯，终于将盖板锯开，下行楼梯展现在大家面前。大磊沿着楼梯往下，看见一扇铁门，众多水柱沿着铁门两边缝隙喷射出来。水柱不断增多，这意味着里面水位在继续增高。看到这些，大磊急得搓手顿脚，赶紧叫人递大铁锤来。


被刺刀扎伤的胳膊使不上劲儿，李明杰抓住洞沿奋力与水柱搏斗，又多次被水冲开，整个人像一只在狂风里翻转的风筝。

戴蓓蕾和李明杰两人尝试环抱压向水柱，也被冲击得东倒西歪，根本堵不住舱洞。等到底舱水已漫到肩时，水柱翻腾的力量没有那么大了，李明杰钻进水洞，却发现大卫把水洞出口锁死了。

等李明杰退回底舱，水已经齐两人脖子。侧上方的电锯声和大铁锤声交相起伏，李明杰意识到大家在与时间赛跑，只要有一个人赢他们就赢了。

"阿戴，你必须出去，大卫的许多证据都靠你了！你死了许多人就白死了！"说着，李明杰身体猛地往下一缩钻进洞里，用身体卡住喷水口，用整个身体堵住水洞，水位不再上升了。

戴蓓蕾无论如何也拉不动李明杰，他像一个人肉瓶塞死死塞住洞口。

此时不容多说，戴蓓蕾吸了下鼻子潜下水去亲吻了李明杰，然后转身浮出水面。

戴蓓蕾只能歪着脖子用嘴贴着天花板艰难呼吸，她一步步终于探到铁门口。她用手铐奋力敲击铁门，水的阻力让她的敲击柔弱无力，却引来另一面的欢呼，电锯的声音更加密集，大铁锤更猛。里面的敲击却渐弱，最终消失了，门外的警员们恨不得吃掉这道铁门。

几分钟后铁门终于被锯开，水压陡然释放，戴蓓蕾像一条鱼随着水流被冲出来。

警员们赶紧将戴蓓蕾举到挖沙船甲板上，马上有人给她做压胸复苏。戴蓓蕾呕吐出大量水，嘴角开始翕动，大磊俯身听见她喃喃"李队"，禁不住含着泪大喊："快下水救李队！"

几名警员早已戴好潜水设备沿楼梯下去，大磊赤手空拳冲到了最前面，有人递给他一个氧气瓶，他胡乱背在身上却忘了把吸气管含在嘴里，经队友提醒才胡乱塞进去。

大家进入底舱开始探摸。为了有效搜索到李明杰，大磊示意大家等距排开，沿舱底地毯式搜索。

时间一分一秒过去，浮力和浑浊的水体让人充满无力感。大磊像有八条腿的章鱼开足马力在水里左右扫探，他感觉脚指头碰到柔软物体，马上俯身向柔软处反复探摸，首先摸到了一缕头发。李明杰没有任何回应，头发像一朵水母在水里晃动。

大磊抱住李明杰两肋，使出浑身气力将他从舱洞拔出来，拖着他的胳膊快速往出口游去。借着光，大磊看见李明杰紧闭双眼，手指也捕捉不到他的鼻息，只好冲他大喊："李队，你一定要挺住！"

几天后，无法自持的游艇被拖上岸，戴蓓蕾带着技术干警在游艇上搜索固定证据，在舷梯处找到了她的那部手机。事后恢复数据，找回了前半行程偷拍的这次行动的过程，最大遗憾是没有在游艇上搜出毒品。

挖沙船底舱抽水清理后，发现除了音响设施，这里其实是大卫的一个化学实验室，搜出多种试验中的成品、半成品违禁物，这些足够给大卫定罪了。

宋发科的遗体几经打捞未果，几天后自动从水里浮出来了，他成为此次行动牺牲警员中警衔最高的警察。

大卫被早有准备的宋发科在挖沙船周围布控的网兜兜住，他像一条大鱼被拎上岸，从此再没有说过一句话，像哑巴一样一字不吐，等待他的律师团队从德国飞来。

# 第九篇　起底

# 七十九、风暴眼

李明杰从医院醒来，一时不知身在何处。一袭白衣人向他走来，他惊坐起来正想说"大卫你要干什么"，马上意识到自己在医院里，白衣天使来给他换药。

"明杰，你可算醒了。"坐在床头守候的杨局一下子来了精神。

眼前的一切还是白得耀眼，李明杰合眼又睁开，缓慢地说："爸，您没事儿吧？"

杨忠平怔了一下，伸出手拍着李明杰的手背，说："明杰，你总算没事儿了！"

杨局变得清晰，李明杰努力微笑，整个人像一摊不受控制的泥巴。

"明杰，你安心养病，你爸没事儿了，那帮家伙也都落网了。"

"大卫呢？"

"大卫关在'一看'，你放心。"

"戴蓓蕾呢？"

杨局眼皮垂了一下，故作漫不经心地说："她很好，身份也解密了，以前的担心都没有了，她又回到队伍里了。"

"她在哪里？"

杨局停顿了一会儿，说："我给她放了个长假，让她在戒毒所好好休整一下。"

李明杰点点头。

杨忠平望着李明杰沉吟半天，眨巴了几下眼睛，表情凝重说："有个事情我已经等你两天了。"

"什么事情？"

"国际刑警组织传来了文件。"

"辛燕有消息了？"

"她失踪了。"

疲惫的李明杰愣在那里。

"你别急，好好养伤，我回头给你个材料你慢慢看，等你好了可能需要去德国出差。"杨局拍着李明杰的手臂说。

国际刑警组织的密件发给了中国国家中心局江东市联络中心，翻译件转到了李明杰手里。

自从上次接到江东市联络中心交换过去的辛燕身份调查需求后，德国北莱茵-威斯特法伦州警察厅和亚琛市警察局派出了联合调查组，前往亚琛工业大学调查了辛燕案件。从学校提供的资料显示，五年前辛燕已经从亚琛工业大学辞职，原因不明。从她的工作年鉴来看，离职那一年她的工作考评不佳。另外，欧洲最重要的核材料研究基地——设在亚琛工业大学的德国尤里希研究中心显示，凯诗瑞·辛（辛燕在德国的名字）曾经兼职研究中心物品管理员，其间中心发生失窃事件，一块十克重的钚去向不明。钚的丢失引起了校方注意，安保部对辛燕进行过问讯，但辛燕否认了相关指控。不到一年，辛燕离职，去向不明。钚在自然界很难独立存在，除了可以制造原子弹，也在一类致癌物清单中。

警方查阅了德国的交通信息，没有发现辛燕乘坐任何交通工具离开亚琛市的迹象，她如果活着应该还在亚琛市的某处。

李明杰希望能够再见到燕燕姐，而不是那个屏幕上还假装在亚琛工业大学教书的人。

秋叶层次斑斓，李明杰站在台阶上望着高积云，好像戴蓓蕾就是那块云，似动未动却越来越远。他感到害怕，第一次怕一生就这样过完了。

一个身影向他走过来，一边走一边取下墨镜，是李明星。

"杰子，你怎么知道我会来接你？"李明星不易觉察地微笑。李明杰知道，那就是满格笑了，他这个哥哥的笑容幅度从来不现皱纹，从来不说一句柔软的话，他是个刚硬的人，不求人不怕人，某些方面更像父亲。李明星开车来医院接他回家，让他心生感动。

车在路上飙起来，李明星的开车风格和江东市每个为生活奔波的人一样。

"婷婷呢？考进华科了？"李明杰问，他这个像男孩儿一样的侄女曾经让他感到无所适从，她在幼儿园特长班就喜欢跆拳道，数学成绩超好，后来的体育特长是标枪。一个女伢，天生两道剑眉，眼白清澈，目光可以杀人。不知道有多少男生追求她，最后都成了她的哥们儿，好像她是杨过。

李明星评价她最多的话是"不像个姑娘伢"，他觉得女儿受她警察叔叔的影响太大。

"婷婷本打算考华科，分数差那么一丢丢，报考了警校。"李明星边开车边说着。

"怎么去报警校呢？"李明杰话一出口，自己也惊讶了，停顿了一会儿又说，"也挺好，我可以名正言顺当她师父了。"

"你教她什么？"李明星一只手握方向盘，另一只手举着烟盒。李明杰帮他抽出一支来，点上火后递到嘴边。李明星衔上吸了一口，说："人家有自己的规划，读完本硕连读再出国读博士。"

"她这是要当警校的老师，不是当警察。"

"人家的目标是国际刑警，莫搞错了。"说着，李明星习惯性弹了一下烟灰，笑了。

"目光远大，比我有出息啊。老头的状态怎么样？"李明杰好像忘了个重大问题，连忙问。

"你到家就知道了。"李明星歪着头，欲言又止。

"你莫黑（吓唬）我。"李明杰望着他说。

"我不黑你，老头有得惊喜，身体也冇差到哪里去。"李明星说着笑了，是那种江东市人才有的坏笑。

回到家里，一顿热腾腾的饭菜已经上桌。婷婷上来，没大没小地给了李明杰一个大大的拥抱。

父亲脱离了拐杖，笑得像一尊佛，好像守北闸被捆着的那一幕没有发生过。宋发科善用狙击手，派去营救他的人通过视频电话传递战场暗语。父亲看懂了他们下一步的行动，保持一动不动的姿态，围着父亲的几个马仔还没有反应过来就应声倒下了。

李明杰眼圈红了，眨巴着眼睛，看着毫发无损的父亲，心里在说："真是一个打过仗的人！"

"杰杰，杰杰！"

这时候，李明杰听见了一个久违的声音。嫂子推着母亲的轮椅出来了，那声音不是嫂子的，是老娘的！

李明杰蹲下去，单腿跪着，扶住母亲的胳膊，眼泪无声地流下来，像个孩子。

母亲用一只手摸着他的头，自己依然歪头笑望着他，却不说话。李明杰怀疑自己是不是出现了幻听，可"杰杰"这个称呼是母亲专用的。

李明杰抬起头来抹掉眼泪，笑着仔细打量母亲。母亲歪着头仔细看着他，说："杰杰，你瘦了！"

李明杰听得真切，抱着母亲放声哭起来，哭得很开心，顾不得身上未痊愈的伤口。


在家里休息几天后，李明杰回了局里，他在家里把跟踪大卫以来的全部情况都整理了出来，不乏绝密情报，他要当面跟杨局汇报。

这时，大磊急火火走进办公室，声音比人先到："李队，伤都好了？"

"不碍事了，大卫案子的材料在整理了吧？"

"检察院已经派人来了，一起在帮忙整理呢。"

"他们进得有点早吧，这个案子前前后后挺复杂，涉及很多人，等我们证据都整理固化了，再移交他们是不是更好？"

"还是您想得周到，他们说主犯牵涉外籍，担心我们办案不规范，给以后德国警方关注案情落下些口实，那这个事情您赶紧跟杨局说。"大磊摸了下头。

李明杰正起身准备去跟杨局说，一名女警员敲了下门，说："李队，杨局叫您去一趟。"

"大领导估计跟您想到一起了。"大磊挤了挤眼，走了。

杨局见李明杰走进来，连忙起身迎接，嘴里还说："你把门带拢。"

李明杰轻轻将门带上，两人先后坐到茶几边，相互对望着。

"明杰，你来得正及时，有个事情跟大卫案子有关，可能比大卫案子还棘手。"杨局的表情从未如此凝重。

"什么案子？"李明杰不紧不慢地问。

"有人检举了张东强！"

"知道是谁检举的吗？"

"匿名。不过，举报人提供的证据有录音、复印件，做得有模有样，谁可以提供这么贴近张东强业务的证据呢？要我看这个人是明摆着的！"

李明杰脑海里马上想到了宋发科，从上次琴台茶馆交谈后，宋发科的行动都令人出其不意，现在想都合情合理，估计那时候他就已经做好举报张东强的准备了。

"举报人可能是宋发科！"李明杰脱口说。

"我猜也是他，要不谁对从德华集团到达夫集团的案情这么了解，而且留取了证据。材料分几份寄的，从邮戳来看，宋发科在这次执行任务前就寄出了。他这是怕出意外，可是，怕什么来什么。"

李明杰微微低头，他料想作为一名经验丰富的老警察，宋发科是有直觉的，他由衷地佩服这位曾经有过误会的警界老大哥。

"当面锣对面鼓是最好的，现在检举人不在了，事情变得棘手了。"杨局身子往后一仰，深陷在沙发里。

"我这儿有宋发科的录音！"李明杰突然想起宋发科曾经交给自己一支录音笔。

"什么录音？"杨局长坐起来。

"执行任务前，宋支队专门约我谈了一次话。他当场把谈话录音交给我，说怕自己出意外德华案子没人彻查！"

"哦！那太好了！举报人已经死亡，这些举证材料是诬告还是真实情况，如果有第三人佐证就太好了，你的录音材料呢？"杨局说。

"我放到家里了。"一阵头晕袭来，李明杰感觉自己坐在风暴眼里。

"那是证据，你赶紧拿来，别放家里！"杨局好心提醒。

"以前只是个聊天记录，没什么证据价值。现在宋支队牺牲了，他还揭发了张局，录音才有间接证据价值。"

"当然，避免孤证。"杨局喝了口水又接着说，"还有一个情况，狮虎山强戒所一个叫梅艳华的戒毒人员投案自首了，她承认以前德华集团和现在达夫集团所有的制毒贩毒行为都是她所为。这个你怎么看？"

以前困扰李明杰的是张东强位高权重，如果没有十足的证据不宜声张，以免剥夺自己办案的职权，现在梅艳华自首，扳倒张东强的把握又增加了几成。

"梅艳华有没有揭发张东强？"李明杰望着杨局。

"没有，她把全部责任揽到自己身上了。"

李明杰明白了，此时梅艳华作为母亲的身份更加清晰，她这样做是想给大卫脱罪，如果张东强倒掉了，他们母子就毫无庇护了。

"说说你怎么看张东强？"

李明杰沉吟了一会儿，说："我确实怀疑过，以前应该跟您说过，但真要将怀疑都当作证据肯定不符原则，我总是找不到张东强保护梅艳华的逻辑，仅仅是利益捆绑似乎还不够，现在都通了。"

"在缉毒这条线上与张东强接触比较多的，一个是宋发科，另外就是你了。宋发科牺牲了，现在抓张东强小辫子最多的就是你。我给你提个醒，可能上面会找你谈话，这个好说，你做好准备实事求是说就行，我最担心的是你的安全问题。"

李明杰笑了笑，安全一直就是个问题，他习惯了。

杨局接着说："还有个事情你先保密，戴蓓蕾的父亲戴兴国，在张东强出事前就失联了。"

"失联？"李明杰心中一惊，大卫在底舱里说的话再次得到印证。

"他和张东强是老战友，当年他是副团级，张东强是营级退伍，前后脚进的公安系统。后来戴兴国调到检察院了，市局提交梅艳华的案子，检察院总是以证据不足将梅艳华的案子发回。后来发生过德华公司高管涉毒案，一个总裁跳楼自杀，这样才将德华公司涉毒的事情做了个了结。我怀疑死者只是背锅，把德华集团涉毒的犯罪事实掩盖过去，这样的事情如果没有领导发话说结案，怎能轻易蒙混过关？"

李明杰连连点头，达夫集团案轮廓基本清晰了，另外一个谜团也随之清晰了，周宏应该是张东强暗中栽培的少壮警官，皮少军被不明子弹击中，应是张东强意识到皮少军的危险，为绝对保密派周宏在巧妙时机杀人灭口。

"杨局，我提醒您要调查一个人！"

"谁？"

"周副队长。张东强被调查，他的行为可能会反常，如果有蛛丝马迹您要果断出手，我怀疑周宏假公济私为张东强办事。"

杨忠平缓缓点头："难怪之前他说局里缺人手跟我要人，想调周宏去他下面干，我马上调查他！"

"张东强也跟我这么说过，大概是同一种拉拢方式。"

杨忠平沉默了几秒，强调说："你掌握张东强证据这件事情先不要张扬出去，整理好直接交给我，这关系到你的安全。张东强毕竟身居高位树大根深，没有坐实之前，小心谨慎为妙！"

李明杰点头，满脑子都是戴蓓蕾。

# 八十、枉为人

接手邝新工作的是三十多岁的副所长刘丽娜，她目光坚定，一副干练的样子。当知道李明杰是局里派来看望戴蓓蕾的，她满面春风地把李明杰带到了 501 房间门口，她的热情让李明杰对戴蓓蕾更加不放心了。

刘丽娜洞悉了李明杰的心思，连忙解释说："李队，501 原来住着一个戒毒大姐，她前不久去自首了，想不到我们戒毒所藏着大毒枭。这个单间刚好空出来，条件可以说是这儿最好的。"

刘丽娜话音刚落，房间里就传出了骇人的喊叫，两人的谈话终止，李明杰赶紧进去。

戴蓓蕾因公不慎染毒，杨局对此非常重视，特别安排了一名年轻女警员来陪护。目前案件没有完结，为她提供安全保障也非常有必要。

李明杰刚推开一道门缝，就见戴蓓蕾死死地抱着一床毛毯满头大汗，闭着眼睛大喊："不要管我，不要管我！"

护士拿着几粒胶囊让她吃，她拒绝。

"阿戴，你感觉怎么样？"

"不要吃药，我没病！"戴蓓蕾嚷着。

"阿戴，你不要害怕，放松点儿，你会好起来的！"李明杰蹲在床边认真劝道。

"你出去！不要看我！我太难看了！"戴蓓蕾用毛毯捂着自己的头。

"阿戴，你没事儿的，你是最美的警察！"刘丽娜笑说着。戴蓓蕾只是捂着头痛哭，李明杰心里惴惴的。

"这戒断反应是最痛苦的阶段，可治疗不能放松，否则就前功尽弃了，我见过太多这样的病人了。"刘丽娜说。

"她今天打针没有？"李明杰问。

"没有。"陪护女警员说。

刘丽娜按了呼叫按钮，让医生到 501 来打针。

一名白大褂进来，熟练地将注射液调整好，准备给戴蓓蕾推针。戴蓓蕾抓住注射器扔到地上。

刘丽娜出手狠稳准，控制住戴蓓蕾四处乱抓的手，没想到戴蓓蕾顺势把刘丽娜反拧，让她蹲在地上叫饶。李明杰赶紧解围，戴蓓蕾才松开手。

刘丽娜哭笑不得，揉着自己的胳膊，说："领导，你看这儿，不配合治疗我们该怎么办？"

李明杰扶着戴蓓蕾的肩，她扭过头，喊着："你让他出去，我配合你们打针。"

刘丽娜迟疑着，戴蓓蕾一副坚决逐客的样子。刘丽娜笑着，说："李队，不是我们不配合工作，病人的要求我们也需要尊重。"

李明杰摇摇头刚准备离开，发现茶台上放了一份《江东都市报》，朝上的一面有一行醒目的标题：市公安局副局长张东强严重违纪接受调查，检察院副检察长戴兴国多日失联。

李明杰拿了报纸匆匆走出房间，他不知道她是否因为看见这条消息受了刺激而情绪失控。

靠着走廊墙壁，他又仔细读了一遍新闻，标题虽然醒目，内容却是春秋笔法，没多少实质内容。

李明杰正犹豫是否再进去看看戴蓓蕾，刘丽娜出来了，说："您可以进去了。"

李明杰想了想，说："让她休息吧，我不打扰她了，我就想知道你们这样真管用吗？"

"这是标准流程，在戒断阶段效果挺明显的。"

"她现在损伤到脑部哪个区域了？"

"李队，想不到您还挺专业。她涉毒时间不长，海马体应该没受伤，记忆力有些减退，但以前的事情应该都还记得。"

李明杰从窗户望了望已经安睡的戴蓓蕾，把手机号码给了刘丽娜，说："刘所，这样，我不可能总来，如果有什么情况随时给我打电话。还有，除了所里派来的人，一切陌生或无关人员，一定不要让他们探望。她刚刚结束秘密任务，还面临一些潜在危险。"

李明杰故意说得隐晦又严重，刘丽娜认真点头。李明杰交代完迈步往电梯方向走，刘丽娜想起什么来，说："李队，自首的梅大姐留给您一样东西，让我转交给您。"

"给我？"

"是的，她特别交代一定要给您本人，其他警官都不行，她说很重要。"

刘丽娜拿出一个黄色祈福袋，从里面掏出一张存储卡。李明杰接过来，拿在手里看了看，又放回布袋里。

车走走停停，那张卡像一座大山，沉甸甸压着李明杰，他想马上听到梅姐的声音，又怕听到什么。

车选了一条小道继续开，转到狮虎山下，再往一条杂草茂盛的沙石路开去，最终在湖边僻静的树林里停了下来。

李明杰打量了眼前的湖水，把车门锁好后四下望了望，小心翼翼掏出祈福袋，再小心翼翼往外倒，那张黑卡像金龟子一样掉了出来。他小心地拿起来仔细看它，把它插进手机副卡槽里，按实了。

他在菜单里翻找卡上的文件，反复找了几次，发现了一个"枉为人"的声音文件。他犹豫了一下，点击文件开始播放，还是那个熟悉的声音，淡然中多了几分亲切。


李警官，我们算是忘年交。从看见你的那一刻，我就觉得你像汪俊华。气质、身高、脸型、说话的腔调都像。我跟你说话就会走神，走到三十年前。

当你听到这个录音时，许多事情的来龙去脉你应该已经知道了。我染毒到贩毒、制毒，全部的一切都是我自作自受。如果说张东强起到了什么作用，主要是我没有定力，我犯事后以我们的关系，他顶多给我开脱了一些责任，这也是人之常情。我儿子张超是不明白真相的无辜之人，他幼小无父，也是可怜之人。为了这个儿子，我也付出了一辈子，这一点你看得应该很清楚。

我下面要讲一个我从来没有给人讲的事情，我错也是错在这一步。我投案自首，肯定是必死无疑，在离开这个世界前，我把这段往事讲出来，否则三十年前的那个案子可能就成了你的心病。以前我不敢讲，因为这涉及好几个男人的前途，我顾及他们的前途，现在只要大卫可以活下来，我不需要顾及什么了。

这么长的时间了，从哪儿开始呢，还是从那个仓库开始吧，虽然时间很久远，可闭上眼就在眼前。那是个夏天的夜晚，天气很热，仓库里很热闹，张德才与汪俊华在仓库里赛歌，一开始是友好的，但问题还需要解决，我现在才敢肯定他们都是在为我歌唱，为我争风吃醋，彼此有些肢体推搡，这时候汪俊华腰上别的一把军刺掉了出来，当时气氛就变味儿了，斗歌最后演变成扔砖头打群架。张德才人多，汪俊华只带了几个人，但是汪俊华身手好，几个人并没有吃太大亏。两边的人从仓库打出来，汪俊华带人边打边撤，与他同来的一个人被晾衣服的尼龙绳拦了脖子摔倒了，张德才追上来一撬棍猛砸上去。汪俊华为救人挡了一下就晕倒了，接连几下铁棍打在他后脑勺上。

当时月光昏昏，分不太清两边的人，我吓得跑回了张德才的住处，也是我们同居的地方。那是张德才叔叔张东强的住所，房子一直空着。叔叔当兵在外，是个营级军官。张德才很崇拜他这个叔叔，我也一直只是听说没有见过。

我以前见过张德才跟人打架，那时候看露天电影打架也是常有的事情。不一会儿张德才跌跌撞撞回来了，还背着个人。我一看是汪俊华，他头上有血，可人还是活着的。

张德才把他放在一张席子上，我看张德才很慌，他直勾勾望着我，问怎么办。我拿了毛巾给汪俊华擦了脸。张德才去外面拿水龙头冲自己，冲了好久不进来。这时候，一个身材跟张德才一般魁梧的男人走进来，他穿着军装，只是没有帽徽领章。后来我知道他就是张德才的小叔张东强，从部队转业回来没多久。他望了我一眼，还有我正在照看的汪俊华，微笑了一下问，张德才呢？我告诉他在院子里。此时，张德才也弄出动静了，张东强出去，两人说着什么，好一会儿没有进来。

我觉得汪俊华的伤势需要赶紧送医院，出去叫张德才，见两人正往外走，我追

469

出去，看见路边停了一辆绿帆布吉普车，车没有熄火，好像车里还有人。他们急匆匆上车一起走了，我都没来得及喊。

我拿出一些酒精棉球来给汪俊华清理，伤处主要在头部。他有意识反应，但是不能说话，也坐不住。

大约到了夜里12点，汪俊华突然说起话来，他说他冷。我想他可能好转起来，赶紧扶着他，见他浑身发抖，我就抱紧了他，一直这样抱着，不知道该怎么办，伤心得要死。

不知道什么时候张德才回来了，他浑身带着汽油味儿，一脸沉重。见我抱着汪俊华衣衫不整，他一声不吭，自己坐在凳子上抽闷烟。

我说汪俊华可能有内伤，我们赶紧送他去医院吧。张德才说，这么晚了，你休息，我送他去吧。

张德才一副六神无主的样子，我最后悔的事情就是让他单独背汪俊华去医院。我自己去院子外水龙头旁冲了个凉水澡，把自己收拾干净了。

张德才背着汪俊华，像背着一头猎物摇摇晃晃往外走，我跟出门，看见他往医院方向去了。我最大的失误是我没有跟着一起去，却留在屋里擦席子上的血污。

张德才再没回来，后来我就再也没有见到汪俊华。等到张德才被抓起来、判死刑，我才知道汪俊华是被张德才杀人焚尸。杀人偿命罪有应得，我无话可说，只是那段时间我受着双重煎熬。

小叔张东强回来后等待了几个月，就去公安局上班了。后来我显了身孕，张东强对我非常照顾，我未婚生育，在娘家也没法待，就一直住在张东强那个房子里。他真的对我们娘儿俩非常好。我孤儿寡母，想给孩子好的教育，就在张东强的帮助下搬到江东市去生活。张东强下班后经常拎着鸡鸭鱼肉还有儿童玩具到我这里来，久而久之我们算是好上了，这样他会对张超更加好。张东强这个人很仗义，他有个战友戴兴国经常和他来往，我们慢慢也熟了，有时候也一起出去吃饭。

在张超六岁生日的时候，我记得很清楚，张超要上小学了，我心里感激张东强这些年的照顾，买了一瓶好酒和他一起喝。张东强很开心，喝多了，我也喝了不少。他酒后吐真言，突然说对不住侄儿张德才，没有把人救下来，随后张东强告诉了我

470

那天晚上发生的事情。

那天张德才跟张东强出去，他实际上是帮张东强处理了一具尸体。原来张东强和他的战友戴兴国及戴兴国的未婚妻，也就是后来戴蓓蓓的母亲，那天在饭馆里吃饭，战友相聚非常愉快，吃完饭出来走在窄小的巷子里。张东强和戴兴国在前面兴冲冲走着，戴兴国的未婚妻买了一个糖人落了几步走在后面。一个小流氓调戏戴兴国的未婚妻，张东强和戴兴国两人出手几下就把小流氓制服了，谁知小流氓就地打滚儿起不来了，后来才发现出意外死了。戴兴国提前分配到公安局，而且是副团级干部，级别不低。那天他开着一辆吉普车，意气风发，正准备大展宏图，没想到出了这档子事情，这件事如果处理不好，可能会影响到戴兴国的前途。

张东强想到侄儿张德才对这一带熟悉，而且胆子大敢干，想让他处理这具尸体。没想到张德才没脑子想到了焚尸，而且被一个九岁小孩看见了，这个小孩就是你李明杰！

张德才处理完尸体回来，看见我在照顾汪俊华。关于我和汪俊华藕断丝连的事情他有耳闻。在深夜背汪俊华去医院的路上，张德才愤懑不已，背着汪俊华过了铁路桥继续沿汉北河堤走，然后把汪俊华扔在河堤上。按照张德才的说辞，此时汪俊华已经没有了呼吸。他看见汪俊华腰上的那把军刺，想到如果公安局来调查，要让人知道汪俊华死于斗殴，因为他们斗殴的事情在仓库里大家都知道，证人很多。张德才想了想，张德才拔出刺刀在自己肩膀上扎了一刀，然后把军刺放进汪俊华的军刺袋里，扔下汪俊华往回走。如果汪俊华死了，那就是他斗殴受伤后自己走到这里死的。

这时候，一个大胖子骑着自行车过来，他右眉毛尾部有一颗大黑痣，非常醒目。他看见了张德才和汪俊华刚才的一幕。张德才心想，我没有故意杀人，也不用怕什么。大胖子却说，你就这样把人丢在这里，麻烦会找到你的。

张德才想了想，汪俊华还是被自己一闷棍打死的，无论如何脱不了干系。这时候大胖子问，你身上带钱了没有？

张德才摸了摸口袋，刚好张东强给了他五百元钱，说斗殴出事了外出躲一段时间这个用得着。

471

张德才心想，这个胖子该不是抢劫的，那他看错目标了。

大胖子却说，公安破案必须死要见尸，我是个杀猪的，帮你处理一具尸体跟玩似的，但不能白处理。

张德才想了想，掏出钱数出一百元来给了大胖子，又数出一百元说，我要死不见尸，你一定要处理干净。

就这样两人成交了，胖子把汪俊华绑在自行车后架上，后架上还有半扇猪肉。汪俊华就这样消失了，不再有关于他的任何消息。

张东强让我终于搞清楚了这一切，我的怨和恨一股脑儿爆发，我长期郁郁寡欢，按照现在的说法叫抑郁症吧。张东强因为工作原因，懂得一些药品可以治疗情绪失控，慢慢我就上了瘾，直到以贩养吸，走上一条不归路。回头想想，人一生都不能大意，一个小小的缝隙，最终就会变成整个人陷进去的深渊。我是如此，张东强和戴兴国恐怕也是如此吧。

讲这些往事，应该可以彻底了结你追查的那件错案了，这一辈子你也可以安心了。我该怎样才能安心呢，我只希望张超还能活下去。我可以拍着胸脯说，德华集团和达夫集团的所有涉毒行为，都是我梅艳华一人所为。大卫只是个被惯坏了的孩子，他就是个小丑，他刚愎自用，喜欢耍小聪明，喜欢被人追随崇拜，人长得清爽，家里又有点儿钱，像他这样的年轻人不少，他仅仅是在我作的孽上面添油加醋罢了。我总有一种错觉，你是汪俊华转世，来讨回这个公道的，如果是这样，我相信你会理解张超，他是谁你应该已经搞清楚了，叫张超那是迫不得已，是为了他能够借张家的基础发展。哪想到他是被张家人毁掉的又一代，我想你不会不给他任何改过自新的机会吧。告诉你这些，是想让你在侦查案件时，能够知道这些罪恶的根源，知道主观和客观，知道张东强和我是毁掉张超的人。我想以坦白的方式，主动申请下地狱，为我失败的人生画上句号。

【沉默十几秒】

我想了想，我还有什么没有说清楚的吗？对一个行将就木的人，廉耻对我来说不重要了，何况对着你，一个长得那么像汪俊华的人，我更要说出来。可以说，我余生的一切遭遇，都是一个女人对一个男人不死心，干了一件傻事造成的。那个夜晚，汪俊华身受重伤，张德才和他叔叔都出去了，就我一个人和他在一起，他躺在地上说冷，我紧紧抱着他，我已经感觉到他可能撑不住了。这时候，我悲伤到了极点，我喜欢看他的脸，我不希望这辈子再也看不到他的样子，就做了这件不齿的傻事，怀上了汪超，心想这样就可以再看见汪俊华了。从这一点来说，我实现了私密的愿望。小超的性格却跟汪俊华完全相反，可他特别喜欢那首老歌《寂静之声》，一弹唱这首歌曲就像换了一个人，冥冥中他和他父亲汪俊华在对话，【开始泣言】大卫是英雄的儿子，您应该明白，我为什么倾尽所有也希望他活着。李警官，在此给您磕头，您是救苦救难的活菩萨！此生我别无他求，唯有让小超活下去，那是我让汪俊华留在世上的容颜。小超拿的是德国身份，而且他有间歇性精神疾病，一直在用药。听说德国没有死刑，至于怎么能够帮到他，我知道您肯定有办法！磕头了！【痛哭后结束】

梅艳华的声音消失了，像黑夜中突然腾空的焰火。

听完梅姐的录音，李明杰一动不动站着，眼前真有一个汪俊华在走动，在狮虎山苍翠的松林里，在轻盈堆叠的云端。他难以用任何语言去感慨梅姐命运的坎坷，只是站在这片光线幽暗的深林里尽情释放自己的悲伤，一点儿也不保留。

# 八十一、亚琛

钢质的 Interpol 标志十分醒目，国际刑警组织中国国家中心局江东市联络中心正在进行国际连线会议。

新建的 P4 大屏通话系统透出一股科技之光，蓝灰色调的画面里规规矩矩坐着两名德国警察，一男一女，男的肥胖、女的金发，一开机他们就已经坐在那儿了。这次通话应德方要求发起，关于辛燕的下落，他们有重大发现。

白胖的男警说，他们在调阅完五年凯诗瑞·辛（辛燕）住所周围的监控时，发现辛燕有一次较长时间的外出，那正是她离职的时间点。三个月后她又回来了，警方仔细分析监控里的辛燕，发现前后两个辛燕虽外形、轮廓、服饰一样，身高和步态却有明显不同。一个人可以在许多方面模仿另外一个人，甚至可以达到乱真的程度，但人在自然状态下行走的步态是绝对不可能一样的，就像没有任何两匹斑马有相同的纹理一样。国际刑警组织就是通过步态分析对比，发现三个月后回来的"辛燕"是犯罪嫌疑人。警方开始重点查看"辛燕"的活动监控，很快确定了她的车牌号。警方连续追踪此车辆行踪，在科隆锁定并见到了"辛燕"，她比真实的辛燕高五厘米，本名汉娜。

汉娜说她没有杀人，她是一名新加坡华裔，幼年随父母移居德国。大卫，她知道不多，只知道他是个华裔富二代。

据汉娜交代，大卫对人很友好，出手也大方，他们在酒吧认识。大卫说汉娜很像他的一个女性朋友，可惜这个女性朋友出车祸死了，她是个独女，在中国这样的家庭叫失独，这样的父母将老无所依，在中国人观念里是很重的一种人生惩罚，对友人的父母将是致命打击。大卫说为了安慰女性朋友在中国的父母，直至他们老去，他让汉娜来善意扮演这位女性朋友，通过视频聊天问候他们。大卫给了汉娜一笔让人无法拒绝的酬金，还给了她女性朋友的录像，让她模仿语音和动作。大卫说汉娜除了鼻梁骨过高、眉毛过直，其他都神似他的女性朋友，如果汉娜愿意做个小型医美，大卫愿意付三倍于医美的整容补贴。

汉娜犹豫了半天，接受了大卫的邀请，成为亲情慈善行动中的女主播。每聊完一次汉娜都会把录制的实况上传网络，大卫通过网络查看汉娜的作业，验收后大卫会付给汉娜两千欧元，这是一笔令人无法拒绝的报酬。初次面对中国父母，汉娜心理不适，大卫开导说她只是一个演员，而且在不方便的情况下，汉娜可以以繁忙为理由不接父母的聊天请求，或以信号不佳为由挂断。其间，汉娜还给"父亲"寄过一次生日礼物，那是大卫为她准备好的一个打火机，她对那个可以装十五颗烟的人性化设计打火机记忆深刻。

警方仔细分析汉娜的口供，发现她提供了一个非常重要的线索，大卫聊天时提到过女性友人死于车祸。一次，汉娜和大卫去科隆的途中车经过一片小树林，大卫指着黑森林说，凯诗瑞·辛就是在那儿出车祸死的。汉娜望着黑森林，不知道车祸怎么会在那儿发生，感觉匪夷所思。后面的话语里，她听出了大卫某种警告或威胁的气息，他让汉娜不应该把这件有偿服务告诉任何人。大卫在最近一次视频聊天录像里见过辛传斌和李明杰同框，他的表现有些失常，让汉娜终止了慈善视频行动。

案情的关键性转折来了，警方让汉娜带他们去了那片小树林。根据地形，警方进行了选择性挖掘，在一处冲着溪流的斜坡处挖出了一具女性尸骸，检验 DNA 后确认与在亚琛工业大学做助教的辛燕相同，大卫作为犯罪嫌疑人被锁定。

德国警方开始调查大卫在德国的所有可能记录，发现大卫在亚琛工业大学读书期间同时投资了一家生物技术公司，实注资三十万欧元，而在德国，超过二十五万欧元投资就可以提出移民申请。三年内，这家公司一直与中国某公司合作，从德国进口抗生素原料。大卫公司一直盈利存续，他由此拿到了德国身份。在德国期间，大卫的消费记录显示他有两个爱好，一个是潜水，一个是去射击俱乐部，最喜欢去的酒吧叫 Deep Space。大卫两年前离开德国去了加拿大，后入境美国，最后回了中国。

德国胖警察的视频经常延迟，李明杰望着延迟的画面，如同在跟遥远外星生物对话，他突然对这种隔着屏幕的聊天有一种恐惧。

越过八千公里的视频通话，核心诉求是德国警方需要中国方面提供辛传斌的DNA，以此来对比女性尸骨是否为其女儿。

李明杰记录下了德国警方的详细要求，他们还需要德国公民大卫在中国的相关情况，李明杰告诉对方大卫已经在中国被捕。胖警察有些紧张，缓慢左右移动身躯，望了一眼旁边静如老僧的金发女警官。

一直在侧的冷面女警官开口："我们需要中国警方提供相关被捕信息，因为他是一名德国公民。"

"大卫并没有注销在中国的国籍，他也是中国公民。"李明杰提醒德国警官。因为延迟，气氛被冻住了，坐在旁边的国际刑警组织中国国家中心局江东市联络中心的程警官连忙接上说："分享大卫在中国的犯罪情报，是我们成员国应尽的职责，只是大卫刚刚归案，整理这些情报需要一些时间，还须保密，这个你们应该理解。"

女警官点了点头，话题回到基因上："依照德国联邦警方对法医出具证据的严格要求，中方须将凯诗瑞·辛直系亲属的DNA物质送到德国进行核对。"

程警官皱起眉头问："为什么不直接用中国方面提供的DNA图谱？"

女警官解释："我们不是不相信中国相关机构提取的基因数据，这只是德国警方的规定。"

李明杰拍了拍程警官的肩，让他别继续纠缠这个细节了。为了彻底让大卫无法利用两国之间的法律空隙脱罪或降低罪行，他决定去一趟德国交流案情。

两天后，李明杰和程警官带着辛叔的DNA活性标本飞了一趟德国。

在法兰克福机场降落后，李明杰和程警官只是在机场吃了一个汉堡，几乎没有停留就坐上了去亚琛的火车，那是一列亮红色的列车。李明杰坐在上面，恍惚中有去西辛店见辛叔的错觉。

火车速度比动车略慢，两百公里走了两个多小时。德国警方派出了一辆小型警用BUS来接人，上来一个红鼻子的年轻警官和一名白外套的锥子脸女警官。女警官见到李明杰一行的第一个问题就是，是否随身携带了辛叔的DNA活性标本。李明杰熟练地从行李箱里掏出一个保温桶交给她。女警官不苟言笑地接过去，快速进了BUS 隔间。

红鼻子警官是司机，他像导游一样边开车边给李明杰和程警官介绍与辛燕相关的情况。程警官用缓慢的英语和他简短交流，语言障碍降低了彼此的谈兴。

在酒店放置好行李后，李明杰向在大堂候差的红鼻子警官提出，他需要到汉娜跟辛叔视频聊天的现场去查看。

红鼻子警官换了一辆无警徽的便车来，带着李明杰去了视频聊天现场。路上，红鼻子解释一会儿去的是一个居民社区，为了怕扰民所以换了不带警徽的车。

那是一栋黄色连排公寓，房东提供的情况显示，大卫一次性支付了十年的租金，目前此房还在租赁期内。在大卫承租前，这套公寓由一个叫凯诗瑞·辛的中国女子租住，房东跟凯诗瑞·辛每隔一段时间就有一次简短交谈，主要是来收房租。等大卫承租后，因十年租金已经支付完，房东就很少来，偶尔因为电器问题来过一两次。警方询问她对凯诗瑞·辛的印象时，她只是觉得凯诗瑞·辛或许是离婚的原因，前后气质上有明显变化。

走进燕燕姐曾经住过的公寓，李明杰无法抑制自己的情绪，伴随不均匀的呼吸，他在房间里走动查看，也是在寻找那个遥远姐姐的气息。

公寓按照中国人的叫法是一室一厅，还带一个小厨房。客厅里布置得跟书房差不多，李明杰一眼看出那个在聊天画面里出现的背景书柜，还有上面摆着的燕燕姐的单人照片。他拿起那照片来看，他敢肯定照片上的人才是真正的燕燕姐。

卧室里套有一个小卫生间。红鼻子警官告诉李明杰，他们勘查时，荧光显影出卫生间曾经有大量血迹，警方怀疑凯诗瑞·辛死亡的第一现场就是在这个卫生间里。头骨分析发现，死者的前额、后脑勺都有钝物重击的痕迹。

在北莱茵-威斯特法伦州警察厅，德国警方组织了一个小型案情分享会。会场坐了六个德国警察，他们分别来自国际刑警、联邦警和州警，制服各不相同。曾出现于视频中的胖警察像念诵经文一般，把之前在视频电话中沟通的情况又介绍了一遍，随后胖警察播放了一段视频，在座的警察都严肃起来，显然其中几个也是第一次观看。

不知道为什么他们选择在雨天作业，或许中途突然下起雨来，两个穿黑色警用雨衣的警察像动画人，迈着稳定缓慢的步子行走，随后停在一片树林斜坡处，用锹小心挖掘起来。另外两名穿橙黄色警示外衣的警察在等待，其中一名显然手里揣着一部相机，怕雨淋湿相机还套了一层透明防护袋。画面有轻微抖动，拿锹的两名警察犹犹豫豫停下来，穿橙色外套的两名警察戴了黑色口罩，还喷洒了一些雾状物在口罩上防尸臭。他们蹲下去，眼前是一个破败的编织袋，露出一些东西。一只戴白手套的手仔细拉开编织袋上的拉链，露出已经腐败得只剩下骨架的骸骨，空洞的眼眶望着天空，张开的牙齿似乎在诉说什么。他们拉上拉链，用一个黑色收集袋将破烂的编织袋缓缓装进去，封好拉链后用担架抬走。

看到这些画面，李明杰身体微微颤抖，他努力咬紧牙关让自己尽量平静。

现场挖掘画面结束后，后面是一些经过清理后拍摄的尸骸照片。匹配的讲解说，死者头骨前后都遭到击打痕迹，像用棒球棍击打的，跟车祸所致完全不同。从骨损程度看，前额受到的击打轻，后脑颅受到的击打重，车祸和器械击打产生的创面差距非常明显，如同乒乓球和鸡蛋之间的差距一样显而易见。

从未腐烂的毛发和封闭在骨腔中的残留物分析，死者正是亚琛工业大学五年前离职的 AP（助教）凯诗瑞·辛，她是一名来自中国的留学生，一直在大学读到博士后留校任教，她的中国名叫辛燕。DNA 对比显示，死者辛燕正是辛传斌的女儿。

在返回中国前，李明杰执意要去辛燕被埋葬的地点查看。德国警方以为李明杰怀疑第一现场不在房间，提供了更多详细证据表明其专业性。李明杰说中国有一种看望叫凭吊，红鼻子警官请示上级获得了批准。

车出了亚琛，往西北方向沿 A4 号公路行车六十公里，正午时分抵达那片小树林。那是夹在两条高速公路间的一片窄长的墨绿色块，这条松林带将两条高速公路彼此遮挡严实，公路上的车彼此看不见对方。

翻挖的土已历风雨，棱角变得模糊，被风和阳光蒸发掉水分后呈现灰白色。李明杰早已经准备好了一把酒店房间里的塑料勺，掏出来在地上开挖，并用那个装过辛叔 DNA 组织体的保温桶盛满一盒子泥土——泥土里混合了他的眼泪，他打算背燕燕姐回国，就像小时候她背着他过铁路一样。

478

离开德国前，就犯罪嫌疑人大卫，中德双方又开了一个小型圆桌会。德国警方最关心的是尽快取得大卫被羁押的具体信息，包括看守所名字和监舍照片、大卫本人被捕后的照片、大卫精神状况医学评估报告，随从的程警官根据国际刑警组织惯例回答了他们关心的问题。

# 八十二、说还休

回国后，李明杰去了一趟辛吴岗。

正值深秋时节，辛叔的墓地依然草木繁茂、色彩斑斓。如果没有猛烈的西北风扫荡，这里的秋天可以与突来的暴风雪相遇。

李明杰在墓碑旁挖出一个小坑，把那抔泥土小心倒入坑里，辛叔和燕燕姐算是提前团聚了。燕燕姐的骨骸由德国警方移交给中国，还需要复杂的流程。

清扫干净墓碑，李明杰点上三颗香烟，用泥土固定立在墓碑前，袅娜的烟气如同辛叔在抽烟。李明杰抽的烟跟辛叔是一个牌子，这味道连着时间，让他想起那个夜晚辛叔到家里来，和父亲坐在堂屋里悠闲抽烟。那时候他们都年轻，都干着他们喜欢的事情。

就着烟的香气，李明杰把张德才的案子给辛叔讲了一遍，告诉辛叔三十年前他没有办错案，张德才死得不冤枉，就是他杀死了汪俊华，只是他转移了汪俊华的遗体，延缓了被发现的时间。他告诉辛叔，旁边多了一抔新土，那土带着燕燕姐的气息，从此会永远陪伴着他。说到这里，他终于无法控制自己的情绪，抱住灰色的大理石墓碑哭得肺腑疼痛，哭声响彻天地。

在回来的路上，他耳边响起了辛叔日记里的一句话：**有时候你对你的敌人甚至有点儿抱歉，有点儿于心不忍，但你还是需要将他绳之以法，或者把他杀死，没有审判，正义就变成了文字游戏。人命高贵，我们这些人拿命维护的不能只是个文字游戏。**

李明杰又去见了"猪司令"，翻看了汪俊华的照片，除了眼神，他和汪俊华长得并不像。

为了审讯不跑偏，李明杰独自去看守所见梅艳华。他知道自己的谨慎显得多余，可他知道他是守护那个水源的人，而不是普通的饮者。梅艳华救子心切，不仅仅是舍帅保车，为了儿子甚至可以舍身。

梅艳华出现在会见室，她如同深秋最后的那朵玫瑰，突然就凋零了，目光里已没有那种含蓄和淡然。她紧张地看着李明杰，跟他要烟抽。李明杰点燃一颗烟递给她。他感受到了辛叔说的那句话，他有一点点含混不清的抱歉，不知道为什么。

李明杰给她恭恭敬敬点上了一颗烟，算是最诚恳的惋惜。

"我的自白，你都听了吧？"梅姐用不定的眼神望着他，里面不乏企盼。

李明杰点头，尽量不出声，怕自己的声音会变形。眼前的梅姐、舞台上那个热爱唱歌的女子，就这样走到了这里，走到了尽头。

"这些年所有跟毒品相关的事情，都是我所作所为，跟其他人没有一点儿关系！"梅姐说的和她的录音如出一辙，显然她想好了一个人来扛。

"张德才为张东强背锅，张东强又害了你一辈子，你怎么还想替他背锅？"李明杰专注地望着梅姐。

"这不关他的事，都是我自作自受。"梅姐下意识地摇头。

"我问你几个问题，如果大卫无罪，那你在戒毒所时是怎么派人害死刘浩的？"李明杰尽量克制。

梅姐略有振作，眼神抬起："刘浩是可惜了，不过苍蝇不叮无缝的蛋。"

"是谁给匡丽芳注射了大量毒品，并伪造毒驾死亡现场？鳑鲏被人扔进长江时，你在哪里？Amanda死的时候，手臂上被人伪造插了针管。德华集团总裁涉毒自杀，他最后把遗言录音寄给了缉毒支队长宋发科。宋支队不是游艇爆炸死的，他的配枪在关键时刻炸膛，装备室的监控录像显示张东强那天动过宋发科的枪。宋发科虽然牺牲了，可他在死之前已经举报了张东强，你没必要为他袒护了！这些罪行不是你一个人扛得了的！"李明杰一连扔出诸多案情，有一种排山倒海之势。

"这么说，大卫和张东强做的事情，你都知道了？"梅姐一脸失望地说。

"算是吧，准确细节以最终审讯结果为准。"

"你知道的都是假的，一直有人嫉妒张东强，是张东强见我身体被毒品毁了，强制送我来戒毒。我在扬子湖送给邝新一套房，他为我提供行动便利，我完全可以控制外面的一切。"梅姐言之凿凿。

"梅姐，你是相信因果的，你就如实说出自己知道的一切吧，这样你就不会被倒悬火焰上了。"

"我已经都说了。"

"那大卫的罪怎么说？"

"大卫是无辜的！都是我的罪过！"梅姐哀辩。

"我提醒您，别以为大卫有德国护照就能脱罪，这一切都不构成法律惩治大卫的障碍。我刚从德国回来，大卫的罪不仅仅是制毒贩毒，罪的源头也不在今天。在他成长的过程中，张东强和你都不知不觉在他心里植入了恨和怨。"

"为什么这样说？他还干了些什么？"梅姐惊愕。

"辛传斌，您肯定知道的，还有他的女儿辛燕，都被大卫害死了。我们和德国警方已经查清，大卫从留学德国开始，就一步步实施了报复辛传斌和辛燕的计划，大卫在德国的行为已经构成了一级谋杀罪。"

"他怎么这么疯狂！"梅艳华的眼睛仿佛要掉进瘦小的身体里去，她像一个木刻人偶左右轻轻晃动，不再做任何反驳。

"您相信因果律，说不说罪都在那里，何况坦白从宽！"

梅艳华听了李明杰的话，只是呆坐在那里，仿佛灵魂出窍。


李明杰离开后第二天，梅艳华用丝袜系脖子自杀。同监舍的人从看守所图书室借回一本《人类手册》——那是一本关于修养身心的书，梅姐从书里翻出了极不显眼的丝袜，这种危险品夹带是极不寻常的违规事件。

当知道这个消息时，李明杰正在拿杯子接开水，他的手被烫出了黄色大泡。

他知道和梅姐的这番谈话让她彻底绝望，他断了她的念头，她就自灭了。他这个人的缺点是重情义，深情让他做警察非常累心，但面对这样深重的罪恶，他只有义正词严这一种选择。

李明杰从手机里翻出梅艳华年轻时的照片，那个女孩子刚刚烫了大波浪发型，倚在挎斗摩托旁，一脸浅笑。

　　窗外秋风劲急、黄叶漫天，李明杰盯着某片翻飞的叶子，他更想知道是谁给她递去了丝袜。他干了这些年警察，深知这个物质世界的现实性和由此带来的荒谬，张东强和大卫虽然失去了行动能力，但他们的钱还在运转。


　　每次走近501，李明杰都会有一种错觉，当电梯缓缓上升时他以为去见梅姐，走到廊道里马上意识到是见戴蓓蕾。他强烈要求刘丽娜给戴蓓蕾换病房，刘丽娜却说这就是最好的病房。不错，501确实是最好的房间，但他不忍心戴蓓蕾待在这里。

　　李明杰去找杨局，他有话要说。

　　还没等李明杰开口，杨局就对李明杰说："我知道你要说什么。"

　　李明杰掏出记载张东强罪行材料的 U 盘，杨忠平从桌子上拿过 U 盘下意识地端详。

　　"我欠的东西太多了，恐怕只是休假解决不了，我想离开警队。"

　　李明杰的话像一枚枣核哽在杨局的嗓子里，他停顿了许久才咽下去，换了坐姿缓口气，说："明杰，我马上要退休了，你有什么要求，我只要能够满足的都给你满足，我有这个方便。可是你突然要辞职，我一下子转不过弯来，是你对我这个老家伙有看法，还是有什么天要塌下来的事情需要你去顶？我真想不通！"

　　杨忠平的话也似一枚枣核，李明杰半天不说话，从烟盒里抠出一颗烟来点上。他其实想说：如果我连最心爱的人都救不了，我当警察的意义在哪里？但他没有这么说，他知道这是多么苍白的一句话，当警察这么多年，救不了的人太多了。但这次不同，这是他要提醒自己的一句话。

　　杨局望着李明杰缓缓说："明杰，有些话你不说我也懂，有些话我不说你也懂，我还是说出来好。你做了这些年缉毒警，如果身上没有一件警服披着，我怕你分分钟就会有生命危险！"

　　李明杰依然平静，将烟头在烟灰缸边碾动，说："当警察快二十年了，我救过不少人，身边也倒下了不少战友，我能够活着已经赚了。现在我只想一心一意救一个人，我不能欠她的，我怕这辈子不会再有这样的机会，老天爷不给我这个机会。"

483

说到这里李明杰嗓音变了味儿。

"我懂，你隔三岔五去戒毒所我也知道，戴蓓蕾也是我们的同志，你这样上心我也觉得很欣慰，但是作为一个警察，你还有更多的责任——"

"所以我要辞职，这样我就可以安心做好一件事情，做好这件事情我才安心。"没等杨局说完，李明杰抢先说。

"你不该是这样，你还是个老党员！"杨局提高了音量。

"老党员也是有血有肉的人，戴蓓蕾因公毁坏了自己，如果没有人从更加体己的角度关心她，那么多警察都会寒心，所以我觉得我做的事情，也正是从老党员的角度考虑的。"李明杰据理力争。

杨局陷入持久的沉默，他在想：是的，我终其一生也在问这个问题，我们整天不归家抓坏人，却常常连自己身边的人都照顾不好。如果我们能尽心给自己身边的人做一件好事，也是一种责任、一份功德，可我们是警察，是人民生命财产安全的守护神。

杨局的眼泪慢慢打湿了眼眶，李明杰知道他的话触动了杨局的心事。在杨局心里有一道伤疤，九年前杨婶因无妄之灾去世，查无元凶。那时杨局正盯着一桩大案死死不放，一个月连轴不回家。杨婶就是在那个节骨眼儿在长江里溺水身亡的，她可是省级游泳运动员。

见杨局失态，李明杰顿觉尴尬，起身去倒了一杯热水端到杨局面前。杨局缓过神来，一副父亲般慈祥的样子，说："我懂你的意思，这时候戴蓓蕾更需要不一样的关怀，要不是她妈出国她爸失联，她也不至于无家可归、无人可管。可你打算怎样照顾她，她一个女孩？"

"这个您就不用操心了，我有我的办法。"李明杰微笑着。

"明杰，你帮助戴蓓蕾康复我完全同意，可辞职的事情你别着急，我给你个建议，你听听。你拥有丰富的缉毒经验，那都是拿命换来的，是宝贵的财富，你要留在警察系统里，让这些宝贵的财富发挥作用。你不一定非要辞职，我可以给你批一个病休长假，半年一年都行，你身上有伤，于公于私都还是说得过去的。你是我一手带出来的兵，最好不要比我还早退休，这个我接受不了。"

杨局又把车轱辘话说回来了，他笑的样子简直像小时候父亲哄自己干家务。李明杰坐在那里什么也没说，只是微笑着望着杨局点了点头。

# 八十三、白云边

老李不喝酒，不抽烟，也不爱说话。每次去他们家他才喝酒才陪我抽烟，有说不完的话。一开始我不信，我说老李是个蛮开朗的人，他老婆说他只对你开朗。我不知道这叫什么，兄弟？知己？不知道！我办过许多案子，兄弟提刀互戳的事情不少。我们是战友，却并不是在战场上认识的，有时候我感觉他是另外一个我，活在另外一个地方，我想他的时候他也在想我。

老李就是我们那个年代最典型的人，80 年代，他完完全全不受时间影响，跟他守的那口闸一样，硬得像块铁。一开始，我感觉他一直活在那场战争里，而我已经从那场战争里走出来了。现在我又不这样看了，我觉得我才是一直活在战争里的人。

等年岁渐老，我们的联系少了，只是心里想想，也很少打电话。到了年纪就一个人搭建起了自己的窝子，就困在那个窝子里想从前，等着死神来，人一辈子就是这么回事儿。

今天是个特别的日子，是他二儿子李明杰的生日。他喜欢在我面前提他这个儿子，他说这个儿子像他，不是长相，是性格脾气。就这个二儿子，他给我出了道难题。那是李明杰十岁生日前的一天，我查一个耕牛盗窃分子，挨村挨户摸，到了老李家门口天色不早了，我去他家里落脚，他把他结婚时就留着的一坛子白云边酒挖了出来，都窖藏十几年了。他二儿子十岁生日，在乡里这是大生日，家里非常热闹，来了许多亲戚，朋友一般不凑这个热闹的。我一见这个情况，有点不好意思，借口有公务

486

要走，毕竟非亲非故的。

李刻勤不干了，他把我摆在上桌紧挨着他坐，这种场合一般是舅舅姨妈辈为上，他不管他们就管我喝好喝够。那天我穿警服，那时候穿警服出现在老百姓里面办事效率非常高。亲戚六眷们见我穿着警服，对我非常客气，我就顺理成章成为贵客，这让我非常不自在。那坛他从自家后院地里挖出来的窖藏白云边，我一个人喝了一大半。

按照农村的习俗，吃完饭就要摆礼盘，用个大簸箕，大家把送的礼都放在簸箕里。那时候大家都穷，没有现金，送的多是新鞋子新袜子、红糖、礼饼。家里条件不好的亲戚干脆就送鸡蛋、老母鸡或一坛子米酒，总之那时候真是礼轻情意重，有的亲戚相距十来里，隔河渡水拎二十个鸡蛋来。大家见了面就很开心，毕竟见面不容易。

我在这种气氛里喝多了。我们那个家族是缺乏亲情的，我跟老婆一辈子就客客气气，老了更加玩儿不到一起。她喜欢满世界旅行，把女儿送出去主要也是受她的影响。我就喜欢看看我年轻时办案走过的地方，死前再去看一遍。

李明杰已经十岁了，瘦得像一根扁担，还是弯的，害羞，不跟任何亲戚家小孩玩儿。

我什么也没带，借去厕所的机会在口袋里掏，摸到两张票子，拿出来就着月亮看，一张五元一张两元。那时候五元可以买一百个鸡蛋，我想应该不掉价，留个两元怕路上要用。

这时候老李走过来了，他手里拿着一把明晃晃的镰刀，弯弯的反射着光，比月亮还刺眼。我把钱递给他，话还没说他就生给我塞回去，他的力气蛮大。我还在扯，他说老辛，你莫跟我客气，我有个任务要找你。我才看见老李后面跟着李明杰，他跟一棵树苗似的站着，叶子都耷拉着。就是在他家后院，就着月亮光，我拿起老李给的镰刀，把李明杰的一根指头砍下来了。

李明杰打生下来就是六根指头，老李以前从来不提这根多出的指头，直到九岁时帮我破了案，李明杰跟父亲讲他要当公安，老李才对这个指头有了想法。他也问过我六根指头能不能当公安，我说当然可以。他就一直不踏实，后来喝酒还问过。他听说小偷有时候也叫六指，心里就认定了六指不适合当公安，怕损坏了公安的形象。

我是被他逼着下的手。他曾找来剃头的师傅帮忙，酒菜过后剃头师傅借上厕所溜了。后来他就想到我胆子大，我当过兵还是公安，如果我不干他不认我这个战友，我是这样被逼着才下的手。

这个孩子没哭，他深知砍掉这根手指头的意义。我心疼他太懂事。那时候我有几分后悔给了他当警察的憧憬，可我也没有故意，都是他的心念强，许多小孩说的心愿第二天就忘了，他一直记着。牺牲的事情在我们这行是家常便饭，等他真当上警察我只祈祷一件事情，就是他一定不能出事，尽管这不唯物主义。老婆去哪里拜佛我都不反对，我只求她顺带求菩萨保佑李明杰这个孩子平安，我读《圣经》也有一个目的，也是求各方诸神，希望他们保佑李明杰千万不能牺牲了，否则我就没法向老李交代了。这辈子有老李这样的朋友就值了，没想到还赚了他儿子的信任，把生死都放进去的信任，我这辈子也没白活。人一生不需要很多人认可，有一个人就非常难得了。


复兴号列车响箭般驶出江东市火车站，途经安陆、随州、襄阳等历史名城，最终停靠在了武当山西站。

车里出来两个人，一男一女，都戴着墨镜。离开车站后，他们打了一辆白色轿车，向广场右边的一条盘山路驶去。路旁高大的毛竹遮蔽了视线，也遮蔽了天空。

车后紧跟一辆SUV，车里膀大腰圆的男子握紧方向盘，与前车保持着适当的距离。一条信息发到男子手机上，他用一只手熟练操控手机，手背上的文身似钢叉，每根手指似叉齿。看了会儿信息男子感觉吊线过远，赶紧按灭手机加速追赶。

白车前进到Y字路口犹豫了两秒，墨镜驾驶员看清褐底白字指示牌写着"归来客栈"，他确认路线后，左打方向盘，快速驶向狭窄的林间公路。

十分钟后，白车停在返璞风格的"归来客栈"门前。车里下来两人，女子带着恬淡笑容，步履轻盈地走到前台登记。男子拉着银灰拉杆箱，肩上背双肩包跟上。女接待员要女子身份证，又让她摘了墨镜扫脸登记。戴蓓蕾只好摘下墨镜，李明杰也随之，两人相视而笑。

进入房间后，李明杰把前后的窗户都打开，山间微风吹进来又出去，松节油的清香浸透了一切。远方起伏的山岚被斑驳的黄褐色涂抹，几丛血色枫叶点缀其间，尤为夺目。

戴蓓蕾躺倒在沙发上，带着些许疲惫，更多的是惬意，她一路上反复念叨的全球最佳出家修行胜地武当山已近在眼前。

李明杰在镜子前看自己，反复抚摸小指根的疤痕，显得犹豫不决。他终于果断地将手伸进裤兜里，掏出那方紫色绒面盒捏在手里。

戴蓓蕾躺在沙发上闭目养神，从她护眼贴的翕动，李明杰知道她没有睡着。

是时候了，李明杰缓步走过去，单腿缓缓跪下，一只手轻轻握起戴蓓蕾的手，用颤抖的声音，说："阿戴！"

戴蓓蕾揭掉护眼贴，睁大了眼睛要坐起来，李明杰拍拍她的肩，她又躺下，默默看着李明杰。

"阿戴，如果今天我做错了什么，你一定要原谅我，因为我是真心的。如果我不去做，我这一辈子都不会安生！"李明杰不知道这些话是怎么说出口的。

"你怎么啦？"她微笑着，用沉静的目光望着他。

"你愿意嫁给我吗？"李明杰有几分慌乱。

她依然笑着，嘴角有浅浅的窝，意味深长地说："在回答你这个问题前，我们先聊另外一个话题吧！"

"什么话题？"李明杰迷惑了。

"我听说毒品对人脑造成的损伤是不可逆的，我的脑子都坏了，我已经不是我了，你觉得我还有救吗？"她目光平静地望着他，像是询问，也是拷问。

"我听说人体细胞每天都在更新，脑细胞当然也在更新，七年整个人都会更新一遍，大脑自然也会一起新陈代谢，当然就新生了！"

戴蓓蕾目光低垂，抬起时眼眶里全是泪水。

李明杰不紧不慢地举起精致的戒指盒，戴蓓蕾看着不好奇也不慌张，好像这一切是前世的姻缘。他从盒子里取出钻戒，是那种传统款式，对称成双的花纹，透着一股严谨的设计风格，显得郑重甚至有些笨拙。这笨拙的戒指和笨拙的人，让她的泪离开眼眶，顺着脸颊滑落。

他不再征求她的意见，把戒指戴到她右手无名指上，她的泪落在戒指上砸得粉碎。他起身，把她的头搂在胸前，她能够听见他心脏剧烈跳动。她不知道他这个人怎么回事，从看见他的第一天就感觉他是孤独的，而那种孤独只有自己可以化解。他没想到转了这么一大圈，她要放弃所有人和这个世界的时候，他却这么偏执地揪住她不放，要和她共度余生。两个人安静相拥，看着光影在枝叶上无声移动，这一刻，他们都感到幸福无比。

不知道过了多久，戴蓓蕾突然问："你是同情我才娶我的吧？"

"是喜欢。"李明杰羞于说出那个字来，江东市男人不会说那个字。

"你什么时候爱上我的？"戴蓓蕾替他说出那个字来。

"那一次我做了个梦，梦见我们在长江大桥的铁轨上，你被吊在我的头顶上，一列火车冲我过来。如果我躲开，你就会掉下来被火车撞死。如果我不躲开，我就会被火车撞死，总之我俩必须死一个，那时候我好害怕。当时只有一种选择，我想宁肯选择我死也不能让你死，后来我分析这个不符合利己原则，那应该就是我爱上你了！"

"宁肯自己死，也不让群众死，我们警察每天做的选择题不都是这样的吗！"戴蓓蕾逗着他说。

"那绝对不一样，你可不是一般群众。"李明杰认真地说。

戴蓓蕾笑着说："不明真相的群众吧？"

"只有不明真相才会结婚嘛。"李明杰被逗笑了。

"你赚大发了，你知道我是什么时候看上你的吗？"戴蓓蕾脸上是满满的幸福。

"不知道。"李明杰好奇。

"比你还早！你被关禁闭的时候我就每时每刻都想着你，你在黑咕隆咚的里面该怎么吃饭、怎么睡觉，大白天甚至我就在食堂发呆，想着如何拿着大斧子去直接砍开门把你救出来，哪里还有什么王法？疯狂吧！"戴蓓蕾说着自个儿笑了。

"你真是做白日梦！"李明杰大笑，两个人抱在沙发上一起摇晃。

一切复归宁静，他们相拥着享受宁静本身。过了许久，戴蓓蕾动了下身子，对李明杰说："我们以后不要孩子吧？"

"为什么呢？"李明杰摸着戴蓓蕾的头发，不紧不慢地问。

"我也说不清，就是觉得该这样。我爸妈当时生下我的时候，一定对我寄托了什么希望，他们的希望肯定也不统一，所以搞得我长个女儿身，却想当英雄抓坏人，最后弄成这样，是不是很傻？"

"不傻，一点儿也不傻。"李明杰望着戴蓓蕾说。

"活成了孤儿。"戴蓓蕾冷不丁来了一句。

"现在不是了。"李明杰拥着戴蓓蕾。

"我现在是半个废人，整块累赘，你找我该多亏啊。"戴蓓蕾依偎着，抬头用手挠李明杰的下巴，那儿有一道不易觉察的疤痕。

"快别这么说了，阿戴，如果没有你冒险，我不知道会遇到什么危险。"

"嗯嗯，你说得虽然有点夸张，态度还是挺端正的。"戴蓓蕾笑着说。

"态度决定一切嘛，我信这个。"李明杰也笑。


第二天清晨，李明杰和戴蓓蕾换上了徒步行装，一人背一个醒目小背包。一个背包上大书"LO"，另一个特书"VE"，他们并排走时就是"LOVE"。

他们拄着登山杖，沿着山后的小路走进了薄雾笼罩的山林。

水手从望远镜里看清了李明杰和戴蓓蕾，他检查好枪械，身着登山行头，戴上墨镜，尾随他们进了山林。

戴蓓蕾看见母亲走进了竹林，她赶紧追上去。李明杰拦住她的去路，小心拥着她，不停地安抚："阿戴，那不是真的，别急，你会好的。"

戴蓓蕾喘息着慢慢平静下来，两个人就地选了位置坐下来休息。戴蓓蕾从小包里掏出一张照片，三岁的戴蓓蕾抱着一只小白兔，妈妈抱着她，戴兴国拢着她们全部，他们蹲在一片月季花丛里。

李明杰接过照片，说："我们也会有一个家，至少有三个孩子。"

戴蓓蕾一脸虚弱，但满怀幸福地望着照片，感觉事情离自己很遥远。

两人喝水吃了些东西，戴蓓蕾精神明显好转，李明杰拉起戴蓓蕾继续走。离开竹林时，李明杰转头望了一眼刚才坐的地方，他看见自己"VE"字母的背包遗留在那里，梅姐给他的存储卡也在包里。

戴蓓蕾在远处喊李明杰，他赶紧将无线微型摄像头粘在树干上，镜头对准背包按下摄录开关，快步追上戴蓓蕾。

走了一会儿，戴蓓蕾抬头寻找鸟鸣。李明杰拉起她的手向竹林深处走，他看见一圈白云笼罩着远方的山峰，他鼓励她说中午之前可以抵达神仙住的地方。

水手根据存储卡上的定位信息尾随而来，他发现移动目标静止。经过一番搜寻，他的目光锁定在前方平滑的石块上。他选了一根带权的树枝，把狙击枪搁上去，反复调节好目镜对准"VE"包。他猜，李明杰和戴蓓蕾一会儿就会回来找包，他们将在此结束人生之旅。

此时，有一拨人围在监控器前，看着背包和方圆百十米的动静。大磊用无线耳麦调动着一群特勤，他们呈弧线包围之势向"VE"区域靠近……